KB118080

**클레이의
다리**

클레이의 다리

마커스 주삭 장편소설

정영목 옮김

BRIDGE
of
CLAY

MARKUS ZUSAK

문학동네

일러두기

1. 주석은 모두 옮긴이주다.

2. 본문 중 고딕체는 원서에서 이탤릭체나 대문자로 강조한 부분이다.

스카우트, 키드, 리틀 스몰에게,
케이트에게,
또 언어를 몹시도 사랑했던 이
K.E.를 사랑하는 마음으로 추모하며.

차례

처음 이전

늙은 TW

처음에 살인범 한 명, 노새 한 마리, 소년 한 명이 있었지만, 지금은 그 처음이 아니다, 그 이전이다, 나다. 그리고 나는 매슈다. 나는 밤에 여기 부엌에―오래된 강어귀 같은 빛 속에―있다. 나는 열심히 두들겨대고 있다. 내 주위 집안은 고요하다.

지금, 다른 사람들은 모두 자고 있다.

나는 부엌 식탁에 있다.

나하고 타자기―나하고 늙은 TW*. 오래전에 사라진 우리 아버지 말에 따르면 오래전에 사라진 우리 할머니가 그렇게 부르곤 했단다. 사실 할머니는 그걸 TW 영감이라고 불렀지만, 나는 그렇게까지 별난 데라고는 전혀 없는 사람이다. 나, 나는 명과 분별력, 키와 근육과 신성모독, 또 이따금 감상에 빠져드는 버릇이 특징이다. 사람들은 대부분 내가 서사시나 그리스 사람들에 관해 뭔가 아는 것

---

* '타자기'를 의미하는 'typewriter'의 약자.

은 물론이고 직접 문장을 만들어내느라 끙끙거리고 있다는 것을 두고 고개를 갸우뚱할 것이다. 때로는 그런 식으로 과소평가되는 게 좋지만, 누군가 알아봐준다면 더욱 좋다. 내 경우는 운이 좋았다.

나에게는 클로디아 커크비가 있었으니.

소년과 아들과 형제가 있었으니.

그래, 우리에게는 늘 형제가 있었다. 그는 바로 그 아이―우리 다섯 가운데 바로 그 아이―모든 걸 자기 어깨에 짊어지는 아이였다. 평소처럼 그는 나에게 조용히 또 신중하게 말했고, 물론 어김없었다. 실제로 어떤 방치된-뒷마당-같은-타운의 방치된 뒷마당에 낡은 타자기가 묻혀 있었지만, 거리를 정확하게 재야 했다, 아니면 죽은 개나 뱀을 파낼 수도 있었다(실제로 파냈다, 두 가지 모두). 그러나 나는 만일 개가 있고 뱀이 있다면, 타자기도 틀림없이 멀리 있지 않으리라고 판단했다.

그것은 완벽한, 해적 없는 보물이었다.

결혼식 다음날 나는 차를 몰고 나갔다.

도시에서 밖으로.

밤을 뚫고.

긴 종이처럼 이어지는 텅 빈 공간을 뚫고, 또 몇 개를 더 뚫고.

타운 자체는 이야기 속에나 나올 법한 곳으로, 먼 곳에 단단하게 자리잡고 있었다. 한참 떨어진 곳에서도 보였다. 온통 짚을 늘어놓은 듯한 풍경에 마라톤처럼 길게 이어지는 하늘. 타운 둘레에는 낮은 관목과 유칼립투스로 이루어진 광야가 가까이 다가서 있었고, 사실이었다, 염병할 정말로 사실이었다. 정말로 사람들은 구부정하게 기울어져 있었다. 이 세계가 그들을 마모시켰다.

수많은 펍 가운데 한 곳 옆의 은행 앞에서 한 여자가 나에게 길을 알려주었다. 그녀가 타운에서 가장 꼿꼿한 사람이었다.

"턴스타일 스트리트에서 왼쪽으로 가세요, 알았죠? 거기서 한 이백 미터쯤 직진하다가 다시 좌회전해요."

여자는 갈색 머리에 청바지와 부츠, 무늬 없는 빨간 셔츠 차림으로 단정해 보였으며 한쪽 눈은 해 때문에 질끈 감고 있었다. 그녀의 실체를 드러내는 유일한 곳은 역삼각형의 피부, 목 아래쪽의 피부였다. 지치고 늙고 종횡으로 주름이 잡혀 가죽 궤의 손잡이 같았다.

"알아들었어요?"

"알아들었습니다."

"그런데 몇번지를 찾는 건데?"

"23번지입니다."

"오, 늙은 머치슨 부부를 찾아온 거로군, 그렇죠?"

"어, 솔직히 말씀드리면, 그렇진 않습니다."

여자는 더 가까이 다가왔고 이제 나는 여자의 이에 주목하게 되었다. 하얗고-반짝이지만-사실-노랗다는 것. 뽐내고 있는 해와 아주 비슷했다. 그녀가 다가오자 나는 손을 내밀었고 한순간 그녀와 나와 그녀의 이와 타운만 존재했다.

"제 이름은 매슈입니다." 나는 말했고, 그 여자, 그녀는 대프니였다.

내가 차로 돌아갔을 때 그녀는 은행의 현금자동지급기에서 몸을 돌려 돌아왔다. 심지어 카드도 두고 왔다. 이제 등허리 중앙에 손을 얹고 서 있었다. 나는 운전석으로 반쯤 몸을 들이밀고 있었는데 대프니는 고개를 끄덕였고 이제 알았다. 그녀는 거의 모든 것이라 할 만큼 많은 것을 알고 있었다. 뉴스를 읽는 여자처럼.

"매슈 던바."

그녀는 그렇게 말했다, 질문한 것이 아니었다.

나는 그곳에, 집에서 열두 시간 거리에, 내 인생 삼십일 년 중 한 번도 발을 들인 적 없는 타운에 있었는데, 어떻게 된 일인지 그들 모두 내가 올 거라고 예상하고 있었다.

우리는 오래 서로 마주보았다, 적어도 몇 초는. 사방이 넓게 트여 있었다. 사람들이 나타났고 거리를 어슬렁거렸다.

내가 말했다. "또 뭘 아시죠? 제가 타자기를 찾아 여기 왔다는 걸 아세요?"

그녀는 다른 쪽 눈을 떴다.

한낮의 해에 용감히 맞섰다.

"타자기?" 내 말에 그녀는 완전히 혼란에 빠져버렸다. "도대체 무슨 소리를 하는 거야?"

마치 신호라도 받은 듯 늙은 남자 하나가 소리를 지르기 시작했다. 염병할 은행 기계에 염병할 정체를 일으키고 있는 것이 염병할 그녀의 카드냐고 묻는 것이었고, 그녀는 카드를 뽑으러 달려가야 했다. 어쩌면 나는 그녀에게 설명할 수도 있었을 것이다―이 모든 이야기에는 실제로 늙은 TW가 자리잡고 있다고, 의사의 진찰실에서 타자기를 쓰고 비서들이 자판을 후려갈기던 옛 시절의 타자기. 그녀가 흥미를 느꼈는지 아닌지, 그건 내가 알 수 없는 노릇이다. 내가 아는 것은 그녀가 가르쳐준 길이 정확했다는 것이다.

밀러 스트리트.

작고 예의바른 집들이 조립라인에 들어선 것처럼 조용히 모여 함께 열기에 달궈지고 있는 곳.

나는 차를 세웠고, 문을 닫았고, 파삭파삭한 잔디밭을 가로질렀다.

바로 그때쯤 나는 나와 막 결혼한 소녀—아니, 사실은 성숙한 여
자, 그리고 내 두 딸의 어머니—를 데려오지 않은 것을 후회했다.
물론, 두 딸을 데려오지 않은 것도. 그 아이들, 그들은 이곳을 좋아
했을 것이다. 여기서 걷고 깡충거리고 춤을 추었을 것이다. 네 개의
다리와 해처럼 빛나는 머리카락. 아이들은 잔디밭에서 옆으로 재주
를 넘으며 소리를 질렀을 것이다. "우리 속옷 보지 말아요, 네?!"
　신혼여행은 무슨.
　클로디아는 직장에 있었다.
　아이들은 학교에 있었다.
　물론 마음 한편으로는 여전히 그게 좋았다. 한편이 아니라 많은
부분이 그걸 무척 좋아했다.
　나는 숨을 들이쉬고, 다시 내쉬고, 문을 두드렸다.

집안은 오븐 같았다.
　가구는 모두 구이가 되었다.
　그림들은 막 토스터에서 튀어나왔다.
　에어컨은 있었다. 고장이 났을 뿐.
　차와 스카치펭거 비스킷이 있었고, 해는 창을 세게 두들겨댔다.
테이블에는 엄청난 땀이 있었다. 팔에서 천으로 뚝뚝 떨어졌다.
　머치슨 부부로 말하자면, 정직하고 털이 많은 사람들이었다.
　뺨에 모피로 만든 커다란 식칼 같은 멋진 구레나룻을 기른 파란
속셔츠 차림의 남자와 레일린이라는 이름의 여자였다. 그녀는 진주
귀걸이를 달았고 머리는 고불고불했고 핸드백을 들고 있었다. 당장

이라도 장을 보러 나갈 사람 같았지만 그 자리에 그대로 있었다. 내가 뒷마당 이야기를 하고 거기에 뭔가 묻혀 있을지도 모른다고 말한 순간부터 그녀는 자리를 뜰 수 없었다. 차를 마시고 비스킷이 작은 덩어리로 줄어들었을 때 나는 구레나룻을 정면으로 마주보았다. 그는 분명하고 정확하게 말했다.

"아무래도 우리가 일을 좀 해야 할 것 같군."

바깥, 길고 메마른 마당에서 나는 왼쪽으로, 빨래 건조대와 말라 시들어가는 뱅크셔가 있는 곳으로 걸어갔다. 잠시 뒤를 돌아보았다. 작은 집, 함석지붕. 해는 여전히 그 모든 곳을 비추었지만 서쪽으로 기대며 눕고 있었다. 나는 삽과 두 손으로 땅을 팠고 과연 그게 나왔다.

"젠장!"

개.

다시.

"젠장!"

뱀.

둘 다 뼈뿐이었다.

우리는 꼼꼼하고 주의깊게 뼈를 골라냈다.

뼈들을 잔디밭에 늘어놓았다.

"허, 이럴 수가!"

남자는 그 말을 세 번 했지만, 마침내 내가 낡은 레밍턴, 총알-회색의 레밍턴을 찾아냈을 때 목소리가 가장 컸다. 땅속의 무기*,

---

* 레밍턴은 타자기 회사 이름이지만 총기 회사 이름이기도 하다.

그것은 질긴 비닐로 세 번 싸여 있었고 비닐은 아주 투명해서 자판이 보였다. 처음에는 Q와 W, 이어 중간의 F와 G, H와 J.

한동안 나는 그것을 보았다. 그냥 보기만 했다.

그 검은 자판들, 괴물의 이빨 같았지만 친근했다.

마침내 나는 더러운 두 손을 집어넣어 조심스럽게 그것을 꺼냈고, 이어 구멍 세 개를 모두 메웠다. 우리는 비닐을 벗겨냈고, 지켜보다가 몸을 웅크렸고, 꼼꼼히 살폈다.

"굉장한 물건이로군." 머치슨 씨가 말했다. 모피 식칼이 꿈틀거리고 있었다.

"그러네요." 나는 동의했다. 찬란했다.

"오늘 아침에 일어날 때는 이런 일이 벌어질 줄 몰랐어." 그는 레밍턴을 번쩍 집어들더니 나에게 건넸다.

"저녁 먹고 갈래요, 매슈?"

늙은 부인이 한 말이었다. 여전히 반은 놀란 표정이었다. 그러나 놀라움도 저녁식사를 이기지는 못했다.

나는 웅크린 자세에서 고개를 들었다. "감사합니다, 머치슨 부인, 하지만 그 비스킷을 다 먹어서 속이 불편해요." 다시, 나는 집을 보았다. 이제 집은 그늘 속에서 검게 포장이 되어 있었다. "사실은 가봐야 됩니다." 나는 두 사람과 각각 악수를 했다. "뭐라 말씀드릴 수 없을 정도로 고맙습니다." 나는 걷기 시작했다. 타자기는 안전하게 내 품에 있었다.

머치슨 씨는 그렇게 가도록 놓아두지 않았다.

그가 곧 "어이!" 하고 소리쳤다.

내가 달리 어쩔 수 있었을까?

두 동물을 땅에서 파낸 데는 그럴 만한 이유가 있는 것이 틀림없었다. 나는 빨래 건조대─우리 것과 똑같은 낡고 지겨운 힐스 호이스트 제품이었다─밑에서 고개를 돌려 그가 무슨 말을 할지 기다렸다. 그러자 그가 말했다.

"뭐 잊은 거 없나, 친구?"

그는 개 뼈와 뱀 쪽으로 고개를 끄덕였다.

그렇게 나는 차를 몰고 떠났다.

그날 내 낡은 스테이션왜건 뒷좌석에는 개의 유골, 타자기 한 대, 멀가 뱀의 철사처럼 기다란 뼈가 있었다.

반쯤 왔을 때 나는 차를 세웠다. 아는 곳─약간만 돌아가면 나오는, 침대가 있고 편히 쉴 수 있는 곳─이 있었지만 가지 않기로 했다. 대신 차 안에 누웠고 뱀은 거기 내 목 옆에 있었다. 잠이 들면서 처음-이전은 어디에나 있다는 생각을 했다. 이전에, 그렇게 많은 일이 벌어지기 이전에 그 방치된-뒷마당-같은-타운에는 한 소년이 있었고, 뱀이 그 개를 죽이고 개가 그 뱀을 죽였을 때 그 소년이 땅바닥에 무릎을 꿇고 있었으니까…… 하지만 그 이야기가 나오려면 아직 기다려야 한다.

그래, 당장 필요한 건 이것뿐이다.

내가 다음날 결국 집으로 갔다는 것.

나는 도시로, 아처 스트리트로 돌아갔고, 그곳은 모든 일이 진짜로 시작된 곳, 그래서 수많은 길로 다양하게 뻗어가게 된 곳이었다. 도대체 왜 내가 개와 뱀을 가지고 왔느냐에 관한 논쟁은 몇 시간 전에 흐지부지되어버렸고, 떠나야 할 사람들은 떠났고, 남을 사람들은 남았다. 돌아가자마자 로리와 차의 뒷좌석 내용물에 관해 말다툼을 한 것이 압권이었다. 하필이면 로리와. 우리가 누구이고 왜 우리이고 우리가 무엇을 하는 사람들인지 누구 못지않게 잘 아는 그와.

다 쓰러져가는 비극의 가족.

소년들과 피와 짐승들이 어울려 만화책에서처럼 쾅 소리를 내며 터지는 곳.

우리는 이런 유물들을 위해 태어났다.

말이 오가는 와중에 헨리는 싱글거렸고, 토미는 웃음을 터뜨렸고, 둘 다 말했다. "늘 똑같아." 우리 가운데 네번째는 자고 있었고, 그전에 내가 나가 있던 동안에도 내내 잤다.

두 딸은 안으로 들어오면서 뼈를 보고 놀라며 말했다. "이걸 왜 집에 갖고 온 거야, 아빠?"

아빠가 천치이기 때문에.

나는 로리가 그런 생각을 한다는 걸 바로 알아챘지만, 그래도 로리는 내 아이들 앞에서 그런 소리를 할 사람은 아니었다.

클로디아 던바—전前 클로디아 커크비—는 고개를 저으며 내 손을 잡았다. 그녀는 행복했고, 그녀가 염병할 아주 행복했기 때문에 나는 다시 무너질 수도 있었을 것이다. 물론 기뻤기 때문이다.

기뻐서.

기쁘다는 것은 멍청해 보이는 말이지만, 내가 이 모든 것을 쓰고 말하고 있는 이유는 순수하게, 단지 그게 우리의 상태이기 때문이다. 나는 지금 이 부엌을, 그 모든 위대하고 끔찍한 역사를 사랑하기 때문에 특히 기쁘다. 여기서 이걸 해야 한다. 여기서 하는 게 옳다. 내 메모들이 페이지에 탁 탁 박히는 소리를 들으니 기쁘다.

내 앞에는 늙은 TW가 있다.

그 너머에는 나무로 만든, 긁힌 자국이 많은 식탁 나라가 있다.

짝이 맞지 않는 소금통과 후추통이 있고, 고집스럽게 사라지지 않는 토스트 부스러기 한 무리도 있다. 복도에서 흘러오는 빛은 노랗고, 이 안의 빛은 하얗다. 나는 여기에 앉아 생각하고 친다. 두들기고 또 두들겨댄다. 쓰는 것은 늘 어렵지만, 할말이 있을 때는 좀 쉬워진다.

우리 형제 이야기를 하겠다.

클레이라는 이름의 네번째 던바.

모든 일은 그에게 일어났다.

우리 모두 그를 통해 변했다.

1부

도시

한 중년 살인자의 초상

처음 이전에(적어도 글에서는) 타자기, 개, 뱀이 있었다면, 처음 자체—십일 년 전—는 살인범, 노새, 클레이였다. 하지만 처음에도 누군가 먼저 나설 필요가 있고, 그날 그것은 '살인범'일 수밖에 없었다. 결국 모든 것이 앞으로 나아가게 하고 우리 모두 뒤를 돌아보게 만든 게 그 사람이었기 때문이다. 그는 도착함으로써 그 일을 해냈다. 그는 여섯시에 도착했다.

사실 완벽하게 어울리기도 했다, 지독하게 더운 2월 또 하루의 저녁이었으니까. 낮의 열기는 콘크리트를 구웠고 해는 아직 높이 떠서 화끈거리고 있었다. 붙들고 의지해야 할 더위였다. 그러나 실제로는 더위가 그에게 매달리고 있었다. 세상 모든 곳의 모든 살인범의 역사에서 이 살인범이 틀림없이 가장 한심할 것이었다.

백칠십팔 센티미터, 키는 평균이었다.

칠십오 킬로그램, 몸무게는 정상이었다.

하지만 착각하지 마라—그는 양복을 입은 황무지였다. 허리가 구부정했고 망가진 상태였다. 그는 끝장내주기를 기다리는 듯 공기 쪽으로 몸을 기울이고 있었으나 공기는 그렇게 해주지 않았다, 오늘은 그러지 않았다. 불현듯, 살인범들이 호의를 얻을 때가 아니라고 느꼈기 때문이다.

그래, 오늘 그는 그것을 느낄 수 있었다.

냄새를 맡을 수 있었다.

그는 불멸이었다.

그 사실이 상황을 잘 요약해주었다.

정말이지, 차라리 죽는 게 나은 그 한순간, '살인범'은 죽임을 당할 수가 없었다.

그래서 가장 긴 시간 동안, 적어도 십 분 동안, 그는 아처 스트리트 입구에 서 있었다. 마침내 도착했다는 것에 안도했고, 거기 있다는 것이 두려웠다. 거리는 관심을 가질 만한 게 별로 없는 듯했다. 바람은 가까이 다가왔지만 무심했고, 연기 냄새는 손으로 만져질 것 같았다. 차들은 주차해 있다기보다는 담배꽁초처럼 비벼 꺼놓은 듯했고, 전선은 더워서 모든 게 귀찮은 말없는 비둘기들의 무게에 축 늘어져 있었다. 둘레에서 도시가 위로 기어올라오며 소리쳤다.

잘 돌아왔어, '살인범'.

그 목소리는 아주 따뜻했고, 바로 곁에 있었다.

너는 여기에서 좀 난처할 거야, 내가 보기에…… 사실, 좀 난처하다는 말은 진실에 그리 가깝지 않지—너는 박살날 위험에 처해 있어.

그도 그것을 알았다.

곧 더위가 더 가까이 다가왔다.

이제 아처 스트리트는 할일에 나서기 시작했고, 기뻐서 손을 비비고 있었다. '살인범'은 불이 붙었다. 재킷 안 어디에선가 불이 점점 번져가는 것이 느껴졌고, 그와 더불어 질문들이 나왔다.

계속 걸어가서 처음을 마무리할 수 있을까?

정말 끝까지 해낼 수 있을까?

마지막으로 그는 사치—고요가 주는 전율—를 누렸고, 침을 삼키고, 가시 같은 머리카락이 덮인 정수리를 문지르고, 모질게 결심하고, 18번지로 올라가기 시작했다.

타오르는 양복을 입은 남자.

물론 그는 그날 다섯 형제에게 걸어오고 있었다.

우리 던바 보이들.

맏이부터 막내까지.

나, 로리, 헨리, 클레이턴, 토머스.

우리는 다시는 전과 같을 수 없을 것이었다.

하지만 공정하게 말하자면, 그도 마찬가지였다—그래도 '살인범'이 어디로 들어가고 있었는지 조금이라도 맛보게 해주려면, 우리가 어땠는지 말하는 게 좋겠다.

많은 사람들이 우리가 불량배라고 생각했다.

야만인들이라고.

대개는 그들이 옳았다.

우리 어머니는 죽었다.

우리 아버지는 달아났다.

우리는 당구와 탁구에서(당구대와 탁구대는 늘 세 번이나 네 번 손을 거친 중고였고, 주로 뒷마당의 우툴두툴한 풀밭에 설치했다),

모노폴리, 다트, 축구, 카드에서, 우리가 손을 대는 모든 것에서 사생아처럼 욕을 했고 도전자처럼 싸웠고 서로 벌을 주었다.

우리에게는 아무도 치지 않는 피아노가 있었다.

우리 텔레비전은 무기징역을 살고 있었다.

소파는 이십 년 형을 받았다.

가끔 전화벨이 울리면 우리 중 한 명이 밖으로 걸어나가 포치를 따라 달려 옆집으로 갔다. 전화를 건 사람은 늙은 칠면 아주머니였을 뿐이다─토마토소스 한 병을 새로 샀는데 그 염병할 걸 열 수가 없다면서. 이윽고 나갔던 사람이 돌아오고 앞문이 쾅 닫히면서 삶은 다시 계속되었다.

그래, 우리 다섯에게, 삶은 늘 계속되었다.

그것은 우리가 서로에게 두들겨 넣거나 서로에게서 두들겨 뜯어내는 것이었다, 특히 일이 완전히 잘될 때나 완전히 잘못될 때. 그럴 때면 우리는 저녁-오후에 아처 스트리트로 나갔다. 우리는 도시를 걸었다. 탑, 거리. 걱정스러운 표정의 나무. 우리는 펍, 집, 공동주택 단지에서 쏟아져나오는 시끄러운 대화를 받아들이며, 이게 우리 동네라고 확신했다. 그걸 다 모아서 겨드랑이에 끼고 집으로 가져오기라도 해야 할 것 같았다. 다음날 일어나서 다시 사라져버렸고 다 풀려나버렸다는 것을, 그것은 그저 건물과 환한 빛뿐이라는 것을 알게 되어도 상관없었다.

오, 한 가지 더.

어쩌면 가장 중요한 것.

제구실을 못하는 반려동물을 적어놓은 작은 명부에서 결국 노새를 소유한 것은 우리가 알기에는 우리뿐이었다.

게다가 얼마나 대단한 노새였던지.

문제의 동물은 이름이 아킬레우스이고, 그가 도시의 레이싱 쿼터 가운데 한 곳에 있는 교외의 우리집 뒷마당에 오게 된 경위에 관해서는 시골의 일 마일*보다 긴 뒷이야기가 있다. 한편으로는 우리집 뒤의 버려진 마구간과 연습용 트랙, 낡은 지방의회 조례, 철자를 제대로 쓰지 못하는 슬프고 늙은 뚱뚱한 남자가 관련되어 있었다. 다른 한편으로는 우리의 죽은 어머니, 달아난 아버지, 막내 토미 던바가 관련되어 있었다.

당시에는 집에 있는 모두의 의견을 묻지도 않았다. 노새의 도착은 큰 논란을 일으켰다. 적어도 한 번의 열띤 말다툼, 로리와의 말다툼 끝에—

("어이, 토미, 이게 지금 뭔 일이래?"

"뭐가?"

"뭐가라니 뭔 소리, 지금 나랑 좆도 장난하잔 거야? 뒷마당에 당나귀가 있잖아!"

"당나귀가 아니고, 노새야."

"차이가 뭔데?"

"당나귀는 당나귀고, 노새는 잡종인데—"

"그게 염병할 셰틀랜드포니**하고 섞인 단거리 경주마라고 해도 상관없어! 그게 빨래 건조대 아래서 뭐하냔 거야?"

"풀을 먹고 있잖아."

"그건 나도 알아!")

---

* 아주 긴 거리를 가리키는 말.

** 원래 스코틀랜드 셰틀랜드 출신의 조랑말로, 똑똑하고 일을 잘한다.

―이럭저럭 우리는 녀석을 그냥 집에 두게 되었다.

아니, 더 정확히 말하자면, 노새가 우리집에 머물렀다.

토미의 반려동물 다수가 그랬듯이 아킬레우스도 몇 가지 문제가 있었다. 가장 눈에 띄는 것은, 이 노새는 야망이 있다는 것이었다. 뒤쪽 방충망이 망가져 사라지고 난 뒤, 그는 뒷문이 활짝 열려 있을 때는 물론이고 살짝만 열려 있어도 집안으로 들어오는 것으로 알려져 있었다. 적어도 일주일에 한 번은 이런 일이 있었고, 적어도 일주일에 한 번 나는 꼭지가 돌았다. 꼭지가 도는 소리는 다음과 비슷했다.

"예-수 그리스도여!" 그 시절에 나는 신성모독을 하는 사람으로서 때와 장소를 가리지 않았으며, 예수를 둘로 쪼갠 다음 그리스도를 강조하는 것으로 유명했다. "야 이 새끼들아, 한 번만 더 말하면, 좆도 백번째겠다! 뒷문 좀 닫아!"

기타 등등.

이렇게 해서 우리는 다시 '살인범'에게로 돌아오게 되는데, 그걸 그가 도대체 어떻게 알 수 있었겠는가?

그는 자신이 여기에 왔을 때 우리 중 누구도 집에 없을지 모른다고 짐작했을 수 있다. 그는 옛날 열쇠를 사용하느냐, 아니면 앞쪽 포치에서 기다리느냐 둘 중 하나를 선택해야 한다는 것을 알았을 수도 있다―우리에게 단 하나의 질문을 하기 위해서, 제안을 하기 위해서.

인간적 조롱을 그는 예상하고 있었다. 심지어 그래, 유도했다고도 할 수 있었다.

그러나 이런 것은 아니었다.

이런 엄청난 공격이라니.

상처를 주는 작은 집, 맹렬하게 공격해오는 정적.

그리고 그 빈집털이범 같은, 그 소매치기 같은 노새.

여섯시 십오분이 다가올 무렵, 그는 아처 스트리트를 따라 한 걸음 한 걸음 내디뎠고, 짐을 나르는 짐승은 눈을 껌뻑였다.

그렇게 되었다.

'살인범'이 안에서 처음 만난 한 쌍의 눈은 아킬레우스의 것이었고 아킬레우스는 우습게 볼 수가 없었다. 아킬레우스는 뒷문에서 몇 걸음 떨어진 부엌에, 냉장고 앞에 있었고 한쪽으로 기운 긴 얼굴에는 예의 그 좆도-뭘-봐 하는 표정이 머물러 있었다. 콧구멍을 벌름거리고, 심지어 입을 조금 우물거렸다. 태연하게. 통제된 상태에서. 맥주를 지키고 있었던 거라면 염병할 아주 잘하고 있는 거였다.

그래서?

이 지점에서 아킬레우스는 상황을 주도하고 있는 것처럼 보였다.

처음에는 도시, 이제는 노새.

이론적으로는 그래도 어느 정도 말이 되는 것 같았다. 만일 말과에 속하는 어떤 동물이 이 도시 어딘가에 나타난다고 한다면 그것은 여기일 것이다. 마구간, 연습용 트랙, 멀리서 들리는 경마 중계방송 소리.

하지만 노새라니?

충격은 말로 표현할 수 없었으며, 주변 환경도 물론 도움이 되지 않았다. 이 부엌은 완전히 독자적인 지리요 기후였다.

흐린 벽.

바싹 마른 바닥.

싱크대를 향해 쭉 펼쳐진, 더러운 접시들로 이루어진 해안선.

그리고 그 더위, 더위.

이 끔찍한 헤비급 더위에 방심을 모르는 노새의 호전적 태도조차 순간적으로 이완되었다. 안이 밖보다 심했으며, 그건 우습게 볼 수 없는 놀라운 일이었다.

그럼에도 아킬레우스가 자기 임무로 돌아가는 데는 오래 걸리지 않았다. 아니면 탈수 증상이 너무 심했던 '살인범'이 환각을 보고 있는 것이었을까? 이 세상 모든 부엌 가운데 하필이면? 그는 잠시 눈에 주먹을 찔러넣어 보이는 것을 비틀어 빼낼까 생각했으나 소용없는 일이었다.

이건 진짜였으니까.

그는 이 동물이—이 회색의, 누더기를 입은 듯하고, 생강 빛깔이고, 옅은 갈색이고, 짚으로 덮은 듯한 얼굴에, 큰 눈에, 통통한 콧구멍에, 무심하기 짝이 없는 새끼인 이 노새가—금이 간 리놀륨 바닥에 확고하게 발을 딛고 의기양양하게 서서 한 가지는 논란의 여지 없이 분명하다는 것을 알려주고 있다고 믿었다.

살인범은 여러 가지 일을 할 수 있지만, 절대, 어떤 상황에서도, 집에 오지는 말아야 한다는 것.

클레이 식으로 몸풀기

'살인범'이 노새를 만나는 동안, 도시 건너편에는 클레이가 있었다. 클레이가 몸을 풀고 있었다. 진실을 말하자면, 클레이는 늘 몸을 풀고 있었다. 그 순간 그는 낡은 아파트들이 모인 동네에서 발을 계단에 두고, 등에 한 소년을 업고, 가슴 안에는 폭풍 구름을 품고 있었다. 짧고 거무스름한 머리는 납작하게 가라앉았고 양쪽 눈에는 불이 있었다.

그의 오른쪽에는 또 한 소년―한 살 위인 금발의 소년―이 그와 나란히 달리며 뒤처지지 않으려고 안간힘을 쓰면서 동시에 클레이를 밀어붙이고 있었다. 그의 왼쪽에서는 보더콜리*가 힘차게 달리고 있어, 이제 헨리와 클레이, 토미와 로지는 늘 하던 일을 하게 되었다.

그들 가운데 한 명은 말을 했다.

---

* 양치기에 이용하던 개.

그들 가운데 한 명은 훈련을 했다.

그들 가운데 한 명은 죽어라 버티고 있었다.

심지어 개마저 자신의 모든 것을 쏟아붓고 있었다.

이 훈련 방법을 위해 그들에게는 열쇠가 있었고, 그것을 얻기 위해 친구에게 돈을 주었다. 그래서 건물에 들어가는 것이 보장되었다. 속이 콘크리트로 꽉 찬 덩어리 하나에 십 달러. 나쁘지 않았다. 그들은 달렸다.

"이 비참한 똥덩어리." 헨리(돈을 버는 아이, 다정한 아이)가 클레이 옆에서 말했다. 헨리는 안간힘을 쓰면서도 성큼성큼 달리고 웃음을 터뜨렸다. 미소가 얼굴에서 비뚤름하게 빠져나오고, 그는 그것을 손바닥으로 잡았다. 이런 때면 그는 지금까지 시험하고 검증해온 모욕을 통해 클레이와 소통했다. "너는 아무것도 아니야." 헨리가 말했다. "너는 물렁물렁해." 그는 상처를 주고 있었지만 계속 말을 해야 했다. "너는 이 분 삶은 달걀처럼 물렁물렁해, 이 녀석아. 네가 이렇게 달리는 걸 보기만 해도 토가 나와."

오래지 않아 또다른 전통 하나가 지켜졌다.

토미, 막내, 반려동물 수집가가 신발 한 짝을 잃어버린 것이다.

"젠장, 토미, 끈을 더 잘 묶으라고 말한 줄 알았는데. 어서, 클레이, 너는 약해, 우스꽝스러워. 염병 제대로 한번 해보는 게 어때?"

그들은 육층에 이르렀고 클레이는 토미를 옆으로 내던지며 오른쪽에 있는 입을 공격했다. 그들은 곰팡이가 핀 타일에 쓰러졌고, 클레이는 반쯤 미소를 짓고 있었으며 다른 둘은 웃음을 터뜨렸다. 그들 모두 어깨를 으쓱해 땀을 떨어냈다. 싸우는 중에 클레이는 헨리에게 헤드록을 걸었다. 헨리를 들어올려 빙글빙글 돌렸다.

"정말이지 너 샤워 좀 해야겠다, 인마." 전형적인 헨리였다. 우리는 늘 헨리를 죽이려면 입은 두 번 죽여야 한다고 말했다. "야, 충격이네, 이거." 클레이의 팔이 철사처럼 느껴졌다. 그 팔은 헨리의 시건방진 입이 달린 목을 비틀고 있었다.

이제 확실하게 열세 살이 된 토미가 말리려고 달려가다 점프를 했고, 셋 모두 쓰러졌다. 팔과 다리, 소년들과 바닥. 그들 주위에서 로지가 펄쩍 뛰었다가 내려앉았다. 꼬리는 위로 올라가고 몸은 앞으로 내밀고 있었다. 검은 네 다리. 하얀 앞발. 그녀는 짖어댔지만 소년들은 계속 싸웠다.

싸움이 끝나자 그들은 바닥에 등을 대고 누웠다. 이곳에는 창이 하나 있었다. 꼭대기 층 층계참, 지저분한 빛, 오르고 내리는 가슴들. 공기는 묵직했다. 그들의 허파에서 나와 쌓여가는 공기 몇 톤. 헨리는 공기를 열심히 들이켰지만 입은 진짜 심장을 보여주었다.

"토미, 이 조그만 새끼." 헨리는 건너다보며 싱긋 웃었다. "네가 방금 내 목숨을 구해준 것 같은데, 꼬마."

"고마워."

"아니, 내가 고맙지." 이제 그는 클레이를 가리켰는데, 클레이는 이미 팔꿈치에 기대 몸을 일으키고 있었다. 다른 손은 호주머니에 들어가 있었다. "우리가 왜 이 미치광이를 그냥 견디는지 모르겠어."

"나도."

하지만 그들은 견뎠다.

우선 클레이는 던바 보이였고, 그와 함께 있으면 알고 싶어졌다.

하지만 뭘?

클레이턴, 우리 형제, 우리가 그에게서 알 것이 무엇이 있었을까?

지금까지 몇 년째 질문들이 그 아이를 따라다녔다. 왜 미소만 짓고 결코 소리 내어 웃지 않느냐 같은 질문들.

왜 싸움만 하지 절대 이기지는 않느냐?

왜 우리 지붕에 올라가 있는 걸 그렇게 좋아하느냐?

왜 만족이 아니라 불편을 위해 달리느냐—고통과 고난에 이르는 어떤 관문 같은 걸 만들어놓고 늘 그걸 참아내느냐?

하지만 그는 이런 질문들 가운데 어느 것도 좋아하지 않았다.

그건 몸풀기 수준의 문제들이었다.

그 이상은 아니었다.

그들은 그렇게 누워 있다가 세 세트를 더 했고 그러는 중에 떨어진 신발은 로지가 처리했다.

"어이, 토미."

"왜?"

"다음에는 꼭 매라, 응?"

"알았어, 헨리."

"매듭을 두 번 묶어, 아니면 널 반으로 쪼개버릴 거야."

"응, 헨리."

일층에 내려와서 헨리는 토미의 어깨를 찰싹 때렸고—클레이의 등에 다시 업히라는 신호—그들은 층계를 달려올라갔다가 엘리베이터를 타고 내려왔다. (어떤 사람들은 부정행위라고 생각하겠지만 사실 훨씬 힘들었다. 회복 시간이 줄어들었기 때문이다.) 마지막으로 올라간 뒤 헨리, 토미, 로지는 한번 더 엘리베이터를 타고 내려왔지만 클레이는 계단을 이용했다. 밖에 나오자 그들은 철판 조각처럼 보이는 헨리의 차로 걸어갔고, 늘 하던 일을 다시 했다.

"로지, 앞자리에서 나와." 로지는 운전대 앞에 앉아 있었고, 귀는 완벽한 삼각형이었다. 당장이라도 라디오를 조작할 것 같은 표정이었다. "어서, 토미, 걔 좀 거기서 나오게 해, 부탁이야."

"자, 아가씨, 그만 노닥거려."

헨리는 한 손을 주머니에 넣었다.

동전 한줌.

"클레이, 이거 받아. 저 위에서 보자고."

두 소년은 차를 탔고 다른 한 소년은 달렸다.

창밖에 대고. "어이, 클레이!"

클레이는 계속 달려나갔다. 고개를 돌리지 않았지만 다 듣고 있었다. 똑같았다, 매번.

"가능하면 데이지로. 그게 제일 좋아하시던 거니까, 기억해?"

마치 그가 모르기라도 하는 것처럼.

차는 깜빡이를 켜고 옆으로 빠졌다. "바가지 쓰지 말고!"

클레이는 더 빨리 달렸다.

언덕을 올라갔다.

처음에 그를 훈련한 사람은 나였고 그다음은 로리였다. 내가 구식의 멍청한 성실성으로 훈련시켰다면 로리는 곤봉을 휘두르는 식이었는데 결코 아이를 꺾을 수 없었다. 헨리로 말하자면, 그는 계획을 짰다―돈을 위해 그렇게 했고 계획을 사랑하기 때문이기도 했는데, 곧 그것을 목격하게 될 것이다.

처음부터 계획은 단순했지만 깜짝 놀랄 만한 것이기도 했다.

우리는 그에게 무엇을 하라고 말할 수 있다.

그럼 그는 그것을 할 것이다.

우리는 그를 고문할 수 있다.

그럼 그는 그것을 참을 것이다.

친구 몇 명이 비를 맞으며 걸어서 집에 가는 것이 보이면 헨리는 클레이를 차 밖으로 차낼 수 있고, 그러면 클레이는 밖으로 나가 슬슬 달리기 시작한다. 그러다가 그들이 차를 타고 지나가면서 창밖에 대고 "꾀부리지 마!" 하고 소리치면 그는 더 빨리 달린다. 토미는 죄책감에 기분이 엿같아 고개를 내밀고 뒤돌아보곤 했고 클레이는 차가 시야에서 사라질 때까지 지켜보았다. 엉망으로 깎은 머리가 점점 작아졌다. 그런 식이었다.

우리가 그를 훈련하고 있는 것처럼 보였을지도 모른다.

하지만 사실, 어림도 없었다.

시간이 갈수록 말은 점점 줄고 방법은 점점 늘었다. 우리 모두 그가 무엇을 원하는지 알았지만 그걸로 뭘 하려고 하는지는 몰랐다.

도대체 뭘 위해 클레이 던바는 훈련하고 있었던 것일까?

여섯시 반, 그는 튤립 몇 송이를 발치에 놓고 몸을 앞으로 기울여 묘지 펜스 사이로 그 너머를 보았다. 멋지고 높았다, 이곳은. 클레이는 이곳을 좋아했다. 그는 해가 마천루들 사이를 스쳐가는 것을 지켜보았다.

도시들.

이 도시.

저 아래, 차들이 집을 향해 무리 지어 가고 있었다. 불빛들 색깔이 바뀌었다. '살인범'이 왔다.

"이봐요?"

아무 대답이 없었다. 그는 펜스를 쥔 손에 힘을 꽉 주었다.

"젊은이?"

이제 그는 건너다보았고, 늙은 여자는 손가락으로 가리키며 입술을 홀짝홀짝 빨아 마시고 있었다. 맛이 좋은 게 틀림없었다.

"괜찮을까?" 여자는 힘없는 눈에 옷은 늘어져 있었다. 스타킹을 신고 있었다. 더위는 그녀에게 아무런 의미가 없었다. "그 꽃 한 송이만 달라고 해도 괜찮을까?"

클레이는 깊은 주름, 눈 위의 긴 줄무늬를 들여다보았다. 그녀에게 튤립을 한 송이 건넸다.

"고마워요, 고마워, 젊은이. 우리 윌리엄을 주려고."

소년은 고개를 끄덕이고 그녀를 따라 열린 정문을 통과했다. 무덤들 사이를 요리조리 움직였다. 목적지에 도착하자 그는 쭈그리고 앉았다 몸을 일으켰다 팔짱을 꼈다 저녁 해를 마주보았다. 헨리와 토미가 양옆에 서기까지, 그리고 개가 혀를 내밀고 묘비명 앞에 오기까지 얼마나 걸렸는지 전혀 알지 못했다. 소년들은 각자 두 손을 주머니에 꽂고 구부정하면서도 뻣뻣하게 서 있었다. 개에게 주머니가 있다면 개도 틀림없이 두 앞발을 거기 집어넣었을 것이다. 이윽고 모두 묘비와 그 앞에 있는 꽃, 그들 눈앞에서 시들고 있는 꽃에 관심을 쏟았다.

"데이지가 없었어?"

클레이는 건너다보았다.

헨리는 어깨를 으쓱했다. "좋아, 토미."

"왜?"

"건네줘, 쟤 차례야."

클레이는 손을 내밀었다. 무엇을 해야 하는지 알았다.

그는 미스터 신 광택제를 받아 금속판에 분무했다. 이어 회색 티셔츠 팔 부분을 건네받고 묘비를 잘 문질렀다, 잘 닦았다.

"조금 빠뜨렸어."

"어디?"

"눈이 멀었냐, 토미, 바로 저기, 구석, 거길 보라고, 눈에 페인트를 칠한 거야?!"

클레이는 그들이 말하는 것을 지켜보다가 그곳을 둥글게 문질렀다. 이제 소매는 시커메졌다. 도시의 더러운 입. 세 명 모두 러닝셔츠에 낡은 반바지 차림이었다. 세 명 모두 입을 꽉 다물고 있었다. 헨리가 토미에게 윙크했다. "잘했어, 클레이, 이제 갈 시간이지, 응? 본 행사에 늦고 싶지 않아."

토미와 개가 먼저 뒤따랐다. 늘 똑같았다.

그다음에 클레이.

클레이가 합류하자 헨리가 말했다. "좋은 묘지는 좋은 이웃을 만들어." 솔직히, 그의 실없는 소리는 끝이 없었다.

토미가 말했다. "난 여기 오기 싫어, 알지, 응?"

그럼 클레이는?

클레이―조용한 아이, 또는 미소 짓는 아이―는 그냥 마지막으로 몸을 돌려, 동상이며 십자가며 묘석이 해를 받으며 모여 있는 구역을 물끄러미 건너다보았다.

이등에게 주는 트로피들처럼 보였다.

그 하나하나가.

야만인들

다시 아처 스트리트 18번지, 부엌에서는 관계가 교착상태였다.

'살인범'은 천천히 뒤로 물러나, 집의 나머지 부분으로 들어갔다. 그 정적은 무시무시한 것─죄책감이 난동을 부리며 그를 두들겨 팰 거대한 놀이터─이었지만 기만이기도 했다. 냉장고는 웅웅거렸고 노새는 숨을 쉬었고 게다가 그 안에는 동물이 더 있었다. 이제 그는 뒷걸음으로 복도에 들어와 있었기 때문에 움직임을 느낄 수 있었다. '살인범'의 냄새를 맡고 추적해온 것일까?

그럴 리가.

아니, 동물들은 조금도 위협적인 자세가 아니었다. 그가 가장 두려워하는 것은 우리 가운데 가장 나이가 많은 둘이었다.

나는 책임을 지는 사람이었다.

오랜 기간 생계를 책임졌다.

로리는 무적의 존재였다.

인간 쇠뭉치 족쇄.

여섯시 반쯤 로리는 길 건너편 전신주에 몸을 기댄 채 심술궂고 애처롭게, 그냥 웃음을 터뜨리기 위한 미소를 짓고 있었다. 세상은 더러웠고 그도 더러웠다. 그는 잠깐 탐색한 뒤 입에서 소녀의 기다란 털 한 올을 뽑아냈다. 그 소녀가 누구든 저 바깥 어딘가에 있었고, 로리의 머리에 다리를 벌린 채 누워 있었다. 우리가 절대 알지도 또 보지도 못할 소녀.

조금 전 그는 우리가 아는 소녀와 우연히 마주쳤다, 케리 노바크라는 소녀. 그 아이의 집 진입로 바로 너머에서였다.

그녀는 말 같은 냄새가 났고, 안녕 하고 소리쳤다.

낡은 자전거에서 뛰어내렸다.

선량한 녹색 눈에 머리는 적갈색이었고—등뒤로 몇 마일이나 흘러내렸다—그에게 메시지를 전했다, 클레이에게 전해달라고. 어떤 책 이야기였고, 그 책은 이 모든 일에서 중요한 책 세 권 가운데 하나였다. "내가 아직도 부오나로티를 사랑하고 있다고 말해줘, 알았지?"

로리는 허를 찔렸지만 조금도 움직이지 않았다. 오직 입만. "보나-누구?"

소녀는 차고로 가면서 웃음을 터뜨렸다. "그냥 전해줘, 알았지?" 그러다 동정심이 생겼는지 뒤로 몸을 기울였다. 주근깨투성이 팔에는 자신감이 넘쳤다. 그녀에게는 어떤 너그러움이, 열기와 땀과 생명이 있었다. "알아?" 그녀가 말했다. "미켈란젤로?"

"뭐?" 이제 로리는 더 큰 혼란에 빠졌다. 이 여자애는 미쳤다, 그는 생각했다. 상냥하지만 완전히 미쳤다. 누가 미켈란젤로에게 염병 관심이나 있나?

하지만 어떻게 된 일인지 그 생각은 오래갔다.

그는 그 전신주를 찾아냈고 한동안 기대고 있다가 길을 건너 집으로 향했다. 로리는 배가 약간 고픈 쪽이었다.

나로 말하자면, 나는 교통 체증에 걸린 채 거기 밖에서, 거기 안에 있었다.

주위에, 앞과 뒤에, 차 수천 대가 모두 줄을 서 있었고, 모두 다양한 집 쪽을 향하고 있었다. 내 스테이션왜건(지금도 갖고 있다)의 창으로 열의 파동이 꾸준히 밀어닥쳤고, 광고판, 진열창, 사람의 신체 부위가 기마대처럼 끝도 없이 늘어서 있었다. 움직일 때마다 도시가 안으로 파고들었지만, 나무, 양모, 광택제로 이루어진 내 특유의 냄새도 있었다.

팔뚝이 차에서 삐져나가게 놔두었다.

몸이 목재가 된 느낌이었다.

두 손은 모두 아교와 테레빈유로 끈적거렸고, 내가 원하는 건 오로지 집에 가는 것이었다. 그러면 샤워를 하고 저녁을 차리고 어쩌면 책을 읽거나 옛날 영화를 볼 수 있을 것이다.

그건 무리한 요구가 아니다, 안 그런가?

그냥 집에 가서 쉬는 게?

염병할 가능성은 없는 일이지만.

번버러

이런 나날에, 헨리에게는 규칙이 있었다.

첫째, 맥주가 있어야 했다.

둘째, 맥주는 시원해야 했다.

이런 이유들 때문에 그는 토미, 클레이, 로지를 묘지에 남겨두고 떠나며 나중에 번버러파크에서 만나기로 했다.

(번버러파크는, 이 동네에 익숙하지 않은 사람들을 위해 말하자면, 오래된 운동 경기장이다. 당시에는 무너져가는 관람석, 주차장 하나를 족히 채울 만큼의 깨진 유리가 전부였다. 가장 악명 높은 훈련 시절에 클레이가 즐겨 찾던 장소이기도 했다.)

하지만 헨리는 차에 타기 전에 토미에게 마지막으로 몇 가지 지침을 내릴 필요가 있다고 느꼈다. 로지도 귀를 기울였다.

"내가 거기 가는 게 늦어지면 말을 붙들고 있으라고 해*, 알았

___
* 서둘지 말라는 뜻.

지?"

"알았어, 헨리."

"그리고 돈을 준비해놓으라고 해."

"알았어, 헨리."

"'알았어 염병할 헨리'가 건성으로 나오는 건 아니겠지, 토미?"

"건성 아냐."

"계속 이러면 이따 거기서 너도 저 녀석 앞에 둘 거야. 그걸 원해?"

"됐어, 헨리."

"됐다고 할 만도 하지, 꼬마야." 장난스럽고 잘 훈련된 정신의 끝에서 나오는 짧은 미소. 그는 토미의 따귀를 부드럽고 자신감 있게 툭 때리고 클레이를 움켜쥐었다. "그리고 너, 부탁 좀 하자." 그는 클레이의 얼굴을 잡았다, 한 손에 한쪽 뺨씩. "이 새끼들 둘을 두고 가지 마."

차 뒤 먼지의 물결 속에서 개는 토미를 보았다.

토미는 클레이를 보았다.

클레이는 둘 다 보지 않았다.

호주머니를 확인하다가 그러고 싶은—다시 후다닥, 달리고 싶은—마음이 아주 강해졌지만 도시가 그들 앞에 벌러덩 누워 있고 등뒤에는 무덤이 있었기 때문에 로지에게 두 걸음 다가가 그녀를 겨드랑이에 끼웠다.

그는 일어섰고 개는 웃음을 짓고 있었다.

그녀의 눈은 밀과 금 같았다.

그녀는 아래 세상을 향해 웃음을 터뜨렸다.

클레이는 인트리티 애비뷰—그가 막 올라온 큰 언덕—에 이르러서야 마침내 로지를 내려놓았다. 그들은 썩은 프랜지패니를 밟으며 포세이돈 로드에 다다랐다. 경마장 본부가 있는 곳. 일 마일 길이의 녹슨 가게들.

토미가 반려동물 가게에 가고 싶어 안달일 때 클레이는 다른 곳에 가고 싶어 죽을 지경이었다. 거리들, 그곳에 있는 그녀의 기념물들.

론로, 그는 생각했다.

보비스 레인.

자갈이 덮인 피터팬스퀘어.

그녀는 적갈색 머리에 눈은 짙은 녹색이었으며, 에니스 맥앤드루 밑에서 수습을 했다. 그녀가 가장 좋아하는 말은 '투우사'였다. 그녀가 가장 좋아하는 경주는 늘 콕스 플레이트였다. 그녀가 가장 좋아하는 그 경주의 승자는 막강한 '킹스턴 타운'으로, 족히 삼십 년 전 일이었다. (가장 좋은 것은 모두 우리가 태어나기 전에 나왔다.)

그녀가 읽는 책은 『채석공』이었다.

이 모든 일에서 중요한 책 세 권 가운데 하나.

포세이돈 로드의 더위 속에서 소년들과 개는 동쪽으로 방향을 틀었고 곧 그것이 어렴풋이 보였다. 육상 트랙.

그들은 펜스에 섞일 때까지 걸어가 펜스의 틈을 통해 안으로 들어갔다.

직선주로에서 해를 받으며 그들은 기다렸다.

몇 분 지나지 않아 평소의 무리가 나타났다—운동장의 주검을 뜯어먹는 소년 콘도르들. 레인들은 잡초로 꽉 찼다. 붉은 타탄트랙은 표면이 벗어졌다. 내야는 정글이 되었다.

"저기." 토미가 말하며 손가락으로 가리켰다.

절정에 이른 사춘기의 영광을 뽐내며 온갖 방향으로부터 점점 더 많은 소년이 나타났다. 멀리서도 그들의 햇볕에 그을린 미소를 볼 수 있었고 햇볕에 그을린 흉터를 헤아릴 수 있었다. 그들의 냄새도 맡을 수 있었다, 결코 완전한 어른은 아닌 냄새.

한동안 바깥쪽 레인에서 클레이는 그들을 지켜보았다. 마시고 겨드랑이를 긁고 병을 던지고. 몇 명은 트랙의 욕창을 툭툭 찼다— 얼마 안 지나 볼 만큼 봤다는 생각이 들었다.

그는 토미의 어깨에 손을 얹고 관람석 그늘로 걸어갔다.

그 어둠이 그를 삼켰다.

그리스인들이 그를 잡았다

'살인범'에게 그들 나머지—우리가 종종 토미의 똥대가리 반려동물 선수단이라고 부르는 것—를 거실에서 발견한 것은 당혹스러우면서도 위안이 되는 일이었다. 그리고, 물론, 그 이름들. 어떤 사람들은 숭고하다 할 것이고, 어떤 사람들은 또 우스꽝스럽다 할 것이다. 그는 먼저 금붕어를 보았다.

그는 곁눈질로 창문 쪽을 건너다보았고, 그곳 스탠드 위에는 어항이 놓여 있었는데 물고기가 앞으로 돌진하다가 유리에 머리를 박고 뒤로 물러나곤 했다.

비늘이 깃털 같았다.

꼬리는 황금 갈퀴 같았다.

아가멤논.

하단에 붙은 스티커는 가장자리가 떨어져나가고 있었는데 그 위에 소년티가 나는 녹색 마커펜으로 쓴 굵은 글씨가 그의 이름을 알려주었다. '살인범'은 그 이름을 알고 있었다.

그다음에 무너지고 있는 소파 위, 리모컨과 더러운 양말 한 짝 사이에 커다란 회색 야수 같은 고양이가 자고 있었다. 거대한 검은 앞발과 느낌표 같은 꼬리를 자랑하는 얼룩 고양이로, 그의 이름은 헥토르였다.

여러 면에서 헥토르는 이 집에서 가장 경멸당하는 동물이었으며, 오늘 이런 더위에도 털로 덮인 뚱뚱한 C자 모양으로 몸을 웅크리고 있었다. 다만 꼬리만 예외였는데 털이 달린 검이 몸에 깊숙이 꽂혀 있는 듯한 모습이었다. 그가 자세를 바꿀 때마다 털이 그에게서 떼를 지어 날아올랐으나 몸피는 줄어들지 않았고, 그는 가르랑거리며 계속 잠만 잤다. 그러나 누가 가까이 가기만 하면 모터가 가동되었다. 그게 설사 살인범이라 해도. 헥토르는 결코 이것저것 세심하게 구분하는 성격이 아니었다.

마지막, 책꽂이 위, 길고 커다란 새장이 자리잡고 있었다.

안에는 비둘기 한 마리, 엄숙하게 꼼짝도 하지 않고, 하지만 행복하게 기다리고 있었다.

문은 완전히 열려 있었다.

한 번인가 두 번, 그가 일어서서 걷자 자주색 머리가 매우 경제적으로 까닥였다. 그는 완벽하게 리듬을 타고 움직였다. 그것이 비둘기가 토미 위에 앉기를 기다리면서 매일매일 하는 일이었다.

요즘 우리는 그를 텔리라고 불렀다.

또는 T라고.

하지만 절대, 어떤 상황에서도, 그 열받는 이름 전부를 사용하지는 않았다.

텔레마코스.

맙소사, 우리가 그 이름들 때문에 토미를 얼마나 미워했는지.

그런데도 토미가 무사한 것은 우리 모두가 이해하고 있는 한 가지 이유 때문이었다.

그 아이가 자신이 뭘 하고 있는지 안다는 것.

이제 몇 걸음 안으로 들어온 '살인범'은 둘러보았다.

이것이 전부로 보였다.

고양이 한 마리, 새 한 마리, 금붕어 한 마리, 살인범 한 명.

그리고 물론, 부엌의 노새.

별로 위험하지 않은 무리.

괴상한 빛 속에서, 정체 상태의 열기 속에서, 거실의 다른 물품들—혹사당한 오래된 중고 노트북, 커피 자국이 있는 소파 팔걸이, 카펫의 돌무덤 속 교과서들—사이에서 '살인범'은 그것이 다가오는 것을 느꼈다. 바로 등뒤에서. 그것이 하지 않은 유일한 일은 우우 하고 야유하는 것이었다.

피아노.

그 피아노.

그리스도여, 그는 생각했다, 그 피아노.

목재, 호두색, 업라이트피아노는 입을 다물고 바다 같은 먼지를 뒤집어쓴 채 구석에 서 있었다.

깊고 차분하게, 놀랄 만큼 슬프게.

피아노 한 대, 그게 다였다.

그게 아무런 해가 되지 않을 것처럼 보인다면, 다시 생각해보라. 그의 왼발이 꿈틀거리기 시작했기 때문이다. 그는 심장이 하도 아파 앞문으로 다시 튀어나갈 수도 있었다.

그런데 하필이면 이런 때에 포치에 첫발을 디디는 소리라니.

열쇠가 있고, 문이 있고, 로리가 있고, 수습할 시간은 없었다. '살인범'이 준비해왔을지 모르는 말은 목구멍에서 사라져버렸고, 목구멍에도 공기가 많지 않았다. 고동치는 심장의 맛뿐. 그저 흘끗 볼 수 있었을 뿐이다. 그가 번개처럼 그 복도를 통과했기 때문이다. 그게 누구인지 알 수 없었다는 것이 정말 안된 일이었다.

로리일까 나일까?

헨리일까 클레이일까?

토미는 아니었다, 분명히. 너무 컸다.

'살인범'이 느낀 것은 움직이는 몸뿐이었는데, 그때 부엌에서 기쁨의 포효가 울려퍼졌다.

"아킬레우스! 이 건방진 새끼!"

냉장고 문이 열렸다 닫혔고, 헥토르가 고개를 든 것은 그때였다. 그는 카펫으로 쿵 내려와 그 위태위태한 고양이 같은 방식으로 뒷다리 두 개를 뻗었다. 건너편에 있던 그는 부엌으로 어슬렁어슬렁 들어갔다. 목소리가 바로 바뀌었다.

"대체 뭘 원하는 거야, 헥토르, 이 묵직한 똥무더기야? 오늘밤에 또 내 침대에 뛰어올라오기만 해봐, 너는 염병할 끝장이야, 맹세코." 빵 봉지가 바스락거리는 소리, 단지 뚜껑 여는 소리. 이윽고 또 한번의 웃음소리. "착한 아킬레우스 노인네, 그렇지?" 물론 그를 내보내지는 않았다. 토미한테 알아서 하라고 하자, 그는 생각했다. 아니, 더 나은 것은, 그냥 나중에 매슈가 발견하게 놔두는 것이다. 그게 순금일 것이다―그럼 그것으로 끝이었다.

그가 들어올 때만큼이나 빠르게 복도에서 또 한번 무언가 희끗하나 싶더니, 앞문이 쾅 닫혔고 그는 사라졌다.

상상할 수 있겠지만, 회복하는 데는 시간이 걸렸다.

많은 박동, 많은 숨.

'살인범'의 머리가 아래로 푹 꺼졌고, 생각들이 감사 인사를 했다.

금붕어가 어항에 머리를 박았다.

새는 그를 보더니 끝에서 끝까지 연대장처럼 행진했고, 곧 고양이가 돌아왔다. 헥토르는 거실로 들어와 알현하는 자세로 앉았다. '살인범'은 자신의 맥박이 뛰는 소리를 고양이가 들을 수 있을 것이라고 믿었다―그 시끄러운 소리, 마찰음. 그 자신은 손목에서 느낄 수 있었다.

다른 것은 몰라도 이제 한 가지는 확실했다.

그는 앉아야 했다.

금세 그는 소파에 요새를 확보했다.

고양이가 입술을 핥더니 덤벼들었다.

'살인범'은 고개를 뒤로 돌린 순간 고양이가 온 힘을 다해 날아오르는 것을 보았고―뚱뚱한 잿빛 모피 덩어리와 줄무늬―마음의 준비를 한 뒤 그것을 받았다. 적어도 잠시 동안 그는 의문을 품었다. 고양이를 쓰다듬을 것인가 말 것인가? 헥토르에게 그건 상관없었다―그는 바로 '살인범'의 허벅지에서 집이 무너져라 가르랑거리고 있었다. 행복한 앞발질까지 시작해 '살인범'의 허벅지를 도륙했다. 그때 다른 사람이 왔다.

그는 믿어지지가 않았다.

그들이 오고 있다.

그들이 오고 있다.

아이들이 오고 있고, 나는 여기에 역사상 가장 무거운 길든 고양이를 허벅지에 올려놓고 앉아 있다. 모루, 가르랑거리는 모루에 깔려 옴짝달싹 못하게 된 것 같았다.

이번에는 헨리였다. 눈에서 머리카락을 쓸어넘기며 분명한 목적을 갖고 부엌으로 걸어가고 있었다. 아까 왔던 아이보다 훨씬 덜 즐거워 보였지만 다급하기는 마찬가지인 것이 분명했다.

"그래, 아주 좋아, 아킬레우스, 기억해줘서 고마워. 매슈는 오늘 밤에 틀림없이 또 발끈할 거야."

내가 도대체 왜!

다음에 그는 냉장고를 열었고, 이번에는 약간 예의가 있었다. "거기 머리 좀 옮겨줄 수 있을까, 친구? 고마워."

그는 달가닥 소리를 내고, 팔을 뻗어 들어올리고, 맥주 캔들을 아이스박스에 던져넣었다—곧 그도 다시 떠났다. 번버러파크로 가는 길이었다. 그리고 '살인범'은, 다시, 그대로 남았다.

여기에서 무슨 일이 벌어지고 있는 건가?

아무도 살인자가 있다는 걸 직감하지 못하는 건가?

아니, 그렇게 쉽지는 않을 것이다. 이제 그는 남겨진 채, 이번에는 소파에 쭈그러진 채, 자신이 자연스럽게 눈에 보이지 않던 기간을 생각해보았다. 그는 붙들려서—그 자비로움이 주는 안도감과 그 무능함이 주는 수치 사이 어딘가에 붙들려서—거기에 가만히 고요하게 앉아 있었다. 그의 주위에서, 저녁 빛 속에서 고양이한테서 빠진 털이 회오리를 일으켰다. 금붕어는 유리와 다시 전쟁을 시작했고 비둘기는 한껏 발을 뻗으며 걸었다.

그리고 피아노는 뒤에서 그를 지켜보았다.

인간 쇠뭉치 족쇄

번버러파크에 마지막 패거리가 나타나자 그들은 악수를 했고 웃음을 터뜨렸다. 그들은 흥청거렸다. 사춘기 특유의 방식으로, 모두 탐욕스러운 입으로 속을 활짝 열어젖힌 채 마셨다. 그들은 "어이!" "야!" "도대체 어디서 어슬렁거렸어, 이 멍해빠진 멍청한 멍멍이똥 같은 멍텅구리야?!" 하고 말했다. 그들은 두운頭韻 맞추기의 명수들이었지만 그것을 알지는 못했다.

헨리가 차에서 나오자마자 내린 첫 사업상의 명령은 클레이가 관람석 탈의실에 있는지 확인하라는 것이었다. 거기에서 오늘의 무리를 만날 예정이었다. 사내아이 여섯이 기다리고 있고, 오늘 벌어질 일은 이런 것이었다.

그들은 뒤의 터널을 통해 나간다.

그런 다음 여섯 소년은 각각 사백 미터 트랙 주변에 자리를 잡는다.

세 명은 백 미터 지점에.

두 명은 이백 미터.

그리고 한 명은 삼백 미터 지점에서 결승선 사이 아무데나.

마지막으로 가장 중요한 것, 이 여섯 명 모두가 클레이가 한 바퀴를 완주하는 것을 막기 위해 있는 힘을 다할 것이다. 하지만 말이 쉽지.

구경하는 군중 쪽에서는 결과를 추측했다. 각자 특정 시간을 외쳤고, 바로 여기가 헨리가 끼어드는 대목이었다. 헨리는 아주 기꺼이 내기를 처리했다. 분필 한 조각을 손에 들고, 구식 초시계를 목에 걸고, 이제 준비가 끝났다.

오늘은 소년들 몇 명이 관람석 아래쪽에서 바로 그에게 달라붙었다. 헨리에게 그들 가운데 다수는 현실도 아니었다—별명에 소년이 달라붙어 있을 뿐이었다. 우리로 말하자면, 둘을 제외한 그들 모두를 여기에서만 보고 여기에 두고 떠날 것이고, 그들은 영원히 이렇게 바보짓을 할 것이다. 괜찮은 편이다. 생각해보면.

"자, 헨리?" '문둥이'가 물었다. 그런 별명이 붙은 사람은 동정할 수밖에 없다. 그의 온몸에는 각양각색의 다양한 딱지가 앉아 있었다. 아마도 여덟 살 때부터 자전거를 타고 멍청한 짓을 하기 시작해 한 번도 그만둔 적이 없을 것이다.

헨리는 그에게 동정심을 품을 뻔하다가 아슬아슬한 순간에 으스대는 쪽으로 돌아섰다. "자, 뭐?"

"걔가 얼마나 피곤해?"

"별로."

"벌써 '변소'네 층계참을 뛰어올라갔다 왔어?" 이번에는 '칙칙폭폭'이다. 찰리 드레이턴. "그리고 언덕을 올라가 묘지까지?"

"이봐, 걔는 괜찮아, 훌륭해, 신품 컨디션이야." 헨리는 따뜻한 기대감에 두 손을 비볐다. "하지만 저 아래에는 최고 여섯 명을 데려다놓았어. 스타키까지."

"스타키! 그 새끼가 돌아왔어, 응? 그건 적어도 삼십 초 추가의 가치가 있는데, 내 계산으로는."

"아 왜 이래, '송어'. 스타키는 입만 살았어. 클레이가 걔는 그냥 통과해버릴 거야."

"그런데 그 아파트 단지는 몇 층이라고 했지, '변소'?"

"육층." 헨리가 말했다. "안마, 그런데 그 열쇠도 녹이 좀 스는 것 같아. 새걸 좀 마련해줘. 그럼 너는 공짜로 내기를 하게 해줄지도 몰라."

머리카락도 구불구불하고 얼굴도 구불구불한 '변소'는 구불구불한 입술을 핥았다. "뭐? 정말?"

"그래, 어쩌면 반값에 하게 해줄지도 몰라."

"야." '유령'이라는 이름의 아이가 말했다. "'변소'가 왜 공짜로 내기를 한다고?"

헨리는 끼어들 일이 생기기 전에 끼어들었다. "아쉽게도, '유령', 이 창백하고 가엾은 새끼야, '변소'한테는 우리가 이용할 수 있는 뭔가가 있어. 얘는 쓸모가 있어." 헨리는 '유령'하고 함께 걸으며 조언을 했다. "반면 너는 쓸모가 없어. 알아들어?"

"알았어, 헨리, 이건 어때?" '변소'가 더 많이 얻어내려는 시도를 했다. "무상으로 세 번 내기를 하게 해주면 내 열쇠를 줄게."

"무상으로? 너 뭐냐, 염병할 프랑스 사람이냐?"

"프랑스 사람이 무상으로라는 말을 쓸 것 같지는 않은데, 헨리. 그건 독일 말일지도 몰라."

그 목소리는 무리 가운데서 나왔다. 헨리는 그 목소리를 찾아냈다. "너였냐, '씹기', 이 털 많은 새끼야? 내가 지난번에 듣기로 너는 영어도 좆도 못한다던데." 헨리는 나머지를 향해 말했다. "저 끔찍한 좆같은 새끼 말이 믿어지냐?"

그들은 웃음을 터뜨렸다. "멋졌어, 헨리."

"멋졌어 헨리, 한다고 너희를 더 잘 봐줄 거라고 생각하진 마라."

"야, 헨리." '변소.' 마지막 시도. "이건 어때—"

"오, 예수님!" 그의 격분한 목소리가 터져나왔다. 그러나 헨리는 진짜가 아니라 가짜 분노를 보여주고 있었다. 열일곱이지만 그는 던바로서 살아가는 삶이 그에게 쏟아붓는 많은 것을 견뎠고, 늘 미소를 지으며 다시 일어섰다. 동시에 여기 번버러의 수요일과 펜스에서 구경하는 소년들에게는 약했다. 그는 이 모든 것이 그들의 주중 주요 행사라는 점, 클레이에게 이것이 또 한번의 몸풀기라는 점을 사랑했다. "좋아, 이 새끼들아, 누가 먼저 걸래?! 선불 십, 아니면 꺼져!"

그는 나무가 갈라지고 있는 벤치로 펄쩍 뛰어올랐다.

거기에서부터 내기는 이쪽저쪽으로 움직여, 2:17에서 3:46으로, 다시 엄청나게도 2:32로 갔다. 헨리는 녹색 분필로 그들 발치의 콘크리트에 이름과 시간을 적었다. 지난 몇 주의 내기 옆이었다.

"좋아, 어서, '쇼백*', 그만 좀 생각해."

'봉', 또는 '커트 봉다라'라고도 부르는 '쇼백'은 오랜 시간 고민했다. 그는 뭐든 아주 진지하게 생각하는 법이 없는 아이지만 이것만은 예외에 속하는 것 같았다. "좋아." 그가 말했다. "스타키가 나

---

* 오스트레일리아의 축제에서 홍보용 상품을 담아 판매하는 꾸러미.

왔으니까, 에라, 젠장. 5:11."

"예수님." 헨리는 웅크린 자세로 웃음을 지었다. "잊지 마, 얘들아, 마음 바꾸기 없고 분필 갖고 장난치기도 없—"

그는 뭔가를 보았다.

어떤 사람을.

그들은 몇 분 차이로 서로를 놓쳤다, 집 부엌에서. 그런데 이제 헨리는 그를 보았다—분명했고 잘못 봤을 리가 없었다. 짙은 녹 빛깔의 머리, 고철 조각 같은 눈에 껌을 질경질경. 헨리는 무척이나 즐거워했다.

"왜 그래?" 집단적 질문, 합창. "뭐야? 무슨—" 헨리는 위쪽으로 고개를 끄덕였고 그와 동시에 분필 글자 사이로 목소리가 떨어져내렸다.

"여러분—"

짧은 순간, 각 소년은 이런 젠장 하는 표정을 지었는데 그 하나하나가 아주 걸작이었다. 다음 순간 그들은 미친듯이 움직였다.

모두 내기 내용을 바꾸었다.

연기 신호

좋아, 됐다.

그는 기다릴 만큼 기다렸다.

'살인범'은 음침하고 죄책감과 후회가 많았지만, 이제 어느 지점에 이르렀다. 우리는 그를 경멸할 수는 있지만 무시하지는 않을 것이다. 하긴 그의 다음 움직임도 훌륭한 예절처럼 느껴졌다. 그런 것은, 허가 없이 집에 들어온 사람이니, 정말이지 우리에게 미리 알려주기라도 했어야 한다.

그는 허벅지에서 헥토르를 끌어냈다.

피아노를 향해 걸어갔다.

그는 건반 뚜껑을 열지는 않고(그것만은 도저히 할 수가 없었다), 위에서부터 피아노 줄들을 드러냈는데, 거기에서 그가 찾아낸 것은 더 나쁜 것일 수도 있었다—안에는 숯 색깔의 책 두 권 아래에 낡은 파란색 모직 원피스가 있었다. 호주머니에는 단추가 하나 들어 있고, 원피스 밑에는 그가 피아노까지 온 이유가 있었다. 담배 한 갑.

천천히, 그는 담배를 꺼냈다.

그의 몸이 반으로 접혔다.

그는 몸을 들어올리고 똑바로 세우려고 안간힘을 썼다.

다시 피아노를 닫느라, 부엌으로 걸어 돌아가느라 엄청난 노력을 해야 했다. 그는 칼붙이 서랍에서 라이터를 찾아내고, 아킬레우스 앞에 섰다.

"제기랄."

처음으로 그는 용기를 내어 입을 열었다. 이제 노새는 공격을 할 만한 상태가 아니라는 것을 깨달았기 때문에 '살인범'은 라이터를 켜고 싱크대를 향해 나아갔다.

"이왕 온 김에 설거지라도 해놓는 게 좋겠군."

멍청이들

안에, 탈의실 벽들은 그래피티로 칙칙했다—창피스럽다고 할 수밖에 없는 아마추어의 작품. 클레이는 맨발로 앉아 있었고, 그것을 무시했다. 그의 앞에서 토미는 로지의 배에 엉킨 풀을 골라냈지만 보더콜리는 곧 몸을 뒤집었다. 그가 그녀의 주둥이를 살짝 눌렀다.

"던바."

예상한 대로 다른 소년 여섯이 있었고, 각각이 그래피티 가운데 자신이 속한 작은 구역에 들어가 있었다. 그들 중 다섯은 서로 말을 하고 농담을 했다. 하나는 옆에 있는 소녀를 과시하고 있었다. 스타키라는 이름의 짐승-소년.

"야, 던바."

"왜?"

"토미, 너 말고, 이 염병할 돌대가리야."

클레이가 고개를 들었다.

"자." 스타키는 보호 테이프 한 롤을 높이 던져 클레이의 가슴을 맞혔다. 테이프가 땅에 떨어지자 로지가 그것을 물어올리더니 그대로 입에 물고 있었다. 클레이는 로지가 테이프와 씨름하는 것을 지켜보았고 스타키는 고래고래 소리를 질렀다.

"내가 저 밖에서 너를 깨끗하게 처리할 때 네가 핑계를 대지 못하게 하려는 거야, 그뿐이야. 그걸 보니 우리가 어렸을 때 네가 그 개똥 같은 끈끈한 테이프를 잡아당기던 기억이 선명하네. 또 저 밖에는 깨진 유리가 많잖아. 네가 그 예쁘고 귀여운 발을 다치는 걸 원치 않거든."

"방금 선명하다 그랬어?" 토미가 물었다.

"흉악범은 단어 좀 알면 안 되냐? 난 돌대가리란 말도 쓸 줄 알아. 그리고 그건 너 같은 놈들한테 멋지게 적용되지." 스타키와 소녀는 그 대목에서 아주 즐거워했고 클레이는 그녀를 매우 좋아하지 않을 수 없었다. 그는 그녀의 립스틱과 때 묻은 싱글거림을 지켜보았다. 그녀의 브라 끈도 마음에 들었다. 지금처럼 그녀의 어깨 아래로 축 늘어졌을 때. 그는 두 아이의 몸이 닿아서 서로 번진 듯한 모습도 싫지 않았다—그의 허벅지 위에 그녀의 가랑이, 허벅지 양쪽에 다리 하나씩. 그것은 호기심이었고 그 이상은 아니었다. 첫째, 그녀는 케리 노바크가 아니었다. 둘째, 이건 개인적인 게 아니었다. 밖에 있는 아이들에게 이 안의 소년들은 아름다운 기계 속의 톱니바퀴들이었다. 오염된 오락이라는 기계. 클레이에게 그들은 특정한 설계에 따른 동료들이었다. 그들이 그에게 얼마나 피해를 줄 수 있을까? 그가 얼마나 오래 살아남을 수 있을까?

클레이는 그들이 곧 밖으로 걸어나가야 한다는 것을 알았기 때문에 이제 등을 뒤로 기대고 눈을 감았다. 케리가 옆에 있다고 상상했다. 그녀의 두 팔의 열기와 빛. 그녀 얼굴의 주근깨는 핀으로 찍은 듯한 아주 작은 구멍들이었다. 아주 깊고 붉었지만 작았다. 다이어그램 같았다, 아니, 훨씬 비슷한 것으로, 아이들이 하는 점 잇기 놀이 같았다. 그녀의 허벅지에는 그들이 공유하는, 표지가 희멀건 책이 있고, 거기에는 금이 간 청동색 글자들이 박혀 있었다.

채석공

제목 밑에는 미켈란젤로 부오나로티에 관해 당신이 알고 싶어했던 모든 것─위대성이라는 무한의 채석장이라고 적혀 있었다. 안에, 맨 앞에, 페이지가 찢겨나간 것을 보여주는 자국이 있었다. 저자의 전기가 있는 페이지. 책갈피는 최근의 마권馬券이었다.

로열 헤네시, 제5경주
#2─'투우사'
승리시에만: 1달러

곧 그녀는 일어섰고 그가 있는 쪽으로 몸을 기울였다.

그녀는 특유의 흥미롭다는 표정으로 웃음을 지었다, 마치 모든 것을 정면으로 마주보는 듯한 표정. 그녀는 더 다가오더니 시작했다. 자신의 아랫입술로 그의 윗입술을 덮고 두 몸 사이에 그 책을 들었다. "그는 바로 그때 이것이 세계라는 것, 그 모든 것이 하나의 비전이라는 것을 알았다."

그녀가 가장 좋아하는 페이지를 인용하는 동안 그녀의 입술이 그의 입술에 계속 닿았는데─세 번, 네 번, 다섯 번까지─이제 아주 살짝 떨어졌다.

"토요일?"

한 번의 끄덕임. 토요일 밤에, 딱 사흘만 더 있으면, 그들은 현실
에서, 그가 좋아하는 또다른 경기장, 버려진 경기장에서 만날 것이
다. '서라운즈'라고 부르는 곳. 그곳, 그 장소에서, 그들은 눈을 뜬
채 누워 있을 것이다. 그녀의 머리카락이 몇 시간이고 그를 간지럽
힐 수도 있다. 하지만 그는 한 번도 그것을 치우거나 옮기지 않을
것이다.

"클레이." 그녀가 말했다. "시간 됐어."

하지만 그는 눈을 뜨고 싶지 않았다.

그러는 동안 '족제비'라고 부르는 뻐드렁니가 난 아이가 빠지고
늘 그렇듯이 로리가 들어가 있었다. 로리가 옛날 생각을 하며 나타
날 때마다 그런 식으로 정리되었다.

그는 터널을 따라 걸어가 우울한 탈의실로 들어갔고, 그러자 심
지어 스타키도 여자애와 보란듯이 하던 짓을 그만두었다. 로리는
한 손가락을 들어올려 자기 입술에 바짝 갖다댔다. 그는 거의 악의
를 품은 듯 토미의 머리카락을 손으로 살살이 헤집었고 이제 클레
이를 굽어보며 서 있었다. 그는 클레이를 살피며 오묘한 고철 조각
같은 눈으로 태평하게 미소를 지었다.

"어이, 클레이." 그도 어쩔 수가 없었다. "여전히 이 허튼짓에 끼
어들고 있구나, 응?"

그러자 클레이는 마주 미소를 지었다, 그럴 수밖에 없었다.

미소를 지었지만 고개는 들지 않았다.

"준비됐냐, 얘들아?"

헨리가 초시계를 손에 들고 그들에게 알렸다.

클레이가 일어서자 토미가 물었다. 이 모든 것이 의식의 일부였다.

그는 클레이의 호주머니를 가리켰다.

"내가 맡아줄까, 클레이?"

클레이는 입을 열지 않았지만 답을 했다.

답은 늘 똑같았다.

심지어 고개를 젓지도 않았다.

거기에서, 그들은 그래피티를 뒤에 남겨두고 떠났다.

다시 터널을 통해 나갔다.

빛을 향해 형태를 갖추어갔다.

경기장에는 약 두 다스의 멍청이들이 반씩 양편으로 늘어서서 박수를 쳤다. 멍청이들에게 박수를 치는 멍청이들, 엄청났다. 그것이 이 어중이떠중이가 가장 잘하는 일이었다.

"우와, 얘들아!"

목소리들은 따뜻했다. 박수를 치면서.

"열심히 뛰어, 클레이! 다 발라버려, 아들!"

노란 빛이 관람석 뒤쪽에서 끈질기게 이어졌다.

"쟤 죽이지 마, 로리!"

"세계 족쳐, '알몸뚱이Starkers', 이 못생긴 새끼야!"

폭소. 스타키Starkey가 발을 멈추었다.

"어이." 그는 손가락질을 하며 영화 대사를 인용했다. "어쩌면 널 상대로 먼저 연습을 할지도 몰라." 그는 못생긴 새끼는 조금도 신경쓰지 않았지만 알몸뚱이는 참지 못했다. 그는 뒤를 보았고 자기 여자가 과감하게 장작으로 만든 듯한 관중석의 좌석으로 가는 것을 보았다. 그녀는 이 나머지 하층민에게는 볼일이 없었다. 하나로도 이미 충분히 나쁜 것이 틀림없었다. 그는 다른 아이들을 따라잡기 위해 커다란 덩치를 질질 끌고 갔다.

탈의실 아이들은 잠시 모두 직선주로에 모여 있었지만, 곧 흩어졌다. 첫 세 명은 셸덤, 매과이어, '팅커'가 될 예정이었다. 둘은 민첩성과 힘을 갖추었고 하나는 클레이를 질식시킬 만한 벽돌 변소 같은 덩치였다.

이백 미터 위치에 자리잡을 둘은 슈워츠와 스타키였는데, 둘 가운데 하나는 완벽한 신사였고 하나는 공인된 짐승이었다. 하지만 슈워츠의 문제는 그가 완전하게, 단호하게 공정한 반면 게임에서는 엄청난 파괴력을 발휘한다는 점이었다. 다 끝나고 나면 그는 흰 치아를 모두 드러내며 웃음을 짓고 등을 두드려줄 것이다. 하지만 원반던지기용 네트가 있는 곳에서는 기차처럼 들이받을 것이다.

이제 도박꾼들도 움직임에 나섰다.

그들은 위로 쏟아져올라가 관람석의 가장 높은 줄로 향했다. 내야 너머를 보려는 것이었다.

트랙의 소년들은 준비가 끝났다.

대퇴사두근의 살덩어리를 주먹으로 쾅쾅 쳐대고 있었다.

스트레칭을 하고 팔을 찰싹찰싹 때렸다.

백 미터 지점에서는 레인 하나 간격을 두고 섰다. 그들은 멋진 아우라를 풍겼고, 다리는 불타올랐다. 떨어지는 해가 뒤에 있었다.

이백 미터 지점에서 슈워츠는 머리를 양옆으로 움직이고 있었다. 황금 머리카락, 황금 눈썹, 초점이 맞은 눈. 그 옆에서 스타키가 트랙에 침을 뱉었다. 얼굴의 구레나룻은 더럽고 바짝 곤두서 뺨과 수직을 이루고 있었다. 머리카락은 도어매트 같았다. 다시, 그는 노려보며 침을 뱉었다.

"야." 슈워츠가 입을 열었지만 눈은 백 미터 지점에서 떼지 않았다. "바로 들이받아야 할지도 모르겠는걸."

"그래서?"

그리고 마지막으로, 직선주로를 따라, 결승선에서 오십 미터 정도 떨어진 곳에 로리가 서 있었다, 아주 편하게, 마치 이런 순간들이 합리적이라는 듯이, 원래부터 이렇게 될 일이었다는 듯이.

마법사의 손수건

마침내, 엔진소리.

스테이플러 찍는 소리 같은 자동차 문 소리.

그는 그것이 가까이 오지 못하게 하려 했지만, 그럴수록 '살인 범'의 맥박이 그만큼 조금 더 요동친다, 특히 목에서. 하마터면 아킬레우스더러 행운을 빌어달라고 부탁할 만큼 필사적이었지만, 가만히 보니 노새도 조금 허약해 보였다. 노새는 코를 킁킁거리며 무게중심을 다른 발굽으로 옮겼다.

이제 포치에서 발걸음.

열쇠 구멍에 들어오고 돌아가고.

나는 즉시 담배 냄새를 맡았다.

문간에서, 신성모독의 긴 목록이 내 입에서 소리 없이 흘러내렸다. 마법사의 손수건 같은 충격과 공포, 그뒤에는 기나긴 망설임, 그리고 핏기가 사라진 손 한 쌍이 뒤따랐다. 어떻게 하나? 도대체 어떻게 해야 하나?

내가 거기 얼마나 오래 서 있었을까?

몸을 돌려 도로 나갈 생각을 몇 번이나 했을까?

부엌에서(한참 후에 알게 된 것이지만), '살인범'은 조용히 일어섰다. 무더운 공기를 들이마셨다. 고마운 얼굴로 노새를 보았다.

지금 나를 떠나는 건 생각도 하지 마.

미소 짓는 아이

"셋…… 둘…… 하나…… 출발."

초시계가 딸깍였고 클레이는 출발했다.

최근에는 늘 이런 식으로 했다. 헨리는 산 위에서 스키 선수들을 내려보내는 걸 텔레비전에서 보고 아주 마음에 들어 여기에서도 같은 방식을 채택했다.

클레이는 평소처럼 출발선에서 멀리 떨어진 곳에서 카운트다운을 시작했다. 그는 냉정했고, 무표정했으며, 맨발은 느낌이 아주 좋았다. 두 맨발은 출발 소리에 출발선을 멋지게 박찼다. 달리기 시작하고 나서야 그는 눈 속에서 부풀어오르는, 뜨겁게 타는 눈물 한 쌍을 느꼈다. 그제야 두 주먹이 꽉 쥐어졌다. 그는 이제 준비가 되었다. 이 멍청이들의 여단, 이 무시무시한 십대의 세계. 그는 두 번 다시 그것을 보지도, 그것이 되지도 않는다.

발치의 잡초는 왼쪽과 오른쪽으로 흔들리며 그가 가는 길에서 벗어나려고 몸을 틀었다. 심지어 그의 숨도 오로지 탈출하기 위해 그에게서 빠져나오는 것 같았다. 그래도 그의 얼굴에는 감정이 전혀 없었다. 아치를 그리는 눈물 줄기 두 개뿐. 그마저도 그가 첫 곡선주로를 돌아 셸덤, 매과이어, '팅커'를 향할 때는 마르고 있었다. 클레이는 그들을 아프게 하는 방법을 알았다. 그는 대부분의 것들을 한두 개씩 가졌을 뿐 아니라, 팔꿈치도 천 개 갖고 있었다.

"온다."

업무를 보듯, 그들은 모여들었다.

그들은 4번 레인에서 유독한 땀과 팔뚝으로 그를 맞이했고, 그의 두 다리는 허공에 대각선을 그리며 계속 달려나갔다. 가속도는 그의 것이었다. 그의 오른손이 트랙의 고무를 파고들고, 이어 무릎, 그러면서 매과이어를 젖히고 나아갔다. 그는 셸덤의 얼굴을 피했다. 순식간에 그 가엾은 녀석이 흐릿해지는 것이 보였고, 그는 그녀석을 그다음에, 세게 거꾸러뜨렸다.

그러자 토실토실 살이 찐 브라이언 '팅커' 벨―두번째 별명은 '미스터 플럼프'*―이 욕심 많은 쿵쿵 소리를 내며 다가왔다. 그는 목을 가로지르는 주먹, 등에 부딪히는 거대한 가슴이었다. 그가 뜨겁게 쉰 목소리로 소곤거렸다. "이제 딱 걸렸어." 클레이는 그런 식으로 누가 소곤거리는 것을 좋아하지 않았다. 딱 걸렸어도 별로 좋아하지 않았기 때문에, 곧 잡초들 사이에 아주 서글픈 자루**가 하나 누워 있게 되었다. 귀에 피가 흐르는 자루. "조또!" 소년은 사라졌다.

그래, '팅커'는 그렇게 잊었는데, 다른 둘이 돌아왔다, 하나는 상

---
* 만화의 인물로 뚱뚱한 사람을 가리킨다.
** sack. '멍청이'라는 뜻도 있다.

처를 입고, 하나는 강하게. 그러나 그것으로 충분하지 않았다. 클레이는 밀고 나아갔다. 발을 힘차게 내디뎠다. 지친 등을 곧게 세웠다.

이제 그는 다음 둘을 보았는데, 그들은 그가 이렇게 빨리 올 거라고는 예상하지 못했다.

슈워츠는 자세를 바로잡았다.

스타키는 다시 침을 뱉었다. 이 녀석은 염병할 분수噴水였다. 가고일*이었다.

"와라!"

그것이 지금 스타키의 목구멍 안에 있는 생물로, 전투 준비를 외치고 있었다. 그러나 그가 잘 모르는 것이 있었으니, 클레이는 위협을 느끼지도 감정을 자극받지도 않는다는 것이었다. 첫 세 소년은 뒤쪽에서 웅크리고 있었다. 모두 희끄무레한 형태에 불과했다. 클레이는 바깥쪽으로 넓게 돌다가 방향을 바꾸었다. 그는 스타키를 노리고 있었다. 스타키는 이제 침을 뱉지 않았다. 클레이는 갑자기 방향을 틀었다. 스타키는 가까스로 반응했지만 클레이의 반바지 맨위를 손가락으로 간신히 스칠 수 있었을 뿐이고, 그다음에는 물론 슈워츠가 왔다.

약속대로 슈워츠는 기차처럼 클레이를 들이받았다.

2:13 특급.

그의 이마 위 단정한 앞머리가 뒤로 홀렁 넘어갔다. 그는 클레이를 물고 있었다, 반은 1번 레인에, 반은 잡초들의 벽 안에. 스타키가 무릎걸음으로 따라왔다. 그는 그 수염으로 클레이의 뺨을 들이

_____
* 고딕 건축에서 낙숫물받이로 만든 괴물 형상.

70

받았다. 발길질을 하고 후벼파는 중에 심지어 그를 꼬집기까지 했다. 피와 밀침과 스타키의 입에서 나는 맥주 냄새. (맙소사, 관중석에 앉은 그 여자아이가 불쌍했다.)

질식으로 괴로워하듯, 그들의 발이 타탄트랙을 걷어찼다.

마치 몇 마일 떨어진 곳에서 들려오는 것처럼, 관람석에서 불평하는 소리가 도달했다. "염병할 아무것도 안 보여!" 만일 드잡이가 내야에서 더 오래 계속되었다면 그들은 곡선주로까지 달려나와야 했을 것이다.

번버러파크의 푸른 잎들 속에서 많은 격투가 벌어졌지만 클레이는 늘 길을 찾아냈다. 그에게는 이 일의 끝에 승리도 없었고, 패배도 없었고, 시간도 없었고, 돈도 없었다. 그들이 그를 얼마나 아프게 하느냐는 문제가 되지 않았던 것이, 그들은 그를 아프게 할 수가 없었다. 또는 그를 얼마나 붙들고 있느냐도 마찬가지였는데, 그들은 그를 붙들 수가 없었다. 어쨌든 그를 충분히 아프게 할 수는 없었다.

"그 무릎을 못 움직이게 해!"

슈워츠의 신중한 제안이었지만, 너무 늦었다. 움직일 수 있는 무릎은 곧 움직일 수 있는 클레이라는 뜻이었다. 그는 자신의 몸을 밀어내며 빠져나와 발치의 백 킬로그램 무게를 뛰어넘어 속도를 올릴 수 있었다.

이제 환호가 일었다, 그리고 휘파람.

관람석에서 트랙으로 별명들이 떼를 지어 쏟아져내렸다. 그 거리에서 그들의 외침은 아주 희미했지만—밤에 남풍이 불 때 그의 방에서 들리는 노래들과 비슷했다—분명히 거기 있기는 했다. 그리고 로리도 마찬가지였다.

백오십 미터 동안 클레이는 붉은색 황토 표면을 독차지했다. 심장이 뗑그렁뗑그렁 울리고, 말라버린 눈물 자국에 금이 갔다.

그는 거부하는 불빛을 향해, 고집스럽고 덩치 큰 빛살들을 향해 뛰었다.

그는 자신의 걸음 안을, 그 안에 있는 탄력 있는 타탄트랙을 보았다.

그는 소년들의 환호를 향해 뛰었고, 환호는 관람석 그늘에서 터져나오고 있었다. 그 안 어딘가에 그 입이 빨간 소녀와 그녀의 부주의하고 제멋대로인 어깨가 있었다. 그 생각 속에 섹스는 전혀 없었다, 그저 그 비슷한 즐거움의 실마리만 있을 뿐. 그는 일부러 그녀를 궁금해했다. 이제 곧 고난이 시작될 것이었기 때문이다. 이번에 그가 여기까지 오는 데 신기록을 세웠다는 것은 중요하지 않았다. 전혀. 그것은 아무런 의미도 없었다. 거기에, 결승선에서 오십 미터 떨어진 곳에, 로리가 소문처럼 서 있었기 때문이다.

진입하면서 클레이는 단호해야 한다는 것을 알았다. 망설임은 그를 파멸시킬 것이다. 소심함은 그를 죽일 수도 있다. 그들이 만나기 얼마 전, 그의 시야의 맨 오른쪽 가장자리에 소년 스물네 명 분량의 잡다한 외침이 있었다. 그들은 염병할 관람석을 무너뜨리기라도 할 것 같았고, 그들 앞에 로리가 흘끗 보였다. 특유의 날것 그대로에 비비 꼬인 모습이었다.

그럼 클레이는?

그는 왼쪽이든 오른쪽이든 옆으로 비켜서고 싶은 모든 충동과 싸웠다. 그는 거의 로리의 몸안으로 기어들어가다시피 했으며, 어떻게 했는지 로리를 쓰러뜨렸다. 그는 로리의 해부학적 구조를 느꼈다. 그의 사랑과 사랑스러운 분노. 소년과 땅 사이에 충돌이 있었고, 이제 발 하나만 붙들려 있었다. 발목을 둘러 감은 팔이 클레이와 로리가 오랫동안 달성할 수 없는 것으로 여기던 것 사이에 놓인 유일한 것이었다. 로리를 통과해 가는 것은 불가능했다. 절대. 하지만 보라. 클레이는 로리를 질질 끌고 갔다. 그는 손바닥으로 로리를 떼어내기 위해 뒤로 몸을 늘이고 있었다. 팔이 뻣뻣해졌다. 그때 로리의 얼굴에서 일 인치 떨어진 곳으로부터 손 하나가 깊은 물에서 나오는 타이탄처럼 올라왔다. 지옥과의 악수. 로리는 힘들이지 않고 한 번 꽉 움켜쥠으로써 클레이의 손가락들을 으스러뜨렸고, 그렇게 그를 아래로 쿵 끌어내렸다.

십 미터를 앞두고 클레이는 트랙에 완전히 처박혔다. 로리는 어떻게 이렇게 무게 없는 존재처럼 움직일 수 있을까? 그것이 그 별명의 아이러니였다. 인간 쇠뭉치 족쇄는 감당하기 힘든 무거움을 내포하지만 여기에서 그는 안개에 가까웠다. 고개를 돌리면 그가 거기 있었지만 손을 뻗으면 아무것도 남아 있지 않았다. 이미 다른 어딘가로 가서 저 앞에서 다시 위험의 원인이 되고 있었다. 질량과 무게가 있는 것은 그의 머리카락의 깊이와 녹 빛깔, 그리고 그 단단한 금속 잿빛의 눈뿐이었다.

이제 로리가 클레이를 꽉 잡고 있었다, 파묻힌 빨간 트랙에서. 목소리들이 그들에게로 기어내려오고 있었다, 소년들과 접히는 하늘로부터.

"어서, 클레이. 맙소사, 십 미터야, 거의 다 왔어."

토미: "졸라 버드라면 어떻게 하겠어, 클레이? 플라잉 스코츠맨이라면 어떻게 하겠어?* 버텨서 결승선까지 가!"

로지가 짖어댔다.

헨리: "클레이한테 정말 놀랐지, 로리, 응?"

로리는 고개를 들어 눈에 조롱하는 웃음을 띠고 그를 보았다.

또하나의 던바 아닌 목소리가 토미에게: "졸라 버드가 대체 누구야? 말 나온 김에, 플라잉 스코치맨은 누구고?"

"스코츠맨이야."

"뭐든."

"너희들 입 좀 다물어줄래? 지금 여기 싸움이 아직 안 끝났거든!"

싸움이 시작되면 종종 이런 식이었다.

소년들은 자리를 뜨지 않고 지켜보며, 자기들도 그렇게 할 용기가 있기를 반쯤 바라면서도 그 용기가 없다는 것을 죽어라 고마워했다. 대화는 안전조치였다. 트랙 위에서 가위로 오려진 것처럼 납작해져 종이 허파로 숨을 쉬려고 헐떡이는 그들에게는 약간 섬뜩한데가 있었기 때문이다.

클레이가 몸을 비틀었지만 로리가 여전히 그곳에 있었다.

딱 한 번, 몇 분이 흘렀을 때, 거의 몸을 빼냈지만 다시 곧바로 붙들리고 말았다. 이번에는 결승선이 보였다. 페인트 냄새까지 맡을 수 있을 듯했다.

"팔 분." 헨리가 말했다. "야, 클레이, 이제 그만이야?"

거칠지만 확실하게 복도가 형성되었다. 그들은 존경심을 표현할 줄 알았다. 어떤 소년이 전화기를 빼들면, 동영상을 찍거나 사진을 찍으면, 그는 공격을 당해 맞을 만큼 두들겨맞았다.

---

* '졸라 버드'는 남아공의 육상 선수이고, '플라잉 스코츠맨'은 영화 〈불의 전차〉의 실제 주인공이기도 한 스코틀랜드 육상 선수 에릭 리들의 별명이다.

"야, 클레이." 헨리가 다시 목청을 가다듬었다. "그만?"

아니.

늘 그렇듯이 말로 하지 않고 말을 했다. 아직 미소를 짓지 않은 것이 답이었다.

구 분, 십 분, 곧 십삼 분이 되었다. 로리는 클레이의 목을 조를 생각을 하고 있었다. 그러다가 십오 분 표시가 다가왔을 때 클레이는 마침내 긴장을 풀고, 머리를 뒤로 젖히고, 아주 늘어져서, 싱긋 웃었다. 희미한 보상으로, 모든 소년의 다리 사이사이로 곧장, 위쪽 그늘 속의 소녀가 보였다, 브라 끈까지 모두. 로리가 한숨을 쉬었다. "고맙습니다 그리스도여." 그는 옆으로 쓰러졌고, 지켜보았다. 클레이는―아주 천천히, 성한 한쪽 손으로, 한쪽 손은 질질 끌며―자기 몸을 끌어당겨 결승선을 넘었다.

살인 음악

나는 나 자신을 다잡았다.

힘을 내 부엌으로 들어갔다―그곳에 염병할 아킬레우스가 있었다.

산처럼 쌓인 깨끗한 접시 옆에 서서 나는 살인범에서 노새에게로 눈길을 돌렸고, 다시 거꾸로 눈길을 돌리며 누구를 먼저 잡을지 결정했다.

두 악 가운데 작은 악.

"아킬레우스." 내가 말했다. 그 짜증, 그 지긋지긋한 기분을 강하게 제어해야 했다. "아이고 그리스도여, 그 새끼들이 또 뒷문을 열어놓고 간 거야?"

노새는 생긴 대로 꿋꿋이 견뎌냈다, 진지한 표정으로.

무뚝뚝하게, 짜증스러운 듯, 그는 평소와 같이 한 쌍의 질문을 던졌다.

뭐?

이게 뭐가 그렇게 별난데?

그의 말이 옳았다. 그달 들어 네번째인가 다섯번째 있는 일이었다. 아마도 신기록에 근접할 것이었다.

"자." 나는 재빨리 그에게 손을 대, 목의 숱 많은 털을 붙들었다.

문간에서 나는 '살인범'을 돌아보며 말했다.

돌아보았지만 사무적으로.

"잘 알고 있겠지만, 다음 차례이십니다."

허리케인처럼

도시는 어두웠지만 살아 있었다.

자동차는, 내부는, 조용했다.

이제 집에 가는 것 외에 남은 일은 없었다.

그전에 맥주가 나왔고, 돌아가며 나눠 마셨다.

셀덤, '팅커', 매과이어.

슈워츠와 스타키.

그들 모두 현금을 약간씩 손에 쥐었다. '문둥이'라고 부르는 아이도 마찬가지였는데, 그는 딱 십사 분에 걸었다. 그가 흡족한 표정을 짓기 시작하자 모두 그에게 가서 피부이식수술을 받으라고 말했다. 헨리가 나머지를 챙겼다. 그 모든 일이 분홍색과 회색이 섞인 하늘 아래에서 이루어졌다. 이 동네에서 가장 훌륭한 그래피티.

슈워츠는 그들에게 이백 미터 지점에서 침을 뱉는 장난에 관해 이야기하고 있었고, 소녀는 그 질문을 했다. 그녀는 스타키와 주차장에서 어슬렁거리고 있었다.

"도대체 그 아이는 왜 그래?" 하지만 그것은 문제가 되는 문제는 아니었다. 그 문제가 이제 곧 등장하기는 하겠지만. "그렇게 달리고. 그렇게 싸우고." 그녀는 그 생각을 하다가 코웃음을 쳤다. "애당초 이게 무슨 멍청한 게임이야? 너희 모두 멍청한 똥덩어리 무리일 뿐이야."

"멍청한 똥덩어리." 스타키가 말했다. "정말 고맙네." 그는 그 말이 칭찬이기나 한 것처럼 그녀에게 팔을 둘렀다.

"어이, 귀염둥이 아가씨!"

헨리였다.

소녀와 가고일의 고개가 둘 다 돌아갔고, 헨리는 비뚜름한 미소를 던졌다. "이건 게임이 아니야, 그냥 훈련일 뿐이야!"

그녀는 한 손을 골반에 얹었다. 그녀가, 이 레이스처럼 늘어진 소녀가 다음에 물어볼 것은 뻔했고, 헨리는 최선을 다해 대응한다. "네가 대답해, 클레이, 우리한테 가르쳐줘. 넌 도대체 뭘 위해 훈련을 하는 거냐?"

하지만 클레이는 이번에는 그녀의 어깨로부터 고개를 돌리고 있었다. 광대뼈 위에 난 찰과상 상처—스타키의 구레나룻이 제공—가 욱신거렸다. 성한 손으로 일부러 천천히 호주머니를 뒤지다가 그는 몸을 웅크렸다.

이제 우리의 형제가 무엇을 위해 훈련을 하는지는 그 자신에게도 똑같이 수수께끼라는 점을 언급하는 게 좋겠다. 그는 자신이 그 답을 찾아내게 될 날을 기다리면서 노력하고 있다고만 알고 있을 뿐이었다—그런데 그날이 사실은 오늘이었다. 답이 집 부엌에서 기다리고 있었다.

카빈 스트리트와 엠파이어 레인, 그리고 이어서 쭉 뻗은 포세이돈.

클레이는 늘 이 경로로 차를 타고 집에 가는 것이 좋았다.

나방들이 여러 가로등의 자기 자리에 높이 빽빽하게 모여 있는 것이 좋았다. 밤이 그들을 흥분시키는지 달래주는지 안정시키는지 궁금했다. 다른 것은 몰라도 그들에게 목적은 주었다. 이 나방들은 무엇을 할지 알고 있었다.

곧 그들은 아처 스트리트에 이르렀다.

헨리: 한 손으로 운전하면서 웃음을 짓고.

로리: 두 발을 대시보드에 올려놓고.

토미: 가쁘게 숨을 헐떡이는 로지에게 기대 반쯤 잠이 들고.

클레이: 이게 그 답인지도 모르고.

결국, 로리는 더 견딜 수가 없었다—이 차분함을.

"젠장, 토미, 저 개는 꼭 저렇게 염병할 시끄럽게 헐떡여야 하는 거야?"

그들 가운데 셋은 웃음을 터뜨렸다. 짧고 튼실한 웃음.

클레이는 창밖을 내다보았다.

헨리라면 금방이라도 퍼져버릴 듯한 차를 난폭하게 몰아 광란의 질주로 진입로에 올라서는 것이 어울릴 수도 있을 것 같지만 실은 전혀 그렇지 않았다.

옆집 칠면 아주머니 집 앞에서 깜빡이.

우리집에서 고요한 방향 전환—그의 차가 할 수 있는 한 깔끔하게.

전조등을 끄고.

문을 열고.

완전한 평화를 배신하는 유일한 것은 차문을 닫는 소리뿐이었다. 네 번의 빠른 사격으로 문들이 집을 향해 발사되었고, 모두 곧장 부엌으로 향했다.

함께, 그들은 잔디밭을 가로질렀다.

"너희 새끼들 가운데 오늘 저녁이 뭔지 아는 사람 있어?"

"남은 거."

"그게 맞을걸."

그들의 발이 모두 포치를 긁으며 나아갔다.

"애들이 왔어요." 내가 말했다. "떠날 준비를 하는 게 좋을 거예요."

"알겠다."

"알긴 뭘 알아요."

그때 나는 내가 왜 그가 집에 그대로 있도록 내버려두었는지 이해해보려 애쓰고 있었다. 바로 몇 분 전 그가 왜 왔는지 이야기했을 때 나의 목소리는 접시에 튀어 날아올라 곧장 '살인범'의 목으로 향했다.

"뭘 원한다고요?!"

어쩌면 일은 이미 시작되었다는 믿음 때문이었는지도 모른다. 어차피 일어날 일이고 만일 그 순간이 지금이라면, 그러라지. 또한 '살인범'의 애처로운 상태에도 불구하고 나는 다른 뭔가를 느낄 수 있었다. 거기에는 결의도 있었다. 그래, 그를 내쫓는 것은 무척이나 기쁜 일이었을 것이다―오, 그의 팔을 움켜쥐고. 그를 일으켜세우고. 그를 문밖으로 밀어내고. 이야아, 염병할 아름다웠을 것이다! 하지만 그것은 또 우리 관계를 열린 상태로 두게 된다. 내가 없을 때 '살인범'이 다시 공격할 수 있다.

아니. 이런 식이 낫다.

그것을 통제하는 최선의 방법은 우리 다섯이 모두 함께 힘을 과시하는 것이었다.

좋아, 잠깐.

우리 넷으로 하자, 하나는 배신자니까.

이번에는 순식간이었다.

헨리와 로리가 더 일찍 위험을 감지하는 데는 실패했을지 몰라도 이제 집은 위험으로 가득했다. 허공에는 말다툼이 있고 타버린 담배 냄새가 있었다.

"쉿." 헨리는 팔 하나를 뒤로 던지며 소곤거렸다. "조심해."

그들은 복도를 걸었다. "매슈?"

"여기야." 시름에 잠기고 낮게 깔린 내 목소리가 모든 것을 확인해주었다.

몇 분 동안 그들 넷은 서로 바라보았다. 긴장하고 혼란스러운 표정으로, 모두 공식적인 다음 행동을 위해 내부의 어떤 카탈로그를 뒤적이고 있었다.

다시 헨리. "괜찮아, 매슈?"

"반짝반짝해, 어서 들어오기나 해."

그들은 어깨를 으쓱했고 손바닥을 펼쳤다.

이제 안으로 들어가지 않을 이유가 없었다. 한 명씩 그들은 부엌으로 발을 내디뎠고 그곳에서 빛은 강어귀 같았다. 노란색에서 흰색으로 바뀌었다.

안에서 나는 싱크대 옆에 서 있었다, 팔짱을 끼고. 내 뒤에는 접시들이 있었다. 진귀하고 이국적인 박물관 진열품처럼 깨끗하게 빛을 발하고 있었다.

왼쪽으로 식탁 옆에 그가 있었다.

하느님, 들리는가?

그들의 심장 소리가?

부엌은 이제 그 나름의 작은 대륙이었으며 네 소년, 그들은 일종의 집단 이주를 앞두고 무인지대에 서 있었다. 그들이 싱크대까지 걸어와 우리는 함께 가까이 모여 있게 되었고, 로지는 우리 사이 어딘가에 있었다. 그런 식이니 우스웠다, 소년들의 모습이. 우리는 서로 닿는 것은 상관하지 않았다—어깨, 팔꿈치, 관절, 팔. 우리 모두 우리의 살인자를 바라보고 있었고 살인자는 혼자 식탁에 앉아 있었다. 신경이 완전히 거덜난 사람.

생각할 게 뭐가 있을까?

다섯 소년과 뒤죽박죽이 된 생각들, 그리고 로지가 드러낸 이빨.

그렇다, 개도 본능적으로 그를 경멸해야 한다는 것을 알았고 정적을 깬 것은 그녀였다. 그녀는 으르렁거리며 그를 향해 다가갔다.

나는 차분하고 비열하게 손가락으로 가리켰다. "로지."

그녀는 발을 멈추었다.

'살인범'의 입이 곧 열렸다.

그러나 아무것도 나오지 않았다.

빛은 아스피린 같은 하얀 빛깔이었다.

그 순간 부엌이 열리기 시작했다, 어쨌든 클레이에게는 그랬다. 집의 나머지 부분은 부서져나가고 뒷마당은 가라앉으며 모든 것이 사라졌다. 도시와 교외와 모든 버려진 경기장들은 종말이 온 것처럼 한 번에 쓸려 파괴되고 잘려나갔다―검음. 클레이에게는 오직 여기, 부엌뿐이었고, 이곳은 하룻저녁에 한 지방에서 한 대륙으로 커져버렸다. 그리고 이제는.

식탁과 토스터가 있는 세계로.

싱크대 옆에 형제들과 땀이 있는 세계로.

답답한 날씨는 그대로. 대기는 허리케인 전의 공기처럼 뜨겁고 입자가 거칠고.

마치 그런 생각을 하기라도 하는 듯 '살인범'의 얼굴이 멀리 가버린 것 같았지만 그는 곧 그것을 도로 끌어왔다. 그는 생각했다, 자, 지금 너는 그것을 해야 한다. 그리고 그는 했다. 그는 거대한 노력을 기울였다. 그는 일어섰고 그의 슬픔에는 뭔가 무시무시한 것이 있었다. 그는 이 순간을 수도 없이 상상했지만 속이 완전히 텅 비어버린 채 이곳에 도착했다. 그의 모든 것의 껍질뿐이었다. 차라리 옷장에서 굴러나오거나 침대 밑에서 나타났으면 좋았을 것을.

온순하고 혼란에 빠진 괴물.

악몽, 갑자기 새로 나타난.

하지만 그때―갑자기, 이제 그만.

그런 침묵의 선언이 이루어지고, 오랜 세월에 걸친 안정적인 고난이 일 초도 더 견딜 수 없는 것이 되어버렸다. 사슬에 금이 가더니 뚝 끊어졌다. 부엌은 그날 볼 수 있는 것을 다 보았고 이제 여기에서 서서히 멈춰 섰다. 다섯 몸이 그를 마주하고 있었다. 다섯 소년이 함께 있었지만 한 명은 혼자였고, 자신을 드러내고 서 있었다―그가 이제는 형제들과 닿아 있지 않았기 때문에. 그는 그것이 마음에 들었고 동시에 너무 싫었다. 그것을 환영했고 그것을 애도

했다. 이제 그 걸음을 내딛는 것 외에 다른 방법은 없었다. 부엌의 유일한 블랙홀을 향하여.

그는 다시 호주머니 안에 손을 넣었고, 손을 도로 끄집어냈을 때 거기에는 조각들이 있었다. 그는 그것을 쥔 손을 내밀었다. 따뜻했고 빨갰고 플라스틱이었다―박살난 빨래집게 조각들.

그럼 그뒤에는 무엇이 남았을까?

클레이가 저 너머로 소리쳤고 고요 속에서 그의 목소리가 어둠으로부터 빛을 향해 날아갔다.

"안녕, 아빠."

2부

도시 +

물

실수쟁이

한번은, 던바 과거의 물결 속에 이름이 여럿인 여자가 있었다.
얼마나 대단한 여자였던지.

첫째, 그녀가 태어날 때 얻은 이름: 페넬로페 레스치우슈코.

이어 피아노 옆에서 받은 이름: '실수쟁이'.

옮겨다니던 시기에는 사람들이 그녀를 '생일 아가씨'라고 불렀다.

그녀가 스스로 정한 별명은 '코가 깨진 신부'.

마지막으로, 죽을 때의 이름: 페니* 던바.

썩 어울리는 일이지만, 그녀는 그녀가 성장하는 데 바탕이 된 책
에 나온 한 표현이 가장 잘 들어맞는 장소에서 왔다.

그녀는 망망대해에서 왔다.

---

* 퍼넬러피의 애칭. 소설의 배경이 오스트레일리아로. 이후 페넬로페를 영어식 표
기로 퍼넬러피라고 쓰기도 한다.

오래전 그녀는 그녀 앞의 아주 많은 사람과 마찬가지로 옷가방을 들고 도착해 눈살을 찌푸린 채 앞을 응시했다.

이곳의 상처를 주는 거친 빛에 깜짝 놀랐다.

이 도시.

너무 덥고 넓고 또 하얬다.

해는 어떤 야만인, 하늘의 바이킹이었다.

약탈하고 강탈했다.

콘크리트로 만든 가장 높은 막대부터 물속의 가장 작은 모자에 이르기까지 모든 것에 손을 댔다.

그녀가 전에 있던 나라에서, 동구권에서 해는 주로 장난감, 하나의 장치였다. 거기 그 먼 땅에서 어깨에 힘을 주는 것은 구름과 비, 얼음과 눈이었다—이따금씩 얼굴을 보여주는 그 웃기는 작고 노란 것이 아니었다. 따뜻한 날은 배급품 같았다. 아무리 앙상하고 황량한 오후에도 물기가 번질 가능성이 있었다. 가랑비. 젖은 발. 그곳은 느릿느릿 하강하는 정점에 다다랐던 공산주의 유럽이었다.

많은 면에서 그것이 그녀를 규정했다. 탈출하기. 혼자 있기.

또는 더 중요한 것으로, 외로움.

그녀는 완전한 공포 속에서 이곳에 착륙했던 일을 절대 잊지 않는다.

공중에서, 선회하는 비행기에서, 도시는 자기 고유의 상표를 가진 물(소금기가 있는 종류)이 지배하는 것처럼 보였지만, 땅에 내려오자 오래지 않아 진정한 압제자의 온전한 힘을 느낄 수 있었다. 그녀의 얼굴은 곧바로 땀으로 얼룩졌다. 밖에서 그녀는 똑같이 충격을 받은 끈적끈적한 사람들의 무리, 떼거리—아니, 어중이떠중이—와 함께 서 있었다.

긴 기다림 끝에 그들 무리는 한꺼번에 내몰려갔다. 일종의 실내 아스팔트 안에 갇혔다. 빛나는 공들은 모두 형광이었다. 공기는 바닥부터 천장까지 열기였다.

"이름?"

침묵.

"여권?"

"죄송하지만Przepraszam?"

"오, 예수님." 제복을 입은 사람은 뒤꿈치를 들고 서서 새로운 이민자들의 머리와 무리 너머를 보았다. 이렇게 땀을 뻘뻘 흘리는 얼굴들이 다닥다닥 붙은 비참한 무리라니! 그는 자신이 찾던 사람을 발견했다. "어이, 조지! 빌스키! 여기 네가 필요한 사람이 있어!"

그러나 실제로는 거의 스물한 살이 되었지만 열여섯으로 보이는 그 여자의 눈이 그의 얼굴을 꽉 쥐고 있었다. 그녀는 가장자리를 죄어 질식시키려는 듯 작은 회색 책을 꽉 붙들고 있었다. "여권."

웃음, 체념의 웃음. "좋아, 귀염둥이 아가씨." 그는 그 작은 책을 펼치고 그녀의 수수께끼 같은 이름을 발음해보았다. "레스카즈나-뭐?"

페넬로페가 그를 도와주었다. 소심하지만 도전적으로. "레스-치우슈-코."

그녀는 이곳에 아는 이가 아무도 없었다.

오스트리아 산속 수용소에서 아홉 달 동안 그녀와 함께 있던 사람들은 흩어졌다. 사람들이 가족 단위로 차례차례 대서양 건너 서쪽으로 가는 동안 페넬로페 레스치우슈코는 더 긴 여행을 하게 되었고, 이제 그녀는 여기 있었다. 이제 남은 것은 오직 수용소에 가서 영어를 더 잘 배우고 일자리와 살 자리를 찾는 것뿐이었다. 그리고 가장 중요한 것으로, 책꽂이를 사는 것. 그리고 피아노를.

앞에 타는 듯이 펼쳐진 이 신세계에서 그 몇 가지가 그녀가 원하는 전부였고, 시간이 흐르면서 그녀는 그것들을 얻었다. 그래, 그것들을 얻었고, 훨씬 더 많은 것도 얻었다.

이 세계에서 어떤 사람들을 만나 그들의 운 없는 이야기를 듣다가, 도대체 그들이 무슨 짓을 했기에 그런 꼴을 당하는지 의문을 품은 적이 있을 것이다.

우리 어머니, 페니 던바가 그런 사람이다.

문제는, 그녀는 절대 자신이 불운하다고 말하지 않았을 것이라는 점이다. 그녀는 귀 뒤로 금발의 머리채를 넘기며 어떤 후회도 없다고 주장했을 것이다—잃어버린 것보다 훨씬 많은 것을 얻었다고. 그리고 나도 많은 부분 동의한다. 그러나 또 한편으로는 불운이 늘 어떻게든 그녀를 찾아냈다는 것, 아주 전형적으로 여러 주요 지점에서 그녀에게 다가갔다는 것을 알고 있다.

그녀의 어머니는 그녀를 낳다 죽었다.

그녀는 결혼식 전날 코가 깨졌다.

그리고 물론, 죽는 것.

그녀가 죽는 것은 볼만했다.

그녀가 태어났을 때 문제는 나이와 압력이었다. 그녀의 부모는 둘 다 아이를 갖기에는 나이가 너무 많았고, 몇 시간 안간힘을 쓰고 수술을 한 끝에 그녀의 어머니는 껍질이 박살났고 죽었다. 그녀의 아버지, 발데크 레스치우슈코는 박살이 났지만 살아 있었다. 그는 최선을 다해 그녀를 키웠다. 전차 운전사인 그는 특징과 기벽이 많왔고, 사람들은 그가 스탈린은 아니지만 스탈린의 동상과는 비슷하다고 했다. 어쩌면 콧수염 때문인지도 몰랐다. 어쩌면 그 이상인지도 몰랐다. 이 사람의 뻣뻣함, 혹은 침묵 때문이기 십상이었다. 그의 실물보다 큰 침묵이었기 때문이다.

하지만 개인적으로는 다른 것들도 있었다. 예를 들어 그가 책을 총 서른아홉 권 소유했다는 것, 그 가운데 둘은 강박에 걸린 듯 되풀이해 읽었다는 것. 그가 발트해 근처 슈체친에서 성장했거나 그리스신화를 사랑했기 때문일 수도 있었다. 이유가 무엇이든 그는 늘 그 책들로 돌아갔다—등장인물들이 바다로 달려드는 서사시 한 쌍. 부엌에서 두 책은 길고 뒤틀린 서가의 중간쯤, H 밑에 자리잡고 있었다.

『일리아스』.『오디세이아』.

다른 아이들은 강아지, 새끼 고양이, 조랑말 이야기를 들으며 잠이 들었던 반면 페넬로페는 발이 빠른 아킬레우스, 꾀가 많은 오디세우스를 비롯해 다른 모든 이름과 별명을 들으며 성장했다.

구름을 부르는 제우스가 있었다.

웃음을 사랑하는 아프로디테.

공포를 자아내는 헥토르.

그녀 이름의 유래인 인내하는 페넬로페.

페넬로페와 오디세우스의 아들, 사려 깊은 텔레마코스.

그리고 늘 그녀가 가장 좋아하던,

인간의 왕 아가멤논.

여러 밤 그녀는 침대에 누워 호메로스의 이미지들 위에서 둥둥 떠다니곤 했다. 그리고 그 많은 반복. 되풀이하여 그리스 군대는 포도주처럼 거무스름한 바다에 배를 띄우거나 망망대해로 진입하곤 했다. 그들은 손가락이 장밋빛인 새벽을 향해 배를 타고 나아갔고, 조용한 어린 소녀는 이야기에 사로잡혀 있었다. 그녀의 종잇장 같은 얼굴은 환하게 밝혀져 있었다. 아이 아버지의 목소리 파도는 점점 작아졌고 마침내 소녀는 잠이 들었다.

트로이 사람들은 내일 돌아올 수 있었다.

머리가 긴 아카이아 사람들은 배를 띄우고 또 띄웠으며 다음날 밤 다시 그녀를 멀리 데려갔다.

발데크 레스치우슈코는 그것 말고도 삶을 긍정하는 또다른 기술을 딸에게 주었다. 그는 피아노 치는 법을 가르쳐주었다.

무슨 생각을 할지 짐작이 간다.

우리 어머니는 높은 수준의 교육을 받았다.

잠자리에서 그리스의 걸작들?

고전음악 교육?

하지만 아니.

이런 것들은 다른 세계, 다른 시간의 잔재였다. 그 책 몇 권은 그녀 가족의 거의 유일한 재산으로 전해져 내려왔다. 피아노는 카드게임에서 딴 것이었다. 발데크와 페넬로페가 아직 몰랐던 것은 그두 가지 모두가 앞으로 매우 중요해질 것이라는 점이었다.

그것들은 소녀를 그에게 더욱더 가까이 다가가게 한다.

그러다가 그녀를 영원히 보내버린다.

그들은 아파트 삼층에서 살았다.

다른 모든 블록들과 똑같은 블록.

멀리서 보면 그들은 콘크리트 골리앗 가운데 작은 빛 하나였다.

가까이서 보면 검소하면서도 비좁았다.

창가에 업라이트피아노가 있었고—검은색에 튼튼했고 또 비단 같이 부드러웠다—규칙적으로 아침과 밤에 노인이 엄격하고 흔들림 없는 태도로 그녀와 함께 앉았다. 그의 마비된 콧수염은 코와 입 사이에 확고하게 진을 치고 있었다. 그는 그녀를 위해 악보를 넘겨줄 때만 움직였다.

페넬로페로 말하자면, 연주를 하면서 눈도 깜빡이지 않고 음표에 집중했다. 초기에는 자장가였고 나중에 그가 자기가 가르칠 수 없는 것을 배우라고 레슨을 보냈을 때는 바흐, 모차르트, 쇼팽이었다. 연습을 하는 시간 동안 눈을 깜빡이는 것은 종종 바깥 세계뿐이었다. 서리가 내리다 바람에 쓸리고 맑게 개다가 험하게 바뀌곤 했다. 시작할 때 소녀는 웃음을 짓곤 했다. 그녀의 아버지는 헛기침을 했다. 메트로놈은 딱딱 소리를 냈다.

가끔 그녀는 그가 숨쉬는 소리를 들을 수 있었다. 음악 사이 어디에선가. 그것을 들으며 그녀는 그가 살아 있다는 것을, 사람들이 농담하는 것처럼 동상이 아님을 기억했다. 그녀가 다시 잇따라 실수를 해 그의 분노가 솟아오르는 것이 느껴질 때도 아버지는 늘 무표정과 완전히 열받은 상태 사이의 어딘가에 갇혀 있었다. 그녀는 딱 한 번만이라도 아버지가 폭발하는 것—스스로 허벅지를 치거나 늙어가는 잡목 같은 머리카락을 쥐어뜯는 것—을 정말이지 보고 싶었다. 아버지는 절대 그렇게 하지 않았다. 그저 가문비나무 가지 하나를 들고 들어와 그녀의 두 손이 내려가거나 다시 실수를 할 때마다 아주 절제된 동작으로 콕 찌르듯 그녀의 관절을 때렸다. 어느 겨울 아침, 그녀가 아직 창백하고 등이 소심한 아이였을 때, 그녀는 음악적인 죄 스물일곱 개에 대하여 그런 매질 스물일곱 번을 당했다. 그러자 아버지는 그녀에게 별명을 지어주었다.

레슨이 끝날 무렵 밖에는 눈이 내리고 있었고 그는 연주를 멈추게 하고 그녀의 두 손을 잡았다. 매를 맞은 손은 작고 따뜻했다. 그는 그녀의 두 손을 자신의 오벨리스크 같은 손가락으로 꼭, 그러나 부드럽게 쥐었다.

그가 말했다. "이제 됐다, 실수쟁이야Już wystarczy, dziewczyna błędów." 그녀는 우리를 위해 아버지의 말을 그렇게 번역해주었다.

그게 그녀가 여덟 살 때였다.

그녀가 열여덟 살이 되자 그는 그녀를 내보내기로 결심했다.

딜레마는, 물론, 공산주의였다.

하나의 커다란 관념.

수많은 한계와 결함.

성장하면서 페넬로페는 전혀 알아채지 못했다.

어떤 아이가 알아채겠는가?

비교해볼 수 있는 것이 전혀 없는데.

오랜 세월 동안 그녀는 자신이 얼마나 감시당하는 시간과 장소에 있었는지 깨닫지 못했다. 모든 사람이 평등하지만 사실은 그렇지 않다는 것을 그녀는 보지 못했다. 그녀는 한 번도 고개를 들어 콘크리트 발코니들을, 사람들이 지켜보는 모습을 본 적이 없었다.

정치는 저 위에서 어두운 표정을 짓고 있었고, 정부는 일자리부터 지갑, 사람들이 생각하고 믿는 것들—어쨌든 생각하고 믿는다고 말하는 것들—까지 모든 것에 개입했다. 희미하게라도 연대운동Solidarność과 관계가 있다고 의심을 받으면 어김없이 대가를 치러야 했다. 방금 말한 대로, 사람들은 지켜보고 있었다.

사실 늘 그곳은 힘든 나라, 또 슬픈 나라였다. 그곳은 침략자들이 온갖 방향에서, 온갖 시기에 쳐들어온 땅이었다. 하지만 굳이 선택을 해야 한다면 슬픈 것보다는 힘든 것이 컸다고 말할 수 있고 공산주의 시대라고 다르지 않았다. 그때는 결국 하나의 긴 줄에서 다른 긴 줄로 이동하는 시기였다. 의료품에서부터 휴지, 그리고 재고가 곧잘 바닥나는 식량에 이르기까지 모든 것을 구하기 위해.

사람들은 무엇을 할 수 있었을까?

줄을 섰다.

기다렸다.

기온이 영하로 떨어졌다. 아무것도 바뀌지 않았다.

사람들은 줄을 섰다.

기다렸다.

그래야 했기 때문에.

이렇게 우리는 페넬로페, 그리고 그녀의 아버지에게로 다시 돌아오게 된다.

소녀에게는 그런 건 별로 중요하지 않았다, 적어도 아직까지는.

그녀에게 이것은 그저 유년이었다.

이것은 피아노와 얼어붙은 놀이터, 그리고 토요일 밤의 월트 디즈니였다—서쪽에 놓인 제멋대로인 세계로부터 오는 것 가운데 용인되는 수많은 작은 것 중 하나.

그녀의 아버지로 말하자면, 그는 조심스러웠다.

경계했다.

그는 남의 눈에 띄지 않으려 했고 모든 정치적인 생각을 입의 그림자 안에 넣어두었지만, 그런다고 마음이 편안해지지는 않았다.

주위의 시스템 전체가 무너지는 상황에서 점잖게 행동하는 것은 궁극적 생존을 보장해주는 것이 아니라 더 오래 생존하는 것을 보장해줄 뿐이었다. 끝없는 겨울은 마침내 끝이 나지만 기록적인 시간 안에 다시 돌아오고, 그러자 다시 일터에 나가 있게 되었다.

짧지만 할당된 시간 동안.

친근하지만 친구는 없이.

다시 집에 있게 되었다.

조용히, 하지만 의문을 품으면서.

과연 여기에서 나갈 길이 있을까?

답이 생겨났고, 답을 궁리했다.

단연코 그를 위해서는 아니었다.

그러나 어쩌면 소녀를 위해서.

그 중간의 세월 동안은, 달리 무슨 말을 할 수 있을까?

페넬로페는 성장했다.

그녀의 아버지는 눈에 띄게 늙어갔고 콧수염은 잿빛이 되었다.

공정하게 말하자면, 가끔 좋은 때도 있었고, 가끔 아주 좋은 때도 있었다—발데크는 늙고 음침해진 게 사실이지만 일 년에 한 번쯤은 전차 궤도까지 그녀와 경주를 해 딸을 놀라게 했다. 대개는 돈을 내는 음악 레슨이나 리사이틀에 가는 길이었다. 집에서는 그녀가 고등학교 저학년일 때 그는 부엌이라는 댄스홀에서 뻣뻣하고 꾸준한 파트너 역할을 했다. 단지들이 쨍그랑 소리를 냈다. 곧 부서질 것 같은 등받이 없는 의자가 쓰러졌다. 나이프와 포크들이 바닥을 두들겼다. 소녀는 웃음을 터뜨리고 남자는 금이 가곤 했다. 미소를 지은 것이다. 세상에서 가장 작은 댄스 플로어.

페넬로페에게 가장 강렬한 기억 가운데 하나는 그녀의 열세 살 생일이었다. 그녀는 아버지와 함께 집에 오다 놀이터에 들렀다. 그녀는 이미 그런 일을 하기에는 너무 컸다고 느꼈지만 어쨌든 그곳 그네에 앉았다. 수십 년 뒤 그녀는 한번 더 그 기억을 전한다. 그녀의 다섯 아들 가운데 넷째에게─이야기를 사랑하는 아이에게. 그것은 그녀 삶의 마지막 몇 달 동안 일어난 일로, 그녀는 소파에서 반은 꿈을 꾸고 반은 모르핀에 취해 있었다.

"가끔," 그녀는 말했다. "녹고 있는 눈, 창백한 미완성의 건물들이 눈앞에 보여. 시끄러운 사슬소리가 들려. 내 등허리에 아버지 장갑이 느껴져." 그때 그녀의 미소는 이미 들어올려졌고 얼굴은 무너져가고 있었다. "너무 높이 올라갈까봐 무서워서 소리를 지르던 기억이 나. 그만하라고 애원하면서. 하지만 사실은 그만하기를 바라지 않았지."

그것이 그렇게 힘들게 했다.

그 모든 잿빛 안에 있는 색깔의 핵.

돌아보면, 그녀에게 떠나는 것은 자유롭게 풀려나는 것이라기보다는 방기였다. 그녀의 아버지는 항해하는 그리스 친구들을 사랑했지만, 그녀는 아버지를 그들하고만 남겨두고 싶지 않았다. 사실 이 얼음과 눈의 땅에서 발 빠른 아킬레우스가 무슨 소용이 있겠는가? 결국은 얼어죽고 말 텐데. 오디세우스가 무슨 꾀를 내어 아버지가 계속 살아가는 데 필요한 동반자를 줄 수 있겠는가?

그녀에게 답은 분명했다.

오디세우스는 그럴 수 없었다.

하지만 물론, 일은 진행되었다.

그녀는 열여덟이 되었다.

그녀의 탈출이 시작되었다.

그에게는 이 년이라는 긴 세월이 필요했다.

표면적으로는 모든 일이 잘 풀렸다. 그녀는 좋은 성적으로 학교를 졸업하고 그 지역 공장에서 비서로 일했다. 모든 회의에 들어가 속기록을 작성했고 모든 펜을 책임졌다. 모든 종이를 정리했고 모든 스테이플러를 담당했다. 그것이 그녀의 지위, 그녀의 자리였고, 당연히 그보다 못한 자리가 많았다.

다양한 음악 단체에 더 관여하게 된 것도 그 무렵이었다. 여기저기에 사람들과 함께 다니고 독주도 했다. 발데크는 그것을 적극적으로 장려했으며, 곧 그녀는 연주 여행을 다니게 되었다. 제약이 서서히 느슨해지기 시작했다. 전체적인 혼란 때문이기도 했고, 또 (이것이 더 위협적이지만) 언제나 떠날 수는 있지만 가족은 남는다는 것을 사람들이 알기 때문이기도 했다. 어느 쪽이든 페넬로페는 가끔 허가를 받아 국경을 넘었고, 한 번은 심지어 '장막'을 통과하기도 했다. 하지만 한 번도 아버지가 그녀의 변절을 위한 씨앗을 심고 있다는 생각은 하지 못했다. 그녀는 자기 안에서 행복했다.

하지만 나라는 그 무렵 무릎을 꿇고 있었다.

시장의 선반은 거의 완전히 비었다.

줄은 더 빽빽해졌다.

여러 번 얼음 속에서, 그다음에는 진눈깨비와 비 속에서, 그들은 몇 시간씩 빵을 기다리며 함께 서 있었지만 막상 차례가 오면 아무것도 남아 있지 않았다—그리고 곧 그는 깨달았다. 그는 알았다.

발데크 레스치우슈코.

스탈린 동상.

정말 아이러니였다. 그는 아무 말도 하지 않았기 때문이다. 그가 그녀 대신 결정을 내리고 있었고, 그녀가 자유로워지도록 강제하고 있었다. 아니면 적어도 그녀에게 선택을 밀어붙이고 있었다.

그는 계획을 매일매일 키워나갔고 이제 그 순간이 왔다.

그는 그녀를 오스트리아로, 빈으로, 콘서트—음악 콩쿠르—에서 연주를 하라고 보내면서 그녀가 절대 돌아오지 말아야 한다는 점을 분명히 밝힌다.

그리고 그것이, 나에게는, 우리 던바 보이들의 유래였다.

서라운즈

그렇게 그녀가 등장했다, 우리의 어머니.

얼음과 눈, 그 오래전.

그리고 여기를 보라, 클레이를, 멀리 떨어진 미래에 있는.

우리가 그에 관해 무슨 말을 할 수 있을까?

다음날엔 삶이 어디에서 어떻게 다시 시작되었을까?

사실 아주 간단했다, 수많은 거짓말이 기다리고 있었다.

그는 그 도시에서 가장 큰 침실에서 잠을 깼다.

클레이에게 그것은 완벽한, 또하나의 이상하지만 신성한 자리였다. 새벽이 타오르고 멀리 옥상들이 보이는 그곳에 있는 그것은 침대, 경기장 안의 침대였다. 아니 더 정확하게 말하자면 낡은 매트리스 하나가 색이 바랜 채 땅에 놓여 있었다.

사실 그는 우리집 뒤 그 경기장에 자주 갔는데(늘 토요일 밤에) 아침까지 머문 것은 몇 달 만이었다. 그렇다 해도 그것은 여전히 묘하게 위로가 되는 특권이었다. 이 매트리스는 자신이 가진 권리보다 훨씬 오래 살아남았다.

그런 분위기라 클레이가 처음 눈을 떴을 때는 모든 것이 정상으로 보였다.

모든 것이 고요했고 세상은 하나의 그림처럼 잠잠했다.

그러나 그 모든 것이 비틀거리다, 무너져내렸다.

내가 어디 가서 무슨 짓을 했던가?

공식적으로는 서라운즈라고 불렸다.

연습용 트랙 하나, 인접한 마구간 하나.

하지만 그것은 오래전이었고, 지금과는 다른 삶이었다.

당시에 이곳은 돈에 쪼들리는 모든 마주들, 안간힘을 쓰는 조련사들, 하급 기수들이 일하고 기도하러 오는 곳이었다.

게으른 단거리 경주마 한 마리라도. 정직한 장거리 경주마 한 마리라도. 제발, 하느님의 사랑으로, 저들 가운데 단 한 마리라도 맨 꼭대기로 올라갈 수만 있다면.

그러나 그들이 얻은 것은 '전국 기수 클럽'이 준 특별한 선물이었다.

폐쇄. 폐허.

원래 계획은 그곳을 매각하는 것이었으나 그러는 데 십 년 가운데 반 이상이 걸렸고, 도시의 일이란 것이 늘 그렇듯 아직 새로운 것이 아무것도 나오지 않았다. 남은 것은 공허뿐이었다—거대하고 균일하지 않은 출장마 대기 구역, 주거 폐기물로 이루어진 조각 공원.

고장난 텔레비전. 망가진 세탁기.

내던져진 전자레인지.

끈질긴 매트리스 하나.

그 모든 것과 그 이상이 산발적으로 이 지대 전체에 배치되어 있었고, 사람들은 대부분 이곳을 교외 방치의 또하나의 현장으로 보았다. 클레이에게 이곳은 유품이었다, 기억이었다. 사실 페넬로페가 펜스 너머를 살피다 이곳을 보고 아처 스트리트에서 살기로 결정했기 때문이다. 이곳은 우리 모두가 어느 날 서풍을 맞으며 성냥을 하나 켠 채로 함께 서 있던 곳이기도 했다.

또 한 가지 주목할 것은 방치된 이래 서라운즈의 풀이 별로 자라지 않았다는 점이었다. 이곳은 번버러파크와 반대였다. 어떤 구역들은 풀이 낮고 여위었으며 어떤 구역들은 무릎 높이에 실처럼 가늘고 너저분했는데 클레이가 방금 잠을 깬 곳은 두번째였다.

오랜 세월 뒤 내가 그에게 그것에 관해 물었을 때 그는 한동안 입을 다물고 있었다. 그는 이 식탁 맞은편에서 나를 건너다보았다. "모르겠어." 그가 말했다. "어쩌면 성장하는 게 그냥 너무 슬픈 일이었는지도—" 하지만 그는 그 생각을 거기에서 끊었다. 그에게는 그 정도면 감상적인 장광설이었다. "정말이지, 내가 이런 말을 했다는 건 잊어줘."

하지만 나는 그럴 수 없다.

나는 잊을 수 없다, 결코 이해하지 못할 것이기 때문에.

어느 날 밤 그는 그곳에서 순수한 아름다움을 발견하게 된다.

그리고 그의 가장 큰 실수를 하게 된다.

하지만 그날 아침으로 돌아가보자. '살인범'을 지나서 첫날, 클레이는 몸을 웅크리고 누워 있다가 쭉 폈다. 해는 떠올랐다기보다는 그를 들어올렸다. 그의 청바지 왼쪽 호주머니, 부서진 빨래집게

밑에 뭔가 가볍고 홀쭉한 것이 있었다. 그는 지금은 그것을 무시하기로 했다.

그는 매트리스에 누워 있었다.

꼭 그녀의 목소리를 들은 것만 같다는 생각이 들었다.

하지만 지금은 아침이다, 그는 생각했다. 그리고 목요일.

이런 때는 그녀를 생각하면 아팠다.

그의 목에 닿는 머리카락.

그녀의 입.

그녀의 뼈, 그녀의 가슴, 그리고 마지막으로, 그녀의 숨결.

"클레이." 이제 조금 더 크게. "나야."

하지만 그는 토요일까지 기다려야 했다.

그녀는 빈까지 내내 울면서 갔다

과거에, 그녀는 거기에 다시 가 있었다, 전혀 알지 못하는 채로—발데크 레스치우슈코가 자신이 계획하고 있는 것을 암시할 수 있는 방식으로는 숨조차 쉬지 않았기 때문이다.

남자는 치밀했다.

완전히 잠복하고 있었다.

빈에서 콘서트라고?

천만에.

종종, 그에게는 어떠했을지 궁금하다—그녀가 편도만 이용할 것을 알면서도 어쩔 수 없이 왕복표를 사면서. 또 거짓말을 해서 그녀가 여권 신청을 다시 하게 만드는 것이 어떤 기분이었을지 궁금하다. 그때는 잠깐이라도 국외로 나가려면 나갈 때마다 매번 신청을 해야 했다. 그래서 페넬로페는 그렇게 했다, 늘 하던 대로.

앞서도 말했듯이 그녀는 전에도 콘서트에 여러 번 참여했다.

그녀는 크라쿠프에 간 적이 있었다. 그단스크에도. 동독에도.

또 '장막' 서쪽에 있는 네벤슈타트라는 이름의 작은 도시까지 여행한 적도 있었다. 그러나 그곳 역시 동독에서 침을 뱉으면 닿는 거리였다. 그녀의 콘서트는 늘 눈에 띄는 행사였지만 아주 눈에 띄는 행사는 아니었다. 그녀는 아름다운 피아니스트였고 뛰어난 피아니스트였지만 정말 뛰어난 피아니스트는 아니었기 때문이다. 그녀는 보통 혼자서 연주 여행을 했고 반드시 정해진 시간에 돌아왔다.

지금까지는.

이번에 그녀의 아버지는 평소보다 큰 옷가방을 가져가라고, 재킷도 하나 더 가져가라고 권했다. 밤에 그는 속옷과 양말도 추가로 넣었다. 또 책갈피에 봉투도 하나 끼워넣었다—검은 양장본 책이었는데, 쌍을 이루는 두 권 가운데 한 권이었다. 봉투에는 말과 돈이 있었다.

편지와 미국 달러.

그는 책들을 갈색 종이로 쌌다.

위에는 묵직한 필체로 이렇게 적었다. 쇼팽을 제일 잘 치고, 그다음에 모차르트, 그다음에 바흐를 잘 치는 실수쟁이에게.

아침에 가방을 들자마자 평소보다 무겁다는 것을 알 수 있었다. 그녀가 지퍼를 열고 확인하려 하자 그가 말했다. "작은 선물을 넣어뒀다, 길에서 쓸—서둘러야지." 그는 그녀를 재촉해 내보냈다. "기차에서 열어보면 돼."

그녀는 그의 말을 믿었다.

그녀는 통통하고 납작한 단추가 달린 파란 모직 원피스를 입었다.

금발이 등 중간까지 내려왔다.

얼굴은 자신감이 넘치고 부드러웠다.

마지막으로 두 손은 힘차고 서늘했으며 완벽하게 깨끗했다.

그녀는 전혀 난민처럼 보이지 않았다.

역에서는 이상했다. 절대 감정을 보이지 않던 남자가 갑자기 흔들리며 눈가가 촉촉해졌기 때문이다. 그 확고부동한 인생에서 그의 콧수염이 처음으로 연약해 보였다.

"아빠Tato?"

"이 염병할 찬 공기."

"하지만 오늘은 별로 춥지 않은데요."

그녀 말이 맞았다. 별로 춥지 않았다. 온화하고, 또 화창했다. 빛이 높은 곳에서 은빛으로 다가와 도시는 그 찬란한 회색으로 물들고 있었다.

"나한테 말대꾸하는 거냐? 떠날 때는 말다툼하지 말아야 한다."

"네, 아빠."

기차가 천천히 들어오자 아버지는 천천히 멀어졌다. 돌아보니 그가 간신히 버티고 있다는 것이 분명했다. 호주머니를 안에서 잡아뜯고 있었다. 그는 마음을 다른 데로 돌리려고, 감정이 쏟아져나오는 것을 막으려고 애꿎은 호주머니만 만지작거렸다.

"아빠, 왔어요."

"나도 안다. 나는 늙었지 장님이 아니다."

"말다툼하면 안 되는 줄 알았는데요."

"또 말대꾸를 하는구나!" 아버지는 사람들 있는 데서는 물론이고 집에서도 그렇게 목소리를 높인 적이 없었다. 게다가 영 말이 되지 않았다.

"죄송해요, 아빠."

그러고 나서 그들은 키스했다. 양쪽 뺨에, 그리고 오른쪽에 한 번 더.

"잘 가라Do widzenia."

"곧 만나요Na razie."

아니, 그러지 못할 거다. "그래, 그래. 곧 보자Tak, tak. Na razie."

그녀는 기차에 타면서 고개를 돌려 이 마지막 말을 했다는 사실 때문에 평생 이루 말할 수 없이 안도했다. "아버지가 나뭇가지로 때리지 않으면 어떻게 연주해야 할지 모르는데." 사실 그녀는 매번 똑같은 말을 해왔다.

노인은 고개를 끄덕였다. 자신의 얼굴이 쪼개지며 변하는 것, 발트해처럼 물이 넘실거리는 것을 보여주지 않으려 했다.

발트해.

그것이 그녀가 늘 그 일을 설명하던 방식이었다. 그녀는 아버지의 얼굴이 넘실거리는 물이 되었다고 주장했다. 깊은 주름, 눈. 심지어 콧수염까지. 그 모든 것이 햇빛에, 그리고 차갑고 차가운 물에 잠겨버렸다.

족히 한 시간 동안 그녀는 열차 창밖을, 지나가는 동유럽을 보았다. 그녀는 아버지 생각을 자주 했지만, 다른 남자—레닌 비슷한 남자—를 보고 나서야 선물을 기억했다. 옷가방.

기차는 빠른 속도로 나아갔다.

그녀의 눈은 속옷을 먼저 만났다. 그다음에는 양말, 그다음에는 갈색 꾸러미. 그럼에도 아직 그것들이 무엇을 의미하는지 짜맞추지 못하고 있었다. 여분의 옷가지는 나이들어가는 남자의 기행으로 치부해버릴 수도 있었다. 쇼팽, 모차르트, 바흐에 관한 메모를 읽을 때는 행복이 찾아왔다.

그런 뒤에야 그녀는 꾸러미를 펼쳤다.

검은 책 두 권이 보였다.

표지에 인쇄된 글은 영어였다.

둘 다 맨 위에는 호메로스, 그다음에는 각각 일리아스, 오디세이아라고 적혀 있었다.

첫 책을 넘기다 봉투를 발견했을 때, 깨달음은 갑작스럽고 또 가혹했다. 그녀는 벌떡 일어나며 기차 안을 반쯤 채운 사람들을 향해 "안 돼Nie" 하고 작은 소리로 말했다.

페넬로페에게,

네가 이 편지를 빈으로 가는 길에 읽게 될 것이라고 짐작하여 처음부터 말해둔다―돌아보지 마라. 돌아오지 마라. 나는 두 팔을 벌려 너를 받아주지 않고 너를 밀어낼 것이다. 이제 너에게 또다른 삶이 있다는 것, 또다른 존재 방식이 있다는 사실을 볼 수 있을 것이라 생각한다.

이 봉투 안에는 너에게 필요한 서류가 모두 있다. 빈에 도착하거든 수용소로 갈 때 택시를 타지 마라. 너무 비싸고 너무 일찍 도착할 거다. 버스가 있으니, 그걸 타면 거기 가게 될 거다. 또 경제적인 이유로 떠나려 한다고 말하지 마라. 이 얘기만 해라. 정부의 보복이 두렵다.

쉽지는 않을 거라 생각하지만 너는 해낼 거다. 너는 견뎌내고 살아남을 거다. 언젠가 우리가 다시 보게 되기를, 네가 이 책을 나에게 영어로 읽어주기를 바란다―네가 사용하게 될 언어가 영어가 되기를 기대하기 때문에. 네가 다시 돌아오지 못하게 된다면 포도주처럼 거무스름한 바다에서 그걸 네 자식들에게 읽어줘라, 만일 거기 나가서 자식이 생기게 된다면.

마지막으로 하고 싶은 말은 내가 이 세상에서 피아노를 가르친 사람은 한 사람뿐이라는 것이고, 네가 엄청난 실수쟁이였지만 그게 나의 즐거움이자 특권이었다는 거다. 그게 내가 가장 좋아하고 사랑하는 일이었다.

신실한 마음으로 또 큰 사랑으로,
발데크 레스치우슈코

자, 어떻게 하겠는가?

뭐라고 하겠는가?

페넬로페, '실수쟁이'는 몇 초 더 서 있다가 축 늘어지며 천천히 다시 자리에 앉았다. 그녀는 편지를 손에 쥐고 검은 책 두 권을 허벅지에 얹은 채 조용히 몸을 떨었다. 소리 없이 울기 시작했다.

바깥에 지나가는 유럽의 얼굴에 대고 페넬로페 레스치우슈코는 길 잃은, 소리 없는 눈물을 뿌렸다. 그녀는 빈까지 내내 울면서 갔다.

힘들이 과시되고 있다

술에 취한 적이 없었고 따라서 숙취를 겪은 적도 없었지만 클레이는 이것이 아마도 그런 상태일 거라고 상상했다.

자신의 머리가 옆에 있었고 그는 그것을 거두어들였다.

그는 잠시 앉아 있다가 매트리스에서 기어나가면서 옆의 풀밭에서 묵직한 비닐 한 장을 보았다. 그는 지친 뼈와 흔들리는 손으로 비닐을 매트리스 위에 덮어 침대를 정리하고 잘 여며준 다음 펜스라인—빠질 수 없는 하얀색 운동장 구분선이지만 난간만 있지 말뚝은 없었다—을 향해 걸어가 나무에 얼굴을 올렸다. 타오르는 지붕들을 들이쉬었다.

오랫동안 그는 잊으려고 했다.

식탁의 남자.

형제들과 그들이 느낀 배신감으로 이루어진 조용한 배경 소음.

그것은 많은 순간으로부터 왔다, 그의 그 다리. 하지만 거기에서, 그날 아침 서라운즈에서, 그것은 무엇보다도 어젯밤으로부터 왔다.

여덟 시간 전 '살인범'이 떠났을 때 십 분 동안 불편한 정적이 흘렀다. 그것을 깨려고 토미가 말했다. "예수님, 그 사람 꼭 따뜻하게 덮인 죽음처럼 보였어." 그는 헥토르를 가슴께까지 들어올렸다. 고양이가 가르랑 소리를 냈다, 줄무늬 덩어리.

"그것보다 훨씬 나빠 보였어야 마땅해." 내가 그에게 말했다.

"얼마나 끔찍한 양복이야." 이어 "누가 젠장 신경이나 써. 펍에나 갔다 올래." 헨리와 로리가 차례차례 말했다. 그들은 뒤섞인 원소들처럼, 모래와 녹이 합쳐진 것처럼 서 있었다.

물론, 거의 말을 하지 않는 것으로 유명한 클레이는 아무 말도 하지 않았다. 그는 아마 하룻밤에 할 말은 다 했을 것이다. 잠시, 그는 의문을 품었다, 왜 지금? 왜 지금 집에 온 걸까? 그러다가 날짜가 떠올랐다. 2월 17일이었다.

그는 다친 손을 작은 얼음통에 넣고 다른 손이 얼굴의 쓸린 상처로 가지 않도록 참고 있었다, 만지고 싶은 유혹을 느꼈지만. 식탁에는 그와 내가 앉아 소리 없이 다투고 있었다. 나에게 이 정도는 분명했다—걱정할 형제는 하나뿐이라는 것, 그리고 그 형제가 내 앞에 있다는 것.

안녕, 아빠라고, 아이고 그리스도여.

나는 그의 손목 주위에서 오르내리는 얼음을 보았다.

야, 네 몸뚱어리만큼 큰 물통이 필요하겠다.

나는 그 말은 하지 않았지만 클레이가 내 얼굴에서 그것을 읽었다고 확신했다. 그는 전투에서 패배하고 방아쇠 같은 두 손가락을 눈 밑 상처에 갖다대고 있었다. 대체로 말이 없는 조그만 새끼가 심지어 고개를 약간 까닥이기까지 했다. 그 직후 터무니없는 고도로 올라가 있던 닭은 접시들이 싱크대로 무너져내렸다.

하지만 그것이 교착상태를 멈추지는 못했다. 오 이럴 수가.

나, 나는 바로 노려보기에 들어갔다.

클레이는 손가락을 계속 움직였다.

토미는 헥토르를 내려놓고, 그릇을 정리하고, 곧 비둘기와 함께 돌아왔다가(T가 그의 어깨에서 바라보고 있었다), 부리나케 자리를 떴다. 그는 나가서 아킬레우스와 로지가 잘 있는지 볼 것이다—둘 다 뒤쪽 포치에 피신해 있었다. 그는 문을 닫는 것을 잊지 않았다.

물론 그전에, 클레이가 그 운명적인 두 단어를 말했을 때, 우리 나머지는 그의 뒤에 서 있었다, 범죄 현장의 목격자들처럼. 소름 끼치는 현장. 옴짝달싹 못하고 부풀어오르기만 한 상태에서 생각할 것들이 많았지만, 나는 딱 한 가지만 기억한다.

우리는 이제 그를 영원히 잃었다.

하지만 나는 끝까지 싸울 각오가 되어 있었다.

"이 분 드릴게요." 내가 말했고 '살인범'은 천천히 고개를 끄덕였다. 그는 의자에 몸을 기대며 늘어졌고 의자는 바닥을 파고들었다. "자, 그럼 해보세요. 이 분은 길지 않아요, 노친네."

노친네?

'살인범'은 되묻는 동시에 체념했다. 그는 정말로 노친네, 오랜 기억, 잊힌 생각이었다—실제로는 중년이었을지 모르지만 우리에게는 죽은 것이나 다름없었다.

그는 두 손을 식탁에 내려놓았다.

자신의 목소리를 되살렸다.

목소리가 몇 번에 나뉘어 나왔다. 그는 어색하게 방안을 향해 말하고 있었다.

"나는 그럴 필요가 좀, 아니, 사실은, 궁금했는데……" 그것은 그의 말처럼 들리지 않았다, 우리 누구에게도. 우리는 그보다 약간 왼쪽, 또는 오른쪽으로 그를 기억하고 있었다. "내가 여기 온 것은 물어보려—"

우리에게 로리가 있어 다행이었다. 평소와 똑같이 들리는 그 발끈한 목소리로, 소심하게 더듬거리는 우리 아버지에게 다혈질의 대꾸를 했기 때문이다. "참 나, 어서 할말을 좆도 다 뱉어봐요!"

우리는 멈추었다.

우리 모두, 순간적으로.

하지만 로지가 다시 짖어댔고 내가 저-염병할-개-입-좀-막아 하는 소리를 좀 했고, 어딘가에, 중간쯤에, 그 말이 있었다.

"좋아, 자." 그는 뚫고 나갈 길을 발견하고 그 길로 갔다. "더 시간 낭비하지 않을게. 나도 권리가 없다는 건 알아. 하지만 내가 여기 온 건 이제 내가 여기에서 먼 곳에, 시골에 살기 때문이야. 거긴 빈 땅이 아주 많고 강이 있어. 나는 다리를 놓고 있어. 고생을 한 끝에 그 강에 큰물이 든다는 걸 알았어. 그럼 강 양쪽 가운데 어느 한쪽에서 꼼짝도 못하게 되지. 그래서……" 목소리에는 지저깨비가 가득했다, 그의 목구멍 안의 펜스 말뚝. "다리를 놓는 데 도움이 필요해. 그래서 혹시 너희 가운데 누가—"

"안 해요." 내가 일등.

다시, '살인범'은 고개를 끄덕였다.

"좆도 뻔뻔스럽기도 하지, 안 그래요?" (혹시 짐작하지 못했을까봐 말해주는데 이건 로리.)

"헨리?"

헨리는 나를 본받아, 그 모든 격분에 맞서 온화한 자아를 유지하고 있었다. "고맙지만 사양할래요, 친구."

"저 사람은 네 친구가 아니야. 클레이?"

클레이는 고개를 저었다.

"토미?"

"싫어."

우리 가운데 한 사람은 거짓말을 하고 있었다.

그때부터 두들겨맞은 뒤의 고요 같은 게 깔렸다.

식탁은 아버지와 아들들 사이에서 삭막했다, 그리고 열나 많은 토스트 부스러기. 한가운데 서로 어울리지 않는 소금통과 후추통 한 쌍, 코미디언 이인조처럼. 하나는 뚱뚱하고 하나는 키가 크고.

'살인범'은 고개를 끄덕이고 떠났다.

그는 떠나면서 작은 종잇조각을 꺼내 부스러기 무리에게 건네주었다. "내 주소야. 혹시 마음이 바뀌면."

"이제 가세요." 나는 팔짱을 꼈다. "담배는 두고."

종이는 바로 찢겼다.

나는 그것을 여러 가지 병과 오래된 신문지를 담아두는 냉장고 옆 나무상자에 던졌다.

우리는 앉았고, 우리는 서서 기댔다.

부엌은 조용.

할말이 뭐가 있을까?

때가 때이니만큼 더 굳게 단결하자며 의미 있는 말을 나누었을까?

물론 아니다.

우리는 우리답게 문장을 몇 개 이야기했고, 펍으로 가려던 로리가 먼저 자리를 떴다. 네이키드 암스 펍. 나가는 길에 그는 따뜻하고 축축한 손을 잠깐 클레이의 머리에 얹었다. 펍에서 그는 아마 우리가 한때, 우리가 결코 잊지 못할 밤에 모두 함께—심지어 '살인범'까지—앉았던 자리에 앉을 것이다.

그다음에 헨리가 뒤로 나갔다. 아마 주말 차고 세일에서 모은 낡은 책이나 LP를 정리할 것이다.

토미가 곧 뒤따랐다.

클레이와 나는 한동안 앉아 있었고, 그가 먼저 조용히 욕실로 걸어갔다. 그는 샤워를 하고 세면대 앞에 섰다. 머리카락과 치약으로 지저분했다. 먼지에 함께 달라붙어 있었다. 어쩌면 위대한 것은 어떤 것에서도 나올 수 있다는 것을 증명하는 데 그에게 필요한 것은 그게 다였는지도 모른다.

하지만 여전히 거울은 피했다.

나중에 그는 그 모든 것이 시작된 곳으로 갔다.

그의 신성한 유적지 모으기.

물론 번버러파크가 있었다.

서라운즈의 매트리스가 있었다.

언덕의 공동묘지.

하지만 오래전, 그럴 만한 이유로, 그 모든 것은 여기에서 시작되었다.

그는 지붕으로 올라갔다.

오늘밤 그는 앞으로 걸어나가다 빙 돌아서 칠면 아주머니의 집 근처까지 갔다—펜스에서 계량기 상자로, 기와로. 습관대로 그는 중간쯤 앉아 기와에 섞여들었다. 이것이 그가 나이를 먹을수록 더 하는 일이었다. 초기에는 주로 낮빛이 있을 때 올라갔지만 이제는 지나가는 사람들 눈에 띄지 않는 쪽을 좋아했다. 누가 같이 올라갈 때만 용마루나 가장자리에 앉았다.

길 건너, 대각선으로, 케리 노바크의 집을 지켜보았다.

11번지.

갈색 벽돌. 노란 창.

그는 그녀가 『채석공』을 읽고 있다는 것을 알았다.

한동안 그는 여러 실루엣을 살폈으나 곧 고개를 돌렸다. 그녀의 모습을 조금이라도 보는 것은 무척 좋아했지만, 케리 때문에 지붕에 올라온 것은 아니었다. 그는 그녀가 아처 스트리트로 오기 오래 전부터 이곳에 올라와 앉아 있곤 했다.

이제 그는 옆으로, 왼쪽으로 기와 여남은 개쯤 자리를 옮기고 길게 뻗은 도시를 살폈다. 도시는 거리에 불을 밝힌 채 크게, 넓게 이전의 심연으로부터 기어올라와 있었다. 그는 그 모든 것을 꾸준히 들이마셨다.

"안녕, 도시."

가끔 그는 도시에게 말을 거는 것을 좋아했다—그러면 덜 외로운 동시에 더 외로워졌다.

케리가 밖으로 나온 것은, 쏜살같이 나온 것은 삼십 분 정도 뒤였을 것이다. 그녀는 한 손을 난간에 올려놓고 다른 손을 천천히 높이 처들었다.

안녕, 클레이.

안녕, 케리.

그러고는 다시 안으로.

내일은, 그녀에게, 늘 그렇듯이 인정사정없이 출발하는 날이었다. 그녀는 네시 십오 분 전에 자전거를 타고 잔디밭을 가로질러, 저 아래 로열 헤네시의 맥앤드루 마구간으로 트랙워크*를 하러 갈 것이다.

저 끝에서 헨리가 나타났다. 차고에서 곧장, 맥주와 땅콩 봉지 하나를 들고. 그는 가장자리에, 배수로의 〈플레이보이〉 근처에 앉았다. 죽었고 죽어가는 '미스 재뉴어리'. 그는 클레이에게 따라오라고 손짓했고, 그가 도착하자 선물을 내밀었다. 땅콩과 땀흘리는 맥주.

"됐어."

"말을 하다니!" 헨리가 그의 등을 찰싹 때렸다. "세 시간 사이에 두번째야, 이거 정말 책에 남길 만한 밤인 게 분명해. 내일 신문가판대에 가서 로토를 한 장 더 사는 게 좋겠는걸."

클레이는 말없이 멀리 내다보았다.

마천루와 교외가 섞인 어두운 혼합물.

이윽고 그는 형을 보았다, 그의 맥주 홀짝이기의 보증인. 헨리는 로토를 생각하며 즐거워하고 있었다.

헨리가 고르는 수는 일에서 육까지였다.

나중에 헨리는 거리로 손짓했고, 그곳에서 로리가 어깨에 우편함을 메고 힘겹게 올라오고 있었다. 뒤에 나무 기둥이 질질 끌려왔

---

* 경마 트랙에서 말을 훈련시키는 것.

다. 그는 의기양양하게 우편함을 우리 잔디에 내던졌다. "어이, 헨리, 우리한테 땅콩 좀 던져, 이 약하게 축 늘어진 자지 같은 놈아!" 그는 잠시 생각했지만 자신이 무슨 말을 하고 있었는지 잊었다. 그래도 재미있는 말이었던 것이 분명했다. 배꼽이 빠질 만한 말이었던 것이 분명했다. 그래서 그는 포치로 가는 길에 웃음을 터뜨렸다. 그는 비스듬히 층계를 올라가더니 시끄럽게 덱에 드러누웠다.

헨리가 한숨을 쉬었다. "자, 우리가 챙기는 게 좋겠다." 클레이가 건너편으로 그를 따라갔다. 헨리가 사다리를 올려놓은 곳이었다. 그는 서라운즈도, 또 기울어진 지붕들로 이루어진 거대한 배경도 보지 않았다. 아니, 그가 보는 것은 마당, 그리고 빨래 건조대를 따라 왔다갔다하는 로지뿐이었다. 아킬레우스가 달빛을 받으며 서서 뭔가를 씹고 있었다.

로리는 술에 취해 엄청 무거웠지만, 그들은 어찌어찌 그를 침대에 던졌다.

"더러운 새끼." 헨리가 말했다. "큰 컵으로 스무 잔은 들이부었을 거야."

그들은 헥토르가 그렇게 빠르게 움직이는 것도 본 적이 없었다. 그의 놀란 표정은 정말 재미있었다. 그는 풀쩍 뛰어 매트리스에서 매트리스로 돌아다니다가 문밖으로 나갔다. 또다른 침대에서 토미가 벽에 붙어 자고 있었다.

그들의 방에서, 나중에, 한참 나중에, 헨리의 낡은 시계 라디오 (이 또한 차고 세일에서 거래한 것이었다)에 1:39이 찍혀 있을 때 클레이는 열린 창에 등을 댄 채 서 있었다. 앞서 헨리는 바닥에 앉아 벼락치기로 학교에 낼 에세이를 썼지만, 지금은 몇 분 동안 꼼짝도 하지 않았다. 그는 시트 위에 누워 있었고, 따라서 클레이는 안전하게 그 생각을 할 수 있었다.

지금이다.

그는 입을 앙다물었다.

그는 복도로 나가 부엌을 향했다. 예상보다 빠르게 냉장고 곁에 섰고, 손이 갖가지 재활용품 사이로 들어갔다.

갑자기 빛이 나타났다.

예수님!

빛은 희고 무거웠으며, 축구 훌리건처럼 눈에 한 방을 먹였다. 그가 손을 빼낼 때 불은 다시 꺼졌지만, 여전히 눈이 욱신거리고 따끔거렸다. 새로 모든 것을 삼키는 어둠 안에 토미가 있었다. 팬티만 입고 헥토르를 옆구리에 끼고 서 있었다. 고양이는 그 자신의 흔들리는 그림자였으며, 눈은 빛 때문에 충격을 받은 상태였다.

"클레이?" 토미가 어슬렁어슬렁 뒷문 쪽으로 갔다. 잠과 걸음 속에서 말이 침처럼 흘러내렸다. "킬 머 저……" 두번째 시도에서 그의 문장의 암호를 거의 풀 수 있었다. "아킬레우스한테 머기를 저야 돼."

클레이는 토미의 두 팔을 잡고 돌려세운 뒤, 토미가 복도를 따라 느릿느릿 걸어가는 것을 지켜보았다. 토미는 심지어 허리를 숙이고 고양이를 살짝 토닥여주기도 했고, 그러자 고양이는 짧게 몇 번 가르랑 소리를 냈다. 잠시 클레이는 로지가 짖어댈 거라고, 아킬레우스가 시끄럽게 울어댈 거라고 생각했지만, 그들은 그러지 않았다. 클레이는 다시 상자로 손을 뻗었다.

아무것도 없었다.

심지어 도박을 하는 심정으로 냉장고도 열어보았으나―살짝, 빛을 빌리기 위하여―살의를 품은 종이는 한 조각도 찾을 수 없었다. 그러니 안으로 돌아와, 그 조각들이 끈적끈적한 테이프로 다시 합쳐져 자신의 침대에 놓여 있는 것을 보았을 때 그 충격이 얼마나 컸겠는가.

생일 아가씨

말할 필요도 없는 일이지만 페넬로페는 콩쿠르에 나가지 않았다. 리허설을 하거나 옥색 옥상의 도시를 거닐지도 않았다. 그녀는 그대로 베스트반호프에, 플랫폼에, 팔꿈치를 두 무릎에 올린 채 옷가방에 앉아 있었다. 매끈하고 깨끗한 손가락으로 파란 모직 원피스의 단추를 만지작거리고 집으로 돌아가는 표를 더 일찍 갈 수 있는 표로 바꾸었다.

몇 시간 뒤 열차가 출발하려 하자 그녀는 일어섰다. 차장이 열차 문간에서 몸을 기울였다. 면도를 하지 않았고 과체중이었다.

"혼자요Kommst einer?"

페넬로페는 결정을 내리지 못하고 괴로워하며 그를 보기만 했다. 가슴 한가운데 있는 단추를 빙빙 돌리면서. 옷가방은 그녀 앞에 있었다. 발치의 닻.

"아, 탈 거요, 말 거요Nah, kommst du jetzt, oder net?!" 그의 덥수룩한 모습에는 왠지 매력적인 데가 있었다. 치아마저 느슨하게 채

워져 있었다. 그는 초등학생처럼 몸을 기울이더니 호각을 불지 않고 열차 앞쪽을 향해 소리쳤다. "출발Geht schon!"

그리고 그는 미소를 지었다.

그는 이를 딸랑거리며 싱긋 웃었고 페넬로페는 이제 단추를 쥐고 있었다. 앞에, 오른쪽 손바닥에.

아버지가 예상한 대로 그녀는 해냈다.

그녀는 옷가방과 연약함뿐이었지만 발데크가 예측한 그대로 돌파해냈다.

트라이스키르헨이라고 부르는 곳에 수용소가 있었다. 이층침대가 줄지어 있고 화장실 바닥이 포도주처럼 거무스름한 곳이었다. 첫번째 문제는 줄의 끝을 찾는 것이었다. 연습을 많이 해본 것이 다행이었다. 동유럽이 그녀에게 줄 서는 법을 가르쳐준 것이다. 두번째 문제는, 일단 안으로 들어갔을 때, 발목까지 차오르는 발치의 쓰레기를 헤치고 가는 것이었다. 일종의 망망대해인 셈이었다. 신경과 힘의 시험이었다.

줄을 선 사람들은 표정이 없고 지쳐 있었다. 각자 많은 것을 두려워했지만 무엇보다도 한 가지를 두려워했다. 무슨 일이 있어도 집으로 돌아가라는 말을 들을 수는 없었다.

앞에 이르자 그녀는 질문을 받았다.

지문을 찍었고 통역이 끼어들었다.

오스트리아는 기본적으로 임시 체류지였고 대부분의 경우 절차를 밟아 숙박소로 보내는 데 스물네 시간이 걸렸다. 그곳에서 다른 대사관의 승인을 기다렸다.

그녀의 아버지는 많은 것을 생각해둔 게 분명했지만 금요일은 그곳에 도착하기에 나쁜 날이었다. 수용소에서 주말을 버텨내야 한다는 뜻이었는데 즐거운 소풍은 아니었다. 그러나 그녀는 버텨냈다. 사실 그녀 자신의 표현대로, 그곳이 지상의 지옥은 아니었기 때문이다. 다른 사람들이 견딘 것에 비하면 그랬다. 그녀에게 최악의 문제는 모른다는 것이었다.

다음주에 그녀는 다른 기차를 탔다. 이번에는 산으로, 역시 이층 침대가 있는 다른 곳으로 갔고 페넬로페는 기다리기 시작했다.

물론 그곳에서 지낸 아홉 달을 더 파고들어볼 수도 있겠지만 내가 그 시간에 관해 정말로 아는 게 무엇일까? 클레이는 무엇을 알았을까? 사실, 그 산에서 보낸 시절은 페넬로페가 별로 말을 하지 않은 몇 시기 가운데 하나였다—하지만 말을 할 때는 간단하고 아름답게 했다. 또 애처롭게 말했다고도 할 수 있을 듯하다. 그녀는 한번은 클레이에게 설명했다.

짧은 전화가 한 번, 옛 노래가 한 번 있었다고.

전체를 보여주는 작은 부분들 몇 개.

처음 며칠 동안 그녀는 다른 사람들이 길가의 낡은 공중전화로 전화하는 것을 보았다. 광대한 숲과 하늘을 배경으로 그것은 이질적인 물체처럼 서 있었다.

사람들이 집으로 전화를 하는 것은 분명했다. 그들의 눈에 눈물이 있었고 전화를 끊은 뒤에 다시 밖으로 나오는 것을 힘들어하는 경우도 자주 있었다.

페넬로페는 많은 사람들과 마찬가지로 망설였다.

그것이 안전한지 의문을 품었다.

정부에서 도청을 한다는 소문이 많이 퍼져 있어 누구든 망설였다. 앞서 말했듯이 벌을 받는 사람은 뒤에 남은 사람들이었다.

그들 대부분이 그녀보다 유리했던 점은 더 긴 기간을 예정으로 떠나왔다는 점이었다. 몇 주 동안 떨어져 있는데 전화를 하는 것이 뭐가 이상한가? 페넬로페의 경우엔 그렇게 간단하지 않았다―그녀는 이미 돌아갔어야 했다. 전화를 하면 아버지가 위험해질까? 다행히도, 오래 꾸물거리는 바람에 그녀는 타데크라는 남자의 눈에 띄었다. 그는 나무 같은 목소리, 그리고 몸의 소유자였다.

"집에 전화 걸고 싶어요, 어린 아가씨?"

그녀가 말하는 것을 망설이자 그는 전화부스로 다가가 그것을 손으로 만졌다. 그런다고 다치지 않는다는 것을 그녀에게 보여주는 것이었다. "가족 가운데 누가 운동에 참여하고 있나요?" 그러더니 훨씬 더 구체적으로, 그리고 분명하게. "연대운동Solidarność?"

"아니요Nie."

"엉뚱한 사람의 코를 망가뜨린 적이 있나요, 내 말뜻을 아실는지 모르지만."

그녀는 이번에는 고개를 저었다.

"나도 그럴 거라 생각했어요." 그는 싱긋 웃었다. 오스트리아의 열차 차장에게서 치아를 빌려온 것 같았다. "그럼 좋아요, 하나 물어봅시다. 부모인가요?"

"아버지요."

"자, 이제 확실하게 말해주세요. 아가씨는 아무런 문제도 일으키지 않았나요?"

"확실해요."

"아버지는?"

"아버지는 늙은 전차 운전사예요." 그녀가 말했다. "말도 거의 하지 않아요."

"아, 그렇다면 아가씨는 괜찮은 것 같네요. 당은 지금 아주 형편 없는 상태이기 때문에 늙은 전차Tramwaj 영감 걱정을 할 여유는 없을 것 같아요. 요즘에는 어떤 것도 확실하다고 말하기 힘들지만, 그거 하나는 전적으로 확신할 수 있습니다."

그때였다, 그녀는 클레이에게 말해주었다, 타데크는 소나무들 사이, 빛의 복도들을 내다보며 말했다. "아가씨한테 좋은 아버지였나요?"

"네Tak."

"아버지가 아가씨 목소리를 들으면 기뻐하실까?"

"네."

"그럼, 여기." 그는 몸을 돌려 그녀에게 동전 몇 개를 주었다. "안부 전해줘요." 그러더니 자리를 떴다.

전화 대화에 관해서는 작은 단어 몇 개면 된다, 번역으로.

"여보세요?"

아무 소리도. 그냥 작은 잡음뿐.

그는 그 말을 되풀이했다.

그 목소리, 시멘트 같은, 돌 같은.

"여보세요?"

그녀는 소나무와 산비탈에 파묻혀 있었고 수화기를 쥔 관절은 뼈처럼 하얬다.

"'실수쟁이'냐?" 그가 물었다. "'실수쟁이' 너냐?"

그녀는 부엌에 있는 아버지, 책 서른아홉 권이 있는 책꽂이를 그려

보았다—그녀는 창에 머리를 기대고 간신히 대꾸했다. "네."

그러자 전화가 가볍게 끊겼다.

산들이 모두 양옆으로 사라졌다.

이제 노래로 가자. 몇 달 지나서, 저녁에, 숙소에서.

창에 부딪히는 달.

날짜는 아버지의 생일.

당시 동구에서는 명명일에 더 의미를 두었지만, 국외로 나오니 하나하나가 더 사무쳤다. 그녀는 그것을 흘렸다, 어떤 여자에게.

그곳에 보드카는 없었지만 슈냅스는 늘 많았다. 잔들이 놓인 쟁반이 나왔다. 응접실에서 잔들이 건네지자 주인은 자신의 잔을 들어올리며 페넬로페를 보았다. 여남은 명은 되는 사람들이 그곳에 모여 있었고 그녀는 자신의 언어로 "당신의 아버지를 위하여"라는 말을 듣자 고개를 들었다. 그녀는 웃음을 지었다. 그것만으로도 그녀는 버텨나갈 수 있었다.

그 순간 또 한 사람이 일어섰다.

물론 타데크였다. 그는 아주 슬프게—또 아름답게—노래를 부르기 시작했다.

"백 년, 백 년Sto lat, sto lat,

백 년을 사시기를niech żyje, żyje nam.

백 년, 백 년Sto lat, sto lat,

백 년을 사시기를niech żyje, żyje nam······"

이제는 감당하기가 힘들었다.

초기에 전화를 했을 때부터 쌓여왔는데 이제 더는 가두고 있을 수가 없었다. 페넬로페는 일어서서 노래를 불렀고 안에서 뭔가가 무너져내렸다. 그녀는 행운과 동반자 관계에 대한 조국의 노래를 불렀고 어떻게 자신이 아버지를 떠날 수 있었는지 새삼 놀랐다. 사랑과 자기혐오의 감정이 솟구치는 가운데 가사가 흘러나왔고 노래가 끝나자 많은 사람이 울었다. 그들은 다시 가족을 보게 될지 의문을 품었다. 감사하게 될까, 비난받게 될까? 그들이 확실하게 아는 것은 이제 그것이 그들 손을 떠났다는 사실뿐이었다. 시작은 했고 끝이 나야 했다.

백 년, 백 년,

백 년을 사시기를.

그녀는 노래하면서 알았다, 아버지가 그러지 못한다는 것을.

그녀는 그를 다시 보지 못한다.

페넬로페로서는 그곳에서 남은 시간 내내 그 느낌을 다시 경험하고, 그러다가 그 느낌 자체가 되지 않기가 어려웠다. 특히 그렇게 편안하게 살고 있었기 때문에.

모두가 그녀에게 무척 잘해주었다.

그들은 그녀를—그녀의 고요함, 그녀의 예의바른 불확실성을—좋아했고 이제 그녀를 '생일 아가씨'라고 불렀다. 대부분은 뒤에서, 옆에서. 이따금씩 특히 남자들이 대놓고 여러 언어로 말하기도 했다. 그녀가 청소할 때, 빨래할 때, 아이의 신발끈을 묶어줄 때.

"고맙습니다, '생일 아가씨' Dzięki, Jubilatko."

"고맙습니다, '생일 아가씨' Vielen Dank, Geburtstagskind."

"고맙습니다, '생일 아가씨' Děkuji, Oslavenkyně……"

미소가 안간힘을 쓰며 그녀를 뚫고 나오곤 했다.

그사이에는 기다림, 그리고 아버지에 대한 회상뿐이었다. 가끔 아버지에도 불구하고 그럭저럭 살아가고 있다는 느낌이 들기도 했지만 그것은 그녀의 더 어두운 순간들, 산으로부터 비가 들이쳐 들어오는 순간들의 일이었다.

특히 그런 날이면 그녀는 더 오래 일했고 더 열심히 일했다.

그녀는 음식을 만들고 청소를 했다.

그녀는 설거지를 하고 시트를 갈았다.

결국 후회 가득한 희망과 피아노 없는 아홉 달 만에 한 나라가 동의했다. 그녀는 손에 봉투를 쥔 채 이층침대 옆에 앉아 있었다. 그녀는 창밖의 공허를 내다보았다. 유리는 하얗고 뿌옜다.

지금도 나는 당시 그곳에, 내가 종종 상상하는 그 알프스에 있는 그녀를 보지 않을 수 없다. 나는 그녀를 그때 모습 그대로, 다시 말해서 클레이가 전에 묘사해준 모습 그대로 본다.

미래의 페니 던바는 한번 더 줄을 섰다. 남쪽으로 멀리, 대충 직선으로, 해를 향해 날기 위해.

호주머니 속의 살인자

페넬로페는 여러 세계를 가로질렀고 클레이는 펜스를 가로질렀다.

그는 서라운즈와 집 사이의 작은 골목을 걸었다. 그곳의 말뚝 울타리는 유령처럼 잿빛이었다. 요즘에는 거기에 나무문이 있었다. 아킬레우스가, 아니, 토미가 아킬레우스를 데리고 나갔다 들어왔다 하려는 것이었다. 뒷마당에 들어서자 담장을 넘어올 필요가 없었다는 것이 고마웠다. 숙취들이 아주 끔찍했던 것이 분명했는데 이제 다음 몇 초가 그것을 말해줄 것이었다.

우선, 그는 애플 퓰 칵테일에 들어갔던 사과들의 활강 코스를 탔다.

그다음은 개똥의 미로.

두 범인은 여전히 잠들어 있었다. 하나는 풀밭에 똑바로 선 채로, 또하나는 불을 밝힌 포치의 소파에서.

안의 부엌에서는 커피 같은 냄새가 났다—내가 선수를 친 것인데 여러 가지 면에서 그랬던 것이 분명했다.

이제 클레이가 나에게 벌을 받을 시간이었다.

자주 그러듯이 나는 앞에 나가 아침을 먹고 있었다.

요리된 하늘과 차가운 콘플레이크와 함께 나무 난간에 서 있었다. 가로등은 아직 환했다. 로리의 우편함은 잔디에 놓여 있었다.

클레이가 문을 열고 내 뒤 몇 걸음 떨어진 곳에 섰을 때 나는 시리얼을 마저 먹었다. "또 우편함이네. 아이고 그리스도여."

클레이는 미소를 지었다. 신경이 곤두선 웃음이었고, 나는 그것을 느꼈다. 하지만 나의 섬세함은 거기까지였다. 결국 주소는 그의 호주머니에 있었다. 내가 최선을 다해 테이프로 붙여놓은 거였다.

처음에 나는 움직이지 않았다.

"그래서, 네가 갖고 있어?"

다시 나는 그가 고개를 끄덕이는 것을 느꼈다.

"네가 직접 그걸 꺼내는 수고를 덜어줄 수 있을 거라고 생각했어." 내 숟가락이 그릇에 부딪히는 소리를 냈다. 우유 몇 방울이 난간에 튀었다. "네 호주머니에 있어?"

다시 끄덕이는 고개.

"갈 생각이야?"

클레이는 나를 지켜보았다.

그는 지켜보았지만 아무 말도 하지 않았고 나는 그동안, 요즘 자주 그러듯이, 어떻게든 그를 이해해보려고 노력했다. 생긴 것으로 보자면 그와 내가 가장 닮았지만 그래도 내가 십오 센티미터는 더 컸다. 내가 머리숱이 많았고 몸도 굵었다. 하지만 그건 나이가 더 많기 때문일 뿐이었다. 내가 매일 카펫, 나무 바닥, 콘크리트를 네 발로 기며 일하는 동안 클레이는 학교에 갔고 달리기를 했다. 그는 윗몸일으키기, 팔굽혀펴기를 엄청나게 했고, 팽팽하게 긴장되어 보였으며 늘씬했다. 우리는 같은 것의 조금 다른 변형들이라고 말할 수도 있을 법한데 같은 데가 가장 두드러지는 곳은 눈이었다. 우리 둘 다 눈에 불이 있었다. 색깔이 무엇인지는 중요하지 않았다. 그 안에 불이 있다는 것이 무엇보다 중요했기 때문이다.

그 모든 것 한가운데서 나는 미소를 지었지만 상처 입은 미소였다.

나는 고개를 저었다.

그때 가로등이 깜빡거리며 꺼졌다.

나는 물어야 할 것을 물었다.

이제 할말을 해야 했다.

하늘이 넓어졌고 집은 팽팽하게 조여졌다.

나는 가까이 다가가거나 위를 겨누거나 위협하지 않았다.

내가 한 말은 "클레이"뿐이었다.

나중에 그는 그 말 때문에 기가 죽었다고 말했다.

그 말의 평화.

그 묘하게 감미로운 어조에 그의 내부의 뭔가가 울렸다. 그것은 목구멍에서부터 흉골을 거쳐 허파로 꾸준하게 내려앉았고, 그러는 동안 아침이 거리에 완전히 들이닥쳤다. 건너편에서는 집들이 난폭한 친구들 무리처럼 누더기를 걸치고 조용히 서서 그냥 내 말을 기다리고 있었다. 나에게 그들이 필요 없다는 것을 우리는 알았다.

일이 분 후 나는 난간에서 팔꿈치를 떼고 눈길을 그의 어깨로 내렸다. 나는 그에게 학교에 관해 물을 수 있었다. 학교는 어떻게 하고? 하지만 우리 둘 다 답을 알았다. 다른 사람은 몰라도 어떻게 내가 학교에 계속 다니라고 말할 수 있겠는가? 나 자신이 끝내지 않고 나와버렸는데.

"떠나도 돼." 내가 말했다. "너를 막을 수는 없어, 하지만—"

나머지는 끊어졌다.

실제로 해야 할 행동만큼이나 어려운 문장—그리고 그것이 결국은 사실이었다. 떠나는 것은 떠나는 것이고 돌아오는 것은 돌아오는 것이었다. 범죄가 있고 벌과 마주하는 것이 있었다.

돌아오는 것과 들어오게 해주는 것.

두 가지는 아주 다른 것이었다.

"큰 결정이야." 나는 더 직접적으로 말했다, 어깨 옆이 아니라 얼굴에 대고. "그리고 내 짐작에, 엄청난 결과가 따라와."

클레이는 처음에는 나를 보다가 눈길을 돌렸다.

그는 일로 단단해진 나의 손목, 팔, 손, 목의 정맥을 알아보았다. 내 주먹의 머뭇거림을 눈치챘지만 끝까지 지켜보겠다는 의지도 눈치챘다. 하지만 가장 중요한 것으로 그는 두 눈의 불을 보았다, 비록 애원하는 눈이기는 했지만.

우리를 떠나 그에게 가지 마, 클레이.

우리를 떠나지 마.

하지만 그런다면.

핵심은, 요즘에는 내가 확신하고 있다는 것이다.

클레이는 그 일을 해야 한다는 것을 알았다.

다만 그럴 수 있는지는 확실하게 알지 못했다.

나는 안으로 들어갔지만 그는 선택의 무게를 모두 짊어진 채 포치에 좌초하여 한동안 거기 머물렀다. 결국 내가 장담한 것은 차마 말로 할 수도 없는 것이었다. 하긴, 던바 보이에게 할 수 있는 최악의 일이 과연 무엇이겠는가?

클레이에게 그 정도는 분명했다. 또 떠날 이유들이 있었고 남을 이유들이 있었으며 그 모두가 똑같았다. 그는 어딘가에, 흐름에 사로잡혀 있었다―그가 가진 모든 것을 파괴하고, 그가 될 필요가 있는 모든 것이 되는 흐름. 과거가 그에게 점점 가깝게 다가오고 있었다.

그는 아처 스트리트 어귀를 지켜보며 서 있었다.

종이 집들

승리의 물결이 밀려오지만 그 길에는 투쟁이 깔려 있다—페넬로페가 이 도시의 삶에 진입한 것에 관해 아마도 가장 공정하게 말할 수 있는 것은 그녀가 항상 찢기고 놀랐다는 점이었기 때문이다.

그녀를 받아들여준 이 장소에 대한 큰 감사가 있었다.

그러다가 그 새로움, 그리고 더위에 대한 공포가 있었다.

그러다가 물론 죄책감.

그가 결코 살지 못할 백 년.

그렇게 떠나오다니 너무 이기적이고, 너무 무정했다.

그녀가 이곳에 온 것은 11월이고, 보통 일 년 중 가장 더울 때는 아니었지만, 종종 여름이 가까이 다가오고 있다는 것을 잔인하게 상기시켜주는 한두 주가 끼어들곤 했다. 도착하지 말아야 할 때가 있다면 이런 때였다—더위, 습기, 더위로 이어지는 이원적 기상도. 이 지역 사람들도 고통을 겪고 있는 것 같았다.

거기에 덧붙여 그녀는 분명히 침입자였다. 수용소에서 그녀의 방은 확실히 바퀴벌레 대대에 소속되어 있었는데, 하느님 맙소사, 그녀는 그런 무시무시한 것은 본 적이 없었다. 너무나 컸다! 가차 없는 것은 말할 것도 없고. 그들은 매일 영토를 얻기 위해 그녀와 싸웠다.

당연한 일이지만 그녀가 여기에 와서 처음 산 것은 베이곤* 한 캔이었다.

그다음에는 고무 슬리퍼 한 켤레.

그녀는 다른 것은 몰라도 싸구려 신발과 좋은 파리약 몇 캔이면 이 나라에서 오래 버틸 수 있다는 것을 이해했다. 그것이 그녀가 버텨나가는 데 도움을 주었다. 며칠. 몇 밤. 몇 주.

수용소 자체가 교외라는 다루기 힘든 바닥 깔개 속에 깊이 묻혀 있었다.

그녀는 거기에서 언어를 말하는 방법을 완전히 기초부터 배웠다. 가끔 밖의 거리로 나가 묘한 집들이 줄지어 선 곳을 걸어다니기도 했다―집 하나하나가 잔디깎이로 깎은 거대한 잔디밭 한가운데 자리잡고 있었다. 그 집들은 종이로 만든 것 같았다.

그녀가 영어 선생에게 집을 그려 보이고 종이를 가리키면서 그것에 관해 묻자 그는 크게 웃음을 터뜨렸다. "알아요, 알아!" 그러나 곧 답을 주었다. "아니, 종이가 아닙니다. 석면이에요."

"석-면."

"네."

---

* 살충제 상표명.

수용소와 거기에 속한 수많은 작은 아파트에 관해 또하나 기록해둘 점은, 그곳이 도시와 아주 흡사하다는 것이었다. 수용소는 그런 빽빽한 공간에서도 제멋대로 뻗어나갔다.

모든 색깔의 사람들이 있었다.

모든 언어.

머리를 높이 쳐든 당당한 유형이 있었고, 정말 만나고 싶지 않은, 우유부단 병에 걸린 아주 무례한 자들도 있었다. 그리고 의심을 안에 가두기 위하여 늘 미소를 짓는 사람들이 있었다. 그들 모두가 갖고 있는 공통점은 정도는 다르지만 모두 자신의 국적에 속하는 사람들에게 끌리는 듯하다는 것이었다. 나라는 대부분의 것보다 진하게 흘렀으며, 그것이 사람들이 연결되는 방식이었다.

그런 면에서 보자면 페넬로페도 세상 가운데 자신이 속했던 곳 출신, 심지어 자신의 도시 출신의 다른 사람들을 실제로 만났다. 그들은 아주 호의적인 경우도 많았지만, 기본적으로 가족 집단이었다―피는 나라보다 진했다.

그녀는 이따금씩 생일이나 명명일에 초대를 받았지만―심지어 그냥 보드카와 피로시키, 보르시와 비고스를 들고 어울리는 즉흥적인 모임에도 초대를 받았지만―이상하게도 얼른 자리를 뜨게 되었다. 답답한 공기 속 그 음식들의 냄새. 그것은 그녀만큼만 여기에 속해 있었다.

하지만 그녀가 정말로 괴로웠던 것은 그것이 아니었다.

아니, 그녀가 정말로 두려워한 한 가지는 남자와 여자들이 일어서서 다시 〈백 년Sto Lat〉을 부르려고 목청을 가다듬는 모습과 소리였다. 그들은 완벽한 이상이라도 되는 것처럼―떠날 이유가 전혀 없는 것처럼—고향을 노래했다. 그들은 친구와 가족을 불러냈다, 마치 말이 그들을 가까이 불러올 수 있는 것처럼.

그러다가도, 내가 말한 것처럼, 감사하는 마음이 드는 때도 있었다. 새해 전날 밤 같은 때, 그럴 때면 그녀는 자정에 수용소 안을 걸었다.

가까운 곳에서 불꽃놀이를 했다. 그녀는 건물들 사이로 그것을 볼 수 있었다. 빨간색과 녹색의 커다란 깃털이 퍼져나가면 멀리서 환호가 일었다. 곧 그녀는 발을 멈추고 그것을 보았다.

미소를 지었다.

하늘에서 빛이 움직이는 걸 보다가 돌이 많은 길에 앉았다. 페넬로페는 양쪽 어깻죽지를 쥐고 몸을 흔들었다, 아주 가볍게. 아름답다Piękne, 그녀는 생각했다. 이곳이 그녀가 살 곳이었다. 그 생각에 그녀는 눈을 감았다, 뜨겁게. 그리고 부글거리는 땅에 대고 말했다.

"일어나라Wstań." 그녀는 말했다. 그리고 다시. "일어나라, 일어나라Wstań, wstań."

그러나 페넬로페는 움직이지 않았다.

아직은.

그러나 곧.

엉덩이를 움직이는 자와 미노타우로스

"일어나, 제발 그리스도여."

페니는 들어오고 클레이는 서서히 얕은 물을 경중경중 건너 밖으로 나가는 과정을 시작한다.

첫날 내가 앞쪽 포치에서 최후통첩을 한 뒤 그는 빵 봉투와 남은 커피로 갔다. 나중에 그는 욕실에서 수건으로 얼굴을 닦다가 내가 일을 나가는 소리를 들었다. 나는 로리를 굽어보며 서 있었다.

더럽고 낡은 작업복을 입은 나.

반쯤은 아직 잠이 든, 반쯤은 어젯밤 일로 죽어 있는 로리.

"어이, 로리." 나는 그를 흔들었다. "로리!"

그는 움직이려 했으나 움직이지 못했다. "아, 젠장, 매슈, 왜?"

"왠지 알잖아. 저 밖에 염병할 우편함이 또 있어."

"그게 다야? 내가 그런 건지 어떻게 알아?"

"그 말엔 대답도 안 할 거야. 내가 하는 말은 저 염병할 걸 가져다 다시 세워놓으라는 거야."

"어디서 가져왔는지 알지도 못해."

"거기에 번지가 적혀 있잖아, 안 그래?"

"그렇지, 하지만 어느 거리인지를 몰라."

이제 클레이가 기다리던 순간이었다.

"예-수 그리스도여!" 그는 내가 부글거리는 것을 벽을 통해서 느꼈다. 하지만 나는 실용적인 태도로. "좋아, 네가 저걸 어쨌든 상관하지 않겠지만, 오늘 오후에 집에 왔을 때는 저 염병할 게 사라져 있기를 기대하지. 알아들었어?"

나중에 안으로 들어왔을 때 클레이는 모든 대화가 레슬러처럼 로리의 목을 감고 있는 헥토르와 이루어진 것을 알았다. 고양이는 털갈이와 가르랑거리기를 동시에 하며 누워 있었다. 가르랑거리는 소리는 비둘기의 음정으로 올라가 있었다.

로리는 문간에 새로 누가 와 있다는 것을 눈치채고 막힌 소리로 말했다. "클레이? 너냐? 부탁 좀 들어줘. 이 염병할 고양이 좀 떼어내줄래?" 그런 다음 마지막 고집스러운 두 번의 발톱질을 기다렸다가 이윽고 "아아아아아아아!" 하고 크게 안도하는 숨을 내쉬었다. 고양이 털이 공중에 붕 떴다가 샤워 물줄기처럼 내려앉았다. 그러자 로리의 전화기 알람이 우는 소리가 들렸다―지금까지 로리는 헥토르에 갇힌 채 전화기를 깔고 누워 있었다.

"그 까다로운 매슈 자식이 하는 소리 들었을 것 같은데 말이야." 그는 무시무시한 두통에도 불구하고 피곤한 얼굴로 웃음을 짓는 시늉을 했다. "네가 나 대신 저 우편함을 서라운즈에 갖다 버려도 괜찮겠지, 그렇지?"

클레이는 고개를 끄덕였다.

"고마워, 꼬마. 자, 우리가 일어나는 걸 도와줘. 일하러 가는 게 좋을 것 같아." 하지만 급한 일 먼저. 그는 토미에게 다가가 머리를 세게 갈겼다. "너, 내가 그랬잖아, 네 고양이 좀—" 그는 조금 더 힘을 냈다. "—내 좆같은 침대에 오지 못하게 하라고."

목요일이었고 클레이는 학교에 갔다.

금요일에는 그곳을 영원히 떠났다.

그 두번째 아침에 그는 어느 교사의 방에 들어갔는데 그곳 벽에는 포스터들이 붙어 있고 칠판에는 무언가가 잔뜩 적혀 있었다. 포스터 두 장은 모두 아주 웃겼다. 주름 장식이 많은 원피스를 입고 머리 위로 웨이트가 달린 바벨을 들어올린 제인 오스틴. 그림 설명은 책은 엄청나게 힘들다라고 적혀 있었다. 또 한 장은 플래카드에 가까웠는데 미네르바 맥고나걸[*]은 신이다라고 적혀 있었다.

그녀는 이제 스물세 살이었다, 그 교사는.

그녀의 이름은 클로디아 커크비였다.

클레이는 그녀가 마음에 들었는데 요즘 만나러 가면 그녀가 적절한 예의를 갖추면서도 보통 선생 같지 않은 모습을 보여주었기 때문이다. 종이 치면 그녀는 그를 보았다. "자, 꼬마, 이제 나가…… 어서 엉덩이arse를 쳐들고 교실class로 가." 클로디아 커크비는 시를 알았다.[**]

그녀의 머리는 짙은 갈색, 눈은 옅은 갈색이었고 뺨 한가운데엔 주근깨가 있었다. 그녀에겐 일을 견디기 위한 미소가 있었고, 종아리, 멋진 종아리가 있었고, 힐을 신었으며 키가 아주 컸고 늘 옷을

---

[*] 해리 포터 시리즈의 등장인물.

[**] 앞의 arse와 class가 운이 맞는 느낌이다.

잘 입었다. 어떤 이유에서인지 그녀는 처음부터 우리를 좋아했다, 심지어 악몽 같은 로리까지.

클레이가 그 금요일 수업 전에 들렀을 때 그녀는 책상 뒤에 서 있었다.

"오셨나요, 클레이 씨."

그녀는 에세이를 검토하고 있었다.

"그만두려고요."

그녀는 그대로 동작을 멈추고 고개를 들었다.

그날은 어서-엉덩이를-쳐들고-교실로-가가 없었다.

그녀는 자리에 앉았고, 걱정스러운 표정으로 말했다. "흠."

세시에 나는 학교에 가서 홀랜드 선생님의 사무실, 그러니까 교장실에 앉아 있었다. 전에도 몇 번 가본 곳이었다—로리가 퇴학에 이르는 과정에(나중에 다가올 물결 속의 이야기지만). 그녀는 세련되게 머리를 짧게 친 그런 여자 중 하나로 회색과 흰색 줄무늬가 그려진 듯했으며 눈 밑에는 크레용을 칠한 것 같았다.

"로리는 어때?" 그녀가 물었다.

"좋은 일자리를 얻었지만 사실 변하진 않았습니다."

"그렇군, 음, 안부 전해줘."

"그러겠습니다. 좋아할 겁니다."

당연히 그러겠지, 그 새끼는.

클로디아 커크비도 있었다. 품위 있는 힐에 검은 치마, 크림색 셔츠 차림이었다. 그녀는 늘 그러듯이 나를 보고 미소를 지었고 나는, 만나서 반갑습니다, 하고 말해야 했다는 것을 알았지만 그러지 못했다. 사실 지금 벌어지는 일은 비극이었다. 클레이는 학교를 그만둘 예정이었다.

홀랜드 선생님: "그러니까, 음, 전화로, 음, 말했듯이." 그녀는 내가 아는 최악의 음음쟁이였다. 나는 벽돌공 가운데도 그녀보다 덜 음음거리는 사람들을 알고 있었다. "그러니까, 음, 여기 어린 클레이가, 아아, 우리를 떠나고 싶다는 거로군." 젠장, 그녀는 이제 아아로도 우리를 공격했다. 이것은 좋아 보이지 않았다.

나는 옆에 앉은 클레이를 흘끗 곁눈질했다.

그는 고개를 들었지만 아무 말도 하지 않았다.

"클레이는 좋은 학생이야." 그녀가 말했다.

"압니다."

"네가 좋은 학생이었던 것처럼."

나는 반응하지 않았다.

그녀가 말을 이었다. "하지만 열여섯이야. 음, 법적으로는 우리가 사실 막을 수 없어."

"클레이는 아버지한테 가서 살고 싶어해요." 내가 말했다. 잠시라는 말을 넣고 싶었지만 어쩐 일인지 나오지 않았다.

"알겠어, 그렇군, 음, 아버님이 사시는 곳에서 가장 가까운 학교를 알아볼 수도 있어······"

갑자기 그게 찾아왔다.

나는 그 사무실에서, 그 좀 어둡고 좀 형광인 빛 속에서 정신이 멍해질 듯한 끔찍한 슬픔에 두들겨맞았다. 다른 학교는 없을 것이고 다른 어떤 것도 없을 것이다. 이것으로 끝이고 우리 모두 그것을 알고 있었다.

고개를 돌리다 내 눈길이 클로디아 커크비를 지나갔고, 그녀도 슬픈 표정이었지만 매우 의무적인, 사람 미치게 하는 달콤한 표정이기도 했다.

나중에 클레이와 내가 차로 걸어갈 때 그녀는 소리치며 우리를 쫓아 내려왔다. 그녀의 소리 없이 빠르게 달리는 두 발. 그녀는 사무실 근처에 힐을 버리고 왔다.

"자," 그녀는 책 몇 권을 내밀며 말했다. "그만둘 수는 있지만 이건 읽어야 해."

클레이는 고개를 끄덕였고 고마운 표정으로 그녀에게 말했다. "감사합니다, 커크비 선생님."

우리는 악수를 하고 작별인사를 했다.

"행운을 빈다, 클레이."

손도 멋졌다. 창백했지만 따뜻했고 슬프게 미소 짓는 눈에서는 빛이 반짝였다.

차에서 클레이는 자기 쪽 유리창을 보면서 지나가는 말처럼 아주 담담하게 말했다. "알잖아, 저 선생님은 형을 좋아해."

그는 말했고 우리 차는 멀어졌다.

생각해보면 이상한 일이지만 나는 언젠가 그 여자와 결혼하게 된다.

나중에 클레이는 도서관에 갔다.

그는 네시 반에 도착했고 다섯시가 되자 커다란 두 철탑처럼 쌓인 책들 사이에 앉아 있게 되었다. 그가 다리에 관해 찾을 수 있는 모든 것. 수천 페이지, 수백 가지 기술. 모든 유형, 각각의 크기. 모든 은어. 그는 그 책들을 다 훑었지만 한 가지도 이해하지 못했다. 하지만 다리를 보는 것은 좋았다. 아치 다리, 현수교, 캔틸레버 다리.

"얘야?"

그는 고개를 들었다.

"이 가운데 빌리고 싶은 거 있어? 아홉시야. 문 닫아야 하거든."

집에 와서 그는 간신히 문을 통과했고 불은 켜지 않았다. 그의 파란 스포츠가방에는 책이 넘쳐흘렀다. 그는 사서에게 오랫동안 떠나 있어야 한다고 말하고 장기 대출을 받았다.

운이 좋았는지 그가 들어와 처음 본 사람은 나, 미노타우로스처럼 복도를 배회하고 있던 나였다.

우리는 발을 멈추었고 둘 다 아래를 내려다보았다.

그 무거운 가방이 스스로 말을 하고 있었다.

어두컴컴한 곳에서 내 몸은 무뎠지만 눈은 밝혀져 있었다. 그날 밤 나는 피곤했다. 스무 살보다 훨씬 나이가 들어 있었다. 나는 늙었고 괴로웠고 잿빛으로 바뀌어 있었다. "어서 들어와."

그는 지나가면서 내가 스패너를 쥐고 있는 것을 보았다. 나는 욕실 수도를 고치고 있었다. 나는 미노타우로스가 아니었다. 염병할 보수 담당자였다. 여전히 우리는 둘 다 책가방을 보고 있었다. 우리 둘레의 복도가 좁아진 느낌이었다.

그러다가 토요일, 케리 기다리기.

아침에 클레이는 헨리와 차를 타고 돌아다녔다. 차고 세일에서 책과 레코드를 사러. 클레이는 헨리가 사람들을 말로 누르는 것을 지켜보았다. 진입로를 개조한 곳에 '첨탑을 쫓는 사람'이라는 제목의 단편집이 있었다. 표지에 허들 선수가 돋을새김으로 박혀 있는 멋진 보급판 책이었다. 그는 일 달러를 내고 그 책을 헨리에게 건넸고 헨리는 그것을 받아들고 펼치더니 미소를 지었다.

"꼬마," 그가 말했다. "넌 신사야."

거기에서부터 시간은 쓰러졌다.

하지만 정복할 필요도 있었다.

오후에 그는 번버러에 가서 트랙을 몇 바퀴 뛰었다. 관람석에 올라가 책을 읽었고 이해하기 시작했다. 압착, 트러스, 교대橋臺 같은 말들의 의미가 서서히 잡히기 시작했다.

그러다 그는 지저깨비가 이는 벤치들 사이로 난 수로 같은 층계를 달렸다. 그는 거기에 있던 스타키의 여자애를 떠올리고 그 아이의 입술 때문에 미소를 지었다. 산들바람이 발을 질질 끌며 내야를 통과했고 그는 그곳을 떠나 직선주로에서 속도를 높였다.

이제 얼마 남지 않았다고 할 만큼 줄어들었다.

곧 서라운즈에 가 있을 시간이었다.

자유의 전리품

페넬로페는 여름을 나는 데 성공했다.

여름을 즐기겠다고 선택한 것이 그 증거였다.

그녀의 첫번째 해변 도전의 결과는 전형적인 설상가상의 피해였다. 햇볕에 그을린데다 남풍에 시달렸기 때문이다. 그녀는 그렇게 많은 사람이 그렇게 빨리 움직이는 것, 또는 그렇게 많은 모래에 휩쓸리는 것을 본 적이 없었다. 밝은 쪽을 보자면, 사실 그보다 더 나쁠 수도 있었다. 처음에 고깔해파리들이 물에 고요히 떠 있는 것을 보았을 때, 그것들은 아주 순수해 보였고 다른 세상에서 온 것 같았다. 아이들이 각양각색으로 고통스러워하면서 해변을 달려왔을 때에야 그녀는 모두 쏘였다는 것을 깨달았다. 가엾은 아이들Biedne dzieci, 그녀는 생각했다. 아이들은 부모를 향해 뛰어가고 있었다. 대부분은 샤워기 밑에서 몸을 바들바들 떨면서 거칠 것 없이 소리를 지르고 훌쩍였지만, 특히 한 어머니는 딸이 몸에 모래를 비벼대는 것을 막느라 고생했다. 아이는 공포에 질려 손에 모래를 움켜쥐고 자기 피부에 갈퀴질을 해댔다.

페넬로페는 무력하게 지켜보고 있었다.

어머니가 모든 것을 처리했다.

그녀는 아이를 진정시키면서 자신에게서 떨어지지 않게 했고, 아이를 자신의 것으로 만들었고, 그렇게 했다는 것을 알게 되자 고개를 들어 가까이 있는 이민자를 보았다. 아무런 말이 없었다. 그냥 몸을 웅크리고 아이의 엉킨 머리카락을 쓰다듬기만 했다. 그녀는 페넬로페를 보고 고개를 끄덕였고 아이를 데리고 떠났다. 오랜 세월이 흐르고 나서야 페넬로페는 나쁜 고깔해파리가 찾아오는 일은 드물다는 것을 알게 된다.

그녀가 놀란 또하나의 사실은 아이들 대부분이 물로 돌아갔지만 이번에는 으르렁거리는 바람 때문에 오래 있지 못했다는 점이었다. 바람은 갑자기 생겨난 것 같았으며 어두워지는 하늘 덩어리들을 싣고 왔다.

그 모든 것보다 괴로웠던 것은 볕에 탄 곳이 뜨겁게 욱신거리고 벌레의 발이 타닥타닥 소리를 내는 바람에 그날 밤을 뜬눈으로 지새웠다는 점이었다.

하지만 상황은 나아졌다.

첫 중요한 사건은 그녀가 일자리를 찾은 것이었다.

그녀는 공인된 미숙련노동자가 되었다.

수용소는 당시 CES—정부가 운영하는 일자리센터—라고 알려진 것과 연결되어 있었고 그 사무실을 찾아갔을 때 그녀는 운이 좋았다. 어쨌든 그녀의 전형적인 방식으로 운이 좋았다. 오랜 면접과 바다를 이루는 정부의 양식들을 채운 뒤에 그녀는 지저분한 일을 해도 좋다는 허가를 받았다.

간단히 말해서 그것은 공공편의시설 일이었다.

그런 시설을 알 것이다.

얼마나 많은 남자가 얼마나 부정확하게 오줌을 싸대는지! 왜 사람들은 페인트를 칠하고 더럽히고 또 변기를 뺀 모든 곳에서 똥을 누겠다고 마음을 먹는 건지! 이것들이 자유의 전리품일까?

그녀는 칸에 들어가 낙서를 읽었다.

대걸레를 잡고 며칠 전의 영어 수업을 기억하고 바닥에 대고 그것을 읊조렸다. 그것은 이 새로운 장소에 존중을 표하는 훌륭한 방법이었다―그 열기 속으로 들어가 그 더러운 곳들을 문지르고 씻어내는 것. 또 자신이 기꺼운 마음으로 하고 있다는 것을 안다는 데 대한 개인적 자부심도 있었다. 한때 얼어붙을 듯이 추운 허름한 창고에 앉아 연필을 깎았던 그녀는 이제 네 발로 살고 있었다. 표백제의 산들바람을 숨쉬고 있었다.

여섯 달이 지나자 거의 손이 닿을 듯했다.

계획이 잡혀나가고 있었다.

물론 아직도 매일 밤 눈물이 고였고 가끔은 낮에도 그랬지만 그녀는 분명히 진보하고 있었다. 순전히 필요 때문에 그녀의 영어는 멋지게 형성되어가고 있었다. 종종 엉터리 출발과 토막난 뒷부분으로 이루어진, 재난이 일어나고 뒤죽박죽이 되어버린 구문이었지만.

수십 년이 지나 도시 건너편에 있는 고등학교에서 영어를 가르칠 때도 그녀는 집에서는 가끔 자신의 말에 외국어 악센트를 더 강하게 집어넣었으며 그럴 때마다 우리는 좋아서 어쩔 줄을 몰랐다. 우리는 그것을 사랑했고, 환호했고, 그것을 요청했다. 그녀는 결국 우리에게 그녀의 원래 언어를 가르치는 데는 성공하지 못했지만—
우리는 피아노를 연습하는 것만으로도 충분히 힘들었다—그래도
우리는 앰뷸런스가 엄불런스가 되고, 우리에게 입다물라shut up고
하는 대신 슈럽shurrup이라고 하는 것을 사랑했다. 주스는 종종 추
스가 되었다. 또는 "조용! 나 자신이 핑크*하는 소리도 들리지 않잖
아!" 최상위 다섯 개 가운데 한 자리를 차지하는 것이 또 아쉽게도
unfortunately였다. 우리는 그것보다 아씹게도unforchantly가 더 좋았다.

그래, 초기에는 모든 것이 그 두 가지 종교적인 것으로 귀결되
었다.
말, 일.
그녀는 이제 발데크에게 편지를 썼고 돈에 여유가 생기면 전화
를 했다. 마침내 그가 안전하다는 것을 알았기 때문이다. 그는 그녀
를 내보내기 위해 자신이 했던 모든 일을 고백했다. 어떤 대가를 치
르게 되든 그날 아침 그 플랫폼에 서 있었던 것이 그의 인생의 절정
이라는 말도. 한번은 그녀가 그에게 서툰 영어로 호메로스를 읽어
주기까지 했는데 그때 그가 금이 가는 것을 느꼈다고 확신했다. 그
가 미소를 지었을 것이라고.
그녀가 알 수 없었던 것은 그런 식으로 세월이 지나가리라는 것,
너무 빠르다 싶게 지나가리라는 것이었다. 그녀는 변기 수천 개를
닦고, 깨진 타일을 몇 에이커 청소하게 된다. 그 화장실 범죄자들
을 견뎌내고 새로운 일, 주택과 아파트 몇 곳을 청소하는 일도 하게
된다.

---

*fink. '생각하다'는 뜻의 think를 잘못 발음한 것.

하지만 그러다가—그녀가 알 수 없었던 또 한 가지.

그녀의 미래가 세 가지 서로 연결된 것들에 의해 곧 결정되리라
는 것.

하나는 귀가 잘 안 들리는 악기점 판매원.

그다음은 쓸모없는 피아노 운반 일꾼 세 명.

하지만 먼저, 죽음이 있었다.

스탈린 동상의 죽음.

케리와 클레이와 오번 경주의 투우사

그는 아처 스트리트에서 그녀를 처음 본 날, 아니 사실은 그녀가 고개를 들어 그를 본 날을 결코 잊지 못할 것이다.

12월 초였다.

그녀는 엄마 아빠와 함께 시골에서 차를 일곱 시간 타고 늦은 오후에 도착했다. 이삿짐 트럭이 그들 뒤에 있었고, 곧 그들은 상자, 가구, 기구를 포치로, 거기에서 집안으로 날랐다. 안장도 몇 개, 굴레며 등자도 몇 개 있었다. 그녀의 아버지에게 말 일은 중요했다. 기수 집안에서 태어나 그 역시 한때 기수였고 그녀의 오빠들도 기수였다. 그들은 괴상한 이름이 붙은 타운에서 말을 탔다.

소녀가 잔디 한가운데에 발을 멈추고 우뚝 선 것은 그들이 그곳에 도착하고 나서 족히 십오 분은 지났을 때였다. 그녀는 한쪽 겨드랑이에 상자 하나를 다른 쪽에는 토스터를 들고 있었다. 어찌된 일인지 오는 도중에 이삿짐에서 빠져나왔다. 플러그가 그녀의 신발로 늘어져 있었다.

"보세요." 그녀는 말하면서 손가락으로 가리켰다—늘 하는 일인 것처럼 길 건너를. "저기 저 지붕 위에 남자애가 있어요."

이제 그때로부터 일 년 하고도 몇 달이 지난 토요일 밤, 그녀는 두 발로 바스락거리는 소리를 내며 서라운즈에 왔다.

"안녕, 클레이."

그는 그녀의 입술과 피와 열기와 심장을 느꼈다. 모두 단숨에.

"안녕, 케리."

아홉시 반 정도 되었고 그는 매트리스에서 기다리고 있었다.

그곳에는 나방도 있었다. 달도.

소년은 드러누웠다.

소녀는 가장자리에서 잠깐 동작을 멈추고 바닥에 뭔가 내려놓더니 모로 누웠고, 다리 하나가 위로 올라와 느슨하게 그의 몸을 묶었다. 그의 목이 그녀의 머리카락 때문에 적갈색으로 간지러웠고 늘 그랬던 것처럼 그는 그것이 좋았다. 그는 그녀가 그의 뺨의 쓸린 곳을 알아챘지만 이미 많은 것을 알기에 묻거나 다른 상처를 더 찾아보지 않는다는 것을 느낄 수 있었다.

그럼에도 그녀는 이렇게 할 수밖에 없었다.

"너희 남자애들이란." 그녀는 말하면서 상처를 어루만졌다. 그리고 클레이가 말하기를 기다렸다.

"책은 재미있어?" 그 질문이 처음에는 어쩐지 무겁게 느껴졌다. 마치 도르래로 끌어올리는 것처럼. "세번째인데도 여전히 좋아?"

"더 좋아졌어. 로리가 말하지 않았어?"

그는 로리가 그 비슷한 말을 했는지 기억해보려 했다.

"길에서 로리를 봤어." 그녀가 말했다. "며칠 전에. 아마 그 직전이었던—"

클레이는 일어나 앉을 뻔했지만 꾹꾹 눌렀다. "뭐 직전?"

그녀는 알고 있었다.

그가 집에 온 것을 알고 있었다.

클레이는 일단은 그것을 무시하고 『채석공』에 관해, 거기에 책갈피로 꽂혀 있던 낡고 희미해진 마권, 오번-경주의-'투우사'에 건 표에 관해 생각하는 쪽을 택했다. "그런데 어디까지 읽었어? 그 사람이 벌써 로마로 일하러 갔어?"

"볼로냐에도."

"빠르네. 아직도 그 사람의 깨진 코를 사랑해?"

"아 그럼, 내가 안 그러고는 못 배긴다는 걸 알잖아."

그는 그녀를 향해 싱긋 짧고 널찍한 미소를 보냈다. "나도."

케리는 미켈란젤로가 십대 때 너무 말대꾸를 하는 바람에 코가 깨졌다는 사실이 마음에 들었다. 그가 인간이라는 표시였다. 불완전의 표지.

클레이에게 그건 조금 더 개인적인 것이었다.

그는 다른 깨진 코도 알았기 때문이다.

그때—아주 오래전 그때, 케리가 이사오고 나서 며칠 뒤—클레이는 앞쪽 포치에 나가 난간에 올려놓은 접시에 놓인 토스트를 먹고 있었다. 그가 막 다 먹었을 때 케리가 면플란넬 셔츠를 팔꿈치까지 걷어올리고 낡은 청바지 차림으로 아처 스트리트를 건너왔다. 해의 마지막 남은 조각이 그녀의 어깨에 올라앉아 있었다.

그녀 팔뚝의 반짝거림.

그녀 얼굴의 각도.

그녀의 치아마저, 그렇게 하얗지도 않았는데, 그렇게 고르지도 않았는데, 그럼에도 뭔가가 있었다. 어떤 멋진 것. 그녀가 잠을 자는 동안 갈려서 매끄럽게 다듬어진 바다 유리 같았다.

처음에 그녀는 그가 자신을 어디서 본 적이 있나 하는 의문이 들었다. 이윽고 그가 소심하게 층계를 내려왔다, 두 손에 여전히 접시를 들고.

그 가까우면서도 조심스러운 거리에서 그녀는 그를 살폈다. 흥미를 느끼고, 행복한 호기심에 젖어.

그가 그녀에게 맨 처음 한 말은 "미안"이었다.

그는 그 말을 아래를 향해, 접시에 대고 했다.

편안하고 관례적인 정적 뒤에 케리가 다시 말했다. 그녀의 턱이 그의 빗장뼈에 닿았고, 이번에는 그가 피해가지 못하게 할 것이었다.

"그래서," 그녀가 말했다. "그분이 오셨고……"

그들의 목소리는 거기에서는 결코 소곤대는 법이 없었다. 그냥 아무런 위협을 느끼지 못하는 친구들처럼 조용할 뿐이었다. 이제 그녀는 고백하고 있었다. "나한테 말해준 건 매슈야."

클레이는 쓸린 상처에서 그것을 느꼈다.

"매슈를 봤어?"

그녀는 그의 목에 얼굴을 댄 채 살짝 고개를 끄덕였고, 이어 그를 안심시켰다. "목요일 밤에 집에 오는데 매슈가 쓰레기를 버리고 있었어. 너희 던바 보이들을 피하는 건 어려운 일이야, 알다시피."

그 순간 클레이는 거의 무너질 뻔했다.

던바라는 이름, 그리고 곧 떠난다는 사실.

"아주 힘들었겠더라." 그녀가 말했다. "본다는—" 그녀는 조정을 했다. "그분을 본다는 거."

"더 빡센 일도 많아."

그래, 많았다. 그리고 둘 다 그것을 알았다.

"매슈가 다리 이야기도 했어?"

그녀 말이 맞았다, 내가 이야기를 했다. 그것은 사람을 흔들어놓는 케리 노바크의 특질 가운데 하나였다. 그녀에게는 해야 할 말 이상을 할 수밖에 없었다.

다시 정적. 빙빙 도는 나방 한 마리.

그녀가 말하면서 둘은 더 가까워졌기 때문에 이제 그는 말 자체를 느낄 수 있었다. 마치 목에 올려놓는 것 같았다. "다리를 놓으러 떠날 거야, 클레이?"

나방은 떠날 생각을 하지 않았다.

"왜?" 그때 그녀는 물었다. 그 오래전의 앞쪽 잔디밭. "왜 미안해?"

거리는 완전히 어두워졌다.

"아, 있잖아, 며칠 전에 가서 짐 푸는 걸 도와줬어야 했는데. 그냥 거기 앉아만 있었네."

"지붕에?"

그는 이미 그녀가 마음에 들었다.

그녀의 주근깨가 마음에 들었다.

얼굴에 주근깨들이 자리잡은 방식.

마음먹고 봐야만 그게 보였다.

이제 클레이는 길을 찾아가고 있었다, 우리의 아버지 이야기를 완전히 벗어난 곳으로.

"야," 그가 말하며 건너다보았다. "오늘밤에는 드디어 네 팁을 보여주는 거야?"

그녀는 더 강하게 몸을 웅크리며 파고들었지만 그가 그 이야기에서 벗어나게 해주었다. "나한테 그런 식으로 말하지 마. 신사답게 굴어, 하느님 제발."

"팁*, 이라고 했어, 잘못 들은⋯⋯" 그의 목소리가 희미해졌는데 이것도 모두 그 일부였다, 서라운즈에 올 때마다. 토요일 밤이 경마 조언을 해달라기에 최악의 시간이라는 것은 상관없었다. 모든 큰 경마는 토요일 오후에 벌어지고 승부가 났기 때문이다. 토요일보다는 덜 중요한 또 한번의 경마일은 수요일이었지만, 내가 말했듯이, 그의 질문은 의례적인 것에 불과했다. "저 아래서 트랙워크를 할 때는 뭐라고들 해?"

케리는 이제 반쯤 미소를 지었다, 장난을 치는 게 즐거웠다. "아 그럼, 당연히 팁이 있지. 네가 감당할 수도 없는 팁이 있어." 그녀의 손가락들이 그의 빗장뼈를 어루만졌다. "나한테는 오번 경주의 '투우사'가 있지."

그는 그녀가 그것을 말할 수 있어 행복해하면서도 눈물을 가두기 위해 눈을 감았다는 것을 알았고 그래서 그녀를 그만큼 더 꼭 안았다—그러자 케리는 그 힘을 이용해 아래로 미끄러져 머리를 그의 가슴에 얹었다.

그의 심장은 대문 밖에 나와 있었다.

그녀가 그 소리를 얼마나 세게 들을 수 있을지 궁금했다.

---

* tips, 정보나 조언을 의미한다. 발음이 비슷한 tits는 가슴을 가리키는 속어.

잔디밭에서 그들은 계속 이야기했다. 그녀는 통계에 관해 이야기하기 시작했다.

"너 몇 살이야?"

"열다섯 다 됐지."

"그래? 나는 열여섯 다 됐는데."

그녀는 그러면서 더 가까이 다가와 지붕을 향해 아주 약간 고개를 끄덕였다. "오늘밤에는 저기 왜 안 올라가?"

그는 빨라졌다―그녀는 늘 그를 빨라지게 했다. 그렇다고 그가 싫어하는 방식으로 그런다는 것은 아니었지만. "매슈가 하루 쉬라고 했어. 그걸 갖고 엄청 소리를 지르거든."

"매슈?"

"너도 매슈를 봤을지 모르겠네. 매슈가 큰형이야. 예수 그리스도 소리를 아주 잘해." 이제 클레이는 미소를 지었고 그녀는 그 기회를 잡았다.

"그런데 거기는 왜 올라가는 거야?"

"아, 알잖아." 그는 어떻게 하면 가장 잘 설명할까 생각했다. "아주 멀리까지 볼 수 있거든."

"나도 언제 한번 올라가봐도 돼?"

그녀가 그런 것을 물었다는 게 충격이었지만 그는 그녀와 농담을 시작하지 않을 수 없었다. "모르겠는데. 저기 올라가는 게 그렇게 쉽지 않거든."

그러자 케리는 웃음을 터뜨렸고 미끼를 물었다. "뻥치지 마. 네가 올라갈 수 있으면 나도 할 수 있어."

"뻥?"

둘 다 반쯤 싱글거렸다.

"방해하지 않을게, 약속해." 그 순간 그녀에게 생각이 떠올랐다. "올라가게 해주면 쌍안경 가져갈게."

그녀는 늘 한발 앞서 생각하는 것 같았다.

거기에서 케리와 함께 있을 때면 가끔 서라운즈가 더 크게 느껴졌다.

이 집 저 집에서 나온 쓰레기들이 멀리 묘석처럼 서 있었다.

교외는 더 멀게 느껴졌다.

그날 밤, 케리의 팁과 '투우사' 뒤에 그녀는 마구간에 관해 차분하게 이야기를 해주었다. 그는 그녀가 단지 트랙워크와 장애물 시험만이 아니라 경마에서도 달릴 예정인지 물었다. 케리는 맥앤드루가 아무 말도 하지 않았지만, 그는 자신이 뭘 하는지 아는 사람이라고 대답했다. 그녀가 그를 괴롭히면 오히려 몇 달 늦어지기만 할 것이다.

물론 그러는 내내 그녀의 머리는 그의 가슴에 올라가 있거나, 그의 목에 얹혀 있었다. 그가 좋아하는 것 가운데서도 가장 좋아하는 것이었다. 클레이는 케리 노바크에게서 자신을 알아주는 사람, 바로 자신인 사람을 발견했다. 삶을 규정하는 한 가지 방식을 제외한 모든 면에서. 그는 또 그녀가 할 수만 있었다면, 그와 그 방식 또한 함께 나누기 위해 무엇이든 내놓았을 거라는 사실을 알았다.

그가 빨래집게를 가지고 다니는 이유.

그녀는 그것을 위해 기수 견습을 내놓았고, 등록된 경마에서 말을 타는 것은 물론이고, 첫번째 '그룹 원' 우승도 내놓았다. 그녀는 심지어 '나라를 멈춰 세우는 경마'에서 말을 타는 것도 틀림없이 내놓았을 것이다. 아니면 그보다 훨씬 좋아하는 경주, 콕스 플레이트라도.

하지만 그녀는 그 이유를 들을 수 없었다.

하지만 그녀가 단 한순간의 망설임도 없이 이해할 수 있었던 것은 그를 보내는 방식이었고, 그래서 조용히 그녀는 호소했다. 부드럽지만 사무적으로.

"하지 마, 클레이, 가지 마, 나를 떠나지 마…… 하지만 가."

호메로스의 서사시 가운데 하나에 나오는 인물이었다면 그녀는 눈이 맑은 케리 노바크, 또는 소중한 눈의 케리였을 것이다. 이렇게 그녀는 자신이 얼마나 그를 그리워하는지 그에게 알려주었지만 또한 그가 해야 할 일을 할 것을 기대했다—아니, 그 이상으로, 요구하기도 했다.

하지 마, 클레이, 나를 떠나지 마…… 하지만 가.

그때 그녀는 떠나면서 깨달았다.

아처 스트리트 한가운데서 그녀는 돌아보았다.

"야, 이름이 뭐야?"

소년, 포치 앞쪽에서. "클레이."

정적.

"그래서? 내 이름은 알고 싶지 않아?"

그녀는 전부터 늘 그를 알고 있었던 것처럼 말했기 때문에 클레이는 깜빡하고 있었고, 그제야 물었으며, 소녀는 다시 걸어왔다.

"케리야." 그녀는 말하고는 다시 떠났고, 클레이는 뒤늦게 떠오른 질문을 소리쳐 던졌다.

"야, 철자가 뭐야?"

그러자 그녀는 달려와서 접시를 집어들었다.

그녀는 손가락으로 조심스럽게 부스러기들 사이에 자기 이름을 썼고, 알아보기가 힘들자 웃음을 터뜨렸다—하지만 둘 다 글자들이 거기 있다는 것은 알았다.

이윽고 그녀는 그에게 미소를 지었다, 짧지만 따뜻하게. 그리고 길을 건너 집으로 갔다.

이십 분 더 그들은 머물렀지만 둘 다 조용했다. 그들을 둘러싼 서라운즈도 조용했다.

그리고 이것이 늘 최악이었다.

케리 노바크가 반대 방향으로 몸을 기울이는 것.

그녀는 매트리스 가장자리에 앉았고, 떠나려고 일어서다가 몸을 웅크렸다. 그녀는 침대 한쪽 옆에 무릎을 꿇었다. 아까 왔을 때 동작을 멈추었던 곳이었다. 그녀는 이제 물건을 쥐고 있었다. 신문에 싼 것이었다. 천천히 그녀는 그것을 내려놓았다, 그의 갈빗대에 기대놓았다. 말은 더 없었다.

자, 이거 가져왔어는 없었다.

또는 가져도.

또는 클레이의 입에서 나오는 고마워도.

그녀가 가버린 뒤에야 그는 몸을 일으켜 그것을 펼쳐보았고, 안에 놓인 것을 보고 몸을 움츠렸다.

오후의 죽음

페넬로페에게는 모든 일이 순조롭게 진행되고 있었다.

세월은 흘러들어와 흘러 지나갔다.

이제 수용소를 나온 지도 오래되어, 페퍼 스트리트라고 부르는 길의 아파트 일층에 혼자 살고 있었다. 그녀는 그 이름을 좋아했다.

또 그녀는 이제 다른 여자들과 함께 일하고 있었다. 스텔라라는 여자, 매리언이라는 여자, 린이라는 여자.

그들은 때마다 다르게 짝을 지어 청소를 하러 도시를 돌아다녔다. 물론 그녀는 그때도 중고 피아노를 살 돈을 모으고 있었고 가서 그것을 사게 될 날을 참을성 있게 기다렸다. 페퍼 스트리트에 있는 그녀의 작은 아파트 침대 밑에 구두상자를 하나 두고 그 안에 돌돌 만 현금을 넣어두었다.

영어를 익히는 일도 계속하여 매일 밤 영어가 더 가깝게 느껴졌다. 『일리아스』와 『오디세이아』를 앞표지에서 뒤표지까지 다 읽겠다는 야망이 점점 현실적 가능성으로 다가왔다. 종종 사전을 옆에 두고 자정이 한참 지나도록 앉아 있곤 했다. 여러 번 그런 식으로 부엌에서 잠이 들어 뜨뜻해진 페이지들 위에서 얼굴이 옆으로 밀리고 온통 주름이 잡혔다. 그것은 그녀의 변함없는 이민자 에베레스트였다.

따라서 얼마나 그녀다웠는지, 또 완벽했는지.

이것이 결국 페넬로페였다.

그 위업이 그녀 눈앞에 크게 솟아 있을수록 그 앞에서 세상은 낮게 내려앉았다.

마치 그 책 두 권 같았다, 정말로.

책에서는 전쟁의 승리를 코앞에 두고 있을 때면 신이 방해를 하곤 했다. 이 경우에는 말살이었다.

편지 한 통이 도착했다.

편지는 그녀에게 알려주었다, 그가 바깥에서 죽었다.

그의 몸은 공원의 낡은 의자 옆에서 쓰러졌다. 아마도 얼굴은 절반이 눈에 덮이고 손은 주먹을 쥐고 가슴은 움푹 꺼졌을 것이다. 그것은 애국적인 자세가 아니었다.

편지가 왔을 때 장례는 끝난 뒤였다.

조용하게 지나간 일. 그는 죽었다.

그날 오후 부엌은 해가 가득했고 그녀가 떨어뜨린 편지는 종이로 만든 진자처럼 좌우로 흔들렸다. 편지는 냉장고 밑으로 미끄러져들어갔고 그녀는 몇 분을 네 발로 엎드려 밑으로 손을 집어넣어 헤집고 나서야 편지를 꺼낼 수 있었다.

예수님, 페니.

당신은 거기에 있었다.

당신은 거기에서 무릎을 접었다 펴곤 했고 뒤에서 식탁이 달가
닥거렸다. 당신은 거기에서 흐릿해진 눈과 축 처진 가슴으로 얼굴
을 바닥에 대고—뺨 하나와 귀 하나를—뼈만 남은 엉덩이를 허공
에 치켜들고 있었다.

하느님께 감사하게도 당신은 그다음 일을 했다.

우리는 당신이 그다음에 한 일을 사랑했다.

클레이의 다리

그날 밤 케리가 서라운즈를 떠나고 클레이가 종이를 펼치던 날
은 이런 식이었다.

그는 테이프를 살며시 벗겨냈다.

〈헤럴드〉의 경마면을 납작하게 접어 다리 밑에 밀어넣었다. 그
러고 나서야 선물―낡은 나무상자―을 보고 그것을 두 손으로 쥐
었다. 긁히고 닳은 밤색 상자. 옛날 양장본 크기로 경첩은 녹이 슬
었고 걸쇠는 부서졌다.

그의 주위, 서라운즈는 넓게 트인 채 텅 비어 있었다.

바람은 거의 불지 않았다.

무게 없음.

그는 상자 위쪽에 달린 작은 뚜껑을 열었다. 나무 바닥처럼 삐걱
거리다가 뒤로 툭 넘어갔다.

안에 또하나의 선물이 있었다.

선물 안의 선물.

그리고 편지.

클레이라면 보통 편지를 먼저 읽겠지만 편지에 다다르기 위해서는 라이터를 들어내야 했다. 땜납으로 만든 지포였고 크기도 모양도 성냥갑 비슷했다.

그는 그것을 들어내야겠다는 생각을 하기도 전에 이미 손에 쥐고 있었다.

그러다 빙글빙글 돌리고.

그러다 손바닥에 뉘어 놓고.

너무 무거워서 놀랐다. 라이터를 뒤집었을 때 그것이 보였다. 그는 금속 케이스에 새겨진 말을 손가락으로 따라갔다.

오번 경주의 '투우사'.

그 소녀는 뭔가 달랐다.

편지를 펼쳤을 때 지포의 뚜껑을 열고 불을 피워올리고 싶은 유혹을 느꼈지만 편지를 읽는 데에는 달로 충분했다.

그녀가 쓴 글자는 작고 정확했다.

클레이에게,

네가 이 편지를 읽고 있을 때면 어차피 우리가 이야기를 한 뒤겠지…… 그래도 나는 네가 곧 떠날 거라는 사실을 내가 알고 있고 네가 보고 싶을 거라고 말하고 싶었어. 벌써 보고 싶어.

매슈가 멀리 떨어진 장소와 네가 만들지도 모르는 다리 이야기를 해주었어. 그 다리를 뭐로 만들지 상상해보려 했는데 다시 생각해보니 중요하지 않을 것 같아. 이 생각이 나만의 것이라고 주장하

고 싶었지만 어차피 너도 틀림없이 알고 있겠지. 『채석공』의 표지
에 나오니까.

"그가 만든 모든 것은 단지
청동이나 대리석이나 물감으로 만든 것이 아니라
그로…… 그 안의 모든 것으로 만든 것이었다."

내가 아는 한 가지.

그 다리는 너로 만들게 될 거야.

너만 괜찮다면 당분간 그 책은 내가 계속 갖고 있을게—어쩌면
네가 그 책을 찾기 위해서라도 돌아오게, 서라운즈로도 돌아오게
하려는 것일지도.

지포 말인데, 다리를 절대 태우지 말라고들 하지만*, 그래도 나는
그걸 너한테 주고 싶어, 행운을 빌기 위해서라도, 그리고 네가 그
걸 보고 나를 기억하도록. 또 라이터는 말이 좀 되는 것 같아. 사람
들이 진흙clay에 관해 뭐라고 하는지 알잖아, 그치? 물론 알 거야.

사랑으로,

케리

추신: 나무상자가 그 모양이라서 미안한데 어쩐지 그게 네 마
음에 들 것 같아. 귀중한 것들을 그 안에 넣어 보관하는 게 해될 건
없다 싶었어. 빨래집게 아닌 것 좀 가지고 다녀봐.

두번째 추신: 거기 새긴 말이 마음에 들기를 바라.

---

* 배수진을 치지 말라는 뜻.

자, 어떻게 해야 하나?

무슨 말을 해야 하나?

클레이는 꼼짝도 하지 않고 매트리스에 앉아 있었다.

그는 자문했다.

진흙에 관해 도대체 뭐라고들 하지?

그러다가 금세 그는 알았다.

사실 그는 물음을 끝내기도 전에 이해했고 그래서 서라운즈에 오래 머물렀다. 그는 편지를 여러 번 읽었다.

마침내 그가 꼼짝 않는 자세에서 벗어난 것은 그 작고 묵직한 라이터 때문이었다. 그는 그것을 입에 갖다댔다. 잠시 그는 미소를 지을 뻔했다.

그 다리는 너로 만들게 될 거야.

그렇다고 케리가 일을 과장하거나 관심이나 사랑 또는 심지어 존경을 요구하는 것은 아니었다. 아니, 케리의 경우에는 늘 작은 움직임, 진실에 쉽게 가닿는 것이었다—그런 방식으로, 평소와 마찬가지로, 그녀는 그것을 해냈다.

그녀는 그에게 용기를 추가로 건네주었다.

그리고 그녀는 이 이야기에 제목을 지어주었다.

나르는 사람들

부엌바닥에서 페넬로페는 결심했다.

아버지는 그녀가 더 나은 삶을 살기를 바랐고 그것이 그녀가 하려는 것이었다.

이제 온유함, 예의를 버릴 것이다.

가서 구두상자를 꺼낼 것이다.

돈을 꺼내 움켜쥘 것이다.

호주머니를 채우고 철도로 걸어갈 것이다―내내 그 편지, 그리고 빈을 기억하면서.

또다른 존재 방식이 있다.

그래, 있었다, 그리고 오늘 그녀는 그것을 받아들일 것이다.

지체 없이Bez wahania.

그녀는 이미 마음속에서 가게들 지도를 그려놓았다.

전에도 가보았고, 각 악기점의 위치, 가격, 전문지식 수준을 알고 있었다. 특히 한 가게가 늘 그녀를 다시 끌어당겼다. 가격이 첫 번째 요소였다. 그것이 정말로 그녀가 낼 수 있는 돈 전부였기 때문이다. 그러나 그녀는 그곳의 엉망인 분위기도 즐거웠다—끝이 말린 악보, 구석에서 노려보고 있는 때 묻은 베토벤 흉상, 카운터에 웅크리고 있는 판매원. 그는 뾰족한 느낌을 주는 얼굴에 명랑했고 거의 늘 오렌지 사분의 일 조각을 먹고 있었다. 그는 귀가 어두워 소리를 질렀다.

"피아노?!" 그녀가 처음 들어갔을 때 그가 왕왕거리는 소리로 말했다. 쓰레기통을 향해 오렌지 껍질을 던졌지만 들어가지 않았다. ("젠장, 일 미터 거리에서!") 그는 귀머거리였음에도 그녀의 억양을 눈치챘다. "댁 같은 여행자가 피아노가 왜 필요해? 목에 납추를 매단 것보다도 나빠!" 그는 일어서 있었고 가장 가까운 호너*로 손을 뻗었다. "댁 같은 늘씬한 아가씨는 이런 게 하나 필요해. 이십이야." 그는 작은 상자를 열더니 손가락으로 하모니카를 쓱 훑었다. 이것이 그녀에게는 피아노를 살 돈이 없다는 걸 설명하는 이 사람의 방식일까? "이건 어디나 가져갈 수 있어."

"하지만 나는 떠나지 않는데요."

노인은 작전을 바꾸었다. "그렇구먼." 그는 손가락들을 핥더니 허리를 약간 폈다. "얼마나 가지고 있는데?"

"아직은, 많지 않아요. 내 생각엔 삼백 달러."

그는 기침소리 사이사이로 웃음을 토해냈다.

오렌지 과육 몇 점이 카운터를 때렸다.

"보쇼, 예쁜 아가씨, 댁은 염병할 꿈을 꾸고 있는 거요. 좋은 걸

---

* 악기 상표명.

원하면, 아니 그래도 반쯤은 괜찮다 싶은 걸 원하면 큰 거 한 장은 있을 때 다시 와."

"큰 거요?"

"천."

"아. 한번 쳐봐도 돼요?"

"물론이지."

하지만 그녀는 지금까지 어떤 피아노도 쳐본 적이 없었다. 그 가게에서도 다른 가게에서도. 천 달러가 필요하다면 천 달러를 모아야 했다. 그때가 되어야 피아노를 찾고, 치고, 살 것이다. 모든 걸 한날에.

그리고 그날이 사실은 오늘이었다.

천에서 오십삼 달러가 모자라기는 했지만.

그녀는 가게로 걸어들어갔고 그녀의 호주머니는 불룩했다.

주인의 얼굴이 환하게 밝아졌다.

"왔군!"

"네." 그녀는 가쁘게 숨을 쉬고 있었다. 땀에 흠뻑 젖어 있었다.

"천 달러 있나?"

"나한테……" 그녀는 지폐를 꺼냈다. "구백……하고 사십칠이 있어요."

"그래, 하지만—"

페니는 두 손으로 카운터를 쾅 쳤고 먼지에 손자국이 남았다. 손가락과 손바닥이 끈적끈적했다. 그녀의 얼굴이 그의 얼굴과 수평을 이루고 있었다. 그녀의 어깨뼈가 곧 빠져버리겠다고 위협하고 있었다. "제발. 오늘 하나 쳐야만 해요. 나머지는 돈이 들어오는 대로

드릴게요. 하지만 하나 쳐봐야만 해요, 제발, 오늘."

처음으로 남자는 자신의 미소를 받아들일 것을 그녀에게 강요하지 않았다. 그의 입술은 말을 하기 위해서만 벌어졌다. "그럼 좋아." 그는 손짓을 하는 동시에 걸음을 옮겼다. "여기로."

물론 그는 그녀를 가장 싼 피아노로 안내했다. 하지만 좋은 것이었고 호두색이었다.

그녀는 등받이 없는 의자에 앉았다. 덮개를 열었다.

그녀는 널을 깐 산책로 같은 건반들을 보았다.

몇 개는 모서리가 떨어져나갔지만, 그녀는 절망의 구멍들을 통해 이미 사랑에 빠져들고 있었다. 아직 피아노는 소리도 내지 않는데.

"자, 이제?"

페니는 천천히 그를 돌아보았다. 그녀는 거의 무너지려는 참이었다, 안에서부터. 그녀는 다시 '생일 아가씨'가 되었다.

"자, 그럼 어서 쳐봐요." 그러자 그녀는 고개를 끄덕였다.

그녀는 피아노에 초점을 맞추고 옛 조국을 기억했다. 아버지, 그리고 자신의 등에 얹힌 그의 두 손을 기억했다. 그녀는 허공에, 허공 높은 곳에 있었고─동상은 그네 뒤에 있었다─페넬로페는 연주를 하고 울었다. 그렇게 길었던 피아노 연주 가뭄에도 불구하고 그녀는 아름답게 쳤고(쇼팽의 녹턴 한 곡이었다) 입술에서 눈물을 맛보았다. 그녀는 코를 들이쉬어 눈물을 빨아들였고, 모든 것을 바르게, 그리고 완벽하게 쳤다.

'실수쟁이'가 전혀 실수를 하지 않았다.

그녀 옆에서 오렌지 냄새가 났다.

"알겠어." 그가 말했다. "알겠어요." 그는 그녀 옆에, 오른쪽에서 있었다. "무슨 뜻인지 알 것 같아."

그는 구백에 그것을 주었으며 배달을 준비해주었다.

유일한 문제는 판매원이 귀가 엄청나게 나쁘고 가게가 엉망일 뿐 아니라 필체도 끔찍하다는 점이었다. 조금만 더 알아보기 쉬웠어도 나의 형제들과 나는 세상에 존재하지 않았을 것이다—그가 자신의 펜으로 쓴 것을 페퍼 스트리트 3/7이 아니라 37로 읽어 운반 일꾼들을 그곳으로 보냈기 때문이다.

상상할 수 있겠지만 그 사람들은 화가 났다.

토요일이었다.

그녀가 그것을 사고 사흘 뒤였다.

한 사람이 문을 두드리는 동안 다른 두 사람이 짐을 내리기 시작했다. 피아노를 트럭에서 내리고 보도에 세워놓았다. 책임자는 포치에 있는 남자와 이야기를 하고 있었지만 곧 그가 그들에게 소리를 질렀다.

"너희 둘 도대체 뭐하고 있는 거야?!"

"네?"

"염병할 엉뚱한 집으로 왔다고!"

그는 안으로 들어가 남자의 전화를 썼고 다시 밖으로 나오며 중얼거렸다. "그 멍청이." 그가 말했다. "오렌지나 먹어대는 바보 쪼다."

"왜요?"

"아파트야. 3호. 저 아래 7번지의."

"하지만 보세요. 거기에는 주차할 데도 없어요."

"그럼 길 한가운데 세워."

"그럼 동네 사람들이 좋아하지 않을걸요."

"어차피 동네 사람들은 널 좋아하지 않잖아."

"그게 무슨 뜻이죠?"

책임자는 입을 움직여 못마땅함을 표현하는 모양을 몇 가지 만들었다. "좋아, 내가 내려갔다 올게. 너희 둘은 운반대나 꺼내. 도로에 굴리면 피아노 바퀴가 작살날 거고, 우리도 작살날 거야. 내가 가서 문을 두드릴게. 최악은 이 염병할 걸 가지고 내려갔는데 집에 아무도 없는 거니까."

"좋은 생각이네요."

"그래, 좋은 생각이고말고. 이제 그 피아노는 다시 만지지도 마, 알았지?"

"알았어요."

"내가 말하기 전에는."

"알았다고요!"

책임자가 없는 사이에 두 남자는 포치에 선 남자를 보았다.

피아노를 원치 않았던 사람.

"어떻게 됐어요?" 그가 소리쳤다.

"좀 피곤하네요."

"한잔할래요?"

"아뇨. 대장이 좋아하지 않을 거예요."

포치에 선 남자는 평균 키에 짙은 색 머리칼은 구불구불했으며 눈은 옥색이었고 심장은 지칠 대로 지쳐 있었다—책임자가 걸어서 돌아오고 있을 때 페퍼 스트리트 한가운데 얼굴이 하얗고 팔이 햇볕에 그을린 조용해 보이는 여자가 서 있었다.

"보세요." 남자가 말했다. 그는 피아노를 운반대로 옮기는 사람들을 보며 포치에서 내려섰다. "괜찮다면 내가 한쪽을 잡지요."

이렇게 해서 토요일 오후에 남자 넷과 여자 하나가 페퍼 스트리트에서 호두나무 피아노를 한참 동안 굴려 가게 되었다. 피아노를 굴리는 운반대 양쪽 모퉁이에 페넬로페 레스치우슈코와 마이클 던바가 있었다—그러나 페넬로페는 알 도리가 없었다. 그가 운반하는 사람들을 즐겁게 해주려 하고 피아노가 다치지 않게 하려고 애쓴다는 것은 눈치챘지만 여기에 자기 삶의 나머지 기간 내내 밀려올 물결, 또 마지막 이름과 별명이 있다는 것은 알 도리가 없었다.

그녀가 클레이에게 그 이야기를 해주면서 말했듯이.

"생각해보면 이상해—하지만 난 언젠가 그 남자와 결혼하게 돼."

마지막 물결

예상했을지도 모르지만 소년과 청년들이 있는 집에서는 우리 가운데 하나가 떠난다는 말이 입 밖으로 나오지도 않았다. 그는 그냥 떠났다.

토미는 알았다.

노새도.

클레이는 그날 밤 다시 서라운즈에 있다가 일요일 아침 잠에서 깼다, 상자를 여전히 손에 쥔 채로.

그는 앉아서 편지를 다시 읽었다.

라이터와 오번 경주의 '투우사'를 꼭 잡았다.

집에서 그는 상자를 안으로 가지고 들어와 테이프로 붙인 '살인범'의 주소를 그 안에 넣고 침대 밑 깊은 곳에 밀어두었다. 그런 뒤에 카펫에서 조용히 윗몸일으키기를 했다.

반쯤 했을 때 토미가 나타났다. 클레이가 등을 내릴 때마다 시야

가장자리에 토미가 보였다. 비둘기 T가 그의 어깨에 있었고 바람이 헨리의 포스터들을 흔들었다. 뮤지션들이었다, 대부분. 예전 뮤지션들. 몇 명은 여자 배우였다, 젊고 여자다운.

"클레이?"

토미가 매번 삼각형으로 시야에 들어왔다.

"나중에 저 아이 발 좀 봐줄 수 있어?"

클레이는 마무리를 하고 토미를 따라 뒷마당으로 갔다. 아킬레우스는 빨래 건조대 근처에 있었다. 클레이는 그에게 다가가 손을 펼쳐 각설탕을 주고 나서 몸을 웅크리고 다리를 두드렸다.

첫번째 발굽이 올라왔다. 깨끗했다.

이어 두번째.

네 발 모두 마무리를 하자 토미는 평소처럼 상처를 받았지만 클레이가 할 수 있는 일은 없었다. 노새의 마음을 돌릴 수는 없는 노릇이다.

그의 기운을 붇돋워주기 위해 작고 흰 각설탕 두 개를 더 꺼냈다.

하나는 토미에게 건네주었다.

마당에는 아침이 가득했다.

텅 빈 빈백이 포치에 납작하게 엎드려 있었다. 소파 턱에서 미끄러져내려온 것이었다. 풀밭에는 핸들이 없는 자전거가 있고 빨래 건조대가 해를 받으며 우뚝 서 있었다.

곧 로지가 뒤쪽에 아킬레우스를 위해 지은 쉼터에서 나타났다. 그녀는 힐스 호이스트로 가서 그 주위를 돌기 시작했고 그들의 혀에서 설탕이 녹고 있었다.

설탕이 다 녹을 때쯤 토미가 그 말을 했다.

"형이 가면 누가 이걸 도와줘?"

그 말에 클레이는 그 자신마저 깜짝 놀랄 행동을 했다.

그는 토미의 티셔츠 먹살을 잡아 아킬레우스 위에, 맨등에 얹었다.

"젠장!"

토미는 엄청난 충격을 받았지만 곧 좋아서 어쩔 줄 몰랐다. 그는 노새 쪽으로 몸을 기울이며 웃음을 터뜨렸다.

점심식사 뒤에 클레이가 앞문으로 나갈 때 헨리가 그를 붙들었다.

"도대체 넌 어디를 가려는 거야?"

잠깐의 정적. "묘지. 아마 번버러에도."

"야." 헨리가 열쇠를 잡으며 말했다. "내가 같이 갈게."

그곳에 도착하자 그들은 몸을 앞으로 기울여 펜스 안으로 들어갔고 무덤들 사이를 돌아다녔다. 찾아간 무덤에서 그들은 몸을 웅크렸고 지켜보았고 팔짱을 꼈고 오후의 햇빛 속에 서 있었다. 그들은 튤립들의 주검을 보았다.

"데이지는 없어?"

그들은 어정쩡하게 웃음을 터뜨렸다.

"야, 클레이?"

둘 다 구부정하게 서 있었지만 뻣뻣했고 이제 클레이가 그를 마주보았다. 헨리는 늘 그렇듯이 사근사근했지만 어떤 면에서는 평소와 다르기도 했으며, 지금은 건너편 조각상들을 보고 있었다.

처음에는 한마디만 했다. "하느님." 긴 침묵. "아이고 하느님, 클레이." 그는 호주머니에서 뭔가를 꺼냈다. "자."

손에서 손으로.

멋지게 접은 커다란 돈뭉치.

"받아."

클레이는 더 꼼꼼하게 살폈다.

"네 거야, 클레이. 번버러에서 한 내기 기억나? 우리가 얼마나 벌었는지 알면 믿어지지 않을 거야. 그런데 너한테 한푼도 준 적이 없어."

하지만 아니, 이것은 그 이상이었다. 훨씬 큰 돈이었다. 문진처럼 무거운 현금. "헨리ー"

"어서, 받아." 그는 받으면서 그것을 손에 넣는 순간 꽉 쥐었다.

"야." 헨리가 말했다. "어이, 클레이." 그러자 클레이는 똑바로, 눈으로 그를 만났다. "어쩌면 염병할 전화기를 하나 사는 게 좋을지도 모르겠다, 정상적인 사람처럼ー진짜로 거기 도착하면 우리한테 알려줘."

그러자 클레이, 미소, 경멸의 미소.

사양하겠어, 헨리.

"좋아, 그럼 염병할 마지막 한푼까지 전부 다리에 써." 소년다운 싱글거림 가운데 가장 엉큼한 싱글거림. "끝나면 우리한테 거스름돈이나 줘."

번버러파크에서 그는 몇 바퀴를 뛰었고, 원반던지기용 네트가 엉망으로 어질러진 곳을 돈 뒤 멋지고 놀라운 일과 마주쳤다ー그곳에, 삼백 미터 지점에 로리가 있었기 때문이다.

클레이는 발을 멈추고 두 손을 대퇴사두근에 얹었다.

로리는 고철 조각 같은 눈으로 지켜보았다.

클레이는 고개를 들지 않았지만 미소를 지었다.

로리는 화를 내거나 배신감을 느끼기는커녕 다가오는 폭력에 대한 즐거움과 완벽한 이해 사이의 어딘가에 자리잡고 있었다. 그가 말했다. "그건 인정할 수밖에 없구나, 꼬마…… 너한테는 심장이 있어."

이제 클레이는 완전히 똑바로 서 있었고 로리가 말을 이어나가는 동안 처음에는 입을 다물고 있었다.

"네가 사흘을 떠나 있건 삼 년을 떠나 있건…… 매슈가 널 죽일 걸 알지, 안 그래? 네가 돌아오면."

끄덕임.

"네가 매슈를 감당할 준비가 되어 있을까?"

"아니."

"그러고 싶어?" 그는 그것에 대해 생각했다. "어쩌면 아예 돌아오지 않으려 할지도 모르지."

클레이는 털을 곤두세웠다. 속으로. "난 돌아올 거야. 나는 우리의 이런 작은 심장-대-심장이 그리울 거야."

로리가 싱글거렸다. "그래, 아주 좋아, 자—" 그는 이제 두 손을 마주 비비고 있었다. "연습 좀 할래? 너는 내가 여기서 강했다고 생각해? 매슈는 차원이 다른 존재야."

"괜찮아, 로리."

"너는 십오 초도 못 버틸 거야."

"하지만 매를 맞는 법은 알아."

로리, 한 걸음 다가오며. "그 정도는 나도 알지. 하지만 내가 조금 더 버티는 방법 정도는 알려줄 수 있어."

클레이는 그를 보았다. 목젖을 똑바로. "됐어, 이미 너무 늦었어." 그러나 로리는 누구보다 잘 알았다—클레이가 이미 준비가 되어 있다는 것을. 클레이는 지금까지 바로 이것을 위해 훈련을 해왔고, 그래도 나는 내가 원하는 대로 그를 죽일 수 있었다는 것을.

다만 클레이가 죽지 않을 뿐.

클레이가 현금을 손에 쥐고 집에 돌아왔을 때 나는 영화를 보고 있었다. 〈매드맥스 1〉—적절하게 음침한 게 바로 이런 것. 처음에 토미는 나와 함께 앉아 있다가 다른 것을 보자고 간청했다.

"한 번이라도 팔십년대에 만들지 않은 것 좀 볼 수 없어?" 그가 말했다.

"그러고 있어. 이건 1979년 작이거든."

"내가 하려던 말이 그거야! 팔십년대 혹은 심지어 그보다 전. 우리 중 누구도 태어나지 않았던 때. 태어날 생각도 하지 않았던 때! 왜 그냥 다른 걸—"

"너도 이유를 알잖아." 나는 그의 말을 잘랐다. 하지만 그 순간 그에게서 그 표정을 보았다. 막 울기라도 할 것 같은 표정. "……젠장, 미안해, 토미."

"미안하지도 않으면서."

그의 말이 맞았다. 나는 미안하지 않았다. 이것이 던바가 생겨먹은 방식이었다.

토미가 나가자 클레이가 들어왔다. 돈은 상자에 쟁여둔 뒤였다. 그는 소파로 와서 앉았다.

"형." 그가 말하며 건너다보았지만 나는 스크린에서 눈을 떼지 않았다.

"주소 아직 갖고 있니?"

그는 고개를 끄덕였고 우리는 〈매드맥스〉를 보았다.

"또 팔십년대야?"

"그 얘긴 꺼내지도 마."

182

우리는 아무 말도 하지 않았다. 무시무시한 폭력배 두목이 "쿤달리니가 자기 손을 돌려받기를 원해!" 하고 말하는 순간 나는 옆의 내 형제를 보았다.

"저 사람은 진지해." 내가 그에게 말했다. "안 그래?"

클레이는 미소를 지었지만 반응을 하지는 않았다.

우리도 그렇다.

밤에 다른 모두가 잠자리에 들었을 때 그는 그때까지 자지 않고 소리는 완전히 죽인 채 텔레비전을 켜놓고 있었다. 그는 금붕어 아가멤논을 보았고 아가멤논도 차분하게 그를 마주보다가 마지막으로 어항에 멋지게 머리를 찧었다.

클레이는 새장으로 걸어가 얼른, 아무런 예고도 없이 그를 잡았다. 손으로 그를 움켜쥐었다. 하지만 살며시.

"야, T, 너 괜찮아?"

새는 약간 고개를 까닥였고 클레이는 그가 숨을 쉬는 것을 느낄 수 있었다. 깃털 사이로 심장박동이 느껴졌다. "그냥 가만히 있어, 얘야―" 그리고 얼른, 망설임 없이 목을 빠르게 공격해 아주 작은 깃털을 하나 낚아챘다. 아직 거두어들이지 않은 그의 손바닥 위에 있는 깃털은 깨끗한 회색에 가장자리는 녹색이었다.

이윽고 그는 새를 다시 안으로 집어넣었다.

비둘기는 심각한 표정으로 그를 바라보다가 끝에서 끝까지 걸어갔다.

다음, 책꽂이와 보드게임.

커리어즈, 스크래블, 커넥트 포.

그것들 밑에 그가 원하는 것.

그는 그것을 활짝 펼쳤다가 텔레비전에서 나오는 영화에 눈이
잠시 팔렸다. 좋은 영화처럼 보였지만—흑백이었고, 소녀가 남자
와 식당에서 말다툼을 하고 있었다—모노폴리의 부富로 눈이 돌아
갔다. 그는 주사위와 호텔들을 발견했고, 마침내 그가 원하던 가방
을 뒤졌으며, 곧 그의 손에 다리미가 닿았다.

클레이, 미소 짓는 아이는 미소를 지었다.

자정이 가까워진 시간, 예상했던 최악보다는 수월했다. 마당에
개와 노새 똥이 없었기 때문이다, 하느님 토미의 면양말을 축복하
소서.

곧 그는 빨래 건조대 옆에 섰고 머리 위에는 색깔이 계속 바뀌는
여러 줄에 빨래집게들이 달려 있었다. 그는 손을 위로 뻗어 살며시
집게 하나를 풀었다. 한때 밝은 파란색이었지만 이제는 색이 바랜
것이었다.

이어서 그는 무릎을 꿇었다, 장대 옆에.

물론 로지가 다가왔고 아킬레우스는 발굽과 다리를 그의 옆에
갖다대고 서서 지켜보았다. 갈기는 빗질을 했어도 여전히 얽혀 있
었다—클레이는 손을 뻗고 몸을 기울였다—발굽 뒤쪽의 덥수룩한
털에 닿은 손.

그다음에 그는 로지를, 흑백이 섞인 앞발 하나를 아주 천천히 잡
았다.

그녀 눈 안의 황금, 그에게 하는 작별인사.

그는 곁눈질하는 개의 그 표정을 아주 좋아했다.

그런 뒤에 그는 더 뒤로, 서라운즈로 향했다.

사실 그는 아주 오래 머물지는 않았다. 그는 이미 떠난 것이었고, 그래서 비닐을 벗기지 않았다. 아니, 그가 한 일은 작별인사를 하고 돌아오겠다고 약속한 것뿐이었다.

돌아와서 집에서, 그와 헨리의 방에서, 그는 상자 안을 보았다. 빨래집게가 마지막 물건이었다. 어둠 속에서 그는 깃털에서 다리미, 돈, 빨래집게, 테이프로 붙인 '살인범'의 주소에 이르기까지 내용물을 보았다. 그리고 물론 금속 라이터, 그녀가 그에게 보내는 글이 새겨진.

자는 대신 그는 램프를 켰다. 옷가방을 다시 쌌다. 책들을 뒤적였고 몇 시간이 그를 휩쓸고 지나갔다.

막 세시 반이 지났을 때 그는 케리가 곧 밖으로 나올 것임을 알았다.

그는 일어나서 책들을 도로 스포츠가방에 집어넣고 라이터를 손에 쥐었다. 복도에서 그는 새겨진 글, 금속에 늘씬하게 새겨진 글을 다시 만져보았다.

그는 소리 없이 문을 열었다.

난간에, 포치의 난간에 서 있었다.

아주 오랜 세월 전에 그는 나와 함께 여기에 있었다. 앞문에서의 최후통첩.

곧 케리가 나타났고, 배낭이 등에, 산악자전거가 옆에 있었다.

먼저 그는 바퀴를 보았다, 바큇살.

그리고 소녀.

머리카락은 밖으로 펼쳐져 있었고 발걸음은 빨랐다.

청바지 차림이었다. 늘 입는 플란넬 셔츠.

그녀가 처음 본 곳은 길 건너였고, 그를 보자 자전거를 내려놓았다. 자전거는 거기 누워 있었다. 페달이 고정된 채, 뒷바퀴만 윙윙 돌아갔다. 소녀는 천천히 걸어왔다. 그녀는 길에, 한가운데 서 있었다.

"야," 그녀가 말했다. "기분좋아?"

그녀는 고요했지만 그 말은 외치는 소리로 나왔다.

즐거운 종류의 도전.

새벽이 오기 전 아처 스트리트의 고요.

클레이 쪽에서는 그녀에게 말할, 그녀에게 말해서 알려줄 많은 것을 생각하고 있었지만 결국 그가 한 말은 "투우사"뿐이었다.

멀리서도 그는 그녀의 완전히-희지도-않고 완전히-고르지도-않은 이를 볼 수 있었다. 그녀의 미소가 거리를 활짝 열어젖혔다. 마침내 그녀가 손을 들어올렸을 때 그녀의 얼굴은 그에게 낯선 것이었다—무슨 말을 할지 몰라 당황하고 있었다.

그녀는 떠나면서 걷다가 그를 지켜보고, 그러다가 조금 더 그를 지켜보았다.

안녕, 클레이.

그는 그녀가 포세이돈 로드를 따라 한참 내려갔다고 상상했을 때에야 다시 자신의 손을 보았고 거기에 라이터가 흐릿하게 놓여 있었다. 느리고 차분하게 그는 라이터를 열었고 불길이 곧바로 위로 일어섰다.

그렇게 되었다.

어둠 속에서 그는 우리 모두에게 왔다—침대에 똑바로 누워 있는 나로부터, 헨리의 잠든 미소, 토미와 로리의 부조리에 이르기까지. 그는 (그들 둘에게) 마지막 친절의 행위로 로리의 가슴에서 헥토르를 끌어내 자신의 어깨에 올리고 고정해놓았다, 자신이 가져갈 짐의 또 한 부분인 것처럼. 포치에서 클레이는 그를 내려놓았고, 얼룩 고양이는 가르랑거리는 소리를 냈지만 그 또한 클레이가 떠나는 것을 알았다.

그래서?

처음에는 도시, 다음에는 노새, 이제 고양이가 할말을 다 했다.

어쩌면 아닐 수도 있었다.

"잘 있어, 헥토르."

하지만 그는 떠나지 않았다, 아직은.

아니, 오랫동안, 적어도 몇 분 동안 그는 새벽이 거리에 닥치기를 기다렸다. 마침내 황금빛이 찬란해졌다. 새벽은 아처 스트리트의 지붕들을 타고 올라갔고, 물결이 그것과 함께 소리치며 다가왔다.

거기에, 거기 바깥에 실수쟁이가 있었고 멀리 스탈린의 동상이 있었다.

피아노를 굴리는 생일 아가씨가 있었다.

그 모든 잿빛 안에 색깔의 핵이 있었다. 둥둥 떠다니는 종이 집들이 있었다.

그 모든 것이 도시를 관통하여, 서라운즈와 번버러를 가로질러 다가왔다. 물은 거리에서 부풀어올랐고, 마침내 클레이가 떠나자 빛과 더불어 큰물이 차올랐다. 물은 우선 발목에 닿았고, 이어 무릎에, 마침내 모퉁이에 이르렀을 때는 허리 높이에 이르렀다.

클레이는 마지막으로 뒤를 돌아보다가 다리를 향해, 과거를 통하여 아버지를 향해 뛰어들었다—물속으로, 이어 바깥으로 나아갔다.

그는 황금처럼 환하게 밝혀진 물을 헤엄쳐 갔다.

3부

도시 + 물 +

범죄자

회랑

이곳이 그가 그렇게 물결에 쓸려오게 된 곳이었다.

나무들 속.

지금까지 오랜 세월 동안 클레이는 이런 순간—강해지고 준비를 갖추고 확신에 차 있는 순간—을 상상해왔지만 그런 이미지들은 쓸려나갔다. 그는 그였던 모든 것의 껍데기였다.

결심을 다시 붙들기 위해 그는 꼼짝도 하지 않고 서 있었다, 이 당당한 유칼립투스들이 만든 회랑에. 허파에 압력이 느껴졌다. 다가오는 파도의 느낌, 다만 지금은 그것이 공기로 이루어져 있을 뿐. 숨을 쉬어 그 파도를 들이마시기 위해서는 그래야 한다고 일깨우는 것이 필요했다.

여기 어딘가에 물결이 다다른 곳이 있었다.

여기 어딘가에 살인범들이 도주해온 곳이 있었다.

그가 지나온 곳에는 잠자기와 읽기, 그리고 도시의 외딴 구역이 있었다. 늘어진 금속 사슬, 헤아릴 수 없이 넓게 뻗은 순수하고 거친 땅이 있었다. 클레이의 무지 속에서 그곳은 위대한 단순성이 있는 장소였다. 철로와 땅, 넓디넓은 텅 빈 공간이 있었다. 실버라고 부르는 타운이 있었다. 아니, 그곳은 혹시 생각할지 모르는 그 타운이 아니었다(개, TW, 뱀의 타운)—중간에 있는 타운이었다.

작은 집들. 말쑥한 잔디밭들.

그리고 그 모든 것을 구불구불 지나가는 메마르고 금이 간, 널찍하고 꼴사나운 강이 있었다. 거기에는 이상한 이름이 붙어 있었지만 그는 그것이 마음에 들었다.

아마누.

오후에 도착했을 때 그는 자신을 아버지에게로 이끌어주는 일을 강에게 맡길까 생각하다가 대신 타운을 택했다. 그는 주유소에서 접힌 지도를 샀다. 녹슨 도로표지판, 술 취해 뻗어버린 맥주 캔들을 걸었다. 도로를 발견했다, 북쪽과 서쪽에서. 그는 타운을 등지고 떠났다.

걸어갈수록 그의 주위에 세상은 점점 비어갔다. 세상이 솟구쳐 계속 밖으로 뻗어나가는 것 같았다. 그러다 다른 느낌이 생겼다—세상이 또 그에게 다가오고 있다는 느낌. 서서히 그러나 분명하게 다가오는 고요가 있었고 그것이 느껴졌다, 한 걸음 내디딜 때마다. 세상이 비어갈수록 길은 더 가까워졌다, 우리 아버지의 외딴집으로 가는 길.

어딘지 모르는 어딘가에 도로에서 오른쪽으로 빠져나가는 곳이 있었다. 드럼통 우편함이 번지를 말해주었고, 클레이는 그것을 알고 있었다. 나무상자 안에 있는 주소를 보았기 때문이다. 그는 포장이 되지 않은 진입로를 걸었다.

처음에 그곳은 삭막하게 활짝 트여 있었지만 몇백 미터를 걸어 부드럽게 경사를 그리는 언덕을 지나자 나무들로 이루어진 회랑에 이르렀다. 눈높이에 보이는 줄기들은 근육질의 허벅지 같았다—둘레에 거인들이 서 있는 것 같았다. 땅에서는 나무껍질의 옹이들, 긴 줄무늬를 그리는 허물이 발에 밟혀 부서졌다. 클레이는 그곳에 그대로 있었다, 떠나려 하지 않았다.

회랑 너머에 차 한 대가 주차되어 있었지만 여전히 강 이쪽 편이었다.

홀든*, 길고 빨간 상자.

더 멀리 떨어진 곳, 마른 강 건너편에, 빛 속에 대문이 있었다. 대문 너머에 집이 있었다. 슬픈 두 눈에 입이 달린 꼽추.

저 바깥 키가 큰 앙상한 잡초들 사이에 생명이 있었다. 히스와 관목과 번버러 같은 풀 속에 웅크린 공기는 들끓고 있었다. 벌레, 전기를 띤 박식한 벌레들의 소리가 넘쳐났다. 하나의 음으로 이루어진 전체 언어. 힘들이지 않고 나오는.

반면 클레이는 애를 쓰고 있었다. 그는 자신의 내부에서 새삼 공포와 죄책감, 그리고 의심의 출혈을 발견했다. 그것이 그를 통과해 세 층으로 이루어진 직물을 짜나갔다.

몇 번의 꾸물거림을 헤쳐나가게 될까?

몇 번이나 나무상자를 열고, 그 안의 물건 각각을 손에 쥐게 될까?

아니면 스포츠가방을 샅샅이 뒤지게 될까?

얼마나 많은 책에 손을 뻗고, 또 그것을 읽게 될까?

---

* 자동차 상표명.

케리에게 보내는, 그러나 아직 쓰지 않은 편지를 얼마나 많이 구상하게 될까?

그러다가 그의 손이 늦은 오후 태양의 긴 띠에 떨어졌다.

"계속 가."

그가 그 말을 했다.

그런 말이 나왔다는 것이 그에게 충격을 주었다.

두번째는 훨씬 더 큰 충격을 주었다.

"그럼 계속 가, 얘야."

계속 가, 클레이.

가서 왜 왔는지 그에게 이야기해. 풍파에 찌든 그의 얼굴과 움푹 꺼진 살인범의 눈을 봐. 세상이 네가 누구인지 보게 해.

야심만만하고. 고집스럽고. 반역적이고.

오늘, 너는 형제가 아니다, 그는 생각했다.

형제가 아니고 아들이 아니다.

해라, 지금 해라.

그리고 그는 했다.

살인범이 늘 살인범이었던 것은 아니다

그래, 클레이는 나와서 계속 걸었지만 그 오후에 그는 도대체 누구에게 걸어가고 있었을까? 그는 정말이지 어떤 사람이었을까? 그는 어디에서 왔으며 어떤 결정을 내리고 어떤 결정을 내리지 못했기에 그런 사람이 되고 다른 사람이 되지 못했을까? 클레이의 과거가 물결을 타고 들어오고 있다고 상상한다면, '살인범'은 그전에 멀리 떨어진 항상 건조한 땅으로부터 그곳을 향해 여행해 왔으며, 따라서 결코 가장 힘차게 헤엄치는 사람은 아니었다. 어쩌면 이런 식으로 가장 잘 요약할 수 있을 것이다.

현재에, 지금까지는 경이로운 상상의 다리에 불과한 것을 향해 걸어가고 있는 소년이 있었다.

과거에, 또다른 소년이 있었는데 그의 길—더 오랜 거리와 더 긴 세월을 가로질러—역시 이곳에서 끝났지만 그것은 어른이 되어서였다.

가끔 나는 나 자신에게 일깨울 수밖에 없다.

'살인범'이 늘 '살인범'이었던 것은 아니다.

페넬로페와 마찬가지로 그 또한 먼 곳에서 왔지만 그곳은 이 장소 안의 장소로 거리가 뜨겁고 넓은 곳이며 땅은 노랗고 메마른 곳이었다. 그 둘레에 낮은 관목과 유칼립투스가 나란히 선 광야가 있었고 사람들은 구부정하게 기울어져 있었다. 그들은 늘 땀을 흘리는 상태로 살았다.

그곳에 있는 것 가운데 대부분은 하나밖에 없었다.

초등학교 하나, 고등학교 하나.

강 하나, 의사 하나.

중국음식점 하나, 슈퍼마켓 하나.

그러나 펍은 넷.

타운의 한쪽 끝에는 교회 하나가 공중에 걸려 있고 그 안에서 사람들은 부글부글 끓고 있었다. 양복을 입은 남자들, 꽃무늬 원피스를 입은 여자들, 셔츠와 반바지 차림에 단추를 꼭 채운 아이들은 모두 신발을 벗고 싶어 죽을 지경이었다.

'살인범'에 관해 말하자면 그는 소년이었을 때 타자수가 되고 싶었다, 어머니처럼. 그녀는 타운의 하나뿐인 의사 밑에서 일했으며 진료실에서 타자기를 두들기며 나날을 보냈다. 낡은 레밍턴 타자기, 총알-회색. 가끔 그녀는 편지를 쓰려고 타자기를 집에 가져왔고 그럴 때면 아들에게 운반을 부탁했다. "자, 우리한테 네 근육을 보여주렴." 그녀는 아들에게 말하곤 했다. "TW 영감 좀 도와줄래?" 소년은 낑낑대며 나르면서도 웃음을 지었다.

그녀의 안경은 접수원 빨간색이었다.

그녀의 몸은 책상 뒤에서 통통했다.

그녀는 목소리가 새침했으며 옷깃은 풀을 먹여 빳빳하고 억셌다. 그녀 주위에는 환자들이 모자를 쓴 채 땀을 흘리며, 날염한 꽃으로 장식한 채 땀을 흘리며, 훌쩍이는 아이들을 데리고 땀을 흘리며 앉아 있었다. 그들은 허벅지 밑에 땀이 고인 채로 앉아 있었다. 그들은 아델 던바가 잽과 레프트훅으로 그 타자기를 코너로 몰아가는 소리에 귀를 기울였다. 늙은 닥터 와인라우크는 모든 환자에게 〈아메리칸 고딕〉이라는 그림 속 갈퀴를 든 농부처럼 나타나 매번 활짝 웃음을 지었다. "다음에 도마에 오를 사람은 누구지, 아델?"

습관적으로 그녀는 차트를 보았다. "엘더 부인이죠." 그러면 그게 누구건—갑상선이 말을 안 듣는 절뚝거리는 여자든, 선술집에 흠뻑 빠져 간이 절여진 늙은 남자든, 바지 속에 수수께끼의 발진이 생기고 무릎에 딱지가 앉은 아이든—그들은 한 사람씩 일어서서 땀을 흘리며 안으로 들어가 다양한 아픔을 늘어놓았다…… 그리고 그 많은 사람 사이에는, 바닥에는 비서의 어린 아들이 앉아 있었다. 닳아빠진 양탄자에 탑을 쌓고 헤아릴 수 없이 많은 만화책, 그 범죄와 혼돈과 쾅 소리를 돌파해나갔다. 그는 자신을 괴롭히는 학교 친구들 각각의 주근깨가 난 찌푸린 얼굴을 피해 대기실 주위에서 우주선을 날렸다. 거대한 축소판 타운 안의 거대한 축소판 태양계.

타운의 이름은 페더턴*이었다. 다른 곳보다 특별히 새 같지도 않았지만. 물론 그는 강에 가까운 밀러 스트리트에 살았기 때문에, 종종 떼를 지어 다니는 새 소리, 그들의 다양한 비명과 웃음소리가 침실에 가득차곤 했다. 한낮이면 까마귀들이 차에 치인 짐승 주검으

---

*Featherton. '깃털 타운'이라는 뜻.

로 점심 식탁을 차려놓고 있다가 대형 트럭을 피해 팔짝 뛰어 달아나곤 했다. 늦은 오후면 왕관앵무들이 날카로운 소리를 냈다—눈은 검고 머리는 노랬으며, 지독하게 뜨거운 하늘을 배경으로 하얀색이었다.

새들이 있든 없든, 페더턴은 다른 것으로 유명했다.

그곳은 농장과 가축의 장소였다.

깊은 구멍이 난 일련의 광산들.

하지만 무엇보다 그곳은 불의 장소였다.

그곳은 사이렌이 울부짖고 각양각색의 남자, 그리고 소수의 여자가 오렌지색 작업복의 지퍼를 바짝 올리고 불길 속으로 걸어들어가는 타운이었다. 대개 검은색으로 헐벗고 뻣뻣하게 군은 풍경을 등지고 그들 모두 돌아왔지만, 이따금씩 불이 평소보다 조금 더 포효할 때면 서른 명 남짓한 사람이 들어갔다가 스물여덟이나 스물아홉이 비틀거리며 나오기도 했다. 그럴 때면 모두 슬픈 눈에 쉼없이 기침을 해댔지만 무척 잠잠했다. 그럴 때면 팔다리가 가늘고 얼굴은 늙은 소년과 소녀들은 이야기를 들었다. "미안하구나, 애야." 또는 "미안하구나, 귀염둥이."

'살인범'이 되기 전 그는 마이클 던바였다.

그의 어머니는 한 부모였고 그는 하나뿐인 아들이었다.

눈치를 챘겠지만 여러 면에서 그는 페넬로페의 거의 완벽한 다른 반쪽이었다. 그들은 계획된 또는 운명지어진 대칭처럼 똑같고 반대였다. 그녀가 멀리 떨어진 물 많은 장소 출신이라면 그는 외지고 메마른 곳에서 왔다. 그가 홀어머니의 하나뿐인 아들이라면 그녀는 혼자 사는 남자의 외동딸이었다. 마지막으로, 우리가 곧 보게 되겠지만—이것이 가장 큰 거울이었고 가장 확실한 운명의 평행선이었는데—그녀는 바흐, 모차르트, 쇼팽을 연습하는 반면 그는 자기 나름의 예술형식에 집착하고 있었다.

여덟 살 되던 해 어느 봄방학 아침 마이클은 진료 대기실에 앉아 있었고 기온은 39도였다. 문틀의 온도계가 그렇게 말해주고 있었다.

근처의 늙은 프랭크스 씨에게서는 토스트 냄새가 났다.

그의 턱수염에는 여전히 잼이 묻어 있었다.

그 옆은 애비 핸리라는 이름의 여학생이었다.

그녀의 검은 머리는 생기가 없었지만 두 팔은 강력했다.

소년은 방금 우주선을 고쳤다.

우체부 하티 씨는 문간에서 씨름을 하고 있었다. 마이클은 회색 장난감을 소녀의 발치에 두고, 지옥 같은 빛을 등지고 불행한 메시아처럼 서 있는 병든 우체부를 도왔다.

"어이, 마이키."

어린 미래의 살인범은 자기를 마이키라고 부르는 것이 왠지 싫었지만 문틀에 몸을 대고 눌러 우체부가 들어오게 해주었다. 그리고 돌아서는 순간 애비 핸리가 의사를 만나려고 일어서다 우주선을 밟는 것을 목격했다. 그녀는 막강한 슬리퍼를 신고 있었다.

"애비!" 소녀의 어머니가 웃음을 터뜨렸다. 당황한 음 몇 개. "그건 별로 잘한 짓이 아닌데."

소년은 슬픈 사건 전체를 지켜보다 눈을 감았다. 여덟 살이었음에도 그는 씨발년이 무슨 뜻인지 알았고 그 생각을 하는 것이 두렵지 않았다. 그렇다고 해서 그것을 생각하는 것이 대단한 일은 아니었으며 그는 그것이 무슨 뜻인지도 알았다. 소녀는 예쁘고 부끄러움 없는 "미안"을 미소로 내보내더니 늙은 와인라우크를 향해 타박 타박 걸어갔다.

일 미터 떨어진 곳에서 우체부는 어깨를 으쓱했다. 그의 내장이 위대한 결단력으로 단호하게 앞으로 솟구치는 곳에는 단추 하나가 없었다. "벌써 여자가 골치 아프구나, 응?"

염병할 재미있어 못 견디겠다는 표정으로.

마이클은 웃음을 지으며 차분하게 말했다. "그렇진 않아요. 저애가 일부러 그런 건 아니라고 생각해요." 씨발년.

하티는 밀어붙였다. "오, 일부러 그랬고말고."

토스트와 잼 프랭크스는 기침을 터뜨리며 동의한다는 뜻으로 능글맞게 웃었고 마이클은 화제를 바꾸려 했다. "상자에는 뭐가 있어요?"

"나는 그냥 배달만 해, 꼬마야. 이걸 여기 내려놓을 테니 네가 우체부 노릇 좀 하는 게 어떠냐? 이건 네 어머니한테 온 것이거든, 집으로. 하지만 이리로 가져오는 게 좋을 거라고 생각했지. 어서."

문이 닫히자 마이클은 다시 보았다.

그는 의심을 품고 상자 주위를 맴돌았다. 그것이 무엇인지 떠올랐기 때문이다—전에도 이런 상자를 본 적이 있었다.

첫해에는 사람이 직접 가져왔는데 조문 인사와 오래된 스콘 한 무더기가 함께 왔다.

두번째 해에는 앞쪽 포치에 두고 갔다.

그런데 이제는 그냥 우체통에 집어넣었다.

숯이 된 아이들을 위한 자선.

물론 마이클 던바 자신은 전혀 숯이 되지 않았다. 하지만 그의 인생은 아마도 그랬을 것이다. 매년 국지성 산불이 종종 일어나는 봄이 찾아올 무렵이면 '최후의 만찬 클럽'이라는 이름의 지역 박애주의자 무리가 화재 피해자의 삶을 지원하는 것을 자신들의 과제로 삼았다. 그 피해자들이 물리적으로 불에 탔든 타지 않았든 상관없었다. 아델과 마이클 던바는 자격이 있었고 올해에도 모든 것이 전형적이었다—그 상자가 좋은 의도를 가진 동시에 완전히 개똥 같은 것으로 가득차 있는 것은 거의 전통처럼 보였다. 말랑말랑한 장난감은 늘 야비하게 절단이 나 있었다. 직소 퍼즐은 몇 조각이 반드시 부족했다. 레고 피규어들은 다리, 팔, 머리가 없었다.

이번에도 마이클은 가위를 가지러 갔지만 시큰둥했다. 하지만 그가 돌아와 상자를 열 때는 프랭크스 씨조차 안을 들여다보지 않을 수 없었다. 소년은 한쪽 끝에 주판알들이 달린 일종의 플라스틱 롤러코스터를 꺼냈고, 이어 레고를 꺼냈다—거대한 종류로 두 살짜리를 위한 것이었다.

"뭐야, 염병할 은행이라도 털었나?" 프랭크스가 말했다. 마침내 잼을 닦아낸 모습이었다.

그다음은 눈 하나에 코가 반쪽인 테디베어였다. 봤지? 잔인한 짓을 당했다. 어떤 아이의 방과 부엌 사이 어두운 골목길에서 두들겨 맞았다.

그다음에는 〈매드〉 잡지 묶음이 나왔다. (그래, 공정하게 말해서 이건 아주 좋았다. 접어서 완성하는 마지막 페이지가 매 호마다 빠짐없이 이미 다 접혀 있긴 했지만.)

그리고 마지막으로 이상하게도—이게 뭘까?

도대체 이게 뭘까?

이 사람들이 재미있는 장난이라도 친 것일까?

상자 맨 밑바닥에, 상자 바닥을 유지해주는 곳에 달력이 있었고 그 제목이 '세상을 바꾼 사람들'이었기 때문이다. 마이클 던바가 여기에서 새로운 아버짓감이라도 선택해야 한다는 것인가?

물론 그는 바로 1월의 존 F. 케네디로 갈 수도 있었다.

아니면 4월: 에밀 자토페크.

5월: 윌리엄 셰익스피어.

7월: 페르디난드 마젤란.

9월: 알베르트 아인슈타인.

아니면 12월: 이곳에서 페이지는 작고 코가 깨진 남자의 짧은 전기와 작품으로 바뀌었는데 이 남자는 시간이 지나면서 미래의 살인범이 존경하는 모든 것이 되었다.

물론 그 사람은 미켈란젤로였다.

네번째 부오나로티.

달력에서 가장 이상한 부분은 내용이라기보다는 그것이 낡았다는 사실이었다. 작년 달력이었다. 상자 밑바닥이 빠지지 않도록 추가로 넣어둔 것일 가능성이 컸는데 달력 자체는 쓸모 있게 잘 사용되었던 것이 분명했다. 각 페이지가 펼쳐지며 그달의 인물 사진이나 스케치가 나올 때 날짜에는 행사나 할일이 끼적여져 있는 경우가 많았다.

2월 4일: 자동차 등록 마감.

3월 19일: 마리아 M—생일.

5월 27일: 월트와 저녁.

달력의 소유자가 누구건 매달 마지막 금요일에 월트와 저녁을 먹었다.

이제 빨간 테 안경을 쓴 접수원 아델 던바에 관한 약간의 메모.
그녀는 실용적인 여자였다.

마이클이 그녀에게 레고 상자와 달력을 보여주자 그녀는 얼굴을
찌푸리며 안경을 기울였다. "그거 달력이야—이미 쓴?"

"넵." 갑자기 그게 왠지 재미있게 느껴졌다. "내가 가져도 돼요?"

"하지만 작년 건데—어디, 한번 보여줄래?" 그녀는 페이지를 넘
겼다. 그녀는 과잉 반응을 하지 않았다. 이 자선 개똥 상자를 보내
는 일을 책임지는 여자에게 당장 달려가고 싶다는 생각이 떠올랐을
지도 모르지만 그렇게 하지 않았다. 그녀는 반짝거리는 분노를 삼
켰다. 그리고 그 분노를 새침하고 똑 부러지는 목소리에 담아, 그
녀의 아들처럼, 다른 화제로 넘어갔다. "세상을 바꾼 여자들 달력도
있을 것 같니?"

소년은 당황했다. "모르겠어요."

"어, 있어야 한다고 생각해?"

"모르겠어요."

"모르는 게 많구나, 안 그래?" 하지만 그녀는 웃음을 지었다.
"이렇게 하자. 너 진짜로 이걸 원해?"

이제 잃을 가능성이 생기자 그는 그것을 무엇보다도 원하게 되
었다. 그는 새로 배터리를 끼운 듯 힘차게 고개를 끄덕였다.

"좋아." 그러자 규칙들이 나타났다. "세상을 바꾼 여자 스물네
명도 한번 이야기해보는 게 어때? 그 사람들이 누구고 무슨 일을
했는지 말해줘. 그럼 그걸 가져도 좋아."

"스물네 명이요?!" 소년은 충격을 받았다.

"문제가 있니?"

"여기에는 열두 명뿐인데요!"

"여자 스물네 명." 아델은 이제 정말로 즐거워하고 있었다. "발 끈하는 건 끝났니, 아니면 서른여섯으로 늘릴까?" 그녀는 안경을 다시 매만지며 바로 일로 돌아갔고 마이클은 대기실로 돌아갔다. 어쨌든 구석에 밀어넣을 주판알 몇 개, 지켜야 할 〈매드〉 잡지가 있 기도 했다. 세상을 바꾼 여자들은 좀 기다려야 했다.

잠시 후 그는 다시 어슬렁어슬렁 타자기 뒤의 아델과 제대로 한 판을 벌이러 돌아갔다.

"엄마?"

"그래, 아들?"

"엘리자베스 몽고메리를 명단에 넣어도 돼요?"

"엘리자베스 누구?"

그것은 매일 오후 재방송되는, 그가 가장 좋아하는 텔레비전 쇼 였다. "알잖아요, 〈그녀는 요술쟁이〉." 그러자 아델은 도저히 참을 수가 없었다. 그녀는 웃음을 터뜨리고 발전소 완전 정지로 상황을 끝장냈다.

"그럼."

"고맙습니다."

이 작은 대화를 나누던 중 마이클은 너무 몰두하는 바람에 애비 핸리가 팔이 빨갛게 부풀어올라 눈물이 그렁그렁한 채 의사의 악명 높은 도마에서 돌아온 것을 미처 눈치채지 못했다.

만일 눈치를 챘더라면 생각했을 것이다.

그래, 한 가지는 확실하다, 너는 명단에 넣지 않을 거다.

약간 피아노 같은, 또는 학교 주차장 같은 순간이었다. 내 말이

무슨 뜻인지 안다면—생각해보면 이상한 일이지만 그는 언젠가 그
소녀와 결혼하게 되니까.

소년다운 손

이제 그는 강에 거의 이르렀다. 강은 움푹 파여나간 채 갈라지고 메말랐다. 상처처럼 풍경을 구불구불 관통하고 있었다.

가장자리에서 아래로 내려가다가 그는 땅속에 얽혀 있는, 자기 자리를 잃은 나무 들보 몇 개를 보았다. 크게 확대해놓은 지저깨비 같았다. 구부러지고 상처를 입은 채, 그런 모습으로 강에 실려와 있었다―그리고 그는 또다른 변화를 느꼈다.

불과 오 분 전만 해도 자신이 아들이나 형제가 아니라고 스스로 되새겼지만 여기, 빛의 마지막 조각들 속에서, 이제 거인의 입처럼 느껴지는 곳에서 자기중심의 모든 야망은 사라졌다. 아들이 아니고서야 어떻게 아버지를 향해 걸어간단 말인가? 자신이 어디에서 왔는지 깨닫지 못하고 어떻게 집을 떠난단 말인가? 그런 질문들이 그의 옆에서 기어올라와 맞은편 강둑으로 갔다.

우리 아버지는 그가 가는 소리를 들을까?

그가 그의 강바닥 옆에 있는 낯선 자에게 걸어올까?

마침내 올라갔을 때 클레이는 그 생각을 하지 않으려 했다. 그는 몸을 떨었다. 등을 가로지르는 스포츠가방이 무거웠고 옷가방이 갑자기 그저 소년의 소년다운 손이 되어버린 손에서 흔들렸다.

마이클 던바—'살인범'.

이름, 그리고 별명.

클레이는 그를 보았다, 어두워진 들판에, 집 앞에 서 있었다.

그는, 우리와 마찬가지로, 먼 곳으로부터 그를 보았다.

남자들과 여자들

어린 마이클 던바에게서 그 점은 인정해주어야 했다.

그에게는 결심을 할 줄 아는 건강한 마음이 있었다.

그는 위대한 남자들의 달력을 얻었으나 그것은 어머니의 도움을 받아 어머니가 요구한 여자 스물네 명—거기에는 아델도 들어갔는데 그는 그녀가 세계 최고의 타자수라고 말했다—을 찾아내고 난 뒤의 일이었다.

며칠이 걸렸고 한 무더기의 백과사전이 필요했지만 그들은 세상을 바꾼 여자들을 쉽게 찾아냈다.

마리 퀴리, 마더 테레사.

브론테 자매들.

("이건 세 명으로 쳐줘야 할까?")

엘라 피츠제럴드.

마리아 막달레나!

명단은 끝이 없었다.

하지만 그는 여덟 살이었고 여느 어린 소년이 그럴 수 있는 만큼 성차별적이었다. 결국 오직 남자들만 그의 방으로 갈 수 있었다. 오직 남자들만 벽에 걸렸다.

그럼에도 나는 인정할 수밖에 없다.

그것은 멋졌다, 이상한 방식으로—땀을 흘리는 타운의 똑딱거리는 시계에 맞춰 현실적인 삶을 살았지만 동시에 다른 시간의 틀을 갖고 있는 소년. 그 시간의 틀에서 그에게 아버지와 가장 가까운 것은 역사상 가장 위대한 인물들 가운데 몇 명의 종이에 남은 흔적이었다. 다른 것은 몰라도 그 사람들은 오랜 세월에 걸쳐 그의 호기심을 유지해준다.

열한 살 때 그는 알베르트 아인슈타인을 알게 되고 우러러보았다. 그는 상대성이론에 관해서는 아무것도 배우지 못했지만(그냥 아인슈타인이 천재라고 알고 있을 뿐이었다) 달력 페이지 한가운데에서 감전된 듯한 머리칼에 혀를 쏙 내밀고 있는 늙은 남자를 사랑했다. 열두 살에 그는 잠자리에 들면서 체코의 전설적인 장거리 달리기 선수 에밀 자토페크와 고지에서 함께 훈련하는 상상을 하곤 했다. 열세 살 때는 말년의 베토벤에게 감탄했다, 그가 만든 곡의 음 하나도 들어본 적이 없으면서.

그리고 그다음에 열네 살 때.

진짜 돌파구가 찾아온 것은 12월 초 그가 못에서 그 달력을 떼어냈을 때였다.

몇 분 뒤 그는 그것을 들고 자리에 앉았다.

다시 몇 분 뒤 그는 여전히 그것을 보고 있었다.

"하느님."

그전 몇 년 동안에도 달력의 이 마지막 장에서 〈다비드〉, 즉 다윗상이라고 더 잘 알려진 거인을 여러 아침 여러 밤 보았지만, 이제야 처음으로 그는 그것을 눈여겨보았다. 그는 그 즉시 자신이 진정으로 충성할 대상을 발견했다. 다시 일어섰을 때 그는 자신이 얼마나 오래 다비드의 얼굴을 지켜보며 그 자리에서 움직이지 않았는지조차 잘 알 수 없었다ー결심에 사로잡힌 동상. 단호한. 두려워하는.

또 한쪽 구석에 그보다 작은 사진도 있었다. 시스티나성당에 있는 〈아담의 창조〉. 천장의 곡면.

다시, 그는 말했다.

"하느님……"

어떻게 이런 것들을 창조할 수 있을까?

그래서 그는 책을 빌렸다. 페더턴 공립도서관과 고등학교 도서관에는 미켈란젤로에 관한 책이 다 합쳐서 무려 세 권이나 있었다. 처음에는 한 권씩 읽었고 그다음에는 두 권을 동시에 읽었다. 그는 매일 밤 새벽까지 램프를 밝힌 채 책을 읽었다. 그의 다음 목표는 작품 몇 개를 투사透寫하여 암기하고 다시 자기 손으로 그려보는 것이었다.

가끔 그는 왜 이런 기분이 드는지 궁금했다.

왜 미켈란젤로인가?

그는 길을 건너다 자기도 모르게 그 이름을 말하고 있었다.

또는 특별한 순서 없이 자신이 가장 좋아하는 작품을 나열하고 있었다.

〈켄타우로스의 전투〉.

〈다비드〉.

〈모세〉. 〈피에타〉.

'노예들'이라고 부르기도 하는 '포로들'.

마지막 작품들은 미완성이기 때문에 늘 흥미가 당겼다─대리석 안에 갇힌 거대한 형체들. 빌려온 책들 가운데 한 권인 『거장 미켈란젤로』는 그 네 조각상에 관해 자세히 설명하면서 지금 그들이 어디에 살고 있는지도 이야기해주었다. 피렌체의 아카데미아미술관이었다. 그들은 〈다비드〉로 가는 길을 이끌었다(다른 둘은 파리로 탈출했지만). 빛의 돔 속에 군주─완벽한 존재─가 서 있었고 그 옆으로, 그에게로 향하는 길을 안내하며 이 슬프지만 멋진 수감자들이 서 있었다. 모두 대리석으로부터 빠져나오려고 몸부림치고 있었다, 끝도 없이, 똑같이.

그들 하나하나 곰보 자국으로 덮여 있었다, 하얗게.

손은 돌 안에 갇혀 있었다.

그들은 팔꿈치, 갈비, 고통받는 팔다리였으며 모두 안간힘을 쓰느라 구부러져 있었다. 폐소공포증에 사로잡힌 몸부림, 생명과 공기를 찾으려는. 그러는 동안 관광객들이 홍수처럼 그들 옆을 지나가고…… 모두 그에게 초점을 맞추고 시선을 고정한 채.

왕족에게, 저 앞에서 환하게 빛을 발하는.

그들 가운데 하나의 제목은 '아틀라스'(그 도서관 책에는 그를 여러 각도에서 찍은 사진이 많았다)였는데 여전히 목에 각기둥 같은 대리석을 짊어진 채 그 폭과 무게와 씨름하고 있었다. 그의 두 팔은 대리석 발진이 돋았고 몸통은 두 다리 위에 놓인 전쟁이었다.

사춘기의 마이클 던바도 대부분의 사람처럼 〈다비드〉에 매혹되었지만 그 두들겨맞은 듯한 아름다운 노예들을 보면 마음이 무너졌다. 가끔 그는 어떤 선線 또는 형태를 기억해 종이에 베껴놓기도 했다. 가끔은 (그러다 약간 창피하기도 했지만) 미켈란젤로가 될 수 있기를, 다만 하루나 이틀만이라도 그가 될 수 있기를 정말로 바라기도 했다. 하지만 잠을 이루지 못한 채 누워 그런 공상에 자주 빠져들면서도, 그는 알고 있었다─자신이 몇백 년 늦게 태어났고 페더턴은 이탈리아로부터 멀리 떨어져 있다는 것을. 또 (내 생각에는 이것이 가장 좋은 부분이었다) 학교에서 그의 미술 성적은 상당히 형편없었으며 열네 살에 이르면 미술 과목을 듣지도 않았다.

그뿐만 아니라 그의 천장은 평평했고 가로 삼 미터 세로 사 미터였다.

아델 쪽에서는 그를 응원했다.

그전에 지나간 몇 년 또 그후에 다가올 몇 년 동안 그녀는 그에게 새 달력, 그리고 책을 사주었다. 세상의 위대한 자연적 경이, 그리고 인간이 만든 경이. 다른 화가들─카라바조, 렘브란트, 피카소, 반 고흐. 그는 책을 읽고 작품을 베꼈다. 특히 반 고흐의 우체부 초상화를 사랑했고(어쩌면 늙은 하티에 대한 경의였는지도 모른다) 몇 달이 지나자 달력에서 그림을 오려내 벽에 붙여놓았다. 그는 다시 학교에서 미술 수업을 들었고 때가 되자 점차 다른 아이들을 추월해 올라가기 시작했다.

그는 그 첫번째 달력도 절대 버릴 수 없었다.

그것은 여전히 그의 방 한가운데 자리를 차지하고 있었다.

아델이 그와 함께 그 달력에 관해 농담을 할 때면 그는 말하곤 했다. "어쨌든 이제 움직이는 게 좋겠어요."

"어디에 가 계시려고?"

그는 다 안다는 듯 싱글거리는 웃음에 가장 가까이 다가간 표정을 지어 보였다. 달력에 적힌 매달 한 번 있는 저녁 데이트를 떠올리고 있었다. "월트네죠, 물론." 그는 사실 개를 산책시키러 나가는 길이었다.

"그런데 오늘밤에는 뭘 만든대?"

"스파게티요."

"또?"

"집에도 좀 가져올게요."

"귀찮게 그럴 거 없어. 나는 여기 식탁에서 자고 있을 거야, 아마도 틀림없이." 그녀는 TW 영감을 토닥여주었다.

"알겠어요, 하지만 너무 열심히 치지는 마세요, 알았죠?"

"내가?" 그녀는 회색 기계의 배 안으로 새 종이를 한 장 말아넣었다. "절대 안 그러지. 친구 몇 명한테 편지만 쓸 거야, 그걸로 끝이야."

그들은 둘 다 웃음을 터뜨렸다. 거의 아무런 이유도 없이─아마도 그냥 행복 때문에.

그는 집을 나섰다.

열여섯에 그는 몸이 자랐고 머리카락은 모양이 바뀌었다.

이제는 타자기를 드느라 낑낑대던 소년이 아니라 옥색 눈에 거무스름한 머리카락이 물결치고 몸이 날래 보이는 잘생긴 아이였다. 그는 이제 축구에, 또 중요하게 여겨지는 다른 어느 것에─그냥 모든 운동이라고 말하는 것이나 다름없다─가능성을 보여주었다.

그러나 마이클 던바는 사실 운동에는 관심이 없었다.

물론 그는 학교 축구팀에 들어갔고 풀백 자리를 맡았고 잘했다. 그는 사람들을 막았다. 대개 막은 아이가 괜찮은지 확인해보았고 스스로 저지를 피해 돌진하기도 했다. 누군가가 점수를 내도록 도울 수도 있었고 스스로 점수를 낼 수도 있었다.

운동장을 떠나면 어떤 친절, 또 이상한 집중력 때문에 그는 다른 아이들과 구별되었다. 그는 어디에 속하려면 고통을 겪었고 자신을 쉽게 보여줄 수 없었다. 더 큰 희망을 품고 있었기 때문이다—자신을 완전하게 알아줄 사람을 찾는 것.

전통에 따라(적어도 운동 테두리 내에서는) 여자들이 따랐고, 그들은 치마와 신발과 거기에 어울리는 술의 측면에서 예측이 가능했다. 그들은 껌을 씹었다. 술을 마셨다.

"야, 마이키."

"오, 안녕."

"야, 마이키, 우리 둘이 오늘밤에 애스터에 갈 건데."

마이키는 관심이 없었다. 미켈란젤로가 그가 진정으로 사랑하는 한 남자라면 그는 또 세 여자로 두 손이 이미 꽉 찼기 때문이다.

첫째로, 위대한 타자수—대기실에서 카운터펀치를 날리는 사람.

그다음에는 그와 함께 소파에 앉아 〈그녀는 요술쟁이〉와 〈겟 스마트〉 재방송을 보고, 그가 일주일에 세 번 밤에 진료실을 청소하는 동안 누워서 가슴을 들썩이며 자는 늙고 빨간 소몰이 개가 있었다.

그리고 마지막으로 영어 수업 시간에 앞쪽 오른쪽 구석에 어여쁘게 웅크리고 앉아 있는, 송아지처럼 앙상한 소녀가 있었다. (그는 그녀가 눈치챌지도 모른다는 희망을 품고 있었다.) 요즘 그녀는 연기 같은 회색 눈에 녹색 체크무늬 교복을 입었고 머리카락은 꼬리뼈까지 내려왔다.

대기실에서 우주선을 짓밟던 아이 또한 변한 것이다.

저녁이면 그는 '달'이라는 이름의 빨간 소몰이 개를 데리고 타운을 산책했다. 어머니가 그 아이를 집에 데리고 올 때 집 위에 진을 치고 있던 보름달에서 따온 이름이었다.

　'달'은 잿빛과 생강빛이 섞여 있었으며 소년이 뒤쪽 창고에 있는 아버지의 작업대에서 스케치를 하거나 이젤—열여섯 살 때 아델이 준 선물이었다—에서 그림을 그리는 동안 바닥에서 잤다. 그가 잔디밭에서 배를 문질러주면 개는 드러누워 몸을 흔들며 하늘을 보고 웃음을 지었다. "이리 와요, 아가씨." 그러면 그녀는 왔다. 그가 몇 달 동안 갈망과 스케치, 갈망과 초상화, 갈망과 풍경화를, 그림 그리기와 애비 핸리를 헤치며 걸어가는 동안 만족한 얼굴로 그의 옆에서 달렸다.

　늘, 천천히 어둠—그는 몇 마일 밖에서도 어둠이 다가오는 것을 느낄 수 있었다—을 향해 몸을 트는 타운에서 그는 저 앞에 있는 그녀를 보았다. 그녀의 몸은 붓질이었다. 길고 검은 머리는 오솔길이었다.

　타운의 어느 거리를 따라 걷던 소년과 개는 간선도로로 나왔다. 그들은 길게 뻗은 펜스 라인에 서 있었다.

　'달'은 기다렸다.

　그녀는 숨을 헐떡이며 입술을 핥았다.

　마이클은 철조망 펜스의 매듭진 곳들에 손을 올려놓았다. 몸을 앞으로 기울이고 외딴 부지에 깊이 자리잡은 물결무늬 지붕을 보았다.

　불은 몇 개밖에 켜지지 않았다.

　텔레비전이 파란색으로 밝게 번쩍였다.

　매일 밤 떠나기 전 마이클은 개의 머리에 손을 얹고 가만히 서 있었다. "갑시다, 아가씨." 그러면 그녀는 따라왔다.

'달'이 죽고 나서야 그는 마침내 펜스를 넘었다.

가엾은 '달'.

방과후의 평범한 오후였다.

타운은 해를 흠뻑 뒤집어쓰고 있었다.

그녀는 뒷계단 근처에 뻗어 있었는데 죽은 멀가 뱀이 그녀의 무릎에 올라가 있었다.

마이클 입에서 "오 예수님"이 튀어나오고 걸음이 빨라졌다. 그는 빙 돌아 뒤쪽으로 오는 길이었고 떨어진 책가방이 긁히는 소리가 들렸다. 그는 바닥에, 그녀 옆에 무릎을 꿇었다. 그 뜨거운 콘크리트, 따뜻한 개 냄새, 그녀의 생강빛 털이 덮인 머리는 결코 잊지 못할 것이다. "오, 예수님, '달'아, 안 돼⋯⋯"

그는 숨을 헐떡여달라고 그녀에게 빌었다.

그녀는 들어주지 않았다.

몸을 굴리며 웃음을 지어달라고, 아니면 먹이 그릇을 향해 달려가달라고 간청했다. 아니면 마른 먹이가 홍수처럼 쏟아지기를 기다리며 한 발 한 발 춤을 춰달라고.

그녀는 들어주지 않았다.

이제 몸과 턱, 눈을 뜬 죽음 외에는 아무것도 없었다. 그는 뒷마당 햇빛 속에 무릎을 꿇고 있었다. 소년, 개, 뱀.

나중에, 아델이 집에 오기 얼마 전에 그는 '달'을 안고 빨래 건조대를 지나 뱅크셔 옆에 그녀를 묻었다.

그는 두 가지 결정을 했다.

첫째, 별도의 구멍을 파고─오른쪽으로 몇 피트 거리에─그 안에 뱀을 넣었다. 친구와 적, 나란히. 둘째로, 그날 밤 애비 핸리의 펜스를 건넌다. 지친 앞문, 그리고 텔레비전의 파랗게 깜빡이는 빛으로 걸어간다.

저녁에 간선도로에 서자 그의 뒤에 타운이 있었고 파리가 있었고 개를 잃은 아픔이 있었다—그 벌거벗은, 헐떡이지 않는 공기. 곁의 허전함. 하지만 다른 느낌도 있었다. 뭔가가 일어나게 하는 그 달콤한 역겨움, 그 새로움. 그리고 애비. 그 모든 것-이퀄-그녀.
내내 철조망 펜스에 서 있지 말라고 자신을 타일렀지만 이제 어쩔 수가 없었다. 그의 삶은 몇 분으로 좁아들었다. 마침내 그는 침을 삼키고 문으로 걸어갔다—그리고 애비 핸리가 그 문을 열었다.

"너." 그녀가 말했고 하늘은 별들로 불룩했다.
지나치게 뿌린 화장수.
두 팔이 활활 타는 소년.
그의 셔츠는 너무 큰 땅에서 너무 컸고 그들은 온통 잡초가 떼를 지어 사는 앞쪽 좁은 길에 서 있었다. 나머지 가족은 안에서 노 프릴스 아이스크림을 먹고 있었고 함석지붕이 불쑥 나타나 그가 말을, 그리고 제정신을 찾는 동안 그에게 몸을 기울였다. 그가 찾은 말. 그가 찾지 못한 제정신.
그녀의 정강이 쪽에 대고 그가 말했다. "오늘 우리 개가 죽었어."
"그러잖아도 왜 혼자인지 궁금했는데." 그녀는 웃음을 지었는데 거의 오만하다는 느낌을 주었다. "내가 그 대체물이야?"
그녀는 그에게 매질을 하고 있었다!
그는 싸워나갔다.

"물렸어." 그는 말을 끊었다. "뱀한테."

그렇게 말을 끊은 것, 어떻게 된 일인지 그것이 모든 것을 바꾸었다.

마이클이 깊어지는 어둠으로 고개를 돌리고 있는 동안 소녀는 짧은 몇 초 만에 강한 자만심에서 극기심으로 건너갔다. 그녀는 가까이 다가왔고 이제 그의 곁에서 같은 쪽을 보고 있었다. 그들의 팔이 닿을 만큼 가까웠다.

"뱀이 너한테도 가려고 하면 내가 갈기갈기 찢어버릴 거야."

그뒤로 그들은 갈라놓을 수 없게 되었다.

그들은 수도 없이 재방송된 지나간 세월의 시트콤을 보았다―그의 〈그녀는 요술쟁이〉와 그녀의 〈내 사랑 지니〉. 그들은 강가에서 웅크리고 앉아 있거나 타운을 벗어나 간선도로를 따라 걸으며 점점 커져가는 느낌이 드는 세상을 지켜보았다. 그들은 진료실을 청소하고 와인라우크의 청진기로 서로의 박동에 귀를 기울였다. 팔이 터지기 직전까지 서로의 혈압을 쟀다. 뒤쪽 창고에서 그는 그녀의 손, 그녀의 발목, 그녀의 발을 스케치했다. 그녀의 얼굴에 이를 때면 멈칫거렸다.

"오, 왜 이래, 마이클……" 그녀는 웃음을 터뜨리며 손을 그의 가슴 안으로 쑥 집어넣었다. "나를 제대로 못 그리는 거야?"

그러자 그는 그릴 수 있었다.

그는 그녀의 눈에서 연기煙氣를 찾을 수 있었다.

그녀의 비웃는, 불굴의 미소.

그녀는 종이 위에서도 이렇게 말할 준비가 된 것처럼 보였다. "어디 얼마나 잘하나 보자―다른 손으로 그려봐."

어느 날 오후 간선도로 농가에서 그녀는 그를 안으로 들였다. 교과서가 든 상자를 그녀의 방문에 기대놓고 그의 손을 잡더니 모든 것을 도와주었다. 단추, 클립, 바닥으로 내려가기. "이리 와." 그녀가 말했고 그곳에는 카펫, 그리고 어깨와 등과 꼬리뼈의 열기가 있었다. 창문에는 해, 그리고 책, 그리고 사방에 반쯤 쓰다 만 에세이가 있었다. 숨—그녀의 숨—이 있었고, 떨어지는 느낌, 갑자기. 그리고 당혹스러움. 옆으로 돌아갔다가 다시 돌아온 머리.

"나를 봐. 마이클, 나를 봐."

그는 보았다.

이 소녀, 그녀의 머리카락과 연기.

그녀가 말했다. "있잖아—" 각 젖가슴 사이의 땀. "안됐다는 말도 미안하다는 말도 하질 못했네."

마이클은 건너다보았다.

그의 팔은 감각이 없었다, 그녀 몸에 깔려서.

"뭐가?"

그녀는 웃음을 지었다. "개 말이야, 또……" 그녀는 거의 울고 있었다. "……그날 아침에 대기실에서 그 우주선을 밟은 거."

그러자 마이클 던바는 팔을 영원히 그 밑에 둘 수도 있을 것 같았다. 그는 어리벙벙했다가 마음이 가라앉았다. 너무 놀랐다. "그걸 기억해?"

"물론이지." 그녀는 말했고 이제 위를, 천장을 향해 말하고 있었다. "모르겠어?" 그녀의 반이 그늘에 들어가 있었지만 그녀의 다리에는 해가 있었다. "나는 이미 그때 너를 사랑했어."

살인범의 집

클레이는 메마른 강바닥을 막 지나자마자 어둠 속에서 마이클 던바와 악수를 했다. 그들의 심장은 그들의 귓속에 있었다. 땅은 식고 있었다. 잠시 그는 강이 분출하는 것을 상상했다. 그냥 어떤 소리, 정신을 팔 것을 찾아서. 말할 거리.

염병할 물은 어디에 갔을까?!

전에 그들이 서로 보았을 때 그들의 얼굴은 탐색하다가 이윽고 아래로 내려갔다. 그들은 몇 미터 떨어졌을 때에야 일 초 이상 보았다.

땅이 살아 있는 느낌이었다.

마침내 어둠, 여전히 소리는 없고.

"가방 들어줄까?"

"됐어요."

아버지의 손은 몹시 끈끈했다. 그의 눈은 초조했으며 심하게 깜빡거렸다. 얼굴은 움츠러들었고 걸음은 지쳤고 목소리는 거의 사용한 적이 없었다. 클레이는 들으면 알았다. 너무나 잘 알고 있었다.

집으로 걸어가 앞쪽 계단에 앉았을 때 '살인범'은 아래로 약간 가라앉았다. 두 팔뚝이 양옆으로 벌어졌다. 그는 클레이의 얼굴을 잡았다.

"네가 왔구나."

네, 클레이는 생각했다. 제가 왔어요.

아버지 아닌 다른 사람이었다면 팔을 쭉 뻗어 등에 손을 얹고, 괜찮다고 말했을 것이다.

그러나 그럴 수 없었다.

오직 한 가지 생각밖에 없었다. 그 생각의 반복이었다.

제가 왔어요. 제가 왔어요.

오늘은 그것이 전부가 될 수밖에 없을 것이다.

'살인범'은 회복되었지만 그들은 한참을 더 거기 앉아 있다가 안으로 들어갔다. 가까이 다가갈수록 집은 더 안달하는 것 같았다.

녹슨 홈통, 금이 간 페인트.

집은 유독한 잡초에 둘러싸여 있었다.

그들 앞에서 달이 닳아빠진 좁은 길을 비추었다.

안에, 벽은 크림색, 그리고 큰 폭발이 일어난 것처럼 텅 빈 공간. 그 모든 것에서 쓸쓸한 냄새가 났다.

"커피 한 잔?"

"됐어요."

"차?"

"아니요."

"먹을 거?"

"아니요."

그들은 거실의 고요 속에 앉았다. 커피 테이블은 책, 잡지, 다리 설계도로 눌려 있었다. 소파가 그들을 집어삼켰다, 아버지와 아들을 모두.

예수님.

"미안하다. 좀 충격이지, 안 그래?"

"괜찮아요."

그들은 정말로 죽이 맞아가고 있었다.

결국 그들은 다시 일어섰고 소년은 안내를 받았다.

오래 걸리지는 않았지만 어디에서 잘지, 욕실이 어디인지 아는 것은 쓸모가 있었다.

"짐을 풀고 샤워를 하게 해주마."

방에는 나무 책상이 있었고 클레이는 그곳에 책을 하나하나 모두 풀어놓았다. 옷장에 옷을 집어넣고 침대에 앉았다. 그가 원하는 것은 다시 집에 가는 것뿐이었다—그냥 문을 통과해 들어가기만 해도 그는 흐느꼈을 것이다. 아니면 헨리와 함께 지붕에 앉기만 해도. 아니면 로리가 동네 전체의 우편함을 등에 진 채 아처 스트리트를 따라 비틀비틀 걸어오는 것을 보기만 해도……

"클레이?"

그는 고개를 들었다.

"와서 뭐 좀 먹어라."

그의 위가 포효했다.

몸을 앞으로 기울였지만 발은 바닥에 달라붙어 있었다.

그는 나무상자를 손에 쥐었다. 라이터를 쥐고 '투우사'를, 그리고 새로 챙긴 빨래집게를 보았다.

많고 많은 이유들 때문에 클레이는 움직일 수 없었다.

아직은, 하지만 곧.

해안 전체에 부는 밤의 남풍

물론 애비 핸리는 그를 파괴할 생각이 아니었다.

그냥 그런 일들 가운데 하나였다.

그러나 그런 일들 가운데 하나가 다른 일로 바뀌고, 이것이 더 많은 우연의 일치를 낳고, 이것이 몇 년 뒤에 소년들과 부엌들, 소년들과 증오에 이른다—하지만 오래전에 사라진 그 소녀가 없다면 그런 것은 하나도 없었다.

페넬로페도 없었다.

던바 보이들도 없었다.

다리도 없고, 클레이도 없었다.

그 모든 세월 전, 마이클과 애비를 보면 모든 것이 열려 있고 아름다웠다.

그는 선과 색깔로 그녀를 사랑했다.

미켈란젤로보다 그녀를 더 사랑했다.

〈다비드〉보다, 그리고 그 몸부림치는 조각상 노예들보다 그녀를 더 사랑했다.

학교를 마쳤을 때 그와 애비는 모두 좋은 점수를 받았다. 그들은 도시로 갈 수 있는 점수를 받았고, 그것은 탈출과 경이의 점수였다.

메인 스트리트에서는 이따금 어깨를 두드려주곤 했다.

몇 번의 축하가 있었다.

하지만 가끔 부드러운 경멸, 도대체-왜-떠나고-싶어하는-거야 하는 느낌이 있었다. 최선을 다한 남자들, 특히 나이든 축에 속하는 남자들, 익은 얼굴에, 해에 눈을 잔뜩 찌푸린 남자들이었다. 말이 기울어져서 나왔다.

"그러니까 도시로 가겠다고, 응?"

"네, 어르신."

"어르신? 너는 씨발 아직 거기 가지도 않았잖아!"

"젠장, 미안합니다."

"뭐, 그냥 그놈들이 너를 똥구멍 같은 놈으로 만들도록 놔두지만 말라고, 응?"

"뭐라고요?"

"들었잖아…… 그놈들이 여기를 떠나는 다른 모든 새끼들을 바꾸는 것처럼 널 바꾸게 놔두지 말라고. 네가 어디 출신인지 절대 잊지 마, 알아?"

"알았습니다."

"또 네가 뭘 하는 사람인지."

"알았어요."

분명히 마이클 던바는 페더턴 출신이었고, 나쁜 새끼였고 잠재적으로 똥구멍 같은 놈이었다. 문제는 아무도 "그리고 '살인범' 같은 별명을 얻게 될 짓은 하지 마"라고 말하지 않았다는 것이다.

저 바깥은 큰 세상이었으며 가능성은 무한했다.

결과가 나온 날, 크리스마스 명절에 애비는 우편함 옆에 서 있겠다고 말했다. 그는 그 모습을 그릴 뻔했다.

텅 빈 하늘 덩어리.

골반 위에 올린 손.

그녀는 이십 분 동안 햇볕에 구워지다가 잔디 의자와 파라솔로 돌아갔다. 바다에서 천 마일 떨어진 곳이었지만. 그다음에는 아이스박스, 그 안에 든 아이시 폴을 찾아서. 아이고 하느님, 그녀는 여기에서 빠져나가야 했다.

타운에서 마이클은 다른 사람에게 벽돌을 집어던지고 있는 비계 위의 남자에게 벽돌을 던지고 있었다. 어딘가에서, 훨씬 높은 곳에서 누군가가 그 벽돌을 쌓았다. 새 펍이 올라가는 중이었다. 광부, 농부, 미성년자를 위한 펍.

점심시간에 그는 집으로 걸어와 쓰레기 우편물을 위해 마련된 원통 안에서 자신의 미래가 접힌 채 내다보고 있는 것을 보았다.

그는 불길한 조짐을 무시하고 그것을 펼쳤다. 미소를 지었다.

애비에게 전화를 하자 그녀는 좁은 길을 달려오느라 숨을 헐떡이고 있었다. "나는 아직 기다리고 있어! 이 염병할 타운이 내가 여기에서 한두 시간 더 기다리기를 바라는 것 같아, 그냥 나에게 벌을 주려고."

하지만 나중에 그녀는 일터에 나타나 그의 뒤에 섰다. 그는 흘긋 돌아보다 벽돌을 떨어뜨렸다, 양쪽 옆에 하나씩. 그는 그녀의 얼굴을 똑바로 마주보았다. "그래서?"

226

그녀는 고개를 끄덕였다.

그녀는 웃음을 터뜨렸고 마이클도 웃음을 터뜨렸고 마침내 목소리가 그들 사이로 흘러내려왔다.

"어이, 던바 이 쓸모없는 자지 같은 놈! 내 염병할 벽돌 어디 갔어?!"

애비, 항상 그곳에 있는 애비가 마주 소리쳤다.

"완전 시詩네요!"

그녀는 싱긋 웃고는 떠났다.

몇 주 뒤 그들은 떠났다.

그래, 그들은 짐을 싸서 도시로 향했다. 겉으로 보기에 목가적인 사 년 동안의 행복을 어떻게 요약할까? 페니 던바가 부분을 이용해 전체를 말하는 데 능숙했다면, 이것은 오직 그것으로만, 그냥 조각과 떠도는 순간으로만 남아 있는 부분들이었다.

그들은 열한 시간을 운전해 마침내 솟아오르는 스카이라인을 보았다.

그들은 차를 세우고 그 긴 스카이라인을 지켜보았다. 애비는 엔진 덮개에 올라섰다.

그들은 그 안으로 들어가 그 일부가 될 때까지 계속 차를 몰았고, 소녀는 상업 학위 과정에 들어가고 마이클은 그림을 그리고 조각을 하며 주위의 천재들보다 오래 살아남았다.

둘 다 시간제 일자리를 얻었다.

한 사람은 나이트클럽에서 술을 날랐다.

또 한 사람은 노동자로서 건설 현장에 나갔다.

밤이면 그들은 침대에 들어갔고 서로에게 들어갔다.

조각들이 있었다, 주고받는.

철마다.

해마다.

이따금씩 오후에 그들은 해변에서 피시앤칩스를 먹고, 모자에서 토끼가 나타나듯 마법처럼 갈매기가 나타나는 것을 지켜보았다. 그들은 무수한 바닷바람을 느꼈는데 그 각각은 마지막 바람과 달랐고, 또 열기와 습기의 무게를 느꼈다. 가끔은 거대한 검은 구름이 둥둥 떠서 모함母艦처럼 밀려들 때도 그냥 거기에 앉아 있다가, 이윽고 다가오는 비 안으로 달려갔다. 그것은 도시 자체처럼 쏟아지는 비였고, 이어 해안 전체에 부는 밤의 남풍이 따라왔다.

그것은 이정표들이기도 했고 생일들이기도 했다. 특히 한번은 그녀가 그에게 『채석공』이라고 부르는 책—청동색 문자가 박힌 아름다운 양장본이었다—을 주었고 매일 밤 마이클은 잠을 자지 않고 그 책을 읽었으며 그러는 동안 그녀는 그의 다리에 기대어 잤다. 늘 책을 덮기 전에 그는 앞으로, 저자의 짧은 전기로 다시 돌아갔으며 그곳의 아래쪽, 페이지 중간에 그녀는 이렇게 써놓았다.

내가 사랑하고, 사랑하고
또 사랑하는
유일한 사람 마이클 던바에게.
애비가

그리고 물론 오래 지나지 않아 그것은 고요한 봄날 고향으로 돌아가 바깥에서 까마귀들이 내륙의 해적떼처럼 까아까아 울어대는 가운데 결혼을 하는 것이었다.

애비의 어머니는 앞줄에서 행복하게 흐느꼈다.

애비의 아버지는 낡은 작업복을 양복으로 갈아입었다.

아델 던바는 훌륭한 의사와 함께 앉아 있었고 새로 산 파란 테 안경 뒤에서 눈이 빛을 발했다.

그것은 하루종일 하얀 드레스와 연기 같은 모습으로 울어서 완전히 젖어버린 애비였다.

그것은 더 젊은 남자로서 그녀를 햇빛 속으로 데리고 나간 마이클 던바였다.

그것은 며칠 뒤 차를 몰고 반쯤 돌아가다 강이 멋진 곳에서 차를 세운 것이었다. 뭔가 미친 것이 포효하며 하류로 흘러갔다―이상한 이름이지만, 그들이 사랑하는 이름을 가진 강―아마누강.

그것은 거기 나무 밑에 눕고, 그녀의 머리카락이 그를 간지럽히고, 그래도 그는 조금도 움직이지 않고, 애비는 그에게 정말 이곳에 돌아오고 싶다고 말하는 것이었다. 마이클은 대답했다. "물론이지―우리는 돈을 벌 거고 집을 지을 거고 원할 때마다 여기에 올 거야."

그것은 애비와 마이클 던바였다.

떠날 배짱을 가지고 있던 새끼들 가운데 가장 행복한 둘.

그리고 다가올 일은 전혀 모르는 둘.

큰 잠

밤은 길었고 클레이의 생각으로 시끄러웠다.

어느 순간 그는 욕실을 쓰려고 일어났다가 '살인범'이 소파에 반쯤 삼켜져 있는 것을 보았다. 책과 신문이 그를 짓누르고 있었다.

한동안 클레이는 그를 굽어보며 서 있었다.

그는 책을, '살인범'의 가슴에 놓인 스케치를 보았다. 다리가 그의 담요였다. 그렇게 보였다.

그러다가 아침―그러나 아침은 전혀 아침이 아니었다. 오후 두 시였다. 클레이는 화들짝 놀라며 침대에서 눈을 떴고 태양은 그의 목에 올라와 있었다. 헥토르처럼. 그 방에서 태양의 존재감은 엄청났다.

그는 일어났을 때 혼란스러웠고 당혹스러웠다. 허둥거렸다. 아니. 아니. 여기는 어디일까? 빠르게 비틀거리며 그는 복도로 갔고, 밖으로 나섰고, 반바지를 입은 채 포치에 섰다. 어떻게 이렇게 오래 잘 수 있었을까?

"어이."

'살인범'이 그를 지켜보고 있었다.

그가 집의 옆쪽에서 돌아나왔다.

클레이는 옷을 입고 부엌에 앉았으며 이번에는 먹었다. 검은색과 흰색으로 이루어진 시계가 달린 낡은 오븐이 2:11에서 2:12로 간신히 움직였을 때 그는 빵 몇 조각, 살인적인 멋진 달걀을 꽤나 많이 먹어치웠다.

"더 먹어. 힘이 좀 필요하게 될 거야."

"네?"

이제 '살인범'은 씹으며 앉아 있었다. 맞은편이었다.

그가 클레이가 모르는 일을 알고 있을까?

그렇다.

그 방에서는 아침 내내 부르는 소리가 들렸다.

그는 자면서 내 이름을 외쳤다.

한 번의 긴 잠, 그 결과 나는 뒤처져 있다.

그것이 클레이가 자기도 모르게 계속 먹고 있을 때 반복되는 생각이었다―그리고 그는 거기에서 빠져나오려고 싸운다.

빵과 말. "다시는 그런 일 없을 거예요."

"뭐라고?"

"저는 한 번도 그렇게 오래 잔 적이 없어요. 사실 거의 자지를 않아요."

마이클은 미소를 지었다. 그래, 그는 마이클이었다. 과거의 생기가 그의 몸에 다시 흐르고 있는 것일까? 아니면 그냥 그렇게 보일 뿐일까?

"클레이, 괜찮아."

"그게 아니고. 아, 하느님!"

클레이는 서둘러 일어섰고 그러다 무릎으로 식탁을 쳤다.

"클레이, 제발."

처음으로 클레이는 동작을 멈추고 얼굴을 살폈다. 그것은 나의 늙은 형태였지만 눈은 불에 사로잡혀 있지 않았다. 하지만 나머지 전체—검은 머리카락, 심지어 피로까지 똑같아 보였다.

그는 이번에는 제대로 의자를 빼냈지만 '살인범'은 한 손을 들어 올렸다. "그만."

하지만 클레이는 걸을 준비가 되어 있었고 그냥 방에서 나가기만 하려는 것이 아니었다.

"아니요." 그는 말했다. "저는—"

다시, 손. 닳고 못이 박인. 일꾼의 손. 그는 생일 케이크에 앉은 파리를 쫓듯이 손을 흔들었다. "쉬잇. 저 밖에 뭐가 있다고 생각하니?"

그 말은,

너를 여기에 오게 한 게 뭐니?

클레이 귀에 들리는 것은 벌레 소리뿐이었다. 단일한 음.

이어 어떤 커다란 것에 대한 생각.

그는 일어섰지만 식탁에 기대 구부정한 자세였다. 그는 거짓말을 했다. "아무것도 없어요." 그는 그렇게 말했다.

'살인범'은 속지 않았다. "아니, 클레이, 그게 너를 데려왔지만 너는 두려워하고 있어. 그래서 여기 앉아 말싸움을 하는 게 더 쉬운 거지."

클레이는 허리를 폈다. "도대체 무슨 말씀을 하시는 거예요?"

"괜찮다고 말하고 있는 거다." 그는 말을 끊었고, 천천히 클레이를 살폈다. 그가 건드릴 수 없고 손을 뻗을 수 없는 소년. "어제 네가 그 나무들 속에 얼마나 오래 서 있었는지 모르지만 너는 틀림없이 어떤 이유가 있어서 거기서 나왔을 거다……"

예수님.

그 생각이 찾아오며 열기가 느껴졌다.

그는 나를 보았구나. 오후 내내.

그때, "그대로 있어" 하고 '살인범'이 말했다. "그리고 먹어. 내일은 너한테 보여줘야 하니까. 네가 봐야 할 게 있어."

자토페크

마이클과 애비 던바와 관련해 이제 물어볼 때가 된 듯하다.

그들 사이의 진짜 행복은 무엇이었을까?

진실은 무엇이었을까?

진정한 것은?

그림 그리기에서부터 시작해보자.

물론 그는 그림을 잘 그릴 수 있었다. 종종 아름답게 그렸다. 그는 얼굴을 포착하거나 사물을 어떤 특정한 방식으로 볼 수 있었다. 그것을 캔버스나 종이에 표현할 수 있었지만 근본적으로 그는 알고 있었다—그는 주위의 학생들보다 두 배 열심히 노력했고, 어떻게 된 일인지 그들은 모두 그보다 빨리 그렸다. 그리고 그는 한 가지 영역에서만 진짜 재능이 있었는데 그것이 또 그가 집착하는 부분이기도 했다.

그는 애비를 잘 그렸다.

몇 번이나 그는 미술학교를 완전히 그만둘 뻔했다.

그가 그렇게 하지 않은 것은 오직 그녀에게 돌아간다는 생각, 실패를 인정한다는 생각 때문이었다. 그래서 그는 남았다. 좋은 에세이, 그녀를 배경에라도 집어넣을 때면 반짝이는 뛰어난 면모로 이럭저럭 살아남았다. 누군가는 늘 말하곤 했다. "야, 이건 마음에 드는데." 오직 그녀를 생각할 때만 인내와 계시가 가능했다.

마지막 과제로 그는 버려진 문을 발견하고 그녀를 그렸다, 문 양면에 그렸다. 한쪽 패널에서 그녀는 손잡이로 손을 뻗고 있었고 다른 쪽 패널에서는 떠나고 있었다. 그녀는 십대로서 들어섰다. 교복을 입은 소녀, 그 앙상하지만 부드러운 모습, 끝없는 머리카락. 그 뒤쪽에서 그녀는 하이힐을 신고 단발머리에 매우 사무적인 모습으로 떠났다―그 사이의 모든 것을 어깨 너머로 뒤돌아보면서. 성적이 나왔을 때 그는 거기에 뭐라고 적혀 있을지 이미 알았다. 그가 옳았다.

문이라는 아이디어는 매우 상투적이다.

테크닉은 능숙하지만 그 이상은 아니다. 하지만 그녀가 알고 싶어진다는 점은 인정한다.

문의 앞과 뒤 사이에 무슨 일이 있었는지 알고 싶다.

그 두 이미지 사이의 세상에 무엇이 놓여 있건 건너편으로 나올 때 이 여자가 괜찮으리란 것을 알 수 있었다―특히, 나중에 드러나듯이, 그가 없다면.

그들은 결혼을 하고 도시로 돌아가 페퍼 스트리트의 작은 집을 세냈다. 37번지. 애비는 은행 일자리가 있었고―그녀가 지원한 첫 번째 자리였다―마이클은 건설 현장에서 일을 했고 차고에서 그림을 그렸다.

금이 그렇게 빨리 간 것은 놀랄 일이었다.

일 년도 안 되어서.

하지만 어떤 점들이 분명해졌다, 예를 들어 모든 것이 그녀의 생각대로라는 것.

세를 든 그 집, 가장자리가 검은 그 접시들.

그들은 그의 생각이 아니라 그녀의 생각일 때 영화를 보러 갔고, 그녀의 학위가 그녀를 곧장 앞으로 밀고 나가는 동안 그는 늘 있던 곳에, 그 건축 석판들 위에 그대로 머물러 있었다. 그녀가 생명력이고 그는 그저 생명일 뿐인 듯한 느낌이 들었다. 처음에, 그 끝은 이런 것이었다.

밤이었다.

침대였다.

그녀가 한숨을 쉬었다.

그는 머리를 들고 그쪽을 보았다. "왜 그래?"

그녀가 말했다. "그런 거 아니야."

그리고 거기에서 "알려줘"로, "더는 가르쳐줄 수 없어"로, "무슨 뜻이야?"로, 그녀가 일어나 앉으며 "모든 걸 보여줄 수는 없고 어디나 데려갈 수는 없단 뜻이야. 너 스스로 파악을 해야만 해"로 나아갔다.

마이클은 그녀가 너무나 차분하게 타격을 가하는 것에 충격을 받았다. 창문 밖에 어둠이 버티고 있었다.

"우리가 함께한 모든 시간 동안 내 생각에는 네가 한 번도 정말이지……" 그녀는 말을 끊었다.

"뭐?"

아주 조금 침을 삼켰다, 준비를 하려고. "진입을 못하고 있어."

"진입? 뭐에 진입?"

"모르겠어, 모든 것에—우리가 어디에 살 것인가, 우리가 무엇을 할 것인가, 우리가 무엇을 먹을 것인가, 어디에서 언제 어떻게 우리가—"

"맙소사, 나는—"

그녀는 앉은키를 한 눈금 더 키웠다. "너는 절대 나를 그냥 데려가지 않아. 너는 절대 네가 나를 가져야만 할 것 같다는 느낌을, 무슨 일이 있어도 가져야 할 것 같다는 느낌을 내게 주지 못해. 네가 나한테 주는 느낌은……"

그는 알고 싶지 않았다. "뭔데?"

약간 작아진 목소리로. "내가 바닥으로 끌어내리던 아이 같다는 거야, 그때 고향에서……"

"나는—" 하지만 거기에는 다른 무엇이 없었다.

그냥 '나는'만.

'나는'과 공허만.

'나는'과 가라앉음, 그리고 의자에 걸려 있는 옷—그러나 애비는 끝나지 않았다.

"그리고 어쩌면 다른 모든 것도, 내가 말한 대로……"

"다른 모든 것?"

이제 방은 간신히 꿰매놓은 것 같은 느낌이 들었다, 곧 갈기갈기 찢겨나갈 것 같은. "모르겠어." 그녀는 허리를 더 곧추세웠다, 다시 한번, 용기를 내기 위해. "어쩌면 내가 없으면 너는 아직 그 모든 똥구멍 같은 소리를 하는 놈들, 파란 러닝셔츠를 입는 놈들, 그런 놈들과 함께 고향에 있을지도 몰라. 아직도 그 똥무더기 진료실을 청소하고 벽돌을 던져올리는 다른 녀석들한테 벽돌을 던져올리고 있을지도 몰라."

그는 자신의 심장, 그리고 어둠의 상당한 조각을 삼켜내렸다. "내가 너한테 갔어."

"네 개가 죽었을 때지."

그것은 그에게 강한 충격을 주었다. "개. 그 끈을 풀어놓으려고 얼마나 기다린 거야?" (말장난을 의도한 것이 아니었다*, 확신한다.)

"전혀. 그냥 나온 거야." 이제 그녀는 팔짱을 꼈지만 실제로 몸을 가리지는 않았다. 그녀는 아름다웠고 벌거벗었고 빗장뼈는 아주 곧았다. "어쩌면 늘 이런 마음이 있었던 건지도 몰라."

"개를 질투한 거야?"

"아니!" 다시, 그는 과녁에서 빗나갔다. "나는 그저―그저 왜 우리집 앞문까지 오는 데 몇 달이나 걸렸는지 궁금한 거야, 지켜보고 기다리다가! 내가 너 대신 해주기를, 길을 따라 너를 쫓아가주기를 바라면서."

"너는 그런 적 없잖아."

"물론 없지…… 그럴 수가 없었어." 그녀는 이제 어디를 봐야 할지 잘 알 수가 없어 결국 그냥 똑바로 앞을 보기로 결정했다. "맙소사, 정말 못 알아듣는구나, 응?"

그 마지막 공격이 조종弔鐘 같았다―아주 조용하고 잔인한 진실. 그것을 전달하려는 노력 때문에 그녀는 기운이 빠졌다, 비록 잠시라 해도. 그녀는 그에게로 다시 미끄러져내렸다, 그녀의 돌 같은 뺨이 그의 목에 자리를 잡았다. "미안해." 그녀가 말했다. "정말 미

---

* '끈을 푼다(unleash)'에는 '감정 등을 폭발하다'는 뜻도 있다.

안해."

하지만 어떤 이유에서인지 그는 계속 끌고 나갔다.

어쩌면 다가온 패배를 맞이하기 위해서였는지도.

"그냥 말해줘." 자신의 목소리의 맛. 메마른 모래 같았다. 그 벽돌들이 그를 향해 던져올려졌고 그는 차례차례 그것을 삼켰다. "어떻게 고치면 될지 말해주기나 해."

숨을 쉬는 행위가 갑자기 올림픽 결승전이 되었는데 이렇게 필요할 때 에밀 자토페크는 도대체 어디 있는 것일까?! 왜 마이클은 그 미친 체코인처럼 훈련을 하지 않았을까? 그런 종류의 인내심을 가진 운동선수라면 틀림없이 이런 밤에 맞설 수 있었을 것이다.

하지만 마이클은 그럴 수 있었을까?

다시.

"그냥 말해줘. 내가 고칠게."

"그게 다야."

애비의 목소리는 수평이었고, 거기에 놓였고, 그의 가슴에 떨어졌다. 아무런 불안도, 아무런 애씀도 없었다.

고치거나 고쳐지고 싶은 욕망도 없었다.

"어쩌면 아무것도 없을지 몰라." 그녀가 말했다. "어쩌면 그건." 그녀는 완전히 멈췄다. 그리고 시작했다. "어쩌면 우리는 그냥— 옳지 않은지도 몰라, 우리가 생각했던 방식이."

이제 그의 마지막 헐떡임, 최종적인 숨.

"하지만 나는……" 그는 말을 끊었고 꼬리를 늘였다. "아주 많이."

"나도 네가 그런다는 걸 알아." 그녀에게는 커다란 동정심이 있었지만 무자비한 동정심이었다. "나도 그래. 하지만 어쩌면 그걸로는 충분하지 않을지도 몰라."

　그녀가 핀으로 폭 찔러 끝냈다면 그는 침대에서 피를 흘리다 죽었을 것이다.

아마누강

앞에 놓인 밤은 낮 동안 아주 오래 아주 열심히 잤기 때문에 지난밤만큼이나 지독하고 불온했다. 그는 나무상자를 살펴보았고 아침의 포치를 다시 생각했다.

난간으로 튀던 우유.

내 목의 경정맥.

아킬레우스와 토미, 헨리와 로리가 보였다.

그리고 케리.

물론 그는 케리, 그리고 토요일을 생각했다. 그리고 그녀가 혹시 그냥 서라운즈에 가는 것은 아닐지. 그는 알고 싶어 죽을 지경이었지만 절대 물어보지 않을 것이다. 그러다 그 순간 그는 동작을 멈추고 완전히 깨달았다—마지막 강력한 인정.

그는 일어섰고 책상에서 앞으로 몸을 기울였다.

너는 가버렸구나, 그는 생각했다.

너는 떠났어.

새벽 직후 '살인범'도 일어났고, 그들은 도로를 걷듯이 강을 걸었다. 그들은 집에서부터 하이킹을 했다.

처음에는 땅 전체가 비탈이었다. 강바닥이 서서히 고도를 높여 갔기 때문이다.

몇 시간 지나자 그들은 버드나무와 유칼립투스를 붙들며 풀이 죽은 거대한 바위들을 기어올랐다. 갑자기 가팔라지든 서서히 올라가든, 한 가지는 절대 변하지 않았다. 그들은 늘 힘을 볼 수 있었다. 강둑에는 일종의 띠가 있었다. 잡석들의 분명한 역사가 있었다.

"이걸 봐라." '살인범'이 말했다. 그들은 숲이 우거진 구역에 들어와 있었다. 햇빛의 사다리들이 온갖 방향으로 그늘 속에 높게 매달렸다. 그의 발은 뿌리 뽑힌 나무에 올라가 있었다. 재킷처럼 깔린 이끼, 그리고 잎들.

그리고 이것, 클레이는 생각했다.

그는 거대한 바위 옆에 있었고 그것은 한 번도 움직인 적이 없는 것이 분명했다.

그들은 그런 식으로 하루의 반 이상을 기어올랐고 기다란 화강암 돌출바위에서 점심을 먹었다. 그들은 산맥 너머를 보았다.

'살인범'은 가방을 풀었다.

물. 빵과 오렌지. 치즈와 다크 초콜릿. 그 모든 것이 손에서 손으로 건네졌지만 더 많은 말이 나오지는 않았다. 하지만 클레이는 비슷한 생각을 하고 있다고 확신했다—강에 관하여, 그것이 보여주는 힘에 관하여.

그러니까 이것이 우리가 맞서고 있는 것이다.

오후 내내 그들은 다시 걸어서 돌아왔다. 이따금씩 손 하나가 위로 올라가 상대를 도왔고, 어둠 속에서 돌아올 때도, 강바닥에서도, 아직 말이 더 나오지는 않았다.

하지만 물론 지금이었다.

시작할 시간이 있다면, 그때는 지금이었다.

아니었다.

사실은 아니었다.

아직 너무 많은 질문, 너무 많은 기억이 있었다—하지만 그들 가운데 한 명은 시작해야 했고 당연하게도 '살인범'이 먼저 금이 갔다. 동반자 관계라는 느낌이 있는지 확인해볼 사람이 있다면 그것은 그여야 했다. 그들은 그날 많은 거리를 함께 걸었고, 그래서 그는 클레이를 보았고, 물었다.

"다리를 놓고 싶으냐?"

클레이는 고개를 끄덕였지만 눈길을 돌렸다.

"고맙다." 마이클이 말했다.

"뭐가요?"

"와줘서."

"사람을 보고 온 게 아니에요."

가족의 유대, 클레이의 방식으로.

애비들의 미술관

여러 면에서, 아무리 나쁜 시간도 좋은 시간(그리고 훌륭한 시
간)으로 가득하다는 말은 아마도 진실인 듯한데 그들의 소멸의 시
간도 다르지 않았다. 그녀가 그에게 침대에서 책을 읽어달라고 하
고, 그녀가 아침에 잠 냄새가 가시지 않은 입으로 그에게 키스를 하
고, 마이클은 그저 굴복할 수밖에 없는 그런 일요일 아침들이 아직
있었다. 그는 기꺼이 『채석공』을 읽어주었다. 그는 우선 박힌 글자
를 손으로 쓰다듬곤 했다.

그녀는 말하곤 했다. "그 장소 이름이 뭐라 그랬더라? 그 사람이
대리석과 돌에 관해 배운 곳?"

조용히 그는 대답하곤 했다.

그곳은 세티냐노였다.

또는, "'포로들'에 관해 한 이야기를 다시 읽어봐."

265페이지.

"그것들은 거칠고 비틀려 있었지만—가공되지 않고, 불완전했지만—

어쨌든 거대한 기념비 같았으며 영원 동안 싸우고 있는 것처럼 보였다."

"영원 동안for forever?" 그녀는 그의 몸 위로 몸을 굴리며 그의 배에 입을 맞추었다. 그녀는 늘 그의 배를 사랑했다. "그거 오타야, 그렇게 생각하지 않아?"

"아니, 의도한 거라고 생각해. 이 사람은 우리가 그게 실수라고 생각한다는 데 도박을 걸고 있는 거야…… '노예들'처럼 불완전하다고 생각한다는 데."

"허." 그녀는 키스하고 또 키스했다. 가로로 또 세로로. 그러다 위로 그의 빗장뼈를 향해. "나는 네가 그럴 때가 너무 좋아."

"뭐할 때?"

"네가 사랑하는 것을 얻으려고 싸울 때."

하지만 그는 그녀를 얻으려고 싸우지는 못했다.

적어도 그녀가 원하는 방식으로는.

공정하게 말해서 애비 던바에게 악의는 없었지만 시간이 넓어지면서 좋은 순간들은 짧아졌고 날이 갈수록 그들의 삶이 각각 다른 길로 가고 있다는 사실은 점점 분명해졌다. 더 정확하게 말하자면 그녀는 바뀌고 있었고 그는 그대로 머물렀다. 애비는 결코 그를 겨누거나 공격하지 않았다. 그냥 미끄러워졌다. 붙잡기 어렵게.

돌아보면서 마이클은 영화를 기억했다. 그는 금요일 밤 영화관 전체가 웃음을 터뜨리던 때, 그가 웃음을 터뜨리던 때, 애비가 동요하지 않고 지켜보며 앉아 있던 모습을 기억했다. 그러다가 영화를 보러 간 사람들 무리 전체가 죽은듯이 침묵하고 있을 때, 애비는 뭔가 사적인 것에, 오직 그녀와 스크린만 아는 것에 미소를 짓곤 했다. 그녀가 웃음을 터뜨릴 때 그가 함께 웃음을 터뜨릴 수만 있었다면, 어쩌면 그들은 괜찮았을지도.

하지만 그는 생각을 멈췄다.

그것은 우스꽝스러운 생각이었다.

영화와 플라스틱 팝콘통 때문에 대량 살상의 가능성이 커지는 것은 아니다, 안 그런가? 아니, 그것은 쌓이고 쌓인 것의 결과, 어떤 모음집에 가까웠다─할 수 있는 만큼 멀리 함께 여행한 두 사람, 이제 희미하게 사라질 두 사람의 최고 히트곡 모음집.

가끔 그녀는 일터에서 친구들을 데려왔다.

그들은 손톱이 깨끗했다.

여자도 남자도.

건설공사 구역으로부터 먼 곳이었다.

마이클은 차고에서 그림을 많이 그리기도 했기 때문에 그의 손은 가루가 묻어 있거나 물감 때문에 밑동만 남은 것처럼 보였다. 그는 주전자로 커피를 마셨고 그들은 커피 머신으로 마셨다.

애비에 관해 말하자면, 그녀의 머리카락은 점점 짧아졌고 미소는 사무적으로 변했고 결국 떠날 만큼 용기가 생겼다. 그녀는 지나가버린 세월처럼 그의 팔을 만지며 한마디하거나 빈정거릴 수 있었다. 또는 그에게 농담을 하거나 눈을 찡긋하거나 미소를 지을 수 있었다─그러나 그때마다 점점 설득력이 떨어졌다. 그는 그들이 나중에 침대에서 각자의 구역에 들어가 있게 될 것임을 아주 잘 알고 있었다.

"잘 자."

"사랑해."

"나도 사랑해."

종종, 그는 일어나곤 했다.

차고로 가서 그림을 그렸지만 마치 안에 케이크를 넣은 것처럼, 안에 시멘트를 넣은 것처럼 두 손이 염병할 아주 무거웠다. 종종 그는 『채석공』을 가져가 일종의 처방처럼 몇 페이지를 읽었다. 통증을 누그러뜨려줄 한 마디 한 마디. 그는 눈이 따끔거릴 때까지, 진실이 그의 옆에, 그리고 그의 위에 올 때까지 읽고 그리곤 했다.

그와 부오나로티가 있었다.

그 방안의 한 명의 예술가.

혹시 그들이 싸웠다면.

혹시 그것이 빠져 있는 것인지도 몰랐다.

어떤 불같은 성격.

아니면 혹시 약간 더 많은 청소.

아니, 그저 순수하고 단순한 사실일 뿐이었다.

삶은 이제 애비 던바에게 다른 곳을 가리켰고 한때 사랑했던 소년은 그녀의 뒤에 있었다. 한때 그가 그녀를 그렸고 그것 때문에 그녀는 그를 사랑했지만, 이제 그것은 그저 가느다란 생명선에 불과한 것 같았다. 그는 그녀가 설거지를 하면서 웃음을 터뜨리는 모습을 포착했다. 또는 바닷가에서 파도가 지나간 뒤에 파도를 타는 사람들을 등지고 서 있는 모습을. 여전히 어여쁘고 풍요로웠다, 그 그림들은. 하지만 한때 그들에게 사랑만 있었던 반면 지금은 사랑과 허기진 상태가 있었다. 그것은 노스탤지어였다. 사랑과 상실.

그러다 어느 날, 그녀가 멈췄다, 문장 중간에서.

그녀가 소곤거렸다. "안타까운 일이야……"

교외의 거의 완전한 고요.

"정말 안타까운 일이야, 왜냐하면……"

"뭐가?"

점점 흔한 일이 되어갔기 때문에 그는 사실 듣고 싶지 않았고 답에 등을 돌렸다. 그는 부엌 싱크대에 있었다.

그녀가 말했다. "어쩌면 네가 그림으로 그려진 나를 더 좋아하는 건지도 모른다는 생각이 들어…… 너는 나를 실제보다 낫게 그리잖아."

해가 반짝였다. "그런 말 하지 마." 그는 바로 그때 죽었다, 그렇게 확신했다. 물은 잿빛이었다, 마치 구름이 덮인 듯. "다시는 그런 말 하지 마."

마지막이 왔을 때 그녀는 차고에서 말했다.

그는 손에 붓을 들고 서 있었다.

그녀의 가방들은 꽉 차 있었다.

그가 모든 그림을 갖고 있어야 했다.

그녀의 표정은 사과하는 듯했다, 그가 쓸모없는 질문들을 던졌을 때. 왜? 다른 사람이 있는 거야? 교회, 그 타운, 모든 것이 아무런 의미가 없는 거야?

하지만 그때도, 분노가 감각을 지배했어야 마땅했을 때도 서까래에 매달려 있는 것은 슬픔의 실들뿐이었다. 그것들은 거미집처럼 날리고 흔들렸다. 너무 약하고, 결국은 아무런 무게가 없었다.

애비들의 미술관이 그들 뒤에서 모든 장면을 지켜보고 있었다.

그녀는 웃음을 터뜨렸고, 그녀는 춤을 추었고, 그녀는 그를 용서했다. 그녀는 먹고 마시고 침대에서 벌거벗은 채 자신을 펼쳤다. 그러는 내내 그의 앞에 있는 여자—그림으로 그려지지 않은 여자—
는 설명했다. 그가 말하거나 할 수 있는 일은 없었다. 일 분의 가치
가 있는 미안하다는 말들. 그 모든 것에도 불구하고.

그리고 그의 마지막에서 두번째 청원은 질문이었다.

"그 사람이 저 앞에서 기다리고 있어?"

애비는 눈을 감았다.

마지막은, 조건반사처럼 이것이었다.

이젤 옆 등받이가 없는 의자에 『채석공』이 펼쳐진 채 엎어져 있
었는데 그는 그쪽으로 손을 뻗어 책을 내밀었다. 어떤 이상한 이유
에서 그녀는 그것을 받아들었다. 어쩌면 오로지 한 소년과 한 소녀
가 그 책을 쫓을 수 있게 하려는 것인지도 몰랐다. 오랜 세월이 흐
른 뒤에…… 그들은 그것을 간직하고 읽고 그것에 사로잡힐 것이
다. 매트리스에 누워서, 오래된 잊힌 경기장에서, 잊힌 경기장들로
이루어진 도시 전체에서—여기에 나오는 그 모든 것.

그녀는 그것을 받아들었다.

그것을 손에 쥐었다.

자신의 손가락들에 입을 맞춘 뒤 그 손가락들을 표지에 올려놓
았다. 그녀는 아주 슬펐고, 어찌된 일인지 용감했다. 그녀는 그것을
가져갔고 그녀 뒤에서 문이 바람에 밀려 닫혔다.

그러면 마이클은?

차고에서 그는 엔진소리를 들었다.

다른 사람.

그는 물감이 튄 등받이 없는 의자에 축 늘어지며 그의 주위에 있
는 소녀에게 "아니야" 하고 말했고, 엔진소리는 점점 커지다, 썰물

처럼 물러나다, 완전히 사라졌다.

　오랫동안 그는 앉아 있었고, 조용히 몸을 떨었고, 소리 없이 울기 시작했다. 길을 잃은 소리 없는 눈물을 가까운 곳에 있는 작품들 속의 지나가는 얼굴 안에 흘렸다―그러다가 누그러져, 웅크린 채로 바닥에 누웠다. 애비 던바, 이제 더는 애비 던바가 아닌 애비 던바는 밤새 그를 굽어보고 있었다. 그녀의 그 수많은 모습으로.

가르 다리

다음 네댓새 동안 아버지와 아들에게는 일상의 틀이 생겼다. 그것은 신중하게 나란히 움직이는 동반자 관계로, 어쩌면 두 권투 선수의 처음 몇 라운드와 비슷한 것 같기도 했다. 어느 쪽도 너무 큰 모험을 할 마음은 없었다, 케이오를 당할 것이 두려웠기 때문이다. 특히 마이클은 안전하게 게임을 하고 있었다. 그는 사람을-보고-온-게-아니에요의 순간을 더는 원하지 않았다. 그것은 누구에게도 좋지 않았다―아니 어쩌면 그냥 그에게만 좋지 않은 것인지도.

토요일, 클레이가 집을 가장 그리워하는 날, 그들은 강을 따라 걸어올라가는 대신 내려갔다. 클레이는 가끔 말을 하고 싶은 유혹을 느꼈다.

처음에는 간단한 것들뿐이었다.

'살인범'은 일자리가 있는가?

정확히 얼마 동안 여기에서 살았는가?

하지만 그러다 더 탐색하는 쪽으로, 또는 항의하는 쪽으로.

그는 도대체 무엇을 기다리는가?

그들은 언제 짓기 시작할 것인가?

이 다리는 지연되는 것인가?

그러자 케리, 그리고 늙은 맥앤드루가 떠올랐다─질문을 하는 것이 그녀에게는 도움이 되지 않았다. 하지만 그의 경우에는 역사가 있었다.

한때 이야기를 사랑했던 소년으로서 전에는 질문을 지금보다 잘했다.

'살인범'은 아침이면 대부분 강둑에 나가 서 있었다.

몇 시간이고 그럴 수 있었다.

그러다가 안으로 들어와 뭘 읽거나 낱장 종이에 뭔가를 썼다.

클레이는 혼자 나갔다.

가끔 상류로 올라갔다. 커다란 돌덩어리들.

그는 그 위에 앉아 모두를 그리워했다.

월요일에는 둘이 타운에 가서 먹을 것을 샀다.

그들은 강바닥을, 그 메마른 곳을 가로질렀다.

그들은 빨간 상자처럼 생긴 차를 타고 갔다.

클레이는 케리에게 편지를 보냈고 집에는 헨리를 통해 단체로 편지를 보냈다. 첫번째 편지는 그간 일어난 많은 일에 대한 자세한 이야기인 반면 두번째 편지는 형제들 간에 전형적인 것이었다.

안녕 헨리─

여기는 다 괜찮아.

형은?

다 안부 전해줘.

　　　　클레이

그는 헨리가 자신에게 전화기를 제안한 사실을 기억했고, 그 생각이 어쩐지 괜찮다는 느낌이 들었다. 그의 편지는 문자메시지에 가까웠다.

그는 봉투에 반송 주소를 쓰는 것을 두고 고민하다가 헨리에게 보내는 편지에만 쓰는 쪽을 택했다. 하지만 케리에게 알리는 것은? 그는 알 수 없었다. 그녀가 답장을 해야 한다는 의무감을 느끼지 않기를 바랐다. 아니면 그녀가 답장을 하지 않을까봐 두려워하는지도 몰랐다.

하지만 그 목요일에 모든 것이 바뀌었다. 적어도 조금은 바뀌었다. 저녁에. 클레이는 자발적으로 그와 함께 앉았다.

거실이었고, 마이클은 아무 말도 하지 않았다. 그냥 클레이 쪽을 주의깊게 흘끔거리기만 했고 클레이는 바닥을, 창문 근처를 흘끔거렸다. 처음에 그는 그녀의 책들—너그러운 클로디아 커크비—가운데 마지막 책을 읽고 있었지만 이제 다리 연감으로 옮겨갔다. 그가 가장 자주 읽은 책이었다. 제목은 큰 영감을 주지 않았지만 책 자체는 사랑했다. 『가장 훌륭한 다리들』.

한동안은 집중하기 힘들었지만 삼십 분은 족히 흐른 뒤 그의 얼굴에 첫 미소가 나타났다. 그가 가장 좋아하는 다리를 보았을 때였다.

가르 다리.

훌륭하다는 말은 그 다리를 설명하는 말로는 충분히 훌륭하지 못했는데 이 다리는 도수관 역할도 했다.

로마인들이 놓은 것.

아니면 악마가, 그 말을 믿을 수 있다면.

그는 그 아치들을 보다가—밑에 거대한 것 여섯 개, 중간에 열한 개, 위에 서른다섯 개—미소를 지었고 그 미소가 넓게 퍼지는 것을 느꼈다.

그러다 아차 하는 순간 멈추었다.

아슬아슬했다.

'살인범'이 볼 뻔했다.

일요일 저녁, 마이클은 클레이를 강바닥에서 보았다. 도로 양쪽이 잘려나간 곳이었다. 그는 뒤로 한참 물러난 곳에 서서 말했다. "나 어디 좀 갔다 와야 해, 열흘 동안."

그는 일자리가 있었다.

광산에.

서쪽으로 여섯 시간을 더 가야 하는 곳, 고향 페더턴을 지나 멀리 가야 하는 곳.

그가 말을 하는 동안, 지는 해가 처음에는 게을러 보였다, 멀어 보였다. 나무들이 길어지는 그림자 안에 있었다.

"열흘 동안 집에 가 있어도 되고 그냥 여기 있어도 돼."

클레이는 일어서서 지평선을 마주보았다.

하늘에서는 이제 피가 새어나오고 있었다.

"클레이?"

소년은 고개를 돌렸고 그 순간 그에게 처음으로 동지애에 대한 암시를, 또는 그 자신의 일부를 주었다. 클레이는 진실을 말했다.

"집에 못 가요." 아직은 그런 시도를 하기에는 너무 일렀다. "돌아갈 수 없어요, 아직은."

마이클의 반응은 호주머니에서 뭔가 꺼내는 것이었다.

부동산 팸플릿으로, 땅, 집, 다리의 사진이 있었다. "자," 그가 말했다. "봐라."

다리는 잘생겼다. 철로 침목과 나무 들보로 이루어진 단순한 트레슬교로 지금 그들이 서 있는 공간에 한때 놓여 있던 것이었다.

"여기였어요?"

그는 고개를 끄덕였다. "어떻게 생각하니?"

클레이는 거짓말을 할 이유를 찾지 못했다. "마음에 들어요."

'살인범'은 물결치는 머리카락을 손으로 빗었다. 눈을 비볐다. "강이 그걸 무너뜨렸어, 내가 이사오고 얼마 후에. 그 이후로는 비가 거의 오지 않았지. 오랫동안 이렇게 메말랐어."

클레이는 한 걸음 내디디며 깊은숨을 쉬었다. "남은 건 없어요?"

마이클은 박혀 있는 널빤지 몇 개를 가리켰다.

"저게 다예요?"

"저게 다야."

그곳에는 여전히 붉게 우르릉거리는 소리가 있었다, 흘리는 피로 이루어진 소리 없는 큰물.

그들은 다시 걸어서 집으로 돌아갔다.

계단에서 '살인범'이 물었다.

"매슈 때문이야?" 그는 그것을 말하기보다는 건네주었다. "그 아이 이름을 자주 말하더라, 자면서." 이어 그는 머뭇거렸다. "그 아이들 이름을 다, 솔직히 말하면. 그리고 다른 사람들 이름도. 나는 들어본 적 없는 이름들."

케리, 클레이는 생각했다. 하지만 마이클은 '투우사' 이야기를 했다.

그가 말했다. "오번 경주의 '투우사'?"

하지만 그것으로 충분했다.

운을 믿고 너무 밀어붙이지 마세요.

클레이가 그런 표정을 짓자 '살인범'은 이해했다. 그는 원래의 질문으로 돌아갔다. "네가 돌아갈 수 없다고 한 게 매슈 때문이니?"

"아니요, 꼭 그런 건 아니에요."

다른 것은 굳이 이야기할 필요가 없었다.

마이클 던바는 다른 길을 알았다.

"그 아이들이 보고 싶겠구나."

그러자 클레이는 그에게 격분했다, 속으로.

그는 소년들, 뒷마당, 빨래집게를 생각했다.

그리고 그의 안을 들여다보며 말했다. "저만 그런가요?"

일찍, 아침 아주 일찍, 새벽 세시 가까이에 그는 '살인범'의 그림자를 알아챘다. 침대 옆에 서 있었다. 클레이는 그 그림자를 보면 '살인범'도 같은 생각이 떠오르는지, 지난번에 그가 그렇게 서 있던 때, 그가 우리를 떠나던 그 무시무시한 밤에 딱 그렇게 서 있던 때가 떠오르는지 궁금했다.

처음에 클레이는 그림자가 침입자인 줄 알았지만 곧 볼 수 있었다. 그 교수형 집행인의 손은 어디에서나 알 수 있었다. 아래로 떨어진 목소리가 들렸다.

"가르 다리?"

조용했다, 아주 조용했다.

그래서 클레이는 결국 그를 보았다.

"그게 네가 가장 좋아하는 거니?"

클레이는 침을 삼켰고, 어둠 속에서 고개를 끄덕였다. "네."

"다른 건 또?"

"레겐스부르크. 필그림스 다리."

"세 개 다 아치 다리네."

"네."

더 많은 생각들, 등을 맞대고 잇따라 나왔다. "그럼 옷걸이*를 좋아하니?"

옷걸이.

그 도시의 훌륭한 다리.

고향의 훌륭한 다리.

다른 종류의 아치, 도로 위로 솟아오른 금속 아치.

"그녀를 사랑해요."

"여자야?"

"저한테는 그래요."

"왜?"

클레이는 눈을 질끈 감았다가, 다시 떴다.

페니, 그는 생각했다.

페넬로페.

"그냥 그래요."

왜 설명이 필요하겠는가?

_____

* 시드니 하버 브리지의 별명.

천천히 '살인범'은 뒤로 물러서서 집의 나머지 공간으로 들어가더니 말했다. "곧 보자." 하지만 덧붙였다, 순간적으로 희망을 품고 무모하게. "가르 다리의 전설을 아니?"

"자야 돼요."

염병할 당연히 알고 있었다.

하지만 아침에 텅 빈 집의 부엌에서 그것을 보았을 때 그는 발을 멈췄다―종이에, 굵직한 검은 목탄으로.

그의 손가락이 자기 마음대로 떨어져 그것을 만졌다.

최종 다리 설계도: 첫 스케치

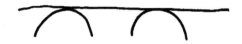

그는 케리 생각을 했고 아치 생각을 했고, 다시 그의 목소리에 놀랐다.

"그 다리는 너로 만들게 될 거야."

오 년과 피아노 한 대, 그리고 손 위의 손

오 년이란 긴 세월 동안 그는 차고에, 바닥에 누워 있었고 마침내 그 일이 일어났다.

뭔가가 그를 일어나게 했다.

피아노.

헷갈린 주소.

오후의 빛.

악보와 서사시 두 편을 가진 여자가 나타났고, 마이클 던바가 달리 무슨 일을 할 수 있었을까?

흔히 두번째 기회를 이야기하는데 그 면에서 그는 이보다 더 운이 좋을 수가 없었다.

하지만 먼저, 그사이 오 년 동안 무슨 일이 있었을까?

그는 서류에 서명했다. 손을 떨면서.

그림을 완전히 중단했다.

페더턴으로 돌아가고 싶은 유혹을 느꼈지만 어둠 속의 목소리를, 그리고 자신의 목으로 내려왔던 머리를 기억했다.

어쩌면 네가 아직 거기 있을지 몰라.

그리고 수모.

소녀 없이 돌아가는 것.

"여자는 어디 있어?" 사람들은 물을 것이다.

"무슨 일이 있었어?"

아니, 그는 영원히 돌아갈 수 없었다. 말이 퍼질 것이지만, 그렇다고 그가 들어야 한다는 것은 아니었다. 그의 안에 놓여 있는 생각들에 귀를 기울이는 것만으로도 이미 견디기 힘들었다.

"뭐?"

그것은 자주 그를 찾아오곤 했다. 설거지하던 중에, 또는 이를 닦다가.

"그 여자가 그냥 그를 떠났다고?"

"가엾은 녀석."

"그래, 그런 일이 닥칠 거라는 걸 보지 못했다고 말할 수는 없지…… 그 여자는 제멋대로였고, 그는, 음, 그는 한 번도 가장 빠른 고양이였던 적은 없었어, 안 그래?"

아니, 도시에 그대로 머무는 것이 나았다. 집안에 머물면서, 매일 줄어드는 그녀의 냄새를 붙드는 것이 나았다. 어쨌든 늘 일거리가 있었다. 도시는 자라났다. 늘 맥주 한두 잔이 있었다. 집에서 혼자, 또는 밥이나 스피로와 함께, 그리고 필과 함께─그저 일터에서 만난 남자들, 처자식이 있는, 또는 아무것도 없는, 그와 마찬가지로.

이따금씩 페더턴에 돌아가는 것은 오직 어머니를 찾아뵈려는 목적뿐이었다. 어머니가 작은 타운의 일반적인 다양한 모험에 개입하고 있는 것을 보면 행복했다. 케이크 노점. 앤잭데이 퍼레이드. 일요일이면 닥터 와인라우크와 잔디 볼링. 그것이 삶이었다.

그가 그녀에게 애비 이야기를 했을 때 그녀는 별말을 하지 않았다. 그녀의 손이 그의 손에 올라가 있었다.

그녀는 틀림없이 남편 생각을 하고 있었을 것이다, 불길 속으로 걸어들어갔던 남편. 어떤 사람들이 안으로 들어가 나오지 않은 이유는 아무도 알지 못했다. 밖으로 나오고 싶은 마음이 다른 사람들보다 아주 약간 덜했던 것일까? 다른 것은 몰라도, 마이클 던바는 애비에 관해 두 마음이었던 적은 한 번도 없었다.

다음으로 그림, 그는 그것을 더는 볼 수가 없었다.

그녀의 이미지는 그에게 궁금증을 일으키곤 했다.

그녀는 어디에 있을까.

누구와 함께 있을까.

그녀가 움직이는 모습을 상상하고 싶은 유혹. 다른 남자와 함께. 더 나은 남자와. 고상한 척하는 건 벗어던지고.

그는 그런 피상적인 데 집착하고 싶지 않았다, 그런 건 중요하지 않다고 말하고 싶었다. 그러나 중요했다. 그것들은 그 아래에, 더 깊은 어떤 곳에 이르렀고, 그곳은 그가 있고 싶지 않은 장소였다.

약 삼 년째에 들어선 어느 날 밤, 그는 그림들을 차고 한쪽 옆으로 끌어내 침대보들로 끝에서 끝까지 덮었다. 커튼 뒤의 삶. 그 일을 마쳤을 때도 그는 여전히 뿌리칠 수가 없었다. 그는 마지막으로 안을 한 번 보고, 손바닥으로 가장 큰 것을 어루만졌다, 그녀가 신발을 손에 들고 물가에 서 있는 그림.

"그럼 그렇게 해." 그녀가 말했다. "그걸 잡아."

하지만 가질 게 아무것도 남지 않았다.

그는 침대보를 다시 끌어내렸다.

남아 있는 시간이 기어 지나가면서 그는 도시에 삼켜졌다.

그는 일했고 차를 몰았다.

잔디를 깎았다. 착한 아이, 훌륭한 세입자.

그가 어떻게 알 수 있었을까?

다시 이 년 뒤, 한 이민자 소녀의 아버지가 유럽의 공원 벤치에서 죽으리라는 것을 어떻게 알 수 있었을까? 그녀가 사랑과 분노의 발작 상태에서 밖으로 나가 피아노를 사고, 그것이 그녀가 아니라 그에게 배달되고, 그 결과 그녀가 쓸모없는 피아노 운반 일꾼 세 명과 함께 페퍼 스트리트 한가운데에 서 있게 되리라는 것을 그가 어떻게 알 수 있었을까?

여러 면에서 그는 차고 바닥을 떠난 적이 없었고, 따라서 종종 나는 그것을 볼 수밖에 없다.

그는 웅크리고 있다가 일어선다.

멀리서 자동차들 소리—대양의 소리와 흡사하다—그의 뒤에는 기나긴 오 년. 그때 나는 그것을 생각한다, 다시 또 다시.

어서, 지금이야.

저 여자와 피아노에게 가.

지금 가지 않으면 우리는 아무도 없을 것이다—형제도 없고, 페니도 없고, 아버지나 아들도 없을 것이다. 이제 남은 일은 그것을 손에 넣고, 그것을 해내고, 할 수 있는 한 오래 그것과 함께 달리는 것뿐이다.

4부

도시 + 물 + 범죄자 +
아치

클레이 더미

그 월요일, 마이클이 어둠 속에서 떠난 뒤 클레이는 부엌의 스케치를 보았다. 그는 아침을 만들고 거실로 걸어갔다. '살인범'의 메모, 종이, 작업이 커피 테이블에 일곱 개의 더미로 나뉘어 있었다. 어떤 것은 다른 것보다 키가 컸지만, 모두 맨 위에 제목이 있었다. 각각의 더미 위에는 돌멩이, 또는 스테이플러, 또는 가위가 놓여 종이가 날아가는 것을 막았다. 천천히, 그는 각각의 제목을 읽었다.

재료

의회

비계

옛 설계도(트레슬)

새 설계도(아치)

강

그리고

클레이

클레이는 앉았다.

그는 소파가 자신을 삼켜도 가만히 있었다.

그는 자신이 흘린 토스트 부스러기들 속에 케리의 이름 철자를 적었고, 이윽고 비계라는 제목의 더미로 손을 뻗었다.

그때부터 그는 온종일 읽었다.

먹지도 욕실에 가지도 않았다.

그냥 마이클 던바의 마음에 있는 다리에 관한 모든 것을 읽고 보고 배웠는데, 그것은 목탄과 굵은 연필로 이루어진 커다란 잡동사니였다. 특히 옛 설계도가. 그 종이 더미는 113페이지였으며(세어보았다), 목재 비용, 기술, 도르래 시스템, 그리고 이전 다리가 무너진 이유로 가득차 있었다.

새 설계도는 다 해서 여섯 장이었다―전날 밤에 그린 것이 분명했다. 그 작은 더미의 첫번째 페이지는 오직 한 가지만 여러 번 이야기하고 있었다.

가르 다리.

그다음에 이어지는 페이지들에는 스케치와 드로잉이 널려 있으며 단어를 정의한 목록도 있었다.

삼각 소간과 홍예석.

도약대와 가설물.

크라운과 종석.

교대와 교각처럼 오래전부터 좋아하던 것.

간단히 말해서 삼각 소간은 표준적인 돌덩어리였다. 홍예석은 아치를 이루기 위해 모양을 잡아놓은 것이었다. 도약대는 아치들이 만나는 교각에서 최종적으로 압력을 받는 지점이었다. 하지만 가장 마음에 든 것은 가설물이었다—아치를 세우는 틀. 곡선을 그리는 나무 구조물. 이것은 아치를 지탱하다가 나중에 그 밑에서 떼어내게 된다. 각각의 아치와 생존의 첫번째 시험대.

그다음에는 클레이.

그는 다른 모든 것을 읽으면서도 그 클레이 더미를 시야에서 놓치지 않았다. 그것을 집어든다는 생각에 그는 흥분했지만 직전에 손이 멈추기도 했다. 맨 위, 그 더미의 문진은 낡고 녹슨 열쇠였고 그 밑에는 종이가 딱 한 장 있었다.

클레이가 마침내 그것을 읽었을 때는 이미 저녁이었다.

그는 열쇠를 들어올려 손바닥으로 느슨하게 잡았다. 제목이 적힌 종이를 넘겼을 때, 그 밑에는 이렇게 적혀 있었다.

클레이—
옛 설계도의 49페이지를 봐라.
행운을 빈다.
　　　　　　　　마이클 던바

49페이지.

그것은 사십 미터 폭의 강을 가로지르는 도랑을 파는 일의 중요성을 설명한 것이었다—내내 기반암 위에서 해야 하는 작업이었다. 거기에는 그들이 처음 다리를 놓는 사람들로서 전문가들보다 더 노력해야 한다는 것, 모험을 하지 않도록 해야 한다는 것이 적혀 있었다. 심지어 스케치도 있었다. 세로 사십에 가로 이십 미터.

그는 그 구절을 여러 번 읽었고, 그러다가 멈추고 생각했다.

세로 사십에 가로 이십.

그리고 깊이는 얼마일지 아무도 모르고.

그 더미부터 먼저 보았어야 했는데.

그는 온종일 파헤친 것을 잃어버렸다.

잠깐 탐색한 뒤 열쇠로 집 뒤에 있던 헛간의 문을 열었고, 클레이는 들어가서 삽을 발견했다. 작업대 위에 유순하게 누워 있었다. 그는 삽을 집으며 주위를 둘러보았다. 곡괭이도 근처에 있었고 외바퀴 손수레도 있었다.

그는 다시 걸어나왔고, 저녁-오후의 마지막 빛 속에서 강바닥까지 갔다. 그곳에는 이제 밝은 오렌지색 스프레이로 경계선이 표시되어 있었다. 그는 온종일 안에 있었기 때문에 미처 눈치를 채지 못했다.

세로 사십 가로 이십.

그는 경계를 따라 걸으며 그 생각을 했다.

클레이는 웅크렸고, 섰고, 떠오르는 달을 지켜보았다―하지만 곧 고된 일이 반가웠다. 그는 반쯤 싱글거리며 헨리를 생각했고, 그가 카운트다운을 할 것임을 알았다.

그는 밖에 완전히 혼자 있었고 과거가 그의 뒤에서 수렴되고 있었다―이제 삼 초, 그리고, 지금.

삽과 꼬이며 이어진 땅.

그들이 우리를 가지기 전의 삶

던바 과거의 물결 속에서 그들은 교차했다, 마이클과 페넬로페. 그리고 물론 그것은 피아노에서 시작되었다. 나는 또 이것이 나에게는 늘 일종의 수수께끼였다고, 이 출발 시간, 그리고 지속적인 행복의 현혹이 수수께끼였다고 말하고 싶다. 우리 부모가 함께한 모든 시간—그들이 우리를 가지기 전의 삶도 마찬가지인 것 같다.

그 화창한 오후, 여기 이 도시에서 그들은 페퍼 스트리트를 따라 악기를 밀고 갔고, 흘끗 서로를 보았고, 피아노 운반 일꾼들은 말다툼을 했다.

"어이!"

"왜?"

"너는 네 얼굴 때문에 여기 온 게 아니야, 알잖아."

"그게 무슨 소리야?"

"밀란 소리야! 이쪽으로 움직여, 바보야. 여기 이쪽으로."

한 사람이 다른 사람에게 은밀히: "이 일을 하라고 얼마를 주든

저 사람을 견뎌내는 값으로는 충분치 않아요, 안 그래요?"

"알아, 절대 충분치 않지."

"어서 일이나 하자고! 저 여자아이가 당신 둘을 합한 것보다 힘을 더 많이 쓰고 있잖아." 이제 페넬로페에게, 피아노를 수직으로 묶는 띠로부터. "어이, 혹시 일자리 필요해요?"

그녀는 웃음을 지었다, 온화하게. "어머, 사양하겠어요, 이미 몇 개 있거든요."

"그럼 그렇지. 역시 다르군, 이 쓸모없는 두―어이! 이쪽이라니까!"

그리고 거기서, 바로 거기서 그녀는 건너다보았고 37번지의 남자는 그녀에게 주름을 지으며 대학생 미소를 보여주다가 다시 그것을 자기 내부로 여몄다.

하지만 아파트에서 피아노가 창가에 자리를 잡자 마이클 던바는 자리를 떴다. 그녀는 도와준 것에 대한 선물로 무엇을 줄 수 있을지, 와인이나 맥주, 아니면 보드카(정말로 그녀가 이걸 이야기했을까?)하고 물었지만 그는 그 말을 들으려고 하지도 않았다. 그는 작별인사를 하고 떠났지만 그녀는 피아노를 칠 때 그가 귀를 기울이는 것을 보았다. 그녀의 첫 실험적 음들. 피아노는 조율이 필요했다.

그는 밖에 나가 나란히 늘어선 쓰레기통 옆에 서 있었다.

그녀가 더 잘 보려고 일어섰을 때 그는 사라지고 없었다.

그뒤에 이어지는 몇 주 동안 분명히 어떤 느낌이 있었다.

그들은 피아노의 날까지 서로 한 번도 본 적이 없었지만 이제 어디에서나 그런 일이 생기고 있었다. 그가 울워스에서 휴지를 겨드랑이에 끼고 줄에 서 있으면 그녀는 옆 계산대에 오렌지 한 봉지와 아이스트 보보 비스킷 한 봉지를 들고 서 있었다. 퇴근 후 그녀가 페퍼 스트리트를 걸어갈 때면 저 앞에서 그가 차에서 내렸다.

페넬로페의 경우(이것 때문에 그녀는 창피했다) 그 블록을 몇 번 어슬렁거렸는데 오로지 불과 몇 초 동안 그의 집 앞을 지나기 위해서였다. 그가 포치에 있을까? 부엌에 불이 켜져 있을까? 그가 나와서 그녀에게 안에 들어와 커피나 차를 마시자고, 아니면 뭐든 마시자고 부를까? 물론 거기에는 시너지가 있었다. 마이클과 '달', 그리고 오래전 페더턴을 통과하는 산책들을 고려할 때. 그녀는 피아노 앞에 앉을 때도 확인하곤 했다, 그가 다시 쓰레기통들 옆에 있을지도 몰라서.

마이클 쪽을 보자면, 그는 저항했다.

그는 다시는 그곳으로 돌아가고 싶지 않았다, 모든 것이 좋지만 파괴될 수도 있는 곳으로. 그는 부엌에서 페넬로페를, 그리고 피아노를, 그리고 귀신이 달라붙은 듯한 애비의 방들을 생각했다. 그는 이 새로운 여자의 두 팔, 그리고 악기를 도로에 내려놓는 것을 돕는 그녀의 두 손에 담긴 사랑을 보았다…… 그러나 자신이 그녀에게 가지 않게 막을 수 있었다.

결국 몇 달 뒤, 4월에 페니는 청바지와 셔츠를 입었다.

그녀는 페퍼 스트리트를 따라 걸었다.

어두웠다.

그녀는 자신이 우스꽝스럽다고, 자신은 소녀가 아니라 여자라고 혼잣말을 했다. 그녀는 여기에 오려고 수천 마일을 여행했다. 그녀는 포도주처럼 거무스름한 화장실 바닥에 발목까지 잠긴 채 서 있어봤기에 이것은 아무것도, 그에 비하면 아무것도 아니었다. 물론 그녀는 대문을 돌파해 남자의 앞문을 두드릴 수 있었다.

물론.

그녀는 그렇게 했다.

"안녕하세요?" 그녀가 말했다. "내 생각에는…… 나를 기억하시면 좋겠는데?"

그는 조용했고 빛도 마찬가지였다. 그의 뒤에 있는 복도 공간. 그리고 거기에 다시, 그 미소. 떠오르는가 했는데 이내 사라졌다. "물론 기억하죠…… 피아노."

"네." 그녀는 당황했고 그녀의 목구멍에서 형성되는 것은 영어가 아니었다. 각각의 문장이 바로 그것이었다―그 나름의 작은 처벌. 그녀는 자신의 언어를 한가운데 심고 그것을 돌아서 갈 수밖에 없었다. 어찌어찌해서 그녀는 그에게 혹시 자신을 찾아와줄 수 있느냐고 간신히 물을 수 있었다. 그녀는 피아노를 연주할 수 있다, 그러니까, 그가 피아노를 좋아한다면, 그리고 그녀에게는 커피와 건포도 토스트와―

"아이스트 보보도요?"

"네……" 왜 이렇게 창피할까? "네, 네, 좀 있어요." 그가 기억했다. 그가 기억하고 있었다.

그는 기억하고 있었고 이제 모든 자기 경고와 억제에도 불구하고 억누르던 미소가 밖으로 떨어져나왔다. 마치 군대 영화―웃기는 영화―같았다. 가망 없고 불운한 신병이 담장을 간신히 기어올라갔다가 반대편으로 쿵 떨어지는 영화. 멍청하고 어설프지만 유쾌한.

마이클 던바는 굴복했다.

"가서 연주하는 걸 듣고 싶어요. 그 첫날은 몇 음밖에 듣지 못했죠, 그걸 배달했던 날." 그런 다음 한순간, 긴 순간. "자. 좀 들어오실래요?"

그의 집은 친근감을 주었지만 동시에 뭔가 기를 죽이는 것도 있었다. 페넬로페는 정확하게 그것을 집어낼 수 없었지만 마이클은 물론 그럴 수 있었다. 한때 가졌던 삶, 이제는 가버린 삶.

부엌에서 그들은 자기소개를 했다.

그는 의자를 향해 손짓했다.

그는 그녀가 그의 거칠고 가루가 묻은 두 손을 보는 것을 보았고 그 순간, 그냥 그렇게 시작되었다. 상당히 긴 시간, 적어도 세 시간, 그들은 식탁에 앉아 있었는데, 식탁은 윗면이 많이 긁혔고 목재였고 따뜻했다. 그들은 우유를 넣은 차를 비스킷과 함께 먹었고 페퍼스트리트와 도시 이야기를 했다. 건설 노동과 청소. 그는 그녀가 일단 자신의 영어 걱정을 멈추자 영어가 얼마나 그녀에게 쉽게 달라붙는지 깜짝 놀랐다. 아닌 게 아니라 그에게 말해줄 것이 많았다.

새로운 나라, 그리고 바다를 보는 것.

남풍의 충격과 공포.

어느 시점부터 그는 그녀에게 그녀가 떠나온 곳, 그녀가 여기에 오게 된 경위에 관해 더 물었고 페넬로페는 손으로 자기 얼굴을 더듬었다. 그녀는 눈에서 금발 머리카락 덤불을 쓸어냈고, 물결이 천천히 뒤로 물러났다. 그녀는 책을 읽고 또 읽어주는 소리에 귀를 기울이던 창백한 어린 소녀를 떠올렸다. 그녀는 빈을, 그리고 넓게 펼쳐진 이층침대 무리를 생각했다. 하지만 대부분, 그녀는 피아노, 창가에서 내다보이는 춥고 황량한 세계 이야기를 했다. 한 남자와 콧수염, 감정 없는 사랑 이야기를 했다.

아주 조용하고 아주 차분하게 그녀가 말했다.

"나는 스탈린 동상과 함께 자랐어요."

밤이 깊어가면서 그들은 각자 자신들을 만든 이유와 장소 이야기를 했다. 마이클은 페더턴—불, 광산—이야기를 했다. 강가의 새들 소리. 애비 이야기는 하지 않았다, 아직은. 하지만 그녀는 거기, 모든 이야기의 가장자리에 있었다.

그에 비해 페넬로페는 이제 그만해야 한다고 느끼곤 했지만, 갑자기 할말이 무척 많아졌다. 바퀴벌레, 그리고 그것이 일으키는 공포를 언급하자 마이클은 웃음을 터뜨렸다, 하지만 공감하면서. 종이로 만든 집에 대해서는 그의 입술 위로 아주 희미하게 경이감이 펼쳐졌다.

그녀가 가려고 일어섰을 때는 자정이 한참 지난 시간이었다. 그녀는 그렇게 이야기를 늘어놓은 것을 사과했고 마이클 던바는 말했다. "아닙니다."

그들은 싱크대 앞에 서 있었고, 그는 컵과 접시를 설거지했다.

페넬로페는 그릇의 물기를 닦아냈고, 떠나지 않았다.

그녀 안에서 뭔가가 솟아올랐고 그의 안에서도 그런 것 같았다. 잔잔하지만 황량했던 세월. 가져보지 못했던, 또는 살아보지 못했던 모든 타운들. 그들 각자가 자신이 결코 그렇게 용감하지도 주제넘지도 못하다는 것을 알았지만, 또하나의 진실이 눈앞에 있었다—이것이 그것일 수밖에 없을 거라는.

아무런 기다림도 없고, 아무런 정중함도 없었다.

광야가 밖으로 나왔다, 그들 안으로부터.

곧 그가 감당할 수 없을 지경이 되었다.

조용한 고통을 일 초도 더 견딜 수가 없어 그는 걸음을 딛고 손을 뻗어 도박을 했다—그의 손은 여전히 비누 거품에 덮여 있었다.

그는 그녀의 손목을 잡았다, 차분하고 단호하게 양쪽 모두.

그는 어떻게 또는 왜를 몰랐지만 다른 손을 그녀의 엉덩뼈에 얹었고 아무 생각 없이 그녀를 안고 입을 맞추었다. 그녀의 팔뚝이 젖었고 옷이 젖었다, 셔츠의 딱 그 부분만—그는 천을 단단히 잡아, 주먹을 쥐고 있었다.

"맙소사, 미안합니다, 나는—"

그러자 페넬로페 레스치우슈코, 그녀는 그에게 평생 처음 겪는 공포를 주었다.

그녀는 그의 젖은 손을 잡고 셔츠 안으로 넣으며—똑같은 곳이지만 이번에는 피부였다—동쪽에서 온 말을 그에게 전했다.

"Jeszcze raz."

아주 조용히, 아주 진지하게, 거의 웃음기 없이, 마치 부엌이 이런 목적을 위해 만들어진 곳인 양.

"이런 뜻이에요." 그녀가 말했다. "또."

손에 피가 흐르는 소년

토요일이었고―'살인범'이 떠나 있는 기간 가운데 절반에 이른 시점이었다―클레이는 막 밤으로 변한 어둠 속에서 그 집으로부터 나와 도로를 걸었다.

그의 몸은 부분적으로는 탄력이 있었고 부분적으로는 단단했다.

두 손은 물집이 잡히고 까졌다.

안에서 그는 터질 준비가 되어 있었다.

그는 월요일부터 혼자 파고 있었다.

기반암까지는 그가 걱정한 만큼 깊지 않았다―하지만 가끔 몇 인치가 힘든 노동이 될 때도 있었다. 가끔 돌에 아예 닿지 못할지도 모른다는 생각이 들었다―하지만 그러다가, 돌의 아픔.

일을 마쳤을 때쯤, 이제 그는 어느 밤에 안에 들어가 몇 시간이라도 자고 나오고 어느 밤에 아침까지 쭉 일을 했는지도 기억할 수 없었다. 종종 그는 강바닥에서 잠을 깼다.

이제 오늘이 토요일이라는 것을 계산하는 데도 시간이 걸렸다.

그리고 저녁이라는 것, 새벽이 아니라.

그런 비몽사몽의 상태에서 그 화끈거리는 손에 피를 흘리며 그는 다시 도시를 보겠다고 결심했고 아주 가볍게 짐을 쌌다. 상자, 그리고 다리 책들 가운데 가장 좋아하는 것들.

그는 샤워를 하고 화끈거렸고 옷을 입고 화끈거렸으며 그렇게 비틀거리며 타운으로 들어갔다. 딱 한 번, 망설이다 몸을 돌려 자신이 한 일을 돌아보았고, 그것이 다였다.

도로 한가운데에서 그는 주저앉았고 주위의 땅이 용솟음쳤다.

"내가 해냈어."

딱 두 마디, 한 마디 한 마디가 흙 같은 맛이 났다.

그는 잠시 누워 있었다―따뜻한 땅바닥, 별이 빛나는 하늘. 이윽고 간신히 몸을 일으켜 다시 걸었다.

산비탈에서 스키를 타는 사람들처럼

페퍼 스트리트 37번지에서 그 첫날밤, 그녀가 떠날 때 합의가 되었다.

그는 그녀를 집까지 바래다주면서 토요일 오후 네시에 그녀의 아파트로 가겠다고 말했다.

도로는 어둡고 텅 비었다.

말을 별로 하지는 않았다.

답방 때 그는 면도한 얼굴로 데이지를 가져왔다.

그녀가 피아노를 연주하기까지 시간이 좀 걸렸고, 그녀가 연주를 할 때 그는 그녀 옆에 서 있었다. 그녀가 끝마치자 그는 손가락 하나를 피아노 오른쪽 맨 끝에 올려놓았다.

그녀는 고개를 끄덕여 그가 그 손가락을 내리게, 그것을 누르게 해주었다.

하지만 피아노의 가장 높은 음은 변덕스러웠다.

충분히 세게 치지 않으면, 또는 충분히 바르게 치지 않으면 아무

소리도 내지 않았다.

"다시." 그녀는 말했고, 싱긋 웃었고—신경이 곤두선 채 그들 둘 다 웃었다—그는 이번에는 그것이 말을 듣게 만들었다.

모차르트의 손을 찰싹 때리는 것처럼.

또는 쇼팽이나 바흐의 손목을.

그리고 이번에는 그녀였다.

머뭇거림이, 어색함이 있었지만 이내 그녀는 그의 목덜미에 입을 맞추었다. 아주 가볍게, 아주 부드럽게.

이어 그들은 아이스트 보보를 먹었다.

마지막 하나까지.

지금 그 생각을 해보면서 나는 우리가 들은 모든 것, 특히 클레이가 들은 모든 것을 거슬러 다 짚어보며 무엇이 가장 중요한지 의문을 품게 된다.

이제 나는 이거라고 생각한다.

그 이후 여섯 주 혹은 일곱 주 동안 그들은 만났고 만나는 장소를 맞바꾸며 페퍼 스트리트를 오르내렸다. 늘 마이클 던바에게는 어떤 차오르는 것이 있었다. 페넬로페의 새로움과 금발을 통하여. 그는 그녀에게 키스할 때 유럽의 맛을 보았지만 동시에 애비가 아닌 것의 맛을 보았다. 그가 떠나려고 일어설 때 그녀의 손이 그의 손가락들을 꼭 잡으면 그는 난민의 감촉을 느꼈고, 그것은 그녀였지만 그이기도 했다.

결국 그는 그녀에게 말했다, 37번지 계단에서.

일요일 아침이었고 잿빛에 온화했으며 계단은 서늘했다—그는 전에 결혼을 했고 이혼을 했다, 그녀의 이름은 애비 던바였다. 그때 그는 차고 바닥에 누워버렸다.

차 한 대가 지나갔고, 자전거를 탄 소녀가 지나갔다.

그는 참담했다고, 혼자서 살아가고 있다고, 버티고 있다고 말했다. 그녀가 자신의 앞문에 온 날 밤 훨씬 이전부터 그녀를 보기를 원했다. 그러기를 원했지만 그럴 수가 없었다. 다시 그런 추락의 위험을 무릅쓸 수가 없었다, 다시는.

재미있는 것 같다, 고백이란 것이 나오는 방식이.

우리는 거의 모든 것을 인정하는데 여기서 거의라는 것이 매우 중요하다.

마이클 던바의 경우, 빠뜨린 것은 두 가지였다.

첫째, 그 또한 아름다움에 근접하는 뭔가를 생산할 수 있다는 것을 절대 인정하지 않으려 했다—그림을 생산할 수 있다는 것을.

그다음은(이것은 첫번째의 연장인데), 그는 그의 뿌옇고 깊은 곳 어딘가에서 자신이 다시 버려지는 것보다는 다른 누군가에게 차선이라는 선고를 내리는 것을 두려워한다는 사실을 고백하지 않았다. 그것이 애비에 대한, 그가 한때 가졌던, 그러나 잃어버린 삶에 대한 그의 느낌이었다.

하지만 다시 생각해보면, 사실 그에게 어떤 선택지가 있었을까?

이곳은 말싸움하는 피아노 일꾼들에게 논리가 도전받는 세계였다. 이곳은 운명이 볕에 그을린 동시에 창백한 모습으로 앞에 나설 수 있는 세계였다. 하느님, 심지어 스탈린조차 개입되어 있으니 어떻게 그가 안 된다는 말을 할 수 있었겠는가?

어쩌면 우리가 이런 결정을 하는 게 아니라는 것이 사실인지도 모른다.

우리는 한다고 생각하지만, 사실 하지 않는다.

우리는 동네를 여기저기 왔다갔다한다.

어떤 특정한 집 앞문을 지나간다.

어떤 피아노 건반을 쳤는데 소리가 나지 않으면 다시 친다, 그래야만 하기 때문에. 우리는 뭔가 들을 필요가 있고, 그것이 실수가 아니기를 바란다.

사실 페넬로페는 절대 여기 있을 사람이 아니었다.

우리 아버지는 절대 이혼하지 말았어야 했다.

하지만 그들은 여기에 있었고, 완벽하게, 아주 어울리게, 어떤 종류의 선을 향해 걸어가고 있었다. 산비탈에서 스키를 타는 사람들처럼 그들에게 카운트다운이 시작되었고, 지금을 향해 출발하고 있었다.

전통주의자

실버역에서 그는 야간열차가 다가오는 빛을 보았다.

멀리서 보니 느리게 움직이는 마법의 횃불 같았다.

하지만 안에 들어가자 천국이었다.

공기는 서늘했고 자리는 따뜻했다.

부서진 신체 부품 같은 그의 심장.

밀랍 작품 같은 그의 허파.

그는 가볍게 뒤로 기댔고, 잠이 들었다.

열차는 일요일 아침 다섯시 직후 도시로 들어섰고, 어떤 사람이 그를 흔들어 깨웠다.

"어이, 꼬마, 꼬마, 도착했어."

클레이는 화들짝 놀랐고, 간신히 일어섰다. 그 모든 것—엄청난 두통, 스포츠가방을 집어들 때의 타는 듯한 통증—에도 불구하고 끌어당기는 힘은 어김없었다.

그는 집의 가물거리는 빛을 느꼈다.

마음속에서 그는 이미 거기에 있었고 아처 스트리트의 세계를 지켜보고 있었다. 지붕에 올라가 있었고 케리가 사는 곳을 보았다. 또는 뒤로, 서라운즈를 보는 것. 그는 심지어 우리 거실의 영화 소리도 들을 수 있었다—하지만 아니었다. 그는 사실 자신이 갈 수 없다는 것, 특히 이런 식으로 갈 수는 없다는 사실을 스스로 일깨워야 했다.

아처 스트리트는, 기다려야 한다.

대신, 그는 걸었다.

그는 움직일수록 덜 아프다는 것을 알았다. 그래서 저인망을 깔듯이 도시를 훑었다. 힉슨 로드까지 갔고 다리 아래까지 내려갔다. 그는 기운 담에서 늘어졌다. 위에서 열차들이 덜거덕거리며 다가왔다. 항구는 너무 푸르러, 그는 거의 볼 수가 없었다. 리벳들이 줄지어 있었다, 그의 어깨 위에. 커다란 회색 아치가 위로 뻗어 있었다.

여자지, 그는 생각했다, 당연히 여자다.

그는 몸을 기울였고 떠나려고 안간힘을 썼다.

하지만 오후에야 그는 마침내 떠났고 서큘러 부두의 굽은 곳까지 걸어갔다. 어릿광대들, 기타 치는 사람. 전통적인 디저리두.*

맨리 페리선이 그에게 손짓했다.

뜨거운 칩스 냄새에 죽을 것만 같았다.

그는 철로까지 걸어가 타운홀에서 갈아탔고 정거장을 셌고 걸었

---

* 긴 나무관으로 된 오스트레일리아의 전통 관악기.

다. 기어야 한다면 기어서 갔을 것이다, 레이싱 쿼터까지. 그래도 그가 갈 수 있는 곳이 한 곳은 있었다.

거기에 이르렀을 때, 그 언덕 꼭대기까지 한참을 갔을 때, 오랜만에 처음으로 그는 묘석을 제대로 살펴보았다.

퍼넬러피 던바

이름이 많았던 여자

실수쟁이, 생일 아가씨,

코가 깨진 신부, 그리고 페니

모든 사람의 많은 사랑을 받았지만

그 가운데서도 특히

던바 보이들의 사랑을 받았다

그것을 읽고 그는 무릎을 꿇고 웅크렸다.

그는 마지막 부분에서 가장 크게 미소를 지었다. 우리의 형제는 땅바닥에 뺨을 먼저 갖다대며 그 자리에 누웠다. 그리고 혼자 오랫동안 그곳에 머물렀다. 소리 없이 울었다, 거의 한 시간 동안.

요즘, 아주 빈번히 나는 그 생각을 하고 내가 거기 있을 수 있었다면 얼마나 좋았을까 하는 마음이 든다. 이제 그를 거의 두들겨패고 쓰러뜨리고 그의 죄에 대해 심하게 벌을 내릴 사람으로서 어떻게든 내가 모든 것을 알았으면 좋았을 것을.

나는 그를 안아주었을 것이고 조용히 그에게 말했을 것이다.

나는 그에게 말했을 것이다, 클레이, 집에 와.

피아노 페인트 작업

그래서 그들은 결혼하게 된다.

퍼넬러피 레스치우슈코와 마이클 던바.

시간의 관점에서 볼 때 대략 일 년 일곱 달이 걸렸다.

더 측정이 어려운 다른 관점에서 볼 때 그것은 차고에 가득한 초상화, 그리고 피아노 페인트 작업이었다.

우회전과 자동차 사고였다.

그리고 하나의 모양—피의 기하학.

대부분 휙휙 지나간다, 그 시기는.

시간은 순간들로 쪼그라든다.

가끔 그 순간들은 넓게 흩어져 있다—겨울처럼, 그리고 그녀의 운전 배우기처럼. 또는 9월, 그리고 음악의 시간들처럼. 그가 그녀의 언어를 배우려는 서툰 시도를 하는 11월 전체가 있었고, 이어 12월에서 2월을 거쳐 4월, 그리고 그가 자란 타운, 그 땀과 솟아오르는 열기를 적어도 몇 번 찾아가는 일이 있었다.

그사이에 물론, 영화들이 있었고(그는 웃음 때문에 그녀를 확인하지는 않았다), 또 그녀가 발견한 비디오—그녀의 가장 훌륭한 교사였을 것이다—에 대한 사랑이 있었다. 텔레비전에서 영화를 하면 그녀는 영어를 연습하려고 그것을 녹화했다. 〈E.T.〉에서 〈아웃 오브 아프리카〉, 〈아마데우스〉에서 〈위험한 정사〉에 이르는 1980년대의 카탈로그.

계속되는 『일리아스』와 『오디세이아』가 있었다. 텔레비전의 크리켓 게임들이 있었다. (그게 정말로 닷새 내내 지속될 수 있을까?) 그리고 흰 파도가 이는 반짝이는 물에 나가 수도 없이 탔던 짠 냄새 나는 페리.

또 의심의 여파도 있었다, 그가 완강하게 붙들린 채 자기 내부의 어떤 곳으로 사라지는 것을 그녀가 보게 될 때. 다시, 애비 없는 내부의 땅. 광대하고 황량한 풍경. 그럴 때 그녀는 그의 옆에서 그의 이름을 부르게 된다.

"마이클. 마이클?"

그는 화들짝 놀라곤 했다. "응?"

그들은 분노의 경계 또는 발이 빠지는 작은 짜증의 구멍에 서 있었다. 둘 다 그것이 아주 빠르게 깊어질 수 있다는 것을 느꼈다. 하지만 그가 "나한테 오지 마, 연락하지 마" 하고 말할지도 모른다고 그녀가 느끼는 바로 그 순간, 그는 그녀의 팔뚝에 손을 올려놓곤 했다. 그녀의 두려움은 몇 달에 걸쳐 서서히 진정되었다.

하지만 가끔 그 순간들이 쭉 늘어났다.

그 순간들은 정지하고, 완전히 펼쳐졌다.

클레이에게는, 그것이 페니가 삶의 마지막 몇 달 동안—그녀가 모르핀에 완전히 취해 뜨거워지고, 모든 것을 제대로 이해하려고 필사적이었을 때—그에게 말해주던 순간들이었다. 가장 기억에 남는 것은 두 순간이었는데, 둘 다 저녁이었다. 그리고 그 둘 사이에는 정확히 열두 달이 있었다.

퍼넬러피는 그 순간들을 제목으로 보았다.

'그가 마침내 나에게 보여주었던 밤'.

그리고 '피아노 페인트 작업'.

날짜는 12월 23일, 크리스마스이브의 이브였다.

첫번째 해, 그들은 마이클의 부엌에서 함께 식사를 했고, 막 다 먹었을 때 그가 몸을 돌리더니 그녀에게 조용히 말했다.

"자, 보여줄게."

그들은 차고로 걸어들어갔다.

그들이 서로 알고 지낸 그 몇 달 동안 그녀가 거기에 한 번도 발을 들인 적이 없다는 게 이상했다. 그는 옆쪽 출입구를 택하는 대신 앞쪽에 있는 바퀴가 달린 문을 이용했다. 문이 열리며 기차 소리가 났다.

안에 들어가 그가 불을 켜고 침대보로 이루어진 커튼을 걷었을 때 페니는 놀랐다—피어오르는 먼지의 핵들 사이사이에 헤아릴 수 없이 많은 캔버스가 모두 나무틀에 쫙 펼쳐진 채 자리잡고 있었기 때문이다. 몇 개는 크기가 어마어마했다. 어떤 것들은 스케치북 크기였다. 그 각각에 애비가 있었는데, 가끔 그녀는 여자였고 가끔은 소녀였다. 그녀는 짓궂어 보일 수도 있었고 과묵해 보일 수도 있었다. 종종 머리카락은 허리까지 내려갔다. 어떤 그림에서는 목선에 내려오게 잘랐다. 또 물처럼 흐르는 머리카락을 품에 안고 있었다. 하지만 늘 그녀는 생명력이었고, 절대 시아에서 오래 벗어나지 않았다. 퍼넬러피는 이 그림들을 본 사람은 누구나, 초상화를 그린 사람이 스스로 보여주는 것보다 훨씬 많이 느끼고 있다는 사실을 알게 되리란 걸 깨달았다. 그것이 앞에 있는 모든 붓질 안에, 생략한 모든 붓질 안에 있었다. 그것은 치밀하게 계산된 캔버스의 폭이었고, 완벽히 말짱하게 보존된 실수였다—그녀 발목에 흘린 엷은 자주색 물감, 또는 그녀 옆에, 그녀의 얼굴에서 일 밀리미터 떨어진 곳에 혼자 둥둥 떠 있는 귀처럼.

그러나 완벽성은 중요하지 않았다.

그 모든 것이 옳았다.

한 그림, 그녀의 발이 모래 속에 잠겨 있는 가장 큰 그림에서 페니는 그녀가 펼쳐 내미는 관대한 손바닥에 놓인 신발을 달라고 할 수 있을 것 같은 느낌을 받았다. 페니가 보고 있는 동안 마이클은 입을 벌린 문간에 앉아 벽에 등을 기대고 있었다. 페니는 볼 만큼 보고 나서 그의 옆에 가서 앉았다. 그들의 무릎과 팔꿈치가 닿았다.

"애비 던바?" 그녀가 물었다.

마이클은 고개를 끄덕였다. "그전에는 핸리—그리고 지금은, 몰라."

그녀는 그 순간 그녀의 심장이 솟아오르고 목구멍에서 속도가 빨라지는 것을 느꼈다. 그녀는 그것을 천천히 도로 밀어넣었다.

"미—" 그는 말을 멈출 뻔했다. "더 일찍 보여주지 못해서 미안해."

"그림을 그릴 수 있어?"

"그릴 수 있었지. 하지만 지금은 못 그려."

처음에 그녀는 자신의 다음 말, 또는 움직임을 곰곰이 생각했다—하지만 이제 그녀는 그것을 단호히 거부했다. 그녀는 혹시 그 대신 자신을 그릴 수 있느냐고 묻지 않았다. 아니, 그녀는 절대 그 여자와 경쟁하지 않을 것이다. 그래서 그녀는 그의 머리카락을 쓰다듬었다. 그녀는 손가락으로 머리카락을 빗으며 말했다. "그러니까 나는 절대 그리지 마." 그녀는 안간힘을 써서 용기를 냈다. "대신 다른 걸 해……"

그것은 클레이가 소중하게 간직한 기억이었다. 그에게 이 모든 이야기를 하는 것이 그녀에게는 힘든 일이었기 때문이다(하지만 죽음은 엄청난 동기를 부여한다). 마이클이 그녀를 맞으러 다가왔고 그녀가 그를 곧바로 이끌고 갔던 것—애비가 그를 떠난 장소로, 그가 영락하여 누워 있던 바닥의 장소로.

"내가 그이에게 말했지." 그녀는 소년에게 말했고, 매우 시든 상태였다. "내가 말했어, 나를 네가 있던 바로 그곳으로 데려가—그러자 그이는 바로 그렇게 했어."

그래, 그들은 거기에 갔고 그들은 안았고 주었고 상처를 입혔고 싸웠고, 원치 않는 모든 것이 떠나도록 밀어냈다. 그녀의 숨, 그녀의 소리, 그들이 되었던 것의 흘러넘침이 있었다. 서둘지 않고 오래오래 그렇게 했다—그리고 각각의 고비 사이에 그들은 누워서 이야기를 했다. 종종 퍼넬러피가 먼저 이야기를 했다. 그녀는 어린 시절 외로웠고, 자식을 적어도 다섯은 원한다고 말했고, 마이클은 좋다고 말했다. 그는 심지어 농담을 하기도 했다. "하느님, 우리가 아들 다섯만 두지 않으면 좋겠어!" 정말이지 그는 더 신중했어야 하는데.

"우리는 결혼할 거야."

그가 한 말이었다―그냥 말이 나왔다.

그때쯤 그들은 쓸렸고 멍이 들었다. 그들의 팔, 그들의 팔꿈치, 그들의 어깨뼈.

그는 말을 이어갔다. "너한테 청할 방법을 찾을게. 어쩌면 내년 이맘때."

그러자 그녀는 밑에서 싱긋 웃었다, 꼭 안으며.

"물론이지." 그녀는 말했다. "좋아." 그녀는 그에게 키스하며 그의 몸을 뒤집었다. 그러고 나서 마지막으로, 거의 침묵에 가까운 "또".

다음해에 두번째 제목이 나타났다.

'피아노 페인트 작업'.

12월 23일.

월요일 밤이었고 밖에서는 빛이 붉게 변하고 있었다.

동네 아이들 소리가 안으로 들어왔다, 핸드볼을 하는 소리.

퍼넬러피는 방금 그들 옆을 걸어 지나왔다.

월요일이면 그녀는 늘 이 무렵에 집에 왔다, 여덟시 반 조금 지나서. 그녀는 마지막 일, 변호사 사무실 청소를 끝냈고 이날 밤도 평소와 같았다.

그녀는 문 옆에 가방을 내려놓았다.

그녀는 피아노로 걸어가 앉았다―하지만 이번에는 뭔가가 달랐다. 그녀는 덮개를 열고 건반 위의 말을 보았다. 단순하지만 아름다운 글자로 적혀 있었다.

|P|E|N|E|L|O|P|E| |L|E|S|C|I|U|S|Z|K|O| |P|L|E|A|S|E|

|M|A|R|R|Y| |M|E|*

그는 기억했다.

그는 기억했다, 그녀의 손이 입을 가리던 모습, 그녀의 미소와 눈이 타오르던 모습. 모든 의심은 멀리 밀려나, 그녀가 글자들 위에서 흔들리는 동안 심지어 사라져버렸다. 그녀는 그것을 어지럽히거나 물감이 번지게 하고 싶지 않았다. 사실은 마른 지 몇 시간 되었지만.

곧 그녀는 자신의 내부에서 결심을 찾아냈다.

그녀는 손가락들이 부드럽게 내려앉는 것을 막지 않았다, PLEASE MARRY라는 말 한가운데.

그녀는 고개를 돌려 불렀다.

"마이클?"

아무런 답이 없어 그녀는 뒤쪽으로 걸어나갔다. 소년들은 사라지고 없었고 그곳은 도시, 빨간 공기, 페퍼 스트리트였다.

그는 앉아 있었다, 홀로, 자신의 충계 위에.

나중에, 한참 나중에 마이클 던바가 그녀의 아파트에서 종종 그녀와 함께 썼던 싱글베드에서 자고 있을 때 그녀는 다시 밖으로 나왔다, 어둠 속에서.

그녀는 불을 켰다.

그늘진 침침한 곳으로 통하는 손잡이를 돌렸고 피아노의 등받이 없는 의자에 앉았다. 천천히 그녀의 두 손이 표류했고, 부드럽게 그

---

* '퍼넬러피 레스치우슈코 나와 결혼해줘'라는 뜻.

녀는 높은 음정의 음들을 눌렀다. 부드럽지만 진실하고 올바르게 눌렀다. 그곳에 남아 있는 페인트를 그대로 이용했다.

그녀는 | Y | E | S | 건반을 눌렀다.

오븐에서 기어나온 소년

"내 눈을 믿을 수가 없네. 나는 네가 그냥 시작만 할 거라고 생각했는데."

그것이 마이클이 일주일도 안 되어 한 소년이 파놓은 거대한 도랑을 보고 한 말이었다. 그는 소년을 더 잘 알았어야 했다.

"대체 뭘 한 거니, 밤낮없이 판 거야?"

클레이는 아래를 보았다. "가끔 자기도 했어요."

"삽 옆에서?"

이제 그는 고개를 들었고 '살인범'은 그의 두 손을 보았다.

"예수님……"

클레이 이야기를 해보자면, 그는 나에게 그 작은 묘기에 관해 말하면서 일 자체보다는 그것이 준 영향 이야기를 했다. 그는 적어도 아처 스트리트, 그리고 서라운즈가 보고 싶어 죽을 지경이었지만 물론 그럴 수는 없었다. 두 가지 이유가 있었다.

첫째, 그는 나와 마주할 수 있는 상태가 아니었다.

그리고 둘째, 돌아왔는데 나를 마주하지 않는 것은 속이는 것이라는 느낌이 들었다.

묘지에서 그는 실버로 돌아가는 기차를 탔고 그다음에 회복하느라 며칠을 보냈다. 단 한 부분도 아프지 않은 데가 없었다. 하지만 물집이 잡힌 손이 최악이었다. 그는 잤고, 깬 채로 누워 있었고, 기다렸다.

'살인범'은 돌아와서 강 건너편에, 나무들 안에 멈춰 섰다.

그는 걸어내려가 파낸 도랑의 바닥에 섰다.

양편은 조수의 물결, 돌과 흙무더기로 이루어진 물결이었다.

그는 보면서 고개를 저었다. 이어 저 너머, 건너편의 집을 보았다.

집안에 들어와 그는 클레이를 찾아냈고, 부엌에서 클레이는 마이클을 산산조각냈다. 마이클은 한숨을 쉬며 반쯤 늘어졌고, 다시 충격과 완전한 당혹감 사이에서 한번 더 고개를 저었다. 마침내 클레이에게 뭔가 할말을 찾았다.

"그건 인정할 수밖에 없구나, 꼬마, 너한테는 심장이 있어."

그러자 클레이는 어쩔 수가 없었다.

그 말.

그 말은 떠났다가 돌아왔다, 여러 번. 그리고 이제, 부엌에, 로리가 서 있었다. 마치 막 오븐에서 기어나온 것처럼, 번버러파크에서 바로 온 것처럼, 그 유명한 삼백 미터 지점에서 온 것처럼.

그건 인정할 수밖에 없구나, 꼬마……

그가 클레이에게 한 정확히 똑같은 말.

그러자 클레이는 자신을 억제할 수 없었다.

클레이는 복도를 달려가 욕실 바닥에 앉았다. 서둘다가 쾅 소리를 내며 문을 닫았다. 그러자—

"클레이? 클레이, 너 괜찮니?"

방해하는 소리가 메아리 같았다, 누군가 그에게 외치는 소리 같았다, 물속에서. 그는 공기를 찾아 헐떡거리며 위로 올라왔다.

코가 깨진 신부

결혼식에 관해 말하자면, 준비할 것이 별로 없었기 때문에 아주 빠르게 다가왔다. 어느 시점에 마이클은 그림—애비 그림들—을 어떻게 할지 생각해보았다. 보관할지, 없앨지, 버릴지. 퍼넬러피는 처음에는 확신을 가졌다.

"보관해야 해." 그녀는 말했다. "아니면 팔거나. 이것들은 없앨 만큼 형편없지 않아." 그녀는 차분하게 손을 뻗어 하나를 만졌다. "이 여자를 봐, 아주 아름다워."

그 순간, 우연히 그녀는 그것을 느꼈다.

불, 질투의 깜박거림.

왜 나는 저럴 수 없을까? 그런 생각이 들었다. 다시 한번 그의 내부의 그 길고 외딴 땅을 생각하면서—가끔 그가 그녀 옆에 있다가도 사라져 가버리는 곳. 그럴 때면 그녀는 간절히 원했다—자신이 애비보다 많아지고 나아지기를. 하지만 그림들은 계속 만들어지는 증거였다. 한때 그녀와 동등했던 모든 것의 증거.

결국 그것들을 팔아버리자 안심이 되었다.

그들은 큰 편에 속하는 그림 하나를 전시했다. 페퍼 스트리트 근처 로터리에 그림을 판다는 안내문과 날짜와 함께—해거름에 그림은 도난당했다. 당일에 차고에서는 한 시간이 걸렸다. 빠르게 팔려나갔다. 사람들이 그들을 좋아했기 때문에. 애비와 페니를 똑같이.

"당신은 이 사람을 그려야 해요." 많은 구매자가 그렇게 말하며 퍼넬러피 쪽을 가리켰다. 마이클은 그들을 향해 미소를 지을 수밖에 없었다.

그는 말했다. "이 사람은 실물이 훨씬 낫습니다."

거기에서부터 다음 장애물까지는 퍼넬러피에게는 익숙한 운이었다.

무슨 일이 일어났느냐가 중요한 게 아니라—그녀 자신의 판단 실수였기 때문에—그 일이 그때 일어날 수밖에 없었다는 것이 중요했다. 그들이 결혼하기 전 아침에. 그녀는 마이클의 낡은 세단을 몰고 로우더 스트리트에서 방향을 틀어 패러매타 로드를 탔다.

그녀는 동구권에서는 운전을 전혀 해본 적이 없었지만 눈은 여전히 그 지역 체계를 따르고 있었다. 이곳에서 그녀는 시험을 보았고 상당한 자신감으로 통과했고 이제 종종 마이클의 차를 몰았다. 지금까지 한 번도 문제가 없었지만 그런 것은 이날 아무런 의미가 없었다. 그녀는 완벽하게 우회전을 했지만 도로의 반대 방향 차선으로 들어섰다.

뒷자리에 그녀가 막 찾아온 웨딩드레스가 수수하면서도 미끈하게 누워 있었고, 차는 옆에서부터 들이받혔다. 마치 악마가 한입 문 것처럼. 퍼넬러피의 갈빗대가 골절되었다. 코는 부딪혀 깨졌다. 얼굴이 대시보드의 위쪽을 박은 것이다.

상대 차의 남자는 욕을 하고 있었지만 피를 보자 입을 다물었다.

그녀는 두 가지 언어로 미안하다고 말했다.

곧 경찰이 왔고 견인차가 경쟁적으로 나타났다. 견인차 기사들은
협상을 하고 땀을 흘리고 담배를 피웠다. 구급차가 오자 그들은 병
원에 가라고 그녀를 설득하려 했으나 강요할 수는 없다고 말했다.

페니는 괜찮다고 우겼다.

그녀의 앞쪽에 길고 이상한 형체가 있었다.

타원형 피의 벽화.

아니, 그녀는 동네 병원의 주치의에게 갈 것이다. 그 말에 그들
모두 동의했다. 그녀는 보기보다 강인했다.

경찰은 그녀를 체포하는 중이라고 농담을 하며 편안하게 집까지
태워다주었다. 그들 가운데 젊은 사람, 스피어민트 껌을 씹는 사람
은 웨딩드레스도 챙겨주었다.

그는 그것을 조심스럽게 트렁크에 실었다.

집에 도착하자 그녀는 해야 할 일을 알았다.

씻기.

차를 한 잔 마시기.

마이클에게, 그다음엔 보험회사에 전화하기.

예상할 수 있겠지만, 그녀는 이 가운데 어떤 일도 먼저 하지 않
았다.

아니, 그녀는 끌어모을 수 있는 모든 힘으로 웨딩드레스를 소파
위에 올려놓고 피아노에 앉았다. 완전히 의기소침하고 상실감에 젖

어 있었다. 그녀는 〈월광 소나타〉의 반을 쳤는데 음표를 볼 수가 없었다, 단 한 번도.

병원에서, 한 시간 뒤, 그녀는 비명을 지르지 않았다.

마이클은 의사가 그녀의 갈빗대를 살살 누르고 코를 옆으로 비틀어 제자리에 맞추는 동안 그녀의 손을 잡고 있었다.

그냥 숨을 헉 들이켜고 침을 한 번 삼켰을 뿐이라고 말할 수도 있었다.

하지만 나오는 길에 그녀는 무릎이 꺾였고, 이어 대기실 바닥에 드러누웠다. 사람들이 구경하려고 목을 뺐다.

마이클은 그녀를 부축해 일으키면서 구석에서 흔히 눈에 띄는 아이들 장난감을 보았지만 얼른 어깨를 으쓱하며 떨쳐버렸다. 그는 그녀를 안고 문밖으로 나왔다.

다시 집에 와 익숙한 낡은 소파에 올라가게 되자 그녀는 그의 허벅지를 베고 누웠다. 그녀는 그에게 『일리아스』를 읽어달라고 했고, 그 순간 마이클에게 커다란 깨달음이 찾아왔다―뻔한 것, 예를 들어 나는 오래전에 사라진 너의 아버지가 아니다, 같은 생각을 한 것이 아니라, 그 너머 멀리까지 낚싯줄을 드리웠기 때문이다. 그는 하나의 진실을 알았고 그것에 익숙해졌다. 그가 미켈란젤로와 애비핸리를 합친 것보다 더 그녀를 사랑한다는 것.

그는 그녀 뺨의 눈물을 닦아주었다.

입술의 갈라진 곳에 피가 있었다.

그는 책을 뽑아들어 그녀에게 읽어주었고, 그녀는 울었고, 그러다 잤다, 여전히 피를 흘리며……

발이 빠른 아킬레우스, 꾀가 많은 오디세우스, 그리고 다른 모든 신과 전사가 있었다. 그는 특히 공포를 자아내는 헥토르—말을 길들이는 헥토르라고도 불렸다—와 티데우스의 진짜 아들 디오메데스가 마음에 들었다.

그는 그렇게 밤새 그녀와 함께 앉아 있었다.

그는 읽었고, 페이지를 넘겼고, 또 읽었다.

그다음에 결혼식, 그것은 다음날 계획대로 진행되었다.

2월 17일.

모인 사람은 적었다.

마이클 쪽에서는 같이 일하는 친구 몇 명.

페니에게는 청소부 패거리.

아델 던바도 그 자리에 있었고 늙은 와인라우크도 있었는데, 그는 페니에게 소염제를 주었다. 다행히 부은 것은 가라앉았지만 그녀는 여전히 이따금씩 피를 흘렸고 화장을 아무리 짙게 해도 그 밑에서 눈의 멍자국이 반짝거렸다.

교회 역시 작았고 겉으로 보기에는 동굴 같았다. 납으로 구분된 장식창이 있어 어두웠다. 고문당하는, 화려한 색깔의 그리스도. 설교자는 키가 크고 머리가 벗어지고 있었다. 그는 마이클이 그녀 쪽으로 몸을 기울이며 "봤지? 심지어 자동차 사고가 나도 너는 여기서 벗어날 수 없어" 하고 말하자 웃음을 터뜨렸다. 그러나 첫 핏방울이 웨딩드레스에 떨어져 리트머스시험지처럼 번져갈 때는 무척 슬픈 표정이었다.

하객석 도처에서 도움을 주려는 사람들이 달려나왔고 페니는 흐느낌으로 미소를 삼켰다. 그녀는 마이클이 건네준 손수건을 받아들며 말했다. "너는 코가 깨진 신부하고 결혼하고 있네."

"착한 사나이로군." 설교자는 말했고, 지혈이 되자 머뭇머뭇 진행해나갔다―그리고 화려한 색깔의 그리스도도 지켜보았다. 그들이 마이클과 퍼넬러피 던바 부부가 될 때까지.

그들은 대부분의 부부가 그러듯이 몸을 돌렸고 회중을 향해 미소를 지었다.

필요한 서류에 서명했다.

교회 중앙 통로를 따라 걸었고, 문이 활짝 열렸고, 그 너머 그들 앞에는 백열 같은 햇빛이 있었다―그 생각을 하면 다시 그 현혹이 눈에 보인다. 그들이 그 잡기 힘든 행복을 쥐고 있다는 것. 그들의 손안에 그 행복을 살려냈다는 것.

그들이 우리를 가지기 전의 그 삶들 가운데, 아직 두 장章이 남아 있었다.

장미 전쟁

다시, 시간이 흘렀다.

몇 주가 지나고, 한 달에 가까워지고, 그 시간을 다양한 방식으로 보냈다.

그들은, 그래야 했기 때문에, 가장 어려운 것부터 시작했다.

강에서 흙을 옮기는 것.

그들은 해가 뜰 때부터 질 때까지 일했고, 비가 오지 않게 해달라고 기도했다. 비가 오면 모든 것이 의미 없는 일이 될 것이기 때문이었다. 아마누강이 흐르면, 힘차게 흐르면, 그와 더불어 유사와 흙이 떠내려올 것이다.

밤에 그들은 부엌이나 커피 테이블 옆의 소파 가장자리에 앉아 있었다. 그들은 가설물을 제대로 설계했다. 둘이서 모형 두 개를 만들었다—거푸집과 다리 자체의 모형. 마이클 던바는 수학적이었고 돌의 각도를 꼼꼼하게 따졌다. 그는 소년에게 호弧에 관해 말하며 각각의 블록이 완벽할 필요가 있다고 덧붙였다. 클레이는 홍예석 생각만으로도 속이 울렁거렸다. 그 말을 입에 올리는 것조차 생경했다.

그는 신체적으로나 정신적으로 진이 빠졌고 졸음에 겨워 방으로 걸어가 책을 읽곤 했다. 그는 상자에 든 물건 각각을 손에 쥐었다. 딱 한 번 불길을 일으켜보았다.

모두 보고 싶었다. 몇 주가 흘러가면서 더 심해졌다. 그때 우편함에 봉투가 하나 도착했다. 안에 손으로 쓴 편지 두 통이 있었다.

하나는 헨리가 쓴 것.

하나는 케리가 쓴 것.

아마누강에서 보내는 모든 시간 동안 이것이야말로 그가 기다리던 사건이었지만, 그는 편지를 즉시 읽지 않았다. 돌과 유칼립투스가 있는 곳으로 걸어올라가 얼룩덜룩한 해 속에 앉았다.

그는 눈에 띈 순서대로 읽었다.

안녕 클레이,

몇 주 전 편지 고마워. 한동안 내가 갖고 있다가 다른 사람들한테 보여줬어—왜냐고 묻지는 마. 알다시피 우리는 너를 보고 싶어해. 너는 거의 말을 하지 않지만 우리는 너를 보고 싶어해. 아마 지붕 기와가 너를 가장 보고 싶어할 거야, 내 생각엔. 음, 그거하고, 또 토요일이면 내가 보고 싶어하지…… 차고 세일에 갈 때 토미한테 도와달라고 했는데 그 꼬마는 황소 젖통이만큼이나 소용이 없거든. 너도 알잖아.

네가 할 수 있는 최소한의 일이 여기 한번 들르는 거야. 먼저 그 거부터 해치워야 해—알잖아. 젠장, 그나저나 다리를 놓는 데는 대체 얼마나 걸리는 거야?

신실한 마음으로,

헨리 던바 님

추신. 부탁 하나 들어줄래? 진짜로 돌아오게 되면 나한테 연락해서 몇시에 집에 올 건지 말해줘. 그때 맞춰 모두 여기 있어야 하니까. 혹시 몰라서.

클레이는 편지를 읽으면서 그 글의 헨리다움이 고맙기만 했다. 그의 헛소리는 정말이지 끝이 없었지만 클레이는 그것이 그리울 뿐이었다. 그것, 그리고 그가 용감하지 않으면 아무것도 아닌 인간이라는 것. 사람들은 헨리의 그런 점을 종종 잊고 그에게서 오직 자기 이익과 돈만 보지만. 헨리가 옆에 있으면 뭐든 더 잘하게 되었다.

다음은 토미였다. 그와 로리 둘 다 편지에 기여를 해달라고 요청을 받은 게 분명했다. 또는 더 가능성이 큰 것으로, 강요당한 것. 토미가 먼저였다.

안녕 클레이,

아킬레우스가 형을 보고 싶어한다는 것 외에는 별로 할말이 없어. 그 녀석 발굽 확인할 때 헨리한테 도와달라고 했어—쓸모없다는 건 바로 **그런 걸 보고** 하는 말이야!!!!!!

(그리고 나도 형 보고 싶어.)

다음은 로리.

어이 클레이—제발 집에 좀 와라. 우리의 작은 사슴-대-사슴

hart-to-harts이 그립다.

하!

내가 가슴heart이란 말도 제대로 쓰지 못한다고 생각했지, 그치?

야—부탁 좀 하자. 나 대신 아빠 좀 안아줘라.

그냥 농담이야—스다구니를 걷어차줘 알았어? 힘차게.

이건 좆같은 로리가 차는 거야 하면서!

집에 와.

웃겼다. 상황을 완벽하게 정리해준 사람은 토미였지만 늘 그에게 뭔가 와닿게 해주는 사람은 로리였다—사태를 가장 심각하게 느끼게 해주는 사람은. 어쩌면 로리는 사실 누구도 또는 어떤 것도 진정으로 사랑하고 싶어하지 않는 사람이지만 클레이는 사랑했고, 그것을 가장 이상한 방식으로 보여주었기 때문인지도 몰랐다.

클레이에게,

내가 너를 얼마나 보고 싶어하는지, 토요일이면 서라운즈에 앉아서 네가 거기 내 옆에 있다고 상상하는 게 어떤 기분인지 편지 한 통에 어떻게 다 말할 수 있을까? 나는 눕지 않아. 나는 아무것도 하지 않아. 그냥 가서 네가 오기를 바라지만 너는 오지 않고 나는 이유를 알아. 그렇게 될 수밖에 없어, 그런 것 같아.

웃겨, 요즘이 가장 좋은 몇 주였는데 너한테 말을 할 수도 없으니.

지난주에 처음 말을 탔어. 믿어져??? 수요일이었고 '장미 전쟁'이라고 부르는 말이었어—수를 채워주려고 있을 뿐인 늙은 일꾼인데 한 번도 채찍질을 하지 않고, 그냥 말로 하고 손과 발만 이용해서 결승선까지 가게 했어. 그래서 삼등으로 들어왔지. 삼등!!!
아이고! 엄마가 트랙에 나온 건 몇 년 만에 처음이야. 기수복은 검
은색, 흰색, 파란색이었어. 집에 오면 다 이야기해줄게, 오래 걸릴
이야기는 아니지만. 다음주에 또 타야 해……

맙소사, 이렇게 주절거리면서 물어보지도 않았구나. 어떻게 지
내? 지붕에 올라간 널 보던 게 그리워.

지난번에 『채석공』을 또 읽었어. 왜 네가 그 책을 그렇게 좋아하
는지 알아. 그 사람은 그 모든 훌륭한 일을 했잖아. 너도 거기 나가
서 뭔가 훌륭한 일을 하게 되기를 바라. 너는 할 거야. 해야 해. 할
거야.

곧 봐, 그러기를 바라. 서라운즈에서 봐.

내 팁들을 보여줄게.

약속해.

사랑으로,
케리

그래, 어떻게 할 것 같은가?

무슨 말을 할 것 같은가?

그는 그 편지를 저멀리 상류에 가서 여러 번 읽었고, 또 읽었다.

한참 헤아려본 뒤, 이제 자신이 떠나온 지 칠십육 일이 되었다고
계산했다. 아마누강은 그의 미래가 될 것이다—하지만 이제 집으
로 와서 나와 마주할 시간이었다.

아처 스트리트 18번지의 집

마이클 던바가 '코가 깨진 신부'와 결혼했을 때 그들이 한 첫번째 일은 페퍼 스트리트를 따라 피아노를 다시 운반해 37번지로 가져가는 것이었다. 여기에는 동네 남자 여섯 명이 추가로 필요했으며, 이번에는 맥주 한 상자도 필요했다. (그들은 번버러 소년들과 크게 다르지 않았다―맥주가 있으면 그것은 차가워야 했다.) 그들은 집 뒤쪽을 돌아서 갔다. 그곳에는 안으로 들어갈 때 계단이 없었기 때문이다.

"정말이지 그 일꾼들한테 연락을 해줘야 해." 마이클은 나중에 말했다. 그는 호두나무 위에 팔 하나를 기댔다, 마치 그와 피아노가 친구이기나 한 것처럼. "결국 그 사람들이 주소를 제대로 알았던 거잖아."

페니 던바는 미소를 지을 수 있을 뿐이었다.

그녀는 한 손을 악기에 얹고 있었다.

다른 손은 그에게.

몇 년 뒤 그들은 그곳에서도 이사했다. 그들은 어떤 집을 사랑하게 되어 집을 샀다. 비교적 가까운 곳으로 레이싱 쿼터 안에 있었으며 그 뒤로 트랙과 마구간이 있었다.

그들은 어느 토요일 아침에 물끄러미 바라보았다.

아처 스트리트 18번지의 집.

부동산 중개업자가 안에서 기다리고 있다가 그들에게 이름을 물었다. 아마도 그날은 그때까지 관심을 보이는 사람이 없었던 것 같았다.

집 자체로 보자면, 복도가 있었고 부엌이 있었다. 방 세 개, 작은 욕실, 오래된 힐스 호이스트가 있는 긴 뒷마당. 둘은 바로 상상했다. 잔디와 정원이 있는 아이들, 유년의 혼돈이 터져나오는 것이 보였다. 그들의 입장에서는 낙원이었는데, 그들은 곧 훨씬 더 세게 사랑에 빠지게 된다.

페니는 빨래 건조대 기둥에 한 팔을 얹고 머리 위 구름으로 눈길을 옮기다가 그 소리를 들었다. 그녀는 부동산 중개업자 쪽으로 몸을 돌렸다.

그녀가 말했다. "실례합니다만, 저 소리는 뭐죠?"

"네?"

그는 이 순간을 두려워하고 있었다. 그것이 그가 데려온 다른 모든 부부를 잃게 된 원인이었기 때문이다—그들 모두 비슷한 꿈을 꾸고, 그곳에서 그들이 살아갈 방식을 생각했을 게 틀림없었다. 아마도 웃음을 터뜨리는 아이들이 부당한 축구 전술을 둘러싸고 싸움을 벌이거나, 풀과 흙 사이로 인형을 끌고 다니는 광경을 똑같이 보기까지 했을 것이다.

"안 들리세요?" 그녀가 고집스럽게 말했다.

부동산 중개업자는 타이를 바로잡았다. "아, 저거요?"

전날 밤 그레고리 도로지도에서 방향을 찾아보다가 그들은 집 뒤의 경기장을 보았는데 지도에는 그냥 서라운즈라고만 나와 있었다. 이제 페니는 뒤쪽을 달려내려오는 발굽소리를 들었다고 확신했고, 근처의 냄새도 판별했다—동물, 건초, 말.

부동산 중개업자는 서둘러 그들을 다시 안으로 데리고 들어가려 했다.

소용없었다.

페니는 더 가까이 이끌렸다. 펜스 라인에서 그녀가 들은 따가닥 따가닥 소리로.

"여보, 마이클?" 그녀가 말했다. "나 좀 들어올려줄래?"

그가 마당을 걸어 그녀에게로 왔다.

그의 두 팔과 그녀의 작대기처럼 가는 허벅지.

건너편에서 페니는 마구간을 보았고, 트랙을 보았다.

펜스 라인 뒤로 골목길이 있고 펜스 라인은 집이 끝나는 곳에서 방향을 틀었다. 칠면 부인이 유일한 이웃이었다. 그다음에는 풀과 기울어진 짓다 만 건물, 어쩔 수 없이 만들어놓은 하얀 경기장용 펜스. 거기에서 보니 이쑤시개를 박아놓은 것 같았다.

좁은 길에는 말을 데리고 트랙에서 마구간으로 이동하는 마부들이 있었는데 그들 대부분이 그녀를 보지 못했다. 몇 명은 지나가며 고개를 끄덕였다. 일이 분 뒤 한 늙은 마부가 마지막 말을 끌고 지나갔고, 말의 머리가 아래로 내려오며 기대자 무뚝뚝하게 어깨를 으쓱하여 옆으로 밀어냈다. 그는 페니를 보기 직전에 말의 입을 살짝 때렸다. "계속 가." 그가 말했다. "여기서 나가." 페니는 물론 내내 미소를 짓고 있었다.

"안녕하세요?" 그녀는 헛기침을 했다. "……안녕하세요?"

말은 즉시 그녀를 보았지만 마부는 알아차리지 못했다.

"네? 누구세요?"

"여기 위예요."

"맙소사, 아가씨, 염병할 심장마비 걸리는 줄 알았소!" 그는 땅딸막했고 머리는 곱슬곱슬했으며 얼굴과 눈이 축축했다. 말이 그를 끌고 그녀에게 다가오고 있었다. 말은 귀에서 코까지 흰색이 번쩍거렸지만 나머지는 마호가니 갈색이었다. 마부는 말을 멈출 수 없다는 것을 알았다. "좋아, 우리가 갑니다. 이리 와보세요, 아가씨."

"정말이요?"

"그럼요, 좀 쓰다듬어주세요, 어차피 여기에서 가장 덩치 큰 염병할 겁쟁이니까."

그녀는 쓰다듬기 전에 마이클이 괜찮은지 확인했고 진실을 알게 되었다. 그녀는 가볍지만 무게가 전혀 없는 것은 아니었기에 그의 두 팔이 막 떨리기 시작했다. 그녀는 말의 반점에, 커다란 하얀 조직에 손을 얹었고, 기쁨을 억누를 수 없었다. 그녀는 살피는 눈을 들여다보았다. 혹시 설탕? 설탕 좀 있어요?

"이 아이 이름이 뭐예요?"

"음, 경마용 이름은 '시티 스페셜'이오." 이제 마부도 말을 쓰다듬어주고 있었다, 가슴을. "하지만 마구간에서는 '욕심쟁이'라고 부르죠. 이유가 염병할 궁금하지만."

"빠른가요?"

그는 코웃음을 쳤다. "정말이지 이 동네에 새로 온 게 분명하네, 그렇죠? 이 마구간에 있는 말들은 모두가 염병할 쓸모없소."

그래도 퍼넬러피는 매력을 느꼈다. 말이 더 거칠게 두드려달라며 위로 고개를 끄덕이자 그녀는 웃음을 터뜨렸다. "안녕, '욕심쟁이'."

"자, 이 아이한테 이걸 주쇼." 그는 더러운 각설탕 몇 개를 건네주었다. "그게 나을지도. 어차피 이 녀석은 더 해볼 게 없으니까."

그녀 밑에서 마이클 던바는 자신의 두 팔을 생각하고 있었다. 그녀를 얼마나 오래 들고 있을 수 있을지.

부동산 중개업자는 생각하고 있었다, 팔았다.

형제들의 폭력

이제 클레이의 차례였다. 아버지에게 집과 아마누강을 맡겨놓고 떠날 차례.

그는 소파 옆에서 아버지를 내려다보며 서 있었고, 아침은 아직 어두웠다.

손은 아물어 물집이 흉터로 변했다.

"한동안 나가 있을 거예요."

'살인범'은 잠에서 깼다.

"하지만 돌아와요."

실버역이 간선에 있는 것이 다행이었다. 기차는 각 방향으로 하루에 두 번 통과했다. 그는 8:07 열차를 탔다.

역에서 그는 기억했다.

그가 이곳에 왔던 그 첫번째 오후.

귀를 기울였다.

옆의 땅이 여전히 노래하고 있었다.

열차에서 한동안 책을 읽었지만 뱃속에서 신경이 움직이기 시작했다. 태엽을 감는 장난감을 가진 아이 같았다.

결국 그는 책을 내려놓았다.

정말이지 아무 소용 없었다.

그가 읽는 모든 것에서 눈에 보이는 것은 내 얼굴, 내 주먹, 내 목의 경정맥뿐이었다.

늦은 오후 도시에 이르렀을 때 그는 역에 서서 연락을 했다. 4번 플랫폼 근처의 전화부스.

"여보세요, 여기는 헨리인데요." 클레이는 그가 어딘가 거리에 있다는 것을 들어서 알 수 있었다. 차량들에 바짝 다가선 소리. "여보세요?"

"나도 여기야."

"클레이?!" 반대편의 손아귀로부터 목소리가 더 팽팽하게, 더 빠르게 다가왔다. "집에 온 거야?"

"아직. 오늘밤에."

"언제? 몇시에?"

"모르겠어. 어쩌면 일곱시. 어쩌면 더 늦게."

그러면 그에게 몇 시간 더 여유가 있을 것이다.

"야, 클레이?"

그는 기다렸다.

"행운을 빌어, 알았지?"

"고마워. 이따 봐."

그는 유칼립투스들 안에 돌아가 있고 싶었다.

어지간하면 걸어서 갈까 잠시 생각했지만 기차와 버스를 탔다. 포세이돈 로드에 이르렀을 때 원래 내리는 곳보다 한 정거장 먼저 내렸고, 도시는 저녁으로 한참 들어가 있었다.

이제 구름 덮개 외에는 아무것도 없었다.

일종의 구리, 대부분은 시커먼.

그는 걷다가 발을 멈췄고 공기에 몸을 기댔다, 그것이 자신을 끝내주기를 바라는 것처럼. 공기는 그럴 생각이 없었다. 바라던 것보다 빨리 그는 아처 스트리트 입구에 서 있었다.

마침내 오고 나니 안도감이 찾아왔다.

거기 있는 것이 두려웠다.

모든 집에 불이 켜져 있고 사람들이 집에 있었다.

연극이 다가오는 것을 느낀 듯 비둘기들이 어딘가에서 날아와 전깃줄에 다닥다닥 붙어 앉아 기다렸다. 그들은 텔레비전 안테나, 그리고 하느님 맙소사, 나무에 홰를 틀고 있었다. 까마귀도 한 마리 있었는데 깃털이 통통하고 몸도 통통해서 트렌치코트로 변장한 비둘기 같았다.

하지만 그는 아무도 속이고 있지 않았다.

우리 앞마당을 보니—펜스가 없고 대문이 없고 그냥 잔디만 있는 극소수의 앞마당 가운데 하나—잎이 없고 잔디를 새로 깎았다.

포치, 지붕, 내가 보는 영화의 깜빡거림.

이상하게도 헨리의 차가 없었지만 클레이는 다른 데 정신을 팔 수 없었다. 그는 천천히 계속 걸어갔고, 이어, "매슈."

그는 처음에만 그 말을 했을 뿐이었다. 마치 허물없고 차분한 태도를 보여주려고 주의를 기울이는 것처럼.

매슈.

그냥 내 이름.

그게 다였다.

들릴 듯 말 듯.

그리고 다시 몇 걸음 더. 그는 잔디의 쿠션을 느꼈다. 그리고 이제 한가운데에서, 문을 마주하고, 내가 나올 것이라고 예상했다—그러나 나는 나오지 않았다. 이제 그는 소리를 지르거나 서서 기다려야 했다. 그는 그 상황에서 첫번째를 선택했다. "매슈!" 하고 소리를 지를 때 그의 목소리는 너무나도 그의 목소리 같지 않았다. 그는 가방을 내려놓았고 책들은 그 안에 있었다—그가 읽는 것.

몇 초 지나지 않아 그는 움직이는 소리를 들었고, 이윽고 로지가 짖는 소리를 내뱉었다.

내가 집에 있는 우리 가운데 처음 앞으로 나선 사람이었다.

나는 클레이와 거의 똑같은 옷을 입고 포치에 서 있었다. 다만 내 티셔츠는 흰색이 아니고 짙푸른 색이었다. 똑같은 바랜 청바지. 똑같은 바닥이 얇은 운동화. 나는 〈레인맨〉을 보고 있었다, 사분의 삼쯤 봤다.

클레이—그를 보자 염병할 너무 좋았지만…… 하지만 안 돼.

내 어깨가 축 늘어졌지만 눈에 띌 정도는 아니었다. 내가 얼마나 이러고 싶지 않은지 보여줄 수는 없었다. 나는 그러고 싶어하는 것처럼 보여야 하고 자신 있어 보여야 했다.

"클레이."

오래전에 잃어버린 그 아침의 목소리였다.

그의 호주머니 속의 살인자.

로리와 토미가 나왔을 때 나는 그들이 앞으로 나서지 못하게 했다. 거의 상냥하게. 그들이 항의를 하려 했을 때 나는 손을 들어올렸다. "안 돼."

그들은 그대로 있었고, 로리가 말을 했지만 클레이는 듣지 못했다. "너무 심하게 하면 내가 끼어들 거야, 알았지?"

그 말을 다 소곤거리는 소리로 했던가?

아니면 정상적으로 말한 것인데 클레이가 자기 귓속의 소리 때문에 그냥 듣지 못한 것일까?

나는 잠시 눈을 감았고, 오른쪽으로 걸어가, 내려갔다. 다른 형제들은 어떤지 모르겠으나 우리의 경우 맴도는 것은 없다. 클레이와 '살인범', 그런 권투 선수들 같은 것이 아니었다—이것은 나였다. 나는 그에게로 거의 뛰다시피 걸어갔고 곧 그는 땅에 부딪혔다.

오, 그는 물론 싸웠다. 그래, 열심히 싸웠다. 탐색했고 마구 휘둘렀고 쓰러졌다—여기에는 문법이 없었고, 여기에는 아름다움이 전혀 없었기 때문이다. 그는 원하는 만큼 훈련을 하고 고생을 할 수 있지만, 이것은 클레이 식으로 훈련하는 게 아니라 내 식으로 사는 것이었고, 애초에 그를 발견한 사람은 나였다. 말은 더 없었지만 내 안에 여전히 있는 말들.

그 사람은 우리를 죽였어.

그 사람은 우리를 죽였어, 클레이, 기억 안 나?

우리한테는 아무도 없었어.

그는 우리를 떠났어.

과거의 우리는 죽었어—

하지만 이제 그 생각들은 전혀 생각이 아니었고, 내리꽂히는 주먹의 구름이었고, 하나하나가 똑바로 아래로 떨어졌다.

기억 안 나?

안 보여?

그리고 클레이.

미소 짓는 아이.

지금, 그가 나중에 나에게 말해준 그 모든 것을 듣고 난 뒤에 그때의 우리를 지켜보고 있자니 그가 생각하고 있는 것이 분명하게 보인다.

형이 모든 것을 아는 것은 아니야, 매슈.

형은 몰라.

내가 형한테 말해주었어야 하는데—

빨래 건조대에 관해서.

빨래집게에 관해서—

하지만 그는 아무 말도 할 수 없고, 처음 쓰러진 것조차 기억할 수 없었다. 너무 세게 넘어지는 바람에 거기에 깊이 베인 상처를, 풀밭에 흉터를 남겼다는 것 외에는—그리고 세상은 뒤죽박죽이었다. 그는 비가 내리고 있다고 생각했지만, 진실을 말하자면, 그것은 피였다. 그것은 피였고 상처였고 일어서는 것이었으며 쓰러지는 것이었다, 로리가 크게 소리치기 전까지.

그리고 나—가슴을 들썩이고, 공기를 불러들이고.

클레이는 풀밭에서 완전히 몸을 웅크리고 있다가 하늘을 향해 몸을 굴렸다. 정말이지, 거기에 하늘이 몇 개가 있었던가? 그가 초점을 맞추고 있던 하늘은 부서졌고 그와 더불어 새들이 나타났다. 비둘기들. 그리고 까마귀 한 마리. 그들은 그의 허파 속으로 떼를 지어 몰려들었다. 날개를 퍼덕이는 그 종이 같은 소리, 아주 빠르게, 그리고 멋지게, 동시에.

그가 다음에 본 사람은 소녀였다.

그녀는 아무 말도 하지 않았다. 나에게 아무 말도, 클레이에게 아무 말도 하지 않았다.

그녀는 그냥 몸을 웅크리고 그의 손을 잡았다.

그녀는 잘 돌아왔어, 하는 말도 할 수 없었고, 실제로─충격적이게도─말을 하려고 움직인 사람은 클레이였다.

나는 왼쪽으로 몇 미터 떨어진 곳에 서 있었다.

내 두 손은 부들부들 떨며 피를 흘리고 있었다.

나는 숨을 쉬고 있었다. 최대한 열심히.

내 두 팔은 땀을 뒤집어쓰고 있었다.

로리와 토미는 약간 거리를 두고 있었고, 클레이는 소녀를 올려다보았다. 짙은 녹색 눈. 그는 그 말을 하고 천천히 미소 지었다.

"'장미 전쟁'?"

그는 그녀가 비참한 절망에서 아주 길고 희망적인 미소로 바뀌는 것을 보았다, 직선주로에 진입하는 말처럼.

"쟤 괜찮아?"

"그런 것 같아."

"나한테 일 분만 줘. 우리가 안으로 데리고 들어갈게."

그 작은 대화를 그는 듣기 힘들었지만 그게 나와 케리라는 것을 알았고, 곧 다른 아이들도 가까이 다가왔다. 로지가 그의 얼굴을 핥았다.

"로지!" 내가 말했다. "거기서 나와!"

여전히 헨리는 기척도 느껴지지 않았다.

마침내 로리가 나타났다.

어떤 시점에는 끼어들 수밖에 없었다.

그는 모든 사람에게 젠장 다 비키라고 하더니 클레이를 일으켜 세워 안고 갔다. 그의 품에 클레이가 아치처럼 걸려 있었다.

"어이, 매슈." 로리가 소리쳤다. "이거 잘 봐. 이게 다 그 우편함 훈련 덕분이라고!" 그러더니 클레이에게, 얼굴과 피를 굽어보며. "가슴-대-가슴에 이건 어때?" 그리고 마지막으로 그제야 떠오른 가장 행복한 생각. "야―그 사람 스다구니 걷어찼어, 내가 부탁한 대로?"

"두 번. 첫번째는 별로 신통치 않았거든."

그러자 로리는 웃음을 터뜨렸다, 바로 거기 층계에서. 그것 때문에 그가 안고 있는 소년은 아팠다.

약속하고 계획한 대로 나는 그를 정말 죽였다.

하지만 평소와 마찬가지로 그의 말을 지켜서―클레이는 죽지 않았다.

다시 던바 보이가 되어 기분이 좋았다.

TW, 뱀, 달

그들은 그 집을 샀다. 물론 샀고, 일들이 시작되기 시작했다.

일자리라는 면에서 보자면 마이클은 여전히 건설 현장 일을 했고 늘 손에는 가루 같은 게 묻어 있었으며, 페니는 청소일을 했고 그 시간이 다가올 때까지 영어를 공부했다. 그녀는 다른 일에 관심을 갖기 시작했으며, 가르치는 일 두 가지 사이에서 갈등했다. 첫번째는 음악일 수밖에 없었다. 그다음은 제이언어로서의 영어ESL.

어쩌면 그렇게 만든 것은 기억이었는지도 모른다.

실내 아스팔트.

바닥부터 천장까지 열기熱氣.

"여권?"

"죄송하지만Przepraszam?"

"오, 예수님……"

그녀는 ESL을 선택했다.

그녀는 대학에 지원했지만 밤에는 청소를 하러 나갔고―회계

법인, 변호사 사무소―입학 허가서가 도착했다. 마이클은 부엌 식탁에 있는 그녀를 보았다. 오랜 세월 뒤에 그는 바로 그곳에서 얼마 떨어지지 않은 곳에 서서 노새의 감시와 심문을 받게 된다.

"어떻게 됐어?"

그는 그녀 옆에 가까이 앉았다.

그는 문장紋章, 그리고 편지 윗부분에 인쇄된 문구를 보았다.

어떤 사람들은 샴페인으로 어떤 일을 축하하고 밤에 어떤 멋진 곳으로 외출하기도 하지만 이때 퍼넬러피는 앉아 있었다. 그녀는 마이클의 어깨에 머리를 얹었고 다시 편지를 읽었다.

그리고 그렇게 시간은 흘러갔다.

그들은 정원에 뭘 심었다.

반은 살았다. 반은 죽었다.

그들은 89년 11월 '장벽'이 무너지는 것을 지켜보았다.

뒤쪽 펜스의 갈라진 틈을 통해 종종 말의 살집을 보았고 레이싱 쿼터의 다른 기묘한 일들을 사랑하게 되었다―예를 들어 오후 중반에 차량을 막기 위해 멈춤 표지판을 들고 도로로 걸어가는 남자나 여자. 그들 뒤로 마부가 말 한 마리를 끌고 나오곤 했는데 그 말은 다음날 10-1 배당률의 말일 가능성이 높았다. 헤네시에서.

하지만 그 장소의 마지막이자 가장 중요한 특징은, 이미 그때에도, 사람들에게 잊힌 경기장의 수였다. 어디를 봐야 할지 알기만 하면 금세 그런 곳을 찾을 수 있었다. 어떤 경우에는, 우리가 모두 잘 알고 있듯이, 그런 장소가 큰 의미를 지닐 수 있었다. 그런 곳 하나가 철로 근처에 있었다. 물론, 서라운즈, 그리고 번버러의 죽어가는 트랙도 등장하게 된다―하지만 이 경기장 또한 핵심적이었다.

따라서 제발 기억해달라고 간청하는 바이다.

이것은 노새와 밀접한 관계가 있었다.

페니가 대학 과정 삼 년째에 접어들었을 때 아처 스트리트 18번지의 전화벨이 울렸다. 닥터 와인라우크.

아델.

그녀는 부엌 식탁에서 죽었다. 심야에 벌어진 일인 것 같았다. 막 친구에게 보내는 편지를 타자로 친 뒤였다.

"편지를 다 치고 나서 안경을 벗고 레밍턴 옆에 머리를 뉘었던 것 같아." 그는 말했고, 그것은 슬프고 아픈 일이었지만, 어쩐 일인지 아름답게 어울리기도 했다.

마지막 치명적인 하나의 조합.

마지막에 강타한 완전한 멈춤.

물론 그들은 바로 페더턴으로 차를 몰고 갔고, 마이클은 퍼넬러피와 비교할 때 자신이 운이 좋다는 것을 알았다. 여기에서는 적어도 교회에서 관 옆에 서서 땀을 흘릴 수는 있었다. 퇴직한 늙은 의사를 돌아보며 그의 타이를 물끄러미 바라볼 수는 있었다. 타이는 오래전에 멈춘 시계처럼 걸려 있었다.

"안타깝구나, 얘야."

"안타까운 일이에요, 선생님."

나중에 그들은 오래된 집에, 식탁에, 그녀의 파란 테 안경과 타자기와 함께 앉았다. 한동안 그는 새 종이를 집어넣고 몇 줄 칠 생각을 했다. 그러나 그러지 않고 그냥 보기만 했고, 퍼넬러피가 차를 내왔으며, 그들은 차를 마시고 타운을 걸었고, 마지막으로 뒤쪽에서 일을 마무리했다, 뱅크셔 옆에서.

타자기를 집으로 가져갈 거냐고 그녀가 물었을 때 그는 타자기는 이미 자기 집에 있는 거라고 말했다.

"정말 그렇게 생각해?"

"응." 그는 깨달았다. "사실, 내가 뭘 해야 할지 알 것 같아."

무슨 이유에서인지 그냥 그게 옳다고 느껴져서 그는 밖의 창고로 갔다. 그는 예전 그 낡은 삽을 찾아내 구멍을 하나 더 팠다, 개와 뱀의 왼쪽에.

집안에서 그는 마지막으로 한동안 레밍턴과 함께 앉아 있었다.

그는 강하고 부드러운 비닐 세 두루마리를 찾아내 그것을 썼다. 아주 투명해 자판이 보였다. 처음에는 Q와 W, 이어 중간의 F와 G, H와 J. 방치된-뒷마당-같은-타운의 방치된 뒷마당, 그는 그곳으로 그것을 가져가, 거기에 내려놓고, 땅에 그것을 묻었다.

TW, 뱀, '달'.

그런 것을 부동산 광고에 집어넣지는 않는다.

집에서는 다시 삶이 계속되어야 했고, 계속되었다. 마이클은 그녀와 함께 늦게까지 깨어 있었고, 그녀는 과제를 소리 내어 읽고 확인했다. 실습을 마치자 그녀는 하이퍼노고등학교에 배정되었다. 타운에서 가장 거친 고등학교였다.

첫날 그녀는 기진맥진해서 돌아왔다.

"날 산 채로 잡아먹었어."

둘째 날은 더 심각해졌다.

"오늘은 날 뱉어냈어."

그녀가 그들에게 소리를 지르는 때도 있었다, 통제력—그들에 대한 또 자신에 대한—을 완전히 잃고. 아이들은 죽이는 쪽으로 움직였다. 한번은 그녀가 거의 폭발하며 "조용히!" 하고 소리를 지르고 나서 "조그만 똥덩어리 같은 녀석들" 하고 중얼거리자 교실에서 웃음이 터져나왔다. 십대들의 즐거움, 조롱.

하지만 우리가 알다시피, 페니 던바에게 중요한 사실은, 그녀가 작고 언제나 연약할지는 몰라도 어떻게든 생존하는 데 전문가라는 점이었다. 그녀는 점심시간을 반 전체와 함께 보냈다―억류와 권태의 여왕. 그녀는 조직된 침묵으로 그들을 두들겼다.

결과적으로 그녀는 오랜만에 교생 시기를 견뎌낼 첫 후보가 되었으며 결국 일자리를 제안받았다, 상근직.

그녀는 청소일을 완전히 그만두었다.

그녀의 일터 친구들이 그녀를 데리고 나가 술을 마셨다.

마이클은 다음날 그녀 옆에 앉았다, 변기 옆에. 그는 그녀의 등을 쓰다듬으며 달래듯이 말했다.

"이게 자유의 전리품이야?"

그녀는 토했고 훌쩍거렸고 웃음을 터뜨렸다.

다음해 초, 마이클이 어느 날 오후 일터로 그녀를 태우러 갔을 때 거대한 소년 세 명이 그녀를 둘러싸고 있었다. 그들의 땀, 그들의 머리 모양과 팔. 잠시 그는 차에서 내릴까 생각했는데 그때 그것이 보였다―그녀는 호메로스를 들고 있었다. 그녀는 그 책을 소리내어 읽고 있었다. 아마도 섬뜩한 장면 가운데 하나였을 게 분명한 것이, 소년들은 모두 얼굴을 찌푸리고 옹기종기 붙어 있었다.

그녀는 페퍼민트 색조의 원피스 차림이었다.

그녀가 마이클이 차를 세운 것을 깨닫고 책을 쾅 닫자 소년들은 길을 내주었다. 그들이 말했다, "안녕 선생님, 안녕 선생님, 안녕 선생님." 그녀는 차에 탔다.

하지만 그렇다고 해서 쉬웠다는 것은 아니다—쉽지 않았다.

그는 출근을 하다가 가끔 그녀가 혼잣말로 자신을 설득하는 소리를 들었다. 욕실에서. 하루와 마주하는 것은 어려웠다. 그는 말하곤 했다. "이번에는 어떤 녀석이야?" 그녀의 일은 가장 거친 녀석들과 씨름하는 것이 되었기 때문이다. 일대일로. 어느 때는 한 시간이 걸렸고 어느 때는 몇 달이 걸렸지만 그녀는 늘 그들을 꺾었다. 몇 명은 심지어 그녀를 보호해주었다. 다른 아이들이 괴롭히면 화장실로 끌고 가 소변기들 사이에 내던졌다. 페니 던바는 건드리지 마.

여러 면에서 ESL이라는 명칭은 아이러니였다. 그녀의 학생들 가운데 상당수는 사실 제일언어가 영어지만 한 단어도 읽기 힘든 아이들이었기 때문이다—그리고 늘 그 아이들의 분노가 가장 컸다.

그녀는 그들과 함께 창가에 앉았다.

그녀는 집에서 메트로놈을 가져왔다.

아이는 믿을 수 없다는 표정으로 빤히 보며 말했다. "씨발 이게 뭐예요?"

그러면 페니는 단호하게 대답하곤 했다.

"여기에 박자를 맞춰서 읽어."

하긴 그 일은 일어날 수밖에 없었다.

가르치고 나서 사 년 뒤, 그녀는 어느 날 저녁 임신검사기를 들고 집에 왔고 그들은 이번에는 정말로 축하를 하러 외출했지만 토요일이 오기까지 한 주를 기다려야 했다.

다음날, 그들은 다시 직장에 가 있었다.

마이클은 콘크리트를 부었다.

그는 그곳의 친구들 몇 명에게 말했다―그들은 일을 멈추고 악수를 했다.

퍼넬러피는 하이퍼노에 있었다, 호전적이지만 아름다운 한 소년과 함께.

그녀는 그와 함께 창가에서 읽었다.

메트로놈이 딱딱 소리를 냈다.

토요일에 그들은 오페라하우스의 멋진 곳에서 식사를 했다. 그들은 꼭대기에, 층계에 서 있었다. 멋지고 오래된 다리, 그것이 거기에 걸려 있었고 페리들이 항구로 들어왔다. 오후 중반이 되어 그들이 밖으로 다시 나오자 배 한 대가 부두에 들어와 있었다. 산책길에는 사람들이 무리를 지어 걸어다녔고, 무리 안에는 카메라와 미소 짓는 사람들이 있었다. 건물과 유리 구조물 옆에 그들―마이클과 페니 던바―이 있었고, 오페라하우스 층계 맨 아래에 다섯 소년이 나타나 서 있는 것을 견디고 있었다……곧 그들이 우리를 만나러 내려왔다.

우리는 함께 다시 밖으로 나왔다―사람들의 무리와 말, 그리고 해로 완전히 부풀어오른 도시를 뚫고.

그리고 죽음이 와서 우리와 함께 걷고 있었다.

5부

도시 + 물 + 범죄자 + 아치 +

이야기

화려한 등장

물론 헨리는 그 주먹과 깃털과 형제들의 밤에 등장해야 했다.

지금 내가 생각하기엔 그것이 우리의 집단적 사춘기의 마지막 물결이었다. 마지막으로 번버러파크 터널을 걸어나갈 때 클레이 혼자 그랬던 것처럼, 사춘기, 그리고 헨리, 그리고 우리에게는 오늘밤이 그랬다. 다음 며칠 동안 간헐적으로 일종의 버티기가 있기는 했다. 어림과 멍청함의 마지막 자취를 향해 최종적으로 고개를 끄덕인 것이라고나 할까.

우리는 다시는 그것을 보거나 그것으로 돌아가지 못한다.

오래지 않아 텔레비전이 켜졌다.

많은 말다툼이 벌어졌고, 〈레인맨〉은 내가 어느 해 크리스마스에 로리에게 받은 영화로 대체되었다. 〈총각 파티〉. 로리의 말에 따르면, 우리가 팔십년대의 쓰레기를 보아야 한다면 그나마 좋은 걸 보는 게 나았다. 헨리의 말에 따르면, 그때가 톰 행크스가 쓸데없는 짓을 하며 골든글로브니 개똥이니를 타기 전 그의 전성기였다. 조사를 다 한 것이다.

우리 넷 모두 거기에 앉아 있었다.

나는 손에 얼음찜질을 하고 있었다.

로리와 토미는 웃고 있었다.

헥토르는 강철 줄무늬가 있는 담요처럼 몸을 쭉 뻗고 토미의 허벅지에서 가르랑거리고 있었다.

클레이는 소파에 앉아 조용히 보고 있었다. 조용히 피를 흘리고 있었다.

바로 로리가 가장 좋아하는 장면—여주인공의 전 남자친구가 벌거벗은 채 차의 선루프를 통해 떨어지는—이 나왔을 때 헨리가 마침내 도착했다.

처음에는 발걸음이 있었다.

이어 열쇠를 던지고.

이어 안으로.

이어 거실 문간의 불빛 속에 피투성이가 된 싱긋 웃는 얼굴.

"뭐야?!" 그가 소리쳤다. "이 새끼들 장난하나? 지금 나 없이 〈총각 파티〉를 보고 있는 거야?"

처음에는 우리 누구도 보지 않았다.

사실 클레이는 봤지만 움직일 수가 없었다.

우리 나머지는 화면 속의 신체 상해에 너무 몰두해 있었다.

로리가 그의 상태를 본 것은 그 장면이 끝나고 나서였다. 그제야 모든 욕지거리, 놀란 침묵, 신성모독이 몰려왔다. 나는 그 모든 것을 아주 긴 "예-수 그리스도여……"로 끝맺었다.

헨리는 동요하지 않고 소파에 쿵 앉으며 클레이를 보았다. "늦어서 미안해, 꼬마."

"괜찮아."

이것이 헨리의 계획이었다. 클레이가 집에 오기 직전에 이런 모습으로 먼저 들어와서 내가 자기한테 정신이 팔리게 만드는 것. 문제는 이백 미터 지점에 있는 두 아이가 그의 생각보다 시간을 훨씬 많이 끌었고―그래서 훨씬 더 많은 술이 필요했고―그래서 물론 그는 차를 두고 번버러파크에서부터 걸어왔다는 것이었다. 그때쯤 그는 너무 취하고 기진맥진해 거의 기어왔고, 사실 돌아보면 그것은 헨리의 가장 멍청하고 가장 위대한 순간의 하나였다. 그는 이 모든 것을 계획하고 이 모든 것을 불러들였다. 이 모두가 클레이를 위한 것이었다.

그는 클레이를 살폈다, 일종의 만족을 드러내는 표정으로. "하지만 널 봐서 좋네. 집에 오니 좋아? 매슈가 환영의 바닥 깔개를 펼친 게 보이네, 저 커다란 근육질 녀석이."

"괜찮아, 그럴 줄 알았으니까." 클레이는 이제 헨리를 돌아보았고 피해의 규모에 충격을 받았다. 그의 입술이 특히 보고 있기 힘들었다. 광대뼈는 불 위에 올라가 타버렸다. "하지만 형이 괜찮은지는 잘 모르겠네."

"오," 헨리가 명랑하게 말했다. "내가 그랬어, 어이, 내가 그랬다고."

"그래서?" 이제 나였다, 거실 한가운데 서 있는 나. "도대체 무슨 일인지 우리한테 얘기 좀 해볼까?"

"매슈," 헨리가 한숨을 쉬었다. "형이 영화를 방해하고 있잖아." 하지만 그는 알았다. 만일 그가 자신을 엉망으로 만드는 일을 위해 슈워츠와 스타키(그리고 스타키의 여자, 나중에 드러났지만)를 동원했다면, 이제 나에게 그것을 완성할 기회가 있었다. "보다시피, 신사분들," 그는 싱글거렸고, 그의 치아는 정육점의 뼈에 가까웠다. 진한 붉은색이 엉킨 뼈. "혹시라도 이런 모습이 되고 싶으면, 강철 주먹을 가진 금발 보이스카우트 한 명, 입냄새가 역겨운 악당 한 명, 그리고 마지막으로 둘을 합친 것보다 주먹이 더 센 악당의 여자친구면 돼……"

그는 계속 이야기하려 했지만 더 나아갈 수가 없었다. 다음 몇 초가 지나자 거실이 흔들렸고 〈총각 파티〉의 야단법석이 점점 더 재미있어졌기 때문이다. 마침내 그는 덜걱덜걱 앞으로 나오더니 나를 바로 지나가 텔레비전에 맹렬한 태클을 하며 바닥에 쓰러뜨렸다.

"젠장!" 로리가 소리를 질렀다. "사상 최고의 영화 가운데 하나를 부수고 있잖아─" 하지만 로리는 헨리를 붙들 수 있는 가까운 곳에 있었다. 그래도 보드게임들은 구할 수 없었다. 새장도. 새장은 스타디움을 꽉 채운 사람들의 시끌벅적한 환호처럼 무너져내렸다.

곧 우리 모두 그의 주위에 웅크렸다. 카펫, 피, 고양이 털. 그리고 개털. 그리고 예수님─저건 설마 노새 털인가?

헨리는 차갑게 뻗었다.

정신을 차렸을 때 그는 토미를 먼저 알아보았다. "어린 토미, 응? 반려동물 수집가. 그리고 로리, 인간 쇠뭉치 족쇄, 그리고 아, 너는 매슈네, 맞지? 믿을 만한 아저씨." 그리고 마지막으로, 다정하게. "클레이턴. 미소의 사나이. 몇 년씩이나 사라졌지, 몇 년씩이나, 정말이지!"

그것은 기억에 박혔다.

영화는 여전히 돌아가고 있었다. 바닥에 모로 누운 채. 새장은 기울었고 문이 없었다—그리고 더 왼쪽으로, 창문 옆에, 어항은 혼돈 속에 뒤집혀 있었다. 우리는 그제야 물이 우리 발에 이르렀다는 것을 알았다.

헨리는 영화를 보았고, 자신의 머리 방향을 조작하고 있었지만, 우리 나머지는 비둘기 T가 새장에서 기어나와 바닥을 딛고 서고, 금붕어를 지나 곧장 열린 앞문으로 향하는 것을 지켜보고 있었다. 분명히 새는 뭐가 뭔지 알고 있었다—이곳이 다음 몇 시간 동안 있을 곳이 아니라는 것. 그래, 그거, 그래서 그는 완전히 열이 받았다. 그는 걸었고 반쯤 날개를 퍼덕였고 또 걸었고 반쯤 날개를 퍼덕였다. 그에게 필요한 것은 옷가방뿐이었다. 한 번은 심지어 돌아보기까지 했다.

"좋아, 끝이야." 그는 솔직하게 그렇게 말하는 것처럼 보였고 회색과 자주색으로 부글부글 끓고 있었다. "나는 여기서 나간다, 이놈의 패거리야. 염병할 행운을 빌어."

금붕어 아가멤논 이야기를 하자면, 그는 팔딱였고 펄떡였고 액체 대신 공기를 꿀꺽꿀꺽 삼켰다. 그는 카펫을 가로질러 뛰었다. 바깥 어딘가에 더 많은 물이 있는 게 틀림없었고 그것을 찾지 못한다면 망할 운명이었다.

던바 식으로 성장하기

그래서 그들은 거기에 있었다. 저 먼 미래를 한참 올라가.

불평이 많은 새.

곡예를 하는 금붕어.

유혈이 낭자한 두 소년.

그리고 여기 클레이를 보라, 배경이 되는 이야기 속에 있는 클레이.

그에 관해 우리가 무슨 말을 할 수 있겠는가?

삶은 어떻게 시작되었는가, 한 소년이자 한 아들이자 한 사람의 던바로서?

사실 아주 간단하고, 안에는 수많은 거짓이 있다.

한번은, 던바 과거의 물결 속에 다섯 형제가 있었지만 우리 가운데 네번째가 최고였다, 많은 자질을 갖춘 소년이었다.

어쨌든, 클레이는 정말이지 어떻게 클레이가 되었는가?

처음에 우리 모두가 있었고—우리 각각의 작은 부분이 모여야 전체를 말할 수 있다—우리 아버지가 도왔다, 모든 출산을. 그가 우리를 안아보라고 건네받은 첫번째 사람이었다. 퍼넬러피가 즐겨 이야기한 대로, 그는 거기에 서 있었다, 예민하게 신경을 곤두세우고. 그러다 침대맡에서 활짝 웃으며 울음을 터뜨렸다. 그는 오물과 탄 것처럼 보이는 조각에도 절대 움츠러들지 않았다, 방이 빙글빙글 돌기 시작했을 때도. 퍼넬러피에게는 그것이 모든 것이었다.

끝났을 때, 그녀는 어지러움에 굴복했다.

입술에서 심장박동이 팔딱였다.

재미있었다. 그들은 우리에게 그렇게 말하기를 좋아했다, 우리가 태어날 때 우리 모두 그들이 사랑하는 뭔가를 가지고 있었다는 것이.

나는 발이었다. 갓 태어난 주름 잡힌 발.

로리는 첫 몇 달 동안은 한 대 맞은 듯한 코였고, 그다음은 자면서 내는 소리였다. 세계 챔피언 자리가 걸린 싸움 같았지만, 적어도 그가 살아 있다는 것은 알 수 있었다.

헨리는 귀가 종이 같았다.

토미는 늘 재채기를 했다.

그리고 물론, 클레이가 있었다, 우리 사이에.

미소를 지으며 나온 소년.

이야기에 따르면, 페니가 클레이 때문에 진통을 하자 헨리와 로리와 나는 칠먼 아주머니에게 맡겨졌다. 병원으로 달리던 도중 차를 세울 뻔했다. 클레이는 빨리 나오고 있었다. 페니가 나중에 그에게 말해준 대로, 세상은 그를 몹시 원했지만 그녀는 이유를 묻는 일 같은 것은 하지 않았다.

상처를 주려는, 모욕을 주려는 것이었을까?

사랑하고 위대해지려는 것이었을까?

지금도 어느 쪽인지 판단하기 어렵다.

아침이었다. 여름이고 습했다. 그들이 산과 병동에 이르렀을 때 페니는 소리치고 있었고, 여전히 걷고 있었고, 그의 머리는 정수리를 드러내기 시작했다. 그는 태어나기보다는 찢고 나오고 있었다, 마치 공기가 그를 끄집어낸 것처럼.

분만실에는 피가 엄청나게 많았다.

살인을 한 것처럼 바닥으로 쫙 퍼졌다.

소년에 관해 말하자면, 그는 후텁지근한 대기 속에 누워 이상하게, 조용히, 미소를 짓고 있었다. 피가 엉겨붙은 얼굴은 죽은듯이 고요했다. 아무것도 모르는 간호사 한 명이 들어와 보고는 입을 떡 벌리고 서서 신성모독을 범했다. 그녀는 발을 멈추고 말했다. "예수 그리스도여."

어지러워 정신이 없는 와중에도 대답을 한 사람은 우리 어머니였다.

"아니길 바라요." 어머니가 말했고 우리 아버지는 여전히 싱글거리고 있었다. "우리는 우리가 그분에게 한 일을 아니까."

한 소년으로서, 내가 말한 대로, 그는 우리 가운데 최고였다.

특히 우리 부모에게 그는 특별한 아이였다, 나는 그렇게 확신한다. 그는 거의 싸우지 않았고, 거의 울지 않았고, 그들이 그에게 이야기해주는 것이나 말하는 모든 것을 사랑했기 때문이다. 밤이면 밤마다 우리 나머지는 핑계를 대고 사라져도, 클레이는 이야기를 하나 더 듣는 대가로 설거지를 돕곤 했다. 페니에게 그는 말하곤 했다. "빈 이야기를 또 해줄 수 있어요, 그 많은 이층침대 얘기요? 아니면 이건 어때요?" 그의 얼굴은 저녁 접시들 안에 들어가 있었고 두 엄지에는 비누 거품이 묻어 있었다. "스탈린 동상 이야기 해줄 수 있어요? 그런데 도대체 스탈린이 누구예요?"

마이클에게 그는 말하곤 했다. "'달' 이야기를 다 해줄 수 있어요, 아빠, 그리고 뱀도?"

그는 늘 부엌에 있었고, 우리 나머지는 텔레비전을 보거나, 거실이나 복도에서 싸웠다.

하지만 물론, 일들이 그렇듯이, 우리 부모는 편집자이기도 했다.

그 이야기들은 거의-모든-것이었다.

페니는 아직 클레이에게 그들이 차고 바닥에서 얼마나 오랜 시간을 보내며 자신들을 때리고 폭파하고 태웠는지, 과거의 삶들을 귀신 쫓듯 쫓아냈는지 이야기해주지 않았다. 마이클은 '애비 던바'였다가 '애비 다른-사람'이 되어버린 애비 핸리 이야기를 하지 않았다. 그는 클레이에게 낡은 TW를 묻은 것에 관해, 『채석공』에 관해, 한때 자신이 그림 그리기를 사랑한 것에 관해 이야기하지 않았다. 그는 아직 상심에 관해, 또는 상심이 얼마나 운이 좋은 것일 수 있는지 이야기하지 않았다.

아니, 지금으로서는 진실-의-대부분으로 충분했다.

마이클이 어느 날 포치에 있다가 앞문 밖에서 피아노가 있는 여자를 만난 이야기를 하는 것으로 충분했다. 그는 소년에게 말하곤 했다. "그게 아니었다면 나한테는 너나 네 형들이 없었을 거야—"

"또 퍼넬러피도."

마이클은 웃음을 지으며 말했다. "그렇고말고."

그들 둘 다 알지 못한 것은 클레이가 너무 늦기 얼마 전에 그 이야기 전체를 듣게 될 것이라는 점이었다.

그때는 그녀의 미소가 들어올려져 있을 것이다.

그녀의 얼굴은 썩고 있을 것이다.

상상할 수 있겠지만, 그의 첫 기억들은 흐릿하기만 한데, 특정한 두 가지에 관한 것이다.

우리 부모, 그의 형제들.

우리의 형체들, 우리의 목소리들.

그는 우리 어머니의 피아노를 치는 손을 기억했다. 건반을 가로질러 돛을 달고 나아가는 손. 그 손은 마법 같은 방향감각을 갖고 있었다─M을 치고, E를 치고, PLEASE MARRY ME의 다른 모든 부분을 치고.

소년에게 그녀의 머리카락은 해 같았다.

그녀의 몸은 따뜻하고 늘씬했다.

그는 자신을 네 살짜리로, 그 직립한 갈색 물건에 겁을 먹은 아이로 기억하게 된다. 우리 각자가 나름대로 그것에 대처했는데, 클레이는 그것을 그의-것이-아닌-것으로 보았다.

그녀가 연주할 때 그는 머리를 그곳에 두었다.

막대처럼 가는 두 허벅지는 그의 것이었다.

마이클 던바, 우리 아버지에 관해 말하자면, 클레이는 그의 차 소리를 기억했다─겨울 아침의 엔진소리. 어둑어둑해서 돌아오는 소리. 그에게서는 긴장, 긴 하루, 벽돌쌓기 냄새가 났다.

나중에 '셔츠 벗고 먹는 날'(곧 알게 된다)로 전해지게 되는 것에서 클레이는 그의 근육의 모습을 기억했다. 그 모든 건설 노동과는 별도로 그는 가끔—그는 이렇게 표현했다—고문실에 갔다 왔기 때문인데 그것은 차고에서 팔굽혀펴기와 윗몸일으키기를 하는 것을 뜻했다. 때로는 바벨을 뜻하기도 했지만 그다지 무겁지는 않았다. 다만 수도 없이 들어올렸다. 머리 위로.

　가끔 우리는 그와 함께 나갔다.

　팔굽혀펴기를 하는 한 남자와 다섯 소년.

　우리 다섯은 떨어져나가고.

　그래—그곳에서 성장하던 그 시절 우리 아빠는 볼만한 모습이었다. 그는 평균 키에 몸무게는 가벼웠지만 건강하고 단단해 보였다. 호리호리했다. 팔은 굵거나 울퉁불퉁하지 않았다. 탄탄하고 의미가 가득 담겨 있었다. 각각의 움직임, 각각의 꿈틀거림을 볼 수 있었다.

　그리고 그 모든 염병할 윗몸일으키기.

　우리 아빠의 배는 콘크리트 같았다.

　그 시절에는 또, 나는 떠올리고 있다, 우리 부모는 뭔가 달랐다.

　물론 그들은 가끔 싸웠다, 말다툼을 했다.

　이따금씩 교외의 벼락이 떨어졌지만, 대개 그들은 서로를 발견한 그런 사람들로서 살았다. 그들은 황금빛이었고 환하게 빛났고 재미있었다. 종종 그들은 어쩐 일인지 공모를 하는 것처럼 보였다, 나갈 생각이 없는 감옥의 붙박이들 같았다. 그들은 우리를 사랑했고 우리를 좋아했는데, 그것은 아주 좋은 책략이었다. 사실 다섯 소년을 데려다 작은 집 하나에 집어넣고 그게 어때 보이고 어떻게 들리는지 보라. 그것은 엉망진창과 싸움을 넣고 끓인 잡탕이다.

식사 시간 같은 때가 기억난다, 가끔 얼마나 심각했는지. 포크가 떨어지고 나이프가 겨누어지고 모든 소년의 입이 씹어대고. 말다툼과 팔꿈치로 찌르기가 있고, 바닥에는 온통 음식이고, 우리 옷에도 온통 음식이고, "저 시리얼이 어쩌다 저기까지, 벽까지 갔지?"라는 소리가 나오다가 마침내 로리가 그 모든 것을 마무리하는 밤이 왔다. 로리는 수프의 반을 자기 셔츠에 쏟았다.

우리 어머니는 공황에 빠지지 않았다.

그녀는 일어서서 치우고 로리는 셔츠를 벗은 채 나머지를 먹었다—그러자 우리 아버지가 아이디어를 냈다. 우리 모두 계속 법석대고 있을 때 아버지가 그 말을 했다.

"너희들도."

헨리와 나는 거의 목이 메었다. "네?"

"내 말 못 들었어?"

"오오오오, 젠장." 헨리가 말했다.

"내가 너희 바지까지 벗게 해야겠어?"

여름 내내 우리는 그렇게 먹었다. 우리 티셔츠는 토스터 근처에 쌓여 있었다. 하지만 공정하게 말해서, 또 마이클 던바의 공로를 인정해서 말하자면, 두번째부터는 그도 우리와 함께 셔츠를 벗었다. 전혀 거르지 않고 말을 하는 그 아름다운 단계에 아직 속해 있던 어린 토미가 소리쳤다. "저기! 저기, 아빠! 젖꼭지만 입고 뭐하고 있는 거야?!"

우리 나머지, 특히 페니 던바는 웃음을 터뜨렸지만 마이클은 자기 일에 열중했다. 그의 삼두근 하나가 살짝 움찔거리고.

"그런데 너희 엄마는 어떻게 할까, 이 녀석들아? 엄마도 셔츠를

340

벗어야 할까?"

그녀는 결코 구출해주기를 바라지 않았지만 종종 알아서 나서는 사람이 클레이였다.

"아니요." 클레이가 말했지만 그녀는 그렇게 했다.

그녀의 브라는 낡았고 꾀죄죄해 보였다.

빛이 바랬고 각각의 가슴까지 끈으로 이어져 있었다.

그녀는 아랑곳하지 않고 먹으며 미소를 지었다.

그녀는 말했다. "자, 가슴 데지 말고."

우리는 크리스마스에 그녀에게 무엇을 선물해야 할지 알았다.

그런 의미에서 우리는 늘 덩치가 크다는 느낌이 있었다.

솔기가 터지는 것.

우리는 뭘 해도 뭔가 더 해야 했다.

더 많은 세탁, 더 많은 청소, 더 많은 먹기, 더 많은 설거지, 더 많은 말다툼, 더 많은 싸우고 던지고 때리고 방귀 뀌기. 그리고 "야 로리, 너 화장실에 가는 게 좋을 것 같은데!"와 물론, 훨씬 더 많은 부인. 나 아나가 우리 모두의 티셔츠에 인쇄되었어야 했다. 우리는 매일 수십 번 그 말을 했다.

지금 상황이 얼마나 통제되고 있는지, 일을 얼마나 잘해내고 있는지는 중요하지 않았다. 심장박동 하나만 건너면 혼돈이었다. 우리가 바싹 마르고 늘 민첩하다 해도 절대 그 모든 게 원활하게 돌아갈 여유는 없었다―따라서 모든 것을 동시에 해야 했다.

내가 분명하게 기억하는 것 하나는 그들이 우리의 머리를 깎아주던 때다. 이발소는 돈이 너무 많이 들었다. 그것은 부엌에 설치되었다―조립라인과 의자 두 개. 그러면 우리는 앉았다. 처음에는 로리와 나, 그다음에는 헨리와 클레이. 그러다가 토미의 차례가 오면 마이클은 토미의 머리를 잘라주고, 페니에게 약간의 휴식을 주고, 그러면 그녀는 다시 일을 이어받아 마이클의 머리를 잘랐다.

"가만히 있어!" 우리 아버지는 토미에게 말했다.

"가만히 있어." 페니는 마이클에게 말했다.

부엌에 우리 머리카락이 수북이 쌓였다.

가끔, 이것은 너무 행복하게 다가와 마음이 아픈데, 우리 모두 차 한 대에 타던 때, 우리 전부가 줄을 지어 들어가던 때가 기억난다. 여러 가지 면에서 나는 그들이 그런 생각을 했다는 걸 사랑할 수밖에 없다—페니와 마이클 둘 다 법을 완전히 준수하는 사람이었지만 그때는 그런 식으로 할 수밖에 없었다. 그건 그 완벽한 것들 가운데 하나였다. 정말이지, 너무 많은 사람을 태운 차 한 대. 한 무리가 그런 식으로 구겨져서 들어가 있을 때면—일어나기를 기다리는 사고—안에 있는 사람들은 늘 소리를 지르고 웃음을 터뜨리는 게 보인다.

우리의 경우 틈들을 통해서, 앞쪽에 그들의 손에 잡힌 손들을 볼 수 있었다.

그것은 퍼넬러피의 연약한, 피아노를 치는 손이었다.

우리 아버지의 가루투성이 일하는 손.

그리고 그들을 둘러싼 소년들, 팔꿈치와 팔과 다리의 스크럼.

재떨이에는 사탕, 보통은 안티콜, 때로는 틱택이 있었다. 그 차의 앞유리는 깨끗한 적이 없지만 공기는 늘 상쾌했다. 모두 기침 사탕을 빨아먹고 있는 소년들 덕분, 민트의 페스티벌 덕분이었다.

하지만 우리 아빠에 대한 기억 중 클레이가 가장 좋아하는 몇 가지는 밤, 잠자기 직전 마이클이 그를 믿으려 하지 않던 때였다. 마이클은 몸을 웅크리고 클레이에게 조용히 말하곤 했다. "화장실에 안 가도 되니, 꼬마?" 그러면 클레이는 고개를 저었다. 소년은 거부해도 마이클에게 이끌려 작은 욕실로, 금이 간 타일로 가서 경주마처럼 오줌을 누게 되었다.

"이봐, 페니!" 마이클은 소리치곤 했다. "여기 염병할 '파 랩'*이 나타났어!" 그리고 나서 그는 소년의 손을 씻기고 다시 웅크렸고, 한마디도 더 하지 않았다—그래도 클레이는 그것이 무슨 뜻인지 알았다. 매일 밤, 오래, 오랫동안 그는 목마를 타다가 침대에 들어갔다.

"늙은 '달' 이야기를 다시 해줄 수 있어요, 아빠?"

그다음은 우리. 아처 스트리트 18번지 집에서 그의 형제들, 우리는 멍이었다, 우리는 매질이었다. 나이 많은 형제들이 흔히 그러듯이 우리는 그의 모든 것을 약탈했다. 우리는 그의 티셔츠를 잡고, 등 한가운데를 잡고 그를 집어들어 다른 곳에 옮겨놓았다. 삼 년 뒤 토미가 생겼을 때, 우리는 그에게도 같은 일을 했다. 토미의 어린 시절 내내, 우리는 그를 텔레비전 뒤로 나르거나, 뒷마당으로 내던졌다. 울면 욕실로 끌고 갔고 말 깨물기**가 준비되어 있었다. 로리는 두 손을 쫙 펼치고 있었다.

"얘들아?" 부르는 소리가 들리곤 했다. "얘들아, 토미 봤니?"

---

* 오스트레일리아의 유명한 경주마.
** 손을 오목하게 만들어 맨살을 때리는 것.

헨리가 소곤거렸다, 세면대의 긴 금발 머리카락들 옆에서.

"입도 뻥긋하지 마, 이 조그만 새끼야."

고개를 끄덕이는 것. 빠르게 끄덕이는 것.

그것이 사는 방법이었다.

다섯 살이 되었을 때, 우리 모두와 마찬가지로, 클레이는 피아노를 시작했다.

우리는 싫었지만 그렇게 했다.

MARRY ME 건반과 페니.

우리가 아주 어렸을 때 그녀는 우리에게 자신의 옛날 언어로 이야기를 해주었지만 우리가 잠들 때뿐이었다. 이따금씩 그녀는 말을 멈추고 그 가운데 어떤 것을 설명했지만 그 언어는 매년 우리를 떠나갔다. 반면 음악은 타협 불가능한 것이었으며 성공은 다양한 수준이었다.

나는 유능함에 다가갔다.

로리는 그냥 폭력적이었다.

헨리는 뛰어날 수도 있었을 것이다. 노력을 기울일 수만 있었다면.

클레이는 뭘 익히는 데 아주 느렸지만 일단 익히면 절대 잊지 않았다.

나중에 토미가 겨우 몇 년 쳤을 때 페니는 병이 들고 말았는데 아마도 그녀는 그때쯤, 내 생각이지만, 로리 때문에 이미 대체로 무너져 있었을 것이다.

"좋아!" 그녀는 그의 옆에서 망가진 음악의 일제사격을 뚫고 소리치곤 했다. "시간 됐어!"

"네?" 그는 건반 위의 청혼을 모독하고 있었는데 그때는 페인트가 희미해지고 있었다. 빠르게. 하지만 절대 완전히 지워지지는 않았다. "뭐라고요?"

"시간 됐다고 했어!"

종종 그녀는 발데크 레스치우슈코라면 그를 어떻게 생각했을지, 아니 더 적절하게 말하자면, 그녀를 어떻게 생각했을지 궁금했다. 그녀의 인내심은 어디 있을까? 가문비나무 가지는 어디 있을까? 아니, 여기에서는 쇠뜨기나 유칼립투스인가? 그녀는 소년다운 아들 다섯과 아버지가 아끼는 학구적인 딸 사이에는 큰 차이가 있다는 것을 알았지만 그래도 실망이 있었다. 로리가 으스대며 멀어져 가는 것을 보면서.

클레이에게 거실 구석에 앉아 있는 것은 하나의 의무였지만, 그가 기꺼이 견뎌내는 의무였다. 그는 적어도 노력은 하려고 노력했다. 그는 마치고 나면 그녀를 따라 부엌으로 갔고 두 마디 질문을 던졌다.

"저기, 엄마?"

페니는 싱크대에서 동작을 멈추곤 했다. 그리고 그에게 체크무늬 행주를 건네며 말했다. "내 생각에 오늘은 너한테 집 이야기를 해줘야 할 것 같다. 내가 집을 종이로 만들었다고 생각했다는 거……"

"바퀴벌레는?"

그녀도 어쩔 수가 없었다. "아주 컸지!"

하지만 나는 그들이, 우리 부모가 왜 이런 식으로 사는 쪽을 선택했는지 의문을 품었을 거라는 생각이 가끔 든다. 자주 그들은 사소한 것들을 대충 처리하곤 했다, 엉망인 상황과 좌절이 쌓여가면서.

한번은 두 주 내내 비가 왔던 기억이 난다, 여름에. 우리는 진흙을 잔뜩 처바른 채 집에 왔다. 페니는 당연히 우리한테 화가 났고 나무 숟가락에 의지했다. 그녀는 우리의 팔을, 다리를, 그녀가 공격할 수 있는 모든 곳을 숟가락으로 공격했고(그리고 흙은 십자포화처럼, 파편처럼 튀었고) 그러다 그런 숟가락 두 개가 쪼개지자 대신 장화 한 짝을 복도에 던졌다. 장화는 계속 뒤집히며 굴러가다가 어떻게 된 일인지 동력과 고도를 얻어 헨리를 쳤다, 얼굴을 쾅. 그의 입에서 피가 흘렀고, 그는 빠진 이를 삼켰다. 페니는 욕실 근처에 주저앉았다. 우리 몇 명이 그녀를 위로하러 가자 그녀는 벌떡 일어나며 말했다. "지옥에나 가!"

몇 시간이 지나서야 마침내 그녀는 헨리를 살폈고, 그는 아직 판단을 내리지 못하고 있었다. 죄책감에 사로잡힌 걸까, 아니면 격분한 걸까? 사실 이를 잃은 것은 사업에 좋았다. 그가 말했다. "나는 이빨 요정한테 대가를 받지도 못할 거야!" 그는 그녀에게 입안의 빈틈을 보여주었다.

그녀가 말했다. "이빨 요정은 알 거야."

"이를 삼키면 더 많이 받을 거라고 생각해?"

"네가 진흙에 덮여 있을 때는 아니지."

우리 부모의 말다툼 중 내 기억에 남은 많은 것은 하이퍼노고등학교 때문이었다. 끝없는 채점. 학대하는 부모. 또는 싸움을 말리다 입는 부상.

"예수님, 왜 그냥 자기들끼리 죽이도록 놔두지 않는 거야?" 우리 아빠가 그렇게 말한 적이 있다. "어떻게 당신은 그렇게—" 그러자 페니는 부글부글 끓기 시작했다.

"그렇게 뭐?"

"모르겠어, 순진할 수 있냐고, 그냥, 멍청할 수 있냐고—당신이 뭘 달라지게 할 수 있다고 생각하다니 말이야." 그는 피곤했다, 그리고 욱신거렸다, 건설 노동 때문에, 우리를 견뎌내는 일 때문에. 그는 한 손을 내저으며 집안을 걸어 다시 밖으로 나갔다. "당신은 추가로 그 많은 시간을 들여 채점을 하고 그 아이들을 도와주려고 해, 하지만 여기를 봐—이 집을 보라고." 그의 말이 옳았다. 사방에 레고가 있고, 산탄총을 쏜 것처럼 옷이 있고 먼지가 있었다. 우리의 화장실은 공중화장실을 떠올리게 했다, 그녀의 자유의 전리품 시절의 화장실. 우리 가운데 한 사람도 청소용 솔을 알지 못했다.

"그래서 뭐? 그래서 내가 집에 처박혀 청소를 해야 한다는 거야?"

"아, 아니, 내가 말하는 건 그게—"

"내가 그 염병할 청소기를 돌려야 한다는 거야?"

"이런 젠장, 내 말은 그게 아니야."

"그럼, 당신이 말하고 싶은 게 뭔데?!" 그녀는 고함을 질렀다. "응?"

소년이 고개를 들게 만드는 건 그 소리였다, 분노가 흘러넘쳐 격노가 될 때의 소리. 이번에는 이 사람들이 진심이다.

그래도 아직 완전히 끝은 아니었다.

"당신은 내 편을 들어줘야지, 마이클."

"들고 있어!" 그는 말했다. "……들고 있다고."

그리고 그 잠잠해진 목소리, 훨씬 나쁜 목소리. "그럼 그걸 제대로 보여주는 게 어때."

그런 다음에는 후폭풍, 그리고 정적.

하지만 내가 말했다시피 그런 순간들은 드문드문 고립되어 있었고 그들은 곧 피아노에 다시 모였다.

우리의 소년 시절 비참함의 상징.

하지만 그 소용돌이 속에 있는 그들의 고요한 섬.

한번은 마이클이 페니 뒤에 서 있고 그녀는 모차르트를 치면서 회복하고 있었다. 이윽고 그가 두 손을 악기에 얹었다. 창가 옆 덮개로 내려오는 해 속에서.

"미안해라는 말을 쓰고 싶은데 물감이 다 어디 있는지 잊어버렸어." 그가 말하자 퍼넬러피가 잠시 손을 멈추었다. 그를 돌아보았다. 그 기억을 향해 스쳐가는 미소.

"글쎄, 그렇기도 하고 사실 쓸 공간도 없지." 그녀는 말했고, 계속 연주했다, 손으로 쓴 필적이 있는 건반으로.

그래, 그녀는 계속 연주했다, 그 원-우먼 밴드에서. 그리고 가끔 혼돈이 흘러넘치면 우리가 정상적 말다툼─정상적 싸움─이라고 부르는 것도 일어났는데, 주로 우리 소년들 사이에 벌어지는 일이었다.

그와 관련하여, 여섯 살이 되었을 때 클레이는 축구를 시작했다. 조직적인 종류의 축구와 더불어 우리가 집에서, 앞에서 뒤로, 또 둘레에서 하는 축구도. 시간이 흐르면서 우리 아버지, 토미, 로리 대 헨리, 클레이, 나가 되었다. 마지막 태클에 공을 지붕 너머로 차버릴 수 있었지만, 페니가 잔디 의자에서 뭘 읽고 있거나 그 끝도 없는 숙제들을 채점하고 있거나 하지 않을 때만이었다.

"야, 로리." 헨리는 말하곤 했다. "너를 박살낼 수 있게 나를 향해 달려와봐." 그러면 로리는 그렇게 했다. 곧장 달려가 그의 몸에 올라타거나 다시 땅에 메다꽂았다. 게임을 할 때마다 어김없이 그들을 뜯어말려야 했다.

"좋아."

우리 아버지는 왔다갔다하며 그들을 둘 다 보았다.

헨리는 금발에 피범벅이었다.

로리는 사이클론 색깔이었다.

"뭐가 좋아요?"

"뭔지 알잖아." 그는 거칠고 무겁게 숨을 쉬었고 두 팔에는 긁힌 자국이 있었다. "악수를 해. 어서."

그러면 그들은 그렇게 했다.

그들은 악수를 했고 미안하다고 말했고 그런 다음, "그래, 너하고 악수를 할 수밖에 없어서 미안하다, 좆대가리야!" 그러면서 다시 시작되었고, 둘은 이번에는 퍼넬러피가 앉아 있는 뒤까지 질질 끌려나가야 했고 그녀 주위로 숙제가 흩어졌다.

"이번에는 또 둘이 무슨 일로 그랬어?" 그녀가 물었다, 원피스 차림에 해 속에서 맨발로. "로리?"

"넹?"

그녀가 그를 보았다.

"그러니까, 네?"

"내 의자 가져가." 그녀는 안으로 걸어들어가기 시작했다. "헨리?"

"알아요, 알아."

그는 이미 네 발로 기어다니며 떨어진 종이를 추리고 있었다.

그녀는 마이클을 길게 보았고 동료끼리 공모하는 윙크를 했다.

"염병할 빌어먹을 녀석들."

내가 신성모독의 취향을 갖게 된 것도 놀랄 일이 아니다.

그리고 또 뭐가 있을까?

달리 또 뭐가 있었을까, 우리가 개울에 던진 돌처럼 세월을 건너 뛰면서?

우리가 가끔 뒤쪽 펜스에 앉아 있곤 했다는 이야기를 했던가, 아침 트랙워크가 마무리되는 동안? 우리가 그 모든 곳이 짐을 싸는 것을 지켜보곤 했다는 말을 했던가, 또하나의 잊힌 경기장이 되어가는 과정을?

클레이가 일곱 살 때 벌어진 커넥트 포 전쟁 이야기를 했던가?

아니면 네 시간, 어쩌면 그 이상 계속된 트러블 게임은?

결국 그 전투에서 승리한 것이 페니와 토미이고 우리 아빠와 클레이가 이등이고 내가 삼등, 헨리와 로리(그들은 어쩔 수 없이 한 편이 되었다)가 꼴찌였다는 이야기를 했던가? 거품을 터뜨리는 데 형편없다고 둘이 서로 탓했다는 이야기를 했던가?

커넥트 포를 하다 벌어진 일과 관련하여, 우리가 몇 달 뒤에도 여전히 사라진 조각들을 찾고 있었다는 이야기도 해두자.

"야, 이거 봐!" 우리는 복도나 부엌에서 소리치곤 했다. "여기에도 하나가 있어!"

"가서 집어, 로리."

"네가 가서 집어."

"나는 안 집을 거야—저건 네 거야."

계속. 계속.

또 계속.

클레이는 여름을 기억했고, 토미는 페니가 『일리아스』를 읽어줄 때 로지*가 누구냐고 물었다. 우리는 늦게까지 자지 않았다, 거실에서. 토미의 머리는 그녀의 허벅지에 있었고 그의 발은 내 다리를 가로지르고 있었고 클레이는 바닥에 있었다.

페니는 몸을 기울이고 토미의 머리를 쓰다듬었다.

내가 말했다. "그건 사람이 아니야, 멍청아, 하늘이야."

"무슨 소리야?"

이번에는 클레이였고, 퍼넬러피가 설명했다.

"있잖아, 해가 뜨거나 질 때 하늘이 주황색과 노란색으로, 또 가끔은 빨간색으로 변하잖아?"

그는 창 아래에서 고개를 끄덕였다.

"음, 그게 빨간색이 되면 그게 로지인데, 그는 그런 뜻으로 말한 거야. 멋지지, 안 그래?" 그러면 클레이는 미소를 지었고 페니도 미소를 지었다.

토미는 다시 집중하고 있었다. "헥토르도 하늘을 가리키는 말이야?"

그만하면 됐다, 나는 일어섰다. "정말로 우리 다섯이 있을 필요가 있어요?"

페니 던바는 웃음을 터뜨릴 뿐이었다.

다음 겨울에는 다시 조직된 축구뿐이었고, 이기고 훈련하고 지는 일이 있었다. 클레이는 경기를 별로 사랑하지 않았지만 우리 나머지가 했기 때문에 했고, 내 짐작으로는 형제들 가운데 어린 축에 속하는 아이들은 한동안 그렇게 사는 것 같다—그들은 형들을 복사한다. 그런 점에서 그가 우리와는 별도라고 해도, 그 또한 똑같다고 할 수도 있을 것 같다. 가끔 집안-축구-경기 때 어떤 선수가 남

---

* rosy. 장밋빛이라는 뜻이지만 토미는 사람 이름으로 받아들이고 있다.

모르게 주먹이나 팔꿈치에 맞으면 헨리와 로리 간에 싸움이 붙었다―"난 아냐!"와 "오, 헛소리!" 하지만 나, 나는 클레이가 그러는 것을 보았다. 이미 그때부터 그의 팔꿈치는 사나웠고 여러 방향으로 배달이 가능했다. 그게 다가오는 것을 눈으로 보기는 힘들었다.

몇 번은 클레이도 인정했다.

그는 말하곤 했다. "어이, 로리, 나였어."

너는 내가 뭘 할 수 있는지 모른다.

하지만 로리는 받아들이려 하지 않았다. 헨리와 싸우는 것이 더 편했기 때문이다.

그런 목적(그리고 이 목적)에는 정말이지 어울리는 일이었지만 당시에 운동과 여가의 문제에서 헨리는 공개적으로 악명이 높았다―그는 심판을 밀어서 퇴장을 당했다. 그러다가 팀 동료들로부터 축구에서 가장 큰 죄로 추방을 당했다. 하프타임에 감독이 그들에게 물었다.

"야, 오렌지 어디 있어?"

"무슨 오렌지요?"

"똑똑한 척하지 마. 알잖아, 사분의 일 조각들."

그러다 그때 누군가 눈치챘다.

"보세요, 저기 커다란 껍질더미가 있네요! 헨리였어요, 염병할 헨리였어요!"

소년들, 남자들과 여자들 모두 노려보았다.

그것은 교외에서는 엄청나게 분개하게 되는 일이었다.

"사실이야?"

부인해봤자 소용없었다. 그의 두 손이 스스로 분명하게 말하고 있었다. "배가 고팠어요."

운동장은 육칠 킬로미터 떨어져 있었고, 우리는 열차를 탔지만 헨리는 걸어서 집에 와야 했고, 우리도 따라 내렸다. 우리 가운데 한 명이 그런 짓을 하면 우리가 모두 고생을 해야 하는 것 같았다. 우리는 프린시스 하이웨이를 걸었다.

"그런데 심판은 왜 민 거야?" 내가 물었다.

"계속 내 발을 밟잖아, 강철 스터드를 신고 있었는데."

이제 로리: "그런데 오렌지를 왜 다 먹어야만 했어?"

"그렇게 하면 너희도 집에 걸어와야 한다는 걸 알았으니까, 똥대가리야."

마이클: "어이!"

"아, 네. 죄송."

하지만 이번에는 죄송의 취소가 없었고 내 생각에 우리는 그날 어떤 식으로든 모두 행복했던 것 같다, 물론 곧 파멸의 길을 가게 되지만. 심지어 헨리가 배수로에 토했다. 페니는 그의 옆에 무릎을 꿇고 있었고, 우리 아버지의 목소리가 그 옆에 있었다.

"내가 보기에는 이거야말로 자유의 전리품 같은데."

하지만 우리가 어떻게 알 수 있었을까?

우리는 그저 한 무리의 던바들에 불과했는데, 다가올 그 모든 일을 전혀 모르는 던바들.

피터팬

"클레이? 너 안 자고 있어?"

처음에는 답이 없었지만 헨리는 클레이가 자지 않는다는 것을 알았다. 클레이에 관해 한 가지 중요한 사실은 그가 거의 언제나 깨어 있다는 점이었다. 헨리를 놀라게 한 것은 독서등이 켜지고 클레이가 할말이 있다고 한 것이었다.

"기분이 어때?"

헨리가 웃음을 지었다. "활활 타고 있지. 너는?"

"나는 병원 냄새가 나."

"사랑하는 우리 칠면 아주머니. 그거 아주 아팠는데, 아주머니가 발라주는 거 말이야, 안 그래?"

클레이는 얼굴 옆면에 뜨거운 것이 훑고 지나가는 느낌이었다. "그래도 알코올보다 훨씬 좋았지." 그가 말했다. "매슈의 리스테린 보다도."

그전에, 일이 아주 많이 일어났다.

거실을 청소했다.

우리는 물고기와 새에게 그대로 있으라고 설득했다.

헨리의 공적 이야기가 부엌에서 나왔고 옆집 칠먼 아주머니가 들렀다. 그녀는 클레이를 대충 손봐주러 들렀지만 그녀가 더 필요한 사람은 헨리였다.

하지만 먼저 부엌으로 가서, 다른 무엇보다 먼저, 헨리는 해명을 해야 했고 이번에는 자세히 말하기보다는 간단히 언급만 했다. 그는 슈워츠와 스타키, 그리고 소녀에 관해서 말했는데 이제 그의 쾌활한 분위기는 훨씬 가라앉았고 나도 마찬가지였다. 사실 나는 주전자를 던지거나 토스터로 그의 머리를 후려칠 준비가 되어 있었다.

"네가 어쨌다고?" 나는 귀에 들리는 소리를 믿을 수가 없었다. "나는 그래도 네가 여기 있는 사람들 가운데는 똑똑한 축에 든다고 생각했는데. 이건 로리한테서나 나올 만한 얘기야."

"야!"

"그래." 헨리도 동조했다. "로리한테 존중심을 좀 보여—"

"내가 너라면 지금 그런 개똥 같은 짓은 시작도 하지 않을 거야." 나는 스토브 위에서 어슬렁거리는 프라이팬도 눈여겨보고 있었다. 그것에게 뭔가 할일을 주는 것은 어렵지 않을 것이다. "그런데 도대체 무슨 일이 있었던 거야? 그 자식들이 너를 두들겨팬 거야, 아니면 트럭으로 깔아뭉갠 거야?"

헨리는 크게 숨을 내쉬었다. "좋아, 이거 봐. 슈워츠와 스타키는 좋은 애들이야. 나는 그 아이들한테 부탁했어, 우리는 술을 마시고 있었거든, 그런데—" 그는 숨을 들이쉬었다. "둘 다 안 하려고 하더라고, 그래서 뭐랄까 내가 여자애한테 먼저 시작했지." 그는 클레이와 로리를 보았다. "알잖아, 입술 그애."

브라 끈 얘기로군, 클레이는 생각했다.

"젖통 얘기로군." 로리가 말했다.

"바로 그애야." 헨리가 행복한 표정으로 고개를 끄덕였다.

"그런데?" 내가 물었다. "네가 뭔 짓을 한 건데?"

다시 로리. "그애는 젖통이 롤빵 같아, 그 계집애는."

헨리: "그렇게 생각해? 롤빵? 나는 그런 말은 들어본 적이 없는데."

"너희 둘 염병할 이제 끝난 거야?"

헨리는 나를 완전히 무시했다. "피자보단 낫군." 그가 말했다. 그것은 그와 로리 사이의 사적인 대화였다, 맙소사. "아니면 도넛보다."

로리는 웃음을 터뜨렸고, 그러다 심각하게. "햄버거보다."

"감자튀김도 함께?"

"코카콜라도." 로리는 낄낄거렸다. 그는 정말로 낄낄거렸다.

"칼초네도."

"칼초네가 뭐야?"

"예-수 그리스도여!"

여전히 그들 둘 다 싱글거렸고 헨리의 턱으로 피가 흘러내렸지만, 적어도 내가 그들의 주의를 끌기는 했다.

"괜찮아, 매슈?" 로리가 말했다. "이건 헨리와 내가 오랜만에 나눈 염병할 최고의 대화야!"

"아마 평생 최고일걸."

로리는 클레이를 보았다. "멋진 가슴-대-가슴이었어."

"음," 나는 그들 사이를 겨누었다. "피자, 버거, 칼초네 논쟁을 방해해서 미안하고, 너희들을 사이좋게 만들어준 그 밀가루 같은 한 쌍의—"

"들었어? 밀가루! 매슈도 이건 어쩔 수가 없는 거야!"

"—그렇지만 도대체 밖에서 무슨 일이 있었는지 나한테 알려주는 것도 나쁘지 않을 것 같은데."

이제 헨리는 꿈을 꾸는 표정으로 싱크대 쪽을 대충 보았다.

"그래서?"

그는 눈을 깜빡이며 자신으로 돌아왔다. "그래서 뭐?"

"무슨 일이 있었냐고?"

"아, 그래……" 그는 에너지를 긁어모았다. "음, 어쨌든, 있잖아, 걔들은 나를 때리려 하지 않았어. 그래서 내가 그냥 그 여자애한테 가서—그땐 나도 무척 취했거든—내가 살을 좀 누를 수 있을지도 모른다고 생각했어, 말하자면……"

"그래서?" 로리가 물었다. "어땠어?"

"모르겠어. 난 망설였어." 그는 그 일을 한참 생각했다.

"그래서 뭐?"

헨리, 반은 싱글거리고, 반은 험상궂고. "뭐, 그 여자애는 내가 다가가는 걸 봤지." 그는 침을 삼켰고, 그것을 전부 다시 느끼고 있었다. "그래서 그 여자애가 주먹으로 내 불알을 네 번, 얼굴을 세 번 갈기더군."

진짜 "예수님!" 하는 외침이 터져나왔다.

"알아. 그 여자애가 염병할 진열장 전체를 나한테 던졌어."

특히 로리가 흥분했다. "봤어, 클레이? 네 번! 그건 제대로 한 거야! 그냥 스다구니에-두-번 이런 개똥 같은 게 아니라고."

클레이는 진짜로 웃음을 터뜨렸다. 크게.

"그러고 나서," 헨리가 마침내 말을 이어갔다. "늙은 '알몸뚱이' 와 슈워츠, 개들이 나를 끝냈지. 개들은 그럴 수밖에 없었어."

나는 당황했다. "왜?"

"뻔하지 않아?" 헨리가 당연하다는 말투로 말했다. "자기들이 다음 차례일까봐 걱정이 됐거든."

다시 방에서, 자정이 한참 지났고 헨리는 갑자기 일어나 앉았다.

"젠장." 그가 말했다. "이제 술이 깰 만큼 깼어. 차를 가지러 갈 거야."

클레이는 한숨을 쉬며 침대에서 몸을 굴렸다.

그냥 통과해서 걸을 수 있는 유령 같은 비가 내렸다.

땅에 닿을 때는 거의 말랐다.

그전, 헨리 머리의 수수께끼, 그리고 잘 구워진 가슴 이야기 뒤에 얼마 지나지 않아 뒷문을 긁는 소리, 앞문을 두드리는 소리가 났다.

뒤쪽에는 로지와 아킬레우스가 둘 다 완전히 기대하는 표정으로 일어서 있었다.

개한테는: "너, 들어와."

노새한테는: "너, 네 둔한 머리로 파악을 좀 해봐. 부엌은 닫혔어."

앞문에서는, 문을 두드리는 소리에 부르는 소리가 따라왔다.

"매슈, 칠면 아주머니다!"

내가 문을 열자 땅딸막한 부인이 변함없는 주름과 반짝이는 눈을 보여주었으나 죄를 비난하는 기색은 전혀 없었다. 그녀는 이 집에는 완전히 다른 세계가 존재한다는 것을 너무 잘 알고 있었다. 또 그녀가 누구라고 심판을 하겠는가? 그녀는 이곳이 결국 그냥 우리 던바 보이들만 사는 집이 되었다는 것을 처음 깨달았을 때에도 한 번도 우리가 어떻게 사느냐 하는 문제를 놓고 나에게 질문한 적이 없었다. 칠면 아주머니에게는 구식의 지혜가 있었다─그녀는 해외에서 로리와 내 또래 아이들이 총살을 당하러 끌려가는 것을 보았다. 일찍부터 그녀는 우리에게 가끔씩 수프(말할 수 없을 정도로 건더기가 많고 뜨거웠다)를 가져왔고 죽어가는 날까지 우리를 불러 단지 뚜껑을 열어달라고 청했다.

이날 밤, 그녀는 용무가 있었다.

그녀는 나에게 경제적으로 말했다.

"안녕 매슈, 잘 지내니, 클레이 좀 볼 수 있을까 해서 왔어, 그 아이가 좀 다쳤지, 그렇지? 그러고 나서 네 손도 좀 봐야겠다."

그때 소파에서 목소리가 날아왔고 거기에 미소, 그리고 헨리가 달라붙었다.

"저부터요, 칠면 아주머니!"

"예수님!"

우리집은 도대체 어떻게 된 것인가?

모든 사람으로부터 신성모독을 끄집어내다니.

차는 번버러파크 주차장에 있었고 그들은 습기를 뚫고 거기까지 걸어갔다.

"몇 바퀴 돌고 싶어?" 클레이가 물었다.

헨리는 웃음에 걸려 넘어졌다.

"차로 간다면."

차에서 그들은 말이 없었고, 모든 거리와 골목을 다녔으며, 클레이는 이름들 목록을 만들었다. 엠파이어, 카빈, 채텀 스트리트가 있었고, 글로밍 로드를 탔다. 헤네시와 네이키드 암스의 현장. 그는 막 이사온 케리 노바크와 이 거리들을 걷던 그 모든 시간을 기억했다.

여전히 그들은 구불구불 차를 몰고 있었고 클레이는 자주 헨리를 건너다보았다.

"형." 클레이가 말했다. "저기, 헨리." 그들이 플라이트 스트리트의 신호등에서 멈췄을 때 그는 대시보드 쪽을 향해 말했다. "그렇게 해줘서 고마워."

헨리에게 그건 인정해주어야 했다, 특히 이런 때는. 헨리는 클레이에게 멍든 눈으로 윙크를 보냈다. "그리운 스타키 여친, 응?"

집으로 향하기 전 마지막 멈춘 곳은 피터팬스퀘어 가장자리로, 그들은 그곳에 앉아 앞유리를, 밖의 한가운데 있는 동상을 지켜보았다. 그곳을 덮는 비 사이로 클레이는 간신히 자갈을, 그리고 이 광장이 이름을 따온 말의 모습을 볼 수 있었다. 디딤대에는 이렇게 적혀 있었다.

'피터팬'
아주 용감한 말
나라를 멈춰 세우는
경마에서 두 번 우승
1932, 1934

'피터팬'도 그들을 보고 있는 느낌이었다. 머리가 옆으로 틀어져 있었다. 하지만 클레이는 알았다—이 말은 관심을 좇고 있었다, 아니면 그의 경쟁자들 가운데 하나를 물려 하고 있었다. 특히 '로질라'. '피터팬'은 '로질라'를 싫어했다.

저 꼭대기에서 기수 다비 먼로도 차를 지켜보고 있는 것 같았다. 헨리가 열쇠를 돌렸다. 시동이 걸리자 와이퍼가 아마도 사 초에 한 번씩 움직였고, 말과 기수, 그들이 깨끗해졌다 흐려졌고, 깨끗해졌다 흐려졌고, 마침내 헨리가 말했다.

"야, 클레이." 그는 고개를 젓더니 약간slight 그리고 모욕을 당한 것처럼slightedly 웃음을 지었다. "요즘 그 사람 어떤지 좀 말해줘."

피아노 전쟁

세월이 흐르자 이해가 가능해졌다.

사람들은 잘못 알았다.

사람들은 우리를 그렇게 만든 것이 페니가 죽은 것과 우리 아버지가 떠난 것이라고 생각했다—물론 그것은 분명히 우리를 더 난폭하고 더 완강하고 더 무모하게 만들었고, 우리에게 싸움에 대한 감각을 주었다—하지만 그것이 우리를 강인하게 만든 것은 아니었다. 아니, 애초에 그 이상이 있었다.

그것은 나무로 만든 것, 똑바로 선upright 것이었다.

피아노였다.

사실 그것은 나에게서 시작되었다, 육학년 때. 그리고 지금 타자를 치면서 나는 죄책감을 느낀다. 사과한다. 이것은 결국 클레이의 이야기지만 지금 나는 나 자신을 위해 쓰고 있다—하지만 어쩐 일인지 중요하게 느껴진다. 이것은 우리를 어딘가 다른 곳으로 이끌고 있다.

학교에서 그때까지는 쉬웠다. 반은 좋았고, 나는 모든 축구 경기에 참여했다. 나는 거의 말다툼을 하지 않았지만 마침내 누군가 관심을 갖다가 눈치를 채게 되었다. 나는 피아노를 배우는 것 때문에 조롱을 당했다.

우리가 어쩔 수 없이 배웠다는 것, 또는 피아노가 하나의 악기로서 긴 반역의 역사를 갖고 있다는 것—레이 찰스는 인격화된 쿨함이었고, 제리 리 루이스는 그것에 불을 질렀다—은 잊어라. 레이싱 쿼터에서 성장하는 아이라면 오직 한 가지 유형의 소년만이 피아노를 쳤다. 세상이 얼마나 진보했느냐는 상관없었다. 학교 축구팀 주장이든 청소년 아마추어 권투 선수든 상관없었다—피아노는 사람을 한 가지로 만들었고, 그것은 물론 이것이었다.

피아노를 치는 사람은 분명히 동성애자다.

사실 우리가 피아노를 배운다는 사실은 오래전부터 알려져 있었다, 솜씨는 별 볼 일 없었지만. 하지만 그런 것은 정말이지 하나도 중요하지 않았다, 유년에서 뭐가 달라붙는 것은 다 때가 있다는 것을 고려할 때. 십 년 동안 아무 일도 없다가 십대가 되어서 왕따가 되는 일도 얼마든지 있을 수 있다. 우표 수집을 두고 일학년 때는 재미있다는 말을 듣지만 구학년 때는 그것 때문에 괴롭힘을 당할 수도 있다.

나는, 앞서 말한 대로, 그때 육학년이었다.

나보다 키가 머리통 반만큼 작지만 훨씬 힘이 세고 실제로 청소년 권투 선수였던 아이 딱 한 명 때문에 상황이 달라졌다—지미 하트널이라는 이름을 가진 아이였다. 그의 아버지 지미 하트널 시니

어는 저 너머 포세이돈 로드에 있는 트라이컬러스 권투 체육관 관장이었다.

지미, 얼마나 대단한 아이였던지.

그는 몸집이 아주 작은 슈퍼마켓 같았다.

작고 단단했으며, 그를 거스르면 비싼 값을 치러야 했다.

생강빛 머리카락은 터부룩했다.

어떻게 시작되었느냐 하는 맥락에서 보자면, 복도에 소년과 소녀들이 있었고, 비스듬히 기울어진 먼지와 해가 있었다. 교복과 외침, 많은 움직이는 몸이 있었다. 특유의 불쾌한 방식으로 아름다웠다. 빛이 줄무늬를 그리며 들어오는 모습은. 그 길게 빛나는 완벽한 빛줄기들.

지미 하트널은 주근깨를 빛내며 자신 있게 나를 향해 복도를 성큼성큼 걸어왔다. 하얀 셔츠, 회색 반바지. 얼굴에 드러낸 표정은 만족이었다. 그는 완벽한 학교 살인강도였다. 그의 냄새는 아침식사 냄새, 팔은 온통 피와 고기였다.

"야." 그가 말했다. "저거 그 던바 꼬마 아냐? 피아노 치는 꼬마?" 그는 한쪽 어깨를 내어주듯이 돌리며 내 안으로 파고들었다. "이 좆같은 호모 새끼!"

그 아이는 강조체를 위해 태어났다.

그런 식으로 몇 주가 흘러갔다, 어쩌면 한 달. 그리고 늘 약간씩 더 심해졌다. 어깨는 팔꿈치가 되었고, 팔꿈치는 불알에 꽂히는 주먹이 되었으며(치명적인 똥침과는 비교가 되지 않았지만), 이것은 곧 그애가 늘상 애용하는 장난이 되었다―남자 화장실에서 젖꼭지 꼬집기, 여기저기서 헤드록. 복도에서 초크홀드.

돌아보면, 아주 많은 면에서 그것은 그저 유년의 전리품에 불과했다. 비틀리고 정당하게 지배를 받는 것이었다. 교실을 데굴데굴 구르는 햇빛 속의 먼지와 다르지 않았다.

하지만 그렇다고 해서 내가 그것을 즐겼다는 뜻은 아니다.

또는 더 나아가서, 내가 반응을 하지 않으려 했다는 뜻도 아니다.

내 경우, 그런 상황에 있는 아주 많은 아이와 마찬가지로, 그 문제와 정면으로 마주하지 않았다. 적어도 아직은 그러지 못했다. 아니, 그렇게 한다는 것은 완전히 멍청한 짓이었을 것이다. 그래서 나는 가능한 곳에서 맞서 싸웠다.

간단히 말해 나는 퍼넬러피를 탓했다.

피아노를 욕했다.

물론 항상 문제가 있고 또 문제가 있는데 그때 나의 문제는 이런 것이었다.

퍼넬러피 옆에 두면 지미 하트널은 염병할 물렁이라는 것이었다.

그녀는 피아노 앞에서 우리를 절대 완전히 길들일 수 없었지만 그래도 늘 연습을 하게 했다. 그녀는 유럽, 아니면 적어도 어떤 도시, 동구의 어떤 도시 가장자리에 매달려 있었다. 그 무렵에는 심지어 그녀의 만트라도 있었다(그리고 하느님 맙소사, 우리도 그것을 받아들였다).

"원한다면 고등학교에 가서 그만둘 수 있어."

하지만 이제 그것은 나에게 도움이 되지 않았다.

우리는 이제 첫 학기를 반쯤 지나고 있었고 그건 아직 거의 일 년이라는 기간을 살아남아야 한다는 뜻이었다.

나의 시도는 어설프게 시작되었다.

연습 중간에 화장실 가기.

늦게 도착하기.

일부러 엉터리로 치기.

곧 나는 노골적으로 그녀에게 도전하게 되었다. 어떤 곡들은 치지 않았고 그러다가 아예 치지 않았다. 그녀는 하이퍼노에서 괴로움을 당하고 괴로움을 주는 아이들한테는 세상 모든 인내심을 보여주었지만 이런 것에는 대비가 되어 있지 않았다.

처음에 그녀는 나와 이야기를 하려고 했다. 그녀는 말하곤 했다. "요즘 무슨 일 있어?" 또 "자, 매슈, 그거보단 잘할 수 있잖아."

물론 나는 그녀에게 아무 말도 하지 않았다.

내 등 한가운데 멍이 들었다.

족히 일주일여 동안 우리는 앉아 있었다. 나는 오른쪽, 페니는 왼쪽에. 나는 음악의 언어를 보곤 했다. 팔분음표, 사분음표의 박자. 아빠의 얼굴에 나타난 표정도 기억한다. 고문실에서 안으로 들어와 우리 둘 다 전쟁중인 것을 보았을 때.

"또야?" 그는 말하곤 했다.

"또야." 그녀는 말했지만 그를 보는 것이 아니라 앞을 보고 있었다.

"커피 줄까?"

"됐어."

"차는?"

"싫어."

그녀는 동상 같은 얼굴로 앉아 있었다.

이따금씩 말이 있었다. 이를 악물고 하는 말. 대부분은 나에게서 나왔다. 퍼넬러피가 말을 할 때 그 말은 차분했다.

"치고 싶지 않지?" 그녀는 말했다. "좋아. 우리는 여기 앉아 있을 거야." 그녀의 고요함에 점점 약이 올랐다. "네가 무너질 때까지 매일 여기 앉아 있을 거야."

"하지만 나는 무너지지 않아."

"무너질 거야."

이제 돌아보니 거기 있는, 피아노의 글자가 적힌 건반 앞에 있는 내가 보인다. 엉망인 짙은 색 머리에 홀쭉하고 눈만 반짝거리고— 당시에는 분명히 어떤 색깔이 있었다. 그의 눈처럼 파란색에 옅었다. 팽팽하게 긴장되고 비참한 모습이 보인다. 내가 다시 그녀에게 장담할 때. "안 무너져."

"넌 지루함을 못 당할 거야." 그녀가 반박했다. "안 치는 것보다 치는 게 쉬워."

"그건 엄마 생각이고."

"뭐?" 그녀는 내 말을 듣지 못했다. "뭐라 그랬어?"

"뭐냐면," 나는 그녀를 향해 고개를 돌렸다. "그건 좆도 엄마 생각이라고."

그러자 그녀는 일어섰다.

그녀는 내 옆에서 폭발하고 싶었지만 그때는 그와 아주 잘 통하는 사이가 되어서 아무것도, 불꽃 하나도 드러내지 않았다. 그녀는 다시 앉아서 나를 바라보았다. "좋아." 그녀가 말했다. "그럼 그대로 있자. 우리는 여기 그대로 앉아서 기다릴 거야."

"나는 피아노 싫어." 나는 소곤거렸다. "나는 피아노 싫고 나는 엄마 싫어."

마이클 던바가 내 말을 들었다.

그가 건너와 소파에 앉았고, 이제 아메리카가 되어 힘차게 전쟁에 돌입했다. 그는 거실을 가로지르며 풀쩍 뛰어와 나를 뒤로 끌고 나갔다. 그는 지미 하트널이 될 수도 있었다. 나를 빨래 건조대까지 밀어붙여 그 빨래집게들 밑으로 들어올렸다. 아주 크게 어깨를 으쓱하듯이 그에게서 숨이 쏟아져나왔다. 내 두 손이 펜스에 닿았다.

"너—다시는—엄마한테 그런 식으로 말하지 마." 그는 다시 나를 밀어붙였다, 더 세게.

어서 해, 나는 생각했다. 나를 때려.

하지만 페니가 무장을 하고 근처에 있었다.

그녀가 나를 보았고, 나를 살폈다.

"야." 그녀가 말했다. "야, 매슈?"

나는 돌아보았다, 어쩔 수가 없었다.

예상치 못함이라는 무기.

"일어나서 안으로 들어가—아직 좆도 십 분이나 남았어."

다시 안에서. 내가 틀렸다.

나는 그것을—꺾이는 것을—받아들이는 게 틀렸다는 것을 알았지만 받아들였다.

"죄송해요." 내가 말했다.

"뭐가?"

그녀는 똑바로 앞을 노려보고 있었다.

"알잖아요. 좆도라는 말."

그래도 그녀는 앞을 노려보았고, 그 음악-언어를 보며 눈을 깜빡거리지도 않았다. "그리고?"

"엄마 싫다고 말한 거요."

그녀는 내 쪽으로 아주 조금 움직였다.

전혀 움직임이 아닌 움직임.

"온종일 욕해도 돼, 그리고 온종일 나를 싫어해도 돼, 피아노만 치면."

하지만 나는 치지 않았다, 그날 밤, 또는 그다음날 밤도.

나는 몇 주 동안 피아노를 치지 않았고, 몇 달 동안 치지 않았다. 지미 하트널이 그걸 볼 수만 있다면. 내가 들이는, 그로부터 자유로워지려고 들이는 수고를 그가 알기만 한다면.

그 슬림한 청바지를 입은 염병할 그녀, 그녀 발의 염병할 사뿐거림. 염병할 그녀의 숨소리. 염병할 그 부엌의 웅얼거림─끝까지 그녀를 지지하는 마이클, 나의 아버지가 있는 부엌─우리가 그렇게 얽혀 있는 동안 끝까지 퍼넬러피를 싸고도는 염병할 마이클, 그 비굴한 인간. 사실 그 시기에 그가 한 거의 유일하게 옳은 일은 로리와 헨리도 피아노를 거부했을 때 그들의 귀싸대기를 때려준 것이었다. 그것은 나의 전쟁이었지, 그들의 전쟁이 아니었다, 아직은. 하지만 그들은 그들 나름대로 개똥 같은 짓을 할 수 있었다, 정말이지 그들은 그럴 능력이 있었다.

아니, 나에게 그 몇 달은 끝나지 않을 것 같았다.

하루하루는 겨울로 짧아지더니 이어 봄으로 길어졌고, 지미 하트널은 여전히 나를 갈구었다. 그는 절대 지루해하거나 초조해하지 않았다. 그는 화장실에서 내 젖꼭지를 꼬집었고 그의 주먹은 내 사타구니를 멍들게 했다. 그는 권투의 로블로low blow에 능숙했다. 그랬다, 그와 퍼넬러피 둘 다 기다리고 있었다. 나는 밀려야 했고,

무너져야 했다.

그녀가 폭발하기를 내가 얼마나 바랐던지!

자신의 허벅지를 때리거나, 샴푸한 머리카락을 잡아뜯기를 얼마나 바랐던지.

하지만 아니, 오, 아니었다. 이제 그녀는 그를 정당하게 평가하고 본받았다. 그 공산주의적 침묵의 기념비를. 그녀는 심지어 나를 지배하는 방식을 바꾸었다―연습 시간을 늘린 것이다. 그녀는 내 옆의 의자에 앉아 기다리곤 했고 아버지는 그녀에게 커피를, 잼을 바른 토스트를, 차를 가져다주었다. 그는 그녀에게 비스킷을, 과일을, 초콜릿을 가져왔다. 레슨은 요통의 여행이었다.

어느 날 밤 우리는 자정까지 앉아 있었는데, 그날 밤에 그 일이 생겼다. 형제들은 모두 잠자리에 들었고, 평소와 마찬가지로 그녀는 내가 다 칠 때까지 기다렸다. 퍼넬러피는 내가 일어서서 비틀거리며 소파로 갈 때도 여전히 꼿꼿했다.

"야," 그녀가 말했다. "그건 부정행위야. 피아노냐 침대냐, 둘 중 하나야." 그 순간 나는 나 자신을 드러냈다. 나는 허물어졌고 실수를 느꼈다.

툴툴대며 나는 일어섰다. 그녀를 지나 복도로 들어가며 셔츠 단추를 풀었고, 그녀는 그 안에 있는 것을 보았다―거기에는, 내 가슴 오른쪽에는, 생강빛 더벅머리 학생이 내린 형벌의 표시와 서명이나 다름없는 지문이 있었다.

재빨리 그녀는 한쪽 팔을 뻗었다.

그녀의 늘씬하고 섬세한 손가락들.

그녀가 악기 옆에서 나를 세웠다.

"이게 뭐야?" 퍼넬러피가 말했다.

전에도 말했듯이, 당시의 우리 부모, 그들은 확실히 뭔가 달랐다.

내가 피아노 때문에 그들을 미워했을까?

당연히 그랬다.

그들이 다음에 한 일 때문에 내가 그들을 사랑했을까?

거기에 집, 차, 두 손을 다 걸어도 좋다.

그다음에 이런 순간들이 찾아왔기 때문이다.

나는 부엌에, 강어귀 같은 빛 속에 앉아 있었던 것을 기억한다.

나는 앉아서 다 말했고 그들은 열중해서, 입을 다물고 귀를 기울였다. 심지어 지미 하트널의 권투 솜씨까지, 처음에는 오직 다 빨아들이기만 했다.

"호모 새끼라." 퍼넬러피가 말했다, 마침내. "그게 염병할 멍청한 말이라는 걸 모르니. 게다가 틀렸고, 그리고……" 그녀는 더 찾는 것처럼 보였다―그것이 저지른 가장 큰 죄를. "상상력이 전혀 없고?"

나, 나는 정직해야 했다. "정말 아픈 건 젖꼭지 꼬집기예요……"

그녀는 앞에 놓인 차를 들여다보았다. "왜 우리한테 한 번도 말하지 않았어?"

하지만 아빠는 눈이 맑은 천재였다.

"사내아이잖아." 그는 말했고 나에게 윙크를 했다. 이제 모든 것이 괜찮을 것이다. "내 말이 맞니, 아니면 내 말이 맞니?"

그러자 퍼넬러피는 이해했다.

그녀는 자신을 책망했다, 그것도 재빨리.

"당연하지." 그녀는 소곤거렸다. "그애들처럼……"

하이퍼노고등학교 아이들.

결국 그녀가 차를 마시는 동안 결정되었다. 나를 돕는 유일한 방법을 알게 되어 비참해졌는데, 그것은 그들이 학교에 가지 않는 것이었다. 보호를 요청하지 않는 것이었다.

마이클은 괜찮다고 말했다.

조용한 선언.

그는 이어서 지미 하트널과 싸우고 일이 진정되기를 기다리는 것 외에는 다른 방법이 있을 수 없다고 말했다. 그것은 주로 독백에 불과했지만 퍼넬러피는 동의했다. 어느 시점에 그녀는 거의 웃음을 터뜨릴 뻔했다.

그녀는 그와 그의 말을 자랑스러워하는 것일까?

내가 겪어야 할 일 때문에 행복한 것일까?

아니다.

돌아보면, 나는 그것이 그저 생명의 표시에 가까운 것이었다고 생각한다―무시무시한 것과 마주하는 상상을 하는 것, 물론 그것이 가장 쉬운 부분이었다.

상상하는 것.

실제로 그것을 실행하는 것은 거의 불가능하게 느껴졌다.

마이클이 말을 마치고 "당신은 어떻게 생각해?" 하고 물었을 때 그녀는 한숨을 쉬었지만 대체로 안도의 한숨이었다. 이 일에는 농담할 것이 없었지만 그녀가 한 것은 농담이었다.

"글쎄, 만일 그 꼬마와 싸워서 저애를 다시 피아노로 데려올 수 있으면 나는 그걸로 완전히 만족할 것 같아." 그녀는 당황했지만 감명을 받은 것 같기도 했다. 나는 완전히, 철저하게 낙담했다.

나를 보호해야 할, 올바른 방법으로 길러야 할 내 부모가 한순간도 더 망설이지 않고 학교 운동장에서의 임박한 패배로 나를 보내다니. 나는 그들에 대한 사랑과 증오 사이에서 갈등했지만 이제는 그것이 훈련이었다는 게 제대로 보인다.

결국 퍼넬러피는 죽을 것이다.

마이클은 떠날 것이다.

그리고 나는 물론, 남을 것이다.

하지만 그런 일들이 일어나기 전에, 그는 하트넬에 대비해 나를 가르치고 훈련하게 된다.

이것은 굉장해진다.

팔이 따뜻한 클로디아 커크비

다음날 아침, 헨리와 클레이가 둘 다 퉁퉁 부은 모습으로 일어났다.

한 명은 완전히 두들겨맞아 조용하고 멍이 든 채 학교에 갈 것이고, 한 명은 완전히 두들겨맞아 조용하고 멍이 든 채 나와 함께 일을 하러 갈 것이다. 그는 토요일에 대한 기다림을 시작할 것이다.

하지만 이번에는 달랐다.

그녀의 경주를 보려는 기다림.

그 첫날에 많은 일이 일어나게 되는데 그것은 대부분 클로디아 커크비 때문이었다. 하지만 먼저 클레이는 아킬레우스와 만났다.

내가 일하는 곳은 집과 가까웠고, 그래서 우리는 약간 여유 있게 떠날 수 있었다. 클레이는 마당으로 나섰다. 햇빛이 동물들을 듬뿍 적셨지만 클레이의 얼굴은 후려쳤다. 그러나 곧 쓰린 곳을 다독여준다.

먼저 그는 로지를 쓰다듬었고, 이내 그녀는 풀밭을 한 바퀴 돌 았다.

노새는 빨래 건조대 아래에서 미소를 지었다.

그는 클레이를 지켜보더니 말했다, 돌아왔구나.

클레이는 그의 갈기를 쓰다듬었다.

돌아왔어…… 하지만 오래 있지는 않아.

그는 허리를 굽혀 노새의 발을 확인했다. 헨리가 다가오며 그에 게 소리쳤다.

"발굽은 다 괜찮아?"

"다 괜찮아."

"저 녀석이 말을 하네! 신문가판대에 가봐야겠어!"

클레이는 심지어 그에게 말을 더 건넸다. 그는 오른쪽 앞발굽에 서 고개를 들었다. "어이, 헨리. 일에서 육까지."

헨리는 싱글거렸다. "당연하지."

클로디아 커크비에 관해 말하자면, 점심때 클레이와 나는 어느 집에, 배달된 마루 까는 판들 사이에 앉아 있었다. 손을 씻으려고 일어섰을 때 내 전화벨이 울렸고 나는 클레이에게 대신 전화를 받 으라고 했다. 상담교사도 겸하는 교사가 건 전화였다. 클레이가 집 에 온 것에 그녀가 놀라자 그는 그녀에게 잠시 온 거라고 말했다. 전화를 건 목적은, 그녀는 헨리를 보았고, 그래서 모든 게 괜찮은지 궁금했다, 그녀는 그렇게 말했다.

"집에요?" 클레이가 물었다.

"어…… 웅."

클레이는 건너다보며 반쯤 미소를 지었다. "아뇨, 집에서는 아무도 헨리를 패지 않아요. 여기서는 아무도 그런 짓 하지 않아요."

내가 가야 했다. "염병할 전화 내놔."

그가 전화를 건넸다.

"커크비 선생님? ……그러죠, 클로디아. 아니요, 다 괜찮아요, 동네에서 그냥 작은 문제가 있었을 뿐이에요. 남자애들이 얼마나 멍청해질 수 있는지 아시잖아요."

"아, 그래요."

몇 분 동안 우리는 이야기했고, 그녀의 목소리는 차분했으며—조용했지만 자신감이 넘쳤다—나는 전화를 통해 그녀를 상상했다. 그녀는 짙은 색 스커트에 크림색 셔츠를 입고 있을까? 그리고 왜 나는 그녀의 종아리를 상상할까? 전화를 끊으려는데 클레이가 잠깐, 하더니 그녀가 빌려주었던 책을 가져왔다고 전하라 했다.

"새 책을 원한대요?"

클레이는 그녀의 목소리를 들었고, 생각하더니, 이윽고 고개를 끄덕였다.

"어느 게 가장 좋았대요?"

그가 말했다. "『이스트 15번가의 전투』."

"그 책 좋지."

"거기 나오는 늙은 체스 선수가 좋았어요." 그가 이번에는 약간 더 크게 말했다. "빌리 원터그린."

"오, 그 사람 정말 좋지." 클로디아 커크비가 말했다. 나는 중간에서 꼼짝도 못하고 서 있었다.

"두 사람 사이좋네?" 내가 말했고(클레이가 집에 왔던 날 밤 헨리와 로리 사이와 다르지 않았다) 그녀는 전화기 안에서 미소를 지었다.

"내일 와서 책 가져가." 그녀가 말했다. "여기 한동안 있을 거니까, 퇴근 후에도." 금요일이면 교사들은 술을 마시려고 남아 있었다.

내가 전화를 끊자 그가 괴상하게 미소를 짓고 있었다.

"그 멍청한 웃음 좀 걷어내."

"뭐?" 그가 물었다.

"나한테 뭐 소리 하지 마. 염병할 그쪽 끝이나 잡아."

우리는 마루 까는 판을 위층으로 들고 올라갔다.

다음날 오후, 나는 차에 앉아 있고 클레이는 학교 운동장으로 들어갔다.

"형은 안 가?"

그녀는 주차장 옆쪽에 내려와 있었다.

그녀가 손을 들어올렸다. 빛 속에 높이. 그들은 책을 교환했다. 그녀가 말했다. "어머 하느님, 너 무슨 일 있었던 거야?"

"괜찮아요, 커크비 선생님. 피할 수 없는 일이었어요."

"너희 던바들, 너희는 매번 나를 놀라게 해." 이제 그녀는 차를 알아보았다. "안녕, 매슈!" 젠장, 나는 차에서 내려야 했다. 이번에는 나도 제목을 보았다.

『건초 만드는 사람』.

『시소 타는 사람』.

(둘 다 저자가 같았다.)

『서니보이와 추장』.

클로디아 커크비에 관해 말하자면, 그녀는 나와 악수를 했고 그녀의 두 팔은 따뜻해 보였다. 저녁이 나무들 사이에 범람하고 있었다. 그녀는 어떻게 지내느냐, 클레이가 집에 다시 와서 좋으냐, 하고 물었다. 물론 나는 물론이라고 대답했고, 하지만 그가 집에 오래 있지는 않을 거라고 말했다.

우리가 떠나기 직전에 그녀는 시선을 클레이에게 오래 두었다.

그녀는 생각했고, 결정했고, 손을 내밀었다.

"자," 그녀가 말했다. "책 한 권만 줘봐."

『서니보이와 추장』의 표지 안쪽에 그녀는 키가 크고 단정한 글자로 전화번호와 메시지를 적었다.

위급한 경우에 대비하여
(책이 부족하다든가)
ck*

그녀는 진짜로 그 정장을 입고 있었다, 내가 바라던 그대로, 또 뺨 한가운데 그 주근깨가 있었다.

그녀의 머리카락은 갈색이었고 어깨까지 내려왔다.

차를 타고 떠나면서 나는 죽었다.

토요일에 그 순간이 왔고, 우리 다섯 모두 로열 헤네시로 갔다. 소문이 돌았기 때문이다. 맥앤드루가 완전 신품 견습생을 두었고, 그녀는 아처 스트리트 11번지 출신의 소녀라는 것.

경마장에는 두 종류의 관람석이 있었다.

회원과 쓰레기.

회원석에는 품위, 어쨌든 품위인 척하는 것, 그리고 김빠진 샴페

---

* 클로디아 커크비의 머리글자.

인이 있었다. 양복을 입은 남자들, 모자를 쓴 여자들, 그리고 전혀 모자라고 할 수 없는 것을 쓴 몇몇이 있었다. 토미가 발을 멈추고 물었다. 그런데 저 이상한 것들은 도대체 뭐야?

함께, 우리는 쓰레기석—페인트가 벗어진 일반석—으로, 돈을 거는 사람과 씩 웃는 사람, 승자와 패자가 있는 곳으로 갔다. 그들 대부분은 뚱뚱하고 유행과 관계가 없었다. 그들은 맥주와 구름과 오 달러 지폐였으며, 입에 가득한 고기와 담배 연기였다.

물론 그 중간에, 말 대기장, 말들이 마부에게 끌려와 천천히 신중하게 달리기를 해보는 곳이 있었다. 기수들은 조련사와 함께 서 있었다. 조련사는 마주와 함께 서 있었다. 색깔과 밤색이 있었다. 안장과 검은색. 등자. 지침. 많은 끄덕거림.

그러다 클레이는 케리의 아버지(한때 '트랙워크 테드'로 알려져 있었다)를 보았는데, 케리가 말한 대로, 그는 기수 출신치고 키가 컸고 남자치고 키가 작았다. 그는 양복을 입고 펜스에 기대 있었다, 악명 높은 두 손의 무게를 얹은 채.

일 분 정도 지나자 그의 아내도 나타났다, 옅은 녹색 원피스 차림에 자연스럽게 흘러내리지만 어깨 길이로 자른 금발. 만만찮은 캐서린 노바크. 그녀 옆에서 옷과 짝을 이루는 핸드백이 탕탕 튀었다. 불안해 보였고, 한편으로는 화가 난 듯 조용했다. 그러다가 그녀는 핸드백을 입에 집어넣었다. 마치 샌드위치를 먹는 것처럼 보이기도 했다. 그녀가 경마 날을 싫어한다는 것을 알 수 있었다.

우리는 걸어올라가 관중석 뒤쪽에, 물이 마른 자국이 있는 망가진 의자에 앉았다. 하늘은 어두웠지만 비는 내리지 않았다. 우리는 돈을 모았고, 로리가 그것을 걸었다. 우리는 말 대기장에 있는 그녀를 지켜보았다. 그녀는 늙은 맥앤드루와 함께 서 있었다. 맥앤드루는 처음에는 아무 말도 하지 않고 그냥 노려보기만 했다. 빗자루 같은 사람으로 팔다리가 시곗바늘 같았다. 그러다 그가 고개를 돌렸을 때 클레이와 눈이 마주쳤는데 그 눈은 또렷하고 맑았다. 파란색이 섞인 회색.

그는 전에 맥앤드루가 했던 말을 기억했다. 클레이가 들을 수 있는 거리, 그것도 바로 그의 얼굴 옆에서 한 이야기. 시간과 일과 죽은 나무를 잘라내는 것에 관한 이야기였다. 그는 어쩐 일인지 그 이야기를 좋아하게 되었다.

물론 클레이는 그녀를 보았을 때 미소를 지었다.

맥앤드루가 그녀를 가까이 불렀다.

그가 그녀에게 명령을 내렸다. 일곱 또는 여덟 단어였다. 그 이하도 아니고 그 이상도 아니었다.

케리 노바크는 고개를 끄덕였다.

그녀는 한 동작으로 성큼성큼 걸어가 말에 올라탔다.

말을 달려 게이트 밖으로 나갔다.

하트널

과거에 우리는 알 수 없었다.

다가오고 있는 세계가 실제로 오고 있다는 것을.

나는 지미 하트널과 대결하는 과제를 시작하고 우리 어머니는 곧 죽기 시작한다.

퍼넬러피로서는 전혀 악의가 없는 일이었다.

거슬러올라가보면 이때에 이른다.

나는 열두 살에 훈련중이고, 로리는 열 살, 헨리는 아홉 살, 클레이는 여덟 살, 토미는 다섯 살, 이때 우리 어머니의 시간은 이미 모습을 드러냈다.

일요일 아침이었다, 9월 말.

마이클 던바는 텔레비전 소리에 잠을 깼다. 클레이가 만화를 보고 있었다. 〈로키 루빈—우주의 개〉. 겨우 여섯시 십오분을 막 넘긴 시간이었다.

"클레이?"

아무런 답이 없었다. 그의 눈은 화면과 더불어 활짝 열려 있었다.

이번에는 더 거친 소리로 속삭였다. "클레이!" 그러자 소년은 건너다보았다. "소리 조금 줄일 수 없어?"

"오, 죄송해요. 알았어요."

그가 소리를 조정했을 때 마이클은 이미 추가로 조금 더 잠이 깼고, 그래서 그곳으로 가 클레이와 함께 앉았다. 클레이가 이야기를 해달라고 하자 그는 '달'과 뱀과 페더턴 이야기를 했는데 군데군데 대충 건너뛰는 것은 생각도 하지 못했다. 뭔가 빠뜨리면 클레이가 늘 알았기 때문에 빠진 곳을 정리하느라 시간만 더 걸렸다.

이야기가 끝나자 그들은 앉아서 지켜보았다. 그의 팔이 클레이의 어깨를 두르고 있었다. 클레이는 환한 금발 개를 향해 미소를 지었다. 마이클은 잠시 졸았지만 곧 깼다.

"자," 그가 말했다. "끝났구나." 그는 텔레비전을 가리켰다. "다시 저애를 화성으로 쏘아올릴 거야."

그들 사이로 조용히 목소리가 다가왔다. "해왕성이야, 바보야."

클레이와 마이클 던바, 그들은 싱긋 웃으며 뒤에 있는, 복도에 있는 여자 쪽으로 고개를 돌렸다. 그녀는 가장 낡은 파자마 차림이었다. 그녀가 말했다. "아무것도 기억 못하는 거야?"

그날 아침, 우유가 똑 떨어져 페니는 팬케이크를 만들었고, 우리 나머지는 들어가서 말다툼을 하고 오렌지주스를 흘리고 서로 남 탓을 했다. 페니가 치우며 우리 쪽을 향해 소리를 질렀다. "너네 염병할 오렌지추스를 또 흘렸어." 우리는 웃음을 터뜨렸지만 우리 누구도 몰랐다.

그렇게 그녀는 로리의 발가락들 사이에 달걀을 떨어뜨렸다.

그렇게 그녀의 손은 잡은 접시를 놓쳤다.

그게 무슨 의미일 수 있었을까, 의미가 있는 거라면?

하지만 지금 돌아보면, 거기에는 많은 의미가 있었다.

그녀는 그날 아침 우리를 떠나기 시작했고, 죽음이 들어오고 있었다.

그는 거기 커튼 막대에 쾌를 틀고 있었다.

해 속에서 대롱거리고 있었다.

나중에, 그는 몸을 기대고 있었다, 가까이서 그러나 태연하게, 냉장고 너머로 팔을 걸치고 있었다. 그가 맥주를 지키는 거라면 염병할 훌륭하게 그 일을 해내고 있는 것이었다.

다른 한편으로 다가올 하트널과의 싸움에 관해 말하자면, 그것은 내가 생각한 그대로였고, 훌륭했다. 겉으로 보기에는 평범했던 그 일요일을 앞둔 사전 준비에서 우리는 권투 글러브 두 켤레를 샀다.

우리는 주먹질을 했고, 우리는 맴돌았다.

우리는 몸을 흔들어 피했다.

나는 당시 그 거대한 빨간 글러브 안에서 살았다, 마치 내 손목에 오두막이 묶여 있는 것 같았다.

"걔가 날 죽일 거예요." 나는 그렇게 말했지만, 나의 아빠, 그는 그렇게 내버려두지 않으려 했다. 그는 정말이지 그때는 그냥 나의 아빠였고, 어쩌면 그게 내가 말할 수 있는 모든 것인지도 모른다. 그것이 내가 말할 수 있는 가장 좋은 것이다.

그가 끝내버린 것이 바로 그런 순간들이었다.

그는 권투 글러브를 낀 자신의 손을 내 목에 얹었다.

"자." 그는 생각했고, 나에게 조용히 말했다. "그럼 이런 식으로 생각하기 시작해야 해. 너는 결심을 해야 해." 그는 내 뒤통수를 어루만지면서 내게 힘을 주는 말을 아주 쉽게 했다. 모두 너무나 부드럽고, 너무나 달콤했다. 내 옆에 있는 많은 사랑. "걔는 원하는 대로 널 죽일 수 있어. 하지만 너는 죽지 않을 거야."

그는 처음-이전에는 좋았다.

페니에게 그것은 계속 찾아왔고, 우리에게 그것은 희미하게 알아챌 수 있는 것이었다. 우리가 우리의 짧은 인생 내내 알았던 여자—감기도 거의 걸리지 않았던 여자—가 가끔 흔들리는 것처럼 보였다. 하지만 그만큼 빠르게, 그녀는 그것을 떨쳐냈다.

언뜻 얼이 빠져 보이는 순간들이 있었다.

또는 가끔 먼 기침소리.

그녀는 아침나절에 졸기도 했지만, 아주 오래 아주 열심히 일했다—그게 이유다. 우리는 그렇게 생각했다. 우리가 누구라고 하이퍼노에서 일한 것—병균과 아이들 가까이에서 일한 것—때문은 아니라고 말하겠는가. 그녀는 늘 채점하느라 밤늦게까지 자지 않았다.

그녀는 그저 휴식이 필요할 뿐이다.

동시에, 우리가 얼마나 기분좋게 훈련을 했는지 상상할 수 있을 것이다.

우리는 마당에서 싸웠고, 포치에서 싸웠다.

우리는 빨래 건조대 앞에서 싸웠고, 가끔 집안에서도 싸웠다—우리가 싸울 수 있는 모든 곳에서 싸웠다. 처음에는 아빠와 나였지만, 이윽고 모두가 시도해보게 되었다. 심지어 토미까지. 심지어 퍼넬러피까지. 그녀의 금발은 약간 잿빛을 띠어가고 있었다.

"엄마를 조심해." 우리 아버지가 어느 날 말했다. "오버핸드 레프트가 무시무시해."

로리와 헨리에 관해 말하자면, 그들은 그렇게 사이좋게 지낸 적이 없었다. 빙글빙글 돌고, 싸우고, 서로 부딪치고, 팔과 팔뚝이 충돌하면서. 로리는 심지어 한 번 사과를 하기도 했다, 그것도 자발적으로. 기적이었다. 약간 아래쪽을 때렸을 때.

그러는 동안 학교에서 나는 최선을 다해 견디고 있었다─그리고 집에서 우리는 방어 훈련("두 손을 들어올려, 발 움직임에 신경을 써야지")과 공격("하루종일 그 잽을 연습해")을 했다. 지금-아니면-기회가-없다는 순간이 가까워질 때까지.

마침내 내가 지미 하트널과 마주하게 되었을 때, 그 일이 벌어지기 전날 밤 아빠는 내 방, 클레이, 토미와 함께 쓰던 방으로 왔다. 다른 둘은 삼층침대의 아래 두 칸에서 자고 있었고, 나는 맨 위에서 깨어 있었다. 아이들이 대부분 그러듯이, 나는 그가 들어왔을 때 눈을 감았고 그는 살며시 내 몸을 흔들며 말했다.

"야, 매슈, 훈련 조금 더 할까?"

아무런 설득이 필요 없었다.

차이는, 내가 글러브를 향해 손을 뻗었을 때 그것은 필요 없을 거라고 그가 이야기했다는 점이었다.

"네?" 내가 작은 소리로 말했다. "맨주먹으로요?"

"그 순간이 왔을 때는 맨주먹일 거야." 그가 말했다, 하지만 이제 아주 천천히 말하고 있었다. "내가 도서관에 갔다 왔어."

나는 그를 따라 거실로 갔고 그곳에서 그는 낡은 비디오카세트, 그리고 낡은 비디오 기계(검은색과 은색의 낡은 것)를 가리키며 그것을 틀어보라고 말했다. 나중에 보니 그는 사실 간신히 돈을 모아 그것을 샀다. 크리스마스 저축의 시작이었다. 비디오의 제목, '마지막 위대하고 유명한 권투 선수들'을 내려다보는 동안에도 아버지가 웃음을 짓는 것이 느껴졌다.

"아주 멋지지, 응?"

나는 그것이 테이프를 삼키는 것을 지켜보았다. "아주 멋져요."

"이제 플레이를 눌러." 곧 우리는 말없이 앉아 권투 선수들이 화면을 줄지어 돌아다니는 것을 보았다. 그들은 사람들의 대통령처럼 나타났다. 어떤 선수들은 흑백이었다. 조 루이스에서 조니 파머숑, 라이어널 로즈에서 슈거 레이에 이르기까지. 그다음에는 컬러와 스모킨 조. 제프 하딩, 데니스 앤드리스. 테크니컬러 로베르토 두란. 그들의 몸무게에 밀려 로프들이 구부러졌다. 아주 많은 싸움에서 권투 선수들은 쓰러졌지만 비틀거리며 다시 일어섰다. 아주 용감하고 필사적인 몸 흔들어 피하기.

거의 끝에 나는 그를 보았다.

아버지 눈의 반짝거림.

그는 소리를 완전히 줄여놓고 있었다.

그는 내 얼굴을 잡았다, 하지만 차분하게.

내 턱을 두 손으로 잡았다.

잠시 나는 그가 화면을 그대로 따라 할 것이라고, 해설처럼 뭔가 말할 것이라고 생각했다. 하지만 그가 한 일은 그렇게 나를 잡고 있는 것, 어둠 속에서 두 손으로 내 얼굴을 잡고 있는 것뿐이었다.

"그건 인정할 수밖에 없구나, 꼬마. 너한테는 심장이 있어."

그 말의 처음-이전.

그 순간에 이르는 과정에서, 페니 던바를 위한 날이 있었다. 아침이었다. 조디 에철스라는 귀염둥이가 함께 있었다. 그녀는 페니가 가장 좋아하는 아이로 꼽혔다. 난독증 때문에 고생을 했고, 페니와 일주일에 두 번씩 공부를 했다. 조디에게는 상처받은 눈, 긴 뼈, 등을 따라 내려오는 굵고 길게 땋은 머리가 있었다.

그날 아침, 그들은 메트로놈과 함께 책을 읽고 있었다―오래고 익숙한 비결이었다. 페니는 동의어 사전을 가져오려고 일어섰다. 다음 순간, 아이가 그녀를 흔들어 깨우고 있었다.

"선생님." 조디 에첼스가 말했다. "선생님," 그리고 "선생님!"

페니는 정신을 차렸고, 그녀의 얼굴을 보았다. 책은 몇 미터 떨어져 있었다. 가엾은 어린 조디 에첼스. 그녀 자신도 쓰러지기 직전인 것처럼 보였다.

"괜찮아요, 선생님, 괜찮아요?"

그녀의 이는 완벽한 길처럼 포장되어 있었다.

퍼넬러피는 팔을 뻗으려 했지만, 그녀의 팔은 어떻게 된 일인지 혼란에 빠졌다.

"괜찮아, 조디." 페니는 당연히 그녀를 밖으로 내보냈어야 했다. 도움을 청하라거나, 물을 가져오라거나, 뭐든 적어도 다른 데 관심을 쏟을 수 있게 해주어야 했다. 그러나 대신에―이것이 전형적인 페니다―그녀는 말했다. "그 책 펼쳐봐, 그래, 찾아봐, 어디 보자, 명랑하다는 어떨까? 아니면 울적하다는? 어느 쪽이 더 좋아?"

그 소녀, 그녀의 입과 대칭.

"아마도 명랑하다요." 그녀가 말했고, 단어들을 소리 내어 읽었다. "행복하다…… 즐겁다…… 재미있다."

"좋아, 아주 좋아."

페니의 팔은 아직도 움직이지 않았다.

이제 학교, 그 일이 찾아왔다, 금요일.

나는 놀림을 당했다, 하트널과 그의 친구들에게서.

피아노 piano와 연주 playing와 호모 새끼 poofter가 있었다.

그들은 두운 맞추기의 명수들이었지만 그것을 알지는 못했다.

그때 지미 하트널은 앞머리가 조금 길었다—며칠 있으면 머리를 잘라야 했다. 그는 몸을 기대고 근육으로 내리누르곤 했다. 그의 입은 작아 작게 찢은 틈 같았다. 아주 조금 열린 캔 같았다. 그것이 곧 넓어지며 웃음이 되었다. 나는 그를 향해 걸어갔고 말할 용기를 찾았다.

"점심시간에 네트에서 너하고 싸우겠어." 내가 말했다.

그가 들어본 최고의 소식이었다.

이어서 오후.

그녀는 종종 그러듯이 아이들에게 책을 읽어주고 있었고 아이들은 버스가 보이기를 기다리고 있었다. 이번 책은 『오디세이아』였다. 키클롭스에 관한 장이었다.

녹색과 흰색이 섞인 옷을 입은 소년과 소녀들이 있었다.

흔히 시도되는 이런저런 헤어스타일.

그녀가 오디세우스, 그리고 굴에 있는 그 괴물에게 쓴 속임수에 관해 읽을 때 활자들이 페이지 위에서 헤엄쳤다. 그녀의 목구멍은 동굴이 되었다.

그녀는 기침을 했고 피를 보았다.

피가 종이 위로 떨어지며 튀었다.

그녀는 그 빨간색에 묘하게 충격을 받았다. 그냥 너무 선명하고 잔인했다. 그녀의 다음 생각은 기차로 돌아가 있었다. 그녀가 그것을 처음 보았던 때. 영어로 찍힌 그 제목들.

그러면 그 피에 비교할 때 내 피는 무엇이었을까?

아무것도 아니었다, 절대 아무것도 아니었다.

그날은 바람이 많이 불었다, 나는 그렇게 기억한다. 구름이 빠르게 하늘을 지나갔다. 하얀가 하면 바로 파래졌다. 수많은 변하는 빛. 탄광 같은 구름 하나, 내가 크리켓 네트로 걸어갈 때 그늘의 가장 어두운 곳에서.

처음에 나는 지미 하트널을 보지 못했지만, 그는 콘크리트 경기장에 있었다. 그의 앞머리 폭만큼 싱긋 웃고 있었다.

"왔어!" 그의 친구 하나가 소리쳤다. "호모 새끼가 씨발 여기 왔어!"

나는 걸어갔고 주먹을 들어올렸다.

이제 대개는 원을 그리며 온다, 오른쪽과 왼쪽으로 반원을 그리며. 그가 얼마나 무시무시하게 빨랐는지, 얼마나 빨리 내가 그것을 맛보게 되었는지 기억이 난다. 학교 아이들의 포효도 기억난다, 해변을 휩쓸고 내려오는 파도 같은 포효. 어느 시점에, 나는 로리를 보았는데, 그는 그저 어린아이였다. 그는 헨리 옆에 서 있었고, 헨리는 래브라도 금발에 비쩍 마른 모습이었다. 네트 철망의 다이아몬드들 사이로 그들이 패버려 하는 입 모양을 만들고, 클레이는 멍하니 구경하는 것이 보였다.

하지만 지미는 패기 어려웠다.

처음에 나는 입을 맞았고(첫조각을 씹는 것 같았다), 그다음에는 위쪽, 그리고 갈빗대를 맞았다. 갈빗대가 부러졌다고 생각하던 기억이 난다. 그 파도가 모든 것을 무너뜨리며 밀고 들어오면서.

"어서, 씨발 피아노맨." 그 꼬마는 작은 소리로 말했고, 다시 팔짝 뛰어 내 안으로 파고들어왔다. 그럴 때마다, 어떻게 했는지 그는 내 주위를 돌며 움직였고, 레프트로 나를 잡았고, 그다음에 라이트 그리고 다시 라이트. 그런 식으로 세 번 하고 나자 나는 쓰러졌다.

환호가 일었고 교사들이 오나 살폈지만 아직 아무도 우리를 발견하지 못했다. 나는 기어가다 잽싸게 일어섰다. 아마도 일어선 채 에이트 카운트.

"와봐." 나는 말했고 빛은 계속 바뀌고 있었다. 우리 귀를 통해 바람이 으르렁거렸고, 다시 그는 파고들어 돌았다.

이번에도 전처럼 그는 레프트로 나를 잡고, 이어 막강한 팔로업—그러나 그 전술의 결과는 바뀌었다. 내가 세번째 펀치를 완전히 막고 그의 턱을 강타했기 때문이다. 하트널은 주춤주춤 뒤로 물러섰고, 더듬거렸고, 몸을 바로잡으려다 미끄러졌다. 그는 충격을 받아 서둘러 백스텝을 밟았고 나는 앞으로 왼쪽으로 쫓아갔다. 잽 두 방을 날렸다. 거기 있는 그 작게 찢어진 틈 위로, 뺨 위에 그리고 안으로 세게.

그것은 모든 곳의 모든 스포츠—아마도 체스까지 포함하여—해설자들이 소모전이라고 말하는 것이 되었다. 우리는 관절과 손을 계속 교환했다. 어느 시점에 나는 한쪽 무릎을 꿇었고, 그는 나를 끌어안은 다음 얼른 사과했고, 나는 고개를 끄덕였다. 침묵 속의 완결. 군중은 늘어났고 기어올라갔다. 손가락들이 모두 철망을 움켜쥐고 있었다.

결국 나는 그를 두 번 쓰러뜨렸으나 그는 늘 다시 펀치를 날렸다. 결국 나 자신은 네 번 쓰러졌고, 네번째 때는 일어나지 못했다. 희미하게, 학교의 개입을 느낄 수 있었다. 그 해변과 파도가 꽉 차 있었기 때문이다. 그들 가운데 많은 수는 이제 갈매기처럼 흩어졌다, 내 동생들을 빼면. 그들은 자리를 뜨지 않았다. 아름답게—돌아보면 놀랄 일은 아니었다—헨리가 손을 내밀었다, 달아나는 이 꼬마 저 꼬마에게. 그들은 그에게 남은 점심을 주었다. 이미 그는 내기를 걸었고, 이미 그는 땄다.

구석에, 저쪽 크리켓 경기장 기둥 근처에 지미 하트널이 모로 서 있었다. 그는 상처 입은 들개 비슷하여, 애처로우면서도 조심해야 했다. 선생님, 한 남자 선생님이 가서 그를 붙들었지만 하트널은 몸을 으쓱하여 떨쳐버렸다. 그는 나에게 오는 길에 발이 걸려 넘어질 뻔했다. 그의 작게 찢어진 틈은 이제 그냥 입이었다. 그는 몸을 웅크리더니 내 옆쪽에 대고 소리쳤다.

"너 피아노 잘 치나보네." 그가 말했다. "네 싸움 실력이랑 비슷하다면."

나는 손으로 내 입을 찾았다. 안도감의 승리.

나는 다시 누웠고, 피를 흘리며 미소를 지었다.

이가 그대로 다 있었다.

그렇게 되었다.

그녀는 의사에게 갔다.

퍼레이드 같은 일련의 검사들.

그때 그녀는 우리에게 아무 말도 하지 않았고 모든 것이 평소와 똑같이 흘러갔다.

그러나 한 번, 금이 갔다. 내가 앉아서 타자로 치고 있는 동안 그것은 아주 잔인하고 분명해진다. 부엌은 또렷하고 맑은 물이다.

왜냐하면 한 번, 로리와 헨리의 방에서 그들 둘이 뒹굴며 싸우고 있었기 때문이다. 그들은 글러브를 버리고 보통 때로 돌아갔고 퍼넬러피가 거기로 달려갔다.

그녀는 둘 다 교복 셔츠의 목덜미를 잡았다.

그들을 밖으로 끌어내 내보냈다.

빨래 건조대에 널어 말릴 소년들처럼.

일주일 뒤 그녀는 입원했다. 수많은 면회 가운데 첫번째.

하지만 그때는, 오래전 그때는, 입원하기 바로 며칠 낮과 밤 전에는, 그녀는 그들의 방에서 그들과 함께 서 있었다. 그 양말과 레고의 돼지우리에서. 해가 그녀 뒤로 지고 있었다.

그리스도여, 나는 이게 그리울 거다.

그녀는 울었고 미소를 지었고 울었다.

삼두정치

토요일 밤 일찍, 클레이는 헨리와 함께 지붕에 올라가 앉았다.

여덟시에 가까운 시간.

"옛날 같네." 헨리가 말했고 그들은 그 순간은 행복했다, 여러 곳에서 타박상을 느끼고 있었지만. 헨리는 또 말했다. "멋지게 달렸어." 케리 이야기를 하는 거였다.

클레이는 물끄러미 대각선으로 바라보았다. 11번지.

"그랬지."

"이겼어야 했는데. 이의 제기라니, 염병할."

나중에, 그는 기다렸다.

서라운즈, 그녀가 꾸준히 내는 소리. 발의 조용한 바삭거림.

그녀가 왔을 때, 그들은 한참 시간이 지날 때까지 눕지 않았다.

그들은 매트리스 가장자리에 앉아 있었다.

그들은 이야기를 했고 그는 그녀에게 키스하고 싶었다.

그녀의 머리카락을 만지고 싶었다.

두 손가락으로만이라도, 그녀의 얼굴 옆 머리카락이 흘러내리는 곳 안에서.

그날 밤 빛 속에서 머리카락은 가끔 황금색으로, 가끔 빨간색으로 보였고, 어디에서 끝나는지 알 수 없었다.

하지만 그는 그러지 않았다.

물론 그러지 않았다.

어쩌다보니 그들은 규칙을 만들었고 그 규칙을 따랐다. 자신들이 가진 것을 부수거나 부술 위험을 무릅쓰지 않으려고. 그들이 여기 있다는 것만으로도, 단둘이 함께 있다는 것만으로도 충분했고 감사할 훨씬 더 많은 방법이 있었다.

그는 작고 묵직한 라이터를, 그리고 오번 경주의 '투우사'를 꺼냈다. "이게 누가 나한테 준 최고의 물건이야." 그가 말했고, 잠깐 그것을 켰다가, 다시 닫았다. "오늘 아주 잘 달렸어."

그녀는 그에게 『채석공』을 돌려주었다.

그녀는 미소를 지었고, 말했다. "잘 달렸지."

그전에, 이날은 그 좋은 밤들 가운데 하나이기도 했다. 칠면 아주머니가 창문을 열었기 때문에. 그녀는 그들을 향해 위쪽으로 소리쳤다.

"야, 던바 보이들."

헨리가 먼저 마주 소리쳤다. "칠면 아주머니! 며칠 전 밤에 우리를 살펴주셔서 감사해요." 그런 다음 작업에 들어갔다. "이야, 머리에 그 롤러 멋있는데요."

"시끄러워, 헨리." 그러나 그녀는 미소를 짓고 있었고 그 주름들도 자기 역할을 하고 있었다.

이제 두 아이 모두 일어서서 가까이 다가갔다.

그들은 집의 옆쪽에서 웅크렸다.

"야, 헨리?" 칠면 아주머니가 불렀고, 이 모든 게 약간은 놀이였다. 헨리는 무슨 일이 생길지 알고 있었다. 칠면 아주머니가 그런 식으로 쳐다볼 때 그것은 어김없이 책을 부탁하는 것이었다, 주말마다 모은 그의 수집품으로부터. 그녀는 로맨스, 범죄, 공포를 사랑했다―급이 낮을수록 좋았다. "나한테 맞는 것 좀 있어?"

그는 흉내를 냈다. "아주머니한테 맞는 게 좀 있을까요? 어케-생각하시나요? 『잭 더 리퍼의 시체』는 어떨까요?"

"그건 이미 있어."

"『그녀가 아래층에 숨긴 남자』는요?"

"그건 내 남편 얘기지. 아직도 시체를 못 찾았거든."

(두 아이 모두 웃음을 터뜨렸다―그녀는 그들이 그녀를 알기 전부터 과부였는데 이제 그걸 가지고 농담을 했다.)

"좋아요, 칠면 아주머니, 젠장, 까다로운 손님이시네요! 『영혼을 낚아채는 자』는 어때요? 그건 염병할 째끈한데."

"좋아." 그녀가 미소를 지었다. "얼마야?"

"오, 왜 이러세요, 칠면 아주머니, 그 게임은 하지 말자구요. 평소처럼 하면 어때요?" 그는 클레이를 향해 얼른 눈을 깜빡였다. "그냥 무상으로 드리는 걸로 해요."

"무상?" 그녀는 이제 물끄러미 위를 보며 생각을 하고 있었다. "그게 무슨 말이야, 독일어야, 응?"

헨리는 폭소를 터뜨렸다.

드디어 누웠을 때 그녀는 경마를 떠올렸다.

"하지만 나는 졌어." 그녀가 말했다. "내가 망쳐버렸어."

제3경주.

랜턴 와이너리 스테이크스 경마 대회.

천이백 미터였으며 그녀의 말 이름은 '청부 살인자'였는데, 출발
에서 너무 뒤처졌지만 그래도 케리는 그를 제자리에 올려놓았다.
그녀는 달리는 말들 사이를 비집고 나아가 그를 끝까지 달리게 했
다—그리고 클레이가 완벽한 침묵 속에서 지켜보고 있을 때 주로
는 직선에 이르렀다. 지나가는 발굽소리들이 일으키는 폭동. 눈과
열기와 피. 그리고 그 가운데 자리잡은 케리 생각.

유일한 문제는 마지막 펄롱*에서 그녀가 이등 말 '음악소리를 키
워'—정말이지 대단한 이름이다—에 너무 바짝 붙어 방향을 틀었
을 때 생겼고 우승은 그녀에게서 멀어졌다.

"경마 관리인들 앞에 처음 나선 거였는데." 그녀가 말했다.

그의 목에 부딪히는 그녀의 목소리.

지붕에서 거래가 승인되었을 때(칠면 아주머니는 계속 십 달러
를 내겠다고 고집을 부렸다) 그녀가 말했다. "그런데 선생님은 어
떠신가요, 클레이 씨? 요즘엔 자신을 잘 돌보고 있나요?"

"대체로요."

"대체로?" 그녀가 조금 더 고개를 내밀었다. "그걸 언제나로 만
들려고 노력해봐."

"알겠습니다."

---

* 길이의 단위. 1마일의 8분의 1, 약 201.17m.

"알았다. 어여쁜 아이야."

그녀가 다시 창문을 닫으려 하자 헨리가 시간을 조금 더 늘리려고 시도했다. "보세요, 어쩌다 저 녀석이 어여뻐진 거예요?"

칠면 아주머니가 응수했다. "너는 입이 어여뻐, 헨리. 하지만 어여쁜 아이는 쟤야." 그러더니 마지막으로 손을 흔들었다.

헨리는 클레이를 돌아보았다.

"너는 어여쁘지 않아." 그가 말했다. "사실 너는 아주 추해."

"추하다고?"

"그럼, 스타키의 엉덩이만큼이나 추하지."

"최근에 그걸 본 모양이네, 응?"

그러자 헨리가 클레이를 밀면서 다정하게 귀를 한 대 쳤다.

심지어 나에게도 가끔은 수수께끼다, 남자애들과 형제들이 사랑하는 방식은.

끝이 다가올 무렵 그는 그녀에게 말하기 시작했다.

"거기는 아주 조용해."

"그렇겠지."

"하지만 강은 완전히 말랐어."

"너희 아빠는?"

"아빠도 완전히 말랐어."

그녀는 웃음을 터뜨렸고 그는 그녀의 숨을 느꼈다. 그는 그 온기를 생각했다, 어떻게 사람들은 이렇게 따뜻할 수 있는지, 안으로부터 밖으로. 어떻게 그것이 나에게 닿았다 사라지고 또다시 돌아올 수 있는지, 그러면서 어떤 것도 영원하지는 않은지―

그래, 그녀는 웃음을 터뜨리더니 말했다. "바보 같은 소리 하지 마."

클레이는 "그래" 하고 말했을 뿐이다. 그의 심장이 그가 감당하기에는 너무 크게 뛰고 있었다. 세상이 그 소리를 들을 수 있을 게 틀림없었다. 그는 옆에 있는 소녀를, 그리고 느슨하게 걸쳐진 다리를 보았다. 그녀의 가장 위쪽 단춧구멍, 그녀 셔츠의 직물을 보았다.

그곳의 체크무늬.

하늘색으로 변한 파란색.

완전히 분홍색으로 바랜 빨간색.

긴 능선 같은 어깨뼈, 그 밑의 우묵한 그림자.

그녀의 희미한 땀냄새.

어떻게 그는 어떤 사람을 이렇게 열심히 사랑하면서 그렇게 규율이 잡혀 있고, 그렇게 오래 입을 다물고 고요한 상태를 유지할 수 있을까?

어쩌면 그가 그때 그렇게 했다면, 그에게 진작 배짱이 있었다면 일은 그렇게 흘러가지 않았을지도 모른다. 하지만 그가 어떻게 그런 걸 예측할 수 있었을까? 케리—그의 몸 위에 누운 이 소녀, 그의 위에서 숨을 내쉬고 들이쉬는 이 소녀, 생명을 지닌 소녀, 생명인 소녀—가 그의 사랑과 상실의 삼연승 단식경기, 또는 삼두정치를 이룰 것임을 그가 어떻게 알 수 있었을까?

알 수 없었다, 물론.

알 수 없었다.

그것은 모두 다가올 것들 안에 있었다.

담배 한 대

　　그때, 페니 던바 이야기를 하자면, 그녀는 병원에 가려고, 그 안에서 기다리는 세계로 가려고 가방을 쌌다.

　　그들은 밀고, 그들은 찌르고 조각내게 된다.

　　그들은 친절로 그녀에게 독을 주입하게 된다.

　　그들이 처음 방사선 이야기를 했을 때 나는 그녀가 사막에 홀로 서 있는 것을 보았다. 그러다 쾅―약간은 헐크처럼.

　　우리는 우리 자신의 만화가 되었다.

　　처음부터 병원 건물이 있었고, 그 모든 지옥 같은 백색이 있었고, 티 하나 없는 쇼핑몰 문이 있었다. 나는 그들이 가르는 방식이 싫었다.

　　우리는 이것저것 둘러보는 듯한 느낌이 들었다.

　　심장병은 왼쪽으로.

　　정형외과는 오른쪽으로.

또 우리 여섯이 복도를, 그 안의 유쾌한 공포를 헤치며 걸어다니던 기억이 난다. 우리 아빠와 그의 단단하고 깨끗한 두 손, 그리고 싸우지 않는 헨리와 로리도 기억난다. 이 장소들은 분명히 부자연스러웠다. 토미가 있었는데, 그는 아주 작아 보였고, 늘 짧은 하와이안 반바지를 입고 있었다—그리고 나는 여전히 멍이 들었지만 아물고 있었다.

하지만 맨 뒤, 우리 뒤로 멀리 클레이가 있었고 그가 가장 두려워하는 것처럼 보였다, 그녀를 보는 것을. 그녀의 목소리는 코에 꽂은 줄로부터 간신히 새어나왔다.

"우리 아들 어디 있어, 우리 아들 어디 있어? 해줄 이야기가 있어, 좋은 이야기야."

그제야 그는 우리 사이에 들어왔다.

그러는 데 그의 안에 있는 모든 것이 필요했다.

"저기, 엄마, 집 이야기 해줄 수 있어요?"

그녀의 손이 뻗어나와 그에게 닿았다.

그녀는 그해에 두 번 더 병원을 들락거렸다.

그녀의 몸은 열렸고, 닫혔고, 분홍색이 되었다.

그녀는 꿰매졌고 생살이 반짝거렸다.

가끔, 그녀가 피곤할 때도 우리는 그걸 보여줄 수 있는지 묻곤 했다.

"그 가장 긴 흉터 다시 보여줄 수 있어, 엄마? 그게 염병할 아름다워."

"야!"

"뭐 염병할? 그건 심지어 제대로 된 욕도 아니야!"

그녀는 그때는 대개 집에, 자신의 침대에 돌아와 누가 책을 읽어주는 걸 듣거나 우리 아빠와 함께 누워 있었다. 그들의 각도에는 뭔가가 있었다. 그녀는 두 무릎을 위쪽 옆으로, 사십오 도 각도로 구부리고 있었다. 그녀의 얼굴은 그의 가슴에 놓여 있었다.

많은 면에서 그때는 행복한 시간이었다, 솔직히. 나는 그 틀로 상황을 보았다. 몇 주가 어깨뼈 안에서, 몇 달이 페이지들 안에서 지나가는 것을 보았다. 그는 몇 시간씩 큰 소리로 읽었다. 그 무렵 그의 눈 주위에는 피곤이 있었으나 옥색은 변함없이 낯설었다. 그것이 그 위로를 주는 것들 가운데 하나였다.

물론 무시무시한 때도 있었다, 그녀가 싱크대에 토한다든가. 그리고 욕실의 그 지독한 냄새. 그녀는 더 앙상해졌는데, 믿기 힘든 일이었다. 하지만 그러다 거실 창문으로 다시 돌아왔다. 그녀는 우리에게 『일리아스』의 한 부분을 읽어주었고, 토미의 몸은 조각이 난 채 잠들어 있었다.

한편, 진전이 있었다.

우리 모두 각자의 음악을 연주했다.

피아노 전쟁은 계속되었다.

나와 지미 하트널의 한판 승부에서는 많은 일이 생겨날 수 있었고, 실제로 많은 일이 일어났다. 그와 나는 새로 사귄 친구가 되었다. 싸운 뒤에 함께 서 있는 자리를 확인한 그런 소년들이 되었다.

지미 이후에 더 많은 아이들이 줄을 섰고 나는 그들을 물리쳐야 했다. 그들은 그냥 피아노만 언급하면 그만이었다. 하지만 하트널처럼 높은 장애물은 다시는 없었다. 내가 타이틀을 걸고 싸운 건 지미뿐이었다.

하지만 결국 싸움으로 명성을 얻은 것은 내가 아니었다. 로리일 수밖에 없었다.

나이 면에서 햇수가 딸깍딸깍 차올라 나는 이제 고등학교에 들어간 지 한참 되었고(마침내 피아노에서 자유로워졌다) 로리는 오학년이었다. 헨리는 그보다 한 학년 아래였다. 클레이는 삼학년에 올라갔고 토미는 저 아래 유치원에 있었다. 옛이야기들은 곧 해안으로 쏠려갔다. 크리켓 네트의 기억들, 그리고 언제든 기꺼이 달려들려는 소년들이 있었다.

그 부분에서 문제는 로리였다.

그의 힘은 진짜고 무시무시했다.

하지만 그 여파는 더 심각했다.

그는 그들을 질질 끌고 운동장을 돌아다녔다. 『일리아스』의 야만적인 결말 같았다―헥토르의 시체를 끌고 다니는 아킬레우스 같았다.

병원에 하이퍼노고등학교 아이들이 찾아왔던 때가 한 번 있었다.

페니는 펑크가 난 채 침대에 앉아 있었다.

아이고 하느님, 한 다스는 넘게 왔을 것이다, 그녀 주위에서 북적거리고 떠들고, 남자애 여자애 할 것 없이. 헨리가 말했다. "다들 아주…… 모피를 덮고 있네." 그는 모든 소년의 다리를 가리키고 있었다.

우리가 복도에서 지켜보던 기억이 난다, 그들의 녹색과 흰색이 섞인 교복. 그 덩치만 커다란 남자애들, 향수를 뿌린 여자애들, 감춘 담배. 떠나기 직전 내가 전에 언급한 소녀, 귀염둥이 조디 에철스가 묘하게 보이는 선물을 꺼냈다.

"여기요, 선생님." 그녀는 말했지만 직접 선물을 풀었다. 페니의 두 손은 담요 안에 들어가 있었다.

그리고 곧, 우리 어머니의 입술.

그것은 갈라졌고 아주 메마르게 미소를 짓고 있었다.

그들은 그녀에게 메트로놈을 가져왔고, 그 말을 한 건 남자애들 가운데 하나였다. 그 아이 이름은 칼로스였던 것 같다.

"이걸로 박자를 맞춰 숨을 쉬세요, 선생님."

하지만 최고는 집에서 보낸 저녁이었다.

그들은 희끗희끗해지는 금발과 검은 머리였다.

그들은 소파에서 자고 있지 않으면 부엌에서 스크래블 게임을 하거나 모노폴리로 서로 벌을 주고 있었다. 가끔은 소파에서 실제로 자지 않고 밤늦도록 영화를 보기도 했다.

클레이에게는 더 분명하게 두드러지는 순간들이 있었고, 그런 순간들은 금요일 밤에 찾아왔다. 하나는 그들이 보던 영화가 끝날 때였는데 화면에서 크레디트가 올라가고 있었다. 아마 〈굿바이, 레닌〉이었던 것 같다.

소리가 커진 것을 알고 클레이와 나는 복도에 나와 있었다.

우리는 거실을 보았고 그다음엔 그들을 보았다.

텔레비전 앞에서 꼭 끌어안고 있었다.

그들은 서 있었고, 춤을 추고 있었다, 하지만 천천히—간신히. 그리고 그녀의 머리카락은 자신의 노란색을 붙들고 있었다. 그녀는 아주 약해서 곧 부서질 것처럼 보였다. 팔과 정강이뿐인 여자. 그들의 몸은 꼭 달라붙어 있었고 곧 우리 아버지가 우리를 보았다. 그는 말없이 안녕, 하는 신호를 보냈다.

심지어 입으로 말을 그리기까지 했다.

이 멋진 아가씨 좀 봐!

나도 그 말을 인정할 수밖에 없을 것 같다.

피로와 아픔을 뚫고, 그 표정의 기쁨 속에서 마이클 던바는 그때 정말로 잘생겼고 춤도 그렇게 못 추지는 않았다.

이어서 다음 순간, 그것은 앞문 밖, 층계 위였고 숨이 연기 같은 겨울이었다.

며칠 전 퍼넬러피는 하이퍼노에 대리 교사로 돌아갔고 담배를 압수했다. 솔직히 그녀는 사실 그것이 자신이 할 일이라고 생각하지 않았다—이 아이들에게 담배를 피우지 말라고 말하는 것이. 그녀는 그들에게서 물건을 빼앗을 때마다 나중에 다시 오라고 말했다. 그게 명백히 무책임한 짓이었다고 할 수 있을까? 아니면 그들에게 적절한 존중심을 보여주는 것이? 그들이 모두 그녀를 사랑하게 된 것도 놀랄 일이 아니다.

어쨌든 그 학생은 당황했는지 아니면 창피했는지 윈필드 블루스를 찾으러 다시 오지 않았고 페니는 저녁에 그것을 발견했다. 그녀의 핸드백 바닥에 찌그러져 있었다. 그녀는 자기 전에 지갑과 열쇠를 꺼내다가 담배를 들었다.

"그런데 이게 대체 뭘까?"

마이클은 즉시 그녀를 붙들었다.

그들을 무책임하다고 또는 우스꽝스럽다고 해도 좋다, 하지만 나는 이것 때문에 그들을 그만큼 더 사랑한다. 그 시간에는 병이 사라졌고, 그들은 앞쪽 포치로 나갔다. 그들은 담배를 피웠고 기침을 했고 그 바람에 그가 깼다.

몇 분 뒤, 안으로 들어가는 길에 페니는 담배를 버리러 갔지만 어떤 이유에서인지 마이클이 막았다. 그가 말했다, "그냥 감춰두는 게 어때?" 음모자끼리의 윙크. "언제 또 필요할지 모르잖아. 그게 우리의 작은 비밀이 될 수도 있어."

　하지만 한 소년도 연루되어 있었다.

　보라, 그들이 피아노 덮개를 들어올리고 담뱃갑을 그 밑에 둘 때도 그들은 여전히 몰랐다. 그는 복도에서 그들을 보고 있었고 그 시점에 한 가지는 분명했다.

　우리 부모가 춤을 잘 춘다고 할 수는 있다는 것.

　하지만 흡연은 기껏해야 아마추어였다는 것.

중앙역

클레이는 더 있고 싶은 유혹을 느꼈지만 그럴 수가 없었다.

가장 힘든 일은 워릭 팜에서 열릴 케리의 다음 경마를 놓치게 된다는 것을 알고 있다는 점이었다. 그녀는 이번에도 그가 떠날 것을 예상하고 있었다. 토요일 밤 서라운즈에서 그와 헤어지면서 그녀는 말했다. "네가 여기 있을 때 봐, 클레이. 나도 있을게, 약속해."

그는 그녀가 골목길을 따라 내려가는 것을 지켜보았다.

우리를 떠나는 것은 지난번과 똑같았다.

아무 말 없이도 우리는 알고 있었다.

하지만 동시에 완전히 다르기도 했다.

이번에는 분명히 무게감이 덜했다. 해야 할 일을 이미 했기 때문이다. 우리는 앞으로 나아갈 수 있었다.

우리가 마침내 〈총각 파티〉를 다 본 것은 월요일 밤이었고 클레이는 떠나려고 일어섰다. 그의 물건은 복도에 있었다. 로리가 깜짝 놀란 표정으로 건너다보았다.

"지금 떠나는 건 아니지, 그렇지? 노새를 아직 엘리베이터에 신지도 않았는데!"

(우리 사는 게 그 영화와 얼마나 비슷한지 정말 무시무시했다.)

"당나귀야." 토미가 말했다.

다시 로리: "그게 염병할 셰틀랜드포니하고 섞인 단거리 경주마라고 해도 상관없어!"

그와 토미 둘 다 웃음을 터뜨렸다.

이어 헨리:

"자, 클레이. 발 좀 치워." 그는 부엌으로 가는 척하다가 클레이를 소파에 내던졌다, 두 번—한 번은 클레이가 다시 일어나려고 할 때. 클레이가 용케 풀고 나오자 헨리는 헤드록을 하고 빙빙 돌았다. "맛이 어떠냐, 요 조그만 똥덩어리야, 우린 지금 '변소'네 건물에 있는 게 아니란 말이다, 응?!"

그들 뒤에서 〈총각 파티〉의 신나서 까부는 장면들은 점점 멍청해지고, 헥토르가 쏜살같이 달아나자 토미가 클레이의 등에 올라타고, 로리가 나를 향해 소리쳤다.

"어이, 염병할 좀 도와줘, 응?"

나는 거실 문간에 서 있었다.

문틀에 몸을 기댔다.

"어서, 매슈, 우리가 이놈을 꼼짝 못하게 붙드는 걸 좀 도와줘!"

클레이의 형체를 적으로서 받아들이자 그들의 숨이 안의 깊은 곳으로부터 올라왔고, 마침내 나는 그들을 향해 걸어갔다.

"좋아, 클레이, 이 새끼들을 다 패버리자고."

결국 싸움이 끝나고 영화도 끝났을 때 우리는 그를 중앙역으로 태우고 갔다. 유일무이한 일이었다.

헨리의 차였다.

그와 내가 앞에 앉았다.

다른 셋은 뒤에 앉았다, 로지와 함께.

"젠장, 토미, 저 개는 꼭 저렇게 염병할 시끄럽게 헐떡여야 하는 거야?"

역에서는 모든 것이 상상할 만한 것이었다.

브레이크의 커피 냄새.

야간열차.

오렌지색 빛의 공들.

클레이는 스포츠가방을 들고 있었고 거기에 옷은 없었다. 나무 상자, 클로디아 커크비의 책들과 『채석공』뿐이었다.

기차는 떠날 준비가 되었다.

우리는 악수를 했다―우리 모두와 그가.

마지막 칸 중간까지 갔을 때 소리를 지른 것은 로리였다.

"어이, 클레이!"

그는 돌아보았다.

"스다구니, 기억나?!"

그러자 행복하게 그는 열차에 올라탔다.

그리고 다시, 다시, 수수께끼―우리 넷이 모두 거기 서서 지켜 보고 있다는 것, 브레이크 냄새와 개 냄새와 함께.

던바 보이가 된 여자

나의 고등학교 일학년이 끝날 무렵 우리가 심각한 문제에 부딪힌 것이 분명해 보였다. 그 무렵 그녀의 옷에는 공기가 너무 많았다. 나아지는 경우는 점점 줄었다. 정상처럼 보이는 때도 있었다. 아니면 우리가 흉내낸 것인지도. 정상인-척하기, 아니면 정상적인-척하기, 우리가 어떻게 그렇게 했는지 잘 모르겠다.

어쩌면 그냥 우리 모두에게 삶이 있었던 것인지도 몰랐다. 우리는 살아가야 했고, 거기에는 퍼넬러피도 포함되었다. 우리 소년들은 꼬마 노릇을 계속했다. 우리 모두 함께 그것을 유지했다.

머리 잘라주는 시간이 있었고, 베토벤이 있었다.

우리 모두에게 뭔가 개인적인 것이 있었다.

어머니가 개별적으로 누군가를 데리고 나가면 그 사람은 그녀가 죽어가고 있다는 걸 알게 된다.

우리는 돌처럼 그 순간을 물수제비뜬다.

다른 아이들은 여전히 모두 초등학생이었고(로리가 마지막 학년이었다) 아직도 피아노를 칠 것이라는 기대가 있었다. 그녀가 병원에 있을 때도. 나중에 헨리는 그녀가 그들을 연습으로 고문하려고, 적어도 그것에 관해 물어보려고 계속 살아 있었다고 맹세했다. 어떤 침대에 누워 있든 간에―집의 바랜 시트, 또는 다른 시트, 혹독한 시트, 너무 완벽한, 표백해서 새하얀 시트.

문제는 퍼넬러피가 현실과 마주해야 했다는 것이다(그리고 그녀는 마침내 체념했다).

그들은 싸움을 훨씬 잘했다.

그들의 피아노 연주는 똥통이었다.

모든 질문은 거의 의례적인 것이 되고 말았다.

주로 병원에서 그녀는 연습을 했느냐고 물었고 그들은 거짓말로 했다고 대답했다. 종종 그들은 입술이 찢어지고 주먹이 갈라진 채 나타났다. 페니는 눅눅했고 황달에 걸린 것처럼 보였지만 그래도 정확하게 의심을 품었다. "도대체 무슨 일이야?"

"아무 일도 아니에요, 엄마. 정말로."

"연습은 하고 있어?"

"무슨 연습요?"

"알잖아."

"물론이죠." 헨리가 말했다. 그는 상처난 곳을 가리켰다. "이게 다 뭐라고 생각하세요?" 그 미소, 그것은 이미 비뚜름했다.

"무슨 소리야?"

"베토벤." 그가 말했다. "그 사람이 얼마나 억센지 아시잖아요."

싱긋 웃을 때 그녀의 코에서 피가 흘렀다.

그럼에도 집으로 돌아오면 그녀는 그들에게 다시 앉아 증명을 하게 했고, 그들 옆 의자에 앉아 어쩔 줄 몰라했다.

"너 연습을 전혀 안 했구나." 그녀는 즐거움이 반쯤 섞인 경멸하는 표정으로 로리에게 말했다.

그는 아래를 보며 인정했다. "그 말이 옳아요."

한번은 클레이가 멈췄다, 음악 중간에.

어차피 망치고 있던 참이었다.

그 또한 눈 밑에 군청색의 가벼운 그늘이 있었다, 싸움 때문에― 헨리와 함께 말려들어간 싸움.

"왜 멈추는 거야?" 그러나 금세 목소리가 부드러워졌다. "이야기 듣고 싶어?"

"아니요, 그게 아니에요." 그는 침을 꿀꺽 삼키더니 건반을 보았다. "내 생각엔, 어쩌면 엄마가 칠 수도 있겠다 싶었어요."

그러자 그녀는 쳤다.

〈G장조 미뉴에트〉.

완벽했다.

음표 하나하나.

오랜만이었지만 그는 무릎을 꿇고 거기에 머리를 뉘었다.

그녀의 허벅지는 종이처럼 얇았다.

그 시기에 기억에 남을 만한 마지막 싸움이 있었다, 학교에서 집으로 돌아가는 길이었다. 로리, 헨리, 클레이. 그들 대 다른 네 아이. 토미는 옆으로 빠졌다. 어떤 여자가 정원용 호스로 그들에게 물을 뿌렸다. 좋은 호스, 좋은 노즐. 좋은 수압. "어서!" 그녀가 소리쳤다. "여기서 끄져."

"여기서 꺼져." 헨리가 되풀이했고, 그 바람에 한번 더 물벼락을 맞았다. "보세요! 염병 대체 이건 뭣 때문이에요?"

그녀는 잠옷에 닳아빠진 슬리퍼 차림이었는데, 시간은 오후 세 시 반이었다. "잘난 척한 죄지." 그러면서 그녀는 한번 더 물벼락을 퍼부었다. "그리고 이건 욕한 죄."

"호스 한번 좋네요."

"고마워. 이제 찌그러져."

클레이가 그를 일으켜세웠다.

로리가 앞서나가며 자신의 턱선을 쓰다듬었다. 집에 가니 메모가 있었다. 그녀가 다시 입원했다. 두려운 하얀 시트. 메모 맨 밑에 웃는 얼굴이 있었고 양옆으로 긴 머리가 있었다. 그 밑에는 이렇게 적혀 있었다.

그래! 피아노를 그만둬도 좋아!
하지만 후회할 거다, 이 조그만 새끼들아!

어떤 면에서 그것은 일종의 시였지만 가장 좋은 의미에서 그런 것은 아니었다.

그녀는 우리에게 모차르트와 베토벤을 가르쳤다.

우리는 꾸준히 그녀의 욕을 개량해왔다.

그 직후 그녀는 결정을 내렸다.

그녀는 우리 각자와 한 번씩 뭔가를 하려 했다. 어쩌면 우리에게 우리의 것, 우리만의 것이 되는 기억을 하나씩 주려는 것이었는지도 모른다. 하지만 나는 그녀가 자신을 위해 그랬기를 바란다.

내 경우에는 영화였다.

도시로 더 들어가면 옛날 극장이 있었다.

이름은 '하프웨이 트윈'이었다.

매주 수요일 밤 그곳에서는 더 오래된 영화를 상영했는데 대개는 다른 나라 것이었다. 우리가 간 날 밤에는 스웨덴 영화였다. 제목은 '개 같은 내 인생'이었다.

우리는 여남은 명과 함께 앉았다.

나는 영화가 시작하기도 전에 팝콘을 다 먹었다.

페니는 아이스크림을 갖고 씨름하고 있었다.

나는 그 영화에 나오는 사가라는 이름의 말괄량이와 사랑에 빠졌고 자막 속도를 따라가느라 안간힘을 썼다.

마지막에 어둠 속에서 우리는 그대로 앉아 있었다.

지금까지도 나는 크레디트가 끝날 때까지 앉아 있는다.

"그래서?" 퍼넬러피가 말했다. "어떻게 생각해?"

"훌륭했어요." 내가 말했다. 훌륭했기 때문이다.

"사가를 사랑하게 됐어?" 아이스크림이 비닐 안에서 이미 죽었다.

내 입은 침묵했고 얼굴이 붉어졌다.

어머니는 일종의 기적, 길지만 부서지기 쉬운 머리카락이었다.

그녀는 내 손을 잡고 작은 소리로 말했다.

"좋은 일이야, 나도 그애를 사랑했어."

로리에게는 축구 경기였다. 관중석 높은 곳에서 지켜보는 경기.

헨리에게는 차고 세일에 가는 것이었고 거기에서 그는 거래를 하고 값을 깎았다.

"저 시원찮은 요요가 일 달러라고요? 우리 엄마 상태를 보세요."

"헨리." 그녀는 그를 놀렸다. "왜 이래. 그건 저질이야, 아무리 너라는 걸 감안해도."

"젠장, 페니, 재미없다고요." 하지만 그들은 한통속이 되어 웃음을 터뜨렸다. 그리고 그는 요요를 삼십오 센트에 샀다.

하지만 선택을 해야 한다면, 나는 당시 상황에 영향을 가장 많이 준 것은 그녀가 토미를 위해 한 일이라고 말하겠다. 그녀가 클레이와 보낸 시간을 빼면. 보라, 토미의 경우, 그녀는 그를 박물관에 데려갔다. 그가 가장 좋아한 곳은 '와일드 플래닛'이라는 이름의 홀이었다.

몇 시간씩 그들은 전시관을 걸었다.

동물들의 조립라인.

모피와 박제의 여행.

가장 좋아하는 것이라고 목록에 올릴 만한 것이 너무 많았지만 그 가운데서도 딩고와 사자가 높은 순위를 차지했고, 또 괴상하고 놀라운 사일러사인*도 있었다. 그날 밤 침대에서 토미는 계속 그 이야기를 했다. 우리에게 태즈메이니아호랑이에 관한 사실을 나열했다. 사일러사인이라는 말을 되풀이했다. 개에 가까워 보인다고 말했다.

"개!" 그는 거의 소리를 질렀다.

우리 방은 어둡고 고요했다.

그는 말을 하다 말고 잠이 들었다—그리고 동물에 대한 이런 사랑이 그를 그들에게로 이끌게 된다. 로지와 헥토르, 텔레마코스, 아가멤논, 그리고 물론 크지만 노새 같은 녀석. 이것은 모두 아킬레우

---

* 태즈메이니아늑대. 등의 줄무늬 때문에 호랑이라고도 한다.

스로 끝날 수밖에 없었다.

  클레이에 관해 말하자면, 그녀는 그를 여러 곳에 데려갔고 아무 데도 데려가지 않았다.

  우리 나머지는 모두 밖으로 나갔다.

  마이클은 우리를 해변에 데려갔다.

  우리가 사라진 뒤 퍼넬러피는 그를 초대했다. 그녀는 말했다. "야, 클레이, 차를 좀 만들어서 요 앞에 나가자." 하지만 그것은 일종의 몸풀기였다.

  그가 밖에 나가자 그녀는 이미 포치 바닥에 앉아 등을 벽에 기대고 있었다. 해가 그녀의 몸 전체로 쏟아졌다. 전깃줄에는 비둘기가 있었다. 도시는 끝없이 열려 있었다. 멀리서 도시가 노래하는 소리가 들려왔다.

  차를 마시기 시작하자 그녀는 저수지를 하나 삼켰지만 그것이 그녀가 말을 하는 데 도움을 주었고 클레이는 열심히 귀를 기울였다. 그녀가 나이가 몇이냐고 묻자 그는 아홉이라고 대답했다. 그녀는 말했다. "그거면 충분하네, 어쨌든 그 이상이 있다는 걸 알기 시작하는 데는—" 거기에서부터 그녀는 늘 하던 것을 했다. 종이 집들에서 시작해서. 그리고 마지막에 그녀는 그에게 이것을 일깨웠다.

  "언젠가 너한테 말해줄게, 클레이, 아무도 모르는 몇 가지를. 하지만 네가 그걸 듣고 싶어하는 경우에만……"

  간단히 말해서, 거의-모든-것을.

  그가 정말이지 얼마나 큰 특권을 누렸는지.

  그녀는 그의 소년다운 머리카락을 쓰다듬었고, 이제 해가 훨씬 낮아졌다. 그녀의 차는 엎질러져 있었고 소년은 엄숙하게 고개를 끄덕였다.

저녁 무렵에 우리는 모두 집에 돌아왔다. 해변과 모래로 피곤했다. 페니와 클레이는 자고 있었다. 소파에 함께 꿰매놓은 것처럼 보였다.

며칠 뒤 그는 그녀에게 다가갈 뻔했다. 마지막 이야기가 나올 수도 있을 때쯤이었지만 클레이는 그것을 요구하지는 않을 만큼 교육을 잘 받은 아이였다. 어쩌면 어떤 점에서 그는 알고 있었는지도 모른다─그것들은 끝에-다가갔을-때 나온다는 것을.

아니, 대신, 우리의 전형적인 정신 사나운 움직임이 넘쳐났다. 몇 주가 몇 달이 되었고 다시 그녀는 치료를 받으러 떠나게 되었다.

그 독특한 순간들은 이제 사라졌다.

우리는 불편한 소식에 익숙해졌다.

"뭐." 그녀는 아주 무뚝뚝하게 말했다. "그들이 내 머리카락을 가져갈 거야. 그래서 난 이제 너희 차례가 왔다고 생각해. 우리가 선수를 치는 게 나을 것 같아."

우리는 줄을 섰다. 세상의 반대였다, 이발사들이 머리를 자르려고 줄을 서다니. 토스터에 우리 모두가 기다리는 모습이 비쳤다.

그날 밤 내가 기억하는 몇 가지가 있다─토미가 첫번째로 다가갔다는 것, 내켜하지는 않았지만. 그러나 그녀는 술집에 간 개와 양에 관한 우스개로 그가 웃음을 터뜨리게 만들었다. 그는 여전히 그 염병할 하와이안 반바지 차림이었고 너무 비뚤비뚤 잘라 마음이 아팠다.

다음은 클레이, 다음은 헨리였다. 그다음에 로리가 말했다. "군대 가요?"

"그럼." 페니가 말했다. "가지 뭐."

그녀가 말했다. "로리, 어디 보자." 그녀는 그의 눈 안을 살폈다. "너희 가운데 네 눈이 가장 이상해." 그 눈은 무거우면서도 부드러웠다, 은처럼. 그녀의 머리카락은 짧았고 사라지고 있었다.

내 차례가 되었을 때 그녀는 토스터로 손을 뻗어 자신의 비친 모습을 보았다. 그녀는 자비를 좀 보여달라고 나에게 간청했다. "단정하게 해주고 빨리 좀 해줘."

마무리는 우리 아버지였다. 그는 일어섰고 회피하지 않았다. 그는 어머니 머리 위치를 잡았다, 멋지게 똑바로. 다 마치자 천천히 문질러주었다. 소년 같은 머리를 마사지했고, 그녀는 앞으로 몸을 숙이고 그것을 즐겼다. 그녀는 뒤에 있는 남자를, 계속 변하는 그의 얼굴을, 그의 발치의 죽은 금발을 볼 수 없었다. 그녀는 그가 얼마나 무너졌는지 결코 볼 수 없었고 우리 나머지는 서서 그들을 지켜보았다. 그녀는 청바지에 맨발에 티셔츠 차림이었고 어쩌면 우리를 완성한 것은 그것인지도 모른다.

그녀는 그냥 던바 보이처럼 보였다.

그렇게 머리를 자른 그녀는 우리 가운데 하나였다.

강으로 복귀

이번에 그는 나무들 속에서 기다리지 않고 유칼립투스의 회랑을 걸었고, 조용히 폭발하며 빛 속으로 들어갔다.

도랑은 여전히 그대로였다, 깨끗하게 파여 있고 선명했다. 하지만 이제 아마누강 위와 아래 모두 더 파여 있어 강바닥에 공간이 더 확보되었다. 남은 잔해―흙과 막대기, 나뭇가지와 돌멩이―는 치우거나 평평하게 다져져 있었다. 한 장소에서 그는 잘 다져진 땅을 손으로 쓸어보았다. 오른쪽으로 타이어 자국이 보였다.

그는 강바닥에서 다시 발을 멈췄고, 그 모든 색깔 속에 몸을 웅크렸다. 전에는 색깔이 얼마나 많은지 깨닫지 못했다. 돌의 역사 교육. 그는 미소를 지으며 말했다. "잘 있었어, 강."

우리 아버지에 관해서 말하자면, 그는 집에 있었다. 소파에서 자고 있었다. 커피를 잔에 반쯤 남긴 채. 클레이는 그를 잠시 바라보다가 가방을 내려놓았다. 책과 낡은 나무상자는 꺼냈지만『채석공』은 가방에 남겨두었다. 잘 감춰두었다.

나중에, 그들은 계단에 함께 앉았다. 시원해지는 날씨에도 불구하고 모기가 있었고, 악질적이었다. 모기는 그들의 팔에서 몸을 웅크리고 발걸음도 가볍게 돌아다녔다.

"하느님 맙소사, 이건 괴물들이네, 안 그러냐?"

멀리 검은 산들이 높이 서 있었다.

그 뒤로 붉은색 패널.

다시 '살인범'이 말을 했다. 아니, 하려 했다.

"어땠어—"

클레이가 말을 잘랐다. "장비를 빌리셨네요."

친근한 한숨. 속임수를 쓰다 걸린 건가? 다리의 에토스와 단절한 것인가? "알아. 별로 가르 다리 같지 않지, 응?"

"아니요." 클레이가 말했다. 그는 한숨 돌리게 해주었다. "하지만 그 다리는 둘이서만 놓은 게 아니죠."

"아니면 악마가, 만일—"*

클레이는 고개를 끄덕였다. "알아요."

그는 그 일이 이미 다 끝나서 얼마나 안도했는지 모른다는 말을 할 수 없었다.

이제 마이클은 다시 시도하고 있었다.

그는 잘려나갔던 질문을 완성했다.

"집은?"

"나쁘지 않아요."

클레이는 그가 보는 것을 느낄 수 있었다—거의-아문 타박상

---

* 가르 다리는 악마가 놓았다는 전설이 있다.

자국을.

그는 커피를 마저 마셨다.

우리의 아버지는 잔을 깨물었다, 하지만 살짝.

무는 것을 멈추었을 때 그는 계단을 보았고, 소년 근처는 보지도 않았다. "매슈냐?"

클레이는 고개를 끄덕였다. "하지만 다 잘됐어요." 그는 잠시 생각했다. "마지막엔 로리가 나를 안고 갔어요." 그러자 그의 앞에 아주 작은 미소가 나타났다.

"네가 돌아오는 건 문제없었어? 여기로 말이다."

"물론이죠." 클레이가 말했다. "올 수밖에 없었고요."

천천히 그는 일어섰다. 훨씬 더 많은 것이 있었고, 할말이 아주 많았고, 안의 가장자리로 아주 많은 것이 밀려와 있었다. 헨리와 슈워츠와 스타키(스타키의 여자도 잊지 말도록 하자), 헨리와 '피터 팬'이 있었다. 클로디아 커크비, 그리고 내가 있었다. 역에 있는 우리 모두, 기차가 떠날 때도 계속 서 있던 우리 모두가 있었다.

그리고, 물론.

물론, 케리가 있었다.

케리와 로열 헤네시, 그리고 말들 사이를 헤치고 달린 것……그리고 '음악소리를 키워'에게 진 것.

그러나 또, 고요.

말로 나오지 않은 상태.

그것을 깨기 위해 클레이가 말했다. "안으로 들어갈게요…… 몸에 피가 다 없어지기 전에."

하지만 그때─이것이 뭐였을까?

놀라운 일.

반쯤 들어가다 그는 돌아왔다. 그는 갑자기, 툭 터지며 수다스러워졌다. 그래 봐야 클레이에게 그것은 추가로 말한 두 마디였지만.

커피잔을 손에 든 채 그가 말했다. "여기가 좋아요, 여기 있는 게 좋아요." 그래놓고도 그는 자기가 왜 그랬는지 의아해했다. 어쩌면 새로운 삶―아처 스트리트와 강 양쪽의 삶―의 인정, 또는 심지어 일종의 수용이었는지도 모른다.

그는 그 각각에 똑같이 속해 있었다.

우리 사이의 거리는 그였다.

소년들이 아직 소년들이었을 때

결국 그것은 끝나야 했다.

주먹다짐은 끝이 나고 있었다.

담배가 발견되었고 피웠다.

심지어 피아노 다그치기도 끝이 났다.

돌이켜보면 그것들은 가치 있는 기분전환이었지만 그녀의 물결의 흐름을 완전히 바꿀 수는 없었다.

그녀 내부의 세계가 확대되었다.

그녀는 비었고, 그녀는 넘쳤다.

굳이 말하자면, 다가올 몇 달 동안 신뢰할 만한 생명의 마지막 버티기가 몇 번 있었다—우리 어머니가 그 치료라는 벌을 받는 동안. 그녀는 열렸다가 다시 꽉 닫혔다, 간선도로 갓길의 자동차처럼. 그 소리를 알지 않는가? 보닛을 쾅 닫을 때, 막 그 염병할 것이 간신히 다시 움직이게 해놓고 제발 몇 킬로미터만 더 달리라고 기도할 때.

매일이 그 시동 걸기 같았다.

우리는 다시 멈출 때까지 달렸다.

그런 식으로 사는 가장 좋은 예가 1월에 일찌감치 만들어졌다. 크리스마스 휴가가 한창이던 때였다.

욕정의 선물과 영광.

그래, 욕정.

나중이었다면 〈총각 파티〉의 벌거벗은 흥분과 순수한 멍청함이 있었을지도 모르지만 페니가 쇠약해지던 그 초기는 소년기 타락의 시작이었다.

변태냐 완전하게 사는 것이냐?

그것은 어느 쪽을 보느냐에 달렸다.

어쨌든, 이날은 그때까지 여름 중 가장 더운 날로 다가올 것들의 전조 같았다. (클레이는 전조라는 말을 좋아했는데 그것은 학교에서 그의 만만치 않은 교사에게 배운 말이었고, 그는 어휘로 가득차 넘치는 사람이었다. 다른 교사들은 교과과정을 엄격히 준수한 반면 이 교사—뛰어난 버위크 선생님이었다—는 교실에 들어오자마자 아이들이 무조건 알아야 할 의무가 있는 단어 시험을 보기 시작했다.

전조.

가증스럽다.

극심하다. 수하물.

수하물은 훌륭한 단어였다. 그것을 가지고 하는 일에 완벽하게 들어맞았기 때문이다. 그것의 수하가 되지 않는가.)

하지만 그래, 어쨌든 1월 들어 얼마 지나지도 않았다. 해는 높았고 아플 정도로 뜨거웠다. 레이싱 쿼터는 타고 그을리고 있었다. 멀리서 자동차들이 그들에게 콧노래를 불렀다. 그러다 태연하게 다른 쪽으로 방향을 틀었다.

헨리는 티플러 레인 바로 아래 포세이돈 로드에 있는 신문가판대에 들어가 있었는데 의기양양하게 다시 나오더니 클레이를 골목길로 끌고 들어갔다. 그는 왼쪽과 오른쪽을 보고 나서 말했다.

"자." 거대한 소곤거림. 그는 티셔츠 속에서 〈플레이보이〉를 꺼냈다. "이걸 잘 봐."

헨리는 클레이에게 잡지를 건네주고 가운데를 펼쳤다. 접힌 부분이 그녀의 몸을 가로지르고 있었다—그리고 그녀는 모든 완벽한 곳마다 단단한 동시에 부드러웠고 뾰족한 동시에 놀라웠다. 그녀는 자신의 골반에 대단히 흥분한 것처럼 보였다.

"아주 멋지지, 응?"

클레이는 아래를 보았다, 당연히 그렇게 했다. 그리고 그는 이 모든 것을 알고 있었다—그는 열 살이었고, 형이 셋이나 있었다. 컴퓨터 화면에서 벌거벗은 여자들을 본 적이 있었다—하지만 이것은 완전히 달랐다. 이것은 훔치기와 나체의 결합, 광택이 나는 인쇄된 종이 위의 결합이었다. (헨리가 말하듯이, "이게 인생이야!") 클레이는 그 환희 속에서 몸을 떨었고, 괴상하게도, 그녀의 이름을 읽었다. 그는 미소를 지었고, 더 자세히 보았고, 그리고 물었다.

"이 여자 성이 진짜로 재뉴어리*야?"

안에서 그의 심장이 크게 고동치고 헨리 던바는 싱긋 웃었다.

"물론이지." 그가 말했다. "그렇고말고."

---

*1월이라는 뜻. 'Miss January'를 읽은 것.

하지만 나중에, 그들이 집에 갔을 때(사진에 추파를 던지기 위해 몇 번 멈춘 뒤) 우리 부모가 바닥에 있었다. 그들은 낡은 부엌 리놀륨 위에서 간신히 허리를 세우고 앉아 있었다.

우리 아버지는 찬장에 등을 기대고 있었다.

그의 눈은 쇠약해진 파란색이었다.

우리 어머니는 그전에 토했고—끔찍하게 지저분했다—이제 그에게 기대 자고 있었다. 마이클 던바는 앉아서 멍하니 보고만 있었다.

두 소년, 그들은 서 있었다.

발기가 갑자기 그들을 떠나버렸다. 해체되어 바지 깊숙이 들어가버렸다.

헨리는 소리쳤고, 반응했고, 갑자기 책임감을 느꼈다. "토미? 너집에 있어? 여기 들어오지 마!" 그들이 우리 어머니의 연약함을 보고 있는 동안 '미스 재뉴어리'는 그들 사이에서 돌돌 말렸다.

그 미소, 그녀의 완벽한 부속품들.

이제 그녀를 생각하는 것만으로도 아프다.

'미스 재뉴어리'는 그냥 너무나도…… 건강했다.

초가을이 되자 그 일이 일어날 수밖에 없었다. 운명의 오후가 찾아왔다.

로리는 고등학교에 들어간 지 한 달이 되었다.

클레이는 열 살이었다.

그녀의 머리칼은 다시 자랐다. 이상하고 더 밝아진 노란색으로. 그러나 나머지는 사라지고-있었고-이미-사라졌다.

우리 부모는 우리가 모르게 나갔다.

쇼핑몰 근처의 작은 크림색 건물이었다.

창문에서는 도넛냄새.

기병대 같은 의료 기계들, 차갑고 회색이었지만 타오르고 있었고, 외과의사의 암 같은 얼굴.

"자." 그가 말했다. "앉으세요."

그는 공격적이라는 말을 여덟 번 했다.

아주 무자비한 전달 방식.

그들이 돌아온 것은 저녁이었고 우리 모두 그들을 맞으러 나갔다. 우리는 늘 장봐온 것을 들여오는 일을 거들었지만 그날 밤에는 아무것도 없었다. 전깃줄에는 비둘기들이 있었다. 그들은 구구 울지도 않고 지켜보고 있었다.

마이클 던바는 차에 그대로 있었다. 차에 몸을 기대고 두 손은 따뜻한 보닛에 얹고 있었다. 페니는 그의 뒤에 서 있었다. 손바닥을 그의 등뼈에 얹고 있었다. 부드러워지고 어두워지는 빛 속에서 그녀의 머리카락은 지푸라기 같았다. 모두 묶어서 뒤로 단정하게 넘기고 있었다.

그들을 지켜보면서 우리 누구도 묻지 않았다.

어쩌면 그들은 말다툼을 했을 것이다.

하지만 물론, 돌이켜보면, 그날 밤 죽음은 거기 바깥에도 있었다, 비둘기들과 함께 높은 곳에 홰를 틀고 있었다. 아무렇지도 않게 전깃줄에 매달려 있었다.

그는 그들을 지켜보고 있었다, 한 명씩 한 명씩.

다음날 밤 페니는 부엌에서 우리에게 말했다. 부서지고 애처롭게 망가져 있었다. 우리 아버지는 몇 조각이 나 있었다.

나는 그것을 너무도 선명하게 기억한다—로리가 믿으려 하지 않았다는 것, 금세 난폭해져서 "뭐라고요?" 그리고 "뭐라고요?" 그리고 **"뭐라고요?"** 하고 말했다는 것. 그는 전선처럼 단단했고 녹이 슬어 있었다. 그의 은색 눈이 어두워지고 있었다.

그리고 페니, 너무 여위고 초연하던 페니.

그녀는 꾸준히 사무적인 태도를 향해 나아가고 있었다.

그녀의 눈은 녹색에 거칠었다.

머리카락은 밖으로 펼쳐져 있었고, 그녀는 같은 말을 되풀이했다, 그 말을 했다.

"얘들아, 나는 죽을 거야."

두번째가 로리를 뒤집어놓았다, 내 생각에는.

그는 주먹을 꽉 쥐었다가 다시 펼쳤다.

그때 우리 모두의 내부에는 소리가 있었다—작고-큰 소리, 설명할 수 없는 전율. 그는 찬장을 두들겨패려 했고 그것을 흔들었고 나를 내동댕이쳤다. 나는 볼 수는 있었지만 들을 수는 없었다.

곧 로리는 가장 가까이 있는 사람을 움켜잡았는데 공교롭게도 클레이였다. 로리는 곧바로 클레이의 셔츠에 대고 포효했다. 바로 그때 페니가 다가갔고 그들 둘을 갈라놓아 끝냈지만 로리는 멈출 수가 없었다. 이제 나는 멀리서 그 소리를 들을 수 있었지만 곧 그 소리가 나를 깨웠다—우리집 안에서 들리는 길거리 싸움 같은 목소리. 로리는 클레이의 가슴에 대고, 단춧구멍들을 통해 포효했다. 그의 심장 안에 대고 소리를 질렀다. 클레이를 계속 두들겨댔다— 마침내 클레이의 눈에 불이 붙었고 그 자신의 눈은 납작하고 단단해졌다.

하느님 맙소사, 아직도 들린다.

나는 그 순간과 거리를 두려고 아주 많은 노력을 한다.

가능하다면 수천 마일의 거리.

하지만 지금도, 그 비명의 깊이.

토스터 옆의 헨리가 보인다, 중요할 때는 말이 없다.

그 옆에 완전히 멍한 표정의 토미가 보인다, 흐릿한 부스러기들을 내려다보고 있다.

우리 아버지, 마이클 던바가 고정할 수 없는 상태로 싱크대 옆에 있는 것이 보인다, 그러다 페니를 향해 내려오고—흔들리는 어깨에 두 손을 얹는다.

그리고 나, 나는 중간에서 나 자신의 불을 다 모으고 있다, 마비되어, 팔짱을 낀 채.

그리고 마지막으로, 물론, 클레이가 보인다.

그 네번째 던바 보이가 보인다—머리카락이 짙고 바닥에 내동댕이쳐진 던바 보이. 얼굴은 아래에서 위를 물끄러미 보고 있다. 소년들과 엉킨 팔들이 보인다. 어머니가 외투처럼 그들을 감싸고 있는 게 보인다—그 생각을 할수록, 아마도 그것이 그 부엌 안의 진짜 허리케인이었던 것 같다, 소년들은 그저 그것, 그냥 소년들일 뿐이었고, 살인범들은 여전히 그냥 남자들이었을 뿐이던 때에.

그리고 우리의 어머니, 이제 살날이 여섯 달 남은 페니 던바.

6부

도시 + 물 + 범죄자 + 아치

+ 이야기 +

생존자

라디오에서 기어올라온 소녀

수요일 아침, 클레이는 어둠 속에서 시내로 달려가 빛 속에서 도착했고 실버 코너숍에서 신문을 한 부 샀다.

그는 반쯤 돌아오다 멈췄다. 경마 안내를 살폈다.

어떤 이름을 찾았다.

낮에, 함께 이야기하고 일하고 쓰고 계획을 세우면서 '살인범'은 신문에 호기심을 느꼈는데 감히 물어보지는 못했다. 그는 다른 일들로 바빴다. 스케치와 측정치들이 적힌 종이가 여러 장이었다. 가설판과 비계의 목재 비용이 있었다. 아치를 위한 돌 설계도가 있었다─그것을 보고 클레이가 자기한테 돈이 좀 있다고 말했지만 그 돈은 그가 갖고 있어야 한다는 답이 바로 돌아왔다.

"나를 믿어." '살인범'이 말했다. "여기는 어디를 가나 구멍이 있어. 어디서 돌을 찾을지 내가 알아."

"그 마을 같네요." 클레이가 거의 생각 없이 말했다. "세티냐노."

마이클 던바가 동작을 멈췄다. "방금 뭐라고 했어?"

"세티냐노."

거기에서, 그 순간에 사로잡혀 있다가 멍함에서 깨달음으로—자신이 한 말, 더 중요하게는, 자신이 참조한 것에 대한 깨달음으로—옮겨오면서 클레이는 '살인범'을 더 가까이 끌어오는 동시에 자신을 더 멀리 밀어내게 되었다. 클레이는 순식간에 전날 밤의 관대함—"여기가 좋아요, 여기 있는 게 좋아요"의 관대함—을 지워버렸지만 '살인범'에게 자신이 훨씬 더 많은 것을 알고 있음을 알려주었다.

그것, 그는 생각했다, 그 점을 곰곰이 생각해보자.

하지만 그는 그 정도에서 내버려두었다.

막 열두시 반이 지났을 때, 해가 강바닥에서 타오르고 있을 때 클레이가 말했다. "저기요, 차 열쇠 좀 빌려주실 수 있어요?"

'살인범'은 땀을 줄줄 흘리고 있었다.

왜?

하지만 그는 말했다. "그럼, 어디 있는지는 알아?"

두시 직전에도 똑같았고, 이어 한번 더, 네시에.

클레이는 유칼립투스까지 달려가 운전대 앞에 앉아 라디오를 들었다. 그날의 말들은 '화려한', 그다음은 '열기' 그리고 '초콜릿 케이크'였다. 그녀의 최고 등수는 오등이었다.

마지막 경마 뒤에 강으로 돌아왔을 때 그는 말했다. "고맙습니다. 다시는 안 그럴게요, 규율이 엉망이었죠." 그러자 마이클 던바는 재미있다고 생각했다.

"잔업을 좀 하는 게 좋겠다."

"알겠어요."

"농담이야." 그러다 그는 배짱을 찾았다. "네가 저기 가서 뭘 하는진 모르겠지만⋯⋯" 옥색 눈이 잠시 그의 광대뼈 안 깊은 곳에서 빛났다. "⋯⋯틀림없이 아주 중요한 일이겠지. 남자애들이 뭘 하다 나가기 시작하면 대개는 여자애란 뜻이던데."

클레이는 당연히 정신이 멍했다.

"오, 그리고 세티냐노." '살인범'은 말을 이어나갔다(클레이를 로프까지 밀어붙인 상황에서). "거기는 미켈란젤로가 대리석을 배우고, 조각을 위한 돌을 깎던 데인데."

그 말은,

언제인지 모른다.

어떻게인지 모른다.

하지만 너는 그걸 찾아냈구나, 너는 『채석공』을 찾아냈구나.

그 여자도 찾아낸 거냐— 애비 핸리, 애비 던바? 그래서 그걸 손에 넣은 거냐?

네.

페니가 그 여자 이야기를 너한테 해주었구나, 그렇지?

돌아가시기 전에요.

페니가 너한테 말해줬고, 네가 그 여자를 찾아냈고, 그 여자는 심지어 네게 그 책도 주었구나— '살인범'은 클레이를 보았고, 소년에게는 이제 그 자신이 조각되어 있었다, 마치 피와 돌로 만들어진 것 같았다.

나는 여기 있어, 마이클 던바가 말했다.

나는 너를 떠났지, 나도 알아, 하지만 나는 여기 있어.

그걸 잘 생각해봐라, 클레이.

그래서 그는 그렇게 했다.

교수형 집행인의 손

던바 과거의 물결에서 삼 년 반이 흘렀고 클레이는 눈을 뜬 채 침대에 누워 있었다. 열세 살이었다. 거무스름한 머리에 소년답고 바싹 말랐으며 심장박동이 고요 속에서 쿡쿡 찔러대고 있었다. 두 눈 각각에는 불이 있었다.

곧 그는 침대에서 미끄러져내려와 옷을 입었다.

반바지에 티셔츠, 맨발이었다.

그는 레이싱 쿼터로 탈출해 거리를 달리며 소리를 질렀다. 그 모든 것을 말없이 했다.

아빠!

아빠!

어디 있어요, 아빠?

봄이었고, 첫 빛이 밝아오기 직전이었으며, 그는 건물의 몸통들을 향해 달리고 있었다. 집들이 자리잡을 거라고 소문이 난 곳. 자동차 불빛들이 그를 비추곤 했다. 쌍둥이 유령들. 그러다 지나가고,

사라졌다.

아빠, 그는 소리쳤다.

아빠.

그의 발걸음이 느려졌고, 이윽고 멈추었다.

어디 있었어요, 마이클 던바?

그보다 전, 같은 해에 그 일이 있었다.

퍼넬러피가 죽었다.

3월에 죽었다.

죽는 데 삼 년이 걸렸다. 원래 여섯 달 걸릴 거라고 했다. 그녀는 지미 하트널 짓의 끝판이었다—그것은 그녀를 자기 마음대로 죽일 수 있었지만 퍼넬러피는 죽으려 하지 않았다. 하지만 마침내 그녀가 굴복하자 바로 압제가 시작되었다.

우리는 우리의 아버지로부터 희망을 희망했던 것 같다, 또 용기를, 그리고 가까이 있어주기를—우리를 하나씩 안아준다든가, 아니면 우리를 우리의 가장 낮은 곳으로부터 안아올린다든가.

하지만 그런 일은 생기지 않았다.

경찰차 두 대가 우리를 두고 떠났다.

구급차가 거리를 쓸고 갔다.

마이클 던바는 우리 모두에게 왔고, 우리를 향하다가, 나가더니, 가버렸다. 그는 잔디까지 갔고, 거기에서 계속 걸었다.

우리 다섯은 포치에 좌초했다.

장례식은 그 환하게 밝혀진 것들 가운데 하나였다.

해가 잘 드는 언덕 위 공동묘지.

우리 아버지는 『일리아스』의 한 구절을 읽었다.

그들은 친절한 바다로 배들을 끌고 갔다.

그는 결혼식 때 입었던 양복을 입었다. 훗날 그가 돌아와 아킬레우스와 마주했을 때 입고 있을 그 양복이었다. 그의 옥색 눈에는 빛이 없었다.

헨리는 연설을 했다.

그녀가 부엌에서 사용하던 일부러 꾸민 악센트를 흉내냈고 사람들은 웃음을 터뜨렸지만, 그는 눈에 눈물이 고였다. 그곳에는 애들이 적어도 이백 명은 있었는데 모두 하이퍼노고등학교에서 왔고, 모두 완벽한 교복 차림이었다. 무겁고, 단정한 짙은 녹색 교복. 그들은 메트로놈 이야기를 했다. 몇 명은 그녀가 읽기를 가르친 아이였다. 가장 강인한 아이들이 가장 힘들게 받아들였다, 나는 그렇게 생각한다. "안녕 선생님, 안녕 선생님, 안녕 선생님." 그들 가운데 일부는 빛 속을 걸어 지나가면서 관을 어루만졌다.

예식은 밖에서 열렸다.

그들은 그녀를 태우기 위해 다시 안으로 데려간다.

불속으로 미끄러져들어가는 관.

약간은 피아노 비슷했다, 정말로. 하지만 그 악기의 못생긴 사촌이었다. 아무리 옷을 잘 입혀도 여전히 위에 데이지를 얹은 단단한 나무에 불과했다. 그녀는 뿌려지거나 단지에 모래처럼 보관되는 쪽을 택하지 않았다. 하지만 우리는 작은 기념비를 샀다―우리가 세우고 옆에서 기억할 돌, 도시 위에서 그녀를 지켜볼 돌.

예배가 끝나고 우리는 그녀를 데려갔다.

한쪽 옆에는 헨리, 클레이, 내가 있었다. 다른 쪽에는 마이클, 토미, 로리가 있었고―우리의 아처 스트리트 축구팀과 똑같았다―

안에 있는 여자는 무게가 없었다. 관은 무게가 일 톤이었다.

그녀는 도마에 싸인 깃털이었다.

경야 끝에, 그 갖가지 차와 커피 케이크 뒤에, 우리는 건물 밖에 서 있었다.

검은 바지를 입은 우리 모두.

하얀 셔츠를 입은 우리 모두.

우리는 모르몬교도 한 무리 같았지만 너그러운 생각 같은 것은 없었다.

로리는 화가 났고 조용했다.

나는 또하나의 묘석 같았지만, 눈이 빛을 발하며 타고 있었다.

헨리는 바깥쪽을 보고 있었다.

토미는 여전히 물줄기 두 개로 젖어 있었다.

그리고 물론, 클레이가 있었다. 그는 서 있다가, 천천히 쭈그려 앉았다. 그녀가 죽던 날 그는 자기 손에서 빨래집게를 하나 발견했고 지금 그것을 아프도록 꽉 쥐었다. 그랬다가 금세 다시 호주머니에 집어넣었다. 우리 가운데 누구도 그 집게를 본 적이 없었다. 밝은색의 새것―노란색―이었고, 클레이는 강박감에 사로잡혀 그것을 계속 뒤집었다. 우리 모두와 마찬가지로 그는 우리 아버지를 기다렸지만 우리 아버지는 사라졌다. 우리는 발로 우리 심장을 걷어차고 있었다, 완전히 부드럽고 피가 흐르는 살덩이처럼. 도시는 우리 밑으로 반짝거리며 누워 있었다.

"도대체 어디 있는 거야?"

마침내 물어본 것은 나였다. 기다림이 두 시간이 되었을 때였다.

도착했을 때, 그는 우리를 보는 것이 힘들었고 우리도 그를 보는 것이 힘들었다.

그는 구부러졌고 자세가 무너져 있었다.

그는 양복을 입은 황무지였다.

웃겼다, 장례식 너머의 시간은.

어디에나 몸뚱어리와 부상자들이 있었다.

우리 거실은 병동 같았다, 영화에서 보곤 하는 것과 비슷한 병동. 완전히 지쳐서 대각선으로 뻗은 소년들. 우리는 어디에 쓰러지든 그곳에 맞게 몸이 변형되었다.

해는 옳지 않았지만 그래도 빛나고.

마이클 던바에 관해 말하자면, 그의 상태를 고려한다 해도, 금이 얼마나 빨리 가는지 우리는 놀랐다.

우리 아버지는 반쪽 아버지가 되었다.

나머지 반은 페니와 함께 죽었다.

장례식이 끝나고 나서 며칠 뒤 저녁, 그는 다시 떠났고 우리 다섯은 찾으러 나갔다. 처음에는 묘지에 가보았고 다음에는 네이키드 암스에 가보았다(우리의 추리는 그다음에도 계속 이어졌다).

마침내 그를 찾았을 때 차고를 열어보고 충격을 받았다. 그는 기름자국 옆에 누워 있었다. 경찰이 그녀의 차를 가져갔기 때문이다. 유일하게 없어진 것은 페니 던바들의 미술관이었다. 하지만 그는 그녀를 한 번도 그린 적이 없었다, 안 그런가?

한동안 그는 계속 출근했다.

나머지는 학교로 돌아갔다.

그때 나는 이미 일을 한 지 오래였다. 마루판과 카펫 회사였다.

나는 심지어 가끔 함께 일하던 친구한테서 낡은 스테이션왜건도 샀다.

　일찍부터 우리 아버지는 학교에 불려갔는데 그는 완벽한 전후戰後 협잡꾼이었다. 옷을 잘 입고 깨끗하게 면도를 했다. 통제 상태였다. 우리는 잘 감당하고 있습니다, 그는 말하곤 했다. 교장들은 고개를 끄덕였고 선생들은 속았다. 그들은 그의 내부의 심연을 절대 볼 수 없었다. 그것은 그의 옷 밑에 감추어져 있었다.
　그는 술로 자신을 풀어버리거나 폭발하고 학대하는 많은 남자와 달랐다. 아니, 그에게는 물러나는 쪽이 더 쉬웠다. 그는 거기 있었지만 결코 거기 있지 않았다. 그는 텅 빈 차고에 있었다, 그가 음료를 마실 때는 절대 사용하지 않는 잔과 함께. 우리는 저녁을 먹자고 그를 안으로 불렀지만, 후디니*도 놀랐을 것이다. 그것은 느리고 꾸준하게 사라지는 묘기였다.
　그는 그렇게 우리를 떠났다, 아주 조금씩.

　우리 던바 보이들에 관해 말하자면 그 첫 여섯 달 동안 우리는 대체로 이렇게 보였다.
　토미의 초등학교 교사는 그를 계속 지켜보았다.
　그녀는 그가 잘하고 있다고 보고했다.
　고등학교에 다니는 세 명의 경우는 각각 일종의 심리학자 역을 겸하는 선생을 만나봐야 했다. 그전에 그런 선생이 있었지만 그 남자는 다른 데로 옮기고 완전히 애인 같은 느낌을 주는 사람이 그 자

---

　* 탈출로 유명한 마술사.

리를 채웠다. 팔이 따뜻한 클로디아 커크비. 당시 그녀는 스물한 살에 불과했다. 갈색 머리에 키가 아주 컸다. 화장은 별로 하지 않았지만 늘 하이힐을 신었다. 그녀의 교실에는 포스터들이 있었다—제인 오스틴과 바벨, 그리고 미네르바 맥고나걸은 신이다. 그녀의 책상에는 책과 여러 작성 단계에 있는 서류가 있었다.

그녀를 만나본 뒤 그들은 종종 집에서 소년들이 나눌 법한 종류의 이야기를 나누었다. 이야기지만 전혀 이야기가 아닌 것.

헨리: "그리운 클로디아, 응?"

로리: "멋진 다리 한 쌍이야."

권투 글러브, 다리, 젖가슴.

그것만이 그들이 유대를 맺는 수단이었다.

나: "입 좀 다물어, 그리스도를 위해서라도."

하지만 나는 그 다리들을 상상했다, 할 수밖에 없었다.

클로디아에 관해 말하자면, 더 가까이서 보면 뺨에 귀여운 주근깨가 하나 있었다, 정가운데. 그녀의 눈은 착한 갈색이었다. 그녀는 『푸른 돌고래 섬』과 『로미오와 줄리엣』으로 지옥 같은 영어 수업을 했다. 상담교사로서 그녀는 미소를 많이 지었지만 별로 잘 알지는 못했다. 대학에서 심리학을 조금 들었고 그것 때문에 이런 참사를 감당할 자격을 얻었다. 아마도 학교에서 햇병아리 교사였기 때문에 추가로 일을 떠맡게 된 것일 가능성이 아주 컸다—그러나 아마 다른 무엇보다도 희망 때문에. 소년들이 괜찮다고 말하면 그녀는 그 말을 몹시 믿고 싶어했다. 그들 가운데 둘은 상황을 고려할 때 실제로 괜찮았고 하나는 괜찮은 근처에도 가지 못했다.

결국 사람을 죽이는 것은 작은 일들인지도 모른다—몇 달이 흘러 겨울로 툭 떨어져내리면서. 그것은 그가 퇴근하여 집에 오는 것을 보는 일이었다.

그는 차에 앉아 있었다, 때로는 몇 시간씩.

가루투성이 손을 운전대에 얹고.

안티콜은 이제 없었다.

틱택은 하나도 남지 않았다.

수도세를 내는 사람은 그가 아니라 나였다.

그다음에는 전기.

주말에는 축구 경기에서 사이드라인이었다.

그는 눈을 뜨고 있었지만 보지 않았고 그러다가 아예 나타나지 않았다.

그의 두 팔은 충전되지 않았다. 축 늘어졌고 의미에 굶주렸다. 콘크리트 배에는 모르타르가 덮였다. 그가 아니게 됨으로써 찾아오는 죽음이었다.

그는 우리 생일을 잊었다. 나의 열여덟번째 생일조차.

성인으로 들어가는 관문.

그는 가끔 우리와 함께 식사를 했고 늘 설거지를 했지만 그런 다음에는 밖으로 나갔다. 차고로 돌아가거나 빨래 건조대 아래 서 있었다. 클레이가 그와 함께 그곳으로 가곤 했다—클레이는 우리가 알지 못하는 뭔가를 알았기 때문에. 우리 아버지가 두려워하는 사람은 클레이였다.

그가 집에 있는 아주 드문 어느 밤, 그 소년은 아버지가 피아노에 앉아 필적이 있는 건반을 물끄러미 바라보고 있는 것을 발견했다. 클레이는 거기에, 아버지 바로 뒤에 서 있었다. 아버지의 손가락들은 멈춰 있었다. MARRY 중간에.

"아빠?"

아무 반응이 없었다.

클레이는 그에게 말하고 싶었다—아빠, 괜찮아요, 일어난 일은 괜찮아요, 괜찮아요, 괜찮아요, 아무한테도 말하지 않을게요. 아무것도. 절대. 그들에게 말하지 않을게요.

다시, 빨래집게가 거기 있었다.

클레이는 그것과 함께 잤고 그것은 절대 그를 떠나지 않았다.

밤새 그것 위에서 잔 뒤 어떤 아침이면, 욕실에서 자기 다리를 살폈다—허벅지에 표시처럼 박힌 그것의 형태. 가끔 그는 밤에 아빠가 그에게 와서 침대에서 깨어 있는 그를 끌어내주기를 바랐다. 우리 아빠가 그를 들어올리고 집을 통과해 뒤로 나가주기만 했다면. 클레이는 자신이 팬티만 입고 빨래집게를 고무줄에 꽂은 채였대도 상관하지 않았을 것이다.

그랬다면 그는 다시 그냥 꼬마가 될 수 있었을지도 모른다.

비쩍 마른 두 팔과 소년다운 다리일 수 있었다. 나가다 빨래 건조대 기둥에 아주 세게 부딪혔을 것이다. 몸이 손잡이에 걸렸을 것이다. 그의 갈빗대에 박히는 금속. 그는 고개를 들 것이고, 위의 그 줄들에는—묵묵히 줄지어 늘어선 빨래집게들. 어둠은 문제가 되지 않았을 것이다, 형태와 색깔만 보인다 해도. 몇 시간 동안 그는 그 일이 벌어지도록 내버려둘 수 있었다. 빨래집게들이 도시의 빛을 가리는 아침이 올 때까지 기꺼이 두들겨맞으면서—그것들이 해에 달려들어 이길 때까지.

하지만 바로 이것이 문제였다.

우리 아버지는 절대, 와서 그를 그렇게 데리고 나가지 않았다.

조금씩 사라질 뿐이었다.

마이클 던바는 곧 우리를 떠나게 된다.

하지만 먼저 우리를 우리끼리만 내버려두었다.

마지막은 그녀의 죽음 이후 거의 여섯 달이 지났을 때였다.

가을은 겨울이었고, 이어 봄이었다. 그는 거의 아무 말도 하지 않고 우리를 떠났다.

토요일이었다.

아주 늦은 것과 아주 이른 것 사이의 그 교차점이 되는 시간이 었다.

우리는 그 단계에는 여전히 삼층침대를 썼고 클레이는 중간에서 잠들어 있었다. 네시 십오 분 전쯤 클레이는 잠을 깼다. 그리고 침대 옆에서 그를 보았다. 클레이는 셔츠와 몸통을 향해 말했다.

"아빠?"

"다시 자라."

달이 커튼 안에 있었다. 남자는 꼼짝도 하지 않고 서 있었고, 클레이는 알았다. 그는 눈을 감았다. 그는 시키는 대로 했지만 말은 계속 했다. "떠나는 거죠, 아빠, 그렇죠?"

"조용히 해."

몇 달 만에 처음으로 그는 클레이를 어루만졌다.

우리 아버지는 몸을 기울여 그를 어루만졌다, 두 손으로—아니 나다를까, 그것은 교수형 집행인의 손이었다—그의 머리와 그의 등을. 두 손은 가루가 묻었고 단단했다. 따뜻했지만 닳아 있었다. 사랑하는 손이었지만 잔인했고, 사랑이 없었다.

오랫동안 그는 머물렀지만 클레이가 다시 눈을 떴을 때는 사라지고 없었다. 그 일은 공식적으로 완료되었다. 하지만 어떻게 된 일

인지 클레이는 여전히 두 손을 느꼈다, 그의 머리를 잡고 어루만지
던 손.

그때 그 집에는 우리 다섯이 있었다.

우리는 우리 방에서 꿈을 꾸었고 잠을 잤다.

우리는 소년들이었지만 동시에 기적이었다.

우리는 거기 누워, 살아 있고 숨을 쉬고 있었기 때문에.

그것이 그가 우리를 죽인 밤이었음에도.

그는 우리 모두를 우리 침대에서 살해했다.

아칸소

실버에서, 메마른 강바닥에서 그들은 며칠을 몇 주로, 몇 주를 한 달로 세워나갔다. 클레이에게 타협안이 생겼다 — 그는 토요일이면 집에 가 서라운즈에 들렀는데 마이클이 광산에 가고 없을 때만 그렇게 했다.

그 외에는 둘 다 매일 해가 뜨기 전에 일어났다.

그들은 어두워지고 나서 한참 뒤에 들어왔다.

겨울이 시작되자 저 아래 불을 피웠고 밤이 되어도 몇 시간씩 일했다. 벌레들은 오래전에 잠잠해졌다. 서늘하고 빨간 석양이 있었고 아침나절에는 연기 냄새가 났다. 그리고 아주 천천히, 아주 확실하게, 다리가 형성되기 시작했다 — 하지만 봐서는 모를 것이다. 강바닥은 방, 십대의 방에 가까웠다. 그러나 양말과 옷가지 대신 자리를 옮긴 흙, 십자형 틀, 나무토막이 흩어져 있었다.

새벽마다 그들은 도착했고 그것과 함께 서 있었다.

한 소년, 한 남자, 커피 머그 두 개.

"저게 필요한 전부라고 볼 수 있지." 그가 말했지만 그들은 '살인범'이 거짓말을 하고 있다는 것을 알았다.

그들에게는 라디오도 필요했다.

어느 금요일 그들은 차를 몰고 시내로 들어갔다.

그는 그것을 생 뱅상 드 폴*에서 발견했다.

길고, 검고, 껍질로 싸인 것처럼 보였다―망가진 테이프 플레이어였는데 어떻게 된 일인지 작동은 했다. 하지만 블루택 접착제로 강요를 할 때만이었다. 심지어 안에 테이프도 그대로 있었다. 가내 제작 '롤링스톤스' 베스트.

하지만 수요일과 토요일에는 안테나가 늘 바깥쪽으로, 사십오도 각도로 뺄었다. '살인범'은 곧 알게 되었다. 그는 어느 경마가 의미 있는 것인지 알았다.

중간중간 아처 스트리트 집에 왔을 때 클레이는 충격적일 정도로 살아 있고 지쳐 있었다. 가루가 묻어 있었다. 호주머니에는 흙이 가득했다. 그는 옷을 가져갔고 장화를 샀다. 장화는 갈색이었는데, 황갈색으로 변했다가 색이 바랬다. 그는 늘 라디오를 가져왔다. 그리고 그녀가 헤네시에서 경주를 하면 거기에 가곤 했다. 만약 다른 곳이면, 로즈힐, 워릭 팜, 랜드윅 같은 곳이면 라디오를 들었다, 안에서, 부엌에서, 아니면 혼자 뒤로 나가서, 포치에서. 그런 다음 서라운즈에서 그녀를 기다렸다.

그녀도 그곳으로 갔고 그와 함께 누웠다.

---

* 가톨릭 자선단체에서 출발한 재활용품 가게 이름.

그에게 말 이야기를 해주었다.

그는 하늘을 보았고 그 말은 하지 않았다. 그녀의 말 가운데 어느 것도 이기지 못했다는 것. 그는 그것이 그녀를 얼마나 짓누르는지 볼 수 있었고 그 말을 하면 더 심각해질 것 같았다.

추웠지만 그들은 절대 불평하지 않았다. 그들은 청바지와 묵직한 재킷 차림으로 누워 있었다. 그녀의 피로 환하게 밝힌 주근깨의 수수께끼. 가끔 그녀는 후드를 썼고 긴 머리카락이 밖으로 기어나왔다. 그것이 그의 목을 간지럽혔다. 그녀는 늘 방법을 찾았다.

그것이 전형적인 케리 노바크였다.

7월, 광산에 가는 밤, 마이클 던바는 새 메모를 남겼고, 비계 설계도와 거푸집과 아치의 규모가 늘어났다. 클레이는 가설물 그림에 미소를 지었다. 하지만 슬프게도, 다시 땅을 파기 시작해야 했다―이번에는 경사로를 만들어야 했다, 돌덩어리를 운반하기 위해서.

그는 강바닥의 벽들 속으로 파고들어 부드럽게 도로를 만들었다. 아직 다리는 아니었다, 다리를 둘러싼 모든 것이었다―그는 강에 홀로 남겨졌을 때 이런 작업을 하고 있었다, 더 열심히. 그는 일을 하고 귀를 기울였고 비틀거리며 안으로 들어왔다. 푹 꺼진 소파로 무너졌다.

세티냐노 이후로 말없는 이해가 있었다.

'살인범'은 그것을 언급하려 하지 않았다.

클레이가 알게 된 게 무엇인지 물으려 하지 않았다.

『채석공』과 미켈란젤로를 얼마나 많이? 그리고 애비 핸리, 애비 던바는? 그리고 그림은? 그의 그림.

마이클이 없을 때 클레이는 자신이 좋아하는 장章, 그리고 케리가 좋아하는 장들을 읽었다.

그녀의 경우 아직은 앞쪽 장들이었다.

도시와 성장.

십대 때 깨진 코.

〈피에타〉, 마리아의 품에 있는 그리스도―액체 같은 그리스도―의 조각.

클레이에게는 아직 〈다비드〉였다.

〈다비드〉와 '노예들'.

클레이는 아버지가 그랬던 것처럼 그것들을 사랑했다.

그는 책의 묘사 가운데 또 한 대목도 사랑했다, 그 조각들이 오늘날 서 있는 곳의 묘사―피렌체, 아카데미아.

오늘날 〈다비드〉는 미술관 회랑의 끝, 빛과 공간의 돔 안에 있다. 아직도 결정의 순간에 사로잡혀 있다. 영원히 두려워하고, 영원히 도전하고 결정한다. 그가 골리앗의 힘에 도전할 수 있을까? 그는 우리 너머, 먼 곳을 응시하고 '포로들'은 멀리서 기다린다. 그들은 수백 년 동안 애쓰고 기다렸다―조각가가 돌아와 완성해주기를. 앞으로도 수백 년을 더 기다려야 할 것이다……

집에, 여기에 돌아와 있을 때 클레이는 저녁이면 가끔 지붕으로 올라갔다. 가끔은 소파 한쪽 옆에서 책을 읽었다. 내가 반대쪽 끝에서 읽는 동안.

종종 우리 모두 함께 영화를 보았다.

가끔은 동시상영.

〈미저리〉와 〈매드맥스 2〉.

〈시티 오브 갓〉. ("뭐라고?!" 헨리가 부엌에서 소리쳤다. "기분 전환한답시고 이번 세기에 만든 걸 보는 건 안 될 말이지.") 그리고 나중에 균형을 맞추기 위해 〈신비의 체험〉. ("그건 염병할 좀 낫네, 1985년!") 그 마지막 것도 역시 선물이었다. 이번에는 생일 선물, 로리와 헨리가 함께 준 생일 선물.

두번째 동시상영의 밤은 훌륭했다.

우리 모두 앉아 있었고, 입을 벌리고 봤다.

우리는 리우의 슬럼에 어안이 벙벙했다.

그러다가 켈리 르브록에게 놀랐다.

"이야." 로리가 말했다. "조금 뒤로 돌려봐!" 그리고 "이 개똥 같은 게 오스카를 탔어야 했어!"

강에서 라디오로 들은 몇 번의 경마, 이어 수십 번의 경마에서도 그녀의 첫 승은 여전히 손에 잡히지 않게 된다. 헤네시에서 그 첫 오후—그녀가 방향을 틀고 이의 제기에 졌을 때—가 갑자기 몇 년 전처럼 느껴졌지만 사실은 아직 아플 만큼 가까웠다.

한번은 그녀가 '전기충격기'라는 이름의 암말을 타고 경주마들 사이를 뚫고 폭풍처럼 질주할 때 그녀 앞에 있는 기수가 채찍을 놓쳤고 그것이 그녀의 턱 아래를 쳤다. 그것 때문에 그녀는 잠시 정신을 잃고 말은 추진력을 잃었다.

그녀는 사등으로 들어왔지만 살아 있었고, 씩씩거렸다.

하지만 마침내 그것이 왔고, 올 수밖에 없었다.

수요일 오후.

경마는 로즈힐에서 열렸고, 말은 '아칸소'라는 이름의 일 마일 경주마였다.

클레이는 혼자 강바닥에 있었다.

도시에는 며칠 동안 비가 왔고, 그녀는 그를 안쪽으로만 몰았다. 다른 기수들은 아주 당연하게도 말을 바깥쪽 더 단단한 땅으로 몰아갔지만 케리는 맥앤드루에게 들은 말을 따랐다. 그는 그녀에게 지혜롭게, 건조하게 말했다.

"그냥 그 녀석을 진창으로 데려가, 꼬마. 난간 쪽으로 계속 붙여. 그 녀석을 데리고 들어올 때 그 녀석 몸에 페인트 자국이 묻어 있기를 바랄 정도야, 알아들었어?"

"알아들었어요."

그러나 맥앤드루는 그녀에게서 의심을 읽을 수 있었다. "잘 들어, 하루종일 아무도 거기서 달리지 않았어, 그러니 버텨줄지도 몰라. 그럼 너는 다른 말보다 그 녀석을 몇 걸음 덜 뛰게 해주는 거라고."

"'피터팬'이 그런 식으로 우승컵을 탄 적이 있죠."

"아니," 그가 정정해주었다. "그렇게 하지 않았어. 그 녀석은 정반대로 했어, 바깥쪽을 뛰었어. 하지만 그때는 트랙 전체가 진창으로 엉망이었어."

케리에게 이것은 드문 실수였다. 틀림없이 신경이 곤두서 있었기 때문일 것이다. 그리고 맥앤드루는 미소를 지었다, 반쯤—경주 날은 그 정도 미소가 최대치였다. 그의 기수들 가운데 많은 수는 '피터팬'이 누구인지도 몰랐다. 말인지 아니면 소설의 등장인물인지.

"이 염병할 거에서 그냥 이기기나 해."

그리고 그녀는 이겼다.

강바닥에서 클레이는 기뻐했다.

450

그는 긴 비계의 널판에 손을 얹었다. 술 마시는 남자들이 "나한 테 맥주 네 캔만 주면 내 얼굴에서 미소가 절대 떠나지 않을 거야" 같은 소리를 하는 것을 들은 적이 있는데 지금 그가 맥주 네 캔을 손에 쥔 것이나 다름없었다.

케리가 경마에서 이겼다.

클레이는 케리가 그 녀석을 데리고 들어오는 것, 번득이는 빛과 시곗바늘, 맥앤드루를 상상했다. 라디오 중계는 곧바로 남쪽으로 더 내려간 플레밍턴으로 건너갈 예정이었으나 해설자는 웃음을 터뜨렸다. 그가 말했다. "저걸 보세요, 기수를. 억세고 늙은 조련사를 끌어안고 있네요. 맥앤드루를 좀 보세요! 저렇게 불편해하는 사람을 본 적이 있나요?!"

라디오는 웃음을 터뜨렸고 클레이도 웃음을 터뜨렸다.

잠시 휴지 休止, 이어 다시 일로 돌아갔다.

클레이는 다음에 집에 올 때 기차에서 생각하고 꿈을 꾸었다. 아주 많은 순간을 만들어냈다, '아칸소'의 승리를 축하하기 위해. 하지만 늘 달라진다는 것을 알았어야 했다.

그는 헤네시의 관중석으로 곧장 갔다.

그녀의 경주를 지켜보았다. 사등 두 번, 삼등 한 번이었다. 그런 다음 그녀의 두번째 일등. 그것은 '뇌출혈'이라는 이름의 단거리 경주마였고 부유한 장의사가 마주였다. 아마도 그가 소유한 말들은 모두 치명적인 상태를 가리키는 것 같았다. '색전증' '심장마비' '동맥류'. 그가 가장 좋아하는 말은 '인플루엔자'였다. "아주 과소평가 되고 있지." 그는 말하곤 했다. "하지만 죽여줘."

'뇌출혈'의 경우, 그녀는 그를 기분좋고 편안하게 유지하다가 방

향을 트는 곳에서 힘차게 돌파시켰다. 그녀가 들어왔을 때 클레이
는 맥앤드루를 보았다.

그는 뻣뻣했지만 군청색 양복을 입고 매우 흥분해 있었다.

그의 입술을 보고 무슨 말을 하는지 읽을 수 있을 정도였다.

"끌어안을 생각은 하지도 마."

"걱정 마세요." 그녀는 말했다. "이번에는 안 해요."

나중에, 클레이는 집까지 걸어갔다.

그는 헤네시 수문들을 건너 주차장의 연기를 뚫고 줄줄이 늘어
선 밝은 빨간색 미등을 헤치고 나아갔다. 그는 글로밍 로드에 올라
섰고, 그곳은 적당하게도 시끄럽고 막혀 있었다.

두 손을 주머니에.

저녁을 맞아 도시가 접히고 있었고, 그때—

"야!"

그는 고개를 돌렸다.

"클레이!"

그녀가 문을 돌아서 나타났다.

그녀는 경마복에서 청바지와 셔츠로 갈아입었지만 맨발이었다.
그녀의 미소는 다시, 직선주로 같았다.

"기다려, 클레이! 기다려—" 그녀는 그를 따라잡아 오 미터 거리
에 섰고, 그는 그녀 안의 열기와 피를 느낄 수 있었다. 그가 그녀에게
말했다, "'뇌출혈.'" 그런 뒤에 미소를 지으며 말했다. "'아칸소.'"

그녀는 어둠을 뚫고 걸어와 그에게 뛰어오르다시피 안겼다.

그를 태클로 쓰러뜨릴 뻔했다.

그녀의 심장박동은 폭풍 전선 같았으며―하지만 따뜻했고 그의 재킷 안에 들어와 있었다―둘의 몸은 계속 서로의 덫에 걸려 있었고, 계속 정지해 있었다.

그녀는 그를 무지하게 세게 끌어안았다.

사람들이 지나가며 그들을 보았지만, 둘 다 상관하고 싶지 않았다.

그녀의 두 발은 그의 신발 위에 올라와 있었다.

그녀의 숨은 그의 어깨뼈 웅덩이 안에 있었다.

그녀가 그를 사납고 다정하게 끌어안고 있는 동안 그는 그녀의 앙상한 갈빗대의 가로 들보를 느꼈다. 완전히 독자적인 비계.

"보고 싶었어, 그거 알아?"

그는 그녀를 꼭 끌어안았고 그래서 아팠지만 둘 다 그것이 좋았다. 그녀 가슴의 부드러운 것이 납작하게 단단해졌다.

그가 말했다. "나도 보고 싶었어."

그들이 느슨해졌을 때 그녀가 그에게 물었다. "나중에?"

그러자, "물론이지." 그가 말했다. "거기로 갈게."

그들은 거기로 가지만 규율대로 한다―그들의 규칙과 규제, 말로 하지 않지만 언제나 느끼는 것. 그녀는 그를 간지럽히겠지만 더 어쩌지는 않는다. 그에게 모든 것을 말하는 것 외에는, 그리고 이것이 최고라고 말하지 않는 것 외에는 더 어쩌지 않는다―그녀의 두 발이 그의 두 발 위에 올라간 채로.

수색자들

과거에는 단단해지는 사실들이 있었다.

우리 어머니는 죽었다.

우리 아버지는 달아났다.

클레이는 일주일 뒤에 그를 찾아 나섰다.

거기에 이르기까지 매시간이 지날 때마다 그의 내부에서 뭔가가 세워지고 있었지만 그도 그것이 무엇인지 잘 몰랐다. 축구 경기 전에 예민해지는 신경 같았지만 결코 풀어질 수 없을 것 같았다. 어쩌면 축구 경기는 하면 된다는 게 차이였을지 모른다. 경기장으로 달려나가고, 경기가 시작되고 끝이 났다. 하지만 이것은 그렇지 않았다. 이것은 늘 시작이었다.

우리 모두와 마찬가지로 클레이는 묘하게 지쳐버린 모습으로 그를 그리워했다.

페니를 그리워하는 것만으로도 이미 힘들었다.

그래도 그녀의 경우에는 어떻게 하면 될지 알고 있었다. 죽음의 아름다움―그것은 확실하다는 것이다. 우리 아버지는 살아 있었기 때문에 질문이 너무 많았고, 생각들이 훨씬 더 위험했다.

어떻게 우리를 떠날 수 있었을까?

어디로 갔을까?

잘 있을까?

일주일 뒤 그날 아침, 클레이는 잠이 깨자 일어서서 방에서 옷을 입었다. 곧 그는 밖으로 나갔다. 그 공간을 메울 수밖에 없었다. 그의 반응은 갑작스럽고 단순했다.

그는 거리로 나가 달렸다.

말했듯이, 그는 아빠! 아빠! 어디 있어요, 아빠? 하면서 다녔다.

하지만 그는 소리칠 수가 없었다.

그날 아침은 봄으로 서늘했다.

그는 처음 빠져나갔을 때는 힘껏 달리다가 이내 이른 어둠을 걸었다. 쏜살같이 몰려오는 공포와 흥분 속에서 그는 어디로 가고 있는지 알지 못했다. 속으로 아빠를 부르기 시작하고 나서 곧 그는 길을 잃었다는 것을 알았다. 그러나 운이 좋아 배회하다 집에 이르렀다.

도착했을 때 내가 포치에 있었다.

나는 내려가서 그의 멱살을 잡았다.

한 팔로 그를 안아 내 몸으로 당겼다.

말한 대로, 나는 열여덟이 되었다.

나는 그 나이를 행동에 옮기려 노력해야 한다고 생각했다.

"괜찮아?" 나는 물었고 그는 고개를 끄덕였다.

뱃속의 느낌은 가라앉아 있었다.

바로 다음날, 두번째로 그가 그렇게 했을 때 나는 전만큼 용서할 마음이 아니었다. 이번에도 그의 멱살로 손이 나갔지만 이번에는 그를 질질 끌어 잔디에 눕혔다.

"대체 무슨 생각을 하는 거야?" 내가 물었다. "대체 무슨 짓을 하는 거야?"

하지만 클레이는 행복했다, 그렇지 않을 수가 없었다. 그는 다시 그것을 진정시키고 있었다, 잠시나마.

"듣기는 하는 거야?!"

우리는 방충망이 달린 문에서 멈췄다.

소년은 더러운 맨발이었다.

내가 말했다. "너 나한테 약속해야 해."

"뭘 약속해?"

그는 그때 처음으로 저 아래, 발가락들 사이의 녹 같은 피를 알아챘다. 그는 그것이 좋았고 그것을 보고 미소를 지었다. 그는 그 피를 무척 좋아했다.

"염병할 머리를 좀 써봐! 염병할 사라지지 좀 말라고!"

그가 사라진 것만으로도 이미 나쁠 만큼 나빴다.

나는 그 생각을 했지만 말로 할 수는 없었다.

"알았어." 그가 말했다. "안 사라질게."

클레이는 약속했다.

클레이는 거짓말을 했다.

그는 몇 주 동안 매일 아침 그렇게 했다.

가끔 우리는 나갔고, 그를 찾아다녔다.

돌이켜보면 왜 그랬는지 궁금하다.

그는 절망적인 위험에 빠진 게 아니었다―최악이라고 해봐야 다시 길을 잃는 정도였다. 하지만 어쩐 일인지 그게 중요하게 느껴졌다. 또하나의 매달리기. 우리는 우리 어머니, 이어서 우리 아버지를 잃었고 따라서 더 잃을 수는 없었다. 그냥 그것은 용납할 수가 없었다. 그렇다고 그에게 잘해줄 거라는 뜻은 아니었다. 그는 돌아오면 자기 몸도 못 가누는 상태가 되었다, 로리와 헨리 덕분에.

하지만 이미 당시에도 문제는 우리가 그에게 아무리 상처를 주어도 소용없다는 것이었다. 우리는 그에게 상처를 줄 수 없었다. 또 우리가 아무리 붙들어도 소용없었다. 우리는 그를 붙들 수 없었다. 다음날이면 다시 사라졌다.

한 번은, 실제로 밖에 나가서 그를 찾아냈다.

화요일, 오전 일곱시였다.

나는 지각을 할 판이었다.

도시는 서늘하고 흐렸는데, 먼저 얼핏 본 것은 로리였다. 우리는 몇 블록 동쪽, 로질라와 하이드로젠 애비뉴가 만나는 곳에 있었다.

"저기다!" 그가 말했다.

우리는 그를 쫓아 에이잭스 레인으로 가서, 우유상자를 늘어놓은 뒷골목으로 들어가, 태클로 그를 펜스에 밀어붙였다. 엄지에 차가운 잿빛 지저깨비가 꽂혔다.

"젠장!" 헨리가 소리쳤다.

"왜?"

"얘가 방금 나 문 것 같아!"

"내 허리띠 버클이었어."

"저 무릎을 눌러!"

그 자신도 몰랐지만, 어딘가, 안쪽 깊은 곳에서, 클레이는 맹세하고 있었다. 절대 다시는 이런 식으로 눌리지 않겠다, 적어도 이렇게 쉽게 눌리지는 않겠다.

하지만 그날 아침, 우리가 이 거리 저 거리를 거쳐 그를 끌고 돌아왔을 때 그는 실수를 하기도 했다.

그는 이제 끝났다고 생각했다.

그러나 끝나지 않았다.

그전 몇 달 동안 마이클 던바는 그를 집에서 끌고 나갈 수 없었지만 나는 그가 나가는 것을 도와줄 수 있었다. 나는 복도를 따라 그를 밀어붙이고, 그를 뒤쪽으로 내던지고, 사다리를 지붕 홈통에 갖다 박았다.

"자," 나는 그에게 말했다. "올라가."

"뭐, 지붕으로?"

"올라가, 아니면 다리를 부러뜨려버릴 테니까. 그때 가서 어떻게 뛰어다니나 보자—" 그러자 그의 심장은 더 깊이 가라앉았다. 클레이는 용마루에 올라갔을 때 내가 의도한 것을 보았기 때문이다.

"무슨 말인지 알겠어? 저 도시가 얼마나 큰지 보여?"

그것은 그에게 오 년 전의 어떤 일을 기억나게 했다. 그가 세상의 모든 스포츠에 관한 과제를 하고 싶어서 퍼넬러피에게 새 연습장을 달라고 했을 때였다. 그는 자신이 아는 모든 스포츠를 나열하기만 하면 된다고 생각했는데, 첫 페이지를 반쯤 채워나갔을 때 겨우 여덟 개밖에 적지 못했다. 그리고 그것이 가망 없는 일임을 깨달았다—그렇게, 그가 지금 깨달은 것은 이런 것이었다.

여기 위에서 보니 도시가 아주 커졌다.

그는 도시의 모든 면을 볼 수 있었다.

거대하고 육중하고 엄청났다. 뭔가 이길 수 없는 것을 묘사할 때 들어본 말은 다 갖다붙일 수 있었다.

잠시 나는 안타까운 마음이 들 뻔했지만 그에게 단단히 새겨두어야 했다. "너는 원하는 대로 멀리 갈 수 있어, 꼬마. 하지만 절대 그 사람을 찾지는 못할 거야." 나는 집들 너머를 내다보았다. 헤아릴 수 없이 많은 비스듬한 지붕들. "그 사람은 사라졌어, 클레이, 그 사람은 우리를 죽였어. 우리를 살해했어." 나는 나 자신을 밀어붙여 그 이야기를 했다. 나 자신을 밀어붙여 그것을 좋아하게 만들었다. "우리였던 것은, 아무것도 남지 않았어."

하늘은 회색 담요였다.

우리 주위에는, 도시밖에 없었다.

내 옆에는, 한 소년과 그의 두 발.

그 사람은 우리를 죽였어가 우리 사이에 걸려 있었고, 우리는 왠지 그것이 진짜임을 알았다.

그날 하나의 별명이 탄생했다.

리베리나에서 온 말

헤네시 주차장에 있던 순간부터 뭔가 새로운 것이 가동되기 시작했다. 표면적으로는 모든 것이 정상이라고 느껴졌고, 겨울도 계속 전면적으로 유지되고 있었다—어두운 아침들, 맑은 햇빛. 그리고 다리와 지칠 줄 모르는 건설 작업.

꾸준한 경마의 흐름 속에서 그녀는 네 번 일등을 했고 이로써 총 여섯 번이 되었다. 평소와 마찬가지로 그녀는 라디오에서 기어올라 왔다. 그는 앉아서 그녀를 상상하는 것을 무척 좋아했다. 또 삼등도 세 번 있었는데 이등은 한 번도 없었다. 이 소녀는 이등으로 끝을 낼 능력이 없었다.

수요일에 마이클이 없을 때면 클레이는 평소보다 그리움이 짙어져 라디오와 상자를 들고 나무로 갔다. 라이터를 쥐어보고 빨래집게를 쥐어보았다. 강철과 깃털을 보고 미소를 지었다. 그는 벗겨진 나무껍질들, 모형이나 신체 부위의 캐스트 같은, 팔과 떨어진 팔꿈치 같은 나무껍질들 사이에 앉아 있었다. 가끔 그는 일어섰다, 마지막 펄롱에서.

어서, 케리, 녀석을 결승선으로 데리고 가.

기마대와 같은 말들.

'키아마' '나위' '엔가딘'.

(그녀는 장소 이름을 찾는 데 재주가 있었다. 그런 것 같았다.)

'잔디깎이' '킹스맨'.

가끔은 다시 '장미 전쟁'.

그녀는 채찍 없이 그를 탔다.

그러다 어느 하루가 찾아왔고, 어느 말이 찾아왔다. 기수가 경주
에서 실려나오는 날이었다. 어깨 탈구. 대신 말에 오른 사람은 케
리였다. 말에는 시골 타운의 이름이 붙어 있었다, 저 바깥 리베리나
의 타운—그녀의 상황이 바뀔 참이었고, 이곳의 경로도 바뀔 참이
었다.

'쿠타문드라'라는 이름의 말.

때는 8월이었고, 아침은 영하에 근접했다. 어디에나 나무와 나무
틀이 있었다. 거대한 블록과 돌이 있었다. 그들은 오직 손으로만 말
없이 일했다. 마치 관중석을 짓는 것 같았는데, 실제로 일종의 관중
석이라고 할 수도 있었다.

클레이는 그를 위해 거대한 널판들을 잡아주고 있었다.

"거기가 아니고," 마이클 던바가 말했다. "거기."

그는 다시 줄을 맞췄다.

많은 밤, 아버지가 돌아왔을 때 클레이는 그때까지 강에 나가 있
곤 했다. 그는 나무에서 대패질이 필요한 곳에 대패질을 했고, 정확
하게 맞추기 위해 돌과 돌을 비볐다. 가끔 마이클이 차를 내왔고,

그들은 돌에 앉아 지켜보았다, 나무 거석들에 둘러싸인 채.

가끔 그는 가설물에 올라갔는데, 가설물은 매일, 모든 아치마다 자라났다. 첫번째는 거의 시험용 틀이었고, 두번째는 더 빠르게 더 튼튼하게 만들었다. 그들은 이 일에서 해야 할 작업들을 손에 익혔다. 여러 번 그는 사진을 생각했다. 브래드필드의 유명한 사진—'옷걸이'를 설계한 사람. 커다란 아치가 합쳐졌고, 그는 양쪽 아치에 한 발씩 딛고 서 있었다. 그 밑으로는 공백, 죽음 같은 공백.

평소와 마찬가지로 클레이는 라디오에 귀를 기울였고, 그들은 테이프 양쪽을 모두 재생했다. 전설이 될 만한 트랙이 아주 많았지만, 그가 가장 좋아하는 노래는 〈짐을 나르는 짐승〉이었다—아킬레우스에게 바치는 헌사일 수도 있었지만, 그보다는 케리를 향한 애원일 것 같았다. 그녀는 노래들 안에 묻혀 있었다.

그러다 토요일이 왔다, 월말이었다. 경마를 위해 라디오를 켜놓고 있었다. 문제가 있었다. 육번 경주에서, 장애물에서. '지금 당신은 꿈을 꾸고 있다'라고 부르는 말. 기수는 프랭크 엘텀이었고, 말이 갈매기에 놀라는 바람에 그들은 완전히 엉망이 되었다. 엘텀은 잘 매달렸지만, 그가 중심을 잡았다고 생각한 바로 그때, 마지막으로 말이 다시 뛰어오르는 바람에 떨어졌고, 그것으로 끝이었다, 어깨.

말은 긁혔지만 살아남았다.

기수는 병원으로 갔다.

그는 그날 마지막 경주에서 진짜 기대주—전도가 유망한 '쿠타문드라'—를 탈 예정이었다. 마주는 맥앤드루가 구할 수 있는 최고를 구해달라고 졸랐다.

"구할 사람이 없소. 이게 내가 가진 전부야."

노련한 기수는 모두 이미 예약되어 있었다. 그들은 견습생을 태울 수밖에 없었다.

노인이 뒤에 대고 소리쳤다.

"어이, 케리."

그녀는 말을 타러 뛰쳐나갔다.

그녀는 빨간색-녹색-흰색 승마복을 건네받고 다시 곧바로 '똥통'—여성 기수를 위한 방의 이름, 틀림없이 그랬다, 옛날 변소였다—으로 돌아갔고, 달릴 준비를 하고 걸어나왔다.

그리고 그녀는 알았다.

그 말은 이길 것이다.

가끔 그냥 느낄 수 있어, 그녀는 말했다.

맥앤드루도 그것을 느꼈다.

그는 조용했는데 기를 죽일 정도로 위압적이었다.

"곧장 선두로 데려가서 글로밍 로드에 닿을 때까지 멈추지 마."

케리 노바크는 고개를 끄덕였다.

그는 나가는 그녀의 등을 탕 쳤다.

실버에서, 아마누강에서, 그들은 뒤늦게 포함된 기수 소식을 들었고, 그 순간 클레이가 틀 잡는 일을 멈추자 마이클 던바는 확실하게 깨달았다.

저 아이구나.

케리 노바크.

그게 이름이구나.

경주를 하는 동안 그들은 앉아서 들었다. 맥앤드루가 말했던 그대로였다. 그녀는 말을 선두로 데리고 나갔다. 말은 한 번도 선두를 놓치지 않았다. 커다란 짙은 갈색이었다—구렁말. 그는 용기가 있었고 전속력으로 달렸다. 그는 네 마신은 되는 차이로 일등을 했다.

거기에서부터, 이런 일이 벌어졌다.

9월 내내, 강에서, 마이클이 광산에서 돌아올 때마다 그들은 악수를 했고 미친 사람들처럼 일을 했다.

그들은 자르고 재고 톱질을 했다.

돌의 가장자리를 잘라냈다. 완벽하게 박자를 맞춰 일했다.

도르래 작업을 마쳤을 때 그들은 삼각 소간의 무게를 점검했다. 반쯤 고개를 끄덕임—이어 완전히 고개를 끄덕임—행복의 끄덕임. 밧줄은 트로이 사람들만큼 강인했고 바퀴는 할인 판매하는 강철이었다.

"가끔 광산이 우리에게 도움이 돼." 마이클이 말했고, 클레이는 동의할 수밖에 없었다.

빛의 변화가 눈에 들어오는 순간이 있었다. 해가 하늘에 삼켜지는 순간. 검은 구름들이 산에서 만나고 그러다 터덜터덜 걸어가버리는 것처럼 보이는 순간. 아직은 여기에 볼일이 없는 것 같았지만 그들의 날이 분명히 다가오고 있었다.

어느 날 아침, 그들은 덱을 설계했다—맨 위에 올려놓을 것.

"나무?" 마이클 던바가 말했다.

"아니요."

"콘크리트?"

오직 사암만 가능할 터였다.

그리고 거기에서부터, 이런 일이 벌어졌다.

마주는 기수를 사랑했다.

그의 이름은 해리스 싱클레어였다.

그는 그녀가 두려움이 없고 운이 좋다고 말했다.

그는 그녀의 수다스러운 머리카락(꼭 머리카락이 말을 하고 있는 것 같다는 생각이 든다, 그는 그렇게 말했다)을 좋아했다. 그녀는 여위었고 시골-진국이었다.

봄 카니발로 이어지는 기간 동안 '쿠타문드라'는 두 번 더 승리했는데 더 나은, 더 경험이 많은 경주마들을 상대로 거둔 승리였다. 그녀는 클레이에게 선두를 달리는 이런 종류의 말을 사랑한다면서 그들이 가장 용감하다고 덧붙였다. 바람이 울부짖는 토요일 밤이었다. 서라운즈에 있는 그들 한 쌍. "그 녀석은 그냥 나가서 달려." 그녀가 말했고 바람이 그 말들을 위로 내던졌다.

그녀가 이등을 했을 때도(케리에게는 첫번째 이등이었다) 마주는 그녀에게 선물을 주었다. 막 사온 위로의 맥주.

"그게 뭐야?" 늙은 맥앤드루가 말했다. "그 염병할 건 이리 가져와."

"오, 젠장. 미안하다, 꼬마."

그는 비정한 사업가들 가운데 하나였다, 변호사—저음으로 명령을 내리고—그리고 늘 방금 점심을 먹은 것처럼 보이고. 훌륭한 점심이었다는 데 내기라도 걸 수 있을 것이다.

10월이 되자 다리는 멋지게 모양을 잡아갔고 유명한 봄 경마도 시작되었다.

몇 개는 여기 집이 있는 곳에서 열렸지만 대개는 남쪽 플레밍턴, 그리고 저 아래 다른 유명한 경마장에서 열렸다. 콜필드, 무니 밸리 같은 경마장.

맥앤드루는 말 세 마리를 데려갔다.

하나는 '쿠타문드라'였다.

싱클레어와 의논이 있었다. 전에 그는 케리의 장래성—그리고 거기에서 연상되는 자신의 영광—을 보았지만 그 이등 때문에 의문을 품게 되었다. 지금까지 그들은 자주 주장할 수 있었다. 기수가 견습생에 불과하기 때문에 그 녀석이 더 가벼운 무게로 달리게 할 수 있다. 그러나 큰 대회에서는 그런 말이 먹히지 않았다. 어느 오후 그녀는 그들이 말하는 것을 들었다. 맥앤드루의 사무실이었다, 신문과 설거지하지 않은 아침 접시들이 있는 사무실. 케리는 밖에서 귀를 방충망에 대고 엿듣고 있었다.

"이봐요, 나는 그저 선택지들을 훑어보고 있는 거라고, 알아요?" 굵은 목소리의 해리스 싱클레어가 말했다. "나도 그 아이가 훌륭하다는 건 알아요, 에니스. 하지만 이건 '그룹 원' 경기예요."

"경마죠."

"이건 선라인노덜리 스테이크스요!"

"그래요, 하지만—"

"에니스, 잘 들어요—"

"아니, 댁이 잘 들으시오." 허수아비 목소리가 그녀를 자르고 지나갔다. "이건 감정적인 게 아니오, 이건 그 아이가 그 말을 탈 줄 알기 때문이오. 그게 다요. 만일 그 아이가 부상을 당하거나 정지를 먹거나 다음 석 주 안에 뚱보가 된다면, 좋소, 그 아이를 교체해야지, 하지만 현재로는? 망가진 데가 없으니 고치지도 않을 거요. 이 문제는 나를 믿어야 해요, 알았소?"

의심 가득한 침묵으로 이루어진 틈 뒤에 맥앤드루가 다시 말했다.

"염병할 조련사가 누구요, 여기서?"

"좋소……" 해리스 싱클레어가 말했다—소녀는 뒷걸음질을 쳐 달렸다.

그녀는 자기 자전거가 펜스에 사슬로 묶여 있다는 것도 잊고 집에 있는 테드와 캐서린에게 달려갔다. 밤에도 그 전율이 너무 강렬해서 잠을 이룰 수 없어 방을 빠져나와 밖으로 나갔고 혼자 서라운즈에 누웠다.

안타깝게도 그녀가 듣지 못한 것은 그다음에 한 말이었다.

"하지만 에니스." 해리스 싱클레어가 말했다. "내가 마주요."

그녀는 가까이, 아주 가까이 다가갔으나 결국 교체되었다.

던바 보이들의 생존

여기에, 아처 스트리트 18번지에 남은 우리 다섯 명이 있었다.

우리는 던바 보이들이었고, 계속 살아갔다.

각자 우리 자신의 방식으로.

클레이는 물론 조용한 아이였지만 전과 달리 이상한 아이가 되었다—레이싱 쿼터를 달리는 아이, 지붕에서 보게 되는 소년. 그 아이를 그날 거기에 올린 게 얼마나 큰 실수였는지—그는 힘차게 그것을 바로 습관으로 바꾸었다. 교외를 달리는 것에 관해 말하자면, 우리는 이제 그가 언제나 돌아온다는 것, 기와들, 풍경과 함께 앉아 있는다는 것을 알게 되었다.

내가 함께 달려야 하느냐고 묻자 그는 어깨를 으쓱했고 우리는 곧 함께 달리게 되었다.

그것은 훈련이었고, 탈출이었다.

완벽한 고통이자 행복이었다.

첫째로, 그 사이에 로리가 있었다.

그의 목표는 학교에서 쫓겨나는 것이었다. 그는 유치원 이후로 학교를 떠나고 싶어했고, 그 기회를 잡았다. 그는 내가 적대적 매수에 의해 자신의 후견인 또는 부모가 된 것이 아니라는 점을 분명히 했다. 그는 솔직했고 그의 말은 부정할 수 없었다.

학교 기물 파손. 쉼없는 무단결석.

선생들에게 과제를 게시할 장소를 정해주고.

교내에서 술 마시기.

("그냥 맥주일 뿐인데 왜 그렇게 흥분하는지 모르겠네요!")

물론 거기에서 일어날 수 있는 유일하게 좋은 일은 내가 클로디아 커크비를 만난 것이었다. 그가 처음 정학을 당했을 때.

그녀의 문을 두드리고 안으로 들어가던 일, 그리고 책상에 흩어진 에세이들을 기억한다. 『위대한 유산』에 관한 것이었고, 맨 위에 있는 것은 이십 점 만점에 사 점을 얻었다.

"예수님, 그거 로리 거 아니죠, 그렇죠?"

그녀는 에세이들을 정리하려 했다. "아니죠, 로리는 이십 점 만점에 일 점이거든요. 그 점수도 그나마 숙제를 냈기 때문에 준 거예요. 실제로 쓴 것은 완전히 빵점짜리였어요."

하지만 우리는 에세이 때문에 여기 있는 것이 아니었다.

"정학이요?" 내가 물었다.

"정학이요."

그녀는 솔직했지만 아주 친근한 태도였다. 그녀가 유머를 섞어 말한다는 것이 놀라웠다. 정학은 웃을 일이 아니었지만, 그녀의 어조에는 뭔가가 있었다. 나는 그녀가 나를 안심시키고 있었다고 생각한다. 이곳에는 그녀보다 나이들어 보이는 십이학년짜리들이 있었고, 그것 때문에 나는 묘하게 행복했다. 만일 내가 끝까지 학교에 남았다면 나는 그전 해에 졸업했을 것이다. 어쩐지 그게 중요하게 느껴졌다.

하지만 곧 그녀는 본론으로 들어갔다.

"그러니까, 정학은 괜찮다는 건가요?"

나는 고개를 끄덕였다.

"그럼 로리의—"

나는 그녀가 아버지라는 말을 하려고 한다는 것을 알 수 있었다. 나는 그가 우리를 떠났다는 것을 학교에 알리지 않았다. 때가 되면 알게 될 터였다.

"지금은 집에 안 계세요. 게다가, 내가 대신할 수 있을 것 같은데요."

"형님은—"

"나는 열여덟입니다."

나는 그런 정당화가 필요 없었다, 내가 조금 더 나이들어 보였기 때문에. 아니면 그건 그냥 내 생각이었는지도 모른다. 내 눈에 클레이와 토미는 늘 실제보다 어려 보였다. 지금도, 이렇게 세월이 흐른 뒤에도 나는 토미가 이제 여섯 살이 아니라고 스스로 일깨워야 한다.

그녀의 교실에서 우리는 계속 이야기를 나누었다.

그녀는 이제 겨우 이틀 되었다고 말했다.

그리고 물론, 또하나의 본론.

그것들은 물론 볼만했지만—그녀의 종아리, 그녀의 정강이— 내가 처음 상상하던 것은 아니었다. 그것들은 그냥, 모르겠다, 그녀의 것이었다. 달리 말할 방법이 없다.

"그래서 교장 선생님은 만났나요?" 그녀가 치고 들어왔다. 내가 아래 바닥 쪽을 흘끔거리는 데 몰두해 있었기 때문이다. 고개를 들었을 때 칠판에 쓴 글이 보였다. 단정하고 고리가 많았고 흘림체였다. 랠프와 피기에 관한 내용이었다. 기독교 주제. "홀랜드 선생님하고는 이야기를 했어요?"

다시, 나는 고개를 끄덕였다.

"그럼, 아시다시피, 여쭤볼 수밖에 없네요. 그게…… 형님 생각에는 그 이유가—"

나는 그녀 눈의 온기에 사로잡혔다.

그녀는 모닝커피 같았다.

나는 정신을 차렸다.

"우리 어머니가 돌아가신 거요?"

그때 그녀는 아무 말도 하지 않았지만 그렇다고 나에게서 눈길을 돌리지도 않았다. 나는 책상과 그 위의 종이들을 향해 말했다.

"아니요." 나는 심지어 한 장을 집어 읽으려고 하기까지 했으나 적당한 때에 멈췄다. "그 녀석은 늘 이랬어요. 내 생각에는 이제 결정을 한 것 같습니다."

로리는 두 번 더 정학을 당하게 된다. 나는 학교를 더 찾아가고, 솔직히, 불만은 없었다.

그것은 가장 로맨틱한 순간의 로리였다.

그는 두 주먹을 움켜쥔 퍽*이었다.

그다음은 헨리, 헨리는 자기 길을 가고 있었다.

---

* 영국 민화에 나오는 장난꾸러기 요정.

그는 막대기처럼 비쩍 말랐다. 거기에 힘줄이 불거진 마음.

그의 천재성이 처음 엿보인 것은 네이키드 엄스에서 돈을 벌었을 때였다. 거기에는 죄다 중년의 술꾼들뿐이었다, 앞쪽 바깥에 나와 서 있는 술꾼들. 그는 그들 모두 개가 있다는 것, 그 개들이 과체중이라는 것을 알았다. 주인처럼 당뇨병 환자들이었다.

헨리는 클레이, 로리와 함께 어느 날 밤 장을 보고 돌아오다가 쇼핑백들을 바닥에 내려놓았다.

"도대체 뭐하는 거야?" 로리가 말했다. "그 염병할 쇼핑백 도로 들어."

헨리가 건너다보았다. "저기 저놈들 무리 좀 잘 봐." 그는 열네 살이었고, 입이었다. "봐, 다들 마누라한테 개 산책시킨다고 하고 나온 거야."

"뭐?"

"저기 보라고, 눈에 물감이라도 칠했어? 산책하러 나와서 펍에 가서 술을 마시고 있는 거라고. 저 레트리버들 상태 좀 봐!" 이제 그는 그쪽으로 걸어갔다. 그는 그들에게 한바탕 미소를 보여주었다, 처음이었지만 마지막은 아니었다. "너희 게으른 새끼들 가운데 누구 나한테 개 산책 맡기고 싶은 사람 없어?"

물론 그들은 그를 아주 좋아했고, 그에게 넘어갔다.

그들은 이 뻔뻔스럽기 짝이 없는 태도를 재미있게 여겼다.

그는 몇 달 동안 하룻밤에 이십을 벌었다.

그다음에는 토미, 그리고 다가올 일.

토미는 도시에서 길을 잃었다. 그는 박물관을 찾아 돌아다니고 있었다.

그때 그는 겨우 열 살이었고, 우리는 클레이가 사라지는 것만으로도 이미 힘들 만큼 힘들었다. 그래도 토미는 연락을 했다. 몇 킬로미터 떨어진 전화부스에 있었고, 우리는 차를 몰고 그를 데리러 갔다.

"야, 토미!" 헨리가 소리쳤다. "네가 전화부스가 뭔지 아는 줄은 몰랐는걸." 멋졌다, 그날 오후는. 우리는 족히 몇 시간은 차를 몰았다, 도시를 통과해 해안을 따라서. 우리는 나중에 그를 데려가겠다고 약속했다.

클레이에 관해, 또 나에 관해 말하자면, 훈련은 어느 날 아침에 시작되었다.

나는 그를 잡았다, 탈출 중간에.

첫 빛이 밝아올 때였고, 그는 앞문으로 나갔다. 그가 우편함 옆에 있는 나를 보고 놀랐는지 몰라도, 그것을 드러내지는 않았다. 그냥 아무렇지 않게 계속 걸었다. 적어도 그때는 신발은 신고 있었다.

"같이 갈 사람 필요해?" 내가 물었다.

그는 어깨를 으쓱했고, 눈길을 돌렸고, 우리는 달렸다.

우리는 매일 아침 함께 달렸다. 그리고 나, 나는 부엌으로 돌아와 커피를 마셨고 클레이는 지붕으로 돌아갔다ㅡ그리고 솔직히, 나는 매력을 느꼈다.

첫째로, 다리, 다리가 고통으로 빛났다.

그다음 목과 허파.

열심히 달리고 있다는 것은 팔에서 그것이 느껴지면 알 수 있었다.

우리는 묘지까지 달렸다. 포세이돈 로드를 달렸다. 카빈에서 우리는 한가운데를 달렸다. 한번은 차가 우리에게 경적을 울렸고, 우리는 헤어져 양옆으로 방향을 틀었다. 우리는 썩은 프랜지패니를 밟아댔다. 묘지에서 우리는 도시를 지켜보았다.

그리고 다른 멋진 아침들이 있었다. 트라이컬러스 체육관에서 권투 선수들을 내려다보던 아침, 그들은 일찍 로드워크*를 하고 있었다.

"어이, 애들아." 그들은 말하곤 했다. "어이, 애들아."

웅크린 등과 아물고 있는 광대뼈들.

코가 깨진 권투 선수들의 스텝.

물론, 그 가운데 한 명은 지미 하트널이었고, 한번은 뒤로 달리면서 나를 불렀다. 그들 대부분과 마찬가지로 그도 호수를 입고 있었다. 티셔츠 목둘레의 땀의 호수. "어이, 피아노!" 그가 소리쳤다. "어이, 던바!" 그러고 나서 손을 흔들고 계속 달렸다. 몇 번은 서로 엇갈리면서 마치 교대하는 축구 선수들처럼 손바닥을 마주치기도 했다. 한 사람은 들어가고 한 사람은 빠지고. 우리는 우리의 모든 문제를 달려서 통과했다.

가끔 엑스트라들도 있었다―맥앤드루에게 견습을 받는 어린 기수들. 그게 그의 요구 가운데 하나였다. 기수 일을 시작하는 초기에는 트라이컬러스 아이들과 함께 뛴다, 이틀에 한 번씩. 어떤 예외도 없었다.

우리가 처음 번버러로 달려갔을 때도 기억한다.

일요일이었다, 방화범이 불을 지른 듯 떠오르는 해.

관중석은 셋집처럼 타올랐고―범죄자가 그곳에 불을 놓은 것 같았다―트랙은 이미 넘쳐났다. 잡초로, 그리고 욕창과 습진으로.

---

* 시합에 대비한 장거리 달리기.

내야는 그만큼 정글은 아니었지만, 물론 그 방향으로 한참 나아가고 있었다.

우리는 사백 미터를 여덟 번 달렸다.

삼십 초 휴식.

"한번 더?" 내가 물었다.

클레이는 고개를 끄덕였다.

그의 배 안의 그 세계가 그에게서 사라지고, 고난은 완벽한 아름다움이 되고. 번버러에서 그는 또 맨발로 바뀌었다, 반바지 호주머니에 빨래집게를 넣은 채…… 가끔 나는 그가 그것을 계획했다고 생각한다. 가끔은 그가 알고 있었다고 생각한다.

우리가 레이싱 쿼터의 거리들을 달릴 것을.

자신이 지붕 위에서 그를 찾을 것을.

우리 아버지를 찾는 것처럼 가장하고 있다가 클레이가 저 밖에 뭔가가 있다는 것을 알게 됐다고 생각한다. 이제 나도 알고 있다— 거기에서, 교외들의 세계에서, 우리는 그가 있는 쪽으로 방향을 잡아나갔기 때문이다.

우리는 달렸고 찾다가 노새에게로 갔다.

사진

'쿠타문드라'가 저 아래 남쪽 경마의 수도에서 달린 주말에 에니스 맥앤드루는 결정을 내렸다. 기민한 결정이었다.

케리는 말을 아예 타지 않을 것이다.

그녀는 선라인노덜리 스테이크스—그녀의 첫번째 '그룹 원' 대회였다—에서 말을 탈 기회를 빼앗겼고, 아직 열일곱 살에 불과했다. 그는 그녀 때문에 여기 도시에 있는 것이 아니고 그녀를 데리고 다니지도 않을 것이다. 그것은 틀림없이 그녀를 죽였을 것이다, 그 커다란 구렁말이 모퉁이를 치고 나가는 것을 지켜보는 것.

아니, 대신 그는 그녀에게 간단히 말했다.

"나는 네가 주말 휴가를 얻을 자격이 있다고 생각해."

그는 보통 조련사가 아니었다.

클레이는 그 토요일에 특별히 돌아오기로 했다. 주중에 라디오에서 이야기가 있었다. 말과 기수 교체에 관한 이야기.

금요일 밤, 그가 떠날 때 마이클 던바가 그를 놀라게 했다.

타운까지 그를 태워다주었고, 둘 다 평소처럼 말이 없었지만 철로에 도착했을 때 그는 글러브박스에서 봉투를 하나 꺼냈다. 그것을 클레이의 허벅지에 얹었다. 봉투에는 케리 노바크라고 적혀 있었다.

"이게 뭐—"

"그냥 그애한테 줘, 알았지? 좋아할 거야. 장담해."

그 점을 곰곰이 생각해보자, 하는 생각은 없었다. 그냥 고개를 끄덕였다, 보일 듯 말 듯, 건너편을 향해. 역의 불빛이 몇 마일 떨어진 것처럼 느껴졌고, 타운은 대체로 고요했다. 멀리 떨어진 펍에서 웅얼거리는 소리뿐. 그는 과거의 그와 왠지 비슷해 보였고, 클레이도 뭔가를 그에게 주었다.

그가 빤히 보는 곳에서 클레이는 『채석공』을 꺼냈다.

그리고 봉투를 살며시 그 안에 넣었다.

아처 스트리트에서, 다음날, 테드와 캐서린은 둘 다 일을 하러 나갔고, 따라서 부엌에는 케리와 클레이만 있었다.

그들은 허접스러운 검은색 라디오를 설치했다.

거실에는 디지털이니 뭐니 다 갖춘 멋진 작은 스테레오가 있었지만 그들은 그의 라디오로 그것을 듣는 쪽을 택했다. 그는 앉으면서 금방 깨달았다—이 부엌은 놀랍도록 깨끗하다.

그들은 짧은 눈길을 교환했다.

둘 가운데 누구도 말을 하고 싶어하지 않았다.

기수는 노련한 전문가 잭 버드였고, 세시가 다 되어 경주가 시작되었을 때 그는 말이 일찍 앞으로 나아가게 하지 않았다. 절대 충분히 우세하다고 할 수 없었다. 그는 곡선주로에서 다른 말들에 둘러싸여 방해를 받았다. 그가 말에게 이제 해보라고 요청했을 때는 할 수 있는 것이 전혀 없었다. 클레이는 귀를 기울였지만 대개는 케리를 지켜보았다. 채찍 같은 일 마일 길이의 머리카락, 식탁에 올린 팔꿈치, 손바닥에 꽉 들어찬 얼굴을 지켜보았다. 그녀는 동경과 비참 사이에 사로잡혀 있었다. 하지만 그녀가 한 말은 "염병할"뿐이었다.

끝나고 오래지 않아 그들은 영화를 보러 갔다.

그녀가 팔을 뻗었고, 그의 손을 잡았다.

그가 그녀를 보았을 때 그녀는 스크린을 지켜보고 있었지만 눈물이 얼굴을 따라 흘러내렸다.

정말 이상한 일이 일어났다.

그가 몸을 기울여 그녀의 뺨에 입을 맞추었다.

하지만 그것은 규칙 위반이 아니었고, 어떻게 했는지 둘 다 그것을 알고 있었다. 그는 눈물의 상처와 짭짤함을 맛볼 수 있었다. 그는 자신의 손안에 있는 그녀의 손을 보았다.

나중에 그들은 서라운즈로 갔고 케리는 클레이의 옆에 가까이 누웠다. 이제 뭔가 더 이야기할 준비가 되었고 그녀는 원한처럼 숫자를 내뱉었다.

"칠등."

칠등, 비참한 실패.

그러다가 그는 그녀의 주근깨를 셌다. 얼굴에는 열다섯 개가 있었다. 너무 작아서 찾아내야만 했다. 아래쪽 목에 열여섯번째가 있었다. 주근깨는 그녀의 머리카락보다 훨씬 붉었다. 배경에 청동빛 햇빛을 두른 피.

"알아." 그녀가 말했다. "더 나쁜 일도 있다는 거." 있었다, 당연히 있었다.

한동안 그녀는 그에게 머리를 기대고 있었다.

늘 그러듯이 클레이는 그녀의 숨을 느꼈다. 그 온기, 보속步速.

그런 식으로 숨 이야기를 하는 것은 멍청해 보인다—마치 걸음처럼, 경마의 거리 단위처럼 이야기하다니. 하지만 그것이 그가 그녀의 숨을 묘사하는 방식이었다.

잠시 그는 아래를 보았다.

다시, 그 열여섯번째 피의 점—그는 그것을 만지고 싶었다, 손이 그곳으로 내려가게 놔두고 싶었다. 그러나 갑자기 자신이 말을 하고 있다는 것을 알았다. 오직 그녀만 이해할 수 있는 것.

"'뼈 분쇄기.'" 그는 그녀에게 말했다. "'우리의 웨이벌리의 별.'" 그리고 소녀가 흥분하기를 기대했다. "그건 두 말이 싸우는 전쟁이었어." 이윽고, "'성스러운.'" 그가 말했다. "그리고 '카빈총'……" 그는 어떤 경마, 그리고 거기서 이긴 말들 이야기를 하고 있었다. 그녀는 그에게 그 이야기를 딱 한 번 했다—그들이 처음 레이싱 쿼터를 걸었을 때 "……그리고 '파 랩', 그들 가운데 최고." 이윽고 그는 침을 삼킨 뒤 말했다. "'스페인 사람.'" 거의 아플 지경이었다. '스페인 사람.' '투우사'의 혈통—하지만 그래도, 그는 더 나아가야 했다. "야." 그가 말하며 그녀를 안았다. 그녀를 더 가까이 끌어당겼다, 잠깐이지만. 그는 그녀의 면플란넬 팔을 움켜쥐었다. "하지만 네가 가장 좋아하는 말은 바뀐 적이 없는 것 같아. 늘 '킹스턴 타운'이었어."

그리고 마지막으로, 마지막 한 박동 더.

그는 체크무늬 사각형들을 느꼈다.

"하느님." 그녀가 말했다. "너 다 기억하는구나."

그녀의 일이라면 그는 모든 것을 기억했다. 그는 그녀가 1982년의 콕스 플레이트에 관해 대답할 때 말이 빨라지던 것을 늘 기억할 것이다. 그 시기에 사는 것은 얼마나 어울리는 일이었을까, 퍼넬러피가 처음 여기에 살러 온 시기─이제 케리는 해설자가 하던 말을 전하고 있었다. "'킹스턴 타운'은 이길 줄을 몰라요."

그는 그녀를 안았다. 거기에서 하나의 보따리가 되었다.

그의 목소리, 부분적으로는 목소리, 부분적으로는 속삭임.

"나는 늘 사람들 소리가 들려." 그가 말했다. "그 녀석이 갑자기 떴을 때 열광하던 소리."

곧 그는 일어섰고 그녀도 일으켰다. 그들은 매트리스 침대를 정리했다. 무거운 비닐을 아래로 끌어내 가장자리를 땅속으로 쑤셔넣어 고정했다.

"가자." 그가 말했고 그들은 주로에 들어섰다. 책은 그의 겨드랑이에 있었고, 봉투는 여전히 그 안에 있었다.

그들은 아처 스트리트를 따라 쭉 걸어, 포세이돈 로드로 나섰다.

영화를 보는 동안 그녀는 그의 손을 잡았지만, 이제는 전에 하던 대로 했다. 그들이 처음 친구가 되었을 때 하던 대로. 그녀는 그의 팔에 자기 팔을 걸었다. 그는 미소를 지었으나 걱정하지 않았다. 오래된 커플처럼 보인다는 생각, 또는 그런 오해는 없었다. 그녀는 그런 특이한 일들을 할 줄 알았다.

그리고 아주 잘 아는, 이야기가 있는 거리들이 있었고─엠파이어, 채텀, 툴럭처럼—더 위로 가니 보비스 레인처럼 처음 가보는 장소들이 있었다. 가다가 이발소를 하나 지났는데, 그들이 알고 사랑하는 이름을 가진 곳이었다. 하지만 그 모든 것이 번버러에 이르렀고, 그곳에는 풀 속에 달이 걸려 있었다.

직선주로에서 그는 책을 펼쳤다.

그녀는 몇 미터 앞서가고 있었다.

결승선 가까운 어디쯤이었고, 그가 그녀를 불렀다. "야, 케리."

그녀는 돌아섰지만, 천천히 움직였다.

그는 그녀를 붙들고 봉투를 주었다.

그녀는 손바닥에 놓인 봉투를 살폈다.

그녀는 이름을 읽었다, 소리 내어 읽었다, 번버러의 빨간 고무 트랙에서. 어떻게 된 일인지 그녀는 되살아났다.

그는 바다 유리의 반짝임을 포착했다.

"이게 너희 아버지 글씨야?"

클레이는 고개를 끄덕였지만 말은 하지 않았다. 그녀는 얇은 종이 포장을 펼쳤고 안에 있는 사진을 보았다. 그녀가 무슨 생각을 했을지 나도 상상이 된다—아름다워, 또는 멋져, 또는 나도 거기서 이런 너를 볼 수 있으면 좋을 텐데, 같은 생각들. 하지만 일단 그녀가 한 일은 그것을 쥐고 있다가 천천히 그에게 건네는 것이었다.

그녀의 손, 그 손은 약간 떨렸다.

"너." 그녀가 소곤거렸다. 그리고 "다리."

혼돈 시대의 사랑

봄이 여름으로 바뀌면서 삶은 두 개의 트랙이 되었다.

달리는 것이 있었고 사는 것이 있었다.

규율이 있었고 완전한 백치들이 있었다.

집에서 우리는 거의 지도자가 없었다. 늘 싸울 일, 웃을 일, 가끔 은 두 가지가 나란히 있었다.

레이싱 쿼터에서는 달랐다.

달릴 때 우리는 우리가 어디 있는지 알았다.

정말이지, 내 추측으로는, 혼돈 시대의 사랑, 통제 시대의 사랑 의 완벽한 섞임이었다. 우리는 그 둘 사이에서 양쪽으로 이끌리고 있었다.

달리는 삶에서, 우리는 10월에, 클레이가 체육 클럽에 등록했을 때 달렸다―조금도 흥분하지 않았고, 그렇다고 입을 다물고 있지 도 않았다. 클럽은 저 아래 번버러(지나치게 황폐했다)가 아니라

공항 근처의 치점에 있었다.

그곳에 있는 모두가 클레이를 싫어했다.

그는 사백 미터만 뛰었고 거의 말을 하지 않았다.

그는 한 아이, 스타키라는 이름의 짐승-소년을 알게 되었다.

포환, 원반을 던지는 산더미 같은 몸집의 아이였다.

사백 미터 달리기의 거물은 스펜서라는 아이였다.

클레이는 삼백 미터를 남겨놓고 날아올랐다.

"개똥같이." 그들은 말했다, 클럽 아이들 전부가.

그는 직선주로 반 차이로 이겼다.

집이었고 오후였다.

일련의 많은 오후들 가운데 단지 하나.

싸움 278.

로리와 헨리는 결판을 내고 있었다.

그들의 방에서 소동이 벌어졌는데, 그 방은 정말이지 남자애들의 방이었다—떠밀려 다니다 잊힌 옷가지, 사라진 양말과 흙분과 헤드록. 목을 조르는 듯한 말들.

"네 똥은 네 나머지 똥과 함께 두라고 했는데 계속 내 쪽으로 침범하잖아"와 "마치 내가 내 똥이 네 한심한 쪽을 침범하기를(말 한 번 잘하네!) 바라기라도 하는 것처럼 말하네, 저 꼴인데도"와 "내 한심한 쪽에 무슨 문제가 있으면 네 똥을 거기 두지 말아야 하는 거 아냐!"

그런 식으로.

십 분이 지나, 나는 안으로 들어가 둘을 갈라놓았고, 그곳에는 금발과 녹 색깔의 싸움이 있었다. 그들의 머리칼은 바깥쪽으로—북과 남, 동과 서─삐죽삐죽 튀어나와 있었고 토미는 아주 작아져 문간에 있었다.

"우리 박물관에 갈 수 있는 거야, 아니야?"

그 말을 듣고 답을 한 건 헨리였는데 건너편 로리 쪽에 대고 말했다.

"당연히 가지." 그가 말했다. "하지만 좀 기다려줄래, 응? 매슈를 팰 시간을 잠깐만 줘." 그리고 그런 식으로, 그들 둘은 다시 친구가 되었다.

그들은 빠르고 사납게 나를 묻었다.

양말 맛 속의 내 얼굴.

거리에서는, 거의 일이나 다름없었다.

클레이는 달렸다.

나는 그와 나란히 있으려고 안간힘을 썼다.

그와 그의 불타오르는 왼쪽 호주머니.

"더, 더."

그때는 모든 말이 그렇게 줄어들어 있었다. 그가 무슨 말을 한다 해도.

번버러에서는 늘 똑같았다.

사백 미터 전력 질주 여덟 번.

삼십 초 휴식.

우리는 쓰러질 때까지 달렸다.

박물관에서, 우리는 모두 안으로 들어갔고 들어가는 비용을 갖고 불평했지만 그 돈은 가치가 있었다. 마지막 한푼까지. 사일러사인의 눈과 만난 그 아이를 보는 것만으로도 가치가 있었다. 또 한 가지는 그 아이가 옳았다는 것이다. 사실이었다, 개와 더 비슷하게 생겼다, 배가 독특한 타원형인 개. 우리는 태즈메이니아호랑이를 사랑했다.

하지만 토미는 모든 것을 전부 사랑했다.

우리 머리 위에 파란 고래 뼈가 뉘어놓은 사무용 건물처럼 뻗어 있었다. 다시 딩고의 유연한 목, 다양한 펭귄의 행렬. 그는 심지어 그 가운데 가장 무시무시한 것, 특히 배가 빨간 검은 뱀, 그리고 타이팬 뱀의 광채와 우아함도 사랑했다.

하지만 나로 말하자면, 괴상한 느낌이 있었다. 박제를 위한 공모자들—죽었지만 떠나려 하지 않는 어떤 것. 아니 공정하게 말하자면, 내 안에서 떠나려 하지 않으려는 것.

물론, 퍼넬러피 생각.

나는 그녀가 여기에 토미와 함께 있다고 상상했다.

나는 그녀가 아래로 천천히 몸을 웅크리는 것을 보았고, 클레이도 보았다고 생각한다.

가끔 그가 구경하고 있는 모습이 눈에 띄었는데, 종종 표본 가운데 일부만 남은 것 앞에 가 있었다—특히 그것이 유리 뒤에 전시되어 있을 때. 나는 그가 그때 유리에 비친 그녀의 모습을 보았다고 믿는다, 금발에 막대기처럼 마른 몸에 미소를 짓는 모습.

우리는 문을 닫을 때 밖으로 나왔다.

우리 모두 피곤했지만 토미는 아니었다.

우리 주위에서 빠르게 움직이는 도시.

우리가 달리기를 하던 중 그 일이 일어났다.

그것이 우리에게 왔다, 이른아침에.

세상들이 합쳐졌다.

정말이지 우리가 더 일찍 그 생각을 했어야 했는데.

첫 빛이 나타났을 때 우리는 달리고 있었다. 집에서 몇 킬로미터 떨어진 대리웰 로드를 따라. 클레이는 그것이 전신주에 띠로 묶여 있는 것을 보고 딱 멈춰 서더니 주의깊게 되짚어갔다. 그는 전신주를 둥글게 싸고 있는 광고를 물끄러미 바라보았다.

고양이가 막 새끼를 낳았다.

왜 토미를 죽은 동물들에게 데리고 가나, 살아 있는 것들이 토미한테 올 수도 있는데?

나는 전화번호의 앞부분을 외웠고 클레이가 뒷부분을 외웠다. 전화를 걸었을 때 우리는 큰 목소리를 들었다. 그 알림은 석 달 전 것이다. 마지막 새끼가 여섯 주 전에 팔렸다. 하지만 전화를 받은 여자는 어디로 가면 되는지 알고 있었다. 그녀의 목소리는 남자 목소리 같았고, 아주 가까이 들리는 동시에 헛소리는 용납하지 않을 것 같았다. "인터넷에 동물 사이트가 수십 개지만 가장 가능성이 높은 곳은 〈RQT〉예요."

그녀가 말한 곳은 〈레이싱 쿼터 트리뷴〉이었고, 그녀는 정확한 곳을 가리키고 있었다. 빈틈이 없었다. 처음에 그 신문—우리 지역 교외 뉴스—을 보았을 때 콜리를 판다는 소식이 실려 있었고, 그다음에 켈피*, 그다음에 왕관앵무 한 쌍이 나왔다. 기니피그, 장수앵무, 종이 다른 고양이 세 마리.

그리고 맨 밑에 그 녀석이 기다리고 있었는데, 녀석은 그곳에서

---

* 중형의 목양견(牧羊犬).

조금 더 기다리게 된다. 사실 나는 이미 알았어야 했다, 클레이 눈 안의 불을 보았기 때문에. 갑자기 두 눈이 각각 미소를 지었고, 그 의 손가락은 아래를 가리키고 있었다.

고집 세지만 다장한 노새 한 마리
절대 날뛰지 않고, 절대 시끄럽게 울지 않음

***

이백 달러(협상 가능)
후회 없을 것
맬컴에게 연락 바람

내가 말했다. "절대 토미한테 보여주지 마." 하지만 클레이는 신 경쓰는 척도 하지 않았다. 그는 살며시 다시 손가락을 던졌다, 맨 첫 줄에 있는 실수를 향해.

"고집 세지만 다장한." 그가 말했다.

우리는 고양이 한 마리로 정했다―해외로 이사하는 가족이었다. 그 얼룩 고양이를 해외로 데리고 가는 것은 너무 비쌌다. 그들은 그 녀석 이름이 '줄냥이'라고 했지만, 우리는 집에 가면 보나마나 이름 이 바뀔 것임을 알았다. 그는 컸고 가르랑거리는 무슨 무더기 같았 다―검은 입술과 아스팔트 앞발. 그리고 털이 난 검 같은 꼬리.

우리는 웨더릴에 있는 그 집으로 차를 몰고 갔다, 서쪽으로 교외 두 개가 떨어진 곳이었다. 고양이는 클레이의 허벅지에 앉아 집으 로 왔다. 그는 조금도 움직이지 않았으며 엔진과 곡조를 맞춰 가르 랑거리기만 했다. 발톱으로 클레이에게 행복한-앞발-찌르기만 해주었다.

하느님, 토미를 봤어야 하는데.

정말 그 아이를 봤으면 좋았을 텐데.

집에서, 우리는 포치에 이르렀다.

"야, 토미!" 내가 소리쳤고, 토미가 나왔다. 그의 눈은 어리고 영원히 그대로일 것 같았다. 그는 고양이를 가까이 당겨오면서, 그 줄무늬를 가슴에 갖다대면서 울 뻔했다. 그는 그 녀석을 토닥였고, 그 녀석을 쓰다듬었다. 그 녀석에게 말없이 말을 하고 있었다.

로리와 헨리가 둘 다 나왔을 때, 둘 다 끝내주게 정확했다. 그들은 징크스처럼 박자를 딱 맞춰 우는소리를 했다.

"이야, 토미한테 어쩌다 염병할 고양이가 생긴 거야?"

클레이는 눈길을 돌렸다. 내가 대답했다.

"우리가 그 녀석을 좋아해서지."

"그럼 우리는 좋아하지 않고?"

곧 토미가 선언하는 소리, 그리고 클레이의 즉각적이고 느닷없는 응답이 들렸다.

"얘를 아킬레우스라고 부를 거야."

"아니, 그건 말고."

즉시, 나는 그를 보았다.

나는 고집이 셌고, 물론 다장하지 않았다.

안 돼, 클레이, 하느님이 천벌을 내리지, 나는 그렇게 말했다, 눈으로만 한 말이었지만—하지만 만만하게 볼 사람이 따로 있지. 어쨌든, 토미는 갓난아기처럼 고양이를 안았다.

"그럼 좋아." 토미가 말했다. "아가멤논." 이번에 그를 막은 것은 로리였다.

"좆도 우리가 발음할 수 있는 걸로 좀 해라."

그래도 토미는 퍼넬러피에게 경의를 표했다.

"그럼 헥토르는 어때?"

모든 트로이인의 영웅.

끄덕이는 고개와 웅얼거리는 찬성이 있었다.

다음날 아침, 레이싱 쿼터에 나갔을 때 내가 전혀 알지 못하던 모퉁이들이 있었고, 우리는 엡섬 로드에 이르렀다. 론로 터널에서 멀지 않은 곳이었다. 위에서 열차가 덜거덕거리며 지나갔다. 여기는 잊힌 거리들 가운데 하나로, 잊힌 경기장 하나를 끼고 있었다. 펜스들은 대부분 제멋대로였다. 나무는 허물을 벗는 지저분한 껍질들이었지만 땅에 우뚝 서 버티고 있었다.

맨 끝에 이르니 땅뙈기가 있었다. 먼지 속의 풀은 주먹 같았다. 철조망 펜스, 부식되고 있는 펜스가 있었다. 오두막은 바래서 회색이었다. 그리고 캐러밴, 낡고 지친 캐러밴 한 대. 새벽 세시의 술꾼.

그 순간 그의 발걸음소리를 기억한다. 그 소리가 구덩이가 팬 도로에서 느려지던 것. 클레이는 달리기의 이 지점에서 절대 속도를 늦추지 않았다. 더, 오직 더였다—곧 나는 이해했다. 일단 이동주택, 그리고 너저분한 땅 조각을 보자 여기에는 논리가 살지 않고, 분명히 노새들*이 산다는 것을 알았다. 나는 걸으면서 역겨움을 느끼며 말했다.

"너 〈트리뷴〉에서 번호 보고 전화했지, 그렇지?"

클레이는 일부러 계속 걸었다.

---

* '고집쟁이'라는 뜻도 있다.

그의 숨은 금방 정상으로 바뀌었다. 달리기에서 일상생활로.

"무슨 소리를 하는지 모르겠는데."

그때 우리는 안내판을 보았다.

돌아보니, 거기에 뭔가 딱 맞아떨어지는 게 있었다.

지금은 그것을 볼 수 있고 그렇게 말할 수 있다.

하지만 당시에는 의심했다―펜스 라인까지 걸어가면서 몹시 짜증이 났다. 안내판은 한때 하얀색이었다. 곰팡이가 피고 지저분하고, 가장 높은 철망에 대각선으로 걸려 있었다―전 세계 레이싱쿼터에서는 아니어도, 아마도 이곳 레이싱 쿼터에서는 제일 큰 안내판이었을 것이다.

거기에는 색이 바랜 굵고 검은 마커펜으로 이렇게 적혀 있었다.

이 말들에게 먹이를 주다가
걸리면 너구든
고발!

"하느님." 내가 말했다. "저걸 봐."

어떻게 누구든은 잘못 쓰면서 고발은 맞게 쓸 수 있을까? 하지만 아마도, 그것이 레이싱 쿼터였다. 그것, 그리고 거기에는 말이 한 마리도 없다는 것, 한동안은 다른 것도 없는 것처럼 보였다는 것.

그러다가 그가 오두막을 빙 돌아서 나왔다.

아주 갑자기 노새의 머리, 그리고 종종 노새를 정의할 때 사용하는 그 표정이 있었다.

그는 지켜보았고, 조금씩 정보를 모았다.

그는 의사소통을 했다.

마치 최고지만-버려진 존재처럼.

이미 그는 그 한쪽으로 기운 긴 얼굴에 좃도-뭘-봐 하는 표정을 짓고 있었다. 그렇게 일 분을 더 지켜보더니, 오, 그럼 좋아, 하고 말하는 것 같았다.

얼룩덜룩한 일출의 조각들 속에서 그는 천천히 어색하게 다가왔다.

가까이서 보니 거의 매력적이라 할 만했다. 소리는 내지 않았지만 수다스러웠으며 풍채가 좋았다. 그의 머리는 직물, 문지르는 솔이었다―그리고 전체적으로 모랫빛에서 녹빛까지 되는대로 색깔이 다양했다. 몸은 파헤친 농장이었다. 발굽은 숯 색깔이었다―그런데 우리가 어떻게 해야 할까? 노새한테는 어떻게 말을 하지?

하지만 클레이가 그를 떠맡는다.

그는 그 동물의 눈을 들여다보았는데, 그것은 송아지의 눈과 아주 흡사했다. 도살장으로 보낸 새끼들 같았다. 순수한 슬픔이었지만 완전히 살아 있었다. 그는 호주머니로 손을 가져가 그것을 집었다. 그것은 밝은 노란색 빨래집게가 아니었다.

아니, 그것은 최고 수준의 클레이 던바였다.

손, 모래 한줌 같은 설탕.

그의 손바닥에서 그것은 날것 그대로 달콤했다―그리고 노새는 영원히 축복을 받았다. 안내판과 철자는 개나 주라지. 그의 콧구멍이 뱅글뱅글 돌기 시작했다. 클레이를 보고 싱글거리면서 눈이 풀어졌다.

네가 언젠가 올 줄 알았지.

노예들

나이든 마이클 던바는 인정해줘야 했다.

이번에는 그가 제대로 해냈다.

그 사진은 예술 작품이었다.

클레이는 실버로 돌아와 부엌의 오븐 근처에 서 있었다.

"그래서 그걸 개한테 줬니?"

그의 우묵한 눈에 희망이 담겨 있었다.

그의 두 손은 모호해 보였다. 다른 데 정신이 팔려 있었다.

클레이가 고개를 끄덕였다.

"아주 좋아했어요."

"나도 마찬가지야. 그전에 찍은 다른 것도 있어." 그는 클레이의 생각을 읽으며 말했다. "저 밖에서는 너한테 살금살금 다가가는 게 아주 쉬워. 네가 다른 세계에서 헤매고 있거든."

클레이, 올바른 반응. 그리고 다른 것, 여기 온 이래 처음으로.

"그게 잊는 데 도움이 돼요." 클레이는 말했다. 그리고 바닥에서 눈을 들어 마이클을 마주보았다. "하지만 정말로 잊고 싶은지 잘 모르겠어요." 싱크대 옆에는 어떤 '실수쟁이'가 있었다. 금발의 페니 던바. "저기, 아빠?" 그것은 너무나 큰 충격이었다, 그들 둘 다에게. 이어서 두번째, 후속 발언이 따라왔다. "아시겠지만…… 정말 보고 싶어요. 엄마가 너무 보고 싶어요. 아빠, 너무 보고 싶어요." 그 순간이었다, 몇 걸음, 그리고 세상이 바뀌었다.

그는 다가가 소년을 가까이 당겼다.

그의 목을 자신의 팔로 붙들어 끌어안았다.

우리 아빠는 그의 아버지가 되었다.

하지만 그러고 나서 그들은 다리로 돌아갔다.

아무 일도 없었던 것처럼.

그들은 비계 작업을 했고 아치를 위해, 아니, 그보다 낫게, 영원히 서 있을 아치를 위해 기도했다.

하지만 웃긴다, 정말이지, 생각해보면. 아버지와 아들 사이의 분위기란—특히 이 아버지와 이 아들의 경우는. 하는 말 한 마디마다 수백 개의 생각이 있다, 그것도 그 말이 입 밖으로 나올 때의 이야기지만. 클레이는 그날, 그리고 그 위에 쌓인 여러 날에 특별히 힘들다고 느꼈다. 다시, 그에게 하고 싶은 말이 아주 많았다. 말을 하러 나왔다가, 가슴 두근거리는 채로 다시 방으로 물러난 밤들이 있었다. 그는 예전에 자신이었던 소년, 페더턴 이야기를 들려달라고 하던 소년을 아주 생생하게 기억했다. 그때는 목말을 타고 침대로 들어갔는데.

클레이는 황량한 낡은 책상에서 연습을 하곤 했다. 상자와 책들은 그의 옆에 있었다. 손에는 T의 깃털.

"아빠?"

몇 번이나 연습을 할 수 있었을까?

한번은 부엌의 더 무거운 빛 속에 거의 이르렀지만 다시 복도로 돌아가고 말았다. 다음에는 진짜로 해냈다. 『채석공』을 꽉 쥐고— 그리고 마이클 던바가 그를 붙들었다.

"들어와, 클레이, 무슨 일이야?"

클레이는 빛에 갇힌 채 서 있었다.

그는 옆에 들고 있던 책을 들어올렸다.

그가 말했다. "그냥."

"그냥." 그러면서 더 높이 들었다. 책, 아주 하얗고 낡았고, 책등은 주름이 지고 물렁물렁해진. 그는 앞에 이탈리아를 내밀었다, 천장에는 벽화들, 그 모든 깨진 코들—그녀가 그것을 읽었을 때마다 한 번씩.

"클레이?"

마이클은 낡은 청바지에 티셔츠 차림이었다. 손은 비바람에 시달린 콘크리트였다. 그들의 눈이 비슷했을지도 모르지만 클레이는 늘 변함없이 타올랐다.

그도 한때는 배가 콘크리트였다.

기억나나요?

당신은 물결치는 머리카락이 있었습니다. 지금도 그렇지만, 이제는 또 회색이 늘었네요—당신은 죽었고 나이가 약간 더 들었기 때문에, 그리고—

"클레이?"

그는 마침내 해냈다.

피가 돌을 뚫고 흘렀다.

손에 쥔 책을 그를 향해 내밀었다.

"'노예들'과 〈다비드〉 이야기 해주실래요?"

모래언덕들 사이의 손

여러 가지 면에서 고양이가 우리의 가장 큰 실수라고 주장할 수도 있겠다. 그에게는 일련의 우아하지 못한 습관이 있었으니까.

거의 제어하지 못하고 침을 질질 흘렸다.

입냄새가 몹시 심했다.

끔찍하기 짝이 없는 털갈이 문제, 비듬, 먹을 때 먹이를 옆으로 던져버리는 경향이 있었다.

토했다.

("이것 좀 봐!" 헨리가 어느 날 아침에 소리쳤다. "바로 내 신발 옆에!")

"그냥 그 안에다 안 그랬다는 걸 감사해."

"시끄러워, 로리…… 토미! 와서 이 똥 같은 것 좀 닦아내!")

그는 밤에 내내 야옹거렸다―그 애처롭고 높은 야옹 소리! 그러다가 누구의 것이든 눈에 띄는 허벅지를 찾아올라가 그 공도 찢는 행복한-앞발-흔들기. 가끔, 우리가 텔레비전을 보고 있을 때면 그는 이 소년에서 저 소년으로 옮겨가며 잠을 자고 집이 무너져라 가르랑거렸다. 하지만 그를 가장 경멸한 것은 로리로 우리 모두의 생각을 가장 잘 정리해주었다.

"만일 저 고양이가 발톱으로 내 불알을 다시 썰기 시작하면, 토미, 나는 저 새끼를 죽여버릴 거야, 맹세해. 그리고 분명히 말하는데, 네가 그다음이 될 거야."

하지만 토미는 전보다 훨씬 행복해 보였고, 헨리는 그에게 대답하는 법을 가르쳐주었다.

"고양이는 그저 네 불알이 안 보여서 찾으려고 하는 거야, 로리."
이건 로리도 어쩔 수가 없었다—웃음을 터뜨리고 말았다. 그리고 실제로 자신의 허벅지에 올라앉아 발로 반바지 사이를 긁는 커다란 얼룩 고양이를 토닥여주기까지 했다. 앞으로 물고기와 새와 아킬레우스가 오게 되지만, 다음 차례는 개였다. 어쨌든 집으로 오는 길을 닦아놓은 것은 헥토르였다.

그 무렵 우리는 12월에 부딪혔고, 한 가지 변함없는 사실이 있었다.
클레이는 사백 미터 전문가였다.
그는 그 거리를 가볍게 여겼다.
치점에는 그와 견줄 수 있는 사람이 없었지만 곧 도전자들이 나타날 것이었다. 새해에는 지구 대회와 지역 대회가 열리고, 거기서 충분히 괜찮으면 주 대회까지 갈 거였다. 나는 그를 훈련시킬 새로운 방법을 찾아 오래된 동기부여 방법까지 거슬러올라갔다. 나는 그가 출발했던 곳, 도서관에서 출발했다.
나는 책과 글을 보았다.
DVD를 뒤졌다.

운동선수들에 관해 내가 찾을 수 있는 모든 것. 마침내 한 여자가 내 뒤에 와서 섰다.

"보세요." 그녀가 말했다. "젊은이? 아홉시예요. 문 닫을 시간이에요."

크리스마스를 앞두고 그는 일을 벌였다.

헥토르는 밖으로 나갔고 사라졌다.

우리 모두 수색에 나섰다. 클레이를 찾던 것과 약간 비슷했는데 다만 이번에는 클레이가 우리와 함께라는 게 달랐다. 우리 모두 아침에 나갔고, 다른 아이들은 방과후에 다시 나갔으며 나는 집에 오면 그들과 합류했다. 우리는 심지어 웨더릴까지 차를 몰고 다시 가보기도 했다. 그러나 고양이는 완전히 사라져버렸다. 심지어 농담도 시시해지게 되었다.

"야, 로리." 헨리가 거리를 돌아다니며 말했다. "적어도 네 불알은 회복될 기회를 얻었네."

"알아, 염병할 잘 쫓아버렸어."

토미는 우리 가운데 가장 멀리까지 나갔으며 완전히 정신을 잃고 슬퍼했다. 그들이 말하고 있을 때 달려가서 태클로 그들을 땅바닥에 쓰러뜨리려 했다.

"나쁜 새끼들!" 그는 마음의 상처를 뱉어냈다. 도리깨질을 하고 주먹을 뻗었다. 소년 같은 팔을 휘둘렀다. "이 나쁜 새끼들, 이 좆같은 새끼들!"

처음에 그들은 그것을 그냥 가볍게 받아들이려 했다, 우리 주위의 어두워진 거리에서.

"젠장! 토미가 이렇게 욕을 잘하는 줄은 몰랐네!"

"그러게, 아주 훌륭한데!"

그러다 그들은 토미의 눈을, 그의 열 살 된 영혼의 고통을 느꼈다. 미래의 그날 밤 실버의 부엌에서 클레이가 부서졌던 것처럼, 지금은 토미가 부서지고 있었다. 토미가 도로에 네 발로 엎어졌을 때 허리를 굽혀 손을 내민 사람은 헨리였다. 어깨를 안아준 사람은 로리였다.

"우리가 찾을게, 토미, 우리가 찾을 거야."

"보고 싶어." 토미가 말했다.

우리 모두 그에게 쓰러졌다.

우리는 그날 밤 말없이 집으로 걸어왔다.

다른 사람들이 모두 잠자리에 들었을 때 클레이와 나는 내가 빌려온 영화를 봤다. 작은 군중 같은 수많은 책을 읽었다. 우리는 올림픽에 관한 필름, 끝도 없는 다큐멘터리를 보았다. 달리기와 관계가 있는 것이면 뭐든.

내가 가장 좋아한 것은 사서가 추천한 〈갈리폴리〉였다. 일차대전과 운동선수들. 나는 아치 해밀턴의 아저씨를 사랑했다―거친 얼굴에 초시계를 든 코치.

"네 다리는 뭐지?" 그는 새벽에 훈련하면서 말하곤 했다.

그 소년은 대답하곤 했다. "강철 스프링."

우리는 그것을 여러 번 보았다.

클레이가 가장 좋아한 것은 〈불의 전차〉였다.

1924년.

에릭 리들, 해럴드 에이브러햄스.

클레이는 리들이 달리는 것을 에이브러햄스가 처음 보고 한 말을 사랑했다. "리들? 나는 달리는 사람에게서 저런 추진력, 저런 노력을 본 적이 없어…… 그는 야생동물처럼 달려."

그러자 그가 가장 좋아하는 에릭 리들의 말.

"그래서 그 힘이 어디에서 나오는 거야, 경주를 끝까지 버티는?

안에서."

아니, 배우 이언 찰슨이 놀라운 스코틀랜드 악센트로 말하는 대로 하자면.

은에서.

시간이 흐르면서 우리는 생각했다.

〈RQT〉에 광고를 내야 하나, 사라졌지만 짜증나는 얼룩 고양이 한 마리 때문에?

아니―우리는 절대 그렇게 논리적인 일을 할 사람들이 아니었다.

대신 클레이와 내가 있었다.

우리는 그 분류 광고 섹션에 무엇이 남아 있나 보곤 했는데, 이 섹션은 언제나 그 노새에서 절정에 이르렀다. 달리기를 할 때면 그는 그쪽으로 방향을 틀었고, 나는 발을 멈추고 그에게 소리쳤다. "안 돼!"

그는 나를 보았다. 실망한 표정으로.

그는 어깨를 으쓱하고 다시 가곤 했다. 어서 와.

그가 그쪽으로 가지 못하게 하기 위해서, 나는 무게에 따라 배치되는 광고 안에 뭔가 다른 것이 도착했을 때 누그러졌다.

암컷, 세 살짜리 보더콜리.

나는 그곳으로 직접 차를 몰고 가 그 아이를 데리고 집에 왔다가 내 인생의 충격과 마주쳤다―거기에, 내 바로 앞에, 포치에 모두 나와서 웃음을 터뜨리며 축하를 하고 있고 그들 사이에 그 염병할 고양이가 있었기 때문이다. 그 새끼가 돌아온 것이다!

나는 차에서 내렸다.

두들겨맞은, 목걸이 없는 얼룩 고양이를 보았다.

그는 나를 보았다. 그는 쭉 알고 있었다.

그는 남의 불행을 고소해하는schadenfreude 특이한 성격의 고양이였다.

잠시 나는 경례를 기대했다.

"개는 그냥 갖다주고 와야겠네" 하고 내가 말하자 로리는 헥토르를 옆으로 내던졌다. 그는 족히 오 미터는 날아갔고 피가 얼어붙는 높은 야옹 소리가 있었다. (틀림없이 집에 와서 기뻤을 것이다.) 그때 로리가 슬금슬금 다가왔다.

"이제는 저 조그만 새끼한테 개까지 주려고?" 하지만 그는 동시에 어느 정도는 축하하는 분위기였다.

그러면 토미는?

자, 토미는 헥토르를 안아들었고 우리 나머지가 다가가지 못하게 막은 뒤 차로 와서 문을 열었다. 그는 고양이와 개를 동시에 안고서 말했다. "하느님, 믿어지지가 않아." 그는 클레이를 건너다보며 물었다. 그가 무엇을 해야 할지 안다는 것이 무척 신기했다.

"아킬레우스?"

다시, 고개 젓기.

내가 말했다. "이 녀석은 사실 여자애야."

"알았어 그럼, 로지라고 부를게."

"너도 알잖아 그건―"

"알아, 알아, 그건 하늘이지." 그리고 우리는 잠시 함께 돌아가 있었다.

거실에서 그의 머리는 그녀의 무릎에.

12월 중순, 어느 일요일 이른아침, 우리는 남쪽의 한 해변으로 차를 몰았다. 국립공원 깊은 곳이었다. 공식 명칭은 프로스펙터였지만 동네 사람들은 앤잭스라고 불렀다.

그 차와 그곳으로 가던 길이 기억난다.

잠을 자지 못한 그 메스꺼운 느낌.

어둠 속에서 나무들의 윤곽.

이미 안에서는 전통적인 냄새, 양탄자, 목재, 광택제 냄새.

모래언덕을 달리던 것이 기억난다. 모래언덕은 뜨는 해를 받아 서늘했지만, 벌을 받는 것처럼 힘들었다. 꼭대기에 이르러 우리 둘 다 무릎을 꿇었다.

어느 시점에 클레이는 나를 제치고 정상으로 갔지만 그냥 거기 눕거나 몸을 뒤집지 않았다. 그것은 아주 강렬한 유혹이었는데도 그랬다, 정말이다. 아니, 그러는 대신 그는 몸을 돌려 나에게 손을 내밀었다. 해안과 바다를 배경으로. 그의 손이 아래로 내려오고 나를 끌어올렸다. 우리는 괴로워하며 꼭대기에 누웠다.

나중에 그 이야기를 할 때—입을 열어 나에게 모든 것에 관해 이야기할 때—그는 말했다. "그게 우리의 가장 좋은 순간들 가운데 하나였어, 내 생각에는. 형하고 바다가 다 타오르고 있었어."

그 시점에, 헥토르는 그냥 돌아온 것만이 아니었다.

그가 절대, 영원히 우리를 떠나지 않을 것이 분명해졌다.

그 염병할 고양이는 열네 가지 다른 변형체가 있는 것 같았다.

어디를 가나 그가 나타났기 때문이다. 토스터로 걸어가면 그는 그냥 그 왼쪽이나 오른쪽에, 토스터를 둘러싼 빵 부스러기 속에 앉아 있었다. 소파에 앉으러 가면 리모컨 위에서 가르랑거렸다. 심지어 한번은 화장실에 갔는데 물통 위에 올라앉아 지켜보고 있었다.

그런 다음에는 로지가 빨래 건조대를 따라 달렸고, 그 스텐실로 찍은 듯한 그림자를 빙빙 돌았다. 우리는 몇 마일 동안 끝도 없이 그 개를 산책시킬 수 있었다. 검은 다리, 하얀 앞발, 눈과 황금의 얼룩. 그래도 그 아이는 달려 돌아왔다. 이제야 그 의미가 보인다. 로지는 아마도 기억을, 또는 적어도 그 냄새를 모아들이고 있는 것 같았다. 더 나쁘게는, 불안한 영들을.

그런 의미에서 그 무렵, 아처 스트리트 18번지 집에선 늘 뭔가가 들썩였다. 나에게 그것은 죽음과 사라짐, 그리고 어떤 나쁜 일에 대한 강박적 느낌이었다. 그것은 크리스마스의 광기, 구체적으로 말하자면 크리스마스이브로 이어지게 된다―그들이 집으로 새와 물고기를 가져왔을 때.

나, 나는 퇴근해서 집에 왔다.

헨리가 활짝 웃고 있었다. 착란 상태에 빠진 것처럼.

나는 첫 "예-수 그리스도여!"를 내뱉었다.

아마도 그들은 반려동물 가게에 갔고, 목록을 늘리려고 금붕어를 샀던 것 같다. 하지만 토미는 집에 사는 비둘기를 사랑했다. 그가 그 이야기―깡패 같은 미나 새들 무리가 채텀 스트리트에서 비둘기를 쪼아대는 것을 보고 반려동물 가게 주인이 구해주었다는 이야기―를 듣는 동안 비둘기가 그의 손가락으로 내려앉았다.

"그애가 혹시 그런 일을 당할 짓을 했을지도 모른다는 생각은 안 해봤어?" 로리가 말했지만 토미는 본능을 따랐다. 비둘기는 끝났

고 이제 물고기를 살펴보았다. 비둘기가 옆으로 다가와 그의 팔에
달라붙어 있었다.

"여기." 토미가 그들에게 말했다. "이거."

금붕어는 깃털 같은 비늘이 있었다.

황금 갈퀴 같은 꼬리가 있었다.

이제 그들을 집으로 데려오는 일, 내가 문간에 서 있는 일만 남
았다. 그곳에서 나는 신성모독에 의지할 수밖에 없었고 토미는 이
름을 지어주고 있었다.

그때가 되어서야 그는 모든 것을 이해했다.

그들은 둘 다 아킬레우스에는 미치지 못했다.

"금붕어가 아가멤논이야." 그가 나에게 말했다. "그리고 비둘기
는, 텔레마코스라고 부를 거야."

인간의 왕, 그리고 이타카의 소년.

페넬로페와 오디세우스의 아들.

하늘은 석양을 맞았고, 로리는 헨리를 보고 있었다.

"저 조그만 똥덩이를 죽여버리겠어."

팔번 경주의 케리 노바크

'쿠타문드라'는 '그룹 원'에서 칠등이라는 눈부신 패배를 한 뒤 여름 휴식에 들어갔다. 돌아오자 케리가 그를 타게 되었다—네 번, 일등 세 번 삼등 한 번.

이제 그녀는 모두가 찾는 사람이 되어가고 있었다.

클레이에게는 라디오와 강바닥, 도시와 서라운즈가 있었다.

아마누강의 정적, 그리고 부엌에서 들은 이야기들이 있었다— 그날 밤, 그가 '노예들'과 〈다비드〉에 관해 물었던 밤에 그들은 잠을 자지 않았기 때문이다. 그들은 커피를 마셨다. 마이클은 달력을 발견한 이야기를 해주었다. 에밀 자토페크. 아인슈타인. 그리고 나머지 모두. 소년의 우주선을 부순 소녀, 영어 시간에 앞에 앉은 소녀가 있었다. 그녀는 허리까지 머리를 길렀다.

그는 퍼넬러피처럼 자세하게 말하지 않았다—그는 죽어가고 있지 않았고 따라서 그렇게 멀리까지 가지 않으려 했다. 그러나 노력은 진실이었고 진실이 담겨 있었다. 그가 말했다. "내가 왜 너한테 한 번도 이런 걸 이야기하지 않았는지 모르겠다."

"했겠죠." 클레이가 말했다. "떠나지 않았으면."

하지만 그 말은 마이클에게 구멍을 뚫으려고 계획된 것은 아니었다. 클레이가 더 나이가 들면 들을 이야기였다는 뜻이었다.

그리고 지금 나한테 이야기해주고 있잖아요.

그는 아버지가 이해했다고 확신했다.

그들이 〈다비드〉, 그리고 대리석 안에 갇힌 '노예들' 이야기를 할 때는 새벽이었다. "그 뒤틀리고, 안간힘을 쓰는 몸들." 마이클이 말했다. "돌에서 벗어나려고 싸우는 몸." 그는 수십 년 동안 그들 생각을 한 적이 없지만 어떻게 된 일인지 그들은 늘 그 자리에 있었다고 말했다. "언젠가는 〈다비드〉 같은 위대함을 발견하고 싶은 마음이 간절해, 잠시라도." 그는 소년의 눈, 앞에 있는 눈을 보았다. "하지만 알아. 나는 알아……"

클레이는 대답했다.

그 답이 두 사람 모두에게 강한 타격을 주었지만 그는 그럴 수밖에 없었다.

"우리는 '노예들'의 삶을 살고 있죠."

다리가 그들이 가진 전부였다.

1월 중순, 산 위에 비가 내리고 아마누강이 흐르기 시작한 주가 있었다. 그들은 위대한 하늘이 다가오는 것을 보았다. 그들은 나가서 비계 위에, 무거운 목조 가설물 위에 섰고 지저깨비 같은 비가 그들 주위에 내리고 있었다.

"다 쓸려내려갈 수도 있겠네."

클레이는 조용했지만 확신하고 있었다. "그러지 않을 거예요."

그가 옳았다.

물은 정강이 높이까지만 찼다.

일종의-훈련-중인 강이었다.

아마누의 길을 따라 몸을 풀고 있었다.

도시에서는 3월 내내 가을 카니발을 준비했고 이번에 '그룹 원'
은 그녀 것이었다.

'쿠타문드라.'

부활절 월요일, 로열 헤네시에서 팔번 경주.

짐 파이크 플레이트 대회였다.

물론 클레이는 그 긴 주말에 집에 왔지만, 이미 한참 전에 다른
일도 해놓았다.

그는 포세이돈 로드를 따라 걸어가 열쇠를 만들고 구두를 수선
하고 글을 새기는 곳에 갔다. 안에는 노인이 있었는데 눈처럼 하얀
턱수염을 길러서, 작업복을 입은 산타클로스 같았다. 그는 지포를
보고 말했다. "오, 그거 기억나." 그는 고개를 저었다. "그래, 그거
야―오번 경주의 '투우사'. 여자아이…… 라이터에 쓰기에는 이상
한 말이었지." 그러더니 좌우로 젓던 고개가 아래위로 끄덕거렸다.
"하지만 정말 좋아할 만한 물건이야." 그는 클레이에게 펜과 종이
를 주었다. "똑똑히 써. 어디에 원해?"

"두 개가 있어요."

"어디, 한번 보여줘." 그는 반투명 종이를 낚아챘다. "하!" 아래
위로 끄덕거리던 고개가 힘차게 좌우로 움직였다. "이 꼬마들이 염

병할 미쳤구먼. 너희들이 '킹스턴 타운'을 알아?"

그들이 '킹스턴 타운'을 알았을까.

"어쩌면요." 클레이가 말했다. "첫번째 것 밑에는 팔번 경주의 케리 노바크라고 넣어주시고, 또하나는 맞은편에요."

산타클로스는 미소를 짓다가 웃음을 터뜨렸다. "좋은 선택이야." 하지만 호-호-호는 아니었다. 헤-헤-헤에 가까웠다. "'킹스턴 타운'은 이길 줄을 몰라요, 응? 그게 대체 뭔 뜻이야?"

"그애는 알 거예요." 클레이가 말했다.

"뭐, 그게 제일 중요한 거지."

노인은 새기기 시작했다.

클레이가 가게를 떠나는데 그 생각이 떠올랐다.

처음 집을 떠나 강으로 간 이래 그는 돈—헨리가 준 돌돌 만 지폐—은 오직 다리를 놓는 데만 써야 한다고 생각했다. 하지만 처음부터 이것을 위해 써야 하는 돈이었다. 그동안 그는 고작 이십이 달러를 썼다.

아처 스트리트 18번지에서 클레이는 돌돌 만 크고 두툼한 지폐 나머지를 맞은편에 놓인 침대에 두었다.

"고마워 헨리." 그가 소곤거렸다. "나머지는 형이 가져." 그는 이어 번버러파크—소년들과 절대 어른이 아닌 사람들—를 생각했고 몸을 돌려 실버를 향해 떠났다.

경마 이틀 전, 부활절 토요일 일찍 그는 일어나서 어둠 속에 앉아 있었다. 침대 가장자리에 앉아 있었고, 두 손에 상자를 들고 있었다. 그는 라이터를 제외한 모든 걸 뺀 뒤 접은 편지를 집어넣었다.

전날 밤에 쓴 것이었다.

그 토요일 저녁, 그들은 거기에 누웠고 그녀가 그에게 말했다.
똑같은 지침.
힘차게 나아가라.
달리게 해주어라.
그다음에는 기도하고 녀석을 결승선으로 데려가라.
그녀는 긴장했지만 좋은 긴장이었다.
거의 끝에 가서 그녀가 말했다. "올 거야?"
그는 붉거진 별들을 향해 미소를 지었다.
"물론이지."
"형제들은?"
"물론이지."
"이걸 다 알고 있어?" 그녀는 서라운즈 이야기를 하고 있었다.
"그리고 우리도?"
그녀는 전에 한 번도 그런 것을 물어본 적이 없었고, 클레이는 매우 자신하고 있었다. "아니, 그냥 우리가 늘 가까웠다는 것만 알아."
소녀는 고개를 끄덕였다.
"그런데, 야, 너한테 말해야 할 게 있는데……" 그는 말을 끊었다. "또다른 게 있어—" 이제 그는 말을 완전히 멈췄다.
"뭔데?"
그는 입을 다물고 물러섰다. "아니. 아무것도 아니야."
하지만 너무 늦었다. 이제 그녀는 팔꿈치에 기대 몸을 일으키고 있었기 때문이다. "어서, 클레이, 뭐야?" 그녀는 팔을 뻗어 그를 찔렀다.

"아야!"

"말해줘." 그녀는 바로 갈빗대 사이를 다시 공격할 태세였다. 전에도 한 번 이런 일이 있었고, 나중에 다가올 물결 속의 이야기지만, 일은 아주 안 좋게 풀렸다.

그러나 이것이 케리의 아름다움, 진짜 아름다움이었다. 적갈색 머리카락은 잊어라, 그리고 바다 유리도—그녀는 두번째로 모험을 할 것이기 때문이다. 그녀는 도박을 할 것이고, 그를 위해 할 것이다.

"말해줘, 아니면 또 때릴 거야." 그녀가 말했다. "반쯤 죽을 때까지 간지럽힐 거야."

"알았어! 알았어……"

그는 그 말을 했다.

그는 그녀를 사랑한다고 말했다.

"네 얼굴에는 주근깨가 열다섯 개 있어, 하지만 자세히 봐야 찾을 수 있어…… 그리고 여기 아래 열여섯번째가 있어." 그는 목의 그 주근깨를 어루만졌다. 그가 손을 거두어들이려 하자 그녀는 팔을 올려 그의 손가락을 옭아맸다. 답은 그녀가 그를 보는 눈이었다.

"아니." 그녀가 말했다. "손 움직이지 마."

나중에, 훨씬 나중에 먼저 일어선 것은 클레이였다.

몸을 굴려 뭔가를 향해 손을 뻗고, 그것을 매트리스 위에, 그녀의 몸 옆에 놓은 것은 클레이였다.

그는 그것을 경마 섹션으로 쌌다.

라이터는 상자 안에 있었다.

선물 안의 선물.

그리고 편지.

월요일 밤에 열어볼 것.

부활절 월요일에 그녀는 신문 뒤쪽 면에 나왔다. 적갈색 머리카락의 소녀, 빗자루 조련사, 짙은 갈색, 초콜릿 같은 짙은 갈색 말.

표제는 달인의 제자였다.

라디오에서는 그주 초반에 맥앤드루와 인터뷰를 했고 기수 선택에 관해 물었다. 기회만 주어졌다면 전국의 어느 프로라도 그 말을 탔을 것이다. 거기에 대해 맥앤드루는 간단하고 뻣뻣하게 대꾸했다. "나는 내 제자를 고수할 거요."

"맞습니다. 그 여자도 유망하지요, 하지만—"

"그런 질문에 답하는 건 내가 할 일이 아니오." 그 목소리, 완전한 건조함. "지난봄 선라인노덜리에서 다른 사람으로 교체했는데 거기서 어떻게 됐는지 보시오. 내 제자는 그 말을 알고, 그럼 그걸로 끝이오."

월요일 오후.

경마는 네시 오십분이었고 우리는 세시에 맞춰 가서 내가 입장료를 냈다. 마권 사는 곳 근처에서 돈을 모았을 때 헨리는 그 돌돌만 지폐를 꺼냈다. 그는 클레이에게 알쏭달쏭한 윙크를 했다. "걱정 마, 얘들아, 나한테 이게 있어."

마권을 산 뒤 우리는 건너가, 위로 올라가, 회원석을 지나, 쓰레기석으로 갔다. 양쪽 관람석 모두 거의 만원이었다. 우리는 맨 윗줄에서 자리를 찾았다.

네시가 되자 해가 떨어지기 시작했지만 여전히 하얬다.

네시 반이 되자 케리는 말 대기장에서 꼼짝도 하지 않았고 해는 노랗게 변하기 시작했다, 우리 뒤에서.

색깔과 소음과 움직임 속에서 맥앤드루는 양복 차림이었다. 그는 그녀에게 한마디도 하지 않고 그냥 어깨에 손만 얹었다. 그의 최고의 마부 피티 심스도 거기 있었지만 맥앤드루가 직접 그녀를 올려주었다, '쿠타문드라'의 등으로.

그녀는 가볍게 말을 달려 멀어져갔다.

장애물에서 모든 관중이 일어섰다.

클레이의 심장은 문밖으로 나갔다.

짙은 갈색 말, 기수를 등에 태운 말은 곧장 앞으로 나아갔다. 기수복, 빨강-초록-하양. 장내 해설자가 그들에게 알려주었다. "예상대로지만, 여기는 보통 경기장이 아닙니다, '쿠타문드라'가 우리에게 뭘 보여줄지 어디 봅시다…… 어린 견습생이 우리에게 뭘 보여줄지 어디 봅시다— '빨간 중심' 삼 마신 이등."

정면 관람석 그늘에서 우리는 지켜보았다.

말들은 빛 속에서 달렸다.

"예수님." 내 옆에 선 남자가 말했다. "염병할 오 마신이나 앞섰네."

"어서, 쿠타, 이 갈색의 덩치 큰 새끼야."

그건 로리였다, 내 생각에는.

곡선주로에서 말들은 모두 간격을 좁히고 모여들었다.

직선주로에서 그녀는 그에게 더 많은 것을 요구했다.

말 두 마리—'빨간 중심'과 '다이아몬드 게임'—가 힘겹게 앞으로 나아갔고 군중은 모두 소리를 질러 응원했다. 심지어 나도. 심지어 토미도. 헨리와 로리의 외침. 우리는 목청껏 '쿠타문드라'를 응원했다.

그리고 클레이.

클레이는 우리 중간에 있었고 자리에서 일어나 있었다.

그는 움직이지 않았다.

소리를 내지 않았다.

채찍 없이 그녀는 그를 결승선으로 데려갔다.

이 마신과 소녀와 바다 유리.

팔번 경주의 케리 노바크.

지붕에 앉아본 지 오래였지만 클레이는 그 월요일 밤에는 지붕에 앉았다. 그는 기와들 사이에 감춰져 있었다.

하지만 케리 노바크는 그를 보았다.

그녀는 캐서린, 트랙워크 테드와 함께 차에서 내린 뒤 포치에 서 있었다, 혼자. 그녀는 한 손을 들어올렸다, 빠르게.

우리가 이겼다, 우리가 이겼다.

그리고, 안으로.

케리에게,

네가 제대로 했으면(나는 네가 그럴 거라는 걸 알아) 너는 집에 와서 이 편지를 읽고 있을 거고 '쿠타문드라'는 우승을 했을 거야. 너는 첫 펄롱에서 이미 그들에게서 승리를 빼앗어. 나는 네가 그런 방식의 경마를 좋아한다는 걸 알아. 너는 늘 훌륭한 선두주자들을 좋아했지. 너는 그들이 가장 용감하다고 했어.

봤지? 나는 모든 걸 기억해.

나는 네가 나를 처음 봤을 때 한 말을 기억해.

저기 저 지붕 위에 남자애가 있어요.

나는 가끔 빵 부스러기에 네 이름을 쓰려고 토스트를 먹어.

나는 네가 나한테 한 모든 말을 기억해, 네가 자란 타운, 그리고 네 엄마와 아빠, 네 오빠들—모든 것을. 네가, "그래서? 내 이름은 알고 싶지 않아?" 하고 말하던 걸 기억해. 그게 우리가 아처 스트리트에서 만나 처음 이야기를 나누었을 때였어.

페니 던바가 지금도 살아 있기를 바랄 때가 아주 많아. 그냥 네가 페니 던바와 이야기할 수 있기를 바라기 때문에. 그랬다면 페니 던바는 너한테 자기 이야기를 몇 가지 해주었을 거야. 너는 우리 부엌에 몇 시간씩 있었을 거야…… 페니 던바는 너한테 피아노를 가르치려 했을 거야.

어쨌든—네가 라이터를 가지고 있으면 좋겠어.

나는 정말이지 친구가 별로 없었어.

나한테는 형제들과 너뿐이고, 그게 다야.

하지만 좋아, 이제 그만 말할게. 딱 한 가지, 혹시라도 '쿠타문드라'가 우승하지 못했다면, 다른 날이 또 있을 거라는 걸 알아. 우리 형제들과 나, 우리는 돈을 좀 걸 건데, 지금까지 말에 걸었던 적은 없었어.

사랑으로,
클레이

그리고 가끔, 알겠지만, 나는 그것을 상상한다.

그녀가 그날 밤 마지막으로 부모를 끌어안았고, 캐서린 노바크는 행복했고, 그녀의 아버지는 그렇게 딸이 자랑스러울 수가 없었다고 생각하고 싶다. 그녀 방에 있는 그녀가 보인다. 면플란넬, 청바지, 팔뚝. 라이터를 쥐고, 편지를 읽고, 클레이는 뭔가 다르다고 생각하는 그녀가 보인다.

몇 번이나 그 편지를 읽었을까, 궁금하다.

나는 모른다.

우리는 절대 모를 것이다.

아니, 내가 아는 유일한 것은 그녀가 그날 밤 집을 나왔고 토요일 규칙이 깨졌다는 것뿐이다.

서라운즈에서 보내는 토요일 밤.

월요일이 아니고.

절대 월요일은 아니고.

클레이는?

클레이는 돌아갔어야 했다.

그는 그날 밤 기차를 탔어야 했다—다시 실버로, 아마누강으로, 다리를 마무리하러, 아버지와 악수를 하러. 그러나 그 또한 서라운즈에 있었고, 그녀는 발에서 바스락거리는 소리를 내며 왔다.

그럼 우리는?

우리는 아무것도 할 수 없다.

우리 가운데 하나는 쓰고, 우리 가운데 하나는 읽는다.

우리는 아무것도 할 수 없다, 그저 나는 그것을 이야기하고 당신은 그것을 볼 뿐.

우리는 이런 식으로, 지금을 향해 출발한다.

주 대회와 추모일

그 둘이 그곳을 향해 걸어가고 있는 것을 우리가 보고 있을 때—서라운즈로, 그 마지막으로—내 안에서 과거가 바짝 조여들어온다. 그 시간의 아주 많은 부분이 그들을 그곳으로 이끌었을 것이다. 다가가는 하나하나의 발걸음으로.

지구 대회가 있었고 지역 대회가 있었다.

추모일과 주 대회.

토미의 사인조 동물이 있었다.

새해가 2월로 바뀌면서 클레이와 귀찮은 부상(깨진 유리에 발이 다친 소년), 약속, 아니 그보다는 예고에 가까운 것이 있었다.

"내가 주에서 우승하면 가서 그 녀석을 데려오는 거야, 응?"

물론 아킬레우스를 이야기하는 거였다.

나는 여기에 온갖 순서로, 많은 방법으로 들어갈 수 있지만, 거기에서 출발하고, 나머지를 그쪽으로 꿰어가는 것이 그냥 옳다고 느낀다.

추모일에 어떠했는지.

퍼넬러피의 죽음 이후 일 년.

3월의 그날 아침, 우리 모두 일찍 일어났다. 그날은 일이 없었다, 수업도 없었다. 일곱시에 우리는 묘지에 가 있었다. 무덤들을 넘어 위로 올라갔다. 우리는 그녀 앞에 데이지를 놓았고, 토미는 우리 아빠를 찾아 멀리 내다보았다. 나는 그에게 잊어버리라고 말했다.

여덟시가 되자 우리는 청소를 시작했다. 집은 더러웠고, 우리는 무자비해야 했다. 우리는 옷과 시트를 내던졌다. 장신구를 비롯한 다른 쓰레기는 밟아 뭉갰지만, 그녀의 책과 책꽂이는 보존했다. 책은 신성하다, 우리는 그렇게 알고 있었다.

하지만 우리가 모두 멈춘 순간, 그리고 침대에, 침대 가장자리에 앉은 순간이 있었다. 나는 『오디세이아』와 『일리아스』를 들고 있었다.

"어서." 헨리가 말했다. "좀 읽어봐."

『오디세이아』 십이권.

"나의 배는 대양의 강의 흐르는 물로부터 나아가 열린 바다와 만났다…… 그곳에는 늘 신선한 새벽의 춤추는 잔디가 깔려 있고, 해는 곧 떠오를 것이다……"

심지어 로리도 입을 다물고 움직이지 않았다.

말들이 꾸역꾸역 앞으로 나아가고 페이지가 넘어갔다. 우리는 집안에서 표류하고 있었다.

침실은 아처 스트리트를 따라 둥둥 떠내려가고 있었다.

한편 클레이는 맨발로 경쟁하는 것은 그만두었지만, 신발은 신지 않았다.

훈련 때 우리는 간단하게 했다.

우리는 이른아침을 달렸다.

번버러에서 사백 미터 몇 번.

저녁에는 영화를 보았다.

〈갈리폴리〉의 시작과 끝—예수님, 얼마나 대단한 결말인가!

〈불의 전차〉 전체.

로리와 헨리는 박쥐 똥만큼이나 지루하다고 말하면서도 늘 둘 다 나타났다. 나는 그들의 사로잡힌 얼굴을 보았다.

지구 대회 전 목요일, 경주 바로 이틀 전에 문제가 생겼다. 애들이 번버러에서 술에 취했기 때문이다. 트랙 사방에 유리가 있었다. 클레이는 그것을 보지도 못했고, 피도 눈치채지 못했다. 나중에 그 조각들을 뽑아내는 데 몇 시간이 걸렸다. 그 과정에서 나는 내가 해야 하는 일을 기억했다—다큐멘터리에 나오는 한 순간(우리가 지금도 집에 갖고 있는 것).

〈올림픽의 승리와 좌절〉.

다시, 우리 모두 거실에 있었고 나는 그 오래된 필름을 꺼냈다, 놀랍지만 비극적인 경주, 로스앤젤레스에서. 내가 말하는 것이 어떤 경기인지 알지도 모르겠다. 그 여자들. 삼천 미터.

사실 우승한 선수(당당하고 꼿꼿한 루마니아인 마리치카 푸이커)는 원래 그 종목에서 유명하지 않았고 다른 둘, 메리 데커와 졸라 버드가 유명했다. 우리 모두 어둠 속에서 뚫어져라 바라보고 있었는데—특히 클레이가 겁에 질린 눈으로—이른바 논란의 여지가 있는 버드가 올림픽 경기장의 직선주로에서 서로 밀치는 가운데 의도적으로 데커의 발을 걸었다고 비난을 받았다. (물론 그녀는 그런 짓을 하지 않았다.)

그러나 또, 가장 중요한 것으로,

클레이는 보았다.

그는 내가 봐주기를 바라는 것을 보았다.

그가 말했다. "정지해줘, 얼른." 그리고 바싹 다가가 보았다, 달리는 졸라 버드의 다리를. "저거…… 저기 테이프야, 발밑에?"

추모일이 되었을 때 상처는 잘 아물고 있었고, 우리가 그의 발을 테이프로 싸기 시작한 이후로 그는 그것을 사랑하고 잘 유지했다. 내가 페니와 마이클의 방에서 낭독을 마무리하고 있을 때 그는 그것을 문지르고 있었다, 안으로 밖으로. 발바닥은 못이 박혔지만 보살핌을 받고 있었다.

마침내, 우리 부모의 옷가지가 사라졌다. 우리가 보관한 의복은 딱 하나였다. 나는 그것을 들고 복도를 통과했다. 우리는 그것의 적당한 안식처를 찾았다.

"여기야." 나는 로리에게 말했고, 로리는 피아노 현들을 덮는 뚜껑을 열었다.

"야, 봐!" 헨리가 우리 모두에게 말했다. "담배 한 갑!"

먼저 나는 책 두 권을 내려놓고, 이어 모직 원피스를 내려놓았다. 그것들은 당분간 피아노의 것이었다.

"얼른." 로리가 말했다. "헥토르도 집어넣어!" 하지만 로리조차도 그럴 힘은 내지 못했다. 그는 손을 살며시 내려놓았다, 주머니와 그 안의 단추에. 그녀는 결국 그것을 수선할 마음을 먹지 못했던 것이다.

준비 과정에서—그해 1월과 2월—지금 생각해보면 어려운 점들이 있었다. 하지만 좋은 때도 있었다, 멋진 때도 있었다, 토미와 그의 반려동물 하나하나처럼.

우리는 아가멤논의 괴상한 짓을 사랑했다, 이른바 인간의 왕. 가끔 앉아서 그를, 그가 어항 유리에 머리를 박는 것을 지켜보았다.

"한 번…… 두 번…… 세 번." 우리는 셌고, 마흔 번을 세었을 때는 로리만 남아 있었다.

"할일이 이것밖에 없는 거야?" 나는 묻곤 했다.

"응, 없어." 그는 말하곤 했다.

그는 여전히 퇴학으로 가는 길을 따라가고 있었지만 그래도 나는 한 번 찔러보았다. "숙제는?"

"우리 모두 숙제가 쓸모없다는 건 잘 알고 있잖아, 매슈." 그는 금붕어의 강인함에 놀랐다. "이 물고기가 염병할 최고야."

물론 헥토르는 계속 헥토르여서 여름 내내 가르랑거리며 공 찢기를 계속했고 물통에 앉아 욕실에서 이루어지는 일을 구경했다.

"어이, 토미!" 나는 종종 소리쳤다. "나 샤워 좀 하려고 하거든!"

고양이는 유령처럼 자신을 둘러싼 한증실 아지랑이 속에 앉아 있었다. 그는 빤히 보다가 왜 그런지 나를 보고 능글맞게 웃기도 했다.

나는 한증탕schwitz 좀 하려고 하거든!

그는 자신의 아스팔트 같은 앞발을 핥았고, 타이어처럼 검은 입술로 입맛을 다셨다.

텔레마코스(우리는 이미 T로 줄여 부르고 있었다)는 새장 안팎을 행진했다. 딱 한 번 트로이인이 텔레마코스를 공격했고, 토미는 안 돼 하고 말했으며, 헥토르는 다시 잠이 들었다. 아마도 한증탕 꿈을 꾸는 것 같았다.

그다음 로지, 로지는 여전히 달리고 있었는데, 헨리가 어느 회의실을 청소하다 발견한 빈백을 가져오고 난 뒤(그는 늘 눈을 두리번거리고 다녔다), 우리는 그녀가 그것을 몰고 다니는 모습을 사랑하게 되었다. 실제로 눕는 순간에는 열린 공간에서 햇볕을 받는 쪽을 좋아했다. 그녀는 빈백을 물어서 질질 끌고 빛의 길을 따라갔다. 그런 다음 편안하게 파고들었고, 그것은 한 가지 결과를 낳을 수밖에 없었다.

"이봐, 토미! 토미! 와서 이것 좀 봐!"

뒷마당은 눈, 빈백에서 나온 스티로폼 공으로 이루어진 눈으로 덮여 있었다. 그 여름 가운데 습도가 가장 높은 날이었다—로리는 헨리를 건너다보았다.

"맹세하는데, 너는 염병할 천재야."

"왜?"

"장난하냐? 저 염병할 빈백을 집으로 가져와놓고."

"개가 저걸 망가뜨릴 줄 몰랐지. 그건 토미 잘못이야. 그리고 어쨌든……" 그는 사라지더니 진공청소기를 들고 돌아왔다.

"어이, 이거에는 진공청소기를 쓸 수 없어."

"왜?"

"몰라, 그거 망가질 거야."

"진공청소기 걱정을 하는 거냐, 로리?" 그것은 내가 한 말이었다. "너는 그 염병할 걸 어떻게 켜는 줄도 모르잖아."

"그러게."

"입 닥쳐, 헨리."

"어떻게 쓸 줄도 모르고."

"입 닥쳐, 매슈."

헨리가 그 일을 끝내는 동안 우리는 모두 서서 지켜보았다. 로지가 앞으로 옆으로 펄쩍펄쩍 뛰고 짖으며 돌아다녔고 칠면 아주머니는 펜스에서 싱글거렸다. 그녀는 페인트 통에 올라가 뒤꿈치를 들고 서 있었다.

"너희 던바 보이들은 참." 그녀가 말했다.

추모일의 가장 좋은 부분 가운데 하나는 기분좋은 방 교환으로, 우리는 그녀의 책들을 옮기고 원피스를 피아노 안에 집어넣은 뒤 그 일을 했다.

우선 이층침대를 해체했다.

그 침대들은 다 싱글로 바꿀 수 있었는데, 나는 딱히 원한 것은 아니지만 큰방으로 옮겨가게 되었다(다른 누구도 그 방에는 관여하고 싶어하지 않았다). 하지만 내가 쓰던 침대는 가져갔다. 두 사람의 침대에서 잔다는 것은 있을 수 없는 일이었다. 하지만 그런 것들을 처리하기 전에 우리는 변화를 꾀할 때가 되었다고 판단했다— 헨리와 로리가 흩어질 때.

헨리: "드디어! 나는 이 순간을 평생 기다려왔어!"

로리: "네가 기다렸다고, 염병할, 내가 속이 시원하다! 네 똥을 다 싸서 나가."

"내 똥을 싸라고? 너 도대체 뭔 소리를 하는 거야?" 헨리는 로리를 한껏 떠밀었다. "나는 안 나가!"

"흠, 나도 안 나가!"

"아, 다 입다물어." 내가 말했다. "너희 두 좆같은 놈들을 다 없애버릴 수 있으면 좋겠지만 그러지 못하니, 이렇게 하는 걸로 해. 내가 이 동전을 던질게. 두 번. 첫번째는 누가 나가느냐야."

"그래, 하지만 쟤가 더—"

"관심 없어. 이기면 그대로 있고 지면 나가고. 로리, 어느 쪽?"

동전이 올라가 침실 천장에 부딪혔다.

"앞."

동전이 카펫에서 튀었다가 양말에 떨어졌다.

뒤였다.

"젠장!"

"하하, 운이 나쁘군, 친구!"

"천장에 부딪혔어, 그건 안 쳐줘!"

나는 이제 헨리를 향했다.

로리가 고집을 부렸다. "좆도 천장에 닿았다고!"

"로리." 내가 말했다. "입다물어. 자, 헨리. 다시 던질 거야. 앞이면 토미고, 뒤면 클레이야."

다시 뒤였고, 클레이가 그 방으로 옮겨왔을 때 헨리가 처음 한 말은 "자, 이거 봐"였다. 헨리는 클레이에게 오래된 〈플레이보이〉—미스 재뉴어리—를 던졌고 로리는 토미와 친구가 되었다.

"고양이를 내 염병할 침대에서 떨어지게 해라, 이 똥대가리야."

네 침대라고?

역시나 헥토르.

다시, 준비중이던 2월 중순, 그가 지역 선수권대회, E.S. 마크스—그곳의 관중석은 거대한 콘크리트였다—에서 열린 대회에 나가게 되었을 때 우리는 테이프 네트워크를 하나의 예술로 가져갔다. 우리는 그것을 일종의 의식으로 만들었다. 그것은 우리 나름의 네 다리는 뭐지 또는 안에서 온 힘이었다.

우선 나는 클레이의 밑에 웅크렸다.

천천히 테이프를 풀었다.

직선으로 중간까지 하나의 선.

발가락들 앞에서 십자.

그것은 십자가로 시작되었지만 결과는 좀 달랐다. 마치 오래전에 사라진 알파벳 같았다. 가장자리 몇 군데는 구부러지면서 위로 올라가곤 했다.

사백 미터를 소집했을 때 나는 진행요원 구역 근처에서 그와 함께 걸었다. 그날은 후텁지근하고 공기의 움직임이 없었다. 그는 그곳을 떠나면서 에이브러햄스, 그리고 성경 사나이 에릭 리들을 생각했다. 클레이는 비쩍 마르고 왜소한 남아프리카인, 자신의 발에도 테이프를 감을 생각을 하게 해준 사람을 생각했다.

내가 말했다. "끝나고 나서 보자." 클레이는 나에게 대답은 했다. 반바지에, 호주머니에 빨래집게를 넣은 채.

"어이, 매슈." 그런 다음 그냥, "감사."

그는 염병할 전사처럼 달려나갔다.

정말로 번개 같은 아킬레우스였다.

결국 그날, 그 첫 추모일 저녁이 다 되었을 때 로리는 정신을 차렸다. 그가 말했다. "그 침대를 태우자."

함께, 우리는 결정을 내렸다.

우리는 부엌 식탁에 앉았다.

그러나 내릴 결정이 없었다.

어쩌면 그것이 소년들과 불의 보편적 진리일지도 모른다. 우리가 종종 돌을 던질 때와 마찬가지다. 우리는 돌을 집어들어 아무것이나 겨눈다. 나조차도, 이제 겨우 열아홉을 향해 다가가고 있었다.

나는 성인 노릇을 해야 했다.

큰방에 들어가는 것이 해야 할 어른다운 일이었다면, 침대를 태우는 것은 아이 같은 일이었으며, 그런 식으로 나는 이를 악물고 해나갔다. 양쪽에 다 돈을 거는 식으로.

처음에는, 별말이 없었다.

클레이와 헨리는 매트리스를 맡았다.

로리와 나는 밑판을 맡았다.

토미는 등유와 성냥을 맡았다.

우리는 그것을 들고 부엌을 통과해 뒷마당으로 가서 펜스에 걸쳤다. 대체로 오래전 퍼넬러피가 '시티 스페셜'을 만난 곳과 비슷한 자리였다.

우리는 반대편으로 갔고, 내가 말했다. "됐어."

더웠고 바람이 빨라졌다.

한동안 모두 손은 호주머니에.

클레이는 손에 빨래집게를 쥐고 있었다―하지만 결국 매트리스는 밑판 위 자기 자리로 돌아갔고, 우리는 서라운즈까지 걸어나갔다. 마구간들은 지쳤고 기울어져 있었다. 풀은 누덕누덕 기운 듯하고 고르지 않았다.

곧 우리는 멀리 있는 낡은 세탁기를 보았다.

그리고 박살이 난, 생명 없는 텔레비전.

"저기." 내가 말했다.

나는 손가락으로 가리켰고―한가운데 가까이, 하지만 우리집에서 가까운 곳―우리는 우리 부모의 침대를 그곳으로 가져갔다. 우리 가운데 둘은 서 있었고 셋은 웅크리고 있었다. 클레이는 한쪽으로 물러나 있었다. 그는 서서 우리집을 마주보고 있었다.

"바람이 좀 불지, 매슈?" 헨리가 물었다.

"아마도."

"서풍인가?" 일 분마다 더욱 강해졌다. "들판 전체에 불이 붙을지도 모르겠는걸."

"더 좋지!" 로리가 소리쳤다. 내가 막 그를 책망하려 할 때 클레이가 모든 것을 자르고 들어왔다—들판, 풀, 텔레비전. 망가진 세탁기의 사체. 그의 목소리는 먼 쪽으로 날아갔다.

"안 돼."

"뭐?"

우리 모두 동시에 말했고 바람은 훨씬 더 강해졌다.

"뭐라 그랬어, 클레이?"

그는 들판의 더위 속에서 차가워 보였다. 짧고 거무스름한 머리카락은 머리에 딱 붙었고 내부에 불이 밝혀져 있었다. 그는 그 말을 다시, 조용히 했다.

단호하고 최종적인 "안 돼."

그리고 우리는 알았다.

우리는 모든 걸 그대로 남겨둘 것이다. 그것이 여기에서 죽음을 맞이하도록 놓아둘 것이다—어쨌든 우리는 그렇게 믿었다. 우리가 어떻게 그걸 예측할 수 있었겠는가?

클레이가 돌아와 여기에 누울 것이라고.

그는 빨래집게가 손을 파고들도록 꽉 쥐었다.

첫번째는 주 대회 전날 밤이었다. 우리는 부엌에 잠시 앉아 있었다. 그와 나. 그는 우리 사이에 진실을 내려놓았다.

그는 주 대회에서 우승할 것이고, 아킬레우스를 데리러 간다.

그에게는 이백 달러가 있다—아마 그가 평생 모은 돈이었을 것이다.

그는 답을 기다리지도 않았다.

그가 한 일은 앞으로 나가 레이싱 쿼터를 가볍게 달리고 (노새에게 당근 몇 개를 먹이고) 마지막에는 다시 지붕에 올라가는 것이었다.

그러다 나중에, 훨씬 나중에, 우리 나머지가 잠들어 있을 동안 그는 침대에서 나가 그곳을 어슬렁거렸다. 새 빨래집게를 집어들었다. 펜스로 올라가 좁은 골목길을 걸었다. 어두웠고 달은 없었지만, 쉽게 길을 찾아나갔다.

그는 어슬렁거리다 그 위로 기어올라갔다.

침대는 어둠 속에 누워 있었다.

그는 소년처럼 몸을 웅크렸다.

그는 어둠 속에 누워 거기에서 꿈을 꾸었고, 우승이나 주 대회에는 아무런 관심이 없었다. 아니, 그는 다른 소년, 작은 시골 타운에서 온 소년, 그리고 여자, 바다를 건너온 여자하고만 이야기를 했다.

"미안해요." 그는 두 사람 모두에게 소곤거렸다. "정말 미안해요, 미안해요, 미안해요!" 그는 손으로 빨래집게를 꽉 움켜쥐고 있었고, 그들에게 마지막으로, 다시 말을 걸었다. "약속해요, 이야기를 해드릴게요. 아킬레우스를 어떻게 집으로 두 분 모두에게 데려왔는지."

그 노새는 결코 토미를 위한 것이 아니었다.

7부

도시 + 물 + 범죄자 + 아치
+ 이야기 + 생존자 +
다리

갤러리 로드의 소녀

한번은, 던바 과거의 물결 속에 한 던바 보이를 아는 소녀가 있었다. 얼마나 대단한 소녀였던지.

적갈색 머리카락에 멋진 녹색 눈.

수수께끼 같은 핏빛 주근깨.

그녀는 '그룹 원' 경마에서 우승한 것으로 유명했으며 바로 다음 날 죽었다─그리고 그건 클레이의 책임이었다.

그는 그것을 살았고 숨쉬었고 그것이 되었다.

그는 결국 그들에게 모든 이야기를 했다.

하지만 처음에, 케리가 그를 맨 처음 보았을 때, 매우 어울리게 도 그녀는 그가 지붕에 올라가 있는 것을 보았다.

그녀는 칼라미아라고 부르는 타운에서 자랐다.

아버지는 기수였다.

아버지의 아버지도.

그전은 그녀도 몰랐다.

그녀는 말, 트랙워크, 트랙워크 말타기, 기록과 순종 말 이야기를 사랑했다.

칼라미아는 일곱 시간 떨어져 있었고, 그녀의 첫 기억은 아빠였다. 그는 아침에 트랙워크를 하고 집에 오곤 했고, 그녀는 아빠에게 어땠느냐고 묻곤 했다. 가끔 그가 새벽 세시 사십오분에 집에서 나갈 때 그녀가 깨기도 했다. 그녀는 눈을 비비며 그에게 말했다. "저, 테드, 나도 가도 돼?"

어떤 이유에서인지, 그녀는 어둠 속에서 잠을 깰 때마다 어머니를 캐서린이라고 불렀고 아버지를 테드라고 불렀다. 낮에는 그것이 사라졌다. 그냥 엄마와 아빠였다. 그것은 오랜 세월이 흐른 뒤, 그녀가 떨어진 것, 죽은 것을 알았을 때 기록되거나 언급되지 않은 많은 것들 가운데 하나였다.

말했다시피 그녀는 말을 사랑했지만, 대부분의 소녀처럼 사랑하지는 않았다.

그녀가 사랑한 것은 분위기였지, 리본이 아니었다.

그녀가 사랑한 것은 쇼라기보다는 마구간이었다.

나이를 먹으면서 학교가 방학을 할 때면 오빠들과 함께 트랙워크에 가겠다고 간청했고, 그녀는 그 충만하고 어두운 아침, 뽀얀 안개 사이로 발굽소리가 들리는 아침을 사랑했다. 그녀는 해가 떠오르는 모습, 그렇게 멀리서 거대하고 따뜻해 보이는 해가 떠오르는 모습, 그렇게 촘촘하고 차가운 공기를 사랑했다.

당시에 그들은 펜스 라인—완전히 하얗고, 모두 울타리뿐이고 말뚝은 없었다—에서 토스트를 먹었고 조련사들, 그들이 다양한 숨

소리 밑으로 나직이 욕을 내뱉는 것, 기수들이 목소리가 저음인 강인한 아이들처럼 어슬렁거리는 것을 사랑했다. 트랙워크 복장, 청바지와 조끼와 낡은 스컬캡 차림의 그들을 보는 것은 재미있었다.

그녀의 오빠들은 네다섯 살 위였으며, 그들도 나이가 되자 경마에 참여했다. 집안에 그런 피가 흐르는 것이 분명했다.

경마를 하면서 그들은 늘 피 이야기를 했다.

아니, 정확히 말하면 혈통 이야기를 했다.

클레이나 우리 나머지의 경우와 마찬가지로 과거에는 발견할 것이 많았다.

케리에 따르면, 그녀의 어머니 캐서린 노바크는 가족 가운데 자기 기분에 따라 경마의 세계를 불신하는 동시에 경멸하는 유일한 사람이었다. 그녀는 차갑고 옅은 파란 수채화가 될 수도 있고, 생강빛 금발이 되어 연기를 뿜어낼 수도 있었다. 물론 그녀는 말을 사랑했고 경마를 즐겼지만, 경마 사업은 혐오했다. 그 낭비, 그 다산. 아랫배의 그 탐욕스러운 안장 띠. 그것은 아름다운 창녀와 비슷했으며, 그녀는 화장기 없는 그 모습을 꿰뚫어보았다.

케리의 오빠들은 그녀를 예카테리나 대제*라고 불렀다, 무시무시하게 엄격하고 진지했기 때문이다. 그녀는 절대 허튼짓을 하고 돌아다니지 않았다. 경마 날 그녀가 말짱하게 돌아오라고 말하면 그들은 그녀의 진짜 말뜻이 뭔지 알았다.

낙마하더라도 동정은 기대하지 마라.

기수들에게 인생은 힘들었다.

---

* 캐서린은 러시아어 발음으로는 예카테리나가 된다.

말에게는 훨씬, 훨씬 더 힘들었다.

그다음은 테드.

트랙워크 테드.

케리는 그 이야기를 알았다.

처음 일을 시작할 때 그는 전국에서 가장 전도가 유망한 견습생이었을 가능성이 컸다. 파이크 같은 기수, 또는 브리즐리 같은 기수, 또는 '악마 다브' 먼로 같은 기수. 그러나 백칠십 센티미터가 되자 기수로서는 키가 너무 컸고 남자로서는 작았다. 그럼에도 그는 말을 타는 데 완벽한 체형이었고, 사람들이 갖고 싶어 죽을 지경인 신진대사 능력을 보여주었다. 몸무게를 늘릴 능력이 없는 것 같았다. 약점은 그의 얼굴이 공장에 무슨 급한 일이 있었는지 급하게 조립한 것처럼 보인다는 점이었다. 하지만 그것은 누구에게 물어보느냐에 따라 달랐다. 캐서린 제이미슨이라는 이름의 소녀는 전혀 나쁘지 않다고 생각했다. 그녀는 그의 혼란스러운 얼굴과 멋진 녹색 눈, 그를 자신의 두 팔로 안아 옮길 수 있다는 사실을 사랑했다—어느 날 아침, 비극이 닥치기 전까지.

그는 스물세 살이었다.

하룻밤새 갑자기 신진대사에 변화가 생겼다.

한때는 경마 날에 팀탬 한 봉지를 전부 먹을 수 있었지만 이제는 포장지만 먹을 수 있었다.

그 무렵 그들은 한동안 도시에 살고 있었다. 정말이지 잘해보려고 이사했다. 캐서린은 랜드윅 근처, 프린스 오브 웨일스 병원에서 간호사로 일하고 있었다.

그렇게 일을 해나가다 몇 년 뒤 어떤 주, 테드가 다르게 느끼기 시작한 어떤 주가 찾아왔다. 어느 날 아침 첫 빛이 나타나기 몇 시간 전 그는 여느 때처럼 욕실에 갔고 저울은 거짓말을 하지 않았다. 거울도 마찬가지였다. 그는 밖으로 늘어난 동시에 안으로 채워졌고 얼굴에서 우물쭈물하는 느낌이 사라졌다. 하지만 그것이 무슨 소용이 있을까? 그가 잘생기기를 바랐을까, 아니면 돈캐스터에서 완벽한 일 마일 경주마를 타기를 바랐을까? 세상은 뒤죽박죽이 되기 시작했다.

최악은 그의 손이었다.

그들의 작은 아파트 부엌에서 그는 아침식사를 바라보지도 못했다. 그는 부엌 식탁에 앉아 그 손을 보았고, 그것은 그가 본 것 가운데 가장 고기가 많이 붙은 손이었다.

오 년이라는 긴 시간 동안 그는 일을 하고 굶었다.

한증탕에서 살았다.

상추 잎만 먹었다.

신문을 읽을 때는 낮의 더위 속에서 차에 앉아 창문을 다 올린 채 새로 산 가장 더운 운동복을 입고 있었다. 재킷과 청바지 차림에 속에는 고무 옷을 입고 잔디를 깎았다. 경련이 일어났고 짜증이 났다. 겨울용 모직 바지 안의 다리에 쓰레기봉투를 묶고 달렸다. 이런 것들이 경마 경주의 전리품이었다. 그리고 갇혀 있는 수많은 꿈─크런치 바와 초콜릿 케이크의 꿈, 치즈라는 불순한 생각.

또 흔히 생기는 부상이 있었다─그는 내던져졌고, 양쪽 손목이 부러졌다. 마구간에서 발에 얼굴을 얻어맞았다. 트랙워크에서 두 번 밟혔다. 한번은 워릭 팜의 삼번 경주에서 앞에 가던 말이 편자를 내던졌다. 그것이 그의 귀 위를 때렸다. 훨씬 심각해질 수도 있었다.

기수 경력의 어스름녘에 그는 군인, 또는 고대의 전차를 모는 전사 같았다. 경마의 각 경주가 전투에 나가는 것 같았다. 그의 뱃속의 연옥, 치통, 두통, 어지러운 시간을 통과해 마지막 모욕은 심각한 무좀이었는데, 기수실 바닥에서 걸린 것이었다.

"그게 결국 나를 잡았지." 그는 종종 트랙워크를 하러 가는 차 안에서 일곱 살 난 케리에게 농담을 하곤 했다.

하지만 핵심은 테드 노바크가 거짓말을 하고 있다는 점이었다. 결국 그를 잡은 것은 무좀도, 공복통도, 탈수와 박탈도 아니었다. 그것은 물론 말이었다.

밤색 거물, '스페인 사람'.

'스페인 사람'은 그냥 깜짝 놀랄 만한 말이었고 너그러웠다. '킹스턴 타운'이나 '파 랩'처럼. 게다가 그는 거세하지 않았다. 그 말은 그의 혈통이 계속 갈 수 있다는 뜻이었다.

유명한 빗자루 같은 조련사 에니스 맥앤드루가 그를 조련했다.

맥앤드루는 그 말이 자기 마구간에 왔을 때 전화를 했다.

"요즘 몸무게가 얼마나 나가나?"

그가 전화를 건 사람은 테드 노바크였다.

'스페인 사람'은 거의 모든 큰 대회에서 일 마일이나 그 이상을 뛰었다.

그는 전력 질주할 수 있었고, 오랜 시간 견딜 수 있었고, 요구하는 모든 것을 할 수 있었다.

이등이나 삼등으로 뛰는 것은 실패였다.

사등은 참사였다.

그 위에 앉은 것은 언제나 테드 노바크였다. 그의 이름이 신문에 났고, 그의 웃음이 얼굴에 걸린 채 낮잠을 잤다—아니면 가려운 데를 긁으려고 얼굴을 찌푸린 것이었을까? 아니. '스페인 사람' 위에서 그는 절대 가렵지 않았다. 그는 달릴 때 반은 '스페인 사람'이 잠들게 했다가, 일 펄롱 동안 천천히 불을 지폈다가, 그런 다음 결승선으로 데려갔다.

그 말의 경력이 끝날 때쯤 테드도 나갈 생각을 하고 있었다.

오직 한 경마만 그들의 손아귀를 빠져나갔다. 아니, 그것은 '나라를 멈춰 세우는 경마'가 아니었다. 맥앤드루도 테드도 마주들도 그 경마에는 관심이 없었다. 그것은 그들이 탐내던 콕스 플레이트였다. 진짜 전문가들의 마음에서는 그것이 가장 위대한 경마였다.

테드에게 그것은 졸렬한 모조품이었다.

그림의 떡이었다.

오래전부터 파악하고 있던 말의 나이 대비 몸무게 핸디캡에서도 테드의 무게는 큰 짐이 되었다.[*] 그는 자신이 늘 하던 모든 일을 했다. 잔디밭 백 개를 깎았다. 집에서 그는 샤워를 하다 쓰러졌다. 결정은 일주일 전에 내려졌다. 그의 어깨 위에 얹힌 허수아비 손—그리고 물론 '스페인 사람'은 우승했다.

세월이 흐른 뒤, 그녀에게 이야기를 해줄 때도 여전히 힘들었다. 다른 기수—늘 붙임성 좋은, 콧수염을 기른 맥스 매키언—가 다른

---

[*] '콕스 플레이트'는 말의 나이와 몸무게 관계를 고려하여 핸디캡을 부여하는 대회다.

말들의 무리를 에둘러 달려나가 소실점이 보이는 무니 밸리 직선주로에 올라섰고, '스페인 사람'은 일 마신 차이로 우승했다.

테드 노바크에 관해 말하자면, 그는 그의 집 진입로에서, 차 안에서 귀를 기울이고 있었다.

그 무렵 그들은 다른 레이싱 쿼터에서 살았다─여기 아처 스트리트 11번지, 페니와 마이클이 살기 오래전이었다. 그는 미소를 짓다 울었고, 울다가 미소를 지었다.

간지러웠지만 긁지 않았다.

그는 발이 불타오르는 남자였다.

퇴직 후에도 한동안 그는 계속 트랙워크 연습마를 탔고, 도시에서 가장 인기 있는 아침 승마자 가운데 하나였다. 그러나 그들은 곧 시골로 이주했다. 캐서린은 시골을 좋아했고, 그들이 내린 최악이자 가장 지혜로운 결정은 아처 스트리트의 오래된 집을 팔지 않고 그대로 갖고 있었다는 것이다. 경마가 적어도 그 정도는 그들에게 주었다.

세월이 꾸역꾸역 흐르면서 그들은 그곳에서 아이들을 키우게 되었다. 테드는 자연스러운 무게로 불어났다─또는 케이크를 너무 심하게 즐기면 몇 킬로그램 더 무거워졌다. 그 무렵이 되자 그는 자신이 그것을 얻을 자격이 있다고 느꼈다.

그는 신발 영업사원에서부터 비디오 가게 점원을 거쳐 농장의 소를 돌보는 일꾼에 이르기까지 여러 가지 일을 했고, 그 가운데 몇 가지는 잘했다. 하지만 그가 가장 좋아하는 것은 아침이었다. 그는 그곳에 나가 트랙에서 트랙워크 연습마를 탔다. 사람들은 그곳을 갤러리 로드라고 불렀다.

그 무렵 그는 별명을 얻었다. 트랙워크 테드.

두 가지 사건이 그를 규정했다.

첫번째는 조련사 맥앤드루가 구경을 하려고 유망한 기수 둘을 데리고 나왔을 때였다. 화요일이었다. 하늘은 금빛으로 빛나고 있었다.

"저거 보여?"

조련사는 거의 변하지 않았다.

그냥 머리가 세고 있었을 뿐이다.

그는 그들을 지나 무서운 속도로 날아가는 기수를 가리켰다.

"발 보여? 그리고 저 손은? 마치 말을 타고 있지도 않은 것처럼 저 말 위에 앉아 있어."

두 아이는 표준적인 오만을 보여주었다.

"뚱뚱하네." 한 아이가 말했고 다른 아이가 웃음을 터뜨렸다. 맥앤드루가 손바닥으로 그들을 힘껏 때렸다. 턱과 뺨에 두 번.

"자," 그가 말했다. "다시 오는군." 그는 모든 곳의 모든 조련사처럼 말했다. 바깥쪽을 내다보면서. "잊지 말라고 말해두는데, 저 친구는 너희 두 새끼가 앞으로 평생 탈 것보다 많은 우승마를 탔어. 저 친구는 트랙워크에서도 승리를 더 거둘 거야."

바로 그때, 테드가 걸어서 다가왔다.

"맥앤드루!"

그러자 맥앤드루가 웃었다, 아주 활짝. "어이, 테드."

"나 어때 보여요?!"

"그러잖아도 생각했네, 파바로티가 이 먼 데까지 와서 기수 노릇을 하고 있는 건가?"

그들은 따뜻하게 끌어안고 서로의 등을 몇 번 세게 쳤다.

그들은 '스페인 사람'을 생각했다.

두번째 순간은 몇 년 뒤, 노바크 소년들이 열세 살과 열두 살, 그 소녀 케리는 아직 여덟 살일 때였다. 그것이 트랙워크 테드의 마지막 트랙워크가 된다.

봄이었고, 방학이었으며, 며칠째 비가 오고 있었고 풀은 녹색으로 길게 자랐다(풀이 순종 말들이 잘 달리지 못할 만큼 길게 자라는 걸 보면 늘 놀랍다). 말이 뛰어올랐고 테드는 떨어졌고, 모두 그가 떨어지는 것을 보았다. 조련사들은 소년들이 가까이 가지 못하게 했지만, 어떻게 했는지 케리는 그곳으로 갔다. 그녀는 요리조리 길을 뚫었고 다리들 사이로 들어갔다―처음에 그녀는 땀, 그리고 피부에 범벅이 된 피, 이어 부러지고 구부러진 어깨뼈를 보았다.

그는 그녀를 보자 얼굴을 찌푸려 웃음을 지었다.

"어이, 꼬마."

그 뼈, 정말 뼈처럼 하얗다던 말이 실감나던 뼈.

햇빛처럼, 아주 날것으로 순수하던 뼈.

그는 누워 있었고, 작업복을 입은 남자들, 장화를 신은 남자들, 담배를 문 남자들은 그를 옮기면 안 된다는 데 동의했다. 그들은 스크럼을 짜고 존중심을 보여주었다. 처음에 그는 목이 부러진 줄 알았다. 다리에 느낌이 없었기 때문이다.

"케리." 그가 말했다.

그 땀.

솟아오르며 꿈틀거리는 해.

해가 직선주로를 따라 굴러내려갔다.

그럼에도 그녀는 그의 옆에 바싹 붙어 무릎을 꿇은 채 보지 않을 수 없었다. 그의 입술 위에 교통 체증에 걸린 차량들처럼 합쳐져 있는 피와 흙을 살폈다. 그것이 그의 청바지와 면플란넬에도 들러붙어 있었다. 조끼를 따라 내려간 지퍼에도 묻어 있었다. 그에게서 야생이 발톱처럼 기어나왔다.

"케리." 그가 다시 말했지만, 이번에는 다른 말이 그 뒤를 이었다. "저 아래로 가서 내 발가락 좀 긁어줄래?"

응, 알았어.

착란.

그는 자신이 다시 그곳으로, 화려했던 무좀 시절로 돌아갔다고 생각했고, 그녀가 다른 데 정신을 팔게 되기를 바랐다. "어깨뼈는 됐어…… 그 가려운 것 때문에 염병할 죽을 것 같아!"

그는 미소를 지으려 했지만 더는 참을 수가 없었다.

그녀가 장화를 벗기러 갔을 때 그는 아파서 비명을 질렀다.

해가 툭 떨어져 그를 삼켰다.

며칠 뒤 병원에서 의사가 회진을 하다 들어왔다.

그는 소년들과 악수를 했다.

케리의 머리를 쓰다듬어 헝클어뜨렸다.

뒤엉킨, 소년 같은 적갈색 머리카락.

빛은 어깨뼈처럼 하얬다.

의사는 테드의 상태를 살피더니 아이들에게 온화하게 말했다.

"그래서 너희 셋은 자라서 뭐가 될 거냐?" 그가 물었지만 소년들은 한마디도 할 수 없었다―창의 강렬한 빛 때문에 눈을 가늘게 뜨고 그를 본 사람은, 싱긋 웃은 사람은 케리였다. 그녀는 아무렇지도 않게 저 너머, 망가지고 짓밟힌 아빠를 가리켰고, 그때 이미 그녀는 오고 있었다.

여기로, 클레이에게로, 아처 스트리트로.

그녀는 말했다. "나는 꼭 아빠처럼 될 거예요."

강 속의 형체들

이곳이 내가 '쿠타문드라' 너머의 날에 쏠려올라간 곳—나무들 속—이다.

나는 거기에, 유칼립투스 사이에 홀로 서 있었고, 내 발은 나무껍질들 사이에 있었다.

내 앞에는 해의 긴 띠.

나는 그 단일한 음을 들었고 잠시 움직일 수가 없었다. 그의 라디오에서는 음악이 흘러나왔고, 그것은 그가 알지 못한다는 뜻이었다.

나는 강바닥에 있는 그들을 지켜보았다.

얼마나 오래인지도 말할 수 없다—다리는 아직 조각조각임에도 믿을 수 없이 아름다웠다.

아치는 찬란할 것이다.

돌의 곡선.

가르 다리처럼 모르타르는 전혀 바르지 않을 것이다. 그것이 정확성과 형태에 어울렸다. 그것은 트인 곳에서 교회처럼 빛을 발했다.

나는 그가 거기에 기대고 또 손으로 쓰다듬는 것을 보고 알 수 있었다.

그가 그것과 어떻게 이야기를 하고 어떻게 그것을 고정하는지. 어떻게 만들고 그 옆에 서는지.

그 다리는 그로 만들어졌다.

하지만 이제는 할일을 해야 했다.

나의 스테이션왜건, 그것은 뒤에 두고.

천천히 나는 나무들을 떠났고, 쭉 걸어나갔다. 나는 오후 속에 섰고 강 속의 형체들, 그들은 움직임을 멈췄다. 나는 그들의 팔을 늘 기억할 것이다. 그 팔은 지쳤지만 생명으로 단단해져 있었다.

그들은 고개를 들었고 클레이가 말했다. "매슈?"

그들을 향해 내려가는 동안, 그 무엇으로도 나는 마음의 준비를 할 수 없었을 것이다. 그들 사이의 강에 섰을 때. 나는 내가 되어야 할 필요가 있는 것의 껍질에 불과했다. 이것을 예상하지 못했기 때문에—그의 얼굴의 기울기에서 그런 쾌활과 생명을—또는 그런 경이로운 다리를.

먼저 쓰러진 것은 그가 아니라 나였다. 강바닥의 흙에 무릎을 박았다.

"케리." 내가 말했다. "케리가 죽었어."

새벽 네시의 아킬레우스

그들이 그곳을 그대로 두지 않았다면 어떻게 되었을까?

아처 스트리트 11번지의 집.

그들이 돌아오지만 않았다면.

왜 그들은 검약하고 집세를 받고 사는 대신 그냥 그 집을 팔고 이사를 가지 않았을까.

하지만 아니―계속 그런 식으로 생각할 수는 없다.

다시 한번, 나는 그것을 말할 수 있을 뿐이다.

그녀는 거의 열여섯이 되었을 때 왔다―소년과 동물, 이제 노새도 포함된 동물들의 거리에.

처음에, 그것은 3월의 그날 밤, 클레이가 달리기로 주 대회에서 우승을 한 날 밤이었다.

다시 E.S. 마크스에서였다.

나는 다정하게 그의 발에 테이프를 감았다.

가장 가까이 따라붙었던 아이는 베가에서 온 농장 소년이었다.

클레이에게 떠나지 말고 그대로 있으라고 설득하는 데 시간이 좀 걸렸다.

그는 단상, 또는 메달을 원하지 않았다. 아킬레우스를 원했을 뿐이다.

그는 주 기록을 딱 일 초 단축했고 사람들 말로는 그 수준에서 그것은 엄청난 것이었다. 관리들이 그와 악수를 했다. 클레이는 엡섬 로드 생각을 하고 있었다.

우리가 주차장에서 차를 빼 늦은 오후의 차량들에 합류했을 때 그는 후면경으로 나를 지켜보았고 나는 잠깐 그를 보았다. 약속은 약속이다, 그는 그렇게 말하고 있는 것 같았다. 금메달은 염병할 로지의 목에. 그녀는 토미의 허벅지에서 숨을 헐떡이고 있었다. 나는 뒤를 흘끔거리다 소리 없이 말했다.

메달을 거는 걸 거부하고 있다니 너는 운이 좋은 거야─아니면 내가 그걸로 네 목을 조를 테니까.

집에 돌아와 우리는 로리와 헨리를 내려주었다.

우리는 개도 내려주었다.

하지만 토미가 차에서 내릴 때 클레이가 그의 팔에 손을 얹었다.

"토미, 너는 우리하고 함께 갈 거야."

저녁에, 우리가 거기 도착했을 때 그는 펜스에서 기다리고 있었다. 그는 하늘에 대고 외치고 울부짖었다. 나는 신문광고를 기억했다. "날뛰지 않음." 나는 말했다. "시끄럽게 울지 않음." 그러나 클레이는 단호하게 나를 무시했고 토미는 사랑에 빠졌다. 위험하지 않은 무리 가운데 다섯번째.

이번에는 우리가 한참 서 있으니 캐러밴이 들썩이고 흔들리다가 한 남자가 밖으로 쏟아지듯이 나왔다. 그는 낡고 오래된 바지와 셔츠 차림이었고 동지애를 드러내는 미소를 지었다. 그는 최대한 빨리, 절름발이와 함께 언덕 위로 트럭을 미는 것처럼 우리 쪽으로 걸어왔다.

"너희들이 이 가엾은 늙은 새끼한테 먹이를 주던 새끼들이냐?" 그가 물었다. 하지만 아이 같은 웃음을 싱글거리고 있었다. 이 사람이 퍼넬러피가 처음 만났던, 아처 스트리트 18번지 펜스에서 만났던 마부일까? 우리는 절대 알지 못할 것이다.

그때쯤 저녁은 희미해지고 있었다.

그 남자는 맬컴 스위니였다.

옷을 차려입은 도넛 같은 체형의 남자였다.

그는 한때 기수였다가, 마부를 하다가, 공인받은 마구간 똥 치우는 사람이 되었다. 그의 코는 알코올중독을 보여주었다. 소년 같은 태도에도 불구하고, 그의 얼굴의 슬픔은 들어가 헤엄도 칠 수 있을 만큼 깊었다. 그는 북쪽으로, 누이가 사는 곳으로 이사할 예정이었다.

"이 꼬마를 들여보낼 수 있을까요, 한번 쓰다듬어주게?" 내가 물었다. 맬컴 스위니는 기쁜 마음으로 응했다. 그를 보면서 내가 전에 읽었던 책, 『슬프고 기쁘고 미치고 나쁘고 기쁜 남자』라는 책에 나오는 인물이 떠올랐다―친절이 가득하지만 동시에 후회도 가득한 인물.

"〈트리뷴〉 봤나?" 그가 말했다. "그리고 광고도?"

클레이와 내가 고개를 끄덕였고, 토미는 이미 저쪽으로 건너가 있었다. 저쪽에서 그의 머리를 쓰다듬고 있었다.

맬컴이 다시 입을 열었다.

"저 녀석 이름은—"

"이름은 알 필요 없어요." 클레이가 그에게 알렸지만, 그는 오직 토미만 살펴보고 있었다.

나는 맬컴 스위니를 향해 미소를 지었다, 최대한 격려하는 마음으로. 그런 다음 클레이 쪽을 손짓으로 가리켰다. "이름을 바꾸려고 아저씨한테 이백 달러를 드릴 겁니다." 나도 모르게 거의 으르렁거리고 있었다. "하지만 삼백을 부르셔도 무방합니다."

한때-있다가-사라진-것 같은 웃음이 터졌다.

"이백이야." 그가 말했다. "값은."

펜스에는 클레이와 토미가 있었다.

"아킬레우스?" 한 명이 다른 한 명에게 말했다.

"아킬레우스."

마침내, 그들은 생각했다, 마침내.

하지만 아킬레우스의 경우 우리는 미리 생각을 해야 했다. 아름다움과 어리석음, 상식과 완전한 언어도단이 있었다. 어디에서 시작해야 할지 알기가 힘들었다.

나는 지방의회 규정을 찾아보았고, 가축은 적절하게 관리되는 한 구내에 둘 수 있다고 설명하는 일종의 조례—1946년에 만든 것이었다—가 분명히 있었다. 거기에는 이렇게 나와 있었다. 상기 동물은 절대 그 소유지 자체, 또는 그 소유지와 접한 소유지들에 사는 모든 거주자의 건강, 안전, 행복을 해칠 수 없다. 행간을 읽으면 이 말은 누가 투덜거리거나 불평하지 않는 한 뭐든 원하는 대로 길러도 좋다는 뜻이었다. 이것 때문에 우리는 칠면 아주머니에게 갔다. 우리의 유일한 진짜 이웃.

내가 건너가자 아주머니는 안으로 들어오라고 권했지만 우리는 오후의 포치에 그대로 머물렀다. 그녀는 잼이 든 병을 열어줄 수 있느냐고 물었고 내가 노새 이야기를 하자 처음에는 안으로 삐걱거리는 소리를 냈다. 뺨 안으로 파이는 주름. 곧이어 허파 깊은 곳에서 웃음이 터졌다. "너희 던바 보이들은 멋지네." 세 번인가 네 번 훌륭한 근사해도 튀어나왔고, 마지막 진술에서는 전율이 묻어나왔다. "사는 게 한때는 늘 이런 식이었지."

그리고 헨리와 로리가 있었다.

헨리에게는 우리가 처음부터 말했지만 로리에게는 비밀로 했다. 그의 반응은 더할 나위 없이 귀중할 것이었다(그것이 내가 동의한 이유인 것 같기도 하다). 그는 이미 자기 침대에서 자는 헥토르 때문에 늘 기분이 나빴다. 가끔은 로지도 그랬으니. 물론 그녀는 그냥 주둥이만 올려놓았을 뿐이지만.

"어이, 토미." 그는 방 건너편을 향해 소리치곤 했다. "이 염병할 고양이 좀 나한테서 떼어봐." 또 "토미, 로지의 염병할 숨 좀 막아줘."

토미는 최선을 다하려고 노력했다. "로지는 개야, 로리, 숨을 쉬어야 한다고."

"내 가까이에서는 아니야, 안 쉬어도 돼!"

그런 식.

우리는 그 주의 나머지 시간 내내 기다렸고, 토요일에 노새를 집으로 데려올 수 있었다. 그런 식으로 해야 우리가 모두 그 자리에서 감독할 수 있었다. 혹시 뭔가가 잘못될 경우에 대비해서(그럴 수 있었다).

목요일에 우리는 물자를 챙겼다. 맬컴 스위니는 이제 말 운반 트럭이 없었기 때문에 우리는 노새를 집까지 걸려야 했다. 최선은 이른아침(트랙워크 시간), 토요일 새벽 네시, 우리는 그렇게 합의를 보았다.

하지만 그전 목요일 밤, 날은 아름다웠고, 우리 넷은 거기에 스위니와 함께 있었고, 로리는 술을 마시러 나가 있었을 것이다. 하늘과 구름은 분홍빛이고 맬컴은 사랑하는 눈길로 그 안을 들여다보았다.

토미는 갈기를 빗어주고 있었고, 그동안 헨리는 연장들을 살폈다. 그는 박차와 굴레를 우리에게 들고 와서 흡족한 표정으로 번쩍쳐들었다. "이 개똥 같은 걸로 우리가 뭔가 해볼 수 있겠는데……하지만 저놈의 건 염병할 쓸모없어."

그는 싱긋 웃으며 노새 쪽으로 머리를 휙 젖혔다.

그렇게 되었다—우리는 그를 집으로 데려왔다.

3월 말의 고요한 아침, 던바 보이 넷은 레이싱 쿼터를 걸었고 우리 사이에는 그리스 이름을 가진 노새가 있었다.

그는 가끔 우편함 옆에서 발을 멈췄다.

풀밭에서 어색하게 움직이다 똥을 쌌다.

헨리가 말했다. "개똥 봉투 안 가져왔어?"

우리 모두 보도에서 웃음을 터뜨렸다.

하지만 늘 나에게 가장 강하게 다가오는 것은 맬컴 스위니의 기억, 우리가 노새를 데리고 천천히 걸어가는 동안 그가 펜스 라인 옆에서 소리 없이 울고 있던 기억이다. 그는 뺨의 이스트를 닦아냈고 서리가 내려앉은 머리칼에 손가락들을 집어넣었다. 그는 축축했고 카키 색깔이었다. 슬프고 늙고 뚱뚱한 남자, 그리고 아름다운 남자.

그러다가 그냥 단순히 그것의 소리.

거리를 따각따각 걷는 발굽 소리.

우리 주위의 모든 것은 도시적이었고—도로, 가로등, 차량, 밤새 밖에 나와 있던 술꾼들의 입에서 나와 우리 바로 옆을 스치며 날아가는 고함—그 사이에 노새 발의 박자. 우리는 그를 보행자 건널목으로 데려가 텅 빈 킹스웨이를 건너게 했다. 우리는 긴 인도교, 그리고 어둠의 조각과 가로등을 헤치고 나아갔다.

헨리와 내가 한편.

토미와 클레이가 반대편.

그 발굽소리에 시계라도 맞출 수 있었을 것이고, 인생을 토미의 손에 맞출 수도 있었을 것이다—그가 노새를 다정하게 집으로 이끌고 갔을 때, 그뒤의 몇 달로 그리고 그곳으로 올 소녀에게로 이끌고 갔을 때.

두 보물상자

그래서 이렇게 된 일이었다.

그들은 문서화되지 않은 규칙을 깼다.

그녀의 벌거벗은 다리의 느낌이 있었다.

그는 그녀의 누운 몸의 길이, 그들 옆의 비닐더미를 기억했다. 그리고 그녀가 움직여 그를 살며시 문 것. 그녀가 그를 끌어내린 것.

"이리 와, 클레이."

그는 기억했다.

"이를 사용해. 겁먹지 마. 나 안 아파."

그는 그들이 새벽 세시가 막 지났을 때 그곳을 떠났다는 것을 기억했다. 그리고 집에서, 클레이는 잠을 못 이루고 누워 있다가 중앙 역으로 향했다.

다리와 실버로 돌아갔다.

물론 케리는 트랙워크를 하러 갔고 그곳에서 새벽에, 베테랑인 '장미 전쟁'이 안쪽 훈련용 트랙에서 돌아왔다―그러나 기수 없이 돌아왔다.

그녀는 말등에서 곧장 떨어졌다.

해는 차갑고 핏기가 없었다.

도시의 하늘은 고요했다.

소녀는 얼굴을 모로 돌린 채 누워 있었고, 모두 달려가기 시작했다.

실버에서, 아마누강에서 내가 이야기했을 때 클레이는 미친듯이 달려나갔다. 고르지 못한 보폭으로 강을 따라 뛰어올라갔다.

하느님, 이곳의 빛은 아주 길어 나는 나무들이 늘어선 곳에 이르기까지 그를 똑똑히 지켜보았고, 마침내 그는 돌들 안으로 사라졌다.

아버지는 멍한 표정으로 나를 보았다. 아주 슬픈 얼굴이지만 아주 다정한 얼굴이기도 했다.

그가 따라가려고 했을 때 내가 그에게 손을 댔다.

손을 대 그의 팔을 잡았다.

"아니에요." 내가 말했다. "우리는 저애를 믿어야 해요."

'살인범'이 '피살자'가 되었다. "그러다 만일—"

"아니에요."

나는 내가 알 필요가 있는 것을 다 알지는 못했지만, 클레이의 경우에는 그의 선택을 확신했다. 지금 그는 고통을 겪는 쪽을 택할 것이다.

우리는 한 시간을 기다려보기로 합의했다.

강바닥을 따라 높이 올라간 곳의 나무들 속에서 그는 그 가파름에 무릎을 꿇었다―그의 허파는 죽음의 보물상자 두 개.

그는 그곳에서 울었다, 걷잡을 수 없이.

마침내 그가 자신의 외부에서 들은 그것은 자신의 목소리였다, 그는 그것을 알 수 있었다.

나무들, 돌들, 벌레들.

모든 것이 느려지다, 이윽고 멈추었다.

그는 맥앤드루, 그리고 캐서린을 생각했다. 트랙워크 테드를. 그들에게 말해야 한다는 것을 알았다. 그것이 온전히 자신의 잘못임을 고백할 것이다―소녀들은 이런 식으로 그냥 사라지지 않으니까, 누가 그렇게 만들지 않으면 실수하지 않으니까. 케리 노바크는 그냥 죽은 게 아니었다, 그들을 그렇게 만든 그와 같은 소년들 때문에 죽은 것이었다.

그는 주근깨 열다섯 개를 생각했다.

슬쩍 드러나는 바다 유리의 모양들.

그녀의 목에 있는 열여섯번째.

그녀는 그에게 말했고, 그녀는 그를 알았다. 그녀는 그의 팔에 자신의 팔을 걸었다. 그리고 가끔 그를 바보라고 불렀다…… 그리고 그는 그녀의 그 옅은 땀냄새, 목에 닿는 그녀 머리카락의 간지러움을 기억했다―그녀의 맛이 여전히 그의 입에 있었다. 그는 스스로를 수색하면 아래 골반뼈 근처에 그녀의 자국이 물린 채로 있다는 것, 눈에 보인다는 것을 알았다. 그것은 감춰진 채 누군가, 무언가, 먼저 가버린 것을 상기시켜주는 것으로 남아 있었다.

맑은 눈의 케리는 죽었다.

공기는 서늘해졌고 클레이는 추위를 느꼈다. 그는 비와 폭력을 빌었다.

　가파른 아마누강의 삼킴.

　그러나 건조함과 강의 고요가 그를 붙들고 있었고, 그는 그저 또
하나의 잡석처럼 무릎을 꿇고 있었다. 쓸려온, 상류로 쓸려올라온
소년처럼.

말다툼

그것은 어린 케리 노바크 덕분임을 인정해야 했다.

그녀는 건강한 결단 감각을 갖고 있었다.

그녀의 엄마와 아빠는 아들들이 기수가 된다는 사실에는 체념했으면서도 그녀 안의 그 야망은 인정하지 않았다. 그녀가 그 이야기를 하면 그들의 유일한 대답은 "안 돼"였다. 전혀 불확실하지 않은 표현.

그럼에도 그녀는 열한 살이 되자 어느 특정한 말 조련사, 도시에 있는 조련사에게 편지를 쓰기 시작했다, 적어도 한 달에 두세 번. 처음에는 정보를, 기수가 되는 가장 좋은 방법에 관한 정보를 요청했다, 이미 알고 있는 것인데도. 어떻게 하면 일찍 훈련을 시작할 수 있을까? 어떻게 하면 더 잘 준비할 수 있을까? 그녀는 편지에 시골에서 켈리 올림이라고 서명을 하고 캐러데일(이웃한 타운)에 사는 친구 집 주소를 쓴 다음 끈질기게 답장을 기다렸다.

곧 전화벨이 울렸다, 칼라미아의 하비 스트리트에서.

통화 중간에 테드가 말을 멈추고 간단하게 내뱉었다. "뭐요?" 잠시 후 그는 말을 이었다. "네, 바로 옆 타운이죠." 그런 다음, "정말이요? 시골에서 켈리 올림? 농담이시겠죠. 오, 그건 염병할 그 아이예요. 맞아요, 틀림없습니다⋯⋯"

젠장! 소녀는 거실에서 귀를 기울이며 생각했다.

그녀가 탈출을 하려고 복도를 반쯤 내려갔을 때 목소리가 그녀를 뚫고 지나갔다.

"어이, 켈리." 그가 말했다. "그렇게 빨리 가면 안 되지."

그러나 그녀는 아빠가 미소를 짓고 있다는 것을 알 수 있었다.

그것은 그녀에게 기회가 있다는 뜻이었다.

이제 몇 주는 몇 달, 몇 년이 되었다.

그녀는 자신이 무엇을 원하는지 아는 아이였다.

그녀는 희망을 품었고 사철 변함이 없었다.

그녀는 갤러리 로드에서 일을 얻어냈지만—팔이 앙상하지만 재능 있는 똥 치우는 아이—안장에서도 좋아 보였다.

"내가 본 어느 아이 못지않게 좋군." 트랙워크 테드도 인정했다.

캐서린은 그다지 감명을 받지 않았다.

에니스 맥앤드루도 마찬가지였다.

그래, 에니스.

맥앤드루 씨.

에니스 맥앤드루에게는 규칙이 있었다.

첫째, 제자를 기다리게 했다. 첫해에는 절대 말을 타지 못하게 했다, 절대. 그것도 그가 애초에 제자로 받아주어야 성립되는 이야기였지만. 물론 그는 말을 타는 능력에 관심을 가졌지만 학교 성적도 보았고, 특히 교사 평가를 모두 읽었다. 거기에 주의 산만이 딱 한 번만 나와도 그걸로 끝이었다. 그가 신청서를 받아준다 해도 마구간에 아침 일찍, 일주일에 엿새 가운데 사흘을 나와야 했다. 가서 삽질을 할 수도 있고 줄로 말을 이끌 수도 있었다. 구경만 할 수도 있었다. 하지만 절대, 어떤 경우에도 말을 할 수는 없었다. 질문을 적을 수는 있었고 그것을 기억했다가 일요일에 물어볼 수는 있었다. 토요일에는 경마 모임에 참석했다. 이때도 말하는 건 금지였다. 그는 자신이 원하면 제자가 거기 참석했다는 것을 알은체해주었다. 제자는 가족과 함께 있어야 한다, 또는 친구들과 어울려야 한다는 말을 아주 사무적으로 전달했다—이 년 차부터는 그들을 거의 보지 못하기 때문이었다.

주중 나오지 않는 날은 늦잠을 잘 수 있었다—그 말은 트라이컬러스 권투 체육관에서 다섯시 반에 점호를 하고 그곳 권투 선수들과 로드워크를 할 수 있다는 뜻이었다. 한 번이라도 빼먹으면 그 노인은 안다—반드시 안다.

하지만 그래도.

그는 이렇게 기습을 당한 적은 없었다.

열네 살에 그녀는 다시 편지를 보내기 시작했는데 이번에는 케리 노바크로 보냈다. 시골에서 켈리 올림은 사라졌다. 그녀는 판단 착오에 관해 사과하고 그것 때문에 그녀의 성격에 대한 그의 생각이 나빠지지 않았기를 바랐다. 그녀는 모든 것—그의 제자 규칙—을 알고 있었고 제자가 되는 데 필요한 모든 일을 할 생각이다. 마구간의 거름을 쉬지 않고 치우겠다.

마침내, 답장이 한 통 왔다.

에니스 맥앤드루의 빽빽하게 흘려 쓴 글자에는 불가피한, 똑같은 표현이 담겨 있었다.

어머니의 허락.

아버지의 허락.

사실 그것이 그녀의 가장 큰 문제였다.

그녀의 부모도 결심하고 있었다.

답은 여전히 확고하게 안 돼였다.

그녀는 절대 기수가 될 수 없다.

케리의 입장에서 그것은 수치였다.

그래, 좋다, 그녀의 악당 형제들이 기수가 되는 것—그것도 보통의 게으른 기수가 되는 것—은 완벽하게 받아들일 수 있지만 그녀는 안 된다는 거다. 한번은 그녀가 거실 벽에서 액자에 담긴 '스페인 사람' 사진을 떼어내면서까지 자신의 주장을 펼친 적이 있었다.

"맥앤드루에게는 심지어 이 말의 혈통에서 나온 말도 있어요."

"뭐?"

"신문도 안 읽어요?"

그러고 나서—

"어떻게 아빠는 이걸 가질 수 있었는데 나는 안 된다는 거예요? 얘를 봐요!" 그녀의 주근깨들이 불타오르고 있었다. 머리카락은 엉킨 채. "얘가 어땠는지 기억나지 않아요? 곡선주로를 달리던 거? 직선주로로 진입하던 거?!"

케리는 액자를 다시 벽에 거는 대신 커피 테이블에 쾅 내려놓았고 그 충격으로 유리가 깨졌다.

"그건 네가 변상하면 되겠구나." 그가 말했고, 운좋게도 액자는 싼 것이었다.

하지만 더 운이 좋은 것은(사람에 따라 운이 나쁜 것이라고 주장할 수도 있겠지만) 이것이었다.

둘이 무릎을 꿇고 유리를 치우는 동안 그가 바닥에 대고 멍하니 말했다는 것.

"물론 나도 신문을 읽었지. 그 말 이름이 '투우사'더군."

결국, 캐서린은 케리의 따귀를 때렸다.

따귀가 무엇을 할 수 있는지 보면 재미있다.

그녀의 옥색 눈은 약간 더 밝아졌다—관리가 안 되고 분노로 살아나서. 그녀의 머리카락은 겨우 몇 가닥 들어올려졌고, 테드는 혼자 문간에 있었다.

"정말이지 그러지는 말았어야 했는데."

그는 케리에게 말하며 손가락으로 가리키고 있었다.

하지만 다른 사실 하나.

캐서린은 상대가 이겼을 때만 상대의 따귀를 때렸다.

이것이 케리가 한 일이었다.

예전 어린 시절의 가장 좋은 밤색 말 가운데 하나.

방학.

그녀는 아침에 나가서 켈리 엔트위슬네 집에서 밤을 보내는 것으로 되어 있었지만 사실은 기차를 타고 도시로 갔다. 늦은 오후, 그녀는 맥앤드루 마구간 밖에 한 시간 가까이 서 있었다. 새로 칠이 필요한 작은 사무실이었다. 마침내 더는 지체할 수 없게 되자 그녀는 안으로 들어가 책상과 마주했다. 맥앤드루의 부인이 책상 뒤에 있었다. 그녀는 껌을 씹으며 수학적인 결과를 내던 중이었다.

"실례합니다." 케리는 터무니없이 신경과민이 되어 조용히 물었다. "에니스 씨를 찾아왔는데요."

여자는 케리를 보았다. 머리에 파마를 한 여자는 스티모롤 껌을 씹고 있었고 호기심을 느끼고 있었다. "맥앤드루를 말하는 거겠지."

"아 맞아요, 죄송해요." 그녀는 반쯤 미소를 지었다. "신경이 좀 예민해져서." 이제 여자는 눈치챘다. 그녀는 손을 올려 안경을 내렸다. 그 한 동작 사이에 영문을 모르는 상태에서 모든 것을 파악한 상태로 바뀌었다.

"예전 트랙워크 테드의 딸은 아니겠지, 그렇지?"

젠장!

"맞아요."

"네 엄마하고 아빠는 네가 여기 온 걸 아니?"

케리의 땋은 머리카락은 머리를 따라 팽팽하게 내려가고 있었다. "아니요."

거의 가책이, 거의 후회가 느껴졌다. "아이고 하느님, 애야, 너 혼자 여기 온 거야?"

"네, 기차를 탔어요. 그리고 버스를." 그녀는 거의 어린아이처럼 재잘대기 시작했다. "어, 처음에는 버스를 잘못 탔어요." 그녀는 곧 통제했다. "맥앤드루 부인, 저는 일자리를 찾고 있어요."

그리고 거기에서, 바로 거기에서 케리는 여자의 마음을 붙잡았다.

여자는 구불구불한 머리카락 속에 펜을 꽂았다.

"몇 살이라고 했지?"

"열네 살이요."

여자는 웃음을 터뜨리더니 코를 킁킁거렸다.

가끔 그녀는 그들이 밤에, 부엌의 테두리 안에서 이야기하는 소리를 들었다.

테드와 캐서린.

'호전적인 예카테리나 대제.'

"이봐." 테드가 말했다. "저애가 그걸 한다면, 에니스가 최고야. 에니스가 저애를 챙겨줄 거야. 심지어 마구간에 살게 하지도 않아. 제대로 된 집이 있어야 한다는 거지."

"대단한 사람일세."

"이봐, 조심해."

"알았어." 하지만 그녀는 거의 누그러지지 않았다. "그 사람이 문제가 아니라, 게임이 문제잖아."

케리는 복도에 서 있었다.

반바지와 러닝셔츠로 이루어진 잠옷.

따뜻하고 끈적끈적한 발.

그녀의 발가락들은 빛줄기 속에 들어가 있었다.

"오, 당신하고 그 염병할 게임." 테드가 말했다. 그는 일어서서 싱크대로 걸어갔다. "게임이 나에게 모든 걸 줬어."

"그렇지." 심각한 비난. "궤양, 쓰러짐. 부러진 뼈가 몇 개야?"

"무좀도 잊지 마."

그는 분위기를 가볍게 하려 노력하고 있었다.

소용이 없었다.

그녀는 말을 이어갔고, 비난은 계속되었고, 그것이 복도에 선 소녀를 어둡게 했다. "저기 있는 아이는 우리 딸이야, 그리고 나는 저애가 살기를 바라. 당신이 그랬던 것처럼, 또는 아들들이 그렇게 될 것처럼 지옥을 겪는 게 아니라……"

　가끔 그것들이, 그 말들이 우르르 나를 뚫고 지나간다, 뜨겁다, 마치 순종 말의 발굽처럼.

　나는 저애가 살기를 바라.

　나는 저애가 살기를 바라.

　케리는 클레이에게 한 번 그 말을 했다. 어느 날 밤 서라운즈에서 그에게 그 말을 했다.

　그리고 예카테리나 대제가 옳았다.

　그녀는 거의 모든 것에 관해 옳았다.

자전거 번호

우리는 유칼립투스가 시작되는 상류에서 그를 발견했다.

우리가 무슨 말을 할 수 있었을까?

마이클은 대체로 그와 함께 서 있었다. 그는 손을 아주 살짝 그의 목에, 이어서 그의 어깨에 얹었다.

나는 그날 밤 그곳에서 묵었다, 그래야 했다.

클레이는 나를 자기 침대에서 자게 하고 자신은 벽에 기대앉았다. 밤에 여섯 번 잠을 깼는데 클레이는 허리를 완전히 편 자세를 유지하고 있었다.

일곱번째 잠을 깼을 때 그는 마침내 쓰러져 있었다.

그는 모로 누워, 바닥에서 자고 있었다.

다음날 아침, 그는 호주머니에 든 것만 가져갔다.

빛이 바래가는 빨래집게의 촉감.

집으로 오는 차에서 그는 아주 꼿꼿하게 앉아 있었다. 계속 후면 경을 들여다보았다, 마치 그녀가 보일 것을 기대하는 것처럼.

그러다가 말했다. "차 좀 세워줘."

그는 자신이 토할지도 모른다고 생각했지만 그냥 추웠다, 아주 추웠다. 그는 그녀가 따라왔을지도 모른다고 생각했지만 자기 혼자 길가에 앉아 있었다.

"클레이?"

여남은 번은 그렇게 불렀을 것이다.

우리는 다시 차로 가서 계속 달렸다.

신문들은 지난 수십 년간 가장 전도유망해 보이던 어린 기수 가운데 한 명에 관해 이야기했다. 늙은 맥앤드루 이야기도 했는데, 사진 속에서 그는 부러진 빗자루였다. 기수 가족, 어머니가 그녀를 막고 싶어했다는 것—그녀의 게임 참여를 금했다는 것—도 이야기했다. 그녀의 오빠들은 시골에서 올라오는데, 장례식에 늦지 않게 올 것이다.

그들은 구십 퍼센트에 관해 말했다.

기수 가운데 구십 퍼센트가 매년 부상을 당한다.

그들은 힘든 일, 대체로 빈약한 보수에 관해 이야기했고 이것이 세상에서 가장 위험한 직업 가운데 하나라고 말했다.

하지만 신문에서 말하지 않은 것은 어떨까?

신문은 그들이 처음 이야기를 나누었을 때의 해에 관해 말하지 않았다—그렇게 가까웠고 거대했던, 그녀 옆에 있던 해. 또는 그녀의 팔뚝에서 빛이 반짝이던 것에 관해서도. 신문은 서라운즈에 올 때 그녀의 발걸음소리, 바스락거리며 가까워지던 소리를 언급하지 않았다. 『채석공』을, 그녀가 그것을 읽고 늘 돌려주었다는 것을 언급하지 않았다. 또는 그녀가 그의 깨진 코를 얼마나 사랑했는지도. 어차피 신문이 무슨 도움이 되겠는가?

다른 모든 것은 그렇다 해도 그들은 부검이 있었는지, 전날 밤이 그녀에게 영향을 주었는지 어떤지도 언급하지 않았다. 다만 순간적인 일이었다고 확신했다. 갑자기, 아주 빠르게, 데려가버렸다.

맥앤드루는 곧 은퇴할 예정이었다.

사람들은 그것이 그의 잘못이 아니라고 주장했고, 그들이 옳았다. 그것은 게임이었고, 이런 일은 일어나는 것이고, 그가 기수를 돌보는 방식은 모범적이다.

모두 그렇게 말했지만 그는 휴식이 필요했다.

이 모든 일이 시작되기 한참 전의 캐서린 노바크와 마찬가지로 말 보호주의자들은 이것이 비극적인 일이지만 말들의 죽음도 마찬가지라고 말했다—지나치게 달리고, 지나치게 새끼를 낳고. 이 게임이 그들 모두를 죽이고 있다, 그들은 그렇게 말했다.

하지만 클레이는 답이 자신이라는 것을 알았다.

집에 도착했을 때 우리는 차에 오래 앉아 있었다.

우리는 페니가 죽은 뒤의 우리 아버지처럼 변했다.

그냥 앉아 있고. 그냥 물끄러미 보고 있고.

설사 틱택이나 안티콜이 있었다 해도 우리는 틀림없이 그것을 먹지 않았을 것이다.

클레이는 그 생각을 했다, 계속해서.

게임 때문이 아니다, 나 때문이다, 나 때문이다.

그러자 칭찬할 만한 일이지만, 나머지 모두가 우리에게 왔다.

그들은 와서 우리와 함께 차 안에 앉았다. 처음에 그들 모두가 한 말은 "안녕, 클레이"였다. 토미는 가장 어리고 가장 풋내기로서 좋은 것들, 예를 들어 그녀가 와서 우리를 만나던 날—나중에 다가올 물결 속의 이야기지만—그리고 그녀가 집을 곧장 통과해 걸어가던 것을 이야기하려고 했다.

"그거 기억나, 클레이?"

클레이는 아무 말도 하지 않았다.

"케리가 아킬레우스 만나던 때 기억나?"

이번에 그는 달리지 않고 그냥 교외의 미로를 걷기만 했다. 레이싱 쿼터의 거리와 경기장.

그는 먹지 않았고, 자지 않았다. 그녀가 보인다는 그 느낌을 떨쳐버릴 수 없었다. 그녀는 모든 것의 가장자리에 있는 소녀였다.

우리 나머지에 관해 말하자면, 그것이 그를 아주 세게 강타했다는 것은 분명해 보였지만, 우리는 그 반도 제대로 알지 못했다—우리가 어떻게 이해할 수 있겠는가? 우리는 그들이 서라운즈에서 만났다는 것을 알지 못했다. 우리는 그 전날 밤을, 또는 라이터, 또는 '킹스턴 타운'이나 '투우사', 또는 팔번 경주의 케리 노바크를 알지 못했다. 또는 우리가 불태우지 못한 침대를.

우리 아버지가 우리에게 연락했을 때, 며칠 밤을 잇달아 연락했을 때 클레이는 나를 보며 그냥 고개를 저었다. 나는 아버지에게 우리가 그를 잘 돌보고 있다고 말했다.

그러면 장례식은?

그것은 환하게 불을 밝힌 그런 것이 될 수밖에 없었다. 실내에서 열리기는 했지만.

교회에는 사람들이 꽉 찼다.

사람들이 목조 건물에서 나왔다, 경마 인사에서부터 라디오 진행자에 이르기까지. 모두가 그녀를 알고 싶어했다. 아주 많은 사람이 그녀가 최고라는 것을 알았다.

아무도 우리는 보지도 않았다.

그들은 그의 헤아릴 수 없이 많은 고백을 듣지 않았다.

우리는 뒤쪽 깊은 곳에 묻혀 있었다.

오랫동안 그는 그것을 마주볼 수 없었다.

그는 다시는 다리로 돌아가지 않을 것이었다.

그가 한 일은 괜찮음을 가장하는 것이었다.

그는 나와 함께 일을 다녔다.

우리 아버지가 전화를 했을 때 클레이는 이야기를 나누었다.

그는 완벽한 십대 사기꾼이었다.

밤에는 거리 대각선 건너편의 그 집을, 그 안에서 움직이는 그림자들을 살폈다. 그는 라이터가 어디에 있을지 궁금해했다. 침대 밑에 두었을까? 아직도 그 아래 낡은 나무상자 안에 있고, 그 안에는 접은 편지가 있을까?

지붕에 앉는 일은 없었다, 이제는 없었다—오직 앞쪽 포치에서만, 그것도 앉는 것이 아니라 서서 앞으로 몸을 기울이고 있었다.

어느 날 저녁 그는 헤네시까지 걸어갔고, 관중석은 아무렇지도 않게 입을 벌리고 있었다.

마구간 옆에 사람들의 작은 무리가 있었다.

그들은 펜스에 모여 있었다.

마부와 견습 기수들은 모두 허리를 굽히고 있었고, 이십 분 동안 그는 그들을 지켜보았다. 그들이 흩어졌을 때 그는 깨닫게 되었다. 그들은 그녀의 자전거를 묶은 줄을 풀려 하고 있었다.

모든 내적인 말 걸기에도 불구하고, 또 뱃속의 황량한 공허에도 불구하고, 그는 사기도 모르게 살며시 몸을 웅크리고 네 자릿수의 게이지를 만졌다—그는 즉시 그 번호를 알았다. 그녀는 바로 모든 것의 출발점으로, 그 없이 그 말과 콕스 플레이트로 돌아가 있었다.

서른다섯 번의 경주 가운데 '스페인 사람'은 스물일곱 번 우승했다.

번호는 3527이었다.

자물쇠는 아주 쉽게 풀렸다.

그는 자물쇠를 다시 채우고 숫자를 섞었다.

그러자 관중석이 훨씬 가깝게 느껴졌다. 두 관중석 다 어둠 속에서 입을 벌리고 있었다.

결별 예술가

여러 가지 면에서 그것은 우스꽝스럽고 거의 하찮게 느껴진다—
아처 스트리트 18번지로 돌아가는 것은, 그녀가 도착하기 전의 시
기로. 하지만 내가 한 가지 배우게 된 것이 있다면, 삶은 우리가 뒤
에 남긴 것들 속에서 계속되는 동시에, 그전에 존재하던 우리 세계
들 안에서 계속된다는 것이다.

모든 것이 변하고 있던 시기였다.

일종의 준비.

케리의 처음 이전 그의 준비.

그것은, 그럴 수밖에 없지만, 아킬레우스에서 출발한다.

솔직히, 우리가 소비한 그 수상쩍은 이백 달러에는 별다른 느낌
이 없었을 수도 있지만, 내가 늘 소중하게 여기게 될 부분이 하나
있었다. 그것은 우리가 녀석을 집으로 데려오던 날 아침, 부엌 창문
의 로리였다.

토요일이면 보통 그렇듯, 그는 열한시쯤 비틀비틀 복도를 통과하다가 자신이 아직도 술에 취했다고, 꿈을 꾸고 있다고 생각했다.

저게?

(그는 고개를 저었다.)

대체 무슨?

(그는 눈을 쥐어짜서 내밀었다.)

마침내 그는 뒤에 대고 소리쳤다.

"어이, 토미, 이게 지금 뭔 일이래?"

"뭐가?"

"뭐가라니 뭔 소리, 지금 나랑 좆도 장난하잔 거야? 뒷마당에 당나귀가 있잖아!"

"당나귀가 아니고, 노새야."

그 말이 그의 맥주 냄새 나는 숨에 달라붙었다. "차이가 뭔데?"

"당나귀는 당나귀고, 노새는 잡종인데—"

"그게 염병할 셰틀랜드포니하고 섞인 단거리 경주마라고 해도 상관없어!"

그들 뒤에서 우리는 배꼽을 잡다가, 마침내 헨리가 결국 정리했다. "로리." 그가 말했다. "아킬레우스한테 인사해."

그날이 끝날 무렵 로리는 우리를 용서했다—어쨌든 집안에 들어와 있을 만큼은. 어쨌든 집안에서 불평할 만큼은.

저녁에 우리는 모두 함께 뒤에 나가 있었다. 심지어 칠면 아주머니도. 그리고 토미는 연신 상상할 수 있는 가장 다정한 소리로, "야 꼬마야, 야 꼬마야" 하면서 그의 목덜미를 쓰다듬었다. 노새는 그를 보며 차분하게 서 있었지만 로리는 헨리에게 투덜거렸다.

"저 녀석 저러다 저 새끼 데리고 저녁 먹으러 가겠군, 그리스도여."

밤에 그는 헥토르 때문에 숨이 막힌 모습으로 누워 있었고 로지는 가볍게 코를 골았다. 왼쪽 침대에서는 그 소리, 고뇌에 찬, 그러나 조용하게 중얼거리는 소리를 들을 수 있었다. "이 빌어먹을 짐승들이 나를 죽이고 있어."

나는 클레이가 달리기를 덜 하거나 느슨하게 할지도 모른다고 생각했다. 이제 주 대회가 끝나고 노새가 우리 손에 들어왔기 때문이다. 그러나 내가 완전히 잘못 생각한 것이었다. 어느 쪽인가 하면 그는 더 열심히 달렸으며, 어째서인지 나는 그게 마음에 걸렸던 것 같다.

"왜 좀 쉬지 않는 거야?" 내가 말했다. "막 주 대회에서 우승했잖아, 하느님 제발."

그는 멀리 아처 스트리트를 내려다보았다.

그동안 내내 나는 한 번도 눈치채지 못했다.

그날 아침도 예외가 아니었다.

그것은 그의 호주머니 안에서 불타고 있었다.

"어이, 매슈." 그가 말했다. "같이 갈 거야?"

4월이 되자 문제가 시작되었다.

노새는 수수께끼였다.

아니 그보다도, 완전히 고집불통이었다.

그는 정말로 토미를 사랑했다, 그 점은 분명하다. 단지 공교롭게도 클레이를 더 사랑한다는 게 문제였다. 그가 자기 발을 검사하게 해주는 사람은 클레이였다. 다른 누구도 그 발을 조금도 움직일 수 없었다. 그를 진정시킬 수 있는 사람도 클레이 혼자뿐이었다.

특히 며칠 밤에, 아주 늦게, 이른새벽에 아킬레우스는 엄청나게 시끄럽게 울곤 했다. 지금도 그 서글프면서도 무시무시한 이이이-오어스―노새-겸-경첩-같은 울음―그리고 그 사이의 다른 목소리들이 귀에 쟁쟁하다. 헨리가 "젠장, 토미!" 하고 외치는 소리, 내가 "저 노새 입 좀 다물게 해!" 하고 말하는 소리가 있었다. 로리가 "이 좆같은 고양이 좀 나한테서 치워!" 하고 외치는 소리가 있었고, 클레이는 그냥 말없이 가만히 누워 있었다.

"클레이! 어서 일어나!"

토미는 미친듯이 그를 밀고 끌었고, 마침내 그는 일어섰다. 그는 부엌으로 갔다. 창문 너머 아킬레우스를 보았고, 노새는 빨래 건조대 밑에 있었다. 아킬레우스는 녹슨 대문처럼 울었다. 서서 머리를 위로 들어올렸고, 입을 하늘 안으로 던져넣었다.

클레이는 지켜보았고, 그도 어쩔 수가 없었다. 한동안 그 자리에서 꼼짝도 하지 않았다. 하지만 토미도 기다릴 만큼 기다렸다. 우리 나머지가 모습을 나타내고 노새가 계속 시끄럽게 울부짖고 있을 때 설탕에 손을 댄 사람은 클레이였다. 그는 뚜껑을 열고, 꽂혀 있던 스푼을 빼고, 토미와 함께 뒤로 걸어나갔다.

"자." 그는 단호하게 말했다. "손바닥으로 컵을 만들어." 그들은 포치의 소파 옆에 서 있었다. 노새와 달빛 외에는 어두웠고, 토미는 두 손바닥을 내밀었다.

"좋아." 그가 말했다. "준비됐어." 클레이는 그것을 다 쏟았다, 손에 가득, 모래를 붓듯이. 나는 이 모든 것을 전에 본 적이 있었다. 그리고 아킬레우스, 그도 그것을 본 적이 있었다. 잠시 그는 멈추었고, 그들을 보았고, 측대보로 건너왔다. 고집을 부리지만 즐거운 게 분명했다.

어이, 아킬레우스.

안녕, 클레이.

너 거기서 꽤나 소리를 질러대더라.

알아.

토미는 그를 만나자 두 손을 내밀었고 아킬레우스는 머리를 파묻고 핥기 시작했다―진공청소기처럼 구석구석 빨아들였다.

그런 일이 마지막으로 일어난 것은 5월이었고, 토미는 마침내 체념했다. 그전까지 토미는 모든 동물을 보살폈고, 그들 모두 평소와 같았다. 아킬레우스를 위해 우리는 더 많은 곡물, 더 많은 건초를 가져왔고, 레이싱 쿼터의 당근을 싹쓸이했다. 마지막 사과를 누가 먹었느냐고 물을 때 로리는 노새에게 갔다는 것을 알고 있었다.

그러다 이날은 자정의 남풍이 불었다. 거리와 교외를 통해 불어왔다. 기차 소리도 함께 데려왔다. 사실은 그것이 그를 돌아버리게 한 것이 분명하다고 믿는다. 노새는 도무지 진정되지 않았다. 토미가 달려나갔을 때도 아킬레우스는 그냥 그를 떨쳐버렸다. 노새는 사십오 도 각도로 앞을 향해 울부짖었고, 그들 위에서 빨래 건조대가 빙빙 돌았다.

"설탕 그릇?" 토미가 클레이에게 물었다.

그러나 그날 밤 클레이는 아니라고 말했다.

아직은 아니라고.

아니야, 이번은. 클레이는 걸어내려갔고, 허벅지에는 빨래집게가 있었다. 클레이가 처음 한 일은 아킬레우스 옆에 선 것뿐이었다. 그리고 아주 천천히 위를 향해 몸을 뻗었다. 그는 돌아가는 빨래 건조대를 멈추었다. 다른 손은 더 천천히 뻗어 노새의 얼굴에, 건조하고 바삭바삭한 관목지대에 얹었다.

"괜찮아." 클레이가 노새에게 말했다. "끝났어—" 하지만 클레이는 누구보다 잘 알았다. 어떤 일들은 절대 끝나지 않는다. 토미가 그의 말을 무시하고 설탕 그릇을 들고 다시 나왔을 때 아킬레우스는 그것을 완전히 빨아들이면서도—그의 콧구멍 주위의 수정들—클레이를 지켜보고 있었다.

아킬레우스는 클레이의 호주머니의 윤곽을 볼 수 있었을까?

어쩌면, 하지만 아마 아니었을 것이다.

그래도 내가 확실히 아는 것 한 가지는 노새가 어리석은 것과는 거리가 멀었다는 것이다—아킬레우스는 언제나 알고 있었다.

그는 이 아이가 자신의 던바 보이라는 것을 알았다.

이 아이가 그에게 필요한 아이였다.

그 시절 우리는 묘지에서 많이 뛰었다, 위로 올라가는 길에서 또 그 안에서, 겨울에.

아침은 훨씬 더 어두워지고 있었다.

해는 우리 등 위로 기어올라왔다.

한번은 엡섬까지 달려갔는데, 스위니는 과연 믿을 만한 남자였다.

캐러밴은 사라졌지만, 오두막은 계속 죽어가고 있었다.

우리는 미소를 지었고 클레이는 말했다. "너구든."

그러다 6월, 진지한 이야기인데, 나는 아킬레우스가 로리보다 똑똑했다고 생각한다. 로리가 다시 정학을 당했기 때문이다. 그는 퇴학에 더 가까이 다가갔다. 그의 야망은 보답을 받고 있었다.

나는 클로디아 커크비를 다시 만났다.

이번에는 전보다 머리가 짧았다, 딱 알아챌 수 있을 만큼. 그리고 아름다운 귀걸이를 하고 있었다. 모양은 경량급 닻이었다. 은이었고, 약간 늘어져 있었다. 책상에는 온통 종이가 흩어져 있었고 포스터들은 여전히 말짱했다.

문제는, 이번에는, 새로운 교사가 왔다는데—또 젊은 여자였다—로리가 그녀를 본보기로 삼았다는 것이었다.

커크비 선생님이 설명했다. "어, 아마도, 로리는 조 레오넬로의 점심에서 포도를 슬쩍해서 화이트보드에 던지고 있었던 것 같아요. 선생님이 멈추고 돌아서다 맞았죠. 포도가 선생님의 셔츠 앞섶 안으로 들어갔어요."

이미, 그녀의 시에 대한 이해력.

나는 일어섰고, 눈을 감았다.

그녀가 말을 이어갔다. "보세요, 솔직히, 나는 그 선생님이 좀 과잉 반응을 했을 수도 있다고 생각해요. 하지만 우리도 도저히 계속 참고 있을 수만은 없어요."

"그분이 화를 내시는 게 당연하죠." 나는 말했지만 곧 당황하기 시작했다. 나는 그녀의 크림 같은 셔츠에, 그것이 물결치고 잔물결을 일으키는 모습에 폭 빠져버렸다. "그러니까, 확률이 얼마죠?" 어떻게 셔츠가 밀물과 썰물을 일으킬 수가 있을까? "바로 그 순간에 몸을 돌리다니—" 그 말은 내 입에서 불쑥 튀어나갔고 그 순간 나는 알았다. 이런 실수가!

"그러니까 그 선생님 잘못이라는 건가요?"

"아닙니다! 난—"

그녀는 나를 매질하고 있었다!

그녀는 이제 종이들을 쥐고 있었다. 다정하게, 안심을 시키듯 미소를 지었다. "매슈, 괜찮아요. 그런 뜻으로 한 말이 아니라는 걸 알고―"

나는 낙서가 있는 책상 한 곳에 앉았다.

일반적인 십대의 섬세함―

책상 가득 하느님의 저주를 받을 음경들.

내가 어떻게 참을 수 있단 말인가?

바로 그때 그녀는 말을 멈추더니, 말없이 대담한 모험을 했다―내가 처음으로 사랑에 빠진 것은 바로 그것이었다.

그녀는 내 어깨에 손바닥을 얹었다.

그녀의 손은 따뜻하고 가늘었다.

"솔직히 말해서," 그녀가 말했다. "여기에서는 그보다 훨씬 나쁜 일이 매일 일어나지만, 로리의 경우에는 한 가지가 더 있어요." 그녀는 우리 편이었고, 나에게 알려주고 있었다. "변명은 아니지만, 그 아이는 아파하고 있어요. 그리고 그애는 사내아이잖아요." 그리고 그녀는 나를 죽였다, 이런 식으로, 순식간에. "내 말이 맞아요, 아니면 내 말이 맞아요?"

그때 그녀가 했어야 하는 것은 오로지 윙크 한 번뿐이었지만, 그녀는 하지 않았고, 나는 그것이 고마웠다―그녀가 어떤 것을 단어 하나 안 틀리게 인용하고, 곧 옆으로 물러났다는 것이다. 이제 그녀도 책상 위에 앉아 있었다.

나도 뭔가 주어야만 했다.

나는 말했다. "저기," 침을 삼키기가 힘들었다. 그녀의 셔츠의 물은 움직이지 않았다. "방금 그 말을 나한테 마지막으로 했던 사람이 우리 아버지였습니다."

달리기에서, 뭔가가 다가오고 있었다.

뭔가 슬픈 것, 하지만 주로 나에게.

겨우내 우리는 대체로 정상을 유지했다. 우리는 번버러를 달렸고, 거리를 달렸다. 그런 뒤에 나는 커피와 부엌으로 갔고 클레이는 지붕에 올라갔다.

내가 그의 시간을 쟀을 때 곤란한 문제가 생겼다.

달리기 선수가 가장 두려워하는 딜레마.

그는 더 열심히 달렸지만 더 빨라지지는 않았다.

우리는 아드레날린 부족 때문이라고 생각했다. 동기가 갑자기 희박해졌다. 그가 주 대회에서 우승하는 것 외에 달리 무엇을 할 수 있단 말인가? 육상 대회 시즌은 아직도 몇 달 뒤였다. 그가 무기력을 느끼는 것도 무리는 아니었다.

하지만 클레이는 그 말을 받아들이려 하지 않았다.

그의 옆에서 나는 계속 이야기했다.

"더." 나는 말했다. "더. 어서, 클레이. 리들이라면 어떻게 하겠어? 버드라면?"

내가 그에게 너무 잘해주고 있다는 것을 알았어야 했는데.

로리가 마지막으로 정학을 당했을 때 나는 그를 내 일터로 데려갔다. 책임자와 이야기를 정리했다. 사흘 치에 해당하는 카펫과 마룻바닥. 틀림없이 한 가지는 분명했다―그가 일에 알레르기를 일으키지 않는다는 것. 그는 하루하루가 끝나면 실망하는 것 같았고, 그러다 학교를 떠났다. 최종적으로. 결국 나는 그들에게 간청하다시피 했다.

우리는 교장실에 앉아 있었다.

그가 과학 교무실에 숨어들어가 샌드위치 프레스를 훔쳤기 때문이다. "어차피 그 인간들은 그 안에서 너무 많이 먹어!" 그는 해명했다. "나는 그 인간들한테 염병할 좋은 일을 한 거라고!"

로리와 나는 책상의 한쪽 편에 있었다.

클로디아 커크비, 홀랜드 선생님이 다른 편에 있었다.

커크비 선생님은 짙은 색 정장에 밝은 파란색 셔츠 차림이었고, 홀랜드 선생님은, 기억이 나지 않는다. 내가 기억하는 것은 그녀의 은발, 매끈하게 뒤로 넘겼다고 할 수 있는 그 머리카락, 부드러운 눈가 잔주름, 왼쪽 호주머니의 브로치다. 플란넬 꽃으로, 학교의 상징이었다.

"그래서요?" 내가 말했다.

"그래서, 음, 뭐?" 그녀가 물었다.

(내가 예상하고 있던 답은 아니었다.)

"얘가 이번에는 학교에서 영원히 쫓겨나는 건가요?"

"어 난, 음, 잘 모르겠는데, 그런—"

나는 그녀의 말을 잘랐다. "상황을 직시하자고요, 얘는 염병할 그래야 마땅해요."

로리는 불이 붙었다, 거의 기쁨으로. "지금 나를 여기 앉혀놓고!"

"얘를 보세요." 내가 말했다. 그들은 보았다. "불끈해서, 빈정거리잖아요. 이 문제에 추호라도 마음을 쓰는 것처럼 보입니까? 개전의 정이 있는 것처럼—"

"추호라도?!" 이제 끼어든 것은 로리였다. "개전의 정? 젠장, 매슈, 사전 좀 갖다줄래?"

홀랜드는 알았다. 그녀는 내가 멍청하지 않다는 것을 알았다. "솔직히 말해서, 음, 우리는 너를 작년에 우리, 음, 십이학년 조교로 고용할 수도 있었어, 매슈. 전혀 관심이 없는 것처럼 보였지만,

사실 관심이 있었잖아, 그렇지?"

"보세요, 나는 우리가 내 이야기를 하고 있는 줄 알았는데요."

"입 다물어, 로리." 그것은 클로디아 커크비가 한 말이었다.

"그래, 그게 낫군." 로리가 대꾸했다. "단단해." 그의 눈길은 다른 어딘가에 단단하게 고정되어 있었다. 그녀는 정장 재킷을 조금 더 여몄다.

"그만해." 내가 말했다.

"뭘?"

"알잖아." 하지만 이제 나는 홀랜드에게로 돌아가 있었다. 오후였고, 나는 조퇴를 해 옷을 차려입고 깨끗이 면도를 했지만, 그렇다고 피곤하지 않다는 뜻은 아니었다. "만일 이번에 얘를 퇴학시키지 않으면 이 책상을 뛰어넘어가서 그 교장 배지를 떼어내 나한테 붙이고 직접 이 새끼를 퇴학시키겠습니다!"

로리는 몹시 흥분해서 박수를 칠 뻔했다.

클로디아 커크비는 엄숙하게 고개를 끄덕였다.

교장은 배지 쪽을 더듬었다. "어, 나는, 음, 그렇게 확실하게는ㅡ"

"하세요!" 로리가 소리쳤다.

그리고 모두가 놀라게도, 그녀는 그렇게 했다.

그녀는 꼼꼼하게 서류작업을 했고 주변 학교들을 제안했다. 하지만 우리에겐 필요 없었다. 그는 일을 할 예정이었다. 우리는 악수를 했고, 그것으로 끝이었다. 우리는 그들을 둘 다 남겨두고 교장실을 나왔다.

하지만 주차장을 향해 반쯤 가다가 나는 다시 뛰어갔다. 우리 때문이었을까, 아니면 클로디아 커크비 때문이었을까? 나는 문을 두드렸고, 다시 교장실로 들어갔다. 그들은 둘 다 안에 있었고, 아직도 이야기를 나누고 있었다.

나는 말했다. "커크비 선생님, 홀랜드 선생님, 사과드립니다. 폐를 끼쳐서 죄송합니다. 그리고 그저…… 감사합니다." 미친 짓이었지만, 나는 땀을 흘리기 시작했다. 그녀의 얼굴에 떠오른 것은 진정으로 공감하는 표정이었다, 나는 그렇게 생각한다. 그리고 그 정장, 황금색 귀걸이. 거기에서 반짝거리는 것을 둥글게 감싸고 있는 작은 고리들. "그리고 또, 지금 이런 것을 물어봐서 죄송합니다만, 늘 로리 일에만 매달리느라 헨리하고 클레이가 어떻게 하고 있는지 여쭤본 적이 없네요."

홀랜드 선생님은 커크비 선생님한테 답을 양보했다.

"잘하고 있어요, 매슈." 그녀는 자리에서 일어섰다. "좋은 애들이에요." 그녀는 미소를 지었고 윙크는 하지 않았다.

"믿거나 말거나," 나는 문간 쪽으로 고개를 끄덕였다. "저기 밖에 있는 녀석도 그래요."

"알아요."

알아요.

그녀는 알아요 하고 말했고, 그 말은 나에게 오랫동안 남았지만, 그 일은 바깥의 벽에서 시작되었다. 한동안 나는 그녀가 밖으로 나오기를 바라면서 어깨뼈가 반은 멍들도록 기대고 있었지만, 로리의 목소리만 들릴 뿐이었다.

"어이." 로리가 말했다. "안 와?"

차에서 그가 물었다. "내가 운전해도 돼?"

내가 말했다. "염병할 생각도 하지 마."

그는 그주가 끝날 무렵 일자리를 얻었다.

그렇게 겨울이 봄으로 바뀌었다.

클레이의 시간은 훨씬 더 느렸다. 그리고 그 일은 일요일 아침에
일어났다.

로리는 자동차 판금 기술자 일을 얻은 이후 술 마시는 쪽에서 열
심이었다. 여자들과 어울리고 헤어지는 일을 시작했다. 이름과 언
급이 있었다. 내가 기억하는 한 명은 팸이었는데, 팸은 금발이었고
구취가 심했다.

"젠장." 헨리가 말했다. "그애한테 그걸 얘기했어?"

"그럼." 로리가 말했다. "그랬더니 따귀를 때리더라고. 그러더니
나를 차고 민트를 달라고 했어. 꼭 그 순서는 아니었지만."

그는 새벽에 비틀거리며 집에 돌아왔다—그리고 그 일요일은
10월 중순이었다. 클레이와 내가 번버러를 향해 가고 있는데 로리
가 비틀거리며 안으로 들어왔다.

"예수님, 네 꼴 좀 봐라."

"그래, 멋진 꼴이지, 매슈, 고마워. 너희 두 새끼는 어디로 가는
거야?"

전형적인 로리.

청바지와 맥주에 흠뻑 젖은 재킷, 그는 우리와 함께 가는 데 아
무런 문제가 없었다—그리고 번버러도 전형적이었다.

새벽빛이 관중석을 약탈했다.

우리는 첫 사백 미터를 함께했다.

나는 클레이에게 말했다. "에릭 리들."

로리가 싱긋 웃었다.

능글맞은 웃음에 더 가까웠다.

두번째로 돌 때 그는 정글로 들어갔다.

물을 빼야 했다.

네번째로 돌 때 그는 자러 갔다.

하지만 마지막 사백 미터 전에 로리는 술이 깬 상태에 더 가까워진 것 같았다. 그는 클레이를 보았고, 나를 보았다. 경멸하는 표정으로 고개를 저었다.

불붙은 듯한 색조의 트랙에서 내가 말했다. "왜 그러는데?"

다시, 그 능글맞은 미소.

"틀렸어." 로리가 말했고, 클레이를 흘끗 보았지만 그 비난은 나를 겨누고 있었다. "매슈, 농담하는 거지, 안 그래? 형은 왜 그게 안되고 있는지 아는 게 틀림없어." 그는 와서 나를 흔들 태세였다. "어서, 매슈, 생각을 해봐. 모든 멋지고 로맨틱한 개똥 같은 걸 생각해보라고. 저 녀석은 주 대회에서 우승했어―그래서 좆도 뭐라고? 저 녀석은 아무 관심이 없어."

하지만 어떻게 이런 일이 일어날 수가 있었을까?

로리가 어떻게 그런 것들을 완벽하게 알고 던바의 역사를 바꿀 수 있었을까?

"저 녀석을 봐!" 그가 말했다.

나는 보았다.

"지 녀석은 이걸 원하는 게 아니야―이…… 선함을." 이제 클레이에게. "이걸 원해, 꼬마?"

클레이는 이미 고개를 젓고 있었다.

로리는 누그러지지 않았다.

그는 한 손을 바로 내 심장 안에 밀어넣었다. "저 녀석은 그걸 여기에서 느낄 필요가 있어." 갑자기 그에게 그런 진지함, 그런 고통이 있었고, 그것은 피아노의 힘처럼 다가왔다. 가장 조용한 말이 최악이었다. "저 녀석은 거의 죽을 만큼 아플 필요가 있어." 그가 말했다. "그게 우리가 염병할 사는 방식이니까."

나는 반박을 하려고 안간힘을 썼다.

그러나 단 한 마디도 나오지 않았다.

"형이 못하면 내가 대신 해줄게." 그는 뻣뻣하게, 힘겹게, 안으로 숨을 쉬었다. "형은 저 녀석과 함께 뛸 필요 없어, 매슈." 그러더니 그는 내 옆에 웅크리고 있는 소년을 보았다. 그 눈 안의 불을 보았다. "저 녀석을 멈추려고 노력해야 돼."

클레이가 나한테 말했던 그날 저녁.

나는 거실에서 〈에일리언〉을 보고 있었다.

(상황에 맞게 소름 끼치는 것으로는 이 이상이 없었다!)

그는 고맙고 미안하다고 말했고 나는 텔레비전을 향해 말했다. 무너지지 않도록 유지하려는 미소.

"어쨌든 나는 이제 쉴 수 있어. 그렇지 않아도 다리하고 등 때문에 죽을 지경이거든."

그는 내 어깨에 눈길을 얹었다.

나는 거짓말을 했고 우리는 그것을 믿는 척했다.

훈련 자체로 보자면, 그것은 천재적이었다.

백 미터 지점에 소년 세 명이 있었다.

이백 미터에는 두 명.

그다음에 로리, 마지막 구간.

클레이를 아프게 할 소년들을 찾는 것은 어려운 일이 아니었다. 그는 멍이 잔뜩 들고, 얼굴 옆쪽 살갗이 벗겨져서 집에 왔다. 그들은 그가 미소를 지을 때까지 벌을 주었고 그것이 훈련이 끝나는 시간이었다.

어느 날 밤 우리는 부엌에 있었다.

클레이는 설거지를 했고 나는 물기를 닦았다.

"저기, 매슈." 그가 아주 조용히 말했다. "나 내일 뛰어, 번버러에서—아무도 나를 막지 않아. 주 대회에서 우승했던 시간에 한번 맞춰보려고 해."

나, 나는 그를 보지 않았지만 어쩐 일인지 눈길을 돌릴 수도 없었다.

"그래서 혹시, 괜찮으면," 그의 표정이 모든 것을 말해주고 있었다. "발에 테이프 좀 감아줄 수 있을까 해서."

번버러에서, 다음날 아침, 나는 지켜보았다.

나는 관중석의 불길 속에 앉아 있었다.

그전에 최선을 다해 테이프를 감아주었다.

나는 나에게 이 일이 마지막이라는 사실을 아는 것, 그리고 이 또한 딱 한 번 추가로 이루어진 일일 뿐이라는 진실 사이의 어딘가에 있었다. 이제 나도 다른 방식으로 볼 수 있었다. 나는 그냥 그가 뛰는 것을 보기 위해 그가 뛰는 것을 보았다. 리들과 버드를 합친 것처럼 뛰는 것을.

시간에 관해 말하자면, 클레이는 최고 기록을 일 초 이상 줄였다, 아파서 누워 죽어가는 트랙에서. 그가 결승선을 넘었을 때 로리는 호주머니에 손을 넣은 채 웃음을 짓고 있었다. 헨리는 숫자들을 불렀다. 토미는 로지와 함께 뛰어왔다. 모두 끌어안더니 그를 안아서 날랐다.

"이야, 매슈!" 헨리가 소리쳤다. "새로운 주 기록이야!"

로리의 머리카락은 제멋대로 뻗었고 녹빛이었다.

그의 눈은 몇 년 만에 최고의 금속이었다.

나, 나는 관중석에서 걸어내려가 클레이와, 그다음에 로리와 악수를 했다. 내가 말했다. "네 꼴 좀 봐라." 진심이었다, 한 마디 한마디가. "내가 본 최고의 달리기였어."

그뒤에 그는 웅크리고 기다렸다, 결승선 바로 앞의 트랙에서— 너무 가까워서 페인트 냄새도 맡을 수 있었다. 열두 달의 시간이 완전히 지나고 나면 그는 이곳으로 돌아와 헨리와, 그리고 소년들과 분필과 내기와 훈련을 하게 된다.

새벽이 부서지며 하루가 시작되었고 한동안은 괴상하게 고요했다.

아스팔트에, 그는 그대로 있었다, 그것을 더듬어 찾았다.

빨래집게, 말짱한, 내부의 빨래집게.

곧 그는 일어서고, 곧 그는 걷는다, 앞의 눈이 맑은 하늘을 향해.

앞문 두 개

자전거 번호 조합 너머에는 거쳐야 할 앞문 두 개가 있었는데, 첫번째가 에니스 맥앤드루의 문, 레이싱 쿼터 바로 바깥에 있는 문이었다.

집은 큰 축에 속했다.

오래되고 아름다웠으며 지붕은 함석이었다.

거대한 나무 베란다.

클레이는 동네를 몇 바퀴 돌았다.

그 동네 모든 앞마당에는 동백이 있었고 거대한 목련도 몇 그루 있었다. 수많은 구식 우편함. 로리라면 물론 좋아했을 것이다.

그는 그 동네를 몇 번이나 걸었는지 세지 않았다. 그냥 페니가 전에 그랬던 것처럼, 마이클이 그랬던 것처럼 걷다가 밤에 어느 앞문에 이르렀다.

그 문은 묵직한 붉은 문이었다.

가끔 붓자국이 보였다.

다른 앞문들은 아주 아름다워졌다.

클레이는 이 문은 그렇게 되지 않을 것을 알았다.

그다음에는 두번째 앞문.

아처 스트리트를 따라 내려가다 대각선으로.

테드와 캐서린 노바크.

그는 포치에서 그 문을 보았다. 클레이가 나와 함께 일을 다니는 며칠은 몇 주가 되었다. 아직 번버러로 돌아가지 않았다. 묘지도 없고, 지붕도 없었다. 물론 서라운즈도 없었다. 그는 죄책감을 질질 끌고 다녔다.

어느 시점에 내가 꺾였다. 그에게 다리로 돌아갈 것인지 물었고 클레이는 어깨만 으쓱할 뿐이었다.

나도 안다―나는 전에 그를 두들겨팼다, 떠난다는 이유로.

하지만 그가 끝을 내야 한다는 것은 분명했다.

아무도 이렇게 살 수는 없었다.

마침내, 그는 저질렀다, 맥앤드루 계단을 넘었다.

늙은 부인이 문을 열어주었다.

머리카락을 파마하고 염색한 부인이었다―나, 나는 이 문에 관해서 그에게 동의하지 않는다, 이 문은 사실 아주 아름다워졌고 그것은 그가 이 문 앞에 나타났기 때문이다.

"무슨 일이죠?"

그러자 클레이는 그의 최악의 수준에서, 동시에 최고의 수준에서 말했다. "폐를 끼쳐서 죄송합니다만, 맥앤드루 부인, 괜찮으시면 남편분과 이야기를 좀 할 수 있을까요? 제 이름은 클레이 던바

입니다."

이 집의 늙은 남자는 그 이름을 알았다.

노바크의 집에서, 그들도 그를 알았지만, 지붕에서 본 소년으로
알았다.

"들어와요." 그들은 말했고, 그들 둘 다 미치도록 그에게 잘해주
었다. 너무 친절해서 아플 정도였다. 그들은 차를 끓였고, 테드는
악수를 했고 그에게 어떻게 지내느냐고 물었다. 그리고 캐서린 노
바크는 미소를 지었다. 죽지 못하게, 또는 울지 못하게, 또는 어쩌
면 두 가지를 다 못하게 막는 미소였다. 그는 도저히 판단할 수가
없었다.

어느 쪽이든, 그는 이야기를 하면서 그날 그녀가 앉았던 곳을 보
지 않으려 했다, 그들이 아래 남쪽의 경마에 귀를 기울였을 때—커
다란 적갈색 말이 실패했을 때. 그의 차는 전혀 입이 닿지 않은 채
로 식어갔다.

그는 그들에게 토요일 밤이 무슨 의미였는지 이야기했다.

매트리스, 비닐 시트.

그는 그들에게 오번 경주의 '투우사' 이야기를 했다.

그녀가 자신에게 맨 처음 말을 걸었을 때부터 그녀를 사랑했다
고, 자신의 잘못이라고, 모두 자신의 잘못이라고 이야기했다. 클레
이는 금이 갔지만 부서지지는 않았다, 눈물이나 공감을 얻을 자격
이 없었기 때문에. 그는 말했다. "그애가 낙마하기 전날 밤, 우리는
거기서 만났어요. 우리는 거기서 벗고 있었어요, 그리고—"

그는 말을 멈췄다. 캐서린 노바크가—생강빛 금발에 변화가 일
어나며—일어서서 그에게 다가왔기 때문이다. 그녀는 그를 의자에

서 살며시 일으켜 강하게, 아주 강하게 끌어안았고, 그의 짧고 납작한 머리카락을 쓰다듬었다. 너무나 젠장 좋아서 아플 정도였다.

그녀가 말했다. "네가 우리한테 와줬구나, 네가 와줬어."

보라, 테드와 캐서린 노바크는 죄를 뒤집어씌우려 하지 않았다, 적어도 이 가엾은 소년에게는.

그녀를 도시로 데려온 건 그들이었다.

위험을 잘 알고 있는 건 그들이었다.

그리고 맥앤드루가 있었다.

말 사진 액자들.

기수 사진 액자들.

안의 빛은 오렌지색이었다.

"너를 알지." 그가 말했다. 그 사람은 이제 더 작아 보였다. 안락의자에 부러진 잔가지처럼 앉아 있었다. 바로 다음 장에서 당신은 그곳으로 다시 돌아가 보게 될 것이다─에니스 맥앤드루가 전에 설명한 것을. "너는 내가 그 아이한테 잘라버리라고 했던 죽은 나무야." 그의 머리카락은 노란색과 흰색이 섞여 있었다. 안경을 쓰고 있었다. 호주머니에는 펜. 눈은 빛이 났지만, 별로 행복하게 빛나지는 않았다. "아마도 나를 탓하러 온 것 같군, 그런가?"

클레이는 맞은편 안락의자에 앉았다.

그는 클레이를 지켜보았다, 뻣뻣하게 똑바로.

"아닙니다, 선생님, 선생님이 옳았다는 말씀을 드리러 왔습니다." 그러자 맥앤드루는 깜짝 놀랐다.

그는 날카로운 눈으로 건너편을 보다가 말했다. "뭐라고?"

"선생님, 저는─"

"에니스라고 부르게, 그리스도여, 그리고 좀 크게 말해."

"알겠습니다, 어……"

"크게 말하라니까."

클레이는 침을 삼켰다. "그건 에니스 잘못이 아니었어요, 제 잘못이었습니다." 그는 노바크 부부에게 한 말을 하지는 않았지만 맥앤드루가 무슨 뜻인지 분명히 알아듣게는 해주었다. "그애는 저를 완전히 떼어버릴 수가 없었습니다, 아시다시피, 그래서 이렇게 된 거죠. 그애는 너무 피곤했을 겁니다, 아니면 집중을 못했거나—"

맥앤드루는 천천히 고개를 끄덕였다. "그애는 정신을 놓았어, 안장에서."

"네. 저도 그랬다고 생각합니다."

"네가 전날 밤에 그애하고 만났다고."

"네." 클레이는 말했고 자리를 떴다.

그는 자리를 떴지만, 계단을 내려왔을 때 에니스와 그의 부인이 둘 다 나왔고, 노인이 그를 내려다보며 소리쳤다.

"이봐! 클레이 던바!"

클레이는 고개를 돌렸다.

"내가 오랜 세월 동안 기수들이 어떤 짓을 하는 걸 봤는지 너는 모를 거야. 기수들은 말이야—" 그가 갑자기 말에 힘을 주었다. "—너보다 훨씬 가치가 덜한 것을 위해서도 엉뚱한 짓을 했어." 그는 계단을 내려오기까지 했다. 그는 대문에서 클레이를 만났다. 그가 말했다. "내 말 잘 들어라, 얘야." 처음으로 클레이는 에니스의 입에서 은을 씌운 이, 깊은 곳에 오른쪽으로 기울어 있는 이를 보았다. "네가 여기 와서 나한테 그 이야기를 하는 것이 얼마나 힘들었을지 난 상상도 못하겠어."

"감사합니다, 선생님."

"다시 들어와, 응?"

"집에 가는 게 좋을 것 같습니다."

"좋아, 하지만 내가 해줄 수 있는 게─뭐라도─있으면 알려줘."

"맥앤드루 선생님?"

이제 노인은 걸음을 멈췄고 신문이 겨드랑이에 있었다. 그는 살짝 고개를 치켜들었다.

클레이는 케리가 얼마나 훌륭했는지, 또는 훌륭할 수 있었는지 물을 뻔했으나 두 사람 다 그것을 견디지 못하리라는 것을 알았다─그래서 다른 것을 시도했다. "훈련 일은 계속하실 수 없나요?" 그가 물었다. "하지 않는 건 옳지 않은 것 같아요. 그건 선생님─"

그러자 에니스 맥앤드루는 딱 버티고 서더니 신문의 위치를 조정하고 좁은 길을 따라 도로 걸어갔다. 그는 혼잣말을 했다. "클레이 던바." 나는 그가 더 분명하게 말했기를 바란다.

그는 '파 랩'에 관해 뭔가 말을 했어야 한다.

(이제 곧 다가올 물결 속의 이야기다.)

테드와 캐서린 노바크의 집에서, 마지막 일은 그것들을 찾는 것일 수밖에 없었다.

라이터, 상자, 클레이의 편지.

그들은 아직 그녀의 침대에 손을 대지 않았기 때문에 몰랐고, 그것은 바닥에, 침대 밑에 있었다.

오번 경주의 '투우사'.

팔번 경주의 케리 노바크.

'킹스턴 타운'은 이길 줄을 몰라요.

테드는 그 말들을 어루만졌다.

하지만 클레이에게 가장 혼란스러웠던 것, 그리고 궁극적으로 그에게 뭔가 주었던 것은 이제 남은 두 개의 물품 가운데 두번째 것, 상자 안에 있는 것이었다. 첫번째는 그의 아버지가 준 사진, 다리 위의 소년 사진이었다—하지만 두번째 것은 그가 그녀에게 준 적이 없었다. 그것은 그녀가 실제로 훔쳐간 것으로, 도대체 언제 그랬는지 그는 이제 알 길이 없었다.

그것은 바래기는 했지만 녹색이었고 길쭉했다.

그녀는 이곳에, 아처 스트리트 18번지에 온 적이 있었다.

그녀는 하느님이 저주할 빨래집게를 훔쳐갔다.

여섯 핸리

테드와 캐서린 노바크에게는 선택의 여지가 없었다. 만일 케리가 맥앤드루의 제자가 되지 않는다면 보나마나 다른 사람의 제자가 될 것이다. 차라리 맥앤드루가 최선이라고 할 수 있다.

그들이 그녀에게 이야기했을 때 부엌과 커피잔들이 있었다.

그들 뒤에서 시계가 시끄럽게 똑딱 소리를 냈다.

소녀는 아래를 물끄러미 내려다보며 미소를 지었다.

그녀는 거의 열여섯이었고, 12월 초였고, 도시에, 레이싱 쿼터의 잔디에 서 있었다. 발치에 토스터 플러그를 늘어뜨린 채로. 그녀는 움직임을 멈추고, 더 열심히 살핀 뒤 말했다.

"보세요." 그녀가 말했다. "저 위에……"

다음번은 물론 저녁이었고, 그녀는 길을 건너왔다.

"그래서? 내 이름은 알고 싶지 않아?"

세번째는 화요일, 새벽이었다.

견습 과정은 다음해 초에야 시작되지만 그녀는 이미 트라이컬러스 소년들과 달리고 있었다. 맥앤드루가 지침을 내리기 몇 주 전이었다.

"기수와 권투 선수들," 그는 이렇게 말한 것으로 전해졌다. "그들은 염병할 거의 똑같아." 둘 다 몸무게에 집착했다. 둘 다 살아남기 위해 싸워야 했다. 그리고 모든 것의 가장자리에 죽음이 있었다.

그 화요일, 12월 중순, 그녀는 목둘레가 호수 같은 그 권투 선수들과 달리고 있었다. 머리카락은 밖으로 펼쳐져 있었고—그녀의 머리카락은 거의 언제나 밖으로 펼쳐져 있었다—그들 뒤에서 처지지 않으려고 분투했다. 그들은 포세이돈 로드를 따라 내려왔다. 평소와 마찬가지로 연기, 빵 굽는 연기와 금속을 가공하는 연기가 있었다. 나이트마치 애비뉴 모퉁이에서 그녀를 먼저 본 사람은 클레이였다. 당시 그는 혼자 훈련하고 있었다. 그녀는 반바지와 소매 없는 티셔츠 차림이었다. 그녀는 고개를 들다가 그가 자신을 보고 있는 것을 보았다.

그녀의 티셔츠는 바랜 파란색이었다.

반바지는 청바지 다리를 잘라낸 것이었다.

잠시 그녀는 고개를 돌려 그를 살펴보았다.

"어이, 친구!" 권투 선수 한 명이 소리쳤다.

"어이, 친구들!" 하지만 조용히, 케리에게.

다음에 그가 지붕에 올라갔을 때는 따뜻했고 어둠에 다가가 있었다. 그는 그녀를 만나려고 다시 내려왔고 그녀는 혼자 보도에 서 있었다.

"어이, 케리."

"안녕, 클레이 던바."

공기가 경련을 일으켰다.

"내 성을 알아?"

다시 그는 그녀의 치아에 주목했다. 완전히 고르지는 않은 바다 유리.

"아 그럼, 사람들이 너희 던바 보이들을 알잖아, 알다시피." 그녀는 곧 웃음을 터뜨릴 것 같았다. "노새를 한 마리 숨기고 있다는 게 사실이야?"

"숨겨?"

"너 귀머거리 아니지, 응?"

그녀는 그에게 매질을 하고 있었다!

하지만 작은 매질, 행복한 매질, 그가 기꺼이 답할 매질이었다.

"아니."

"노새를 숨기고 있지 않다고?"

"아니." 그가 말했다. "나 귀머거리 아니야—우리는 얼마 전부터 노새가 있어. 또 보더콜리, 고양이, 비둘기, 금붕어도 있어."

"비둘기?"

그가 반격했다. "너 귀머거리 아니지, 응? 비둘기 이름은 텔레마코스야—우리 동물들은 네가 들어본 최악의 이름을 갖고 있어, 어쩌면 로지만 빼고, 또 아킬레우스도. 아킬레우스는 아름다운 이름이야."

"아킬레우스가 노새 이름이라고?"

그는 고개를 끄덕였다. 소녀는 더 가까이 다가왔다.

그녀는 바깥을 향해, 교외를 향해 몸을 돌렸다.

아무 생각 없이, 그들 둘 다 걷기 시작했다.

아처 스트리트 입구에 이르렀을 때 클레이는 청바지에 싸인 그녀 다리를 보았다. 그도 결국 사내아이였다. 그는 그것을 깨달았다. 그는 또 그녀의 다리가 발목께에서 가늘어지는 것, 그 밑의 낡은 샌드슈즈도 보았다—볼리 신발. 그는 그녀가 움직일 때, 그녀가 입은 러닝셔츠, 그리고 그 안으로 흘끗 보이는 직물도 의식하고 있었다.

"아주 멋져." 그녀가 모퉁이에서 말했다. "결국 아처 스트리트에 살게 되었다는 거." 그녀는 가로등 불빛에 환하게 밝혀져 있었다. "아처는 거기에서 우승한 첫번째 말이지, '나라를 멈춰 세우는 경마'에서."

그러자 클레이는 그녀에게 잘 보이려고 했다. "두 번이지. 첫번째와 두번째."

효과가 있었지만, 어느 정도까지만이었다.

"누가 그애를 조련했는지도 알아?"

그 문제에서는 그에게 승산이 없었다.

"드 메스트르." 그녀가 말했다. "그 사람은 다섯 번 우승했는데 아무도 그건 몰라."

그들은 거기에서부터 레이싱 쿼터를, 모두 순종 말의 이름을 딴 거리들을 걸었다. 말 포세이돈은 챔피언이었다. 그곳에는 그들이 사랑하는 이름을 가진 가게들이 있었다. 예를 들어 '새들 & 트라이던트 카페' '호스 헤드 남성복점' 그리고 분명한 현재의 승자는 이발소, '레이싱 쿼터 쇼터'였다.

끝이 다가올 무렵, 공동묘지로 올라가는 인트리티 애비뉴 가까이 갔을 때 그들 옆으로 작은 우회전 길이 나왔다. 보비스 레인이라고 부르는 골목길로, 그곳에서 케리는 발을 멈추고 기다렸다.

"완벽하네." 그녀는 말하더니 펜스에 기대, 그 종잇장 같은 울타리 안으로 몸을 넣었다. "여기를 보비스 레인Bobby's Lane이라고 불러."

클레이는 그녀 옆으로 몇 미터 떨어진 곳에 몸을 기댔다.

소녀는 하늘을 들여다보았다.

"'파 랩.'" 그녀가 말했다. 그는 그녀가 눈물을 글썽이고 있을지도 모른다고 생각했는데, 그녀의 눈은 맑은 녹색이었다. "그런데 봐, 여긴 골목길이야, 심지어 거리도 아니야. 그런데도 여길 그애의 마구간 이름을 따서 불렀어. 어떻게 이걸 좋아하지 않을 수가 있어?"

한동안 정적에 가까운 것이 있었다, 도시의 부패하는 공기뿐이었다. 물론 클레이는 이 나라의 상징적인 말에 관해 우리 대부분이 아는 것을 알고 있었다. 그는 '파 랩'의 연승 기록을 알았고, 경마 이사회가 너무 무겁게 뛰게 하는 바람에 그를 절름발이로 만들 뻔했다는 것도 알고 있었다. 미국에 관해서도 알고 있었다. 그가 거기에 가서 우승을 하고 바로 다음날 죽은 것으로 보인다는 것. 클레이는 우리 대부분처럼 사람들이 용기를 주려고 할 때, 또는 끝까지 해보라고 할 때 하는 말을 사랑했다.

너는 '파 랩'처럼 심장이 크구나.

클레이가 알지 못했던 것은 케리가 그날 밤 그 평범한 골목길에서 그들이 기대고 있을 때 그에게 말해준 것이었다.

"있잖아, '파 랩'이 죽었을 때 총리가 조지프 라이언스였는데, 바로 그날 그 사람은 고등법원 판결을 얻어냈어—무슨 판결이었는지는 이제 아무도 관심 없지. 그가 법원 계단을 내려올 때 누가 그 판결에 관해 묻자 총리는 말했어, '파 랩'이 죽었는데 고등법원 판결을 얻는 게 무슨 소용입니까?" 그녀는 땅에서 눈을 들어 소년을 보았다.

그다음에는 하늘을. "내가 정말 사랑하는 이야기야." 그러자 클레이, 그는 물어볼 수밖에 없었다.

"그애가 거기서 살해당했다고 생각해, 사람들이 말하는 것처럼?"

케리는 코웃음을 치지 않을 수 없었다.

"천만에."

행복했지만 지옥처럼 슬펐다. 그리고 완강했다.

"그애는 위대한 말이었어." 그녀는 말을 이어나갔다. "그리고 완벽한 이야기지—그애가 살았다면 우리는 그애를 이렇게까지 사랑하지는 않을 거야."

거기에서 그들은 펜스를 등으로 밀어 몸을 일으켰고, 레이싱 쿼터를 통과하는 긴 길을, 툴럭에서 카빈, 번버러까지 걸었고—"심지어 육상 트랙에도 말 이름을 붙였어!"—소녀는 그 모든 이름을 알았다. 그녀는 말 각각의 기록도 줄줄 읊었다. 그 말들이 몇 핸드*였는지, 무게가 얼마였는지, 또는 앞에서부터 이끌고 나갔는지 아니면 기다렸는지도 말할 수 있었다. 피터팬스퀘어에 이르자 그녀는 그에게 당시에는 '피터팬'이 '파 랩'과 똑같이 사랑을 받았으며, 그가 금발이고 터무니없이 허풍이 심했다고 말해주었다. 자갈이 깔린 텅 빈 광장에서 그녀는 동상의 코에 손을 얹고 다비 먼로를 바라보았다. 그녀는 클레이에게 이 말이 한번은 직선주로를 따라 다투며 달리다가 중요한 경쟁자 가운데 하나인 가엾은 늙은 '로질라'를 무는 바람에 경주에서 졌다는 이야기를 해주었다.

케리가 가장 좋아하는 경마는, 불가피하게, 콕스 플레이트였으

---

* 말의 키를 재는 단위로, 약 10센티미터.

며(이것이 경마 순수주의자들이 사랑하는 경마였기 때문에), 그녀는 '뼈 분쇄기', '성스러운', 거대한 '힘과 권력' 등 거기에서 우승한 훌륭한 말 이야기를 했다. 막강한 '킹스턴 타운', 삼 년 연속으로.

그러다 마침내 그녀는 그 이야기, 테드와 그 말, '스페인 사람' 이야기를 해주었다—그가 미소를 짓다가 울고, 울다가 미소를 지었다는 것. 그러다 그들은 론로 터널에 이르렀다.

가끔 나는 케리가 반대편으로 건너가는 동안 클레이가 뒤에서 잠깐 기다리고 있는 상상을 한다. 오렌지색 불빛들이 보이고 지나가는 기차 소리가 들린다. 심지어 나의 일부는 그가 그녀를 지켜보게 한다. 그러면 그의 눈에 그녀의 몸이 붓자국으로, 그녀의 머리카락이 적갈색 붓자국 꼬리로 보인다.

그러다가 나는 멈추고, 나 자신을 다잡는다. 그는 쉽게 그녀를 따라잡는다.

그뒤는 아마 짐작할 수 있을 것이다, 그들은 떼어놓을 수 없게 되었다.

그녀가 지붕에 처음 올라간 것은 그들이 처음 서라운즈에 갔던 날이기도 했다. 그녀가 우리 나머지를 만나고 위대한 아킬레우스를 쓰다듬은 날.

새해 초였고, 그녀의 일하는 방식이 정해진 뒤였다.

에니스 맥앤드루는 그 일을 자기 식으로 했는데, 어떤 조련사들은 그가 비정상이라고 말했다. 또 어떤 사람들은 그보다 심한 말을 했다—그가 인간적이라고 비난했다. 경마하는 사람들은 사랑할 수밖에 없었다, 정말 그랬다. 그들 가운데 많은 사람이 스스로 말한 것처럼. "우리 경마하는 패거리, 우리는 달라."

그녀는 매일 오전 네시까지 헤네시에 가거나 다섯시 삼십분까지 트라이컬러스에 갔다.

말 교육, 시험이 있었지만, 아직 트랙워크 쪽은 쳐다보지도 못했다. 에니스의 표현대로 하자면—그의 평소의 빗자루 같은 방식으로—인내를 약함으로, 또는 보호를 너무 오랜 기다림으로 오해하면 안 된다. 그는 조련에 관해, 또 언제 기수를 승격시키느냐 하는 문제에 관해 나름의 이론을 갖고 있었다. 저 마구간들은 삽질이 필요하다, 그는 그렇게 말했다.

종종 저녁이면 그들은 레이싱 쿼터를 통과해 지나갔다. 그들은 엡섬 로드까지 걸어갔다. 그가 말했다. "여기가 우리가 그 녀석을 발견한 곳이야. 스위니의 철자 솜씨가 얼마나 훌륭했는지 알아?"

그들이 돌아왔을 때 그녀는 아킬레우스를 만났다. 클레이는 그녀를 데려와 조용히 집안을 통과했다. 그전에 일찌감치 토미와 함께 집을 청소해놓았다.

"저거 여자애 아니냐?" 헨리가 말했다.

그들은 자빠져서 〈구니스〉를 보고 있었다.

로리마저 깜짝 놀랐다. "여자가 지금 우리집을 그냥 걸어서 통과한 거야? 대체 여기서 무슨 일이 벌어지는 거야?!"

우리는 모두 뒤쪽으로 뛰어나갔고 그 소녀, 그녀는 아킬레우스의 문지르는 솔 같은 머리에서 눈을 들었다. 그녀는 다가왔다. 한편으로는 엄숙하게, 한편으로는 불안한 표정으로. "방금 그냥 쭉 지나와서 미안." 그녀는 우리 각각의 얼굴을 보았다. "마침내 만나게 되어서 좋네." 그때 노새가 사이를 뚫고 들어왔다. 그는 반갑지 않은 친척처럼 나타났고, 그녀가 쓰다듬어주자 어쩔 줄 몰라했다. 그는 매우 가혹한 시선으로 우리를 보았다.

너희 새끼들 가운데 누구도 방해하지 마, 알았지?

이건 염병할 놀라운 일이었다.

서라운즈에 몇 가지 변화가 있었다.

침대는 산산이 부서졌다.

받침대는 누가 훔쳐가 태웠다. 아마 그냥 불을 피우고 싶은 아이들이 그랬던 듯한데, 클레이는 그건 아무래도 좋았다. 매트리스는 찾기가 더 힘들었던 듯했다. 그가 거기 도착해 선 채로 말없이 머물고 있을 때 소녀는 앉아도 되느냐고, 가장자리에 앉아도 되느냐고 물었다.

"그럼." 그가 말했다. "물론이지."

"그러니까 네 말은," 그녀가 물었다. "가끔 네가 여기 와서 잔다는 거야?"

클레이는 방어적으로 나갈 수도 있었지만 케리와는 그러는 게 의미 없다고 판단했다.

"그럼." 그가 말했다. "그러지." 그러자 그녀는 손을 내려놓았다, 마치 원한다면 매트리스 한 조각을 뜯어갈 수 있는 것처럼. 또, 누군가 다른 사람이 그녀가 다음에 하려고 하는 말을 했다면 그것은 절대 올바르게 나오지 않았을 것이다.

그녀는 자기 발을 내려다보았다.

그녀는 똑바로 땅속에 대고 말했다.

"그건 내가 지금까지 들어본 것 중 가장 이상하고, 가장 아름다워." 그러더니, 아마도 몇 분 뒤, "야, 클레이?" 그가 건너다보았다. "이름이 뭐였다고?"

그때는 그것이 아주 긴 시간처럼 느껴졌다, 둘 다 매트리스 가장

자리에서 조용하고 차분했고 어둠은 그리 멀리 있지 않았다.

그가 말했다. "페니와 마이클 던바."

지붕에서 클레이는 케리에게 자기가 어디에 앉기 좋아하는지 보여주었다. 기와들 사이에 약간 감추어진 곳이었다. 케리는 귀를 기울이며 도시를 보았다. 작은 점 같은 그 빛들을 보았다.

"저기 봐." 그녀가 말했다. "번버러파크야."

"그리고 저기." 그가 말했고, 그는 자신을 멈출 수가 없었다. "묘지야. 함께 갈 수 있어. 그러니까 네가 괜찮으면. 묘석까지 가는 길을 알려줄게."

그녀를 슬픔으로 끌어들인 것 때문에 그는 죄책감을 느꼈지만—이미 갖고 있던 죄책감이 커졌다—케리는 열려 있었고, 그것을 의식하지 못했다. 그녀는 그를 아는 것을 무슨 특권처럼 여겼다—사실 그게 옳았고, 나는 그녀가 그렇게 해주어서 기쁘다.

클레이가 찢어져 열리는 순간들이 있었다—겉으로 나오는 것을 그가 막고 있던 아주 많은 것. 하지만 이제 그것이 모두 밖으로 쏟아져나왔다. 그녀는 그의 안에서 다른 사람들은 보지 못하는 것을 볼 수 있었다.

그 일은 그날 밤 지붕에서 일어났다.

"야, 클레이?" 그녀는 도시를 내다보고 있었다. "거기 뭐 있어, 호주머니에?"

앞으로 몇 달 동안, 그녀는 너무 빨리 밀어붙이게 된다.

번버러에서, 3월 말에 케리는 클레이와 경주했다.

그녀는 사백 미터를 달릴 줄 아는 소녀처럼 달렸고, 그렇게 하느라 고통을 겪는 것에 괘념치 않았다.

그는 그녀의 주근깨 있는 윤곽을 쫓았다.

그녀의 뼈가 앙상한 종아리를 지켜보았다.

그들이 원반던지기용 네트를 지났을 때에야 그는 그녀에게 이르렀고, 그녀는 말했다. "감히 봐줄 생각 하지도 마." 그는 봐주지 않았다. 곡선주로에 들어서자 속도를 높였다. 마지막에 그들은 허리를 굽히고 아픔을 느꼈다. 그들의 허파는 쑤셨지만 희망으로 가득했고, 자신들이 거기 있는 목적을 달성하려고 했다.

타오르는 숨 두 쌍.

그녀가 건너다보며 말했다. "한번 더?"

"아니, 그랬다간 우리 박살날 것 같아."

이때 처음으로 그녀는 그에게 팔을 뻗어, 그의 팔에 자기 팔을 걸었다. 자기 말이 얼마나 옳았는지 그녀가 알았더라면.

"하느님 감사." 그녀가 말했다. "죽겠어."

그러다가 4월, 경마 날, 이것은 그녀가 아껴두고 있던 것이었다.

"이 말을 보기 전까지는 기다려." 그녀가 말했고, 물론 '투우사' 이야기였다.

그녀는 마권 영업자와 돈을 거는 사람들, 그리고 돈을 헤프게 쓰는 오십대 남자들을 구경하는 것을 아주 좋아했다. 그들 모두 면도를 하지 않고 엉덩이를 긁적이는 사람들이었고, 술에 취한 서풍 냄새가 났다. 그 겨드랑이에 들어가 있는 생태계 전체. 그녀는 슬픔과 애정이 섞인 눈으로 그들을 지켜보았다…… 그들 주위에서, 여러 가지 방식으로 해가 지고 있었다.

그녀가 가장 좋아하는 것은 말들이 직선주로에 진입하는 동안 관중석을 등지고 펜스에 서 있는 것이었다.

전환 지점은 산사태 소리였다.

필사적인 사람들의 외침.

"어서, '왕사탕', 이 나쁜 새끼야!"

늘 길고 넓은 물결이었다—환호와 조롱, 사랑과 상실, 그리고 열린 채 한가득인 많은 입. 몸무게 증가는 그것을 저주하는 셔츠와 재킷을 한계로 내몰고 있었다. 다양한 각도로 물린 담배.

"염병할 엉덩이 좀 움직여, 사기꾼들아! 어서 달려, 얘야!"

우승을 가져가고 숭배를 받았다.

패배를 감당하며 완전히 주저앉았다.

"가자," 그녀가 그 첫번째 때 말했다. "네가 만나야 할 사람이 있어."

두 관중석 뒤쪽에 마구간이 있었다. 가로 세로로 줄줄이 늘어선 헛간들, 그리고 그 모든 곳 안에 말이 있었다—자기 경주를 기다리거나 아니면 회복중이었다.

38번, 그는 거대하게 서서 눈도 깜빡거리지 않았다. 디지털 표지판이 '투우사'라고 알려주었지만 케리는 그를 '월리'라고 불렀다. 마부 피티 심스는 청바지에 낡은 폴로셔츠 차림이었고 허리띠가 중간을 횡단했다. 연기가 그의 입술의 플랫폼에서 위로 곤두서 있었다. 그는 소녀를 보자 싱글거렸다.

"어이, 케리 꼬마."

"안녕, 피트."

클레이는 이제 더 잘 볼 수 있었다. 말은 밝은 밤색이었다. 얼굴 아래쪽으로 금이 간 것처럼 하얀 줄이 가 있었다. 그는 귀를 움직여 파리를 쫓았고 몸은 매끈했지만 핏줄이 풍부했다. 다리는 나뭇가지처럼 무릎이 뒤로 물러나 있었다. 갈기는 대부분의 말보다 짧게 잘라놓았다. 어떻게 된 일인지 마구간의 다른 어떤 말보다도 더러운 것이 잘 들러붙었기 때문이다. "심지어 먼지도 얘를 사랑해!" 그것이 피티가 늘 하는 말이었다.

클레이가 더 다가가자 마침내 말이 눈을 껌뻑였다. 눈이 아주 크고 깊었다. 말의 방식으로 친절한 눈.

"어서," 피티가 말했다. "그 커다란 놈 좀 쓰다듬어줘."

클레이는 케리를 보며 허락을 구했다.

"어서," 그녀가 말했다. "괜찮아."

그녀가 먼저 쓰다듬으며 두려워하지 않아도 된다는 것을 보여주었다. 말을 만지는 것조차 정면 태클과 다름없었다.

"염병할 놈의 말이 염병할 저 아가씨를 사랑한단 말이야." 피티가 말했다.

아킬레우스를 쓰다듬어주는 것하고는 달랐다.

"덩치 큰 친구는 좀 어떤가?"

뒤에서 들리는 목소리가 사막 같았다.

맥앤드루.

짙은 색 양복, 옅은 색 셔츠.

청동기시대 이래로 매온 타이.

하지만 피티는 대답하지 않았다. 노인이 대답을 원하는 게 아님을 알았기 때문이다. 그는 그저 혼잣말을 하고 있을 뿐이었다. 그는 어슬렁어슬렁 걸어들어와 두 손으로 말의 몸통을 쭉 쓰다듬다가 아래쪽으로 내려가 발굽을 보았다.

"딱 좋군."

그는 일어서서 케리를, 그다음에는 클레이를 살폈다.

"도대체 이건 누구지?"

소녀는 사근사근하지만 당당했다.

"맥앤드루 선생님, 여기는 클레이 던바예요."

맥앤드루는 미소를, 허수아비 미소를 지었지만, 그럼에도 뭔가.

"흠." 그가 말했다. "재미있게 구경하게, 꼬마들. 바로 이걸로 끝이니까. 내년에는—" 그는 이제 더 엄숙하게 말하며 케리에게 몸짓을 했다, 클레이에 관하여. "내년에는 저 친구가 도끼질을 당하는군. 죽은 나무는 잘라내야 하니까."

클레이는 절대 잊지 않는다.

그날 경마는 '플리머스'라고 부르는 '그룹 투' 시합이었다. 대부분의 말에게 '그룹 투' 경주는 엄청나게 심각했다. 하지만 '투우사'에게는 몸풀기였다. 그의 승률은 2-1이었다.

그의 색깔은 검은색과 황금색이었다.

검은 비단. 황금 문장紋章.

케리와 클레이는 관중석에 앉아 있었고, 처음으로 그녀는 하루 종일 신경이 곤두서 있었다. 기수가 밖으로 나오자 그녀는 아래의 말 대기장 안을 보았고, 피티가 그녀를 보며 자신이 있는 쪽으로 손을 흔드는 것을 보았다—그는 펜스에 맥앤드루와 함께 서 있었다. 그들은 군중을 뚫고 갔다. 게이트가 열리자 클레이는 지켜보았고 맥앤드루는 두 손을 비틀었다. 그는 자신의 신발을 보면서 말했다.

"어디야?" 그가 말했고 피티가 대답했다.

"끝에서 세번째입니다."

"좋아." 다음 질문. "선두는?"

"캔자스시티."

"젠장! 그 꾸준한 녀석. 그건 그 말이 느리다는 뜻이야."

이제 아나운서가 그것을 확인해주었다.

"'캔자스시티' 다음은 '반만 채워진 잔', '우드워크 블루'와는 일 마신 차이……"

이제 다시 맥앤드루. "어때 보여?"

"그 녀석과 싸우고 있습니다."

"그 좆같은 기수 놈!"

"하지만 그를 다루고는 있습니다."

"염병할 좀 낫군."

곡선주로에 이르자 걱정할 필요가 없었다.

"자, '투우사'가, 나옵니다!"

(아나운서는 자신의 구두점을 알았다.)

그렇게 갑자기, 그 말은 선두에 나섰다. 그는 앞을 텄고 격차를 벌렸다. 기수 에롤 바나비는 안장에서 높이 불타올랐다.

늙은 맥앤드루의 안도.

다음은 피티가 한 말이었는데, 그가 입에 문 것은 담배보다는 깜부기불에 가까웠다.

"퀸하고 붙을 준비가 됐다, 그렇게 생각하세요?" 그러자 맥앤드루는 얼굴을 찌푸리고 자리를 떴다.

하지만 마지막 음료는 케리의 차지였다.

그녀는 어떻게 했는지 일 달러를 걸었고 딴 것을 클레이에게 주었다―집으로 돌아오는 길에 잘 썼다.

이 달러와 잔돈을 합친 것.

뜨거운 칩스와 소금 한 무더기.

결국 그것이 '투우사'가 경주한 마지막 해가 되었고, 그는 참가한 모든 대회에서 우승했다, 중요한 것들만 빼고.

'그룹 원' 경주들.

각각의 '그룹 원' 경기에서 그는 이 시대, 또는 어느 시대를 막론하고 가장 훌륭한 말 가운데 하나와 맞섰는데, 그녀는 크고 어둡고 당당했으며 온 나라가 그녀를 사랑했다. 그들은 그녀를 모든 모든 것이라고 불렀고, 그녀를 자신들의 운명과 비교했다.

'킹스턴 타운'에서 '론로'로.

'블랙 캐비아'에서 '파 랩'으로.

그녀의 마구간 이름은 '재키'였다.

트랙에서 그녀는 '하트 퀸'이었다.

물론 '투우사'는 특별한 말이었지만 그는 다른 말에 비유되었다. 발전소와 같은 구렁말 '헤이 리스트', 이 말은 늘 '블랙 캐비아'에게 졌다.

에니스 맥앤드루와 마주로서는 그를 달리게 할 수밖에 없었다. 적당한 거리에는 '그룹 원' 경기만 많았고 '하트 퀸'은 늘 거기에 나왔다. 그녀 또한 패하지 않았고 패할 수가 없었다. 그녀는 다른 말들을 여섯 또는 일곱 마신 차이로 이겼다―결승선까지 느긋하게 움직이면 두 마신. 그녀는 '투우사'를 일 마신 차이로 이기곤 했다. 한 번은 머리 반 차이로.

그녀의 색깔은 카드 게임과 같았다.

흰색에 빨강과 검정 하트들.

가까이서 그녀를 보고 '투우사'를 보면 소년처럼, 또는 기껏해야 볼품없는 청소년처럼 보였다. 그녀는 상상할 수 있는 가장 짙은 갈색이었으며, 사실은 검은색이라고 해도 속을 만했다.

텔레비전에는 울타리 안의 클로즈업이 나왔다.

그녀는 다른 말들 위로 우뚝했다.

늘 긴장하고 정신을 똑바로 차리고 있었다.

다음 순간 도약, 그리고 그녀는 사라졌다.

그해 가을 그들이 두번째로 TJ 스미스에서 경주했을 때는 그가 그녀를 잡을 수도 있을 것처럼 보였다. 기수는 곡선주로 한참 전에 그를 앞으로 끌고 나갔고 격차는 좁힐 수 없을 것처럼 보였다. 그러나 '하트 퀸'은 그를 따라잡았다. 그녀는 거대한 대여섯 걸음으로 선두로 치고 나가 계속 그 자리를 유지했다.

마구간에 돌아왔을 때 거대한 군중이 14번 칸을 둘러쌌다.

어딘가, 그 안에 재키, '하트 퀸'이 있었다.

42번 칸에는 뿔뿔이 흩어진 몇 안 되는 팬들이 있었다. 피티 심스와 케리였다. 그리고 클레이.

소녀는 그의 하얀 선을 따라 손을 움직였다.

"잘 뛰었어, 얘야."

피티도 동의했다. "저 녀석이 그애를 잡은 줄 알았네. 하지만 어지간한 말이어야지."

그들 사이 중간, 28번 칸 근처에 조련사 둘이 서서 악수를 했다. 그들은 다른 쪽을 보면서 말했다.

클레이는 어떤 이유에서인지 그 부분이 마음에 들었다.

그것이 경주보다 마음에 들었다.

한겨울, 그 말은 그의 강적에게 다시 한번 패한 뒤 휴식에 들어
갔다. 이번에는 완전한 학살이었다. 이번에는 무려 사 마신이었다.
그는 나머지 말들을 간신히 앞섰다. 그들은 네이키드 암스의 라운
지에서 텔레비전으로 보았다. 그곳에서 스카이 방송을 통해 생중계
되었다. 저 위 퀸즐랜드에서 벌어지는 경마였다.

"가엾은 늙은 월리." 그녀가 말했고, 이어 바텐더—스코티 빌스
라는 이름의 사내였다—에게 소리쳤다. "보세요, 동정의 뜻으로
맥주 한두 잔 어때요?"

"동정?" 그는 싱긋 웃었다. "그녀가 우승했잖아! 거기에다, 또
너는 미성년자야."

케리는 역겨웠다. 첫번째 이야기에, 두번째가 아니라.

"야, 클레이, 가자."

하지만 바텐더는 소녀를 보았고, 이어 클레이를 보았다. 스코티
빌스와 소년은 둘 다 이제 나이를 더 먹어, 스콧은 그를 어디에서
봤는지 도무지 기억할 수가 없었다. 그러나 그들 사이에는 뭔가가
있었다, 그것은 분명했다.

마침내 그가 기억했을 때 그들은 거의 문밖으로 나가고 있었다.

"어이," 그가 소리쳤다. "너구나. 그들 가운데 한 명이었어, 몇
년 전에. 그렇지?"

처음 입을 연 사람은 케리였다.

"그들이라니?"

"맥주 일곱 잔!" 스코티 빌스가 소리쳤다. 그의 머리카락은 거의
사라지고 없었다. 클레이가 돌아와 그에게 말했다.

"그 맥주 좋다고 하셨어요."

전에 내가 무슨 말을 했더라?

케리 노바크는 상대가 말을 하게 만들 수 있었다. 클레이가 가장 어려운 경우이기는 했지만. 바깥에서, 그가 네이키드 암스의 타일에 몸을 기대고 있을 때 그녀는 그와 함께 거기 기댔다. 그들은 가까워 팔이 닿았다.

"맥주 일곱 잔? 저 사람이 무슨 얘기를 하는 거야?"

클레이의 손이 호주머니 안으로 들어갔다.

"거기 있는 게 뭔지는 모르지만 불안할 때마다 그쪽으로 손을 뻗는 건 왜지?" 그녀가 물으며 그를 마주보았다. 압력을 가하고 있었다.

"아무것도 아니야."

"아니, 그렇지 않아."

그녀는 고개를 젓다가 모험을 해보기로 했다. 그녀는 손을 아래로 뻗었다.

"하지 마."

"오, 왜 이래, 클레이!"

그녀는 웃음을 터뜨렸으며 그녀의 손가락이 호주머니에 닿았고 다른 손은 그의 갈빗대로 갔다―얼굴에 불이 붙고 변하면, 그것은 늘 끔찍하고 불안하다. 그는 그녀를 잡고 밀어냈다.

"하지 마!"

그의 외침은 겁에 질린 동물 같았다.

소녀는 뒤로 쓰러졌고 말을 더듬거렸다. 그녀가 땅바닥으로 떨어지지 않도록 손 하나가 받쳐주었지만 그녀는 일어나는 데 도움받기를 거부했다. 아니, 그녀는 털썩 주저앉으며 타일에 몸을 기댔고 두 무릎이 목 높이까지 구부려져 올라왔다. 그는 입을 열려고 했다. "미안해—"

"아니, 됐어." 그녀는 자기 옆에 있는 소년을 사납게 노려보았다. "됐어, 클레이." 그녀는 상처를 받았고 그에게 상처를 주고 싶었다. "그런데 도대체 너 뭐가 문제야? 왜 그렇게……"

"그렇게 뭐? 뭐?"

그렇게 염병할 별나게 굴어.

어디에나 있는 젊은 사람들의 일상어.

그 말들이 상처처럼, 그들 사이에 있었다.

그들은 그뒤에도 한 시간은 족히 앉아 있었을 것이다. 클레이는 어떻게 수습을 하는 게 최선인지, 아니, 수습을 할 수 있기는 한지 궁리했다—갈등의 부어오른 맛.

그는 슬며시 빨래집게를 빼서 손에 쥐었다.

빨래집게를 그녀의 허벅지에 내려놓았다.

"모든 걸 얘기해줄게." 그가 말했다, 하지만 조용하게. "내가 얘기할 수 있는 모든 걸, 이것만 빼고." 그들은 그들 사이에 웅크리고 있는 그것을 보았다. "맥주 일곱 잔, 어머니의 모든 별명…… 어머니의 아버지가 스탈린 같은 콧수염을 길렀다는 것. 어머니는 수염이 입 위에 진을 치고 있었다고 말했어."

케리는 금이 갔다, 아주 약간. 미소를 지었다.

"한번은 그렇게 묘사했어." 이제 그의 목소리는 속삭임에 가까워졌다. "하지만 빨래집게에 관해서는 안 돼. 아직은 안 돼." 클레이가 자신을 견디며 살 수 있는 유일한 방법은, 자신이 마지막에는—그녀가 그를 남겨두고 떠날 필요가 있을 때는—그녀에게 말할 것임을 안다는 것이었다.

"좋아, 클레이, 기다릴게." 케리는 일어서서 그를 위로 당겼다. 그녀는 가차없이 행동함으로써 용서했다. "그럼 일단, 나머지만 얘기해줘." 그녀는 많은 사람이 그런 것을 이야기할 때와는 다르게 말했다. "모든 걸 죄다 얘기해줘."

그것이 그가 한 일이었다.

그는 그녀에게 내가 지금까지 여기에서 한 모든 이야기를 해주었고 앞으로 나올 더 많은 것을 이야기해주었다—뒷마당의 빨래 건조대만 빼고. 그러자 케리는 아무도 할 수 없는 일을 했다. 어떻게 된 일인지 그는 보지 못하던 바로 그것을 그녀는 보았다.

다음에 그들이 묘지에 섰을 때, 손가락을 펜스 안에 넣어 움켜쥐고 있을 때 그녀는 팔을 뻗어 작은 종잇조각을 건네주었다.

"생각해봤어." 그녀가 말했고, 해가 뒤로 멀리 물러났다. "네 아버지를 떠난 그 여자 말이야…… 그리고 그 여자가 가져간 책."

그녀의 주근깨는 열다섯 개의 좌표였다, 마지막 주근깨는 아래, 목에 있었고—왜냐하면 거기에, 그 구겨진 작은 종이에 이름 하나와 숫자 몇 개가 있었기 때문이다. 그녀가 써놓은 이름은 핸리였다.

"핸리가 여섯 명 있더라고." 그녀가 말했다. "전화번호부에."

격랑

그는 잠을 깼다.

땀을 흘리고 있었다.

그는 시트들 사이를 헤엄쳐 올라갔다.

맥앤드루에게, 그리고 테드와 캐서린 노바크에게 진실을 말한 이후 지속되는 의문이 있었다.

이 고백은 오직 자신만을 위한 것이었을까?

그러나 가장 어두운 순간에도 그렇게 믿지는 않았다. 그는 그래야 했기 때문에 그렇게 했다. 그들은 실제로 있었던 일을 알 자격이 있었다.

이제, 많은 밤이 더 지난 뒤, 그는 잠에서 깨 자기 몸 위에서 그녀를 느꼈다.

소녀는 그의 가슴 위에 있었다.

꿈이었다. 나도 안다. 그것은 꿈이었다.

그녀는 그의 상상의 의지에 따라 나타났다.

말과 죽음의 냄새가 있었고, 동시에 살아 있고 실물 같았다. 그녀가 따뜻했기 때문에 알 수 있었다. 그녀의 숨이 그의 목에 있었다.

"케리?" 그가 말했고, 그러자 그녀는 움직였다. 그녀는 졸린 표정으로 일어나서 그의 곁에 앉았다. 그녀의 청바지와 빛나는 팔뚝, 처음 건너오던 날처럼.

"너구나." 그가 말했다.

"나야……" 하지만 그녀는 그에게서 몸을 돌렸다. 아니라면 그녀의 적갈색 머리카락을 쓰다듬었을 것이다. "난 네가 나를 죽였기 때문에 여기 있는 거야."

그는 시트로 이루어진 수로에 가라앉았다.

침대에 있었지만, 격랑에 사로잡혀 있었다.

그뒤에, 그는 달리기로 복귀했다, 나하고 출근하기 전 아침에. 그의 이론은 논리가 완벽했다. 더 열심히 달리고 더 적게 먹을수록 혹시라도 그녀를 다시 보게 될 가능성이 커진다.

문제는 그가 그녀를 보지 못했다는 것이다.

"그애는 죽었어."

그는 조용히 그 말을 했다.

어떤 밤이면 그는 묘지로 걸어갔다.

그의 손가락들이 펜스에 매달리곤 했다.

그는 그 여자를 다시 보기를 간절히 원하곤 했다, 출발점으로부터, 저멀리 거슬러올라가서─튤립을 달라고 했던 사람.

어디 있는 거예요? 그는 그녀에게 물을 뻔했다.

내가 지금 이렇게 원하는데 어디 있는 거예요?

보았다면 그녀에게 있었던 줄무늬, 눈썹 위의 그 주름 안을 들여다보았을 것이다.

대신 그는 번버러까지 달렸다.

매일 밤 그렇게 했다.

결국, 몇 달이 훌쩍 지났고, 그는 자정에 트랙에 섰다. 바람이 일며 으르렁거리고 있었다. 달은 없었다. 가로등뿐이었다. 클레이는 결승선 가까이 서 있다가 높이 자란 풀 쪽으로 방향을 틀었다.

잠시 그는 팔을 풀 안으로 미끄러뜨렸다. 차가웠고 손에 친근하지 않았다. 잠시 그는 어떤 목소리를 들었다. 아주 분명하게, 그 목소리가 클레이 하고 외쳤다. 잠시 그는 믿고 싶었고, 그래서 "케리?" 하고 그 목소리를 쫓아 안에 대고 외쳤다—하지만 안으로 들어가는 것은 불가능하다는 사실을 알았다.

그는 그냥 서서 그녀의 이름을 불렀다—몇 시간 동안, 동이 틀 때까지, 그러면서 이것이 절대 물러나지 않으리라는 것을 확신했다. 그는 이렇게 살고 이렇게 죽을 것이고, 그의 안에서는 해가 뜨지 않을 것이다.

"케리." 그는 작은 소리로 불렀다. "케리." 그러자 바람이 그의 주위 사방에서 몸을 내던지다가 마침내 잦아들었다.

"케리." 그가 작은 소리로 더 간절하게 불렀고, 그다음에 그의 최종적인 보람 없는 행동.

"케리." 그는 작은 소리로 불렀다. "페니."

그러자 그곳의 누군가가 그것을 들었다.

게임 쇼의 소녀

과거에, 그들이 우정으로 보내던 해에, 케리와 클레이로 있으면
서 편하던 때가 있었고, 그들은 위를 향하여, 함께 가깝게 살았다.
하지만 그래도, 아주 많은 순간이 있었다. 그는 가끔 발을 멈추고
자신을 일깨웠다.

이런 식으로 사랑에 빠지면 안 된다.

어떻게 그럴 자격이 있다고 느낄 수가 있나?

그래, 그들이 지붕에서, 공원에서, 심지어 묘지에서 서로 사랑했
다고 말해도 무리는 없을 것이다. 그들은 레이싱 쿼터의 거리들을
걸어다녔고, 열다섯 살과 열여섯 살이었다. 그들은 몸이 닿기는 했
어도 키스는 한 번도 한 적이 없었다.

소녀는 착했고 녹색 불이 밝혀져 있었다.

눈이 맑은 케리 노바크.

소년은 눈에 불이 있는 소년이었다.

그들은 거의 형제처럼 서로 사랑했다.

전화번호부의 날, 그들은 위에서부터 이름 하나씩 전화를 걸었다.

A로 시작하는 이름은 없었기 때문에 그들 모두에게 걸어서 친척과 통화가 될 가능성에 희망을 걸어보기로 했다.

네번째가 그런 사람이었다.

그의 이름은 패트릭 핸리였다.

그가 말했다. "뭐라고? 누구? 애비?"

그때 전화를 건 사람은 케리였다. 그들은 이름마다 번갈아가며 전화를 걸었고 그녀가 두번째와 네번째였다. 그녀는 클레이가 첫번째로 걸어야 한다고 우겼다. 그들은 둘 다 수화기에 귀를 바짝 갖다 대고 있었고, 남자의 목소리에 깔린 의심으로 알 수 있었다―분명히 이 사람이었다. 다른 사람들은 모두 아무런 실마리를 주지 않았다. 케리는 자신들이 어떤 여자를 찾고 있는데 그 여자는 페더턴이라는 곳 출신이라고 말했다. 그러나 상대방은 전화를 끊었다.

"우리가 거기로 가야 할 것 같은데." 그러더니 그녀는 다시 뒤져 주소를 찾았다. "에덴서파크, 언스트 플레이스."

그때는 7월이었는데, 케리는 하루 휴가를 냈다. 일요일이었다.

그들은 기차와 버스를 탔다.

경기장이 하나 있었고 자전거 길이 있는 보도가 있었다.

그 집은 모퉁이에 있었다. 막다른 골목의 오른쪽이었다.

문에서, 그는 즉시 그들을 알아보았다.

두 사람은 벽돌 건물 옆에 있는 그를 물끄러미 보고 있었다.

그는 머리카락이 짙고 검은 티셔츠를 입고 있었으며 아치 길이 들어앉은 듯한 콧수염을 길렀다.

"우와!" 케리 노바크가 말했다. 그녀는 자기도 모르게 말하고 있었다. "저 자전거 핸들* 크기 좀 봐!"

패트릭 핸리는 흔들리지 않았다.

클레이가 그와 이야기할 용기를 냈을 때 클레이의 질문은 질문에 부딪혔다.

"도대체 내 여동생한테 뭘 원하는 건가?"

하지만 패트릭은 이미 클레이를 자세히 본 뒤였다. 클레이는 그와 아주 비슷하게 생겼다—클레이는 변화가 생긴 순간을 볼 수 있었다. 패트릭은 마이클을 애비가 결혼한 남자로만 기억하지 않고 그녀가 타운을 함께 걸어다니던 소년으로 기억하고 있는 것일까?

어쨌든, 분위기는 더 친근해졌고 소개가 이루어졌다.

"여기는 케리예요." 클레이가 말했다. "저는 클레이고요." 그러자 패트릭 핸리는 이제 한 걸음 다가왔다.

"클레이 던바." 그는 무심하게 그렇게 말했다. 하지만 그 이름을 중간에서 둘로 딱 나누었다. 그는 그렇게 말했지, 묻지 않았다.

그녀는 멋진 아파트 단지에 살았다.

그녀는 콘크리트 골리앗—자본가 유형—의 환한 창문 몇 개였고, 그들은 몇 주 뒤에(케리의 다음 쉬는 날) 거기에 갔다. 8월의 어느 오후였다. 그들은 무시무시한 그늘에 서 있었다.

"하늘까지 쭉 올라가네." 케리가 말했고, 그녀의 머리카락은 평소처럼 밖으로 펼쳐져 있었다. 피로 찍은 점 같은 주근깨는 신경과민 상태였다. "준비됐어?"

---

* 양끝이 위로 올라간 긴 콧수염을 일컫는 말.

"아니."

"왜 이래, 널 좀 봐!"

그녀는 손을 미끄러뜨려 팔짱을 꼈다. 그들이 마이클과 애비일 수도 있었다.

그럼에도, 그는 움직이지 않았다.

"뭘 봐?"

"너!"

늘 그렇듯이 케리는 청바지, 그것도 낡은 청바지를 입고 있었다. 그녀의 면플란넬 셔츠는 빛이 바랬다. 검은 재킷은 헐렁하게 앞이 열려 있었다.

그녀는 버저 옆에서 그를 끌어안았다.

"나도 이런 데 살면 전화번호부에 올라가 있지 않을걸." 그녀가 말했다.

"내 생각에는 내가 셔츠 입은 걸 네가 처음 보는 것 같은데." 그가 말했다.

"바로 그거야!" 그녀가 팔짱 낀 팔을 꽉 조였다. "알았어? 말했잖아. 너 준비됐다고."

그는 182를 눌렀다.

엘리베이터에서 클레이는 몸의 무게중심을 이 발에서 저 발로 자꾸 옮겼다. 너무 긴장되어 토할 것 같았지만 복도로 나오자 나아졌다. 하얀색으로 칠해놓고 군청색으로 장식을 한 복도였다. 그 끝에 상상할 수 있는 가장 멋진 도시의 광경이 보였다. 어디에나 물—바닷물—이었고 스카이라인이 손에 잡힐 듯했다.

오른쪽으로 오페라하우스가 보였다.

왼쪽에는 오페라하우스의 변함없는 러닝메이트가 있었다.

그들 눈에 돛에서 '옷걸이'까지 한눈에 들어왔다.

그들 뒤에서 어떤 목소리가 일어섰다.

"어머나."

그녀의 눈은 달콤하고 연기가 자욱했다.

"그 사람이랑 똑같이 생겼네."

안으로 들어갔을 때, 아파트는 여자의 것이었다.

거기에는 남자가 없었고 아이들도 없었다.

어찌된 일인지 그 즉시 분명하게 알 수 있었다.

그들은 전 애비 던바를 보았을 때, 그녀가 아름답다는 것, 그리고 전에도 그랬다는 것을 알았다. 그녀의 머리카락이 훌륭하고 옷이 좋고 모든 면에서 매력적이라는 것을 알았다—그러나 그렇다 해도 사랑과 의리가 있었다. 이 사람은 퍼넬러피가 아니었다. 전혀 비슷하지도 않았다.

"마실 것 좀 줄까?" 그녀가 물었다.

그들은 동시에 말했다. "괜찮아요."

"차? 커피?"

그렇다, 그녀의 눈은 회색이고 찬란했다.

머리카락은 텔레비전만큼 훌륭했고—깜짝 놀랄 만한 단발이었다—그 소녀, 송아지처럼 앙상한 소녀를 다시 보기 위해 열심히 살필 필요가 없었다.

"우유하고 쿠키는 어때?" 케리가 말했다. 분위기를 가볍게 하려는 시도였다. 그녀는 애비 역을 했다. 그래야만 할 것 같았다.

"어이, 꼬마." 여자—나이가 든 현재의 모습—가 미소를 지었는데, 심지어 바지조차 완벽했다. 그것과 더불어, 또 값을 매길 수 없는 셔츠. "너 마음에 들지만, 조용히 하는 게 좋겠어."

클레이는 나에게 이 모든 이야기를 해주면서 가장 웃기는 것도 말해주었다.

그는 텔레비전이 켜져 있었다면서, 게임 쇼가 배경의 잡음 노릇을 했다고 말했다. 한때 그녀는 〈내 사랑 지니〉를 사랑했지만 이제는 이것인 것 같았다. 그는 그게 무슨 쇼인지 알 수 없었지만, 쇼에서 참가자들을 소개하고 있었다—그 가운데 한 사람이 스티브였는데, 스티브는 컴퓨터 프로그래머였고 취미는 패러글라이딩과 테니스였다. 그는 야외활동과 독서를 아주 좋아했다.

모두 자리에 앉고 케리가 진정되었을 때, 그들은 한동안 작은 것들을 이야기했다—학교와 일, 케리가 견습 기수라는 것. 하지만 이야기를 한 사람은 클레이였다. 애비는 클레이의 아버지 이야기를 했다. 그가 아주 아름다운 소년이었다는 것, 그 개를 데리고 페더턴 산책을 했다는 것.

"'달.'" 케리 노바크가 말했다. 하지만 조용히, 거의 혼잣말처럼 중얼거린 것이었다.

클레이와 애비 둘 다 미소를 지었다.

케리가 다시 더 큰 소리로 이야기하게 되었을 때, 그것은 화급한 질문을 하려는 것이었다. "재혼하셨나요?"

애비가 말했다. "그게 낫네." 그러더니 덧붙였다. "아, 그럼. 했지."

클레이는 다행이야 네가 여기에 있어서, 하고 생각하며 케리를 보다가 빛 속에서 눈이 머는 느낌이 들었다. 이 집은 빛이 아주 환하게 밝혀져 있었다! 해는 아주 똑바로 들어와, 현대식 소파, 일 마일 길이의 오븐, 심지어 커피 머신까지 마치 그것들이 무슨 거룩한 것인 양 강하게 때렸다—그러나 피아노는 없다는 것을 그는 알 수 있었다. 다시, 그녀는 아무것도 아니라고 할 수 있었다. 그는 완고했고 조용히 그것과 싸울 것이었다.

애비에 관해 말하자면, 그녀는 밖을 내다보며 커피잔을 어루만지고 있었다.

"아, 그럼, 재혼했지. 두 번 했어." 그러더니 느닷없이, 더 기다릴 수 없다는 듯이 말했다. "이리 와. 내가 뭘 좀 보여줄게." 이어, "어서, 물지 않아." 그녀가 침실로 데리고 들어가는 바람에 그가 머뭇거리자 한 말이었다. "여기—"

그래, 여기 맞았다—거기, 침대 건너편에, 벽의 아주 작은 곳에 그의 심장을 때려눕혔다가 천천히 들어올려 그의 밖으로 끌어낼 것이 있었기 때문이다.

아주 부드럽고 단순한 것, 긁힌 자국이 많은 은제 액자에 들어 있는 것이었다.

애비의 손 그림.

막대기 같은, 하지만 부드러운 스케치.

막대기 같은, 하지만 연약한 스케치. 그 안에 누울 수도 있을 것 같았다.

그녀가 말했다. "그 사람은 열일곱 살이었어, 아마도, 저걸 그렸을 때." 클레이는 처음으로 그녀를 보았다. 그 밑의, 다른 아름다움을.

"보여주셔서 감사합니다." 그가 말했고, 애비는 그 여세를 이용하게 된다. 그녀가 클레이와 페니, 다섯 형제와 소음과 혼돈, 피아노를 둘러싼 싸움, 그리고 죽음에 관해 알 리가 없었다. 오직 자기 앞의 소년뿐이었고, 그녀는 그것을 중요하게 받아들일 작정이었다.

그녀가 말했다. "내가 어떻게 말할 수 있을까, 클레이?" 그녀는 소년과 소녀 사이에 있었다. "내가 얼마나 안타까운지, 내가 얼마나 바보였는지 너한테 말할 수도 있겠지. 하지만 네가 여기 있고, 나는 그걸 볼 수 있어." 잠시 그녀는 케리를 보았다. "이 아이 아름다운 아이지?"

그러자 케리는 물론 애비를 다시 보았고, 그러다 클레이에게 초점을 맞추었다. 주근깨는 이제 불안해 보이지 않았다. 바다가 떠오르게 하는 미소. 그리고 물론 케리는 말했다. "물론이죠."

"나도 그렇게 생각했어." 애비 핸리는 말했고, 거기에 아쉬움은 있었지만 자기 연민은 없었다. 그녀는 설명했다. "아마도 내가 네 아빠를 떠난 것은 정말이지 나의 최선의 잘못이었던 것 같구나."

그뒤에 그들은 차를 마셨다. 거절할 수가 없었다. 애비는 커피를 더 마셨고, 그들에게 자신의 역사 가운데 일부를 이야기해주었다. 그녀는 은행에서 일했다.

"다 박쥐 똥만큼이나 지루해." 그녀가 말했고, 클레이, 그는 가슴이 아렸다.

그가 말했다. "우리 형제 가운데 둘도 똑같은 말을 해요. 매슈가 보는 영화를 두고 하는 얘기예요."

그녀 눈의 연기가 자욱한 곳이 약간 넓어졌다.

"형제가 몇이나 되는데?"

"다섯이에요." 그가 그녀에게 말했다. "그리고 동물이 다섯, 아킬레우스를 포함해서."

"아킬레우스?"

"노새요."

"노새?"

클레이는 이제 정말로 긴장을 풀기 시작했고, 케리가 불쑥 대꾸했다. "이런 가족은 본 적 없으실 거예요." 어쩌면 애비는 그런 것으로—그녀가 전혀 살아보지 못한 삶으로—상처를 받을 수도 있었고, 어쩌면 그때 그것으로 상황이 엉뚱하게 흘러갈 수도 있었다. 따라서 그들 가운데 누구도 운을 시험해보지 않았다. 그들은 페니나 마이클 이야기는 하지 않았고, 잔을 내려놓은 사람은 애비였다.

그녀는 진정한 애정을 담아 말했다. "너희 두 아이를 봐라."

그녀는 고개를 젓더니 웃음을 터뜨렸다, 자신을 향해.

너희를 보면 나와 그가 떠오르는구나.

그녀는 그런 생각을 했지만—그는 알 수 있었다—말을 하지는 않았다.

그녀가 말했다. "네가 여기 왜 왔는지 알 것 같은데, 클레이."

그녀는 자리를 떴다가 『채석공』을 들고 돌아왔다.

바랜 청동색이었고 책등은 갈라졌지만 그렇게 나이든 모습이 오히려 그 책을 드높여줄 뿐이었다. 창문에서 날은 더 어두워졌다. 그녀는 부엌의 불을 켰고 주전자 옆, 벽에 걸린 칼을 하나 집어들었다.

아주 살살, 식탁에서, 그녀는 베어나갔다, 안쪽을—정확히 책등에 닿는 곳까지—첫 페이지를 잘라내려는 것이었다. 저자의 전기가 있는 페이지. 마침내 그녀는 책을 덮고 클레이에게 주었다.

잘라낸 페이지—그녀는 그들에게 그것을 보여주었다. 그녀가 말했다. "괜찮으면 이건 내가 갖고 있을게." 그리고 "사랑하고, 사랑하고 또 사랑하는, 응?" 하지만 경박하다기보다는 그리움에 젖은 것이었다. "나는 늘 알았다고 생각해, 있잖아, 그건 절대 내가 가질 수 없는 거라는 걸."

그들이 일어서자 그녀는 그들을 배웅했다. 그들은 밖의 엘리베이터 옆에 함께 섰다. 클레이는 악수를 하려고 다가갔지만 그녀는 거부하면서 말했다. "자, 그냥 한번 안아줘."

그녀에게 안기는 기분은 이상했다.

그녀는 보기보다 부드러웠고, 또 따뜻했다.

그는 얼마나 고마운지 설명할 수가 없었다. 책과 그녀의 두 팔의 살에. 그는 다시는 그녀를 볼 수 없다는 것, 이것이 다라는 것을 알았다. 엘리베이터가 내려가기 전 마지막 갈라진 틈으로, 그녀는 그 닫히는 문 사이로 미소를 지었다.

마지막 편지

다시는 애비를 볼 수 없을 것이다.

클레이는 물론 틀렸다.

한번은, 물결 속에서—

오, 씨발—

봐라, 케리 노바크의 장례식에서, 우리가 교회 뒤쪽에 앉아 있을 때 그는 아무도 자신을 보지 못했다고 생각했는데 그것은 틀렸다—진정으로 애도하는 사람들 사이에, 경마 사람들과 명사들 사이에 한 여자도 있었기 때문이다. 그녀의 눈은 달콤하고 연기가 자욱했고 옷이 아름다웠으며 깜짝 놀랄 만한 단발이었다.

클레이에게—

여러 가지로 안타깝구나.

훨씬 일찍 편지를 썼어야 하는데.

케리에게 일어난 일은 안타깝다.

내가 입방정을 떨지 말라고 하자마자 그 아이는 나한테 그의 개 이름을 이야기했어…… 그리고 다음 순간에 (일 년 이상 지났지만) 교회에 그 모든 사람이 모였다니. 난 문간에 있는 사람들 속에서 있었고 네가 형제들과 뒤에 있는 것을 봤다.

잠시 너한테 다가갈 뻔했지. 지금은 그러지 않았던 걸 후회해.

너희 둘을 만났을 때 말을 했어야 하는데—너희를 보며 마이클과 나를 떠올렸다고. 너희가 서로 가까이 있는 것을 보고 너희가 팔 하나 거리밖에 떨어져 있지 않다는 걸 알 수 있었지. 너희가 나로부터, 또는 그녀를 해칠 다른 어떤 것으로부터 서로를 구할 거라는 걸. 그 교회에서 넌 너무나 참담해 보이더구나. 지금은 괜찮기를 바란다.

너희 어머니가, 또는 아버지가 어디 있었는지는 묻지 않을게. 나도 우리가 무엇을 우리끼리만 간직하는지, 특히 부모에게는 드러내지 않는지 아니까.

답장을 해야 한다고 생각할 필요 없다.

네가 그 아이가 바라던 대로 살아야 한다고 이야기하지는 않겠지만, 어쩌면 네가 살아야 하는 대로 살라고는 말해야 할지도 모르겠구나.

하지만 정말이지, 내 생각에, 살기는 해야 한다.

두서없이 말한 거라면 미안하다. 그랬다면 용서해.

신실한 벗,
애비 핸리

그것은 번버러 며칠 뒤, 그가 동이 틀 때까지 트랙에 서 있고 나서 며칠 뒤에 왔다. 편지는 직접 배달되었다. 우표도 주소도 없었다. 그냥 클레이 던바라고 적힌 채 우편함에 들어가 있었다.

일주일 뒤, 클레이는 레이싱 쿼터를 통과하고 도시를 걸어 그녀에게 이르렀다. 그는 버저를 누르지 않았다. 다른 거주자를 기다렸다. 그 남자 뒤에서 슬쩍 입구를 통과해 엘리베이터를 타고 십팔층으로 올라갔다.

문에 이르렀을 때 그는 주춤했고 문을 두드리기까지 몇 분이 걸렸으며 두드릴 때도 조심스러운 동작이었다. 그는 그녀가 나와 문을 열자 충격을 받았다.

전과 마찬가지로 그녀는 친절하고 흠 하나 없었지만 바로 근심을 드러냈다. 그녀의 머리카락, 그리고 그 빛, 이것들은 치명적이었다.

"클레이?" 그녀는 말하더니 한 걸음 다가섰다. 그녀는 슬플 때도 아름다웠다. "하느님, 너 너무 여위어 보여, 클레이."

그녀를 다시 안지 않는 데, 그녀 집 문간의 온기에만 안겨 있는 데 그의 모든 의지력이 필요했다—하지만 그는 자신을 놓지 않았고 그럴 수도 없었다. 그는 그녀와 이야기를 할 수 있었고 그것이 다였다.

"편지에서 말씀하신 대로 할 거예요." 그가 말했다. "내가 살아야 하는 대로 살 거예요. 가서 다리를 마무리할 거예요."

그의 목소리는 강바닥처럼 건조했고, 애비는 제대로 일을 해냈다. 그녀는 다리가 무슨 말이냐고 묻지 않았고 그가 그녀에게 말해줄 수도 있는 다른 어떤 것도 요구하지 않았다.

그는 다시 말을 하려고 입을 열었으나 망설였고 눈에 물이 고였다. 그는 화가 나서 눈물을 닦아냈다. 그러자 애비 핸리는 모험을,

도박을 했다. 그녀는 두 배로 걸고, 걱정, 또는 이 엉망인 일 전체에서 자신의 자리, 또는 무엇이 옳은가 하는 문제 따위는 집어치우기로 했다. 그녀는 전에 한 번 한 적 있는 일을 했다.

그녀는 자신의 손가락 한 쌍에 입을 맞춘 뒤 그 손가락들을 건너편, 그의 뺨에 올려놓았다.

그 순간 그는 페니, 그리고 마이클, 그리고 우리 모두에게 일어났던 모든 일, 그리고 자신에게 일어났던 모든 일에 관해 이야기하고 싶어졌다. 그래, 그는 그녀에게 모든 것을 말하고 싶었다. 하지만 이번에는 그냥 악수만 했다. 그러고는 엘리베이터를 탔고 달렸다.

투우사 대 하트 퀸

그래서, 다시 한번, 그렇게 되었다.

클레이가 케리와 함께 애비 핸리를 만났을 때, 애비가 『채석공』의 첫 페이지를 잘라냈을 때, 그들은 그것이 무슨 의미인지 결코 알 수 없었다. 처음에는 또하나의 척도인 줄 알았다. 또하나의 시작의 출발점, 계절이 계절 속으로 흘러들고 계절에 의해 흐르듯이.

봄에 그들은 둘 다 돌아왔다.

'투우사'와 '하트 퀸'.

여름에, 기다림의 아픔, 케리가 미리 경고받은 것을 생각하면.

그녀는 죽은 나무를 잘라내야 하고, 클레이는 그녀가 그렇게 하게 만든다. 클레이는 계획을 세운다.

그사이에, 짐작할 수도 있겠지만, 한 가지 상수常數—그들이 가장 사랑한 것—는 미켈란젤로의 책이었고, 그녀는 그를 조각가, 또는 화가, 또는 그가 가장 좋아한 표현인 네번째 부오나로티라고 불렸다.

그들은 서라운즈에 누웠다.

그곳에서, 한 장씩 한 장 읽었다.

손전등을 가져왔고, 혹시 몰라 배터리도 가져왔다.

색이 바래가는 매트리스를 보호하기 위해 그녀는 거대한 비닐을 가져왔고 그곳을 떠날 때 그들은 그 비닐로 침대를 정리했다. 모든 것을 그 비닐로 감쌌다. 집으로 돌아오면서 그녀는 팔을 집어넣어 걸곤 했다. 그들 사이에서 그들의 골반이 닿곤 했다.

11월이 되자 역사가 반복되었다.

'하트 퀸'은 그냥 너무 훌륭했다.

그들은 두 번 더 경쟁했고, '투우사'는 전심전력으로 노력했지만 힘이 미치지 못했다. 그러나 아직 한 번의 기회가 남아 있었다. 12월 초에 도시에서 마지막 '그룹 원'을 뛰게 되었고 에니스 맥앤드루는 '투우사'의 몸을 만들고 있었다. 그는 '투우사'가 힘이 미치지 못한 것은 아직 준비가 되지 않았기 때문이라고 말했다. 이것이 그가 노리는 것이었다. 이름이 이상했다―플레이트나 기니, 컵이나 스테이크스가 들어가지 않았다―'세인트 앤스 퍼레이드'*라고 부르는 대회였다. 그것이 '투우사'가 뛰는 마지막 게임이 된다. 로열 헤네시에서 오번 경주. 12월 11일.

그날, 그들은 그녀가 좋아하는 일을 했다.

오번 경주의 '투우사'에게 일 달러를 걸었다.

---

* '성 안나 행렬'이라는 뜻.

케리는 엉덩이를 긁는 남자에게 돈을 걸어달라고 부탁했다.

남자는 그렇게 했지만 웃음을 터뜨렸다. "그 녀석은 염병할 가망이 없다는 거 알지, 응? '하트 퀸'하고 붙는단 말이야."

"그래서요?"

"그래서 절대 이기지 못할 거라고."

"'킹스턴 타운'한테도 그렇게들 말했죠."

"'투우사'는 '킹스턴 타운'이 아니야."

그러자 그녀는 그를 약간 두들겨팼다. "내가 도대체 왜 입 아프게 아저씨하고 이런 얘기를 하고 있을까? 최근에 몇 번이나 땄어요?"

그는 웃음을 터뜨렸다. "많이 못 땄지." 그러고는 뺨을 다 덮은 구레나룻을 손으로 쓸어내렸다.

"그럴 줄 알았어요. 아저씨는 그런 걸 속일 만큼 약삭빠르지도 못하니까. 하지만 보세요." 그녀는 싱긋 웃었다. "내기 걸어줘서 고마워요, 됐죠?"

"물론이지." 그런 뒤에 그들이 각자 갈 길로 가는데 남자가 다시한번 그들을 불렀다. "야, 네가 나를 설득했는지도 모르겠는걸!"

그날 오후의 관중은 그들이 경마를 본 이래 가장 많았다. '하트퀸'도 일정 기간 해외로 뛰러 떠날 예정이었기 때문이다.

관중석에는 거의 빈 곳이 없었지만 그래도 그들은 자리 두 개를 찾아냈고 피티 심스가 말 대기장에서 그 말을 데리고 몇 바퀴 도는 것을 지켜보았다. 물론 맥앤드루는 화난 표정이었다. 하지만 그것은 모든 게 정상이라는 뜻이었다.

출발 전에 케리가 클레이의 손을 잡았다.

그는 바깥쪽을 내다보며 말했다. "행운을 빌어."

그녀는 그의 손을 꼭 쥐었다 놓았다—말들이 그날 울타리를 떠날 때 관중이 일어섰기 때문이다. 사람들이 소리를 질렀고, 뭔가가 변했다.

말들이 방향을 틀었고 엉뚱한 일이 생겼다.

'하트 퀸'이 앞으로 치고 나가자 검은색과 황금색의 '투우사'는 그녀 옆에서 성큼성큼 보조를 맞추었다—이것은 정말이지 뭔가를 말해주는 것이었다. 그녀의 보폭이 훨씬 컸기 때문이다. 그녀가 가속을 했는데도 어떻게 된 일인지 그는 그녀와 함께 갔다.

관중석의 색조가 필사적으로 바뀌었다.

그들은 쉰 목소리로, 거의 겁에 질려 '퀸'을 불렀다—그럴 수는 없었기 때문에, 그럴 수는 없었기 때문에.

하지만 그랬다.

결승선에 이르렀을 때, 그들의 까닥이는 머리로 결정해야 하는 문제가 되었다.

'투우사'가 해낸 것 같았다, 그리고 그렇게 들리기도 했다—마치 쉬잇 하는 소리가 관중석을 쓸고 지나간 것처럼 조용해졌기 때문이다.

그녀는 그를 보았다.

그녀는 그를 안았다, 한 손으로.

그녀의 주근깨들이 터질 것 같았다.

그가 이겼다.

그녀는 그렇게 생각했지만 말을 하지는 않았고, 말을 하지 않은 것이 행운이기도 했다, 그것은 그들이 본—아니 관중석에 앉아서 본—가장 훌륭한 경주였고, 그런 생각에는 시가 있다는 것을 그들은 알았기 때문이다.

아주 아슬아슬하게, 아슬아슬하게, 그러다 사라졌다.

사진이 어쨌든 그것을 입증했다.

'하트 퀸'이 콧구멍 차이로 이겼다.

"콧구멍, 좆같은 콧구멍!" 피터가 나중에 소리쳤다, 마구간 칸의 테두리 내에서—하지만 이번에는 맥앤드루가 미소를 짓고 있었다.

그는 케리가 큰 상처를 입고 낙담한 것을 보고 다가와 그녀를 보았다. 마치 검사하는 것 같았다. 그녀는 그가 자신의 발을 확인할지도 모른다는 생각이 들었다.

"너한테 대체 무슨 일이 있었던 거냐? 누가 죽기라도 했냐?"

"그 아이가 이겼어야 했어요."

"꼭 어때야 하는 건 없어. 그건 우리가 본 적 없는 거였어, 그렇게 달리는 것은." 그러더니 이제 그는 그녀가 자신을, 허수아비의 맑은 파란 눈을 보게 했다. "또 한 가지, 너는 언젠가 그 녀석을 데리고 그 '그룹 원'을 차지할 거야, 알았지?"

일종의 행복의 시작.

"알겠어요, 맥앤드루 선생님."

그때부터, 케리 노바크, 갤러리 로드 출신의 소녀는 견습 일에 진지하게 임하기 시작했다. 그녀는 1월 1일에 시작했다.

그녀는 이제 기본적으로 스물네 시간 일하고 있었다.

어떤 것, 또는 다른 어떤 사람을 위한 시간을 낼 수 없었다.

그녀는 이제 말을 탔다. 주로 트랙워크이고 장애물 시험이었지만 속으로는 경주를 간절히 바라기 시작했다. 그녀는 처음부터 맥앤드루에게 이런 말을 들었다.

"나를 괴롭히면 절대 어떤 것도 얻지 못할 거야."

그녀는 기꺼이 고개를 숙이고 입을 다물고 일을 했다.

클레이 쪽은 결심을 굳히고 있었다.

그는 그녀가 자신을 떠나야 한다는 것을 알았다.

그는 그녀가 떨어져 있게 할 수 있었다.

그는 이미 훈련을 최대한 열심히 다시 시작할 계획을 짰고, 헨리도 준비가 되어 있었다. 그들은 어느 날 밤 지붕에 함께 앉았고, 미스 재뉴어리가 모든 것에 관여했다. 그들은 '변소'네 아파트 단지 열쇠를 얻고, 번버러파크로 복귀한다. 돈, 그리고 많은 도박이 생길 것이다.

"됐어?" 헨리가 말했다.

"됐어."

그들은 악수했고, 그것은 정말이지 어울리는 일이었다. 헨리도 놔버리고 있었기 때문이다—해부학적으로 훌륭한 그 여자를. 어떤 이유에서인지 그는 결심했다.

그는 그녀를 접어서 기울어진 지붕 기와에 내려놓았다.

12월 31일 저녁, 케리와 클레이는 번버러로 걸어내려갔다.

그들은 십분의 일은 죽어나간 트랙을 달렸다.

석양에 지옥이 되어버린 관중석. 그러나 기꺼이 들어가고 싶을 지옥이었다.

그들은 서 있었고 그는 빨래집게를 움켜쥐었다.

그는 그것을 천천히 내밀었다.

그가 말했다. "이제 너한테 말할 필요가 있어." 그러면서 그녀에게 모든 것, 늘 다가올 물 속에 있는 것을 전부 말했다. 그들은 결승선을 십 미터 앞둔 곳에 있었고, 케리, 그녀는 말없이 들었다. 그녀는 그의 손을 뚫고 들어가 빨래집게를 꼭 쥐었다.

그는 이야기를 다 한 후에 말했다. "이제 보여? 보여? 나는 일 년을 차지했지만 절대 그럴 자격이 없었어. 너하고의 일 년. 너는 절대, 영원히 나하고 함께 있을 수 없어." 그는 내야, 그 정글의 땅을 보면서 그것은 논란의 여지가 없다고 생각했지만 케리 노바크를 절대 이길 수 없었다. 그래—말은 질 수 있지만, 케리는 질 수 없었다. 이것 때문에 그녀를 저주해라, 하지만 우리는 그녀를 사랑할 수 있다. 그녀가 다음에 한 일이 이것이기 때문이다.

그녀는 그의 얼굴을 돌려서 안았다.

그녀는 빨래집게를 잡았고 그것을 어루만졌다.

그것을 천천히 자신의 입술로 들어올렸다.

그녀가 말했다. "하느님, 클레이, 이 불쌍한 꼬마, 이 불쌍한 아이, 이 불쌍한 꼬마……" 관중석이 그녀의 머리카락을 환하게 밝혔다. "그 말이 맞았어, 알잖아, 애비 핸리, 그분은 아름답다고 했어. 보이지 않아?" 가까이서 보니 그녀는 밝았지만 본능적이었다. 그녀는 애원으로 사람을 살아 있게 할 수 있었다. 그녀의 선한 녹색 눈 안의 고통. "내가 너를 절대 떠나지 않을 거라는 게 보이지 않아, 클레이? 내가 절대 떠나지 않을 거라는 게 보이지 않아?"

그때 클레이는 쓰러지기라도 할 것처럼 보였다.

케리가 그를 꼭 감쌌다.

그녀는 그냥 그를 붙들고 끌어안고 그에게 소곤거렸고, 그는 그녀 안의 모든 뼈를 느꼈다. 그녀는 미소를 짓고 울고 미소를 지었다. 그녀가 말했다. "서라운즈로 가자. 토요일 밤에 가자." 그녀는 거기에서 그의 목에 입을 맞추고, 말을 깊이 눌러넣었다. "나는 너를 절대 떠나지 않아, 영원히—" 그리고 그것이 내가 기억하고 싶은 그들의 모습이다.

그를 안고 있는, 번버러에서 세게 안고 있는 그녀가 보인다.

그들은 소년, 소녀, 그리고 빨래집게였다.

트랙, 그 불, 그들 뒤의 불이 보인다.

불타는 침대

아처 스트리트 18번지에서, 나는 들떴지만 슬픔이 그것을 누르고 있었다.

클레이가 가방을 싸고 있었다.

한동안, 우리는 낡은 뒤쪽 포치에 함께 서 있었고 로지는 소파에 늘어져 있었다. 그녀는 속이 빈 빈백에서 자고 있었는데, 우리는 완전히 닳아빠진 그것을 소파 위에 던져놓았다.

아킬레우스는 빨래 건조대 아래 있었다.

그는 질겅질겅 씹으며 애도로 들어서고 있었다.

우리는 하늘이 창백하게 눈에 드러날 때까지 거기 서 있었고, 곧 완성된 형제들, 그들은 아무 말도 하지 않았지만 그가 간다는 것을 알았다.

보라, 클레이가 우리에게 할일이 한 가지 더 있다고, 토미가 테레빈유를 가져와야 하지만 성냥은 필요 없다고 말했고, 우리 모두 말없이 밖으로 걸어나갔다. 우리는 서라운즈까지 갔다.

우리는 가정 기념물들과 함께 서 있었다.

그것들의 거리감과 짓밟힌 상태.

우리는 매트리스까지 걸어가 그와 함께 그곳에 섰고, 비닐 시트에 관해서는 아무 말도 하지 않았다. 그래, 우리가 한 일은 서 있는 것뿐이었고, 라이터는 그의 호주머니에서 나왔다. 다른 호주머니에는 여전히 빨래집게가 들어 있었다.

우리는 토미가 매트리스를 적실 때까지 서 있었고 불길이 곧장 위로 곤두섰다. 클레이는 라이터를 들고 몸을 웅크렸고, 처음에 침대는 저항했지만 곧 포효하기 시작했다. 그 소리, 밀려오는 파도 소리.

경기장이 환하게 밝혀졌다.

우리 다섯은 서 있었다.

다섯 소년과 타오르는 매트리스 하나.

우리가 다시 집안으로 들어갔을 때 서라운즈는 그대로였다.

서풍 비슷한 것도 없었다.

그는 혼자 중앙역으로 가기로 했다.

그는 우리 각각을 따뜻하게, 따로따로 끌어안았다.

토미를 안은 뒤에 그는 마지막으로 나를 안았는데—우리 둘 다, 각자 다른 순간에 클레이에게 기다리라고 했다—나, 나는 피아노 덮개를 열고 단추를 찾아 원피스 속으로 손을 뻗었다. 책들은 기다려야 했다, 그것은 나도 알 수 있었다.

그는 그것을 손에 쥐었다, 빈에서 온 단추.

그녀는 결심의 손아귀 안으로 돌아가 있었다.

닳은 것이었지만 그의 손바닥 안에서 처음 그대로였다.

토미에 관해 말하자면, 그뒤로 십 분쯤 지났을까, 우리 나머지가 포치에 서서 클레이가 걸어나가는 것을 지켜보고 있을 때 그는 완전히 미친 짓을 했다.

로리에게 헥토르를 돌보는 일을 맡긴 것이다.

"자," 토미는 얼른 말했다. "안고 있어."

로리와 헥토르 양쪽 다 충격을 받았고 둘 사이에 적잖은 불신이 있었다. 둘이 서로 자세히 살피고 있을 때 토미가 집안으로 달려가더니 곧 다시 달려나왔다.

우리는 서 있었고, 클레이를 보았다.

토미가 그를 쫓아 달려내려갔다.

"클레이!" 토미가 소리를 질렀다. "여기, 클레이!"

그리고 물론 토미는 아킬레우스를 데려가고 있었다—그리고 노새는, 놀랍게도 달리고 있었다. 그가 달리고 있었다! 소년이 그를 데리고 거리를 달려갈 때 속이 빈 발굽 소리가 들렸다. 클레이는 그들을 맞이하려고 몸을 돌렸고, 소년과 짐승을 보았다.

한순간도 없었다.

일 초도 망설임이 없었다.

원래부터 그렇게 될 일이었다. 클레이의 손이 고삐를 잡으려고 앞으로 나왔다.

"고마워, 토미."

조용하게 말했지만 우리 모두 들었다. 클레이는 몸을 돌려 걸어갔다. 그를 데리고 갔다. 꽉 찬 아침이 다가와 아처 스트리트를 때렸다—그리고 우리 모두 아래로, 토미에게로 갔다. 우리는 그들이 우리를 남기고 떠나는 모습을 지켜보았다.

　거기에서, 교외들의 세계에서, 한 소년이 노새를 데리고 거리를 걸어갔다. 그들은 실버의 다리를 향해 출발했고, 가장 어두운 물을 데리고 갔다.

8부

도시 + 물 + 범죄자 + 아치
+ 이야기 + 생존자 + 다리 +
불

복도의 조커

한번은—나는 적어도 지난 몇 번은 거의 이 말을 쓰고 있지만—던바 과거의 물결 속에 우리에게 자신이 죽을 것이고 세상이 그날 밤, 그 부엌에서 끝날 것이라고 말한 여자가 있었다. 바닥에는 소년들이 있었고, 그들은 타오르고 있었다. 그리고 다음날 아침에 해는 떠올랐다.

우리 모두 일찍 일어났다.

우리의 꿈은 비행 같았다, 난기류 같았다.

여섯시가 되자 헨리와 로리도 거의 깨어 있었다, 우리의 악명 높은 늦잠꾸러기들도.

3월이었고, 여름의 찌꺼기가 넘쳐나고 있었으며 우리는 앙상한 팔과 어깨를 드러내고 복도에 함께 서 있었다. 우리는 서 있었지만 그 자리에서 꼼짝도 하지 않았다. 무엇을 해야 할지 몰랐다.

우리 아버지가 밖으로 나오더니 시도했다. 우리 목 각각에 한 손씩.

어떤 위로를 해보려는 시도.

문제는, 그가 우리 옆을 떠났을 때, 커튼을 쥐고 한 손을 피아노에 얹고 있는 모습이 우리 눈에 보였다는 점이었다. 그는 매달려 있었고, 몸이 흔들리고 있었다. 해는 따뜻하게 물결을 일으켰고, 우리는 복도에서, 그의 뒤에서 고요했다.

그는 자기는 괜찮다고 우리를 안심시켰다.

하지만 그가 몸을 돌려 우리를 마주보았을 때 그의 옥색 눈에는 빛이 없었다.

우리 쪽은,

헨리, 클레이, 나는 속셔츠와 낡은 반바지 차림이었다.

로리와 토미는 그냥 속옷만 입고 있었다.

잘 때 입은 그대로였다.

우리 모두 입을 앙다물었다.

복도는 피로로, 소년다운 다리와 정강이로 가득했다. 모두 침실 바깥에 나와 부엌 쪽을 향해 긴장하고 있었다.

밖으로 나온 그녀는 출근 복장, 청바지에 짙푸른 셔츠 차림이었다. 단추는 가늘고 긴 금속이었다. 머리는 땋아서 등뒤로 늘어뜨렸다. 차를 타러 나가거나 다른 뭔가를 할 준비가 된 것처럼 보였고, 조심스럽게, 우리는 그녀를 살폈다—그러자 퍼넬러피는 어쩔 도리가 없었다.

그녀는 금발에 땋은 머리였고, 활짝 웃고 있었다.

"너희들 무슨 일이야?" 그녀가 물었다. "아무도 안 죽었어, 그렇지?"

결국 그것이 저지르고 말았다.

그녀는 웃음을 터뜨렸지만 토미는 울었고, 그녀는 몸을 잔뜩 웅크리며 앉더니 그를 안았다―그러자 우리 나머지도, 속셔츠와 반바지를 입은 우리도 모두 다가가 쓰러졌다.

"너무 힘들어?" 그녀는 물었고, 그녀는 그렇다는 것을 알았다, 그 모든 몸이 문대는 것으로부터.

그녀는 소년들의 팔이 단단히 죄어오는 것을 느꼈다.

우리 아빠는 무력하게 지켜보았다.

은색 노새

그렇게 거기에 그녀가 있었다.

우리 어머니.

그 오랜 세월 전에.

복도에, 아침에.

그리고 여기에 클레이가 있었다, 오후에, 자신의 복도에, 또는 그 자신이 부르기 좋아하는 말로 하자면, 회랑에.

다부진 유칼립투스로 이루어진 회랑.

그를 거기로, 트럭과 말 운반용 트레일러를 결합한 것에 태워 데려다준 사람은 에니스 맥앤드루였다. 클레이가 가서 그와 마주한 뒤 적어도 석 달은 지났다.

좋은 일은 맥앤드루가 다시 조련을 시작했다는 것이다. 헤네시에서 클레이가 아킬레우스와 함께 있는 것을 보았을 때, 그는 고개를 저으며 다가와 만사 제치고 거들었다.

그가 말했다. "자, 그 염병할 고양이가 뭘 끌고 들어왔는지 봐라."

그들은 대체로 말없이 달렸으며 말을 할 때도 바깥쪽을, 앞유리 너머의 세계를 보고 있었다.

클레이가 그에게 '스페인 사람'에 관해 물었다.

그리고 오페라 가수, 파바로티에 관해서.

"파바-뭐?"

운전대를 쥔 주먹이 하얘졌다.

"예전에 트랙워크 테드를 그렇게 부르셨죠, 그분을 갤러리 로드에서 봤을 때. 젊은 기수 두 명을 데리고 그분을 보러 가셨어요, 기억나세요? 그분을 지켜보고, 말 타는 걸 배우게 하려고?" 하지만 이제 클레이는 앞유리에서 고개를 돌려 창밖을 보고 있었다. 끝없는 종잇장처럼 이어진 텅 빈 공간. "전에, 그애가 그 이야기를 해줬어요."

"아, 그래." 에니스 맥앤드루는 말하더니 깊은 생각에 잠겨 계속 차를 몰았다. "그 기수들은 떠그럴 아무런 가치가 없었지."

"떠그럴?"

"아무런 가치가 없었다고."

그러나 그들은 다시 아픔으로 돌아갔다.

무엇을 즐기든 죄책감이 있었다.

특히 잊는 즐거움에는.

분기점에 이르렀을 때 클레이는 거기서부터는 자기 혼자 데려갈 수 있다고 말했지만 에니스는 받아들이려 하지 않았다. "네 아버지를 만나고 싶구나." 그가 말했다. "그 다리를 보고 싶어. 염병할 그러는 게 좋겠어…… 그렇게 하지 않기에는 너무 멀리 왔어."

그들은 넓은 언덕으로 차를 몰고 가 아래로 방향을 틀어 회랑으로 들어섰다. 그곳의 유칼립투스는 늘 똑같았다. 그 나무들은 모여 있었고 그 아래서 기다리고 있었다, 그늘 속에서 근육이 불거진 허벅지들 같았다. 나무들로 이루어진 축구팀.

맥앤드루는 나무들을 보자 눈을 빼앗겼다.

"예수님," 그가 말했다. "저것들 좀 보게."

반대편, 그들은 빛 속에서 강바닥에 있는 그를 보았다. 다리는 그전 그대로였다. 내가 흙속에 무릎까지 빠진 이후로 몇 달 동안 아무런 일도 이루어지지 않았다.

곡선, 나무와 돌.

조각들은 이것을 기다리며 서 있었다.

그들은 트럭에서 내려 강바닥으로 향했다.

강바닥 옆에 섰을 때 먼저 입을 연 것은 에니스였다. "완성되면 멋지겠는걸, 안 그래?" 그러자 클레이는 당연하다는 표정이었다.

그는 그냥 "네"라고 대답했다.

트레일러를 열고 동물을 꺼낸 뒤 그들은 그를 데리고 기반암으로 내려갔고 노새는 의무를 이행하듯 주위를 둘러보았다. 그는 강의 메마름을 살폈다. 두 가지 질문을 던진 사람은 클레이였다.

"뭐?" 그가 동물에게 물었다.

"이게 뭐가 그렇게 별난데?"

흠, 염병할 물은 어디 있는 거야?

그러나 클레이는 물이 오고 있음을 알았고 어느 시점이 되면 노새도 알게 된다.

그러는 동안 에니스는 마이클과 악수를 했다.

그들은 친구들처럼, 동등한 사람들처럼 건조하게 이야기했다.

맥앤드루는 헨리가 했던 말을 옮겼다.

그는 굴레와 건초를 가리켰다.

그가 말했다. "저걸로는 아마 뭘 해볼 수 있겠지만 저 동물은 완전히 쓸모없소."

하지만 마이클 던바는 어떻게 대답해야 할지 알고 있었다. 그는 거의 멍한 표정으로 클레이를, 그리고 노새에게 박혀 지워지지 않는, 다 알고 있다는 표정을 보았다. 그가 말했다. "알겠지만, 그렇다고 완전히 확신하지는 못할 것 같습니다. 저 녀석이 부수고 들어가는 일은 아주 잘하니까요."

하지만 다시 죄책감과 당혹감이 있었고, 맥앤드루와 클레이가 그것을 진정시킬 방법을 안다면, '살인범'은 자신도 그래야 한다는 것을 알았다.

그들은 한동안 노새―느리게 이리저리 걸어다니는 아킬레우스―를 보았다. 그는 강바닥에서 꾸준히 기어올라와 들판에서 자기 일을 하기 시작했다. 허리를 굽히고 가볍게 씹었다.

아무 생각 없이 맥앤드루가 말했다. 작은 몸짓이었지만 분명하게 소년을 가리키고 있었다.

"던바 씨, 저 녀석 좀 살살 다뤄주시오, 아시죠―" 그리고 이제, 마침내 그가 그 말을 했다. "저 녀석은 염병할 '파 랩' 같은 심장을 가졌소."

그러자 마이클 던바도 동의했다.

"그 속은 반도 알 수 없죠."

십 분 뒤, 커피와 차 이야기와 됐다는 이야기가 나오고 나서 맥앤드루는 집으로 출발했다. 그는 소년과 아버지와 다시 악수를 하고, 나무들 속으로 도로 들어갔다. 클레이가 그의 뒤를 쫓아 달려갔다.

"맥앤드루 선생님!"

그늘 속에서 트럭이 멈췄고, 빗자루 조련사가 내렸다. 그는 어둠에서 빛으로 걸어왔다. 그가 숨을 내쉬었다. "에니스라고 불러라, 그리스도를 위해서라도."

"알겠습니다, 에니스." 이제 클레이는 눈길을 피했다. 그들 둘은 햇빛 속에서 구워지고 있었다, 소년과 노인 불쏘시개 같았다. 그가 말했다. "있잖아요, 있잖아요 케리……" 그녀의 이름을 말하는 것만으로도 아팠다. "……그애 자전거 아시죠?" 에니스는 고개를 끄덕였고 더 다가왔다. "자물쇠 번호를 알아요. 삼십오 이십칠이에요." 그러자 에니스는 그게 무슨 수인지 바로 알았다.

그 숫자들, 그 말.

그는 다시 걸어갔다, 나무들과 그늘 속의 트럭으로.

"테드한테 이야기하마, 캐서린한테 이야기할게, 됐지? 하지만 그 사람들이 그걸 가지러 올 것 같지는 않구나. 네가 와서 자물쇠를 풀면 그건 네 거야."

그렇게 그는 차를 몰고 떠났다.

그는 트럭 안으로 다시 올라갔다.

빗자루-손을 살짝, 들어올렸다.

그는 창밖으로 소년에게 손을 흔들었고, 소년은 천천히 걸어서
돌아갔다.

첫 빛이 집에 닿기 전에

그래서 그들은 그녀에게 여섯 달을 주었다—어쩌면 그게 나았을 것이다. 당연히 덜 아팠을 것이고, 어쨌든 그녀의 장대한 하트널일, 죽음이지만 결코 죽어가지 않는 일보다는 짧았을 것이다.

물론 모든 추악하고 자세한 내용이 있었다.

거기에 나는 거의 관심을 기울이지 않는다.

약들은 결국에는 다 똑같이 들린다. 변형들의 색인. 누가 죽는 것을 지켜보는 것은, 내 짐작으로는, 다른 언어를 배우는 것과 같다. 완전히 새로운 종류의 훈련. 처방약 상자로 탑을 쌓고, 알약과 독한 액체를 헤아린다. 그런 다음에는 병동에서 보내는 몇 분에서 몇 시간. 가장 긴 밤은 얼마나 긴지.

하지만 퍼넬러피에게는 대체로 언어였다, 내 생각에는.

죽음과 그 나름의 고유어가 있었다.

알약들은 약국이라고 불렸다.

각각의 약은 모순어법oxymoron이었다.

처음에 그녀가 그 말을 한 것은 부엌에서였고, 그녀는 그것들을 거의 행복한 표정으로 공부했다. 스티커가 붙은 그 모든 상자. 그녀는 사이클로타신에서 엑센티엄과 다이스트렙시아 409에 이르기까지 소리 내어 이름을 읽었다.

"야." 그녀가 말하며 그것들을 배열했다. 탑 모양의 약국을 만들려는 첫 시도였다. 그녀는 사기를 당한 것 같았다(말은 제대로 하자, 그녀는 정말로 사기를 당했다). "다 똑같이 들려."

아주 많은 면에서 그녀는 그것들을 위한 완벽한 이름도 찾아냈다. 실제로 그것들이 모두 oxy와 moron을 결합한 철자 바꾸기 놀이처럼 들렸기 때문이다. 살아남기 위해 자신을 죽여야 한다는 우스꽝스러운 요소도 있었다—그것과 싸우는 일의 멍청한moronic 본성. 그 약들은 정말이지 담배처럼 경고 문구가 달려야 했다. 이것을 먹으면 천천히 죽습니다.

소용없는 일이었지만, 아직 수술 한 번, 그리고 따뜻하게 덥힌 병원을 맛보는 일이 남아 있었다.

봐라, 사람들이 병원 냄새 이야기를 할 때 그들에게 절대 속지 마라. 그것을 넘어서게 되는 지점이 있다. 자기 옷에서 그것이 느껴질 때다. 몇 주 뒤, 집에 돌아와 있어도, 왠지 그냥—거기 같은 느낌이다.

한번은, 어느 날 아침, 식탁에서 로리가 갑자기 몸서리를 친 적이 있었다. 그것은 그의 몸을 쭉 타고 올라갔고, 곧 그의 팔에 소름이 돋았다. 퍼넬러피가 건너편에서 손가락으로 가리켰다.

"그게 뭔지 알고 싶어?" 그녀가 물었다. 그녀는 콘플레이크 그릇을 물끄러미 바라보고 있었다. 그것을 먹는 난제. "그건 의사가 자다가 막 몸을 뒤척였다는 뜻이야."

"더 나쁘면, 마취 담당일 수도 있지." 아빠가 말했다.

그러자 "그렇군요" 하고 로리는 아주 기꺼이 맞장구를 치면서 우리 어머니의 아침을 훔쳐먹었다. "나는 그 더러운 새끼들이 제일 싫어요."

"야, 너 하느님이 저주할 내 콘플레이크를 다 먹고 있잖아, 꼬마."

그녀는 그릇을 그에게 밀며 윙크를 했다.

치료가 다시 파도를 이루어 찾아왔다. 첫번째는 거칠고 채찍 같았다. 몸이 폭동을 일으키며 쓰러지는 것 같았다. 이윽고 천천히 더 전문적이 되었다. 아무렇지도 않게 무너져내리는 것.

시간이 지나자 테러처럼 다가왔다.

계산된 엉망.

우리 어머니는 삼켜지고, 쓰러지고.

인간 911.

또는 한 여자가 나라가 되고 그녀가 자신을 떠나는 것을 보게 된다. 동구권의 옛 겨울들처럼 위협은 더 빨리 찾아왔다.

부스럼, 그것은 전장戰場처럼 생겨났다.

그녀의 등을 급습했다.

약은 그녀의 체온조절장치를 사정없이 망가뜨렸다. 그녀를 불살랐다가, 이어 얼려버리고, 이어 마비시켰다. 그래서 그녀는 침대에서 일어나 걸어가다가 쓰러졌다—베개 위의 둥지, 또는 잔디 위의 깃털 같은 그녀의 머리카락, 고양이에게서 빠진 털 같은 머리카락.

페니에게는 그것이 배신이라는 것을 알 수 있었다. 거기 녹색이 사라진 눈에 그 느낌이 있었다. 최악은 완전한 실망감이었다. 어떻게 세계에, 또 자신의 몸에 이렇게 낙담할 수 있을까?

다시, 『오디세이아』와 『일리아스』. 거기에서는 신들이 개입한다—뭔가가 소용돌이치며 파국에 이를 때까지—여기도 마찬가지였다. 그녀는 자신을 다시 모으려고 reassemble, 자신을 닮으려고 resemble 노력했다, 가끔 그것을 믿기까지 했다. 그래 봤자 우리는 곧 넌더리를 낼 일을 다시 맞이했지만.

병동의 멍청한 빛.

어여쁜 간호사들의 영혼.

그들이 걷는 모습을 내가 얼마나 싫어했던지.

수간호사의 스타킹을 신은 다리!

하지만 일부는, 그들을 존경할 수밖에 없었다—우리가 그 특별한 존재들을 사랑하기를 얼마나 싫어했던지. 지금도, 그때 있었던 일을 타자기에 두들기면서, 나는 그 모든 간호사들에게 감사한다. 마치 깨지기 쉬운 물건인 것처럼 베개들 속에 있던 그녀를 들어올리던 것. 우리 모두의 증오에도 불구하고 그녀의 손을 잡고 그녀에게 말을 걸던 것. 그들은 그녀를 따뜻하게 덥혀주고, 불을 꺼주고, 마치 우리처럼, 살고 기다렸다.

어느 날 아침, 우리 어머니가 어머니를 사칭하는 다른 사람이 되어가면서 우리가 치러야 하는 대가가 한계점에 근접하자 로리는 청진기를 훔쳤다—그들도 대가를 치르게 한 것이다, 내 짐작에는. 그 무렵 그녀는 황달 색깔이 되고, 결코 다시 그녀의 색깔로 돌아오지 못했다. 그 무렵 우리는 노란색과 금발의 차이를 알게 되었다.

그녀는 우리의 팔뚝, 또는 손바닥이나 손목의 살을 붙잡고 몸을 지탱했다. 다시, 교육—이제 그녀의 관절, 그리고 각 손의 뼈를 헤아리는 것은 아주 쉬웠다. 그녀는 창 너머, 아주 환하고 태평한 세계를 내다보았다.

아버지가 변하면 그 또한 볼만한 광경이 된다.
그가 여러 군데 접히는 것을 지켜본다.
또다른 방식으로 자는 것을 본다.
그는 병상을 향해 몸을 앞으로 기울인다.
공기는 받아들이지만 그것으로 숨은 쉬지 않는다.
그런 압박을 모두 안에서 버틴다.
그것은 피로에 지치고 밟힌 것처럼 보이는 어떤 것이며, 솔기에서 한숨을 쉬는 옷이다. 페니가 다시는 금발이 될 수 없는 것처럼, 우리 아빠는 체형을 잃을 것이다. 그들은 죽어가는 색깔과 형체였다. 그러나 한 사람이 죽어가는 것을 지켜볼 때 보게 되는 것은 단지 그런 것들의 죽음만은 아니다.

하지만—그녀는 버텨간다.
어떻게 했는지 그녀는 그 모든 것으로부터 기어올라와 병원 문들을 가로지른다. 물론 그녀는 곧장 일로 돌아가지만 죽음이 그녀의 어깨를 쥐고 있었다.
그 늙은 남자를 위해 전깃줄에 매달려 있는 일은 이제 없었다.
냉장고 주위에 늘어지는 일도.
대신 그는 늘 저 바깥 어딘가에 있었다.
기차나 버스에, 아니면 보도에.
다시 여기로 돌아오는 중이었다.

11월이 되자 그녀는 기적을 보여주었다.

여덟 달이었고 그녀는 살아 있었다.

다시 두 주간 입원했고, 의사들은 모호한 태도였지만 가끔 발을 멈추고 우리에게 말하곤 했다.

"환자가 어떻게 하셨는지 모르겠군요. 지금까지 이런 건 본 적이 없어요, 이렇게—"

"공격적이라고 말하는 거라면," 우리 아빠가 말하면서 차분하게 로리를 가리켰다. "나는—저 아이 보이나요?"

"네."

"그래요, 저 아이한테 선생님을 패주라고 말할 겁니다."

"네, 뭐라고요?"

의사는 꽤 놀랐고, 로리는 갑자기 잠을 깼다—그 문장이 정신을 차리게 하는 소금보다 나았다.

"정말요?!" 로리는 기대감에 두 손을 비비다시피 했다. "그래도 돼요?"

"물론 안 되지, 농담이야."

하지만 로리는 납득시키려 했다. "어때요, 선생님, 조금만 지나면 아무 느낌도 없을 거예요."

"여러분은," 그 특정한 전문가가 말했다. "완전히 정신이 나갔군요."

그의 왼쪽에 페니의 웃음소리가 있었다.

그녀는 웃음을 터뜨렸고, 이어 통증을 진정시켰다.

"어쩌면 이래서 내가 그럴 수 있었던 것 같아요." 그녀가 의사에게 말했다.

그녀는 담요에 싸인 행복한-슬픈 생물이었다.

그때, 그녀는 집에 왔고 우리는 집 전체를 장식했다.

색 테이프, 풍선. 토미는 커다란 판을 만들었다.

"너 한영이라고 썼잖아." 헨리가 말했다.

"뭐?"

"환영이어야 한다고."

퍼넬러피는 상관하지 않았다.

우리 아버지가 그녀를 차에서 안고 왔고, 처음으로 그녀는 그가 그렇게 하는 것을 실제로 허락했다—그리고 다음날 아침 우리 모두 그 소리를 들었다, 첫 빛이 집에 닿기 전에.

페니는 피아노를 치고 있었다.

그녀는 동이 트는 내내 연주했고 우리가 싸우는 내내 연주했다. 아침을 먹는 내내 연주했고 그 시간이 지나서도 한참을 연주했다. 우리 누구도 그 음악이 무엇인지 몰랐다. 어쩌면 그것은, 그녀가 연주를 하고 있을 때는 죽고 있지 않았다는 것은, 잘못 갖다붙인 설명인지도 몰랐다—그것은 자리만 옮겼을 뿐 늘 그곳에 있었고, 곧 다시 찾아오리라는 것을 우리는 알았기 때문이다.

커튼을 닫는다든가, 어느 문을 잠그는 것은 소용없었다.

그것은 그 안에서, 저 밖에서 기다리고 있었다.

그것은 우리의 앞쪽 포치에서 살고 있었다.

악마와 맺은 계약

클레이가 맥앤드루를 보내고 달려 돌아갔을 때 우리 아버지는 아킬레우스와 함께 서 있었다.

그는 클레이가 괜찮은지 물었다.

정말로 보고 싶었다고 말했다.

"내가 없는 동안 만들지 않았어요?"

"아니." 그는 노새를 토닥였지만 조심하고 있었다. "이 다리 일을 하는 사람이 수천 명일 수 있고, 세상이 이걸 보러 올 수도 있지…… 하지만 그 사람들 모두 이게 누구 건지 알게 될 거다." 그리고 클레이에게 동물의 줄을 넘겼다. "이걸 끝낼 수 있는 사람은 너뿐이야."

오랫동안, 클레이는 바깥에 서 있었다.

그는 아킬레우스가 먹는 것을 지켜보았다.

저녁이 곧 그들에게 닥칠 것이었다.

그를 제압하는 한 가지 생각이 있었는데, 처음에 그는 이유를 알수가 없었다.

내 생각에 클레이는 그저 그와 이야기를 하고 싶었던 것 같다.

그것은 가르 다리의 전설이었다.

한때 프랑스에, 당시에는 프랑스도 아니었는데—고대 세계였다—감당할 수 없다고 증명된 강이 있었다. 그 강은 오늘날의 가르동강이다.

수백 년 동안 거기에 살던 사람들은 도무지 다리를 완성할 수 없었고, 설사 완성해도 강이 부수어버렸다.

그러던 어느 날 악마가 어슬렁거리며 타운으로 들어와 마을 사람들에게 제안을 했다. "내가 다리를 쉽게 놓아줄 수 있는데! 하룻밤이면 놓을 수 있어!"

그러자 마을 사람들, 그들은 울음을 터뜨릴 뻔했다.

"하지만!" 악마는 완전히 제정신이 아니었다. "다음날 처음 다리를 건너는 자는 내 마음대로 할 거야."

그래서 마을에 회의가 열렸다.

의논 끝에 마침내 합의가 이루어졌다.

그들은 악마의 제안을 받아들였고, 사람들이 환희에 사로잡혀 지켜보는 가운데 악마는 밤에 산꼭대기에서 돌을 부수고, 구할 수 있는 다른 모든 것을 가져왔다. 그는 조각들을 던지고 저글링을 하면서 아치를 두 개씩 세 개씩 만들었다. 그는 다리와 수로를 만들었고, 아침이 되자 대가를 기다렸다.

그는 거래를 했고, 그 거래를 어김없이 이행해왔다.

하지만 마을 사람들이 이번만은 악마보다 머리가 좋았다. 다리 위에 토끼 한 마리를 풀어놓은 것이다. 그 토끼를 강을 첫번째로 건너는 자로 만든 것이다. 악마는 당연히 화를 냈다.

그는 토끼를 잡아 패대기쳐 죽였다.

그는 토끼를 극적으로 아치에 내던졌고, 그 윤곽이 오늘날에도 거기에 남아 있다.

클레이와 마이클 던바가 들판에서 아킬레우스와 함께 강 옆에 서 있을 때 클레이는 그를 지켜보며 말을 건넸다.

"아빠?"

벌레들은 대체로 입을 다물고 있었다.

이곳에는 늘 유혈이 낭자한 석양이 있었지만 아킬레우스에게는 처음이었다. 물론 노새는 그것을 무시하고 자기가 태어난 목적을 계속 달성해나갔다. 그에게 이 들판은 먹기 위해 만들어진 것이었다.

마이클은 더 다가가 기다렸다.

그는 아직 클레이에게 어떻게 다가가면 좋을지 잘 알 수가 없다. 소년은 아주 많은 것을 보았기 때문이다―그런데 그 순간 이상한 일이 생겼다.

"내게 그걸 아느냐고 물었던 거 기억나요? 가르 다리의 전설?"

마이클은 대답하다 말이 막혔다.

"물론이지, 하지만―"

"어, 나 같으면 안 할 거예요."

"너 같으면 안 한다고? 뭘?"

이제 아킬레우스도 듣고 있었다. 그는 풀에서 고개를 들었다.

"나 같으면 거래를 하지 않을 거예요, 하룻밤새에 놓는 다리를 두고."

그때쯤 날은 어두워졌고, 상당히 어두워졌고, 클레이는 계속 이야기했다.

"하지만 그들을 위해서라면 거래를 할 거예요." 그는 두 입술을 악물었다가 다시 열었다. "그들을 다시 살게 할 수만 있다면 지옥에라도 갈 거예요. 우리 둘 다 갈 수 있어요. 아빠도 나하고 함께 갈 수 있어요. 그들 한 명에 우리 한 명씩. 그들이 지옥에 없다는 건 알아요, 나도 알아요, 나도 알아요, 하지만—" 그는 말을 멈추고 허리를 굽혔다가 다시 불렀다. "아빠, 나를 도와주셔야 해요." 어둠이 그를 반으로 갈랐다. 그들을 다시 오게 하기 위해서라면 그는 죽을 수도 있었다. 퍼넬러피, 그는 생각했다, 그리고 케리. 최소한, 그는 그들에게 이 정도 빚은 있었다.

"우리는 완벽하게 만들어야 해요." 그가 말했다. "훌륭하게 만들어야 해요."

그는 고개를 돌려 강바닥을 마주보았다.

하나의 기적, 그야말로 기적.

페니 던바의 맥주 일곱 잔

어떻게 했는지 그녀는 하루하루를 한데 묶어서 꿰맸다.

그녀는 그것을 몇 주로 만들었다.

가끔 우리는 그저 놀랄 뿐이었다.

그녀가 죽음과 거래를 했나?

만일 그렇다면 그것은 세기의 사기였다─붙들고 늘어지려고 하지 않는 죽음이었다.

최고는 일 년이 지났을 때였다.

이제 행운의 열세번째 달에 이르렀다.

그때, 페니 던바는 병원에서 나와 목이 마르다고 말했다. 그녀는 맥주를 마시고 싶다고 말했다. 우리가 그녀를 부축해 포치로 데려가자 그녀는 굳이 그럴 필요 없다고 말했다. 보통 그녀는 술을 전혀 마시지 않았다.

그러자 마이클이 그녀의 두 팔을 잡았다.

그는 그녀를 보며 물었다.

"왜 그래? 쉬고 싶어?"

여자는 즉시, 힘주어 말했다.

"네이키드 암스에 가자."

밤이 거리에 이르렀고, 마이클은 그녀를 바짝 끌어당겼다.

"뭐라고?" 그가 물었다. "그게 뭐야?"

"말했잖아, 펍에 가자고."

그녀는 우리가 열두 살짜리 소녀, 하지만 존재하지 않는 소녀를 위해 사준 원피스를 입었다.

그녀는 아처 스트리트의 어둠 속에서 미소를 지었다.

아주 긴 순간, 그녀의 빛이 거리를 환하게 밝혔다. 아주 이상하게 들린다는 것을 알지만, 클레이가 그렇게 묘사했다. 그때쯤 그녀는 그냥 너무 창백했고 피부가 종이처럼 얇았다고. 눈은 계속 노래졌다.

치아는 낡은 골조가 되었다.

팔은 팔꿈치에 핀으로 박혀 있었다.

입은 예외였다―어쨌든, 입의 형태는.

특히 이럴 때.

"어서어어." 그녀는 말하며 그를 잡아당겼다. 금이 가고 메말랐지만 살아 있었다. "한잔하러 가자. 당신은 어쨌든 마이키 던바잖아!"

우리 소년들, 우리는 법석을 떨 수밖에 없었다.

"그래요, 어서 마이키, 이야 마이키!"

"어이." 그가 말했다. "마이키는 여전히 너희더러 집을 청소하고 잔디를 깎으라고 할 수 있어." 그는 포치 근처에서 버티고 있었지만 여기에서 이성을 찾는 것은 소용없다는 것을 알았다. 그녀가 다시 길을 따라 걸어내려가고 있었기 때문이다. 그래도, 그는 노력할 수밖에 없었다. "페니, 페니!"

그러니까, 나는 그때가 그런 순간 가운데 하나라고 짐작한다.

그가 얼마나 열심히 그녀를 사랑하는지 알 수 있는 순간.

그의 심장은 완전히 말살되었지만 그는 그것을 작동시킬 의지를 찾아냈다.

그는 포치의 불빛 속에서 피곤했다, 아주 피곤했다.

그냥 사람의 조각과 부스러기일 뿐이었다.

우리에 관해 말하자면, 우리는 소년들이었다, 우리는 시트콤이어야 했다.

우리는 어렸고, 또 멍청하고 불안했다.

나조차도, 미래의 책임자조차도 그가 우리 쪽으로 올 때는 몸을 돌렸다. "모르겠어요, 아빠. 어쩌면 엄마는 그냥 그래야 할지도 몰라요."

"어쩌면 아무것도—"

하지만 그녀가 그의 말을 잘랐다.

텅 빈, 패혈증이 생긴 팔.

새의 앞발처럼 앞으로 뻗은 그녀의 손.

"마이클," 그녀가 말했다. "제발. 한 잔 마신다고 우리가 죽지는 않아."

그러자 마이키 던바는 누그러졌다.

그는 물결치는 헤어라인 안으로 손을 넣어 머리를 빗었다.

소년처럼, 그녀의 뺨에 키스했다.

"알았어." 그가 말했다.

"좋아." 그녀가 말했다.

"알았어." 그가 다시 말했다.

"그 말은 벌써 했잖아." 그녀가 그를 끌어안았고, 소곤거렸다. "사랑해, 내가 당신한테 이 말 한 적 있나?"

그러자 그는 그녀의 안으로 바로 다이빙했다.

작고 검은 바다 같은 그녀의 입술로.

그가 그녀를 차 쪽으로 데려갈 때 그의 옷은 몸 위에서 눅눅하고 어두워 보였고, 다시, 그녀는 물러서려 하지 않았다.

"아니." 그녀가 말했다. "우린 걸어갈 거야." 그 생각이 그에게 충격을 준 것이 분명했다. 이 여자는 염병할 죽어가고 있다―그리고 나도 반드시 데려가려고 한다. "오늘밤 우린 함께 걸어갈 거야."

다섯 명의 소년 무리와 어머니, 우리는 넓은 도로를 건넜다. 우리의 반바지와 티셔츠들이 기억난다. 그녀의 소녀 같은 두 다리가 기억난다. 어둠이 있었고, 이어 가로등, 그리고 아직 따뜻한 가을 공기. 지금 나에게 그 그림이 천천히 그려지지만 곧 끝나버린다.

우리 아버지는 잔디에 그대로 남아 있었다.

그의 일부가 거기에서 침몰하고 있었고 우리 나머지는 몸을 돌려 지켜보았다. 그는 염병할 너무나 외로워 보였다.

"아빠?"

"어서요, 아빠!"

하지만 우리 아버지는 주저앉았고, 두 손으로 머리를 감쌌고, 물론 그것은 클레이일 수밖에 없었다.

그는 아처 스트리트의 우리 잔디로 돌아가 그림자 같은 아버지에게 다가갔다. 곧 그의 옆에 섰고, 이어 천천히, 몸을 아래로 내려 웅크렸다—그리고 클레이가 그와 함께 있겠다 싶었을 때 다시 일어섰고, 그의 뒤에 가 있었다. 그는 두 손을 그 영역, 지상의 모든 남자가 갖고 있는 것 안에 넣었다.

각 겨드랑이의 생태계.

그는 우리 아버지를 끌어올렸다.

그들은 일어섰고, 이어 흔들렸고, 안정되었다.

우리는 퍼넬러피의 속도로 걸었고, 그녀는 매 순간 너무 창백했다. 우리는 모퉁이를 몇 개 더 돌아 글로밍 로드에 올라섰고, 그곳에 펍이 차분하게 빛을 발하며 앉아 있었다. 기와는 크림색과 밤색이었다.

안에서, 우리 나머지가 스툴을 찾고 있는 동안 우리 아버지는 바로 갔다. 그가 말했다. "맥주 둘하고 진저비어 다섯 주세요." 하지만 페니는 그의 뒤에 땀을 뻘뻘 흘리며 뼈를 과시하는 모습으로 도사리고 있었다.

그녀는 두 손을 맥주잔 받침에 올려놓았다.

그녀는 황폐한 허파 속으로, 깊이 파고 들어갔다.

그녀는 그 안으로 내려가 거기에서 그녀가 알고 사랑했던 무언가를 찾아 팔을 이리저리 뻗고 있는 것 같았다. "그냥—" 그녀는 단어를 한 조각 한 조각 불러냈다. "—맥주 일곱 잔으로 하면 어떨까?"

그는 젊은 바텐더로, 벌써 알코올 없는 음료 쪽으로 몸을 돌리고 있었다. 이름표에는 스콧이라고 적혀 있었다. 사람들은 그를 스코티 빌스라고 불렀다. "네?"

"내 말은," 그녀가 말하며 그의 얼굴을 똑바로 보았다. 그는 머리카락이 사라지고 있었지만 코는 부족하지 않았다. "맥주 일곱으로 해달라는 거예요."

그때 이언 빌스가 다가왔다. 네이키드 암스*의 맥박. "괜찮아, 스코티?"

"이 여자 손님이," 스코티 빌스가 말했다. "이분이 맥주 일곱 잔을 주문했어요." 그의 손은 수색대처럼 앞머리에 가 있었다. "저기 저 아이들은—"

그러자 이언 빌스—그는 보지도 않았다.

그는 녹고 있는 여자를 뚫어져라 보고 있었고, 그녀는 그의 바와 맞서고 있었다. "투히스 라이트면 괜찮나요?"

페니 던바가 타협을 했다. "그거 좋네요."

나이든 펍 주인은 엄숙하게 고개를 끄덕였다.

그는 질주하는 야생마가 그려진 모자를 쓰고 있었다.

"다 우리가 대접하는 걸로 하죠."

이런 승리가 있고 또 저런 승리가 있다, 내 짐작으로는. 그리고 이 승리는 대가가 싸지 않았다. 마침내 그녀를 집에 데려왔을 때 우리는 그녀가 정말로 그날 밤 놓아버릴지도 모른다고 생각했다.

다음날 우리는 모두 그녀와 함께 있었다.

우리는 그녀를 지켜보았고 숨을 확인했다.

그녀의 드러난 두 팔naked arms과 술집 네이키드 암스.

---

* '드러난 두 팔'이라는 뜻.

그녀에게서 맥주와 병病 같은 악취가 났다.

저녁에 나는 결석계를 썼다.

우리 아빠의 가장 훌륭한 긁적거림 필체는 나도 쓸 수 있었다.

아시다시피, 아내가 몹시 아파서……

하지만 나는 이렇게 썼어야 한다는 것을 안다.

　쿠퍼 선생님께,

　토미가 어제 결석한 것을 이해해주시기 바랍니다. 그 아이는 자기 엄마가 세상을 뜰지도 모른다고 생각했지만 그렇게 되지는 않았습니다. 그리고 솔직히 말씀드리자면, 사실 숙취도 약간 있었고……

이것은 정확하게 말하자면 사실이 아니었다.

가장 나이가 많은 아이로서 결국 술을 다 마신 것은 나뿐이었고, 그것은 정말이지 상당한 노력이 필요한 일이었다. 로리와 헨리는 각각 반을 마셨다. 클레이와 토미는 거품만 마셨다—그래도, 그런 것은 중요하지 않았다, 전혀. 우리는 페니 던바가 혼자 미소를 짓는 것을 보았기 때문이다. 소녀의 하얀 원피스와 뼈. 그녀는 자신이 우리를 남자로 만들 수 있을지도 모른다고 생각했지만 이것은 각 여자가 스스로 알아서 하는 것이었다.

'실수쟁이'는 그 점에서는 아무런 실수를 하지 않았다.

그녀는 그것들을 다 마시고 나서야 자리를 떴다.

페더턴 도보 답사

그들이 다시 가르 다리 이야기를 했을 때 그것은 끝의 시작을 알리는 것이었다.

그들은 걸어가 다시 일을 시작했다.

그들은 일을 했고 클레이는 멈추려 하지 않았다.

사실, 마이클 던바는 클레이가 다리에서 일하며 거의 자지도 않고 거의 먹지도 않은 날이 연속해서 백이십 일이라고 헤아리고 있었다—도르래를 움직일 수 있고 자신이 나를 권리가 없는 돌을 들어올릴 수 있었던 그저 한 소년. "저기요." 그는 아버지에게 말하곤 했다. "아니, 거기 말고, 저 위." 그는 잠시 노새와 함께 서려고 할 때만 멈췄다. 클레이와 충실한 아킬레우스.

종종, 그는 바깥의 흙에서 잤다.

담요와 가설판으로 몸을 가렸다.

머리카락은 엉켜 납작하게 달라붙었다.

그는 마이클에게 그것을 잘라줄 수 있느냐고 물었다.

머리카락은 뭉텅뭉텅 그의 발로 떨어졌다.

그들은 바깥의 다리 옆에서, 아치들의 어렴풋한 그림자 속에서 그 일을 했다.

그는 고맙다고 말하고 일로 돌아갔다.

마이클은 광산으로 떠날 때면 클레이에게서 굶지 않겠다는 약속을 받아냈다.

심지어 이곳의 우리에게까지, 우리가 클레이에게 전화해서 확인을 하겠다는 약속을 받아내기 위해 전화를 걸었고 나는 종교적인 태도로 그 일을 했다. 나는 일주일에 세 번 전화했고, 그가 받을 때까지 전화벨이 스물네 번 울린다는 것을 알았다. 그가 집까지 달려오는 길이.

그는 다리와 그것을 놓는 일만 이야기했다.

우리는 오면 안 된다, 그가 말했다, 완성될 때까지.

다리와 그것을 완벽하게 만드는 것.

아마도 마이클이 평생 가장 잘한 일 하나는 클레이가 쉬도록 강제한 것이었을 것이다.

주말.

주말 전체.

클레이는 물론 망설였다. 그는 창고에 가겠다고 말했다. 고문하는 그 삽이 다시 필요했다.

"안 돼."

'살인범', 우리 아빠가 최종적으로 말했다.

"왜 안 돼요?"

"나하고 함께 갈 데가 있어."

그가 클레이를 차에 태워 페더턴까지 가는 동안 클레이가 차 안에서 내내 잔 것도 놀랄 일은 아니었다. 그는 밀러 스트리트에 주차하고 클레이를 깨웠다.

클레이는 눈을 문지르고 눈에 불을 켰다.

"여기가 아빠가 그것들을 묻은 데예요?" 그가 물었다.

마이클은 고개를 끄덕이고 커피잔을 그에게 건넸다.

풍경이 뱅뱅 돌기 시작했다.

차 안에서 클레이가 커피를 마시는 동안 우리 아버지는 부드럽게 설명했다. 그는 그들이 여전히 거기 사는지 알지 못했지만 그곳을 매입한 사람들은 머치슨이라는 이름의 부부였다. 비록 집에 아무도 없는 것 같았지만—뒤쪽 바깥의 셋을 빼면.

오랫동안 그들은 유혹을 느꼈다—뜨뜻한 잔디를 가로지르고 싶은 유혹. 그러나 곧 그들은 차를 움직였고 강둑 근처에 차를 세웠다. 그들은 오래된 타운과 그 거리를 걸어다녔다.

그가 말했다. "여기 이 펍은 내가 벽돌을 던져올리던 데야……내가 벽돌을 던져올리면 그걸 받은 사람이 또 던져올리고—"

그러자 클레이가 말했다. "애비가 여기 있었어요."

어이, 던바 이 쓸모없는 자지 같은 놈! 내 염병할 벽돌 어디 갔어?!

마이클 던바는 간단하게 말했다. "완전 시詩지."

그뒤에 그들은 저녁까지 걸었고 바깥쪽 간선도로에 올라섰다. 그러자 클레이는 모든 것의 처음을 볼 수 있었다. 예를 들어 아이시

676

폴을 먹는 애비, 아버지와 '달'이라는 이름의 개.

　타운에서는 진료소를 보았다.

　닥터 와인라우크의 악명 높은 도마.

　그다음은 여자와 상주하는 권투 선수, 사무실에서 열쇠에 주먹을 날리던 권투 선수.

　"내가 보던 대로는 아니네요." 클레이가 말했다. "하지만 그렇게 보이는 경우는 절대 없는 것 같아요."

　"우리는 절대 완벽하게 상상할 수 없어." 마이클이 말했다. "늘 바로 왼쪽이나 오른쪽이지…… 심지어 나조차도, 여기에 살았는데도."

　밤이 되어, 끝이 다가왔을 무렵, 그들은 꾸물거렸다.

　그들은 결정을 내릴 필요가 있었다.

　"가서 그걸 갖고 싶어?" 마이클이 말했다. "가서 타자기를 파내고 싶어? 그 사람들은 틀림없이 상관하지 않을 거야."

　하지만 이제 결정을 내린 사람은 클레이였다. 단호하고 최종적인 사람은 클레이였다. 내 생각에, 그때 그는 깨달았다.

　우선, 이 이야기는 아직 끝나지 않았다.

　끝났을 때도, 그는 아닐 것이었다.

　이 이야기는 그의 것이지만 쓰는 것은 아니었다.

　이 이야기를 살고 그것이 되는 것만으로도 충분히 힘든 일이었다.

장사꾼과 사기꾼

맥주 일곱 잔은 또하나의 시작이었다.

죽음과 사건들의 타임라인.

돌아보면 우리가 얼마나 무례했는지 보인다. 페니 자신은 오만 그 자체였다.

우리 소년들, 우리는 싸우고 말다툼했다.

죽어가는 것의 아주 많은 부분이 우리에게 상처를 주었다.

그러나 가끔 우리는 그것을 앞지르거나, 비웃고 침을 뱉어주려고 노력했다―그러는 내내 거리를 유지하면서.

우리는 기껏해야 방해했을 뿐이다.

죽음이 그녀를 차지하러 온 상황에서 우리는 적어도 까다로운 패배자들은 될 수 있었다.

그해 겨울 나는 지역 마루판과 카펫 회사에서 휴일 근무를 했다. 그들은 나에게 상근직을 제안했다.

학교에서는, 열여섯이 되었을 때, 나는 여러 가지를 잘하기도 했고 못하기도 했다. 내가 가장 좋아하는 과목은 보통 영어였다. 나는 글쓰기를 좋아했고 책을 사랑했다. 한번은 우리 선생님이 호메로스 Homer 이야기를 했고, 나머지 아이들은 우습게 보고 웃음을 터뜨렸다. 그들은 많은 사랑을 받는 미국 만화에서 많은 사랑을 받는 인물을 인용했다.* 나는 아무 말도 하지 않았다. 그들은 그날 선생님의 성을 조롱했다. 수업이 끝날 때 나는 그녀에게 말했다.

"내가 가장 좋아하는 사람은 늘 오디세우스였습니다."

심슨 선생님은 약간 당황했다.

나는 그녀의 제멋대로 뻗은 고수머리, 물렛가락 같은 잉크 묻은 손을 좋아했다.

"오디세우스를 알았는데 아무 말 안 한 거야?"

나는 창피했지만 멈출 수가 없었다. 나는 말했다. "오디세우스—꾀가 많은 사람. 아가멤논, 인간의 왕, 그리고—" 나는 얼른 숨을 빨아들였다. "발이 빠른 아킬레우스……"

나는 그녀가 생각하는 것을 볼 수 있었다, 젠장!

학교를 떠나면서 그들의 허락을 구하지는 않았다.

나는 병상의 어머니, 부엌의 마이클 던바에게 말했다. 둘 다 계속 다니라고 했지만 내 마음은 이미 정해졌다. 꾀 이야기가 나와서 말인데, 청구서가 이미 홍수처럼 쏟아지고 있었지만—죽음과 싸우는 일은 결코 값이 쌌던 적이 없다—그래도 그것이 내가 학교를 떠난 이유는 아니었다. 아니, 그냥 그게 옳다고 느껴졌다. 그게 내가

---

* 만화 〈심슨 가족〉에서 아버지 이름이 호머(호메로스의 영어식 발음)다.

말할 수 있는 전부다. 심지어 페니가 나를 볼 때도, 나더러 그녀 옆에 앉으라고 말할 때도, 나는 완전히 확신에 차 있었고 정당성을 느끼고 있었다.

그녀는 한 손을 들어올리려고 안간힘을 썼다.

그 손을 내 얼굴에 올렸다.

나는 뜨거운 함석지붕 같은 그 손을 느낄 수 있었다. 그녀가 시트 위에서 발화했기 때문이다. 역시 그 모순어법 가운데 하나 때문이었다―그것이 그녀를 내부로부터 굽고 있었다.

그녀가 말했다. "계속 책을 읽겠다고 약속해줘." 그녀는 무거운 기계처럼 침을 삼켰다. "나한테 약속해줘, 약속해, 응, 꼬마?"

내가 말했다. "물론이죠." 그때 그녀의 모습을 봤어야 하는데.

그녀는 불이 붙었다, 내 옆에서, 침대에서.

그녀의 종이 같은 얼굴이 환하게 밝혀져 있었다.

마이클 던바에 관해 말하자면, 부엌에서 우리 아빠는 뭔가 이상한 일을 했다.

그는 청구서를 보고, 이어 나를 보았다.

이윽고 그는 커피잔을 들고 밖으로 걸어나가 펜스를 향해 던졌다―하지만 각도를 잘못 잡았는지 잔디에 떨어졌다.

잠시 시간이 지나자 그는 그것을 집어들었고 컵은 여전히 말짱했다.

거기에서부터 문이 활짝 열리고 어디에서나 죽음이 들어왔다.

죽음은 그녀의 것을 모조리 약탈했다.

그럼에도 그녀는 그것을 받아들이려 하지 않았다.

가장 좋은 밤을 꼽으라면 2월 말(다 합쳐서 거의 스물네 달이 되었을 때) 어떤 목소리가 부엌에 이르렀을 때였다. 뜨겁고 아주 눅눅한 날이었다. 선반에 올려놓은 접시들마저 땀을 흘리고 있었고 그것은 모노폴리 게임을 하기 완벽한 밤이라는 뜻이었다. 우리 부모는 거실에서 텔레비전을 보고 있었다.

나는 중절모, 헨리는 자동차, 토미는 개, 클레이는 골무였다. 로리는 평소와 마찬가지로 다리미(그가 실제로 이용하게 될 만한 것에 가장 가까웠다)였는데 그가 이기고 있었고 그 점을 계속 상기시켰다.

로리는 내가 속이는 사람, 그리고 무엇보다도 고소해하는 사람을 싫어한다는 것을 알았다―그런데 그 두 가지를 다 하고 있었다. 한참 앞서나가면서 우리가 그에게 지불해야 할 때마다 모든 사람의 머리카락을 뒤적였고…… 그러다 몇 시간이 지나 그것이 시작되었다.

"어이."

내 목소리였다.

"왜?"

로리였다.

"아홉이 나왔는데 열 움직였어."

헨리가 두 손을 비볐다. 재미있어질 것 같다는 뜻이었다.

"열? 대체 뭔 소리를 하는 거야?"

"봐. 너 거기 있었지, 그렇지? 레스터스퀘어에. 그러니 네 다림질하는 엉덩이를 한 칸 물러 내 철도로 온 다음 이십오를 내."

로리는 믿을 수 없다는 표정이었다.

"열이었어, 굴려서 열이 나왔다고!"

"돌아가지 않으면 내가 다리미를 갖고 너를 게임에서 퇴출할 거야."

"나를 퇴출해?"

우리는 장사꾼과 사기꾼처럼 땀을 흘렸고 로리는 기분전환을 위해 자신에게 손을 갖다댔다—손바닥으로 철삿줄 같은 자신의 머리카락을 훑었다. 그의 두 손은 그때쯤에는 이미 매우 단단했다. 그 눈은 훨씬 더 단단했다.

그는 이제 위험처럼 나를 향해 미소를 지었다. "농담이야." 그가 말했다. "장난하는 거야."

하지만 나는 끝까지 갈 수밖에 없었다.

"내가 염병할 장난하는 것처럼 보여, 로리?"

"이건 헛소리야."

"그래, 그럼 됐어."

나는 다리미를 향해 손을 뻗었다. 하지만 로리가 먼저 기름과 땀이 흐르는 손을 거기에 얹었고 우리는 끝까지 싸웠다—아니, 끝까지 꼬집었고, 마침내 거실에서 기침소리가 들렸다.

우리는 멈추었다.

로리가 손을 놓았다.

헨리가 보러 갔고, 그는 돌아와 괜찮다는 뜻으로 고개를 끄덕이며 말했다. "그래, 그런데, 어디까지 했더라?"

토미: "다리미."

헨리: "아 그래, 완벽해. 그게 어디 있지?"

나는 시치미를 뗐다. "사라졌어."

로리는 미친듯이 판을 뒤졌다. "어디야?"

자, 여전히 시치미. "내가 먹었어."

"말도 안 돼." 믿을 수 없다는 표정. 그가 소리쳤다. "나를 놀리는 게 분명해!" 그는 일어서기 시작했지만 클레이가 구석에서 입을 다물게 했다.

"맞아." 클레이가 말했다. "내가 봤어."

헨리는 전율을 느꼈다. "뭐? 정말?"

클레이는 고개를 끄덕였다. "진통제처럼."

"뭐? 꿀꺽?" 헨리가 시끄러운 웃음을 터뜨렸고—흰색을 띤 금색의 부엌에서 금발로—로리는 빠르게 몸을 돌려 그를 마주보았다.

"내가 너라면 입을 다물겠어, 헨리!" 로리는 잠시 가만히 있다가 뒤로 나가 녹슨 못을 들고 돌아왔다. 그는 제대로 된 칸에 못을 쾅박고, 돈을 지불하고, 나를 노려보았다. "자, 이 더러운 새끼. 그거나 삼켜봐."

하지만 물론 나는 그럴 필요가 없었다—게임이 다시 시작되고 토미가 주사위를 굴렸을 때 옆방에서 목소리가 들렸기 때문이다. 페니였다. 반은 사라지고, 반은 살아 있었다.

"야, 로리?"

침묵.

우리 모두 동작을 멈추었다.

"넵?"

돌아보면서, 지금 나는 그가 그렇게 소리치던 모습을 사랑한다—그가 일어서서 그녀에게 갈 준비, 그녀를 안아 옮기거나, 필요하다면 대신 죽을 준비를 하는 모습. 무기를 들라는 소리를 들은 그리스인처럼.

우리 나머지는 앉아 있었다, 동상 같았다.

우리는 입을 다물고 있었고, 계속 긴장하고 있었다.

하느님, 그 부엌과 열기, 모두 초조해 보이던 접시들. 그때 목소리가 비틀거리며 앞으로 나왔다. 목소리는 우리들 사이의 판 위에 있었다.

"그애 셔츠를 확인해봐……" 우리는 그녀가 미소를 짓는 것을 느꼈다. "왼쪽 호주머니." 나는 확인시켜줄 수밖에 없었다. 그가 팔을 뻗어 손을 넣게 해주었다.

"찾는 동안 좆도 젖꼭지 꼬집기를 해줄 거야, 이 나쁜 새끼."

곧, 그는 그것을 찾아냈다.

그의 손이 들어왔고, 다리미를 끄집어냈고, 그는 고개를 저으며 거기에 입을 맞췄다. 은색 상징 위의 거친 입술.

이윽고 그는 그것을 들고 문간에 섰다. 그는 로리였고 잠시 그냥 어리고 거칠지 않은 아이가 되었다—순식간에 금속이 부드러워졌다. 그는 미소를 지었고, 자신의 무죄를 외쳤고, 목소리가 천장으로 올라갔다.

"매슈가 염병할 또 속였어, 페니!" 우리 주위의 집 전체가 흔들리고 있었고, 로리도 함께 흔들리고 있었다—하지만 그는 다시 식탁으로 돌아와 내 철도 위에 다리미를 놓았고 나를 보았다. 그 눈길은 내게로 툭 떨어졌고, 이어 토미와 헨리와 클레이에게로 떨어졌다.

그는 고철 조각 같은 눈을 가진 소년이었다.

그는 어떤 것에도 아무런 관심이 없었다, 전혀.

하지만 그 눈길, 너무 두려워하고 너무 절망한 눈길, 그리고 그 말, 산산조각이 난 소년 같은 말.

"페니가 없으면 우리는 어떡해, 매슈? 도대체 우리는 어떻게 해야 돼?"

강바닥의 축구

우리는 12월 초에 그 일을 했다.

모두 그냥 내 차에 탔다.

클레이는 자신이 원하는 대로 말할 수 있었다. 자기가 끝낼 때까지 기다리라고. 그러나 우리 모두, 우리는 모두 그만큼 기다렸으면 됐다고 생각했고, 나는 내 연장과 작업복을 꺼냈다. 우리는 안으로 손을 넣어 좌석을 바로잡았다. 로지도 우리와 함께 갔다. 토미는 헥토르도 데려가려고 했으나 우리는 그에게 운을 너무 믿지 말라고 말했다─그리고 하느님, 우리가 어떻게 차를 타고 가고 그를 생각했는지.

끝없는 종잇장처럼 이어진 텅 빈 공간.

우리는 차를 타고 달렸지만 말은 거의 하지 않았다.

그러는 동안 구름이 모여들었고, 이것은 두 가지 가능성 가운데 하나를 의미했다.

폭풍은 지나갈 것이다, 비 없이. 그러면 그들은 시험을 해보기 위해 몇 년을 기다려야 할 것이다. 아니면 그들이 얼른 끝마치려고 필사적으로 일을 하는 동안 큰물이 일찌감치 들이닥칠 것이다.

아마도 가장 위대한 순간은 틀—가설판—을 떼어내고 아치들이 홀로 서게 하는 때였을 것이다. 그때 그들은 다른 맥락에 있는 사람들이었고—죽어가기와 그에 맞서는 다리 놓기라는 맥락—그래서 그들은 삼각 소간의 힘, 그들이 각각의 종석에 품고 있는 희망을 이야기했다.

그러다 강바닥에서 단순함이 그들을 이겼다. 적어도 마이클은 이겼다.

"저 새끼들이 버티기를 바라자."

그것은 마치 바닷속의 지느러미 같았다—그것이 돌고래에 불과하다고 자신했을지 모르지만, 정말로, 과연 정말로 알고 있었던 걸까? 가까이서 보기 전에는 알 수가 없었다.

그들은 모든 일을 했다는 것을 마음속으로 알았다.

그것을 완벽하게 만들려고 모든 일을 다 했다.

사암이 아침 속에서 빛나고 있었다.

"준비됐니?" 마이클이 말했다. 클레이는 고개를 끄덕였다.

시험 가운데 가장 진실한 것으로서, 클레이는 아치 아래로 갔다.

마이클이 말했다. "클레이, 거기 그대로 있어, 빛 속에 그대로 있어." 그리고 그는 최종적으로 틀을 벗기는 일을 했다. 아치들은 진짜였다, 계속 서 있었다. 이윽고 그의 미소가 나타났다, 그리고 터지는 웃음도.

"이리 와." 마이클이 말했다. "여기로, 클레이, 아래로 와!"

그들은 아치 길에서 소년들처럼 포옹했다.

거기 도착했을 때, 우리가 그것을 보던 것이 기억난다.

다리는 완전히 끝을 맺은 것처럼 보였고, 사암 차도는 매끄럽게 다듬어져 있었다.

"그리스도여." 로리가 말했다. "저것 좀 봐."

"이야," 헨리가 소리쳤다. "녀석이 저기 있다!"

헨리는 움직이는 차에서 뛰어내렸다.

그는 비틀거리며 웃음을 터뜨렸고 달려가서 클레이를 안아들어 태클로 땅바닥에 쓰러뜨렸다.

다시, 딱 하나만 더 추가되는 역사.

소년들과 형제들이 사랑하는 방식.

저녁에 우리는 강바닥에서 축구를 했다.

해야 할 일이었다.

모기들은 우리를 간신히 따라잡았다.

땅바닥은 야만적으로 딱딱했고, 그래서 우리는 태클을 하고도 서로를 붙들어 일으켰다.

하지만 우리가 멈춘 순간들도 있었다. 그냥 놀라서 다리를 바라본 순간―우리 앞의 그 기념비적인 차도, 쌍둥이 같은 아치. 그것은 정말로 뭔가 종교적인 것처럼, 아들의, 그리고 아버지의 성당처럼 서 있었다. 나는 왼쪽 아치 옆에 섰다.

그리고 나는 그것이 그로 만들어졌음을 알았다.

돌로, 하지만 또 클레이로.

달리 내가 나 자신에게 무슨 일을 시킬 수 있었을까?

아직 내가 알지 못하는 것들이 많았고, 알았다면 나는 아마 더 빨리 소리쳤을 것이다—그가 로지와 아킬레우스 사이에 서 있는 곳을 향해.

"저기요!"

그리고 다시.

"저기요!" 내가 불렀고, 거의 아빠 하고 외칠 뻔했지만 대신 마이클이라고 말했고 그는 나를, 강바닥 아래쪽을 보았다. "수를 맞추려면 오셔야 해요."

그런데 묘하게도, 그는 클레이 쪽을 보았다.

이것은 클레이의 강바닥, 클레이의 다리였다. 따라서 이곳은 또한 그의 축구장이기도 했다. 클레이는 고개를 끄덕였고 마이클은 금방 왔다.

우리가 그때 좋은 이야기를 나누었을까? 그 어느 때보다 강하게 단결하는 것에 관해, 특히 이런 시기에?

물론 아니다. 우리는 던바 보이들이었다.

다음에 그에게 말을 한 건 헨리였다.

헨리는 그에게 일련의 지침을 내렸다.

"달려서 바로 아치를 통과할 수 있어요, 아셨죠? 그리고 꼭대기 너머로 공을 차는 거예요. 이해하셨죠?"

"이해했어." 그리고 '살인범'은 오래전의 미소를 지었다, 비록 찰나의 순간이었다고는 해도.

"그리고," 헨리가 마무리를 지었다. "로리한테 좆도 속이지 좀 말라고 하세요—"

"난 안 속여!"

우리는 피 같은 해 속에서 축구를 했다.

죽어가기의 월드컵

시계는 우아하게 이 년을 쳤다.

그런 다음 지독하게, 이 년 반.

그녀는 평소처럼 일로 돌아갔다.

그녀는 말했다. "이 개똥 같은 죽는 일은 쉬워."

(그저 그 직전에 싱크대에서 토했을 뿐이다.)

정말로 일을 하러 밖으로 나갔을 때, 가끔 그녀는 돌아오지 않았고, 우리는 집으로 오는 길 중간에서, 또는 주차장에 마지막으로 남은 그녀의 차 안에서 그녀를 발견하곤 했다. 한번은 그녀가 철로 옆에 나가 있었다. 그녀는 역 근처에서 좌석에 편하게 누워 있었고, 한쪽 옆에서는 기차들이 통과해 지나가고 다른 쪽 옆에서는 차량들이 지나갔다. 우리는 창문을 두드려 그녀를 깨웠다.

"오," 그녀는 말했다. "아직 살아 있네, 응?"

어떤 아침에는 우리에게 강의를 시작했다. "혹시 너희들 가운데 누가 오늘 죽음을 보면 나한테 그냥 보내줘." 우리는 그녀가 용기를 과시하고 있다는 것을 알았다.

너무 아파 나가지 못하는 날에는 우리를 피아노 쪽으로 부르곤 했다.

"어서, 얘들아, 여기에 하나씩."

우리는 줄을 서서 그녀의 뺨에 입을 맞추었다.

매번이 마지막이 될 수 있었다.

가벼움이나 둥둥 떠 있는 것이 느껴질 때마다 가라앉는 게 멀지 않았음을 알았다.

결국 세번째 크리스마스가 그녀의 마지막 크리스마스였다.

우리는 부엌 식탁에 앉았다.

우리는 엄청난 노력을 기울였다. 피로시키를 만들었고 이루 말할 수 없는 보르시를 만들었다.

그때쯤에는 그녀도 마침내 〈백 년〉을 다시 부를 준비가 되어 있었고, 우리는 퍼넬러피의 사랑을 위해 노래를 불렀다. 또 발데크, 동상, 나라 없는 세상을 위해. 우리는 우리 앞에 있는 여자만을 위해 불렀다. 그녀의 이야기들만을 위해 불렀다.

그러나 곧, 그 일이 일어날 수밖에 없었다.

그녀에게 최후의 선택이 주어졌다.

그녀는 병원에서 죽을 수 있었고, 아니면 집에서 죽을 수 있었다.

그녀는 병동에서 로리를 보았고, 그다음에 나, 그리고 우리 나머지 모두를 보았고, 누가 말을 해야 할까 생각했다.

만일 로리였다면, 그는 이렇게 나갔을 것이다. "어이, 거기, 간호사! 그래, 당신, 여기 끝났어. 이 환자한테서 이 개똥 같은 걸 다 빼."

만일 나라면 덜 무례했겠지만 직설적이었을 것이다. 헨리라면 너무 자신만만했을 것이고, 토미는 말을 하지 않았을 것이다—너무 어려서.

잠깐 숙고 끝에 그녀는 클레이로 정했고 그를 가까이 불러서 그 말을 소곤거렸다. 그는 간호사와 의사를 돌아보았다. 둘 다 여자였고, 둘 다 비할 데 없이 친절했다.

"어머니는 여기 있으면 부엌이 보고 싶을 거래요. 우리를 위해 집에 있고 싶대요." 그러자 그녀는 클레이에게 황달에 걸린 윙크를 보냈다. "그리고 계속 피아노를 쳐야 한대요…… 그리고 계속 그를 지켜봐야 한대요."

하지만 클레이가 지목한 사람은 로리가 아니라, 토미에게 손을 얹고 있는 남자였다.

그녀는 침대에서 바깥쪽을 향해 크게 말했다.

그녀가 말했다. "두 분, 모든 게 다 고마워요."

당시 클레이는 열세 살이었고, 고등학교 이학년이었다.

그는 상담교사의 방으로 오라는 연락을 받았다. 헨리가 거기서 나온 직후였다. 그는 이야기를 하고 싶으냐는 질문을 받았다. 클로디아 커크비 이전의 어두운 시절이었다.

교사의 이름은 풀러였다.

클로디아 커크비와 마찬가지로 그도 심리학자가 아니라 그 일을 떠맡은 교사였다. 좋은 남자이기는 했지만 클레이가 왜 그와 이야기를 하고 싶겠는가? 그게 무슨 도움이 되는지 클레이는 알 수 없었다.

"알겠지만," 교사가 입을 열었다. 그는 아주 젊었고 옅은 파란색 셔츠를 입고 있었다. 타이에는 개구리 무늬가 박혀 있었고 클레이는 생각했다. 개구리? "가끔은 가족이 아닌 사람에게 이야기하는 게 더 편하기도 해."

"저는 괜찮아요."

"그래, 그럼 말이야, 나는 언제나 여기 있단다."

"고맙습니다. 이제 다시 수학 수업에 들어가도 되나요?"

물론 힘든 때가 있었고 무시무시한 때도 있었다. 우리가 그녀를, 이동할 수 없는 제비갈매기 같은 그녀를 욕실 바닥에서 발견했을 때처럼.

복도에는 페니와 우리 아빠가 있었다. 그가 어머니를 부축해 움직이는 모습. 그는 그런 바보였다, 우리 아버지는. 그가 그때 우리를 보고 입 모양으로 그런 말을 했으니까―그는 이랬다, 이 멋진 아가씨 좀 봐! 하지만 그녀가 멍들지 않게 아주 조심하면서.

멍, 긁힘. 외상.

어떤 것도 위험을 무릅쓸 가치는 없었다.

그들은 피아노에서 멈추었어야 했다, 휴식과 담배 한 대를 위해.

하지만 죽어가는 것에는 어떤 휴식도 없다, 내 짐작이지만. 그것은 수그러들 줄 모르고 수그러들려고도 하지 않는다. 그걸 이런 식으로 표현하는 것은 어리석다, 나도 안다. 하지만 그때가 되면 사실 상관없다. 두 배의 속도로 죽어가고 있으니까.

가끔 그녀가 억지로 아침을 먹는 일, 부엌 식탁에 앉는 일이 있었다. 그녀는 결코 콘플레이크를 정복하지 못했다.

한번은 헨리가 밖의 차고에 있었다.

그는 둘둘 말아 세워둔 바닥 깔개를 주먹으로 미친듯이 두드리다가 나를 보더니 바닥에 쓰러졌다.

　나는 무력하게, 휘청이며 서 있었다.

　그러다가 걸어가 손을 내밀었다.

　잠시 후 그가 손을 잡았고 우리는 뒷마당으로 나갔다.

　가끔 우리는 모두 그들의 방에 들어가 있었다.

　침대에, 또는 카펫에 널브러져서.

　우리는 소년들이었고 몸들이었고 그녀를 위해 뻗어 있었다.

　우리는 전쟁 포로처럼 누웠다.

　그리고 물론—우리가 나중에, 추모일에, 내가 『오디세이아』를 잠시 읽을 때 흉내낸 것은 우리 자신이었다.

　다만 그때는 우리에게 읽어주는 사람이 마이클이었다는 게 달랐을 뿐.

　바다와 이타카의 말들.

　그는 침실 창문 옆에 서 있었다.

　규칙적인 간격으로 간호사가 찾아와 그녀를 확인했다. 간호사는 그녀를 모르핀에 굴복시키고 맥박을 재는 일을 해치웠다.

　아니면 그녀는 잊기 위해 그렇게 집중했을까?

　또는 자신이 무엇을 하러 왔고, 자신이 누구이고 무엇을 하는 사람인지 무시하기 위해.

　놓아버리는 목소리.

　우리 어머니는 물론 그때 하나의 경이였지만, 슬픈 부패의 불가사의이기도 했다.

그녀는 베개 위에 받쳐진 사막이었다.

그녀의 입술은 바싹 메말라 있었다.

그녀의 몸은 담요 안에서 뒤집혀 있었다.

그녀의 머리카락은 버티고 있었다.

우리 아버지는 아카이아인과 물에 들어갈 채비를 하던 배들에 관해 읽을 수 있었다.

하지만 이제 망망대해는 없었다.

포도주처럼 거무스름한 바다는 이제 없었다.

썩었지만, 완전히 가라앉을 수는 없는 보트 한 척뿐.

하지만 그래.

그래, 젠장!

가끔 좋은 시간도 있었고 멋진 시간도 있었다.

클레이의 수학 교실 바깥에서, 또는 과학 교실 바깥에서 그냥 무심하게 기대고 기다리는 로리와 헨리가 있었다.

짙은 녹빛 머리카락.

비뚜름한 미소.

"자, 클레이, 가자."

그들은 모두 집으로 달려가 그녀와 함께 앉았고, 클레이는 읽었고, 로리는 그 말을 했다. "나는 정말이지 아킬레우스가 왜 그렇게 겁쟁이 짓을 하는지 모르겠어."

그때 그녀의 입술은 아주 조금만 흔들렸다.

그녀에게는 아직 줄 선물이 있었다.

"아가멤논이 그애 여자친구를 훔쳤거든."

우리 아빠는 그들을 다시 차에 실어 학교에 데려가고, 앞유리에 대고 설교를 했지만, 그들은 그게 진심이 아니라는 것을 알 수 있었다.

우리가 늦게까지 잠을 자지 않고 소파에 앉아 〈새〉에서부터 〈워터프런트〉에 이르기까지, 또 그녀는 절대 보지 않을 듯한 것들, 예를 들어 〈매드맥스 1〉과 〈매드맥스 2〉에 이르기까지 옛날 영화를 보던 밤들이 있었다. 그녀가 가장 좋아하는 것은 여전히 팔십년대 영화였다. 사실 로리와 헨리가 둘 다 견딜 수 있는 것은 방금 맨 끝에 말한 두 가지뿐이었다. 나머지는 모두 너무 느렸다. 그애들이 투덜거리고 신음을 토하면 그녀는 미소를 지었다.
"염병할 박쥐 똥만큼이나 지루하네!" 그들은 소리를 지르곤 했고, 그때는 안전했다, 일상이었다.
메트로놈.

그러다 마지막으로, 내가 찾고 있는 아침, 그녀는 틀림없이 이제 가까워졌다는 것을 알았을 것이다—그녀는 세시에 그에게 왔다.
그녀는 정맥 내 투여기를 들고 우리 방 문을 통과했고, 처음에 그들은 소파에 앉았다.
그때는 그녀의 미소가 이미 들어올려져 있었다.
얼굴은 무너져가고 있었다.
그녀가 말했다. "클레이, 이제 시간이 됐어, 알았지?" 그러더니 그에게 모든 것의 편집본을 이야기해주었다. 클레이는 열세 살에 불과했고 아직 너무 어렸지만 그녀는 때가 왔다고 말했다. 그녀는 그에게 페퍼 스트리트로 거슬러올라간 순간들, 그리고 섹스와 그림의 비밀을 말해주었다. 그녀는 말했다. "언젠가 네 아버지한테 그림을 그리라고 해야 돼." 다시 그녀는 올라갔다가 툭 떨어졌다. "그 사람 얼굴 표정은 그냥 무시해."

하지만 한참 후 그녀는 덥다고 말했다.
"포치로 나가도 될까?"
비가 내리고 있었고 빗물은 빛을 발했고—아주 가늘어서 가로
등 불빛들 사이로 빛났다—그들은 다리를 쭉 펴고 앉았다. 벽에 기
댔다. 그녀는 그를 천천히 자기 쪽으로 거두어들였다.
그녀는 이야기와 자기 목숨을 맞바꾸었다.
유럽에서 도시로 페더턴으로.
애비 핸리라는 이름의 소녀.
'채석공'이라는 제목의 책.
애비는 그를 떠날 때 그 책을 가져갔다.
그녀가 말했다. "네 아버지가 타자기를 묻은 적이 있어, 그거 알
아?" 완벽한, 죽음에 가까운 디테일. 아델과 풀을 먹인 칼라—그
녀는 타자기를 TW 영감이라고 불렀다. 그들 둘이 함께 다시 그곳
으로, 방치된-뒷마당-같은-타운으로 간 적이 있었고 그들은 낡았
지만 훌륭한 레밍턴을 묻었다—그것은 생명이었다. 그녀는 그렇게
말했다, 모든 것이었다. "그것이 진짜 우리야."

끝날 무렵, 비는 훨씬 부드러워져 있었다.
주사액은 거의 바닥이 났다.
네번째 던바 보이는 어리둥절했다.
어떻게 열세 살에 불과한 아이가 옆에 앉아 이것을 다 주워모은
단 말인가? 게다가 그 모두가 동시에 떨어지고 있는데?
하지만 물론 그는 이해했다.

그는 졸렸고, 또 깨어 있었다.

그날 아침 그들은 각각 잠옷 속의 뼈 같았고, 그는 우리 가운데 유일했다―그들의 이야기를 사랑한, 온 마음으로 사랑한 아이. 그녀가 완전히 신뢰한 건 그였다. 언젠가 낡은 TW를 파낼 거라고 상상한 사람은 그였다. 운명의 그런 반전은 얼마나 잔인한가.

그가 언제 처음 알았을지 궁금하다.

그것이 있는 장소를 나에게 알려주게 된다는 것을.

첫 빛은 여전히 삼십 분이 남았고, 때로 행운은 현실이 된다― 바람이 바뀌기 시작했기 때문이다. 바람은 옆으로 슬금슬금 움직여 그들에게 다가갔고, 그들을 그런 식으로 포치에 잡아두었다. 바람이 내려와 그들을 감싸안았고, "야" 그녀가 말했다. "야, 클레이―" 그러자 클레이는 조금 더 가까이, 그녀의 금발과 부서질 듯한 얼굴에 몸을 기댔다. 그 무렵 그녀의 눈은 움푹 들어가 닫혀 있었다. "이제 네가 나한테 이야기를 해줘."

그 소년, 그는 그때 쓰러질 수도, 그녀의 무릎에서 고함을 지를 수도 있었을 것이다. 그러나 그가 할 수 있는 일은 묻는 것뿐이었다. "어디서 시작해야 할지도 모르는데?"

"어디에서든," 그녀가 침을 삼켰다. "네가 원하는 대로." 그러자 클레이는 주춤거리다, 이윽고 그것이 살살 자신을 통과해 나가게 했다.

그가 말했다. "한번은, 어떤 여자가 있었고, 그 여자는 이름을 여럿 갖고 나타났어."

그녀는 미소를 지었지만 계속 눈을 감고 있었다.

그녀는 미소를 지었고 천천히 그의 이야기를 정정해주었다.

"아냐―" 그녀는 말했고, 죽어가는 목소리였다.

"이런 거야―" 살아남는 목소리.

그와 함께 그대로 있으려는 엄청난 노력.

그녀는 다시 눈을 뜨지 않으려 했지만 결국 고개를 돌려 말했다. "한번은, 던바 과거의 물결 속에 이름이 여럿인 여자가 있었어." 그것은 그의 옆으로부터 먼 거리를 건너 찾아왔고, 클레이는 이제 그것을 향해 소리를 질렀다. 그는 거기에 보탤 자기만의 것이 있었다.

"얼마나 대단한 여자였던지."

삼 주 뒤에, 그녀는 갔다.

더 나이든 남자로서 아버지의 초상

곧 다른 아무것도 남지 않게 되었다.

그들은 끝냈지만 결코 끝이 나지 않았다―뭔가 다가올 것이 있음을 알았기 때문이다.

하지만 다리를 놓는 것에 관한 한, 건축과 정리는 끝이 났다. 그들은 모든 각도에서 다리를 지켜보았다. 저녁이면 마치 하루의 열기에 의해 충전된 듯 더 오래 빛나는 것 같았다. 다리는 환하게 밝혀졌다가, 희미해졌다가, 사라졌다.

처음 건넌 것은 아킬레우스였다.

그는 시끄럽게 울 준비가 된 것 같았지만, 울지 않았다.

그간 나쁘거나 부패시키는 영들과 아무런 계약을 맺지 않은 것이 우리에게는 행운이었다. 그는 처음에는 조심스럽게 걸었고 다리를 살폈지만, 중간에 이르자 주인 자리를 차지했다.

뒷마당, 교외의 부엌.

들판과 손으로 만든 다리.

그 모두가 아킬레우스에게는 똑같았다.

한동안 그들은 자신들을 어떻게 해야 좋을지 알 수가 없었다.
"너는 학교로 돌아가야 할 것 같은데."
하지만 그 시간은 이미 지나간 것이 분명했다. 케리 노바크의 죽음 이후 클레이는 셈을 할 의지를 잃었다. 이제 그는 그냥 건설자, 자격증이 한 장도 없는 건설자였다. 증거는 모두 손안에 있었다.

한 달이 지났을 무렵, 클레이는 도시로 돌아왔지만, 그것은 마이클이 보여주고 난 다음의 일이었다.
그들은 부엌에, 오븐과 함께 있었다―그리고 이 아이는 보통 소년이 아니었다. 사람들은 다리를 이렇게 빨리 놓지 않고, 물론 이만한 크기로 놓지도 않는다. 소년들은 아치를 만들라고 요구하지 않는데, 하긴 소년들은 별로 많은 일을 하지 않았다―그리고 마이클은 그들에게 범람했던 아침을 생각했다, 다가올 물 가운데 마지막 물에 있던 아침.
"집에 가서 매슈하고 일을 할게요." 클레이가 말했다.
마이클이 말했다. "나하고 같이 가자."

처음에 그들은 다리 아래로 갔고, 그의 손은 아치의 곡선에 놓였다. 그들은 아침의 서늘한 공기 속에서 커피를 마셨다. 아킬레우스는 그들 위에 서 있었다.
"야, 클레이." 마이클이 조용한 목소리로 말했다. "아직 끝나지 않았어, 그렇지?"
돌 옆에서 소년이 말했다. "안 끝났죠."

클레이가 답하는 걸로 봐서, 그 일이 생기면 소년이 영원히 떠날 것임을 마이클은 알 수 있었다—그리고 싶어서가 아니라 그래야 하기 때문이었고, 그것으로 끝이었다.

그다음 일은 오는 데 오래 걸린 것이었다. 퍼넬러피, 포치, 이야기들 이래로.

언젠가 네 아버지한테 그림을 그리라고 해야 돼.

강바닥에, 다리 옆에 있으니 그들은 작았다.

"자," 마이클이 말했다. "여기다."

마이클은 클레이를 데리고 뒤로 나가 창고로 갔고, 클레이는 이제 왜 아버지가 자신을 막았는지—클레이가 그날 그 고문하는 삽을 찾으러 나갔을 때, 마이클이 클레이를 차에 태워 페더턴으로 갔을 때—알았다. 거기에는 직접 만든 이젤, 약간 바깥쪽으로 기운 이젤 위에, 부엌에 있는 소년의 스케치가 있었기 때문이다. 소년은 우리를 향해 뭔가를 내밀고 있었다.

손바닥은 펼쳐져 있었지만 손가락이 구부러져 있었다.

잘 보면 그것이 무엇인지 알 수 있었다.

부서진 빨래집게 조각들.

내가 지금 앉아 있는 이 부엌이었다.

그저 우리의 처음에 속하는 것 가운데 한 가지.

"있잖아요," 클레이가 말했다. "엄마가 나한테 시켰어요. 아빠한테 보여달라고 부탁하라 그랬어요." 그는 침을 삼켰다. 그는 생각을 했고, 연습을 했다.

좋아요, 아빠, 정말 좋아요.

하지만 마이클이 선수를 쳤다.

"알아." 그가 말했다. "나는 네 엄마를 그렸어야 했다."

그는 그리지 않았지만, 이제 그에게는 클레이가 있었다.

그는 그 소년을 스케치할 것이다.

그 소년을 그릴 것이다.

오랜 세월에 걸쳐 그렇게 할 것이다.

하지만 그 시작 전에 이것이 있었다.

환한 뒷마당

마지막 몇 주 동안 우리와 함께 있는 것 대부분은 그녀의 껍데기뿐이었다. 그녀의 나머지는 우리 손이 닿지 않는 곳에 있었다. 그것은 고난이었다, 간호사와 간호사의 방문. 우리는 그녀의 생각을 읽다가 문득문득 정신을 차리곤 했다. 아니면 그것은 오래전에 우리안에 쓰인 생각이었을까.

도대체 어떻게 그녀에게 여전히 맥박이 있는 것일까?

죽음이 여기에서 어슬렁거리거나 저 위 전깃줄에 매달려 흔들리던 때가 있었다. 또는 팔걸이 붕대를 감고 냉장고에 매달려 있거나.

우리에게서 가져가려고 그것은 늘 여기에 있었다.

이제, 줄 것이 아주 많았다.

조용하게 말이 오갔다, 그럴 수밖에 없었다.

우리는 우리 아빠와 함께 부엌 쪽에 앉았다.

그는 아직 며칠이 남았다고 말했다.

의사는 어제, 또 그전 아침에 그 점을 설명해주었다.

그전의 날들은 끝이 없었다.

우리는 그때 이미 초시계를 갖고 있었어야 했다, 내기를 기록할 분필과 더불어. 하지만 페니는 그냥 계속 산다. 아무도 딴 돈을 가져가지 못했을 것이다.

우리 모두 식탁을 내려다보았다.

우리한테 짝이 맞는 소금통과 후추통이 있었던 적이 있나?

그리고 그래, 나는 우리 아버지에 관해서 궁금하다. 그것이 ─ 매일 아침 우리를 보내는 것이 ─ 어땠는지. 그것이 그녀가 죽어가면서 바라던 것이었기 때문에, 우리가 모두 일어나서 나가는 게. 우리가 모두 나가서 사는 게.

매일 아침 우리는 그녀의 뺨에 입을 맞추었다.

그녀는 오직 그것을 위해 버틴 것처럼 보였다.

"가, 착한 아이. 저기 밖으로 나가."

그것은 퍼넬러피의 목소리가 아니었다.

그것은 또 그녀의 얼굴이 아니었다 ─ 방향을 튼 채 울고 있는 그 것은.

그 노란 한 쌍의 눈.

그녀는 절대 우리가 자라는 것을 보지 못할 것이다.

그냥 울고 또 소리 없이 운다.

그녀는 절대 내 동생들이 고등학교를 마치는 것을 보지 못하고, 다른 부조리한 인생의 이정표들도 보지 못할 것이다. 그녀는 절대 우리가 애쓰고 고생하는 것을, 우리가 처음으로 타이를 매는 것을 보지 못할 것이다. 그녀는 여기에서 첫 여자친구들에게 퀴즈를 내지 못할 것이다. 이 여자애는 쇼팽에 관해 들어본 적이 있어? 위대한 아킬레우스에 관해 알아? 이 모든 하찮은 것들, 하지만 모두 아름다운 의미가 담긴 것들. 이제 그녀는 허구를 꾸며볼 힘밖에, 우리 앞에서 우리 삶을 꾸며낼 힘밖에 없었다.

우리는 텅 비고 공허한 일리아스들이었다.

우리는 그 자리에서 마음대로 할 수 있는 오디세이아들이었다.

그녀는 이미지들 위에 둥둥 떠서 들어갔다 나왔다 했다.

그리고 이제 나는 무슨 일이 벌어지고 있었는지 알고 있다.

그녀는 매일 아침 그에게 도와달라고 간청했다.

최악은 우리가 자리를 뜨는 매 순간이었다.

"여섯 달이라고 했어." 그녀는 말하곤 했다. "마이클, 마이클. 여섯 달이었다고. 그런데 나는 백 년 동안 죽어가고 있어. 도와줘, 제발 도와줘."

또, 로리, 헨리, 클레이가 학교를 빼먹고 얼굴을 보기 위해 집에 오는 것은 이제 드문 일이었다―몇 주 동안 없던 일이었다. 어쨌든 우리는 그렇다고 믿을 만큼 바보들이었다―그들 가운데 한 명은 실제로는 자주 집에 돌아왔지만 우리 눈에 띄지 않는 능력을 발휘했기 때문이다. 그는 매번 다른 시간에 와서 창틀 가장자리에서 지켜보곤 했다―그러다 한 번은 그녀를 볼 수가 없었다. 그날 그는 학교에 도착하자마자 학교에서 나왔다.

집에 돌아와 그는 잔디를 걸었다.

그들의 방 창문으로 이동했다.

침대는 정리가 되지 않은 채 비어 있었다.

그는 생각하지도 않고 한 걸음 뒤로 물러났다.

피와 다급함을 느꼈다.

뭔가가 잘못되었다.

잘못되었다.

그는 안으로 들어가야 한다는 것을 알았다. 곧장 집안으로 걸어 들어가야 한다. 그렇게 했을 때 그는 빛에 얻어맞았다. 빛은 복도를 똑바로 통과해 다가왔다. 빛이 그의 눈을 벨트로 때렸다.

하지만 그래도 그는 계속 걸어갔다—열린 뒷문으로 나갔다.

포치에서, 그는 그들을 보고 발을 멈추었다.

왼쪽에서 차 소리가 들렸고—곡조 없는 단일한 음—그는 마음 속에서 진실을 알았다. 차는 차고에서 나가려는 것이 아니었다.

그는 아버지가 마당의 눈부신 빛 속에 서 있는 것을 보았고, 여자는 아버지의 품에 있었다. 오래전에 사라진 피아노의 여자, 죽어 가지만 죽을 수 없는 여자, 아니, 더 나쁜 것으로, 살아 있지만 살 수 없는 여자. 그녀는 그의 품에 아치 길처럼 누워 있었고 우리 아버지는 무릎을 꿇고 있었다.

"난 못해." 마이클 던바는 말했고, 그녀를 살며시 땅바닥에 내려 놓았다. 그는 차고 옆문을 보더니 자기 밑에 있는 여자에게 말했다. 그녀의 가슴과 팔뚝에 손바닥을 올려놓고 있었다. "하느님이 저주할 만큼 열심히 노력했어, 페니, 하지만 못하겠어, 절대 못해."

남자는 무릎을 꿇은 채 가볍게 떨고 있었다.

풀 속의 여자는 녹고 있었다.

그때 그는 일어섰고, 그는 울었다, 네번째 던바 보이.

어찌된 일인지 이야기 하나가 기억났다.

그는 그녀를 전에 바르샤바에서 보았다.

망망대해에 있는 소녀.

그녀는 앉아서 피아노를 치고 있었고 스탈린 동상이 그녀와 함께 있었다. 그녀의 두 손이 내려가거나 다시 실수를 할 때마다 아주 절제된 동작으로 콕 찌르듯 그녀의 관절을 때렸다. 그의 안에는 소리 없는 아주 많은 사랑이 있었다. 그녀는 여전히 한낱 창백한 어린 아이였다. 스물일곱 번이었다, 음악적인 죄 스물일곱 개에 대하여. 그러자 아버지는 그녀에게 별명을 지어주었다.

레슨이 끝나고 그는 그 별명을 이야기했고, 바깥에는 눈이 있었고, 그 눈은 내리고 있었다.

그게 그녀가 여덟 살 때였다.

그녀가 열여덟 살 때 그는 결심했다.

그녀를 내보내기로 결심했다.

하지만 처음에는 결국 그녀를 멈추게 했다.

그는 연주를 멈추게 하고 그녀의 두 손을 잡았다. 매를 맞은 손은 작고 따뜻했다. 그는 그녀의 두 손을 자신의 오벨리스크 같은 손가락으로 꼭, 그러나 부드럽게 쥐었다.

그는 멈추게 하고는 결국 그녀에게 말했다.

그리고 그 소년.

우리의 소년.

어리지만, 이야기로 단단해진 우리의 소년, 그가 앞으로 나섰고, 모든 것을 믿었다.

그는 앞으로 나서서 천천히 무릎을 꿇었다.

천천히, 그가 우리 아빠에게 말했다.

마이클 던바는 소년이 오는 소리를 듣지 못했지만, 놀랐다 해도 그것을 드러내지는 않았다―그는 풀밭에서 마비된 채 움직이지 않았다.

소년이 말했다. "아빠, 괜찮아, 아빠." 그러면서 자신의 두 팔을 그녀 밑으로 넣었고, 일어섰고, 그녀를 데리고 갔다. 돌아보지 않았고, 우리 아버지는 반응이 없었다. 그녀의 눈, 그것은 그날 노랗게 보이지 않았다. 그녀의 눈이었고 늘 그럴 것이다. 머리카락은 다시 등으로 내려왔고 두 손은 매끈하고 깨끗했다. 그녀는 전혀 난민처럼 보이지 않았다. 그는 그녀와 함께 살살 걸어 그 자리를 떴다.

"괜찮아요." 그는 다시 말했는데, 이번에는 그녀를 향한 것이었다. "괜찮아." 그 순간 그는 그녀의 미소를 보았다고 확신했다. 그가 자신이 할 수 있는 유일한 일을, 자신만의 방법으로 했을 때.

"이제 됐다Już wystarczy, 실수쟁이야." 그가 조용히 소곤거리고, 그녀를 안고 통역을 통과했다. 그는 빨래 건조대 밑에 그녀와 함께 섰다. 그 순간 그녀는 눈을 감았다. 아직 숨을 쉬었지만 죽을 준비가 되어 있었다. 자신이 들었던 그 음으로 그녀를 데려갈 때, 빛으로부터 문간의 연기로 데려갈 때, 클레이는 완전히 확신할 수 있었다. 퍼넬러피가 세상에서 마지막으로 본 것은 그 긴 줄과 그 색깔이었다―그들 머리 위 빨래 건조대에 걸린 빨래집게들이었다.

참새들처럼 무게가 없고, 빛 속에서 환했다.

잠시 도시의 빛을 가렸다.

해와 겨루었고, 이겼다.

가장 큰 물의 시간

그렇게 된 것이다.

그 모든 것이 다리로 이어졌다.

마침내 퍼넬러피는 그것으로 다 됐지만, 클레이에게는 또 한번의 시작이었다. 그가 그녀를 안아서 나르던 순간부터 그것은 그가 전혀 알지 못했던 삶이었다. 빨래 건조대 밖으로 다시 나왔을 때, 클레이는 그의 첫 빨래집게를 향해 팔을 위로 뻗었다.

그의 아버지는 그를 볼 수가 없었다.

그들은 결코 다시는 똑같을 수 없을 것이다.

그가 한 일, 그리고 그 순간 그가 되었던 것은 너무 빠르게 후회로 바뀐다.

그는 결코 그날 학교로 걸어 돌아가던 길을 기억하지 못했다.

오로지 빨래집게의 가벼운 감촉뿐.

운동장에 주저앉아 정신을 놓고 있는 그를 로리와 헨리가 발견하고는 일으켜세운 다음 거의 안다시피 데리고 갔다.

"우리 모두 차에 태워서 집으로 보내준대." 그들이 말했다. 그들의 목소리는 망가진 새 같았다. "페니 때문이야, 페니 때문이야, 페니가—"

그러나 그 문장은 끝내 마무리되지 못했다.

집에는 경찰, 그리고 구급차.

그 모든 것이 거리로 헤엄쳐 내려가던 모습.

그때는 오후로 들어선 지 오래였고, 우리 아버지는 이미 모든 것에 관해 거짓말을 했다. 그것이 늘 그녀의 계획이었다. 마이클은 그녀를 돕고, 그들에게는 잠깐 나갔다 왔다고 말한다. 페니가 스스로 한 일이다, 너무 절망적인 나머지.

하지만 소년이 집에 왔고 그것을 망쳐버렸다.

소년이 왔고 곤경에서 그를 구해주었다.

우리는 우리 아버지를 '살인범'이라고 부르게 된다.

하지만 살인으로 구원한 자는 그였다.

결국에는 늘 다리가 있었다.

다리는 놓였고, 이제 큰물을 기다리고 있었다.

폭풍은 절대 와야 할 때 오지 않는다.

우리의 경우에는 겨울에 찾아왔다.

주 전체가 곧 물 아래로 들어갔다.

도시가 비에 채찍질을 당하던, 끝도 없던 날씨가 기억난다.

그것은 아마누강에 비하면 아무것도 아니었다.

그때쯤 클레이는 일을 하고 있었다.

그는 레이싱 쿼터의 거리를 달렸고, 그녀의 자전거는 놀랍게도 그대로 있었다. 아무도 볼트커터를 꺼내거나 줄을 끊어내지 못했다. 아니면 그냥 그러고 싶지 않았던 것인지도 몰랐다.

날씨에 대한 소식이 전해졌지만 비는 예보보다 훨씬 일찍 오기 시작했다. 클레이는 처음 내리는 빗방울들 속에 서 있었다. 그는 헤네시의 마구간을 향해 달렸다.

그는 자물쇠의 번호를 모두 정확히 맞추고 자전거를 조심스럽게 끌어냈다. 심지어 자전거에 바람을 넣는 작은 펌프도 가지고 가서 납작해진 타이어에 바람을 넣었다. '쿠타문드라' '스페인 사람' '투우사'. '킹스턴 타운'의 용기. 그는 자신의 내부에 이름들을 간직한 채 열심히 바람을 넣었다.

클레이는 자전거를 타고 나가 레이싱 쿼터를 통과하다가 포세이돈 로드에서 한 소녀를 보았다. 북쪽 구역 근처 꼭대기였다. 트라이컬러스 체육관과 이발소 근처. '레이싱 쿼터 쇼터'. 소녀는 검어지는 하늘을 배경으로 금발이었다.

"안녕!" 그가 소리쳤다.

"날씨 한번 좋네!" 소녀가 대답했고, 클레이는 낡은 자전거에서 풀쩍 뛰어내렸다.

"이걸 타고 집에 갈래?"

"나는 그 정도로 운이 좋았던 적이 없는데."

"뭐, 오늘은 좋네." 그가 말했다. "어서, 가져가." 그는 스탠드를 내려 자전거를 세워두고 걸어갔다. 하늘은 폭풍우를 내보내기 시작했고 그는 소녀가 자전거를 가져가는 것을 지켜보았다. 그가 소리쳤다.

"너 케리 노바크 알아?!"

"뭐?!" 소녀가 마주 소리쳤다. 그러더니, "누구?"

그녀의 이름을 외치는 것이 아팠지만 그래서 더 좋다는 느낌이 들었다. "자물쇠!" 그가 내리는 물 사이로 소리쳤다. "삼십오 이십 칠이야!" 그는 마지막 순간 잠시 생각하다 비의 바늘들을 삼켰다. "혹시 잊어버리면 그냥 '스페인 사람'을 찾아봐!"

"무슨 사람?"

그러나 이제 소녀는 혼자였다.

그는 소녀를 잠시 지켜보다, 사라졌다.

거기서부터는, 더 많은 비뿐이었다.

사십 일 낮밤은 아니다.

하지만 한동안은 꼭 그럴 것처럼 보였다.

그날들 가운데 첫째 날, 클레이는 가장 빨리 탈 수 있는 기차를 타고 실버로 가려고 했지만 우리 나머지는 그것을 허락하지 않았다. 우리는, 우리 다섯은 모두 나의 스테이션왜건으로 우르르 몰려들어갔고 로지도 물론 뒤에 탔다.

나머지는 칠면 아주머니가 돌봐주었다.

실버에서 우리는 딱 시간에 맞추었다.

우리는 차를 타고 다리를 건너다 아래를 내려다보았다.

물이 아치들을 세게 물었다.

포치에서, 빗속에서, 클레이는 그것들을 생각했다. 그는 상류, 그리고 강인해 보이는 그 나무들, 그리고 돌과 거대한 유칼립투스를 기억했다. 이 순간 그들은 모두 연타를 당하고 있었다. 잡석들은 아래쪽으로 마구 흔들렸다.

곧 온 세상이 물에 잠겼다. 그렇게 보였다. 다리의 꼭대기가 잠졌다. 며칠 동안 물은 계속 불었다. 그 폭력은 자력을 띠고 있었다. 그것 때문에 절대적 생명이 떨리는 두려움을 느꼈지만, 지켜보지 않기가, 믿기가 어려웠다.

그러다 어느 날 밤, 비가 그쳤다.

강은 계속 포효했지만 시간이 지나면서 물러났다.

다리가 살아남았는지―클레이가 그 진정한 마무리를 해낸 것인지―아직 알 수 없었다.

그 물을 걸어서 건너는 것.

며칠 내내 아마누강은 갈색이었고 초콜릿을 만드는 것처럼 거품을 일으키며 일렁였다. 그러나 해가 뜨고 질 때는 색깔과 빛이 있었다―빨갛게 달아오르는 빛, 그러다가 불의 죽음. 새벽은 황금빛이었고, 물은 불타올랐고, 밤이 오기 전에 피를 흘리며 어두워졌다.

사흘 더, 우리는 기다렸다.

우리는 일어섰고 강을 지켜보았다.

우리의 아버지와 부엌에서 카드 게임을 했다.

로지가 오븐 근처에서 몸을 웅크리는 것을 지켜보았다.

우리 모두가 있을 공간이 없었기 때문에 스테이션왜건 의자를 펼쳤고 로리와 나는 거기에서 잤다.

몇 번, 클레이는 뒷문으로 나가, 아킬레우스가 서서 감시하는 창고로 가서 진행중인 그림들을 더 보았다. 가장 좋아하는 것은 느슨하게 그린 스케치, 유칼립투스의 다리들 사이에 있는 소년의 스케치였다―그러다 일요일에 일이 벌어졌다. 그것이 왔다.

늘 그렇듯 그는 어둠 속에서 잠을 깼다.

새벽이 머지않은 시간에 나는 발소리를 들었다―달려가고 있었다. 철벅이고 있었다. 그다음에는 차문이 열리는 소리가 들렸다. 그의 손힘이 느껴졌다.

"매슈." 그가 소곤거렸다. "매슈!"

이어, "로리. 로리!"

금세 나는 깨달았다.

그것은 거기 클레이의 목소리 안에 있었다.

그는 몸을 떨고 있었다.

집안에 불이 밝혀졌다. 마이클이 손전등을 들고 나왔고, 물 쪽으로 내려갔나 싶었는데 금세 다시 뛰어왔다. 내가 차에서 나가는 길을 찾으려고 버둥거리고 있을 때 그는 비틀거렸지만 나에게 분명하게 말했고, 얼굴은 충격을 받아 믿지 못하겠다는 표정이었다.

"매슈, 와봐야 돼."

다리가 사라졌나?

다리를 구하려고 노력해야 하나?

그러나 한 걸음 더 떼기 전에 첫 빛이 작은 방목장을 때렸다. 나는 먼 쪽을 살폈고 그것을 보았다.

"오, 하느님." 내가 말했다. "예-수 그리스도여." 이어, "야." 나는 말했다. "야, 로리?"

우리가 포치의 콘크리트 계단에 모두 모였을 때 클레이는 계단 첫 단에 내려가 있었고, 자신이 과거로부터 말하는 소리를 들었다.

사람을 보고 온 게 아니에요, 그렇게 그는 그에게―'살인범', 마이클 던바에게―말했지만 지금 여기 서서 다른 것을 알았다. 그는 우리 모두를 보고 여기에 온 것이었다. 그저 이렇게 아플 줄은 몰랐을 뿐이다, 기적적인 것과 마주했을 때.

잠시 클레이는 보더콜리를 지켜보았다. 그녀는 앉아서 입술을 핥고 있었다. 그러다 느닷없이 그는 로리를 돌아보았다. 그렇게 되기까지 몇 년이 걸렸는지 몰랐다—하지만 로리는 눈을 때리는 것으로 반격했다.

"젠장, 토미, 저 개는 꼭 저렇게 염병할 시끄럽게 헐떡여야 하는 거야?" 그러나 이번에 로리는 미소를 짓고 있었다.

"자," 그는 이제 클레이에게 말했다. 그가 그렇게 부드럽게 말하는 것은 들어본 적이 없었다. "가자. 함께 보는 거야."

강으로 가서 보자.

우리가 함께 거기로 내려갔을 때, 뜨는 해가 물에 있었다. 넓어진 강은 타오르고 있었다. 새벽의 깃털로 불이 붙었고 다리는 여전히 가라앉아 있었다—하지만 말짱하게, 여전히 그로 만들어져 있었다. 다리는 클레이로 만들어졌다. 사람들이 진흙clay에 관해 뭐라고 말하는지 알 것이다. 그렇지?

그가 아마누강을 걸어서 건널 수 있을까?

그가 인간보다 나을 수 있을까, 한순간이라도?

그 답은 물론 아니다였다. 적어도 그 마지막 질문에 관한 한. 그리고 우리는 이제 그것을 아주 가까이서 보았다.

우리의 마지막 발걸음에 그는 그것을 들었다.

그들이 여기 실버에서 했던 더 많은 말.

언젠가는 〈다비드〉 같은 위대함을 발견하고 싶은 마음이 간절해……

하지만 우리는 '노예들'의 삶을 살고 있죠.

그 꿈은 이제 끝났고 답이 주어졌다.

그는 절대 저 물위를 걷지 않을 것이며—다리로 만들어진 기적— 또 우리 나머지 가운데 누구도 그러지 않을 것이다. 그 아치들에 붙은 불 속에, 강과 돌이 그를 똑바로 세워 유지하고 있는 곳에, 정말로 진실하고 기적적인 누군가가, 그리고 내가 절대 잊을 수 없는 뭔가가 있었기 때문이다.

물론, 그것은 그일 수밖에 없었다.

그래, 그, 그는 동상처럼 서 있었다. 꼭 부엌에 서 있는 것처럼 자신 있게. 그는 지켜보며 씹고 있었다. 태연하게—그의 초가지붕 같은 얼굴에 예의 그 표정을 담고서—콧구멍을 벌렁거리고, 끝까지 통제된 모습으로.

그는 자기 주위 사방에 물과 새벽을 두르고 있었다. 그의 네 다리 위로 일 인치 높이까지—그의 발굽이 강과 다리를 딛고 있었다. 마침내 그는 곧 마음이 움직여 말했다. 평소와 다름없는 한 쌍의 질문, 씹는 와중에, 노새 특유의 싱글거림과 함께.

뭐? 그가 말했다. 불의 빛으로부터.

이게 뭐가 그렇게 별난데?

만일 그가 클레이를 위해 클레이의 다리를 시험하려고 여기 있는 거라면—그게 그가 온 이유라면—우리는 동의하고 받아들일 수밖에 없었다. 그가 그 일을 염병할 아주 잘하고 있다는 것을.

끝의 다음

다시, 늙은 TW

마지막에 강 하나, 다리 하나, 노새 한 마리가 있었지만, 지금은 그 마지막이 아니다, 그다음이다. 그리고 내가 있다, 아침에, 환한 뒷마당을 등지고, 여기 부엌에 있다. 해는 꾸준히 떠오르고 있다.

　사실, 나는 정말이지 더는 말할 수 없을 것이다.

　얼마나 오래되었는지.

　얼마나 많은 밤을 내가 여기, 우리의 삶을 보아온 이 부엌에 앉아 있었을까? 이곳은 자신이 죽을 것이라고 우리에게 말하던 여자였고, 우리를 마주하려고 집에 온 아버지였다. 이곳은 클레이의 눈에서 불이 타오르던 곳이지만, 그것은 많은 것 가운데 몇 가지에 불과하다. 아주 최근에는 우리 넷이었다. 던바 보이 넷, 그리고 우리 아버지, 모두 일어서서, 함께 기다리며.

　하지만 그러다가 오직 이곳만 남았다. 나는 앉아 있고 열심히 두들겨대고 있다. 페더턴에서 타자기 한 대, 개 한 마리, 뱀 한 마리와 함께 집에 돌아온 뒤로 나는 매일 밤 다른 사람은 모두 잠이 들었을 때 클레이의 이야기를 쓰려고 이곳에 있었다.

하지만 어떻게 시작이라도 할 수 있을까?

다리가 완성된 이후의 우리 삶에서, 그 뒷부분을 어떻게 이야기할 수 있을까?

한번은, 던바 과거의 물결 속에 그가 여기 아처 스트리트 집으로 우리를 찾아왔고 그뒤에 우리를 떠났다. 우리는 영원히 떠난 것으로 알았다. 하지만 그 세월은 많은 것을 가져왔다.

처음에, 우리가 강을 떠났을 때, 클레이는 우리 아버지를 끌어안고 아킬레우스의 뺨에 입을 맞추었다. (최고의 순간을 누리던 그 악당—그는 몹시 내키지 않는 표정으로 우리에게 돌아왔다.) 클레이에게는 미지의 승리, 자신이 본 것에 대한 엄청난 경이가 있었다. 그런 다음 치료가 불가능한, 바닥없는 슬픔. 이제 여기에서 어디로 갈까?

그는 자기 물건들—추억이 담긴 낡은 나무상자, 『채석공』을 포함한 책들—을 챙기면서도 창문으로 다리를 보았다. 걸작의 표지가 무슨 소용일까? 그것은 그가 일한 모든 목적을 증명하며 서 있었지만 정말이지 아무것도 구하지 못했다.

우리가 떠날 때 그는 그것을 우리 아버지에게 내밀었다.

청동색과 바랜 표지의 책.

"이걸 돌려드릴 때가 됐어요."

그가 내 스테이션왜건으로 걸어올 때 아버지의 마지막 숨넘어가는 소리가 들렸다. 그는 얼른, 클레이의 뒤를 따라 달려왔다. 그가 말했다. "클레이, 클레이!"

클레이는 아버지가 무슨 말을 하고 싶어하는지 알았다.

하지만 그는 자신이 우리 모두를 떠날 것임을 알았다.

"클레이, 뒷마당—" 클레이는 손으로 그의 말을 잘랐다. 그리고 자신이 오래전에 한 말을 했다. 한 아이, 그리고 아직은 다리가 없었을 때.

"괜찮아요, 아빠, 괜찮아요." 하지만 그는 곧 다른 말을 덧붙였다. "그 여자는 정말 대단했어요, 안 그래요?" 우리 아버지는 동의할 수밖에 없었다.

"그래." 그가 말했다. "그 여자 대단했지."

차에 탔을 때 클레이는 우리를 살펴보았다.

우리는 모두 우리 아버지와 악수를 했다.

이야기가 오갔고, 토미가 로지를 불렀고, 클레이는 스테이션왜건에서 잠이 들었다. 얼굴을 창에 기대고 있었다.

우리가 그의 다리를 건널 때도 그는 내내 자고 있었다.

집에서 거의 하루 낮과 밤이 걸렸다. 클레이와 나는 이 부엌에 앉아 있었다. 동생은 나에게 모든 이야기를 해주었다—퍼넬러피와 마이클, 그리고 우리 모두에 관해서. 그리고 그가 케리와 함께였을 때 어땠는지도 모두. 두 번 나는 무너질 뻔했고, 한 번은 구역질이 나올 것 같았다. 그러나 그럴 때도 그는 계속 이야기를 했고, 나를 구해주었다. 그는 말했다. "매슈, 하지만 이건 들어줘." 그는 자신이 그녀를 안아 옮길 때 그녀는 다시 창백하고 금발을 뒤로 넘긴 소녀였다는 것, 그녀가 마지막으로 본 것이 빨래집게들이었다는 것을 이야기해주었다. 그는 나에게 말했다. "이제 형이야, 매슈. 형이 밖에 나가 말을 해야 돼. 형이 나가서 아빠한테 말을 해야 돼. 아빠는 그게 내가 보았던 엄마 모습이라는 걸 몰라. 그게 엄마 모습이었다는 걸 몰라."

그가 이야기를 마쳤을 때 나는 퍼넬러피, 그리고 매트리스, 서라운즈를 생각했다. 태웠어야 했을 때 그것을 우리가 태우기만 했다면! 하느님, 나는 아주 많은 생각을 했다. 당연하다, 당연하다. 그는 절대 과거의 그 소년이 아니었다. 이제 그는 떠나서 다시 돌아오지 않을 것이다. 하지만 여기에 남은 그가 그냥 너무나 많다. 너무 많은 기억을 이고 다니는 것. 나는 애비 핸리, 그리고 케리를 생각했다ㅡ그리고 그녀가 번버러파크에서 그를 뭐라고 불렀는지.

우리는 우리의 아름다운 소년을 잃었다.

다음날 그가 떠날 때 말은 별로 오가지 않았다. 이제는 우리가 어떤지 알 것이다. 내 생각에, 주로 말을 한 사람은 클레이였다. 그가 준비를 한 사람이었기 때문이다.

로리에게 그는 말했다. "우리의 사슴-대-사슴이 그리울 거야." 그의 주위에는 녹과 철사가 있었다. 그들은 아픔을 누그러뜨리려 웃음을 터뜨렸다.

헨리의 경우엔, 간단했다.

클레이가 말했다. "형 로토 번호에 행운이 있기를. 형이 딸 거란 걸 알아."

그리고 헨리는 물론 반쯤 태클을 걸었다.

헨리가 클레이에게 답했다. "일에서 육까지."

헨리가 클레이에게 돈을 좀 주려고 하자 클레이는 그냥 다시 고개를 저었다.

"괜찮아, 헨리, 형이 갖고 있어."

그리고 토미ㅡ어린 토미.

클레이는 두 손을 토미의 어깨에 얹었다.

"어머니가 태즈메이니아늑대가 있는 곳으로 너를 마중나올 거야." 그것으로 우리는 거의 끝났다―마침내 남은 전부가 내가 될 때까지.

나에 관해 말하자면, 그는 기다릴 수 있었다.

곧 그는 우리 사이를 걸어갔다. 소년들이 종종 그러듯이. 우리는 닿는 것을 꺼리지 않았고―어깨, 팔꿈치, 관절, 팔―이제 그는 몸을 돌려 나를 마주보았다.

한동안 그는 전혀 말을 하지 않았다. 그냥 피아노로 가서 살며시 뚜껑을 열었다. 안에는 그녀의 원피스, 그리고 『일리아스』와 『오디세이아』가 그대로 있었다.

천천히 그는 손을 안으로 넣더니, 책들을 나에게 건넸다.

"어서." 그가 말했다. "위에 있는 책을 펼쳐봐."

안에는 메모 두 개가 있었다.

첫번째는 발데크가 쓴 편지였다.

두번째는 그보다 좀더 최근의 것이었다.

위급한 경우에 대비하여

(책이 부족하다든가)

전화번호가 있었고, ck라고 서명이 되어 있었다.

나는 하느님이 저주하니 그쯤 해두라고 말할 뻔했으나, 그는 쉽게 먼저 하고 싶은 말을 했다.

"그 선생님이 주는 책을 다 읽었지만 늘 이걸로 돌아오게 돼." 그의 눈은 사납고 불이 밝혀져 있었다. "그러다 어느 날 형은 알게 될 거야. 페더턴으로 가서 낡은 TW를 파내야 한다는 걸 알게 될 거야. 하지만 정확하게 재야 돼, 안 그러면 '달'을 파낼 수도 있으니까, 아니면 뱀이나……" 그의 목소리가 작아졌다. "약속해줘, 매슈, 약속해."

그렇게 되었다.
그는 그날 저녁 늦게 우리를 떠났다.
우리는 그가 걸어서 포치를 내려가 잔디를 건너 아처 스트리트에 올라서는 것을 보았고, 우리의 삶은 그 없이 남겨졌다. 가끔 우리는 그림자를 포착하거나, 그가 레이싱 쿼터의 거리들을 걸어가는 모습을 보기도 했다—그러나 우리는 그것이 절대 클레이가 아니라는 것을 알았다.
세월이 꾸역꾸역 지나가 나도 이 정도는 말해줄 수 있다.
우리 모두 우리 자신의 삶이 있었다는 것.
가끔 우편엽서가 왔다. 그가 일하고 있는 곳에서 보낸 게 분명했다—아비뇽과 프라하, 또는 나중에 이스파한이라는 도시. 물론 다 다리가 있는 곳이었다. 내가 가장 좋아하는 엽서는 가르 다리에서 온 것이었다.
이곳에서 우리는 그를 매분 그리워했지만 우리 자신일 수밖에 없었다. 세월은 십일 년으로 넓어졌다—우리 아버지가 와서 혹시 다리를 놓겠느냐고 물어본 날로부터.

그 시간 동안의 토미에 관해 말하자면, 그는 성장했다.
그는 대학에 갔다. 하지만 아니, 수의사는 아니다.
대신 사회복지사가 되었다.

그는 O라고 부르는 개를 일터로 데려가고(이제는 그게 무엇을 나타내는 글자인지 알 것이다) 이제 스물네 살이다. 그는 거칠고 억센 아이들하고 일을 하지만 아이들 무리는 그 개를 사랑한다. 그의 반려동물은 물론 모두 영원히 살았다, 또는 떠나갈 때까지 영원히. 처음에 금붕어 아가멤논이 떠나갔고 그다음에는 행진하는 비둘기 T, 그다음에는 헥토르, 그리고 마지막으로 로지가 떠나갔다.

로지는 마침내 더 걸을 수가 없게 되었을 때 열여섯 살이었고, 우리 모두 그녀를 안고 뛰었다. 동물병원에서 "저애는 버티고 있었던 것 같아. 기다리고 있었던 것 같아, 알지?" 하고 말한 사람은 믿거나 말거나 로리였다. 그는 벽을 보고 침을 삼켰다. 그녀는 하늘과 퍼넬러피를 생각해서 그렇게 이름을 지어주었다, 그 개는. "저애는 클레이를 기다리고 있었던 것 같아."

지금도 살아 있는 것은 실버에 있는 아킬레우스뿐이다.

그 노새는 도무지 죽지 않을 것 같다.

토미는 박물관 근처에 산다.

그다음은 헨리.

그래, 헨리에 대해서는 어떤 추측을 할까? 궁금하다.

형제 삼번에게서 무엇을 기대할까?

그는 우리 가운데 제일 먼저 결혼했고 늘 미소를 지으며 나타난다. 그는 물론 부동산 쪽으로 갔지만 그전에 한몫 잡았다—내기와 그가 수집한 모든 것으로.

그가 '서사시 책과 음악 판매' 장터를 열었을 때 어떤 소녀가 아처 스트리트를 따라 개를 산책시키고 있었다. 그녀의 이름은 클리오 피츠패트릭이었다. 어떤 사람에게는 인생이 그냥 돛을 달고 미끄러져가는데 헨리가 그런 경우다.

"보세요!" 그가 소리쳤고, 처음에 그녀는 그를 무시했다. 밑을 잘라낸 반바지와 셔츠 차림이었다. "어이, 코기-시추-잡종, 아니면 뭐든 그거하고 함께 있는 아가씨!"

그녀는 새 껌을 입에 넣었다.

"켈피야, 이 얼간이야—" 하지만 나는 그 자리에 있었고, 금방 알아볼 수 있었다. 그녀의 검고 순박한 눈에 나타나 있었다. 어울리게도 그녀는 도스토옙스키의 『백치』를 샀고 다음주에 다시 왔다. 그들은 이듬해 결혼했다.

로리에 관해서는, 이상해 보이지만, 그는 다시 우리 아버지와 가장 가까운 아이가 되었고 다리에 아주 자주 간다. 그는 여전히 창자처럼 억세지만—또는 칠면 아주머니 같은 사람들이 말하곤 했듯이, 주머니처럼 억세지만—그래도 세월이 흐르면서 모난 데가 닳았고, 나는 그가 늘 클레이를 그리워했다는 것을 안다.

사실 칠면 아주머니가 세상을 뜨고 나서 오래지 않아 그는 가까운 교외로 이사했다. 십 분 정도 북쪽으로 가면 나오는 서머빌이다. 하지만 그는 여기로 돌아와 앉아서 맥주를 마시며 껄껄 웃는 걸 좋아한다. 그도 클로디아를 좋아해서 그녀와도 이야기를 나누지만 주로 나하고 이야기한다. 우리는 클레이 이야기를 하고, 페니 이야기를 하며, 우리 사이에 이야기가 전해진다.

"그들이 여섯 달 남았다고 했었지, 백여든 며칠이라고 말이야. 그 인간들이 누구를 상대하고 있는지, 씨발 조금이라도 알았을까?"

그들 나머지와 마찬가지로, 이제 로리도 무슨 일이 있었는지, 그 환하게 밝았던 아침에 뒷마당에서 무슨 일이 있었는지 안다. 아버지는 그 일을 할 수 없었지만 클레이는 어떻게 된 일인지 할 수 있었다는 것. 그 너머에 무슨 일이 있었는지, 케리와 서라운즈가 어떻게 되었는지 로리는 안다. 하지만 불가피하게, 우리는 늘 그것으로 돌아간다—그녀가 우리에게 말했을 때, 여기에서, 부엌에서.

"클레이가 그날 밤에 관해 뭐라고 했더라?" 그가 묻고, 몇 박자 답을 기다린다.

"네가 자기 눈에서 불이 타오르게 했다고 말했지."

그러면 로리는 웃음을 짓곤 한다, 매번. "나는 지금 형이 앉아 있는 의자에서 그앨 끌어냈어."

"알아." 내가 말한다. "기억나."

그럼 나는?

뭐, 나는 그렇게 했다.

다만 몇 달이 걸렸을 뿐이다. 하지만 그동안 나는 퍼넬러피의 책들—그녀의 이민자 에베레스트들—을 읽었고 발데크의 편지를 펼쳐보았다. 클로디아의 번호를 외웠다.

그러다 어느 화요일, 나는 그 번호로 전화를 걸지 않고 학교로 곧장 걸어들어갔다. 그녀는 거기 똑같은 방에서 에세이를 채점하고 있다가 내가 문을 두드리자 문간을 보았다.

그녀는 살아 있는 사람의 멋진 미소를 지었다.

"매슈 던바." 그녀가 나를 쳐다보며 말했다. 책상에서 일어서며 말했다. "드디어."

클레이가 요청한 대로 나는 실제로 실버에 갔다.

여러 번 갔고, 종종 클로디아 커크비도 동행했다.

처음에는 머뭇머뭇했지만, 아버지와 나는 이야기를 교환했다—아들이자 형제로서 클레이에 관하여. 나는 클레이가 나에게 부탁한 일을 했다, 그가 퍼넬러피를 마지막으로 보았을 때, 그녀가 한때 그랬던 소녀의 모습이었던 것에 관하여 그에게 이야기했다. 우리 아버지는 대개는 깜짝 놀랐다.

어느 시점에 나는 그에게 말할 뻔했다. 거의 말할 뻔했으나 다시 거두어들였다.

나는 이제 당신이 떠난 이유를 안다고.

하지만 다른 아주 많은 것들과 마찬가지로, 우리는 그것을 알지만 말하지 않고 남겨둘 수도 있다.

번버러파크 관중석을 철거하고 낡은 빨간 고무 트랙을 교체했을 때, 우리는 어찌된 일인지 날짜를 잘못 알아서, 그 수치스러운 순간을 놓쳤다.

"그 모든 아름다운 기억들." 우리가 그 조각들을 보러 거기에 갔을 때 헨리가 말했다. "그 모든 멋진 내기들!" 그 별명들과 펜스 라인에 있던 소년들—아직은 절대 어른이 아니던 존재들의 냄새.

나는 클레이와 내가 거기에서 보낸 시간, 이어 로리와 클레이를 막던 일과 벌을 기억했다.

하지만 물론, 그곳은 거기 있던 클레이와 케리였다.

내가 가장 잘 상상하는 것은 그들이다.

그들은 함께 웅크리고 있다, 결승선 근처에.

그곳은 클레이의 또하나의 신성한 장소이며, 지금은 그곳에 그가 없어 텅 빈 채로 남아 있다.

신성한 장소 이야기가 나와서 말인데, 서라운즈는 남아 있다.

노바크 가족은 시골의 집에서 다시 살기로 하고 오래전에 아처 스트리트를 떠났다. 그뒤 자문위원회가 열리고 또 건설 작업도 진행되었지만, 그럼에도 서라운즈에 아직 무엇이 세워지지는 않았다. 따라서 케리와 클레이가 여전히 그 장소를 소유하고 있다, 적어도 내 관점에서 보자면.

솔직히 말해서, 나는 그 경기장을 사랑하게 되었고, 클레이가 몹시도 그리울 때면 자주, 대개 늦은 밤에 어슬렁어슬렁 뒤쪽으로 나가는데, 그러면 클로디아가 나를 찾으러 온다. 그녀는 내 손을 잡고 우리는 그곳을 걷는다.

우리에게는 어린 두 딸이 있고 그 아이들은 아름답다—그애들에게는 후회가 없다. 그애들은 지금 여기 존재하는 삶의 소리와 색깔이다. 우리가 그애들에게 『일리아스』를, 또 『오디세이아』를 읽어주고, 둘 다 피아노를 배운다면 믿겠는가? 아이들을 레슨에 데려간 것은 나였고, 우리는 돌아와 여기 집에서 연습을 한다. 우리는 함께 여기 MARRY ME 건반에 앉고 나는 놓치지 않고 지켜본다. 유칼립투스 가지를 들고 앉아 있다가 아이들이 치던 것을 멈추고 나에게 물어보면 맥이 쭉 빠진다.

"'실수쟁이' 이야기 해줄래요, 아빠?" 또 물론, "클레이 얘기 해줄 수 있어요?"

달리 내가 어쩔 수 있겠는가?

피아노 뚜껑을 닫고 설거지를 하러 안으로 들어가는 것 외에 내가 무엇을 할 수 있겠는가?

그 모든 것이 똑같이 시작된다.

"한번은, 던바 과거의 물결 속에……"

첫째 아이는 멀리사 퍼넬러피다.
둘째 아이는 크리스틴 케리다.

그래서 이제 여기에 이르게 된다.

이제 그만 방해하고 떠나기 전에 내가 해줄 수 있는 이야기가 한 가지 더 있다. 진실을 이야기하자면, 이 또한 내가 아주 좋아하는 이야기, 팔이 따뜻한 클로디아 커크비 이야기다.

그러나 이것은 또 나의 아버지 이야기이기도 하다.

그리고 내 형제의 이야기.

그리고 나의 나머지 형제들, 그리고 나.

보라, 한번은—한번은, 던바 과거의 물결 속에, 나는 클로디아 커크비에게 청혼을 했다. 나는 반지가 아니라 귀걸이를 들고 청혼했다. 그냥 은으로 만든 작은 달이었으나 그녀는 그것을 사랑했고 그것이 대단한 것이라고 말했다. 나는 그녀에게 긴 편지도 썼다, 내가 기억하는 모든 것에 관해서, 그녀를 만난 것에 관해서. 또 그녀의 책들, 그리고 그녀가 우리 던바들에게 얼마나 친절했는지. 나는 그녀의 종아리, 그리고 뺨 한가운데 있는 그 태양의 흑점에 관해서도 썼다. 나는 그 편지를 그녀의 문 앞 계단에서 읽어주었고 그녀는 울면서 그러마고 대답했다—하지만 그다음에, 그녀는 이미 알았다.

문제도 있을 거라는 걸 알았다.

내 표정을 보고 알 수 있었다.

클레이를 기다려야 한다고 말하자 그녀는 내 손을 꼭 쥐더니 내 말이 맞는다고 말했다—그런 식으로 몇 년이 꾸역꾸역 지나갔다. 꾸역꾸역 지나가고 우리에게는 두 딸이 생겼다. 우리는 모든 것이 생기고 변하는 것을 지켜보았고, 그가 다시는 여기로 돌아오지 못할까봐 두려웠지만, 기다리기만 하면 그냥 그가 우리에게로 와줄지도 모른다고 생각했다. 기다리다보면 응당 그래야 한다는 느낌이 들기 시작한다.

그러나 오 년이 지났을 때 우리는 의심을 품었다.

우리는 밤에, 우리 방에서, 한때 페니와 마이클의 방이었던 곳에서 이야기를 했다.

결국 우리는 결정하게 되었다. 클로디아가 마침내 나에게 물은 뒤였다.

"당신이 서른이 될 때가 어때?"

나는 동의했고, 다시 세월은 빠르게 지나갔고, 그녀는 심지어 추가로 일 년을 주었다. 하지만 서른하나가 한계인 것으로 보였다. 그 무렵에는 이미 오랫동안 엽서가 없었고 클레이 던바는 세상 어디에 있을 수도 있었다―그때 나는 마지막으로 그 생각을 해보게 되었다.

나는 차를 타고 거기로 갔다.

밤에 실버에 도착했다.

부엌에 우리 아빠와 함께 앉았다.

그가 클레이와 자주 그랬듯이 우리는 커피를 마셨고 나는 그 오븐을, 그리고 거기 나오는 숫자를 보았다. 나는 자리를 뜨지 않았고 반은 고함을 쳤고 또 간청했다. 나는 식탁 건너를 보고 있었다.

"나가서 그애를 찾으셔야 해요."

최대한 빨리, 마이클은 나라를 떠났다.

그는 비행기를 타고 어느 도시로 가서 기다렸다.

매일 새벽에 그는 나갔다.

그 장소가 문을 열 때 가서 문을 닫을 때 어둠 속에서 떠났다.

그때 그곳은 눈이 내렸고, 얼어붙을 듯이 추웠고, 그는 이탈리아
어 몇 마디로 그럭저럭 버텼다. 그는 사랑이 담긴 눈으로 〈다비드〉
를 쳐다보았다. '노예들'은 그가 꿈꾸던 전부였다. 그들은 싸우고
애를 쓰고 있었고, 숨을 쉬려고 공기를 찾아 몸을 틀고 있었다. 그
러면서 대리석 밖으로 나와 주장을 펼쳤다. 아카데미아 직원들이
그를 알게 되었고, 그가 미친 것이 아닌지 의아해했다. 그곳은 겨울
이었기 때문에 관광객이 많지 않았고, 그래서 일주일이 지나자 그
가 눈에 띄었다. 가끔 그들은 그에게 점심을 주었다. 어느 날 저녁
그들은 물어볼 수밖에 없었다.

"오," 그는 말했다. "그냥 기다리고 있는 겁니다…… 내가 운이
좋으면 혹시 그 아이가 올지도 몰라서."

그렇게 되었다.

삼십구 일 동안 마이클 던바는 매일 피렌체에, 그 미술관에 있었
다. 그에게는 믿어지지 않는 일이었다. 그들과 함께 이렇게 오래 있
는다는 것―〈다비드〉, 그리고 그 '노예들'은 너무나도 충격적이었
기 때문이다. 이따금 깜빡 잠이 드는 때도 있었다. 그 돌 옆에 앉아
그냥 기대고 있는 것이었다. 자주 그를 깨운 사람은 경비원이었다.

하지만 그때, 삼십구 일째에, 손 하나가 그의 어깨를 향해 다가
왔고, 어떤 남자가 그의 머리 위로 몸을 웅크렸다. 그의 옆에는 '노
예들'의 그림자가 있었지만 옷에 닿은 손은 따뜻했다. 얼굴은 더 창
백해지고 비바람에 시달렸지만, 그 소년을 못 알아볼 수는 없었다.
그는 스물일곱 살이었지만, 그것은 마치 그 순간, 오랜 세월 전의

그 순간 같았다―클레이와 퍼넬러피, 환한 뒷마당. 한때 그가 어땠는지 보았기 때문이다. 네가 바로 그 이야기들을 사랑한 사람이다, 마이클은 생각했다―그러자 갑자기 그곳은 부엌에 불과했고, 클레이가 어둠으로부터 빛을 향해 소리쳐 불렀다. 그의 목소리는 아주 고요했다.

그는 바닥에 무릎을 꿇고 말했다. "안녕, 아빠."

결혼식 날 우리는 자신할 수 없었다.

마이클 던바는 최선을 다했지만, 우리는 완전한 절망감에서 태어난 희망을 품었다. 여느 진짜 희망 이상이었다.

로리가 들러리를 하기로 했다.

우리 모두 양복과 멋진 구두를 샀다.

우리 아버지도 우리와 함께 있었다.

다리는 항상 그곳에 있는 것이 되었다.

식은 저녁에 열릴 예정이었고 클로디아는 딸들을 이미 데려갔다.

오후 늦게 우리는 모였다―가장 위부터 가장 아래까지. 나, 로리, 헨리, 토미. 곧이어 마이클이 왔다. 우리 모두 여기 아처 스트리트에 있었다. 정장을 차려입고 있었지만 타이는 느슨하게 풀었다. 우리는 부엌에서 기다리고 있었다. 그래야 했기 때문이다.

물론 무슨 소리가 들리는 순간들이 있었다.

누가 나가보았건 그냥 돌아왔다.

매번 "아무도 아니야"와 마주쳤지만 이윽고, 로리, 마지막 희망이 말했다.

"저거."

그가 말했다.

"대체 저게 뭐야?"

그는 어지간하면 걸어서 갈까 하는 생각도 했지만 기차와 버스를 탔다. 포세이돈 로드에 이르렀을 때 그는 한 정거장 먼저 내렸고 해는 따뜻하고 친근했다.

그는 걷다가 발을 멈췄고 공기에 몸을 기댔다—그러다 그가 바라던 것보다 또는 상상하던 것보다 빨리 아처 스트리트 입구에 섰고, 그곳에는 아무런 구원도, 아무런 공포도 없었다.

여기 왔다, 해냈다는 사실에 대한 인식이 있었다.

늘 그렇듯이, 비둘기들이 있을 수밖에 없었다.

그들은 높이 전깃줄에 홰를 틀고 있었고, 그는 우리 앞마당으로 왔다. 그가 계속 걷는 것 외에 달리 무엇을 할 수 있었겠는가?

그는 걸었고 곧 발을 멈추었다.

그는 우리 잔디에 섰고, 그의 뒤에, 대각선으로, 케리의 집이 있었고, 그곳에 그녀가 토스터 선과 함께 서 있었다. 그는 여기에서 우리가 싸운 것이 떠오르자 웃음을 터뜨릴 뻔했다—소년들과 형제들의 폭력. 그는 지붕 위에서 헨리, 그리고 자기 자신을 보았다. 한때 자신이 알고 이야기하던 아이들을 보듯이.

그는 깨닫기도 전에 그 말, "매슈"라는 말을 했다.

그냥 내 이름, 그리고 그것이 전부였다.

아주 차분했고 아주 고요했으며—하지만 로리는 들었다—우리는 부엌에서 함께 일어섰다.

내가 그것을 설명할 수 있을지, 또는 희망을 가질 수 있을지 아니면 예-수 그리스도여가 튀어나올지 알 수가 없다.

하느님, 어떻게 내가 이걸 제대로 할까?

내가 할 수 있는 일은 오로지 여기서 더 세게 주먹을 날리는 것, 있는 그대로 모두 주는 것뿐이다.

보라, 우선 우리는 모두 복도로 달려갔고, 방충망을 경첩에서 깨끗이 뜯어냈다—그리고 거기, 포치에서, 우리는 그를 보았다. 그는 아래 잔디에 있었다, 결혼식을 위해 차려입고, 눈물을 글썽이지만 미소를 지으며. 그래, 클레이, 미소 짓는 아이가 미소를 짓고 있었다.

놀랍게도 아무도 더 가까이 다가가지 않았다.

우리 모두, 완전히 정지하고 있었다.

그러다가, 아주 빠르게, 우리는 움직였다.

나, 내가 한 걸음 내딛고, 거기에서부터는 갑자기 쉬워졌다. 나는 클레이, 하고 말했고, 클레이, 소년 클레이, 그리고 형제들의 질풍이 내 옆을 휩쓸고 갔다. 그들은 포치 계단을 뛰어내려가 태클로 그를 잔디에 쓰러뜨렸다. 그들은 몸과 웃음의 스크럼이었다.

그것이, 난간 옆의 야단법석이 그때 우리 아버지에게 어떻게 보였을지 궁금하다. 아버지가 그것을, 헨리와 토미, 이어 로리, 모두가 마침내 내 형제에게서 기어서 떨어져나오는 것을 어떻게 보았을지 궁금하다. 곧 그들이 클레이가 일어나는 것을 돕고, 그는 일어서서 먼지를 툭툭 털고, 내가 마지막 몇 미터를 걸어가 그를 만나는 것을 지켜보는 게 어땠을지 궁금하다.

"클레이." 내가 말했다. "안녕, 클레이—"

하지만 그에게 달리 더 말할 수 있는 것이 없었다—이 소년, 동시에 이 집의 가장이기도 한 아이가 마침내 자신을 내려놓고 쓰러졌기 때문이다—나는 그를 사랑처럼 내 품에 안았다.

"네가 왔구나." 내가 말했다. "네가 왔구나." 나는 클레이를 아주 세게 안았고, 그다음에 우리 모두, 거기 있는 우리 남자들 모두가 안았다. 우리는 미소를 짓다 울었고 울다가 미소를 지었다. 예전부터 늘 한 가지 분명한 것, 어쨌든 그에게는 분명한 것이 있었다.

던바 보이는 온갖 짓을 할 수 있다. 하지만 언제나 반드시 집에는 와야 한다.

감사의 말

케이트 패터슨, 에린 클라크, 제인 로슨의 강인함, 웃음, 완전히
공동체적인 마음이 없었다면 던바 보이도 다리도 클레이도 없었을
것이다—그들 모두 눈이 맑고 진실을 말한다. 그들 자신이 모두 던
바 보이들이다. 모든 것에 감사한다.

내 친구이자 동료들에게. 캐서린 (더 그레이트) 드레이턴, 피오
나 (리베리나) 잉글리스, 그레이스 (PP) 하이페츠—버텨준 것에
감사한다. 그 읽기의 스파르타 시절에 기꺼이 십여 년 나이를 먹은
것에 감사한다.

트레이시 치텀. 2016년이 올 수 있다면, 이것도 올 수 있다. 그
다리들 건너에서 온 최고.

주디스 호트. 나의 어리석음을 당신만큼 견뎌준 사람은 거의 없

다. 당신 피에 흐르는 아칸소강 덕분이다. 강이나 도시가 어떻든, 늘 당신의 사랑과 우정에 감사한다.

윌리엄 캘러핸. 당신이 이 책에 어떤 존재인지 당신은 절대 모를 수도 있다. 당신은 나에게 뇌물을 주고 하데스에서 나왔다.

조지아 (GBAD) 더글러스. 최후의 최후에서 두번째. 우리의 사슴-대-사슴이 그리울 것이다. 약오르게 옳다. 티셔츠는 아직 만들어야 할지도 모른다.

브리 콜린스와 앨리슨 콜라니. 둘 다 영원한 구원자, 둘 다 스승. 대체 불가능.

이 불굴의 존재들(정말 훌륭한 말이다)에게, 지난 십 년 동안, 또 몇몇의 경우엔 최근에 도와준 것에 감사한다.

리처드 파인, 제니 브라운('언제나 가장 친절한 사람'), 케이트 쿠퍼, 클레어 로버츠, 래리 핀레이, 프라빈 나이두, 케이티 크로퍼드, 캐시 (뭐든 고치는 사람) 던, 에이드리엔 웨인트로브, 도미니크 시미나, 노틴 헤리츠, 크리스틴 라보프, 존 아다모, 베키 그린, 펠리시아 프레이저, 캣 힐러턴, 소피 크리스토퍼, 앨리스 머피-파일, 그리고 (천재들) 샌디 컬, 조 톰슨, 이저벨 워런-린치.

이 사람들에게, 당신들이 나와 이 책 양쪽에 준 우정과 동지애를 절대 과소평가하지 마라.

존 드마요, 낸시 시스코, 맨디 힐리, 낸시 힝클, 어맨다 존, 데이

738

너 라인하트, 톰과 로라 맥닐, 앤디, 샐리, 잉게, 베른트, 리나, 라프, 거스, 트웨인, 조니, TW.

특별히 언급하고 싶은,
블로키. 플로이드와 함께 산책한 것에, 귀기울여준 것에. 피카소. 모든 길은 허다트로 통한다.
앵거스와 마사미 허시. 판을 바꾸는 사람들, 삶을 바꾸는 사람들, 다양한 대륙들 가운데 최고.
조지 오킴. 나라면 어디에 있는 어느 벽이나 오르겠다. 모든 것에 감사한다.
빅 모리슨. 음악과 피아노 운반(그리고 조율)에 대한 조언뿐 아니라, 평생에 걸친 예술과 모험, '노예들'로 이어진 이야기에.

핼리나와 야체크 드레키. 사랑과 폴란드인의 구석구석에 대한 논쟁에, 수용소와 바퀴벌레 이야기에―아주 커!
마리아와 키로스 알렉산드라토스. 다리 놓기에 대한 첫 이야기들에.
팀 로이드. 말의 모든 것에 관한 도움과 조언에, 특히 나를 차에 태우고 오트퍼드 주변을 돌아다니고, 노새에 가까운 것을 발견한 것에.
HZ. 독일어를 학대하는 것에 대한 전형적으로 심술궂은 조언에.
젠카 돌레이스카. 체코어 한 줄에⋯⋯작은 모든 것이 중요하다. 감사한다.

줄스 켈리. 비범한 비밀 유지자.

신비한 프라우 H.

팀 스미스. 모든 영감에, 또 물속에서 기다려준 것에.

다른 mz에게. 수십 년이 그냥 사라지지는 않는다. 그것은 이렇게 사라진다. 마무리 없는 삶이 어떤 것인지 내가 보게 해준 것에 감사한다. 늘 그렇듯이, 당신은 그 차이를 만들어냈다.

마지막으로, 모든 곳의 모든 독자에게. 여러분이 없으면 나는 아무것도 아니다. 모든 것의 전부에 감사한다.

mz

마커스 주삭의 출세작이라고 할 수 있는 『책도둑』이 영어로 나온 것은 2005년이다. 그리고 그의 다음 작품인 이 책 『클레이의 다리』가 나온 것은 2018년이다. 두 책 사이에 십 년이 훨씬 넘는 공백이 있었던 셈이고, 그동안 1975년생으로 서른 살 청년이던 작가는 나이를 먹어 이제 마흔을 훌쩍 넘겼다. 주삭의 사진만 봐도 그간 흐른 세월이 한눈에 느껴진다.

그러나 방금 두 책 사이의 긴 세월을 공백이라고 말한 것은 사실 옮긴이의 실언에 가깝다. 주삭은 2009년에 〈가디언〉과 인터뷰를 하면서 이미 『클레이의 다리』라는 제목의 책을 쓰고 있다고 말했고 핵심적 얼개까지 이야기했다. 그리고 그 얼개는 최종적으로 출간된 책에서도 변하지 않았다. 또 2016년 초반에 〈페이스트 매거진〉과 인터뷰할 때는 책을 90퍼센트 완성했다고 말했다. 따라서 공백이 있었던 것이 아니라 2007년부터 줄곧 이 책을 쓰고 있었던 셈이다. 다시 말해서 책이 나오지 않았다 뿐이지 쭉 작가로서 소설을 쓰고 있었던 것이다. 주삭은 같은 인터뷰에서 그해에 책을 완성하겠다는 결심을 밝히고, 그러지 않으면 정말로 이 책을 포기하게 될지도 모른다고 덧붙였다. 이 책의 독자들로서는 다행한 일이지만, 그 뒤로는 시간을 그리 오래 끌지 않고 책을 끝마칠 수 있었던 것 같고, 그 결과물이 지금 보는 이 두툼한 『클레이의 다리』다. 옮긴이로서는 그간 그가 작가로서 열심히 살아온 것에 고생했다고 박수라도 쳐주고 싶은 마음이다.

이 인터뷰에서 주삭은 또 자신이 지금 이 책을 처음 쓰기 시작한 구 년 전과는 다른 사람이라는 것이 매우 걱정되는 일이라고 덧붙였다. 긴 시간이 흐르면서 생각이 바뀌고 그러다가 처음 구상의 흔적은 찾아볼 수도 없게 되는 것은 누구에게나 얼마든지 있을 수 있는 일이다. 그러나 주삭의 경우에는 조금 다른 의미가 있을 것 같다. 우선 그가 〈가디언〉에 이야기했던 얼개, 즉 "다리를 놓으면서 완벽해지기를 바라는 한 소년"의 이야기라는 구상에는 변함이 없다. 그는 "이 다리로 위대함에 이르고자 하는데, 문제는 강이 넘칠 때 이 다리가 살아남느냐"라고 하면서, 이것이 그가 당시로서는 말할 수 있는 전부라고 했고, 이것은 최종 결과물에서도 달라지지 않았다.

따라서 주삭의 고민은 다른 쪽에서 찾아봐야 할 텐데, 옮긴이는 그것이 주삭이 계속 '소년'의 눈으로 세상을 볼 수 있느냐 하는 문제가 아닐까 하고 짐작해본다. 주삭은 어린 사람 또는 성장기에 있는 사람의 눈으로 세상과 사물을 보는 능력이 뛰어난 작가다. 우리나라에 나온 『메신저』(영어로는 2002년에 출간)와 『책도둑』에서도 알 수 있듯이 그는 당시 서른 즈음의 나이임에도 놀랍게도 어린 인물 속으로 깊이 들어갈 수 있었다. 서술자와 인물의 눈높이가 크게 차이가 나지 않았고, 옮긴이가 보기에는 그것이 그의 힘이었다. 주삭 하면 떠오르는 독특한 문체도 성인이 갈고 다듬은 수사라기보다는 어린 사람의 마음 그대로 묘사하고 진술하려는 의지에서 나온 결과물이라는 생각이 들었다. 이 작가에게 이것이 언제까지 가능할까?

아마도 이것이 이 책을 쓰면서 주삭이 겪었던 문제였을 것 같고, 옮긴이는 그가 성장에서 답을 찾지 않았을까 짐작해본다. 『클레이의 다리』에는 완성을 향해 가는 세월과 성장이 있고, 그것은 인물들의 성장, 나아가서 작가의 성장과 같은 궤도에서 움직이고 있다는 느낌이다. 달리 표현하면, 어린 사람이 경험하는 순간적 장면과 장면이 나열되던 주삭의 세계에 시간이 눈에 보이지 않지만 중요한 인물로서 등장하게 되었다는 것이다. 그래서 우리는 그의 오랜 노력의 결과물에서, 기대했던 대로 어린 사람의 아름답지만 곧 깨질 듯 아슬아슬하게 유지되는 세계와 그것이 반영된 문체를 다시 경험하게 되지만, 동시에 어린 상태에 머물지 않고 아프게 변화하고 성장하는 긴 과정도 만나게 된다. 그것은 작가 자신이 아프게 변화하고 성장한 과정이기도 할 것이다.

정영목

옮긴이 **정영목**

서울대학교 영문학과를 졸업하고 동 대학원을 졸업했다. 전문번역가로 활동하며 현재 이화여대 통역번역대학원 교수로 재직중이다. 지은 책으로 『완전한 번역에서 완전한 언어로』 『소설이 국경을 건너는 방법』이 있고, 옮긴 책으로 『책도둑』 『바르도의 링컨』 『로드』 『말 한 마리가 술집에 들어왔다』 『새버스의 극장』 『미국의 목가』 『에브리맨』 『울분』 『포트노이의 불평』 『바다』 『하느님 이 아이를 도우소서』 『달려라, 토끼』 등이 있다. 『로드』로 제3회 유영번역상을, 『유럽 문화사』로 제53회 한국출판문화상(번역 부문)을 수상했다.

문학동네 세계문학

클레이의 다리

초판 인쇄 2021년 8월 13일 | 초판 발행 2021년 8월 27일

지은이 마커스 주삭 | 옮긴이 정영목
책임편집 윤정민 | 편집 홍유진 오동규
디자인 김현우 이원경 | 저작권 김지영 이영은
마케팅 정민호 정진아 김혜연 정유선
홍보 김희숙 함유지 김현지 이소정 이미희 박지원
제작 강신은 김동욱 임현식 | 제작처 한영문화사

펴낸곳 (주)문학동네 | 펴낸이 염현숙
출판등록 1993년 10월 22일 제406-2003-000045호
주소 10881 경기도 파주시 회동길 210
전자우편 editor@munhak.com | 대표전화 031) 955-8888 | 팩스 031) 955-8855
문의전화 031) 955-3579(마케팅) 031) 955-2634(편집)
문학동네카페 http://cafe.naver.com/mhdn | 트위터 @munhakdongne
북클럽문학동네 http://bookclubmunhak.com

ISBN 978-89-546-8173-5 03840

www.munhak.com